A grandes males

César Pérez Gellida

A grandes males

SUMA
de letras

Primera edición: marzo de 2017

Travessera de Gràcia, 47-49. 08021 Barcelona
Imagen del primer reverso de cubierta: Plano original de la sección vertical del Palacio Barolo, hecha por Mario Palanti. Fundación Barolo
Diseño del segundo reverso de cubierta: Chevi Diseñarte

Printed in Spain – Impreso en España

ISBN: 978-84-9129-111-4
Depósito legal: B-457-2017

Maquetación: MT Color & Diseño, S. L.
Impreso en Rodesa, Villatuerta (Navarra)

SL91114

Penguin
Random House
Grupo Editorial

A mis padres, por todo eso
que nada parece y que todo es

«Cuando el infortunio encuentra una víctima
solo la muerte es afortunada».

Ramiro Sancho,
Inspector del Grupo de Homicidios de Valladolid

PERSONAJES

Personajes principales:

Ramiro Sancho: Inspector de policía del Grupo de Homicidios de Valladolid.

Erika Lopategui. Doctora en Psicología.

Ólafur Olafsson. Excomisario de policía de la Brigada de Homicidios de Reikiavik.

Robert J. Michelson, «Flegias». Custodio de la Congregación de los Hombres Puros.

Alcides Edgardo Bujalesky. Dantista reconocido y experto en masonería.

Telmo. Encargado de mantenimiento del Palacio Barolo.

La estatua de mármol. Arcángel Gabriel de la Congregación de los Hombres Puros.

Corteza de Roble. Gran Maestre de la Congregación de los Hombres Puros.

Vlade Ilić. Arcángel Miguel de la Congregación de los Hombres Puros.

Personajes en color sepia:

Matthew J. Michelson, «Cepheus». Guardián de la Gran Logia de los Puros.

Mario Palanti. Arquitecto responsable de proyectar la construcción del Palacio Barolo.

Luis Barolo. Empresario responsable de financiar la construcción del Palacio Barolo.

Conde Colli di Felizzano, «Flegias». Custodio de la Gran Logia de los Puros.

Ciacco. Gran Maestre de la Gran Logia de los Puros.

Otros personajes:

Sara Robles. Inspectora de policía del Grupo de Homicidios de Valladolid.

Azubuike Makila. Inspector general de la Interpol.

Vincent Dare. Oficial de policía de la *National Agency for the Prohibition of Trafficking in Persons* (NAPTIP).

Carlos Alfredo Ramírez. Excomisario de la policía de la provincia de Misiones.

Martín. Joven vecino de Villa 31.

Sebastián Aranda. Funcionario en la Dirección Nacional del Derecho de Autor.

Jorge Aguayo. Miembro de la banda de los Sampedranos.

Minotauro. Custodio de la Congregación de los Hombres Puros.

Anteo. Custodio de la Congregación de los Hombres Puros.

Pluto. Custodio de la Congregación de los Hombres Puros.

Gerión. Custodio de la Congregación de los Hombres Puros.
Efialtes. Custodio de la Congregación de los Hombres Puros.
Caronte. Custodio de la Congregación de los Hombres Puros.
Nasidio. Custodio de la Congregación de los Hombres Puros.
Justo. Guía turístico en el Perito Moreno.
Mario. Guía turístico en el Perito Moreno.
Sergio. Conserje del Palacio Barolo.
Karatu. Dogo argentino.
Ainara. Camarera del restaurante Milagros.
Luis. Encargado del Zero Café.
Paco, «Devotion». Pincha del Zero Café.

PRÓLOGO DE DOLORES REDONDO
«VALLADOLID»

Valladolid. Llovía. Desde la cristalera del restaurante podía ver que el viento amenazaba con llevarse la carpa acristalada donde daríamos la rueda de prensa. Frente a mí, un tipo calvo y atlético que insistió en comerse el pescado sin salsa. Yo le firmé *El guardián invisible*, el me firmó *Memento mori*. Reproduzco aquí su dedicatoria:

> *29-IV-2013*
>
> *Para Dolores, admirada compañera. Es un placer y un privilegio compartir este comienzo contigo. Te auguro un futuro cojonudo. Estamos obligados a mantener el contacto. Besos. César.*

Con cada novela de César han ido desapareciendo las dudas que pudiera albergar sobre su capacidad visionaria. Del augurio no voy a decir nada, pero la sentencia, la obligación de mantener el contacto, se ha revelado en una sólida amistad cimentada en aquel comienzo común, basada en la admiración, el respeto y en la suerte loca que ha hecho que nuestras familias se caigan bien y encajen en gustos musicales y culinarios, que nos "obligan" a encuentros, ya institucionalizados, en torno a la mesa, el vino y el mar.

Cuando leí Memento Mori pensé que era un tipo talentoso, trabajador y apasionado de la escritura. Me gustó desde el principio, porque entre todas las peculiaridades y tormentos de un escritor, admiro el espíritu, la pasión por lo que se hace y esa especie de fiebre que domina al que crea desde dentro, esa hambre y esa sed que solo se sacia temporalmente escribiendo. Una suerte de rabia que te despierta de madrugada, que no te deja dormir. Creo que de insomnios, César y yo, sabemos un poco.

Cuando llegó la segunda novela, *Dies irae*, me pareció soberbia, y desde entonces no he dejado de quitarme el sombrero con cada libro y ante uno de esos autores que casi asusta por su poderosa narrativa y el dominio que ejerce sobre ella, un dominio que los que nos dedicamos a esto distinguimos y codiciamos. Al contrario que con otros autores, a los que descubres y en los que aprecias su evolución en cada libro, César Pérez Gellida me ha producido siempre la sensación de hallarme ante un grandioso prestidigitador, alguien que controla cada pase desde el génesis, desde aquel *Memento mori* germinal. Y cuando decide mostrarte más, te das cuenta de que no es que haya aprendido, de que no estás viendo una evolución, que el muy cabrón tenía esos ases desde el principio, y no en la manga.

Te los ha mostrado, los ha paseado ante tus ojos distrayendo tu atención como solo un mago sabe hacerlo; que no es solo un buen jugador, que es un maestro. Domina la técnica, la dosis exacta, la medida del lector. Rabioso, feroz. Siempre me pregunto por qué no ha ganado ya todos los premios de novela negra de este país. La respuesta está unas líneas más atrás.

Sé que se espera que diga que con *A grandes males* nos encontramos ante la mejor novela de César Pérez Gellida, que ha alcanzado unas cotas, respecto a estructura y contenido, que no había tocado en sus anteriores novelas. Sin duda esta segunda trilogía nos conduce a un nivel superior, subyace el objetivo claro de escapar de la estética del homicidio como eje principal de la novela negra logrando que el componente de investigación de un asesinato no sea lo único que justifica una novela. *Sarna con gusto* tiene una trama principal y vertical sobre un secuestro, y al mismo tiempo esboza otra horizontal que es la que va creciendo en *Cuchillo de palo* (cuya trama vertical se centra en la evolución del personaje de Sancho) y desemboca en *A grandes males* como único argumento.

Decir que esta es la mejor novela que César Pérez Gellida ha escrito hasta la fecha sería injusto, como injusto sería calificar de superior el número final de un artificio, de una prodigiosa puesta en escena que culmina en una magistral conclusión. Alcanzar la cumbre no tendría objeto si careciese de la aspiración de hacer algo extraordinario, de no estar cimentada sobre la cuidadísima estructura que a cada paso ha ido componiendo el autor. Leerlo es como escalar los niveles del emblemático palacio Barolo de Buenos Aires, diseñado y construido por la masonería con el propósito de albergar los restos de

Dante y que el autor introduce con acierto en la trama. ¿Tendría objeto una cúpula sin cimientos? ¿No es tan importante la primera piedra como la última? Tengo la certeza de que el propósito que movió a los masones, desde el principio del proyecto hasta su cúspide, es el mismo que guía a Gellida en su obra, y me produce la misma sensación, la de hallarme ante la culminación de un misterio que el autor ha ido haciendo crecer ante mis ojos y que alcanzo a ver ahora, en toda su plenitud.

Aclarado esto, creo, entre tú y yo, lector, que estamos ante la mejor novela que César ha escrito hasta la fecha y, aunque suene un poco elitista, opino que, en manos de otro autor, esta obra habría quedado al alcance de muy pocos por su estructura y contenido. De mayor dimensión literaria, un ejercicio de equilibrio al borde del abismo sobre el que se tambalea la feroz condición humana, entretejida en dosis perfectas y terroríficas con una ficción tan vibrante, analítica, predictiva, e intuitiva de la realidad que subyace tras las noticias que leemos a diario en la prensa y que, solo a algunos, nos lleva a afianzarnos en la opinión de que hay mucho más detrás de lo que alcanzamos a ver.

Disfrutemos.

Dolores Redondo

INTROITO

En los albores del siglo XX, el primer mundo había pisado el acelerador de la industrialización convencido de que las naciones vencedoras de aquella agónica carrera serían las que se repartirían los futuros recursos del planeta. Con el fin de afrontar el reto, los gobiernos de las grandes potencias reclutaron a sus conciudadanos más preparados en todos los ámbitos del conocimiento.

Muchos de ellos eran masones.

Este período crucial de la historia es considerado por muchos la edad de oro de la masonería, dado que su influencia desde las sombras llegó a superar la que ejercían otros poderes fácticos sobre el Estado, como eran la Iglesia, la banca o las oligarquías aristocráticas. Y si se puede hablar de un país en el que la supremacía de la masonería era más que patente, ese fue

Argentina, por aquel entonces una de las economías más fuertes y con más posibilidades de desarrollo.

En este contexto histórico y en el citado escenario tuvo lugar un hecho insólito que ha suscitado multitud de preguntas que todavía hoy carecen de respuesta. Se trata de la construcción de dos rascacielos gemelos en Buenos Aires y en Montevideo que debían comunicarse a través de sendos faros que coronaban sus más de cien metros de altura. Los dos proyectos fueron desarrollados por Mario Palanti, un prometedor arquitecto milanés influenciado por la imaginería de Dante y muy bien relacionado con la masonería, como lo estaban los dos exitosos empresarios, también de origen italiano, que financiaron ambas construcciones. Los patrocinadores Luis Barolo y José Salvo lograrían asociar sus apellidos a tan augustos edificios, pero tristemente ninguno de los dos disfrutaría en vida de ello, dado que tanto el uno como el otro encontrarían una muerte prematura en extrañas circunstancias.

Los hechos que a continuación se narran contienen algunas de esas respuestas basadas en datos reales puestos al servicio de la creatividad del autor. Por tal motivo, esta historia debemos considerarla dentro del ámbito de la ficción.

Aunque bien podría ser cierta.

VIVIR ETERNAMENTE EN EL RECUERDO O VIVIR CONDENADO AL OLVIDO

Residencia de Luis Barolo
Calle Perú, 1363. Buenos Aires (Argentina)
14 de junio de 1922

Con la atención puesta en el plano de la sección vertical de su imponente obra, Luis Barolo no dejaba de repetir la frase con la que se despedía Cepheus, su guardián, en la misiva que le habían enviado esa misma mañana.

«Vivir eternamente en el recuerdo o vivir condenado al olvido».

El hecho de poder elegir ya era de por sí un privilegio. Una prebenda por la que tenía que decidir si pagaba su precio.

La tarde languidecía serena. Las bajas temperaturas habían provocado una reducción considerable de la vocería que caracterizaba un barrio tan escandaloso como el de San Telmo, en el que la actividad cotidiana era directamente proporcional a la altura que alcanzara el mercurio en el termómetro. La escasez de luz era una invitación a accionar el interruptor de su recién instalado servicio doméstico de electricidad, solo al alcance de bolsillos aventajados como los suyos. El filamento de la lámpara se fue contagiando de incandescencia para bañar el documento de una amarillenta nitidez. Su mirada avanzó siguiendo el trazado de las líneas que convergían en la cúpula proyectada por Mario Palanti, cuya inspiración bebía de la del templo Rajarani de Bhubaneshwar. El voluptuoso diseño era una metáfora de la red invisible que atrapa las vidas de los necios y los incautos.

Pero ese no era su caso.

Porque ningún necio tiene un lugar reservado en los libros de historia; ningún incauto logra que su apellido trascienda al paso del tiempo. Esos eran los argumentos con los que intentaba justificar la idea de quitarse la vida, tal y como le estaban ordenando hacer.

La segunda fosa del séptimo círculo del infierno le estaba esperando.

Con cincuenta y tres cumplidos, el bagaje de Luis Barolo no podía ser más brillante, habida cuenta de la forma en la que había llegado al nuevo continente hacía treinta y dos años. Era entonces un inmigrante italiano procedente del Piamonte que buscaba al otro lado del Atlántico lo que no había sido capaz de conseguir en su tierra natal. Otro más. Arrancar no le había resultado nada sencillo. Los primeros meses de estancia le hicieron concluir que la distancia entre la realidad y los sueños era aún mayor que la que había recorrido a bordo de aquel transatlántico. Así y todo, resistiéndose a ser derrotado por el desánimo y tras entender las normas sobre las que se cimentaban los prósperos negocios en Argentina, se dispuso a poner los primeros ladrillos del suyo. Para ello lo primero que hizo fue contactar con el nutrido círculo de compatriotas que habían logrado establecerse con éxito en Buenos Aires. Muy a su pesar, no valía con estar bien relacionado, tenía que formar parte de él, y para ello contrajo matrimonio con Luisa Molteni, hija de un hombre de negocios consolidado en el país que le ayudó a abrir las primeras puertas del sector textil, industria que estaba despegando en Sudamérica. Luis Barolo no tardaría en percatarse de que la pertenencia a la élite no bastaba para competir con otras empresas más arraigadas, por lo que resolvió que debía diferenciarse del resto implantando nuevos métodos de producción. La oportunidad le surgió cuando oyó hablar por primera vez de las máquinas hiladoras de lana peinada, unos ingenios con los que catapultaría su nombre a lo más alto. Solo había un problema: necesitaba financiación. Disponía de la iniciativa y los contactos en la vieja Europa para importar tejidos de calidad, pero sin el capital para invertir en maquinaria todo quedaría reducido a una compañía más con altas pretensiones y nulas posibilidades de crecer. Con tal empeño como carta de presentación, el empresario acudió a las entidades bancarias más importantes primero y a las emergentes después, pero en el mejor de los casos, cuando conseguía convencer a aquellos que poseían los dólares, le imponían unas condiciones leoninas que le condenarían a trabajar toda una vida solo para devolver los intereses con los que gravaban el préstamo.

Sus últimas esperanzas se hundían en el Río de la Plata cuando apareció él.

Se hacía llamar Cepheus, tenía marcado acento británico y decía representar a un grupo cuyo nombre no le desveló. Poco le importaba a Barolo el misterio cuando aquel hombre traía bajo el brazo el doble de la cantidad que venía mendigando a los bancos. Dos únicas condiciones: devolver el montante en un plazo no superior a veinte años y formar parte de la organización. Esa fue la primera vez que escuchó pronunciar su nombre: Gran Logia de los Puros. Ingresar en una orden masónica no suponía ningún inconveniente, habida cuenta de que él ya tenía contacto directo con el tejido masónico por mediación de su suegro. El acuerdo se oficializó al estampar su rúbrica en el folio que le correspondió de El Cartapacio de Minos, donde aceptaba cumplir los preceptos dispuestos por la hermandad en el *Novem Regulas.* Inmediatamente recibió los cuatro millones de pesos, con los que no solo pudo comprar aquellos maravillosos artilugios de factura alemana, también le alcanzó para adquirir unos terrenos en El Chaco donde producir su propio algodón y así dejar de depender de la costosa importación de materia prima. En cinco años triplicó sus beneficios y el único requerimiento que tuvo que atender de sus nuevos hermanos consistió en completar el primer grado de iniciación para convertirse en centinela. A partir de ese momento, de manera periódica, Cepheus le hacía entrega de importantes sumas que debía incluir en sus libros de contabilidad antes de depositarlas en distintas entidades.

Nunca preguntó por qué ni para qué.

En 1910, durante la celebración de la Exposición del Centenario de la Revolución de Mayo, Cepheus le citó en el pabellón italiano para presentarle a la persona con quien iba a emprender un proyecto que Luis Barolo y Cía. debía costear con la cantidad adeudada. Su nombre era Mario Palanti, un talentoso y joven arquitecto milanés con un futuro más que prometedor y un presente comprometido con la Gran Logia de los Puros. El elegido por Cepheus para ser el compañero de viaje de Luis Barolo era un iniciado con el grado de aprendiz en la logia masónica Fratelli Bandiera de Milán, por lo que, *a priori*, su perfil personal y profesional encajaba como un guante en lo que el guardián andaba buscando.

No tardaría en arrepentirse.

La empresa que Luis Barolo y Mario Palanti debían poner en marcha consistía en la construcción de un imponente edificio que rivalizara con los rascacielos que empezaban a levantarse en Nueva York y Chicago, las únicas urbes que, en el amanecer del nuevo siglo, podían hacer sombra al esplendor de Buenos Aires. Una construcción de estilo inclasificable lejos del entendimiento arquitectónico del empresario, pero muy cerca de su visión empresarial, dado que solo tenía que encargarse de administrar un montante que, en realidad, ni siquiera le pertenecía. Otro negocio redondo.

En las sucesivas reuniones que mantuvo con Mario Palanti, este le expuso las líneas maestras de un diseño que estaba llamado a convertirse en la edificación más alta e imponente de toda Latinoamérica. Esto ya suponía un reto a la altura de las expectativas de Barolo, pero, en la medida en la que fue creciendo la confianza entre ellos y el arquitecto le fue desgranando el verdadero propósito que tendría el edificio una vez terminado, el proyecto fagocitó todo lo demás.

El contenido superaba con creces al continente.

Su edificio sería mucho más que un rascacielos: las puertas del cielo en el mismo corazón de Buenos Aires, un templo oculto a la vista de todos, un colosal mausoleo donde albergar los restos del más grande de los poetas y padre de su lengua materna. La idea fue arraigando en el cerebro del empresario hasta apoderarse por completo de su voluntad y, desde entonces, la única verdad pasó a ser la que estaba contenida en los versos de *La Divina Comedia.* Su realidad se ciñó exactamente a la distorsión del universo de Dante Alighieri y, sin ser siquiera consciente de ello, todo su mundo quedó constreñido entre el infierno, el purgatorio y el paraíso.

El estallido de la Primera Guerra Mundial provocó que se dilataran los preparativos más de lo que habían previsto, pero Luis Barolo supo aprovechar ese período para seguir escarbando en los misterios contenidos en la obra de Dante. En 1919, ya con Mario Palanti de regreso en Buenos Aires, se iniciaron las obras con el ambicioso objetivo de inaugurarlo dos años más tarde, haciendo coincidir la fecha con el aniversario del sexto centenario de la muerte del poeta italiano. Pero el empeño del arquitecto por importar materiales nobles desde Italia originó el incumplimiento del hito. Este fracaso supuso un duro revés para un empresario malacostumbrado al éxito; sin embargo, no era esa la razón por la que la Gran Logia de los Puros le estaba condenando. La increíble desaparición de la estatua —o, para ser más exactos, de lo que esta albergaba en su interior— había supuesto un estigma insuperable. Tenía fundadas sospechas sobre la autoría del robo; no obstante, sin forma de demostrarlo, tales conjeturas se quedaban en meras suposiciones.

Luego de fracasar en sus pertinaces intentos por recuperar la *Ascensión,* todo indicaba que Luis Barolo vagaría por el infierno sin ver completada su obra, pero al menos su nombre no quedaría condenado al olvido.

De vuelta al aciago presente, su errática mirada se vio arrastrada hacia el punto de fuga que debía prolongarse desde la cota más alta del edificio hasta el infinito, pero a medio camino se tropezó con la ampolla de cristal del tamaño de una alubia que descansaba sobre su escritorio. Un regalo de sus hermanos. La pinzó con el índice y el pulgar y se la colocó en la palma de la mano. Luego de examinarla durante el tiempo que estimó oportuno, cerró el puño y la depositó en el bolsillo relojero del chaleco.

«Vivir eternamente en el recuerdo o vivir condenado al olvido».

La solución al dilema estaba en la solución de sales de cianuro que le aseguraba un tránsito fugaz y, según tenía entendido, poco agónico. Una muerte barata para tan distinguido premio.

Luis Barolo se ajustó la pajarita y se incorporó lentamente. Dio cuatro pasos para colocarse frente al gramófono de trompeta que había ordenado traer desde París, al que apenas había dado uso. De hecho, no recordaba cuándo había sido la última vez, pero sí lo que había escuchado. Seleccionó el corte y posó la aguja con extrema delicadeza sobre el canal ancho del vinilo.

Las primeras notas de piano de *El carretero* precedieron a la voz de Carlos Gardel.

No hay vida más desgraciada
que la del pobre carretero,
con la picana en la mano
picando al buey delantero.

El empresario giró sobre sus talones para revisar de hito en hito la imagen de cuerpo entero que le devolvía el espejo. Presentaba un aspecto impecable, como no podía ser de otra forma. Metió la mano en el bolsillo, agarró la ampolla y se la introdujo en la boca. Con la lengua la colocó entre los molares del lado derecho e inspiró profundamente.

—Yo te maldigo, Mario Palanti, y, como a Judas, te condeno a congelarte en el noveno círculo del infierno, donde nunca encontrarás el descanso junto a los traidores a sus bienhechores. Traidores como tú —profirió en piamontés.

Y con un leve crujido se selló la conjura.

CUALQUIER MENTIRA DISFRAZADA DE VERDAD

Sobrevolando la provincia de Misiones (Argentina)
Septiembre de 2013

Se fija en una que tiene forma de cara de payaso siniestro; o eso interpreta.

Ólafur Olafsson se percata de que nunca antes había observado las nubes desde arriba, siempre lo hace desde tierra firme; pero el islandés concluye que, en ese caso y solo en ese caso, la perspectiva no influye en la percepción.

Según acaba de anunciar el comandante Rodríguez, tienen previsto tomar tierra en el Aeropuerto Internacional de Puerto Iguazú en veinticinco minutos, donde les esperan unas temperaturas máximas de 24 °C y una humedad relativa del 73 %; relativamente demasiado para un hombre de las nieves como es el excomisario. Durante los dos días que han pasado en Buenos Aires preparando el viaje a Iguazú, Ólafur ha tomado contacto con el espeso clima porteño en un septiembre muy caluroso para esa época del año. De hecho, el mismo día 10, fecha en la que aterrizaron en Ezeiza, se registraron 35,3 °C, temperatura que se coronó como la máxima histórica alcanzada en ese mes. Y si algo le agriaba el humor, era eso de romper a sudar según ponía el pie en la calle recién duchado. Otra cosa que le irritaba sobremanera era esa moda, llámese manía, de molestar continuamente a los pasajeros; ora una azafata que te importuna y en compensación te ofrece una bebida; ora un azafato que te despierta para corregir la inclinación del asiento; ora la voz del comandante por megafonía en el papel de guía turístico.

Ólafur Olafsson se mesa el bigote y gira la cabeza a su izquierda para encontrarse con el rostro de Erika. Duerme plácidamente; o eso interpreta. Desde luego, los músculos de la cara están distendidos y respira por la nariz de forma rítmica y profunda. El corte de pelo que luce, tipo *pixie*, favorece sus facciones. El islandés se siente afortunado por compartir asiento con ella, a pesar de que es muy probable que sean los dos únicos pasajeros del avión que no han incluido intenciones turísticas ni ociosas en el equipaje. Han retrasado el plan de viaje el tiempo que ha necesitado ella para cumplir con un compromiso personal que la ha llevado a Varsovia. Ólafur sabe que tiene que ver con Olek Opieczonek, el hijo que dejó Augusto Ledesma en su sangriento paso por Europa; no obstante, no ha querido indagar mucho más allá para no provocar ningún desequilibrio que les distraiga de lo que les ha traído a Argentina. Antes de partir, muy a su pesar, ha tenido que dejar a Karatu a cargo de Txus, el gerente del Milagros, quien muy amablemente se había ofrecido a cuidarlo durante las semanas que fuera necesario. Un lapso indeterminado, porque ni Erika ni él se han visto capaces de precisar cuánto les va a llevar dar con el paradero de un hombre que ni siquiera pueden asegurar a ciencia cierta que siga vivo. Lo único que saben de Alcides Edgardo Bujalesky es que representa una seria amenaza para los intereses de la Congregación de los Hombres Puros y que Michelson también lo está buscando. Y son esas, justo esas preguntas sin responder, las que les han empujado a cruzar el Atlántico. ¿Qué clase de información contiene El Cartapacio de Minos? ¿Hasta qué nivel compromete a la organización criminal? ¿Realmente Bujalesky sabe cómo encontrarlo?

La información que le había proporcionado su amigo y miembro del Comité Ejecutivo de la Interpol, Connor Murphy, no ayudaba a despejar ninguna de estas incógnitas, más allá de certificar que Bujalesky era una auténtica eminencia. El currículo que atesoraba constituía una prueba irrefutable: profesor titular de Historia Medieval en la Facultad de Filosofía y Letras de la Universidad de Buenos Aires; miembro académico de número de la Academia Nacional de la Historia de la República Argentina; exdirector del Instituto Multidisciplinario de Historia y Ciencias Humanas del Consejo Nacional de Investigaciones Científicas y Tecnológicas; premio Konex de Humanidades y ciudadano ilustre de la ciudad de Buenos Aires. Pero todo ello no es más que perendengue y oropel para Ólafur, cuando lo único que de verdad les interesa es que sea, como se decía de él, uno de los mayores expertos del planeta en el estudio de la masonería y las sociedades secretas. Además, Bujalesky había firmado varios ensayos que versaban sobre la interpretación de la imaginería de Dante Alighieri, contenidos que le habían encumbrado a ocupar un puesto privilegiado entre los dantistas más reconocidos.

Su objetivo es encontrarlo antes de que lo haga la Congregación y para ello la única pista que tienen es la que ha dejado Carlos Alfredo Ramírez, un comisario ya retirado de la policía de Misiones que mantenía una estrecha relación con Bujalesky. Según concluía el informe de la Interpol que les proporcionó Sancho en el restaurante Milagros, este le habría ayudado a desaparecer de la faz de la tierra luego del enfrentamiento que había sostenido el dantista con la Congregación, que se zanjó con la muerte de Néstor Bujalesky, su hijo. Connor Murphy les ha facilitado su último paradero conocido, un pequeño complejo de cabañas turísticas que gerencia junto a su mujer y a sus dos hijos a las afueras de Puerto Iguazú, en cuyo aeropuerto están a punto de aterrizar.

—¿En qué piensas? —Oye preguntar a Erika.

—¡Por fin despertó la Bella Durmiente!

Ella se frota los párpados.

—¿Esa quién era? ¿La imbécil que mordió la manzana o la boba que se pinchó con algo?

Ólafur se limita a sonreír.

—Déjalo, eran la misma tontita en situaciones diferentes. ¿Cuánto falta?

—Poco, creo —concreta él.

Erika se retrepa tratando de recuperar la elasticidad en la estrechez de su asiento.

—No sé por qué, pero me encuentro como atolondrada. Antes no lograba quedarme dormida en los aviones y ahora a los pocos minutos de despegar ya estoy soñando.

—Será que tienes la conciencia tranquila.

—Será eso o quizá tenga más que ver con esto —dice levantando el libro que reposa sobre sus piernas.

—¿Cuántos de esos te has leído ya?

—He perdido la cuenta y lo único que he sacado en claro es que la interpretación del universo de Dante es libre e infinita.

—*Oremus.*

—Hasta ahora el único nexo de unión que he encontrado con la Congregación de los Hombres Puros es que en *La Divina Comedia* el infierno está estructurado en nueve círculos, como nueve son los custodios, y que Dante se refiere a ellos como los encargados de que las almas impías que vagan perdidas no salgan del círculo al que han sido condenadas.

—Y treinta y tres los guardianes —se apresura a añadir él al tiempo que se ajusta las gafas con el índice—, como los cantos en los que se divide cada parte: *Infierno, Purgatorio* y *Paraíso.*

—Sí, eso también.

—Pues ya son dos, además de Minos. El hecho de que hayan bautizado su libro sagrado, por definirlo de alguna forma, El Cartapacio de Minos y que este aparezca en *La Divina Comedia* como un juez severo que se encarga de recibir y condenar a los pecadores no puede ser fruto de una mera coincidencia.

—Muy bien, pero... ¿adónde nos lleva?

—A encontrar al hombre que se supone que está capacitado para interpretar toda esta mierda, porque yo no me trago ni una sola línea más de esos mamotretos cabalísticos.

—Me subo a ese tren. A mí también me ha superado —confiesa Erika dejando caer el libro—. Antes no me has contestado. ¿En qué pensabas?

Ólafur conecta con esos ojos azules casi grises.

—En las ganas que tengo de dar de comer a la jauría, que, lamentablemente, se va a tener que conformar con un menú a base de pastillas.

En algún lugar del cerebro del islandés se produce una asociación de ideas.

—Creo que echo de menos a Karatu.

—Está mucho más feliz correteando por ahí que metido en la bodega de un avión, ¿no crees?

—Ya. Pero no hablaba de él, hablaba de mí.

Erika ríe.

—¿Tú no echas de menos a nadie? —Quiere saber Ólafur.

—Evito pensar en ello.

—Eso no es un no.

—No, no lo es. A veces me gustaría tener cerca a mi padre o poder conversar horas y horas con mi madre sin hablar de nada, pero… ¿qué sentido tiene? Es decir, ¿qué beneficio se obtiene echando de menos a alguien?

—Ninguno, pero tampoco es necesario que lo tenga. La añoranza está ahí queramos o no, lo importante es contar siempre con alguien cuando uno lo necesita, ¿no crees?

Erika busca la respuesta a través de la ventanilla.

—¡Qué maravilla! Mira. —Señala dejando un hueco para que mire su compañero de asiento.

Desde el aire, las cataratas parecen un gigantesco desagüe por el que se escapa el selvático paisaje que las rodea. El efecto parece contagiarlos y la falla geológica se traga las palabras de Erika Lopategui y Ólafur Olafsson hasta que el sonido del tren de aterrizaje les devuelve a los asientos A y B de la fila catorce.

—En este momento solo contamos el uno con el otro —concluye Erika.

Hotel Bilderberg
Oosterbeek (Holanda)

A pesar de que el complejo ha sido pensado para ello, no puede decirse que Robert J. Michelson se encuentre muy relajado.

Ni mucho menos.

Los pasos suenan mudos a lo largo del alfombrado pasillo por el que se accede a la sala de reuniones. Es consciente de que del resultado de la reunión depende lo demás. Si no logra el apoyo unánime de los miembros de la Asamblea, todo el proyecto se vendrá abajo. Y el plan B dista bastante de ser un plan.

Pensando en positivo, se aferra al hecho de que sus hermanos hayan aceptado la invitación, teniendo en cuenta las implicaciones que conlleva mantener una reunión sin el conocimiento del Gran Maestre. Cuenta con el apoyo de los cuatro custodios que, junto a su padre, un día conformaron una corriente renovadora que no llegó a cuajar al aparecer los primeros síntomas de una enfermedad que terminaría por llevarse a la tumba las aspiraciones del antiguo Flegias. Robert J. Michelson, el nuevo Flegias, está llamado a completar aquella labor y, por ello, se ha reunido previamente, en secreto y de manera individual, con los cuatro para conocer sus intenciones y hacerles partícipes de su programa. Gerión y Nasidio eran los aliados más firmes de su padre y conseguir la renovación de sus votos no le ha resultado complicado. Ha detectado algo personal que sostiene el respaldo de ambos hacia su causa, aunque no sabe discernir si se debe a que están a favor de sus postulados o en contra de los de Corteza de Roble. Por su parte, Pluto y Anteo se han mostrado inicialmente menos entusiastas con sus ideas renovadoras. Sin embargo, Michelson ha sabido aprovechar muy bien el hecho de que todavía no hayan logrado desprenderse del miedo y la tensión que se apoderó de sus achacosos cuerpos durante la celebración del último acto de purificación en Budapest. Aquel atávico ritual que tanto detesta ha cargado sus alforjas de remozados argumentos y ha sido precisamente el caótico desenlace del mismo lo que ha empujado a Michelson a acelerar el proceso. Enfrente se va a encontrar con la más que esperada oposición de Minotauro y Efialtes, que, para su desgracia, son los miembros más antiguos de la Asamblea y más firmes defensores de la línea conservadora establecida por el actual Gran Maestre. Todavía no sabe cómo va a contrarrestar sus intervenciones, pero confía en que la experiencia adquirida en los numerosos comités de seguimiento de la Interpol le proporcione ese plus que va a necesitar. Caronte es la gran incógnita y, sabiendo el peso que tiene su opinión —proporcional al de sus empresas de extracción de crudo—, significa una equis demasiado importante como para no tenerla controlada; pero no le ha dado tiempo a trazar un acercamiento con el custodio. Por último, Cerbero, uno de los grandes apoyos de Corteza de Roble, es solo un cuerpo en descomposición gracias al disparo que recibió del pelirrojo inspector de Homicidios de Valladolid, Ramiro Sancho.

Sumido en estas cábalas, Michelson ha llegado frente a la puerta de la sala donde a buen seguro ya le están aguardando el resto de miembros de la Asamblea. Antes de entrar se presiona los lacrimales, siguiendo una suerte de ceremonia que le ayuda a afrontar situaciones críticas como esta.

El rostro de su padre se dibuja en la cara interna de los párpados.

—Allá vamos —se alienta.

Ocho miradas se posan sobre él: las hay torvas y desconfiadas, conminatorias y expectantes, alguna cordial, pocas neutrales.

—Buenas tardes, señores —saluda con voz firme.

Nadie responde.

Mala señal. Hay demasiada hostilidad. Lógico por otra parte, dada la naturaleza del encuentro.

En el extremo más alejado de la mesa localiza una silla vacía, destinada a ser ocupada por el convocante de la reunión; sin embargo, para sorpresa de los presentes, Michelson se sienta en otra vacía, a la derecha de Nasidio y frente a Minotauro. Antes de tomar la palabra, se regala unos segundos para fijarse en la disposición de los asistentes.

Frente a él, los enfrentados; a su lado, los alineados.

—Buenos días a todos. En primer lugar, querría empezar esta reunión extraordinaria, si es que me corresponde a mí el honor de hacerlo, con una mención a nuestro hermano Cerbero, víctima del infortunio y, permítanme que lo añada, de la insensatez.

Un rumor de encendidas opiniones incendiarias chisporrotea en el ambiente. Todavía no es el momento, por lo que Michelson deja que el frío mármol rosáceo que lustra las paredes mitigue la deflagración.

—Sí, compañeros —prosigue—. Porque si hoy estamos aquí reunidos es porque, en mayor o menor medida, a todos nos preocupa el estado actual de nuestra organización. Por eso no quiero dejar pasar la oportunidad de agradecerles el hecho de que hayan aceptado mi invitación para evaluar el estado en el que nos encontramos. Crítico —define—, si calificamos en su justa medida los recientes acontecimientos que han hecho tambalear los pilares sobre los que se asientan nuestros negocios.

Michelson ha estudiado cada una de las palabras que va a utilizar, pero sobre todo las que no quiere pronunciar. Considera vital huir de los términos de corte masónico que forman parte del discurso de Corteza de Roble para ofrecer una perspectiva tangible de lo que son en realidad: un grupo de poder cuyo único objetivo es mantenerse. Por ello debe emplear un lenguaje netamente empresarial, alejado de lo esotérico. El poder es un valor que no cotiza en ninguna bolsa, pero que siempre está al alza y cada día cuesta más comprarlo.

En esta idea se basará su discurso: alguien tiene que pagar el precio.

—Ha llegado la hora de dar un giro radical, aunque progresivo, al enfoque de nuestra organización. Los tiempos han cambiado y nosotros seguimos anclados en formas de hacer encorsetadas; válidas en otras épocas, sí, pero que hoy son altamente comprometedoras. Este atavismo demencial no es en absoluto favorable a nuestros intereses —sentencia.

—Hemos llegado hasta aquí gracias a esas formas de hacer encorsetadas —parafrasea Minotauro—. Porque contamos con unos principios inviolables, un reglamento que está por encima de los intereses particulares y que siempre nos ha protegido del exterior, desde que el primer Gran Maestre escribiera el *Novem Regulas.*

Michelson ya ha previsto ese primer argumento opositor: la tradición.

—Muy cierto, pero permítame que le haga una observación que, intuyo, es probable que no haya tenido en cuenta. El exterior ha evolucionado, nuestro reglamento no. Por tanto, cada día que transcurre nos vamos alejando de la realidad y nos resulta más complicado mantener nuestro escudo principal: el anonimato.

—¡Esa es nuestra gran debilidad! Nuestra única debilidad —precisa Gerión—. Y de un tiempo a esta parte nuestro nombre está en boca de todos —exagera el custodio interpretando bien su papel—. Flegias, igual que lo fue su padre y antes que él su bisabuelo, es experto en el arte de hacer invisible lo visible, que es, precisamente, lo que necesitamos en estos momentos. Él sabe lo que dice y dice lo que muchos pensamos. ¿Recuerdan la asamblea de Edimburgo del año 2002? Su padre lo predijo. Nos advirtió a todos de que cada vez éramos más vulnerables, que nos habíamos vuelto descuidados y vanidosos, que necesitábamos cambiar nuestros hábitos... ¿Lo recuerdan? Porque yo sí.

—¡Eso es oportunismo, nada más! —protesta Efialtes—. A lo largo de nuestra historia hemos vivido episodios críticos que hemos sabido superar gracias a que nos mantenemos firmes y unidos. ¡Unidos!

—Podemos terminar muy unidos en la cárcel, donde hemos estado muy cerca de acabar tras el acto de purificación de Budapest. O, si nuestro compañero lo prefiere, muy firmes bajo tierra, como nuestro hermano Cerbero —interviene Pluto en tono jocoso para disimular sus miedos.

—El mayor peligro nos acecha desde dentro, ¡no viene de fuera! —contraataca Efialtes, acusador.

—¡Estoy de acuerdo! —se le une Minotauro—. ¿Cuándo hemos mantenido una reunión de este tipo, por muy extraordinaria que sea, sin el conocimiento de nuestro Gran Maestre? Gerión, hermano, que tan buena memoria tiene, respóndanos si es usted tan amable. ¡¿Cuándo?!

El custodio aludido frunce el ceño, pero desvía la pregunta hacia Michelson.

—El hecho de que nuestro Gran Maestre no esté presente se debe a que nosotros, como custodios de esta gran empresa, somos los únicos responsables de velar por la pervivencia de la misma. Y no lo digo yo, viene escrito en El Cartapacio —remarca—. No creo que sea necesario que les recuerde su juramento, ¿verdad? —les lanza a todos—. Sé que si no prospera la proposición que tengo que hacerles tendré los días contados. Sin embargo, he decidido arriesgarme por el bien general y no pensando en mis intereses.

—¿Y en qué consiste esa propuesta, si puede saberse? Aunque estoy seguro de que algunos de los presentes ya están al corriente... —deja caer Efialtes.

—Enseguida. Previamente, como decía al principio, quisiera hacer una breve evaluación de la coyuntura en la que nos encontramos para que ustedes mismos se labren su propia opinión más allá de la postura que han adoptado antes de entrar en esta sala.

Michelson compone un rictus cargado de solemnidad.

—En apenas una década hemos sufrido dos filtraciones importantes que todos conocen, por lo que voy a obviar los detalles. Primero la de Bujalesky y recientemente la de De Bruyn. Pero de lo que no sé si somos conscientes es de que la segunda es consecuencia de la primera. ¿Lo somos?

—¿Qué más da? Antes que esas hubo otras y otras llegarán —le interrumpe Minotauro—. Y sin embargo, todas ellas, todas sin excepción, se sellaron debidamente gracias a nuestros arcángeles. Bujalesky ya ni siquiera forma parte del recuerdo y la de De Bruyn está a punto de resolverse. En la próxima asamblea ni siquiera será digna de mención. No trate de asustarnos, su inexperiencia es lo que de verdad nos asusta.

—No me ofenderé por eso —esquiva Michelson haciendo alarde de la flema cargada en su ADN—. Mi reciente incorporación a esta organización es una fortaleza, no una debilidad.

Pausa.

—Aunque no me esté permitido mencionarlo, todos ustedes conocen el pasado profesional de mi padre. Y el mío. Dicho esto, si me permite unos minutos, le demostraré lo equivocado que está.

Y lo hace.

Esa es su especialidad, encender la mecha y esperar el momento propicio para estallar la dinamita. El objetivo no es otro que causar el mayor número posible de víctimas. Tras la detonación, los rostros de los custodios afines reflejan verdadera ira y fingida perplejidad. Los documentos que prueban que Alcides Edgardo Bujalesky sigue con vida circulan entre los miembros de la Asamblea.

—Corteza de Roble nos engañó a todos —concluye Michelson sin necesidad de endurecer el tono. El contenido de la frase es suficiente.

Otra pausa.

—Si esto es cierto —interviene por primera vez Caronte—, el hermano Efialtes tiene razón. El mayor peligro nos acecha desde dentro, sí, y ocupa el cargo de Gran Maestre.

Michelson sabe en ese momento que esta batalla está ganada.

Es hora de enarbolar su estandarte.

Puerto Iguazú
Provincia de Misiones (Argentina)

En las cabañas les han informado de que el señor Ramírez ha partido por la mañana con un grupo de turistas hacia el Parque Nacional Iguazú y que no tiene previsto regresar hasta dentro de tres días. La recepcionista —que en realidad es su hija Fernanda— no ha querido facilitarles el número de su teléfono móvil, a pesar de que están seguros de que se ha tragado la historia de la entrevista para una revista especializada en viajes. No les ha quedado otra opción que ir a su encuentro.

Con la planificación de las excursiones en el bolsillo, Erika sigue las indicaciones del navegador del Ford Focus que acaban de alquilar mientras escucha por enésima vez las imprecaciones de Ólafur Olafsson contra Robert J. Michelson.

—A Connor nunca le pareció trigo limpio. Me lo advirtió muchas veces. Decía de él que era un camaleón araña, porque sabía camuflarse tras un rostro amable para tejer pacientemente una red sin que sus presas se percataran de ello. Lo cierto es que a mí nunca me jugó ninguna. Yo sabía lo que era jugar sucio, o no jugar limpio del todo para ser más exactos, y quizá por ello Michelson se empeñó en que formara parte de su equipo. Nos conocíamos antes de que le encargaran formar el grupo para atrapar a Augusto. En el año 2000 o 2001, ya no recuerdo, colaboré con la ISUF con el objeto de desmantelar la red de tráfico de armas que se creó al finalizar el conflicto irlandés. Y como yo había estado en los dos lados, le serví de bastante ayuda. El bastardo se sabía mi historial mejor que yo, aunque, bien pensado, creo que eso carece de mérito, porque soy incapaz de acordarme de lo que hice antes de ayer…

—De lo que no me acordaba yo era de que fueras capaz de producir tantas palabras por minuto. Está claro que las personas evolucionan y casi siempre a peor —bromea ella.

—Ya. Tu caso es un claro ejemplo.

—Sin duda.

—Y no digamos el de Sancho. De mosquita muerta a matamoscas. Y no quiero decir que antes fuera un desgraciado y ahora un malnacido, a lo que me refiero es a que se ha pasado al lado oscuro del bien con mucha facilidad.

—¿El lado oscuro de la fuerza? —define Erika, jocosa—. Ese es el bando en el que estamos tú y yo, pero discrepo en que haya sido con facilidad. No creo que Sancho haya tenido una existencia, digamos..., fácil.

—Ya. Pero esos son matices que no cambian el hecho —objeta él.

—¿Qué hecho?

—Que el pelirrojo cruza la frontera como y cuando quiere; con mucha facilidad —concreta.

—Ya estamos. Este es el tipo de conversación trampa que mantenías con Jaap, ¿verdad?

—No, las nuestras eran más profundas.

—Gracias, cabronazo.

—De nada.

—Te vas a enterar, abuelo —vuelve Erika—. Una vez te oí decir que una mentira puede convertirse en verdad. Eso es una chorrada.

—No. Lo que sostenía ante Jaap era que cualquier mentira disfrazada de verdad puede convertirse en verdad.

—Lo mismo me da que me da lo mismo. Es una perogrullada —califica ella al tiempo que trata de no superar el límite de velocidad de cuarenta kilómetros por hora que establecen las señales.

—Arguméntamelo.

—Pues eso, que la verdad es única. Argumentado.

—Depende de la naturaleza de la misma. Independientemente, insisto, cualquier mentira bien disfrazada de verdad puede convertirse en verdad.

—Arguméntamelo.

—Otro día.

Erika resopla al volante.

—Volviendo al asunto de Sancho —retoma él—, ¿qué fue eso que te dijo la última vez que hablaste con él?

—Que iba a estar en el lado de la ley y el desorden, pero no fue la última vez que hablé con Sancho.

—¿Has vuelto a hablar con él y no me lo has contado?

—Sí te lo he contado.

—No, me acordaría.

—Fue el día de autos —recalca ella, sibilina.

—Ya. No pienso avergonzarme por ello, la jauría necesita carne fresca de vez en cuando.

—Claro, claro.

—El entorno es precioso —observa el islandés mirando a través de la ventanilla. Inmediatamente, deja pulsado el botón para bajar el cristal.

—No te avergüenzas de ello, pero siempre cambias de tercio —le recrimina Erika.

—Huele a naturaleza agreste.

—Otros lo llaman humedad.

—No, hay muchos más matices que tu poco entrenado sentido del olfato no está apreciando.

Erika deja escapar una carcajada.

—¿Más matices?

—En la vida todo son matices y en materia olfativa más, si cabe.

—Algún día esa gran virtud que posees —se mofa Erika— te jugará alguna mala pasada.

—Ya. Gracias a mi olfato pude llegar hasta ti en el maldito laberinto del castillo de Buda, así que deberías rendir cumplido homenaje a esta —dice tocándose la nariz con el índice.

Erika declina «matizar» que, si no hubiera aparecido Sancho, aquel fauno de enorme cornamenta le habría hundido la daga ritual en las tripas.

—Los olores nos narran acontecimientos —insiste Ólafur—. Hace no mucho que aquí ha caído una buena tormenta, todavía se pueden apreciar las trazas de la electricidad en el aire.

—La acumulación de agua en los márgenes de esta carretera ya me susurró ese secreto hace varios kilómetros.

—Ya. Pero la vista no te lo cuenta todo. La vista siempre engaña, porque se ciñe a lo que tenemos delante de los ojos. Te voy a contar lo que nunca te confesará esa pérfida traidora —dice quitándose las gafas.

—Sorpréndeme.

—Percibo el aroma que se desprende de las rocas secas de origen granítico, por lo que debemos de estar cerca de un...

—¡Venga ya! —le interrumpe—. Estamos cerca del conjunto de saltos de agua más importante del globo terráqueo. ¡Por supuesto que debemos de estar cerca de...!

—No. Esas rocas no desprenden ningún aroma, porque están permanentemente mojadas y no acumulan los componentes químicos ni otros organismos de origen natural que reaccionan con el agua produciendo este maravilloso olor. Las rocas a las que me refiero son de origen volcánico, granítico, diría yo, y si no me equivoco deben de ser aquellas que se empiezan a ver allí a lo lejos.

Erika le miró sorprendida.

—No sabía que fueras un experto en geología.

—Ni yo. En realidad sé tanto de la materia como de la *nouvelle cuisine,* pero, como ves, cualquier mentira bien disfrazada de verdad puede convertirse en verdad.

Erika no le vuelve a dirigir la palabra hasta que estacionan en un aparcamiento donde el transporte colectivo para turistas es la especie dominante.

—«Recorrido por las pasarelas del circuito superior» —lee Erika—. Luego visita a la Garganta del Diablo y después de almorzar la ruta por el circuito inferior. Voy a preguntar a ese conductor, a ver si me traduce esto.

Cuando regresa, su humor, lejos de mejorar, parece haber empeorado.

—¿Qué te ha dicho el tipo?

—Que sigamos a la gente.

—¿Qué gente?

—A todos esos.

Erika señala un ejército de excursionistas que, organizados en distintos destacamentos y escuadrones, se pierden en el horizonte en dirección a la estación Garganta del Diablo, el punto en el que nacen los tres itinerarios.

—Esto va a ser como encontrar a Wally —observa Ólafur.

—Peor, mucho peor. Todo el mundo sabe cómo viste Wally y nosotros lo único que tenemos es una foto de Ramírez de hace catorce años.

—Disfrutemos entonces de esta maravilla. En el peor de los casos, en tres días podremos encontrarlo en las cabañas.

Erika no contesta. Tiene demudado el rostro y su expresión ausente le recuerda a aquella que lucía tumbada sobre el altar de sacrificios bajo los efectos de los opiáceos. Paralizada por completo, solo mueve los ojos, que siguen un objeto en la lejanía.

Ólafur Olafsson se ajusta las gafas con el dedo índice.

Una estatua de mármol viviente.

Hotel Bilderberg
Oosterbeek (Holanda)

Ha aguardado pacientemente a que la fruta madure antes de sacudir el árbol. Solamente Minotauro parece seguir aferrándose a las ramas, aunque desde hace minutos ha optado por permanecer callado, a cobijo como el resto de sus hermanos.

—Señores, ha llegado el momento de tomar decisiones —expone Michelson.

Y de nuevo las miradas confluyendo en la suya. Aprecia, o quiere apreciar, menos carga hostil.

—Tenemos que determinar si esta Asamblea quiere que un nuevo Gran Maestre tome las riendas de nuestra organización.

Silencio.

—El reglamento dicta que el cargo de Gran Maestre es de carácter vitalicio a no ser que se produzca una renuncia justificada y aceptada por la Asamblea o bien que exista la voluntad de elegir otro candidato, que deberá, en todo caso, ostentar el cargo de custodio.

Pausa.

—Siendo este último el caso que nos atañe, se especifica que para ser aprobada la moción deberá existir unanimidad de criterio entre los miembros de la Asamblea. La fórmula establece que la consulta debe hacerse de viva voz a cada uno de los miembros presentes en orden inverso a la antigüedad del mismo. Por lo consiguiente, me corresponde a mí ser el primero en expresarme.

Mutismo generalizado.

Michelson se incorpora con calma y eleva una octava la voz.

—Yo, Flegias, digo sí al nombramiento de un nuevo Gran Maestre.

Se sienta y cede el turno con la mirada al siguiente custodio. Sabe cómo se va a pronunciar. No se equivoca.

—Yo, Anteo, digo sí al nombramiento de un nuevo Gran Maestre.

Con el siguiente tampoco.

—Yo, Pluto, digo sí al nombramiento de un nuevo Gran Maestre.

A partir de aquí la sombra de la duda tiñe su optimismo.

—Yo, Gerión, digo sí al nombramiento de un nuevo Gran Maestre.

Michelson trata de contener la euforia.

—Yo, Nasidio, digo sí al nombramiento de un nuevo Gran Maestre.

El siguiente pronunciamiento es de vital importancia.

—Yo, Caronte, digo sí al nombramiento de un nuevo Gran Maestre.

Llega el turno de los opositores.

Efialtes declina ponerse en pie. Es el acto de rebeldía más osado al que puede aspirar en ese momento.

—Yo, Efialtes, digo sí al nombramiento de un nuevo Gran Maestre.

Falta Minotauro. En sus setenta y tres años nunca se ha visto en una situación como esta. Como máximo accionista del mayor grupo de comunicación del planeta, está acostumbrado a sembrar pensamientos y cosechar opiniones. Nunca imaginó que a estas alturas se iba a ver forzado a regalar la suya. Lo que no puede anticipar el veterano magnate de la comunicación es lo rápido que se va a arrepentir de haberse manifestado en contra de su criterio.

Aún falta el voto del más veterano de los custodios. Antes de que abra la boca, Michelson interpreta su mirada y libera el aire que estaba reteniendo en los pulmones.

—Yo, Minotauro, digo sí al nombramiento de un nuevo Gran Maestre.

Michelson regala un prolongado silencio a sus hermanos con el propósito de que digieran bien la decisión que acaban de tomar.

—Señores, la Asamblea se ha manifestado —dictamina al fin.

Pero esta vez sus palabras no logran captar la atención de sus compañeros.

La presencia del mayor de los arcángeles convierte la ya de por sí enrarecida atmósfera de la sala en una ciénaga infecta en la que nadie quiere permanecer un solo minuto más. A pesar de que Miguel tiene el pelo cada vez más cano, sigue manteniendo un estado físico impecable y su expresión turbadora siembra el desconcierto entre los custodios.

Empieza el segundo acto.

—Yo respetaba a tu padre.

La voz agrietada de Corteza de Roble precede a su siniestra figura. Viste la túnica de Dante para recordar quién es el Gran

Maestre. Se sirve de dos bastones para caminar, bastones que parecen apéndices de sus ramificadas manos. A pesar de que los presentes ya están habituados a su deformidad, ninguno puede evitar contraer el semblante cuando se despoja de la capucha.

Gerión, que ocupa la silla más próxima a la puerta, se levanta de inmediato para cedérselo al, todavía, máximo exponente de la hermandad. Miguel le ofrece su brazo y este lo toma más por motivos ornamentales que por necesidad. Seguidamente, el arcángel se sitúa a su derecha y adopta una pose hierática, blindada.

—Tienes que creerme, Flegias: yo respetaba a tu padre —repite clavando su mirada en Michelson. Sus ojos son dos minúsculas esferas; perfectas y negras, como las de un tucán. A pesar de que estén parapetados tras las protuberancias verrugosas, se percibe la ira contenida—. Él estaba hecho de madera noble; tú, sin embargo, solo eres carcoma. ¿De verdad pensabas que podías organizar una reunión de este calado sin que el Gran Maestre se enterara? ¡Una confabulación para asaltar el cargo que legítimamente obtuve y que ostento por derecho! ¿En algún momento llegaste a creer que mis arcángeles no iban a enterarse de tus ambiciones sediciosas, de tu sed de poder?

Michelson bebe un trago de agua para aplacar la sed. O puede que sea para paliar la sequedad que de forma repentina le ha tapizado el interior de la boca.

—Eres un necio, no estás a la altura de tus antepasados —sentencia Corteza de Roble—. Siempre estuve al corriente de las discrepancias de tu padre con respecto a los peligros derivados de mi forma de dirigir esta hermandad. ¿Y sabes por qué? Porque él me lo contaba. Acudía a mí para compartir sus cuitas con su Gran Maestre. Sin duda, era un hombre honesto y valiente, preocupado por la seguridad de sus hermanos, sí, pero nunca se desvió del camino.

Robert J. Michelson podría discutir tal afirmación, pero sabe que no va a sacar ningún provecho de ello. En esa tesitura conviene aguantar a que cese el bombardeo antes de salir corriendo hacia ningún lugar.

—Yo le respetaba —insiste— y por ello consentí que su túnica de custodio fuera traspasada a su único hijo tras su fallecimiento, tal y como él deseaba. Ser magnánimo puede confundirse con debilidad —reflexiona en voz alta—. En cuanto a vosotros, hermanos, habéis de saber que he asistido a esta ilegítima reunión sin necesidad de estar presente. No estoy sorprendido, aunque sí decepcionado. Entiendo que esta situación es consecuencia directa de los últimos acontecimientos y como pilar del Templo asumo mi responsabilidad y me comprometo a revisar mis métodos. A cambio solamente os pido, os exijo —rectifica—, que hagáis honor a la palabra que un día dejasteis escrita en El Cartapacio de Minos.

Miguel hace un leve movimiento y la atención de los custodios se concentra en la empuñadura en forma de cruz bañada en oro que asoma a la altura de la cadera del arcángel mayor; el arcángel de los arcángeles, ese a quien tantas veces han recurrido para quitarse de encima un problema, ese cuya función principal es defender al Gran Maestre de la Congregación de los Hombres Puros.

—¡Hermanos! Yo soy el defensor de las nueve normas escritas de puño y letra por el Gran Arquitecto —insiste con el tono crispado—. ¡Yo, Corteza de Roble! ¡Y ninguno de los que hoy estáis aquí sentados está preparado para siquiera comprender el compromiso que eso conlleva! ¡Ninguno! —subraya mientras los va señalando uno a uno.

—La Asamblea se ha manifestado —pronuncia Michelson, extrañamente calmado.

—¡La Asamblea no se manifiesta si no está presente su Gran Maestre!

—No es cierto, hay precedentes —replica Michelson—. Corteza de Roble no es el primero ni será el último Gran Maestre que no termina su mandato por decisión de la Asamblea.

—¡Yo soy la Asamblea y tú no eres más que un maldito traidor! Y contra los traidores solo existe un antídoto.

Corteza de Roble apoya sus manos deformes sobre la mesa y trata de ponerse en pie, pero la falta de sujeción hace que el intento quede solo en eso. Miguel se apremia para asistirle, pero él declina la ayuda con un grito que le nace desde lo más recóndito de su estómago. En la segunda tentativa quiere valerse únicamente de los bastones, que apenas logra asir con firmeza dado el avanzado desarrollo de la epidermodisplasia verruciforme. Así y todo, consigue enderezarse luego de algunos interminables segundos durante los cuales nadie apuesta por que lo vaya a conseguir.

Pero la dignidad supera cualquier barrera y de eso Corteza de Roble tiene de sobra.

—Los traidores no merecen ser juzgados —sentencia al tiempo que derrocha esfuerzo y orgullo en rodear la mesa en dirección a su objetivo.

Los custodios aprietan los párpados a su paso o se giran atemorizados. Tal es el efecto que provoca ver desenvainada la espada flamígera.

—Los traidores solo merecen ser ajusticiados.

Michelson se gira muy despacio.

Sabe cómo va a terminar la escena. En realidad, todos lo intuyen desde el momento en que han visto entrar a Corteza de Roble en la sala acompañado de su fiel escudero.

—La Asamblea se ha manifestado —repite Michelson—. Nadie puede oponerse a las decisiones tomadas libremente por unanimidad. Elegiremos un nuevo Gran Maestre.

A Corteza de Roble le sorprende la entereza con la que Flegias afronta su final. Incluso cuando suelta uno de los bastones para extraer una daga que logra aferrar con sorprendente presteza entre sus dedos cubiertos de máculas endurecidas, no detecta atisbo alguno de miedo ni súplica en su expresión.

—¡Gran Arquitecto, Creador, guía estas manos obedientes, que son las tuyas, en el ejercicio que se me ha encomendado! —declama el Gran Maestre elevando la empuñadura por encima de la cabeza.

Llega el acto final.

Michelson da la orden con un leve movimiento de la cabeza.

Y Miguel actúa.

La espada flamígera choca contra el filo de la daga arrancándosela de las manos a Corteza de Roble. Este, siguiendo su instinto, se gira para tratar de comprender qué está pasando. Lo ve escrito en la mirada del arcángel justo antes de perder el equilibrio y dar con su ajado cuerpo contra el suelo.

La sala se llena de exclamaciones hasta que un alarido las entierra a todas.

—¡Juuudas! Maldito seas, Judas. ¡Tú, mi primera espada!

—La primera de la hermandad —replica Miguel señalándolo con la punta de la espada flamígera.

—Damocles me lo advirtió, ¡pero no quise escucharle! —reflexiona en voz alta—. Él me lo advirtió. ¡Lucifer te devorará junto con Casio y Bruto por toda la eternidad!

Michelson se incorpora justo entonces y golpea la mesa con el puño cerrado.

—La Asamblea se ha manifestado. ¡Elegiremos un nuevo Gran Maestre!

Entretanto, Efialtes y Pluto, movidos por sentimientos humanitarios más que asistenciales, ayudan a Corteza de Roble a levantarse del suelo. Nadie se lo impide.

—Es evidente que me equivoqué contigo —balbucea este refiriéndose a Michelson—. No eres un necio. «Cuidaos de los falsos profetas, que vienen a vosotros con vestidos de ovejas, pero por dentro son lobos rapaces» —cita.

—Es hora de asumir la derrota —le conmina Michelson.

Corteza de Roble cierra los ojos y asiente, pero no porque esté en absoluto de acuerdo con Michelson, lo hace porque acaba de darse cuenta del propósito que tiene el sainete que han preparado Flegias y Miguel.

—El Maligno se presenta ante nosotros bajo múltiples apariencias —dice en voz queda—, pero yo sé reconocer todas sus formas. El futuro Gran Maestre nunca tendrá lo que tanto ansía.

Michelson no sabe leer sus intenciones en estas palabras. Miguel tampoco.

La reacción de Corteza de Roble no está en el libreto.

Convierte el odio en energía para abalanzarse sobre el arcángel, que, ocupado en controlar los alborotados movimientos de los custodios, no puede evitar que agarre la noble empuñadura y tire de ella hacia sí.

Y ninguna corteza de roble es lo suficientemente dura para detener la afilada punta de la espada flamígera.

—¡No! ¡No! ¡Nooo! —chilla Michelson.

Solo el Gran Maestre conoce la ubicación de El Cartapacio de Minos.

Un griterío vuelve a adueñarse de la sala.

Cuando Miguel extrae la espada, esta se ha teñido de sangre apenas unos pocos centímetros, los necesarios para alcanzar la aorta y seccionarla a la altura del ventrículo izquierdo.

A Michelson le da tiempo a sostener y acompañar el desvanecimiento del ya relegado Gran Maestre.

Los músculos de la cara, contraídos hasta el extremo en una contrahecha configuración facial, conforman una expresión agónica, monstruosa. Michelson trata de conectar con esos ojos moribundos que se resisten a parpadear por última vez. Desiste al escuchar unas palabras que escapan furtivas entre sus dientes teñidos de rojo escarlata.

—Tus sucias manos nunca tocarán El Cartapacio, traidor —susurra.

—Yo no estaría tan seguro de eso, siempre me quedará Bujalesky —le revela Michelson al oído.

Corteza de Roble, muy lejos de verse sorprendido, esboza una mueca parecida a una sonrisa. Seguidamente, toma aire con la intención de decir algo, pero su cerebro se queda sin riego sanguíneo y deja de transmitir órdenes.

Muere.

El Gran Maestre yace tirado en el suelo manteniendo cierto vigor, como una rama que acaba de ser arrancada de un árbol. Tras unos segundos de respetuoso silencio, Caronte, que es el único custodio que ha permanecido en su sitio, se levanta.

—Señores, compañeros, hermanos, procede ahora fijar el lugar para la celebración de la próxima asamblea, donde debemos elegir un sucesor dentro de veintiún días, como establece la norma.

Un nuevo murmullo.

—Será un acto protocolario, porque… o mucho me equivoco o solo tenemos una candidatura.

Efectivamente: se equivoca.

LO CORRECTO MATA

Parque Nacional Iguazú
Provincia de Misiones (Argentina)
Septiembre de 2013

Erika tarda en reaccionar.

No sabe lo que le ha provocado esa parálisis, pero diría que no ha sido causada por el miedo. Las difusas reminiscencias del fugaz encuentro con la mujer albina en Budapest siguen pendientes de catalogar. Recuerda vagamente que aquel guardián de la Congregación la tenía retenida en un agujero junto con la otra doncella como coprotagonistas del acto de purificación. Cuando Zoltan Szabó pretendía deshacerse de su compañera, ella apareció de la nada, le arrebató la vida como si nada y en la nada desapareció.

Es como si su subconsciente se resistiera a reconocer unos hechos de los que tiene constancia de que han sucedido tal cual los recuerda.

—Tenemos que movernos —escucha decir a Ólafur tras aclararse la garganta—. Si ella está aquí, es porque o nos está siguiendo a nosotros, o viene a buscar a la misma persona, pero con fines distintos.

—Me decanto por la segunda opción —reacciona ella con la mirada puesta en la estatua.

—Coincido.

—Y entonces, ¿qué?

—No la perdamos de vista.

El arcángel viste un mono de licra negro y, a pesar de que sus largas rastas albúreas le tapan parcialmente la espalda, se puede distinguir una mochila de contenido tan incierto como inquietante. Se cubre los ojos con gafas oscuras y camina ligera, pero sin prisa. Flota.

La siguen a unos cincuenta metros de distancia al tiempo que serpentean entre los turistas que se dirigen a la estación Garganta del Diablo. Una incómoda gota de sudor desciende por la sien de Ólafur.

—Jaap me habló de todos los arcángeles —introduce este—. No era extraño escucharle alardear de que conocía a fondo las habilidades de sus compañeros. Sentía mucho respeto por Rafael y diría que admiración por Miguel, pero de Gabriel..., de Gabriel no sabía más que el hecho de que era una mujer. No sé si te enteraste de que Sancho también se topó con ella en Nigeria. Se ha parado. Espera.

—Sí, ya me contó. ¿Qué está mirando desde ahí?

—Ni idea.

—No dejo de pensar en algo...

Ólafur se mantiene a la expectativa sin despegar la mirada del arcángel.

—¿Qué mierda vamos a hacer si tenemos que enfrentarnos con ella?

—Ya. Buena pregunta. Llegado el caso, si se pone a tiro, no le voy a dar opción a que me envíe al Valhalla —asegura haciendo rotar el tobillo de la pierna derecha.

Erika arruga la cara.

—¿Cómo es posible?

—Uno tiene sus métodos. ¿Recuerdas que cuando aterrizamos en Ezeiza tardé más de la cuenta en volver del baño?

—Lo tuyo para conseguir armas es un arte. Pensaba que llevabas esos pantalones de campana por decisión propia.

—Y así es.

—Los setenta murieron en cuanto empezaron los ochenta, hace treinta y tres años. Siento ser yo quien te lo diga.

—Se pone en marcha —advierte él. En su tono de voz se aprecia cierta alteración que, para su sorpresa, no encuentra reciprocidad en su compañera.

—Vamos.

Decenas de personas esperan a que llegue el tren turístico que les acercará hasta las pasarelas sobre el río Iguazú que mueren en el mirador de la Garganta del Diablo. Sin embargo, el arcángel pasa de largo siguiendo los letreros que señalizan el circuito inferior.

—Parece que no tiene la misma información que nosotros —comenta Erika.

—O puede que sí la tenga y haya decidido esperar a que Ramírez pase por allí. Es lo que haría yo.

—Mierda, mierda, mierda —califica ella—. No será capaz de intentar algo a la vista de cientos de personas, ¿verdad? —se cuestiona, más como un deseo que como una incógnita.

—Yo no apostaría mi jubilación.

—No podemos permitirlo. Si elimina a Ramírez, nos corta de raíz la posibilidad de encontrar a Bujalesky. Adiós al maldito Cartapacio. Al margen, si me reconoce, creo que nos vamos a meter en un lío importante.

—Ya. ¿Y qué propones?

—Que nos separemos. Tú la sigues a ella y yo trato de dar con Ramírez.

Ólafur se mesa el mostacho con la atención puesta en su objetivo.

—No sé si es buena idea, pero a estas alturas...

—Hasta caminar en llano da vértigo —completa ella.

—Pues eso, no te tropieces.

—Lo mismo te digo. Estamos en contacto por móvil. Me vas contando, ¿ok?

—Suerte.

Erika posa la mano sobre su hombro y le menea levemente antes de dar media vuelta. El islandés la ve perderse entre el resto de congéneres que avanzan en dirección a los distintos miradores desde los que contemplar los distintos saltos de agua. Cuatro ejemplares de coatí parecen escoltar su marcha.

Se le arruga el estómago cuando sus ojos regresan al punto en el que debían encontrarse con el arcángel.

Ha desaparecido.

Cafetería restaurante Schoonoord
Oosterbeek (Holanda)

La expresión de Robert J. Michelson está cincelada por la frustración de quien se ha quedado con la miel en los labios. Ver morir a un hombre no resulta agradable, ser el responsable de esa muerte, menos; pero no son esos los tragos amargos que le han impulsado a sofocarlos con el amargor de un gin tonic. O varios.

El plan consistía en quitar de en medio a Corteza de Roble, pero nunca antes de haber realizado la ceremonia del traspaso de la túnica de Dante, con lo que ello implica. Sabe que el Gran Maestre es el único que dispone de todos los permisos para acceder a la información clasificada de la organización, que no es más que la que genera durante su mandato; aun así, le habría resultado de gran utilidad. Ahora no tiene nada más que muchas opciones para ser nombrado su sucesor —más por miedo que por méritos personales—, pero de nada le servirá el cargo sin los privilegios. Corteza de Roble interpretó correctamente sus reales intenciones y por eso decidió llevarse a la tumba el secreto de la localización de El Cartapacio de Minos. A la tumba o allá donde se estuviera descomponiendo su monstruoso organismo, porque Michelson no se ha interesado por ello. El hecho de que Nasidio sea el propietario del hotel ha facilitado la retirada del cadáver siguiendo la misma metodología con la que trabajaba su servicio de habitaciones: con absoluta discreción. Al custodio le ha incomodado tener que pedir la devolución de algún favor a las autoridades pertinentes para conseguir la incineración inmediata del cuerpo de un indocumentado que se les había colado en el hotel y que había resuelto morirse sin permiso. Hasta cierto punto es cierto, pues casi nada se sabe sobre la persona que había detrás de su nombre masónico. De igual forma, a estas alturas ya será ceniza y los problemas pierden fuelle cuando carecen de nombre propio.

—Hay un vuelo esta noche —le informa Miguel.

—Excelente. ¿Has informado a tu gente?

—No, todavía no. Lo haré de camino al aeropuerto, pero he de decir que nunca se me han dado bien los comunicados. De ningún tipo —especifica.

—Los custodios se encargarán de hacerlo con sus guardianes y estos, a su vez, con los centinelas. Solo diremos que el Gran Maestre ha muerto y que la Asamblea ya está trabajando en la sucesión.

—La norma establece que los candidatos deben presentarse a la elección con su futuro nombre. ¿Has pensado ya en ello?

Michelson bebe un trago largo del Tanqueray con tónica e inspira profundamente buscando inspiración.

—Xellos.

Miguel lo mira extrañado.

—Mi padre me regaló un caballo que se llamaba así: Xellos.

La ausencia de reacción por parte del arcángel le hace creer a Michelson que desea escuchar toda la historia.

Nada más lejos de la realidad.

—Durante unos años vivimos a las afueras de Derby, en una hacienda que perteneció a mi bisabuelo Matthew J. Michelson y que todavía puedo ver con nitidez si cierro los ojos. Mi padre pasaba largas temporadas fuera y cuando regresaba lo primero que hacía antes de entrar en casa era pasar por el establo a saludar a sus caballos. Los había comprado casi todos siendo potros y los criaba, se los criaban —rectifica—, para competir. Lo cierto es que jamás consiguió tener ninguno que ganara algo importante, pero la que más destacaba era una yegua de pelaje castaño claro que se llamaba Ayris. Se empeñó en cruzarla con un semental que debía de ser el Usain Bolt equino, porque cubrirla le costó una millonada. Once meses después nació Xellos. Recuerdo que mi padre lloró al verlo levantarse por primera vez, algo que no hizo cuando nací yo, su único hijo, porque ni siquiera estuvo presente. Estaba emocionado. No hablaba de otra cosa que de Xellos y, por muy absurdo que te pueda parecer, empecé a sentir celos de aquel potrillo.

Otro trago.

—Para mi sorpresa, cuando cumplí los doce años mi padre me lo regaló. Era mío y sin embargo no podía montarlo porque Xellos tenía que cumplir un protocolo de adiestramiento específico para convertirse en un gran campeón. Un día, aprovechando que él estaba de viaje, decidí hacerlo por mi cuenta y riesgo. Yo no era un gran jinete, pero estaba acostumbrado a montar desde los seis años. Xellos no debía de pensar lo mismo, porque a las primeras de cambio me hizo descabalgar. Me fracturé la clavícula. No me atreví a contarle la verdad a mi padre. Meses después lo volví a intentar con la misma suerte, pero sin fracturas. Creo que insistí un par de veces más, pero jamás conseguí cabalgar a lomos de Xellos. Un tiempo después, un domingo que hacía mucho calor, en una de aquellas sesiones de entrenamiento el animal se rompió una pata. El veterinario le dijo a mi padre que podía operarse, pero no garantizaba que fuera a recuperarse por completo y que lo seguro era que en esas condiciones nunca podría llegar a competir. La intervención y el tratamiento posterior eran muy caros; no obstante, no fue el dinero lo que llevó a mi padre a tomar la decisión de sacrificarlo. Fue porque, para él, el mero hecho de que no pudiera llegar a cumplir el propósito para el que había nacido era una tortura que ningún ser vivo debería soportar.

Miguel no sabe qué decir, ni siquiera sabe si ha de decir algo o no. Duda si la historia de Xellos contiene una advertencia velada hacia él o simplemente es una aburrida historia cuya moraleja se ha escapado a su entendimiento. Lo único que sabe es que lo que más le apetece en ese momento es estrellarle a Michelson un vaso en la cara y ver cómo se retuerce de dolor. El arcángel oculta su estado de confusión llamando la atención del camarero.

—Todos tenemos un propósito al nacer y el mío es vestir la túnica de Dante. Así me lo dejó escrito mi padre y así lo cumpliré.

Miguel se piensa dos veces si le conviene o no alimentar esa conversación.

—Pero Xellos no lo logró —se arriesga, valiente.

—Por eso mismo quiero usar su nombre, para acordarme de su fracaso y no repetirlo.

El arcángel da por zanjado el asunto del condenado caballo.

—Y ahora, como único candidato hasta la fecha —aclara—, me corresponde a mí decidir dónde tendrá lugar la Asamblea de nombramiento. Hay un enclave que tiene mucha importancia para mí y creo que tú sabes por qué.

—¿El refugio de tu bisabuelo en el fin del mundo?

Michelson lo confirma con un fugaz movimiento de la cabeza.

—¿Y por qué arriesgarse a celebrarla allí? Nadie más que yo tiene que saber dónde establece su Templo el Gran Maestre. Corteza de Roble lo tenía en la isla Malden, que no era el fin del mundo pero sí el lugar más apartado.

—Mi padre dejó escrito que observando el movimiento de los glaciares y escuchando sus sonidos había comprendido que la velocidad es relativa siempre que no se interrumpa el avance. Solía decir que la línea recta es el camino más corto, pero no siempre es el más rápido. Esta es mi forma de homenajear el esfuerzo de mi familia. Si he llegado hasta aquí, es gracias a ellos. De cualquier forma, no estoy pensando en organizarlo en mi casa. Digamos que por la zona, ya te informaré cuando llegue el momento.

—Usted manda.

Miguel se frota la cara.

—Hay algo que quería comentarle acerca de mis hermanos: necesitamos suplir las bajas que hemos sufrido estos meses.

—Tengo decenas de candidatos que tú evaluarás y formarás a su debido tiempo.

—Damocles se encargaba de ello, pero ya sabe que Gabriel fue su último discípulo.

—Sí, eso es lo único que se sabe. Lo interesante es lo que no se sabe.

—Me temo que, sea lo que fuera lo que provocara la ruptura entre ambos, ya nunca lo averiguaremos —apunta el arcángel—. Corteza de Roble jamás hablaba de ello, ni siquiera a mí.

—Realmente no importa. No quiero que permanezcan la simbología arcaica ni las tradiciones ancestrales y Damocles era su máximo exponente.

—En parte sí.

—Tenemos que modernizar nuestros procesos. A su debido tiempo —recalca de nuevo—. Aparte de los arcángeles, tendremos que nombrar un nuevo Cerbero y, si no se tuerce nada más, un nuevo Flegias.

—Candidaturas no van a faltar entre los guardianes.

—De eso estoy convencido, pero ahora la prioridad es otra. Sin la argamasa de El Cartapacio, pronto empezarán a hacerse visibles las grietas en nuestra organización. En ausencia de compromiso, el Gran Maestre pierde la fuerza que otorga tener amarrados a los miembros de la Asamblea. Estoy convencido de que algunos de los custodios están viendo la gran oportunidad de desvincular su nombre de la hermandad aprovechando este momento de debilidad. En situaciones así, solo hace falta que uno tome la decisión para que todo se derrumbe como un vulgar castillo de naipes. La situación es francamente delicada —califica Michelson.

Miguel asiente convencido.

—A mí no me queda otro remedio que trabajar hacia dentro, tengo que fortalecer las alianzas con los custodios que me han apoyado y calibrar la lealtad de Efialtes y Minotauro. De todos, me temo —rectifica—. No dispongo de mucho tiempo y estoy seguro de que alguno de mis queridos hermanos se pondrá la máscara antes de que empiece el baile de disfraces. Tú ocúpate de encontrar a Bujalesky y, cuando lo hagas, avísame. Se esconde en algún rincón de Buenos Aires, pero no vas a tener que ir casa por casa para encontrarle.

Michelson desliza unos folios sobre la mesa.

—¿Canciones? —pregunta conforme los examina.

—Eso parece: canciones registradas con un nombre ficticio, supongo, pero con una dirección como punto de partida. No puede tratarse de otro.

—A esto le llamo yo allanar el camino.

—Si presento mi candidatura con El Cartapacio bajo el brazo, tendré asegurada la investidura.

—Y sin él también, mientras cuente con las espadas de los arcángeles.

Michelson pasa la maniobra de autoafirmación de Miguel con un trago largo.

—Mejor asegurarse. Es muy importante que Bujalesky esté en condiciones de hablar cuando yo llegue, ¿de acuerdo? Lo único que tienes que hacer es encontrarlo y llevarlo a un sitio seguro.

—Sé hacer mi trabajo.

—No lo pongo en duda. Lo que te quiero decir es que puede que otro u otros estén pensando lo mismo que nosotros en este momento, pero con intenciones distintas. No podremos hacerlo sin él, mi padre estaba convencido de que Bujalesky lo llevaría hasta El Cartapacio, pero el alzhéimer le impidió demostrarlo.

—Lo sé, cierta vez compartió conmigo sus progresos. Bujalesky no debió escribir ese artículo. Si no lo hubiera publicado, Corteza de Roble jamás habría tenido conocimiento de nada y no me habría ordenado…

—Por eso es tan importante que tú lo encuentres primero. Necesito poder jugar esa baza. Al margen, mientras tú estés ocupado, quiero tener a mi disposición al mejor de los arcángeles disponibles. ¿Quién es?

—Gabriel, sin lugar a dudas, pero me temo que no está disponible. Le encomendé que sellara de una vez por todas la filtración de De Bruyn y lo último que sé es que estaba tras los pasos de Erika Lopategui y del otro tipo que irrumpió en el acto de purificación. El borracho islandés —califica.

—Excomisario islandés. Lo conozco. No cometas el error de subestimarlo. De esos me ocupo yo personalmente, a la vieja usanza —define Michelson.

—¿Qué significa a la vieja usanza? —quiere saber Miguel, algo molesto.

—Siguiendo mis propios métodos —zanja, arisco. Miguel se encoge de hombros.

—Muy bien. Puedo asignarte la protección de Samael o a Jofiel, o a ambos si así lo precisas, pero permíteme que Gabriel termine su trabajo.

—En otras circunstancias lo haría, pero quiero al mejor de los tuyos a mi lado si tú no vas a estar cerca. No me fío de nadie. Tú céntrate y ocúpate de lo importante, porque, insisto, si no nos hacemos pronto con El Cartapacio de Minos, no nos quedará nada por lo que preocuparnos.

Parque Nacional Iguazú
Provincia de Misiones (Argentina)

Suda copiosamente, pero poco tiene que ver con la alta temperatura y el elevado índice de humedad que imperan e impregnan el ambiente.

El latido desbocado y la garganta seca.

Con la mirada barre una y otra vez las pasarelas desde el último punto en el que ha visto al arcángel Gabriel hasta el extremo que se pierde entre la profusa vegetación que tapiza la zona, tratando de localizar unas rastas de color níveo entre la gente.

Ólafur Olafsson se ajusta de nuevo las gafas, nervioso.

Desde donde está, calcula unos doscientos metros hasta el trazado artificial. Es físicamente imposible que lo haya recorrido en los escasos segundos en los que la ha perdido de vista. Tampoco es probable que se haya descolgado sin llamar la atención de ningún grupo de turistas. Tiene que estar ahí. En algún sitio.

Pero no está.

Sin contacto visual con Gabriel, todas las opciones que le propone su intelecto son malas.

Descarta las más arriesgadas.

Sin cejar en su empeño, saca el móvil del bolsillo del pantalón dispuesto a contactar con Erika para que regrese de inmediato. Intuitivamente, su cerebro modifica los criterios de búsqueda sustituyendo los anteriores: mujer con largas y blancas rastas en movimiento por mujer que viste licra negra con mochila. A punto está de poner el dedo en el icono de llamada cuando sus ojos se posan sobre un objeto inanimado. Desde allí parece uno de los postes informativos que van salpicando el itinerario o un tronco de árbol seco, pero no cabe ninguna duda de que es ella. Se ha recogido y cubierto el pelo con un pañuelo negro, redecilla o similar, y permanece inmóvil a pocos metros del lugar en el que la había perdido de vista.

Quieta como le corresponde a la naturaleza de una estatua.

Aunque no del todo.

Mueve ligeramente la cabeza. Es casi imperceptible.

Ólafur Olafsson prolonga su mirada en línea recta.

Está siguiendo a una mujer de pelo rojo que se aleja por la ruta que lleva hasta el primer mirador del Salto Dos Hermanas.

De improviso, la estatua cobra vida y se pone en movimiento en dirección opuesta al flujo de personas que van.

Gabriel está regresando para tomar la misma pasarela que Erika.

Nota que la sangre se le acumula en las sienes.

El arcángel se mueve con rapidez y presteza mientras esquiva los obstáculos que se va encontrando en el camino. A esa velocidad, en pocos segundos pasará a su lado. Ólafur quiere contactar con Erika, pero décimas después cambia de opinión y lo hace con el treinta y ocho. Se agacha sin perder de vista la amenaza y extrae discretamente el arma de la tobillera. Lo amartilla antes de ocultarlo tras la solapa de la americana de lino y se apoya en la baranda.

Cincuenta metros.

Cuarenta.

Aeropuerto de Róterdam (Holanda)

Cuarenta minutos restan para embarcar.

La decisión está tomada y la sala de espera para clientes platino es el lugar propicio. No en vano, la compañía aérea está participada mayoritariamente por una de sus empresas, así que se encuentra como en casa. Deja la bolsa de viaje en el suelo y se acomoda en el sofá más alejado del resto de pasajeros. Se moja los labios en un tequila sunrise, aunque de tequila apenas lleva el nombre del cóctel. A su edad el alcohol no es una opción, pero es la única forma de aligerar el agarrotamiento generalizado que se ha apoderado de sus músculos.

Augura que el dramático e inesperado desenlace de la reunión tendrá consecuencias irreversibles, nefastas para la organización y, por consiguiente, para sus negocios. Sin embargo, el custodio no está pensando en dólares, está tratando de salvaguardar el buen nombre de su familia y la oportunidad que tiene al alcance de la mano no puede desperdiciarla. No está del todo seguro de haber sido el único que se ha percatado del juego de Flegias, pero poco importa eso ya. No va a ser él quien debata con sus hermanos aquella sospecha convertida en evidencia.

Siempre es tarde para intentar dar la vuelta a lo irreversible.

Debe ser el primero en mover ficha, porque, como reza en la tumba de su abuelo, «El que rompe la bolsa se queda con el pozo». Luego solo consiste en perforar y perforar —añade él mentalmente—. Es muy consciente de lo que está a punto de desencadenar, teniendo en cuenta el debilitamiento interno de la Congregación. No obstante, ahora lo único que le preocupa —que es de lo que va a ocuparse— es hacer desaparecer su nombre y el de su familia de El Cartapacio de Minos. Y para ello lo único que tiene que hacer es asegurarse de que nadie lo encuentre.

Nunca.

Es el momento de empezar a perforar el terreno.

Cuanto antes mejor.

Anticiparse es la clave.

Extrae su portátil de la bolsa de mano y, tras identificarse, se conecta a la red encriptada de la Congregación. Sus permisos de custodio le habilitan para establecer comunicación directa con la única persona en la que puede confiar en este momento. Está tranquilo, porque es consciente de que no dejará rastro alguno en el sistema. Para eso pagó aquella fortuna a un especialista con aspecto de fontanero; y el doble de esa cantidad a Rafael para que eliminara al *hacker* inmediatamente después sin reportarlo a la organización.

Selecciona el destinatario y teclea:

> Lamento tener que ser yo quien te traslade estas pésimas noticias: han asesinado al Gran Maestre.
>
> No he podido hacer nada por impedir la confabulación orquestada por Flegias y secundada por Miguel y algunos de nuestros hermanos. Mi corazón está roto y, sin embargo, nuestro compromiso debe prevalecer por encima de todo. Hicimos un juramento y ambos conocemos las normas. No lo hemos buscado, pero sin duda es el momento de agarrar con fuerza el timón de esta nave que navega a la deriva. No seré capaz de enderezar el rumbo sin tu ayuda.
>
> Confiamos en ti.
>
> No nos falles.

El custodio envía el mensaje y marca la casilla que le explicó en su día el fontanero. Flegias tiene a Miguel, sí, pero él cuenta con una baza mejor.

Comprueba su reloj. Todavía dispone de media hora, tiempo suficiente para escribir al que todos ven como el nuevo Gran Maestre. Y él no será quien diga lo contrario.

Flegias:

Tengo razones de peso para creer que dentro de la Asamblea se está fraguando una confabulación contra sus intereses.

Selecciona «sus» y lo cambia por «nuestros».

Sin El Cartapacio de Minos, estamos indefensos. Hermano, tenemos que vernos con la máxima urgencia pero con cautela.

Quedo a la espera de recibir tus instrucciones.

Atentamente.

—Caballero, ¿desea usted algo más? —oye decir.

La camarera es una hermosa joven de color con sonrisa amable y pose sugerente. En otra época habría intentado seducirla. Bien pensado, parte de esa belleza exótica es de su propiedad, pero ya no le resulta tan sencillo encontrar el vigor que requieren situaciones como esta.

—En otro momento. Gracias.

El custodio se está recreando en su trasero cuando escucha el sonido de confirmación de lectura.

Mejor que el mejor de los orgasmos.

Poder.

Nota que algo crece bajo el cinturón.

Mira el reloj, aunque le importa muy poco la hora.

Hace una señal a la camarera.

El vuelo con destino a Dallas saldrá con retraso.

Parque Nacional Iguazú
Provincia de Misiones (Argentina)

Cuando el arcángel ha pasado junto a él se ha notado extrañamente calmado. El tacto de la culata del Taurus ha actuado de balsámico.

Ahora la sigue a cierta distancia, pero no por prudencia, sino porque le resulta casi imposible seguir el ritmo del arcángel. A Erika no la ve; no obstante, si algo tiene claro el expolicía islandés, es que no le va a conceder ni la más mínima ventaja. De improviso, observa cómo Gabriel consulta su terminal e instantes después se detiene en seco. Ólafur avanza unos metros buscando una diagonal óptima desde donde observarla sin llamar su atención. Desde ahí asiste al proceso de descomposición de su, hasta ese momento, flemática expresividad. Primero frunce el ceño como si no diera crédito a lo que está leyendo en la pantalla, seguidamente arruga la nariz y aprieta los puños.

Le falta el aire.

Una mujer se acerca a interesarse por su estado, pero al interpretar su semblante desiste de su compasiva actitud. Tras unos segundos de indecisión, el arcángel endereza el cuerpo, recupera su vacua expresión y tira de las correas para ajustarse la mochila a la espalda antes de emprender la carrera hacia la zona de aparcamiento.

Aun después de comprobar que Gabriel se ha subido a un todoterreno y ha desaparecido, el islandés sigue agarrotado. Han sido centésimas, quizá menos, pero está plenamente convencido de que, al llegar a su altura, aquellos iris incandescentes le han atravesado de parte a parte.

Con la mirada le ha dicho que le conoce, que sabe quién es. La vibración del móvil le saca del trance. Es Erika.

—¿Dónde estás?

—En la entrada. Gabriel acaba de irse.

—¿Se ha marchado? ¡Hoy debe de ser nuestro día de suerte!

—Ya. Nuestro día de suerte —repite—. Te noto eufórica.

—¿Y cómo no? ¡He localizado a Ramírez y ha accedido a hablar con nosotros después de la visita nocturna! Es más, nos ha invitado a acompañarles y le he dicho que sí. Hoy es plenilunio y debe de ser algo mágico.

—Así que estamos de turismo.

—No te pongas en plan abuelo gruñón. Ven hacia aquí, tienes que ver esto antes de reunirte con tus antepasados.

Ólafur Olafsson evita verbalizarlo, pero en determinados momentos, como el que acababa de vivir, preferiría mucho más estar muerto que vivo.

Cafetería restaurante Schoonoord
Oosterbeek (Holanda)

Michelson ordena su cuarto gin tonic de Tanqueray. Miguel no quiere nada, porque lo que realmente le apetece, marcharse, no está en la carta de cócteles. Sin embargo, sabe que lo que ahora conviene no es retirarse a sus cuarteles de invierno, sino dar cuartelillo al nuevo hombre fuerte de la organización.

Las mesas han empezado a llenarse de comensales sexagenarios que ni siquiera confunden el hambre con las ganas de comer. Acuden por costumbre. Miguel no quiere llegar a viejo, quiere disfrutar mientras es joven, pero eso no significa que no esté pensando en el futuro. De hecho, esa es la razón que le ha llevado a estar sentado a esa mesa junto a Robert J. Michelson.

Todo vuelve a apuntar al mismo nombre: Alcides Edgardo Bujalesky. Este nombre es sinónimo de fracaso para la primera espada de la Congregación. Sabía que estaba colaborando estrechamente con su mentor, el antiguo Flegias, con el único propósito de descifrar el mapa que llevaba a El Cartapacio de Minos. El custodio lo necesitaba para continuar el asalto a la cabeza de la hermandad. Lo que Miguel desconocía era que la relación entre ambos se había enquistado. El artículo debió de ser demoledor, pero Corteza de Roble supo reaccionar con presteza para detener la repercusión mediática del escrito. Y como no podía ser de otra forma, el Gran Maestre le encomendó hacer callar a aquel loco temerario con un solo condicionante: tenía que parecer un accidente. Y un accidente fue, porque encontrarse a su hijo con él en las cataratas fue algo accidental.

Y no se puede esperar del diablo que actúe con misericordia cuando ni siquiera conoce el significado de esa palabra.

Otra tragedia más.

Le costó creer que Bujalesky hubiera sobrevivido a la caída, pero las pruebas que le presentó Michelson eran del todo concluyentes. Haber fracasado en una misión encomendada directamente por el Gran Maestre significaba su condena y no le importó que el custodio se aprovechara de ello, porque él habría hecho lo mismo. Ese mismo día le demostró que era un digno sucesor de su padre y que había trazado una ruta entre el punto en el que estaba y el escalafón al que quería llegar sin importarle por encima de qué o quién pasara. Eso le gustó. No le quedó otra alternativa que cambiar su apuesta.

Xellos es el nuevo caballo ganador.

Michelson representa el futuro; Corteza de Roble el pasado.

Lo cierto e innegable es que siente algo de admiración hacia él, como en su día la sintiera por Corteza de Roble, pero el viejo se había ido pudriendo a la misma velocidad a la que avanzaba su enfermedad y Miguel intuyó, con acierto, que su final no estaba muy lejos. Había llegado el turno de demostrar que seguía siendo digno de empuñar la espada flamígera o, mejor dicho, de deshacerse de ella y volver a usar sus armas. Volver a ser Vlade Ilić.

—Pronto empieza la partida —comenta Michelson girando la pantalla del portátil para que el arcángel pueda leer el mensaje que acaba de recibir.

—Se ha apresurado a colocar las piezas en el tablero antes que nadie —aprecia el arcángel después de leer el mensaje del custodio.

—Si hubiera apostado por él, habría perdido; aunque…

—Siempre ha tenido mucho peso en la Asamblea. Este sabe pescar con y sin anzuelo.

—Y por lo que veo tiene prisa por asegurarse de que no llega a puerto con la cesta vacía. Me mostraré favorable, necesito saber hasta dónde está dispuesto a llegar. Mi padre decía de él que debía tenerlo cerca. Seguiré su recomendación.

Miguel asiente.

—Tengo que marcharme ya, me esperan un par de horas hasta Schiphol y catorce hasta Buenos Aires.

—Solo una última cuestión. En tus conversaciones con Corteza de Roble, ¿te mencionó alguna vez algo relacionado con las cenizas de Dante?

Miguel navegó en sus recuerdos.

—Una vez me narró una historia sobre un edificio y una estatua que debía contener sus restos, pero que esta desapareció sin dejar rastro y que nunca más se supo.

—Resumiendo mucho... —apreció.

—¿A qué se debe el interés, si es que puedo preguntarlo?

—A que me extraña que jamás se hable de ello. Me llama la atención, nada más.

Penúltimo trago.

—Te dejo que te marches. Yo aún tengo que meditar sobre algunos asuntos y este mejunje me ayuda a diseccionarlos sin anestesia. Mañana me marcho a primera hora. Mantenme informado de cualquier novedad. Y no te olvides de contactar con Gabriel, necesito a alguien a mi lado.

—Así lo haré. Xellos vestirá la túnica de Dante dentro de veintiún días.

—Miguel...

Pausa.

—Buen trabajo; sabré premiar tu lealtad, puedes estar seguro.

El arcángel abandona el local arrastrando una sensación parecida a la que le embargaba cuando daba la orden de arrasar una población serbia. Estaba convencido de que hacía lo correcto y, sin embargo, algo le decía que acabaría pagando por ello. Y hasta cierto punto el mal augurio se había cumplido.

Miguel se pregunta qué precio tendrá que pagar por la traición, pero no tiene a nadie que le conteste.

Parque Nacional Iguazú
Provincia de Misiones (Argentina)

El recorrido bajo la luz de la luna llena le ha robado el habla a Ólafur Olafsson. Toda su capacidad emocional ha sido devorada por sus sentidos. El arcoíris nocturno difuminado sobre la blanca cortina que cubre los saltos le ha regalado instantes de paz que tenía completamente desterrados de su memoria. El estruendo del agua al precipitarse contra las rocas todavía retumba en sus oídos cuando Carlos Alfredo Ramírez se sienta con ellos en el porche del hotel en el que ha alojado al grupo de turistas.

—Muchas gracias por la invitación, ha sido especial, memorable —arranca Erika.

—Ustedes dirán.

El excomisario de la unidad regional V de la policía provincial de Misiones es un hombre robusto que conserva los rasgos guaraníes de sus antepasados. A pesar de estar cerca de los sesenta, mantiene un negro y vigoroso cabello que tapa parte de su rostro esférico de piel acetrinada.

—Bien —prosigue ella—. Lo primero que tenemos que confesarle es que no trabajamos en ninguna revista de viajes y que el motivo por el que hemos venido a hablar con usted es otro muy distinto. Enseguida entenderá las razones que nos han traído hasta aquí.

Ramírez esboza una mueca de desaprobación antes de adoptar una postura defensiva cruzando los brazos a la altura del pecho.

—Queremos hablarle de su amigo Alcides Edgardo Bujalesky.

—¡¿Quiénes son ustedes, carajo?!

—Amigos, somos amigos, puede estar tranquilo.

—Tengo tan pocos amigos que todavía puedo distinguirlos. Mañana debo levantarme temprano y no pienso perder mi jornada de descanso hablando con dos *aña mem'bu* —calificó en guaraní correntino. Su significado: «hijos del diablo» pasó desapercibida para sus invitados—. Con su permiso.

Ni siquiera le concede la oportunidad de hacer el ademán de levantarse, el brazo de Ólafur sobre su pecho se lo impide.

—Siéntese —dice el islandés en su castellano nórdico.

—No le robaremos demasiado tiempo, señor Ramírez. Pero es necesario que nos escuche, porque su vida y la de su amigo pueden estar en peligro. Si nosotros pretendiéramos hacerle daño, ya se lo habríamos hecho, ¿no cree? Tranquilícese, se lo ruego.

Erika habla en un tono sosegado y meloso, necesita ganarse la confianza de aquel hombre. Los siguientes minutos los emplea en relatarle quiénes son y cómo han llegado hasta él. El expolicía escucha con atención calibrando las palabras de esa mujer de mirada sagaz e inquietante como la del yaguareté.

—Sabemos que Bujalesky sobrevivió, no nos haga demostrarle lo que usted ya conoce. El problema radica en que ellos también lo saben.

—¿Ellos? ¿Quiénes son ellos?

—Los que estuvieron cerca de asesinar a su amigo y en el intento se llevaron a su hijo de veinte años por el camino —responde, cáustica—. Esos de los que Bujalesky se esconde desde el año 2009.

—Muy bien, ya me tienen las pelotas por el suelo con estas boludeces. Escúchenme con atención. Me chupa un huevo y la mitad del otro lo que crean ustedes y los de más allá. Mi amigo murió aquel año en estas aguas. Es verdad que no fuimos capaces de encontrar sus restos y que yo mismo arreglé los papeles para terminar de una vez el asunto. También es cierto que me ocupé de pagar el geriátrico en el que vivía su madre, porque de otra forma la Obra Social la habría trasladado a otro en mucho peores condiciones. Fue algo personal que hice como amigo, nada más, pero eso no significa que Buja esté vivo. Y ahora, por favor, déjenme que me vaya, para mí es muy penoso hablar sobre esos días.

—Está mintiendo —le dice Ólafur Olafsson a Erika en inglés—. Estoy seguro de que está mintiendo.

—Pero..., me cago en la mierda. ¡No les estoy mintiendo, carajo!

—Ya. Entonces, aprovechando que habla mi idioma, explíqueme por qué hemos visto a uno de los arcángeles de la Congregación de los Hombres Puros paseando por las pasarelas esta misma mañana. ¿Turismo?

Ramírez palidece mostrando las primeras grietas de la sólida muralla que se ha conjurado defender.

—Le repito que nosotros hemos llegado hasta usted porque sabemos lo que ellos saben. Y mucho me temo que ellos buscan lo mismo que nosotros: la forma de llegar a su amigo Bujalesky.

—Señor Ramírez —interviene ahora Erika—, tiene que confiar en nosotros. La Congregación no se detendrá hasta terminar lo que empezó. Ayúdenos a dar con él y nos marcharemos inmediatamente.

—La concha de la lora... ¡Aunque quisiera no podría! Está vivo, sí. Buja está vivo, si es que puede calificarse así el estado en el que quedó después de aquello.

—Díganos dónde podemos encontrarlo —le pide Erika.

—No creo que les vaya a servir, pero... —valora para sí— en alguna parte dentro de Villa 31.

Erika eleva la cejas.

—Es la villa miseria más importante de Capital Federal. Allí viven apretujadas cuarenta o cincuenta mil personas, nadie lo sabe. No la encontrarán en los mapas, ni en el Google aparecía. No hay agua potable, ni gas ni cloacas, solo hay mugre y miseria; miseria que se reparten las bandas de chorros que se matan entre sí a diario. No tengo ninguna dirección que darles, ni siquiera sé si hay direcciones. Las personas que malviven en las villas no existen para nadie, por eso decidió cavar allí su tumba. ¡No lo van a poder hallar nunca!, ¡ni ustedes ni ellos! Hace meses que no sé nada de él —reconoce Ramírez bajando el tono—. En realidad, apenas nos vimos en un par de ocasiones después de la tragedia. Si antes de aquello era el tipo más pirado que conocí en mi vida, después..., después no quedó más que un despojo humano. Se culpaba de lo sucedido por su vanidad, por su empeño en demostrar al mundo sus infinitos conocimientos. Yo se lo advertí, les juro que traté de convencerlo. ¡Por Dios! —exclama agarrándose la cabeza con las manos, como queriendo evitar un estallido inevitable—. Es un pelotudo, un idealista desgraciado. El loco estaba convencido de que tenía la obligación moral de sacar a la luz su investigación.

Ramírez aprieta los párpados con fuerza, pero ya está reviviendo aquel momento.

«Es una obligación moral, negro, y tú como hombre de ley tenés que entenderlo y bancarme», le había recriminado Buja.

«¡Ni qué mierda! No pienso seguirte en algo que te podría llevar a la tumba. No sabés en el quilombo que te estás metiendo. Si esos locos de mierda son tan jodidos como decís vos, ¿en serio pensás que se van a quedar de brazos cruzados mientras vos los señalás con el dedo?».

«¡La cobardía es la peor de nuestras enfermedades! Sabemos lo que ocurre a nuestro alrededor, pero no nos atrevemos a denunciarlo por miedo al qué pasará. Así nace la impunidad de los poderosos, porque nos dejamos pisotear por esos forros. El mundo tiene que saber que existen personas que, bajo sus dignas apariencias, ocultan tanta indecencia que resulta imposible juntarlo todo en un artículo».

«Escúchame bien, Buja, por lo que más quieras. Pará la pelota un cachito, ¿qué ganás?, ¿qué podés perder? Hacete estas preguntas antes de entregar los papeles a esa revista. ¿Qué podés perder?», había insistido Ramírez.

—Se lo advertí —repite regresando al presente.

—Hizo lo que creyó que era correcto —afirma Erika—. Nosotros también nos jugamos el cuello por el mismo motivo: porque es lo correcto.

—Lo correcto mata.

—Hay personas dispuestas a dar su vida por hacer lo correcto. Dígame, ¿hay algún detalle más que nos pueda ayudar a dar con él en Villa 31?

Ramírez se lo piensa.

—Sé que por allá lo llaman el Ruso, pero no me pregunte por qué. No sé más. Por favor, mándense a mudar.

Erika no quiere prolongar más el sufrimiento de aquel hombre.

—Este es mi número de teléfono por si se le ocurre algo que nos pueda servir de ayuda. Le agradecemos enormemente su colaboración, señor Ramírez.

—Sí..., por mí pueden irse a la mismísima mierda.

Eso es lo último que dice. Podría darles la dirección de la casa de Avellaneda en la que Buja vivió de joven, adonde se trasladó su hijo Néstor cuando murió la abuela; pero no lo hace.

Poco más tarde, Ólafur Olafsson está buscando la forma de acomodarse en el asiento del copiloto.

—No tardaremos mucho en llegar. Espero que podamos encontrar un par de habitaciones a estas horas. Y mañana en cuanto nos despertemos nos vamos de cabeza al aeropuerto.

—No le faltaba razón —comenta el islandés.

—¿A quién?

—A Ramírez. No le faltaba razón.

Ella espera a que desvele el misterio.

—Lo correcto mata.

LA LÍNEA RECTA ES EL CAMINO MÁS CORTO, PERO NO SIEMPRE ES EL MÁS RÁPIDO

Avenida de Mayo
Buenos Aires (Argentina)
15 de marzo de 1923

Avanzaba cabizbajo, alicaído, evitando tener que enfrentarse con las miradas de esos extraños, ignorantes todos, que se paraban delante de su obra para intercambiar comentarios jocosos. Chascarrillos que no por estar exentos de verdad resultaban menos hirientes para sus oídos: «Está torcido, se va a caer». «Su estilo es de remordimiento italiano». «¿En la Norte a Sud hay sitio para que atraquen los barcos que atraiga ese faro?».

El eco de sus necias risotadas era un escarnio cruel para un arquitecto de la talla de Mario Palanti, pero más daño si cabe le hacía pensar en la celada que le habían tendido los que creía sus hermanos. Años atrás, ese que se hacía llamar Cepheus, guardián de la Gran Logia de los Puros, le había hecho un encargo muy especial: una estatua con la que iba a poner el broche de oro al Palacio Barolo, su obra más insigne. Tenía previsto ubicar la *Ascensión* en el eje central del edificio, bajo la cúpula, para que todos los visitantes pudieran participar del último viaje del alma de Dante al paraíso. Había exprimido todo su talento y el resultado era deslumbrante tanto por la calidad en la ejecución como por la carga alegórica contenida en cada golpe de cincel.

Para nada.

Bien era cierto que ya le había escamado el hecho de que le ordenaran fundirla en Trieste pudiendo completar el vaciado en Buenos Aires, pero nunca sospechó que el verdadero propósito de la *Ascensión* fuera convertirse en un mero recipiente para ocultar el traslado de algo mucho más importante para la hermandad; algo que no consideraron siquiera compartir con él.

El tesoro mejor guardado de la Gran Logia de los Puros.

Con lo que no contaron ellos fue con la indiscreción de uno de los trabajadores del estudio de Trieste, un antiguo aprendiz con escaso ingenio pero con notable lealtad. ¿Un vano en el basamento? Él no lo había diseñado así y no estaba dispuesto a permitir que su obra fuera modificada sin su consentimiento.

Tenía que recuperarla a toda costa.

Dos experimentados ladrones y unos cuantos billetes fueron suficientes para rescatar lo que era suyo legítimamente de la bodega de carga del *Calabria* antes de que Luis Barolo fuera a buscarla al puerto de Mar del Plata. No fue testigo de ello, pero solo imaginarse la cara que habría puesto Cepheus, su guardián, le provocaba una sensación tan placentera que por sí misma resarcía la afrenta. Sensación que perduró hasta que supo que la desaparición de la estatua había llevado a Luis

Barolo a la tumba. Es verdad que tenían sus diferencias, pero, no obstante, nunca llegó a pensar que la *Ascensión* tuviera tanta importancia para él como para que el hecho desencadenara su suicidio. Al fin y al cabo, era él quien la había parido, no el empresario. Palanti era consciente de que estaba bajo la perpetua vigilancia de la Gran Logia de los Puros y por ello todavía no había tenido la oportunidad de comprobar qué contenía. Tampoco estaba seguro de querer averiguarlo si ello implicaba, como temía, la destrucción parcial de la talla.

No tardaría en cambiar de opinión.

El sonido de un claxon le devolvió a la avenida de Mayo. Tuvo que emplear unos segundos en ubicarse para localizar el café Tortoni. A esa hora el tráfico era intenso en una de las vías principales de la capital porteña. Esa misma mañana había leído en el diario *La Nación* que el incremento del parque automovilístico de Buenos Aires era un claro indicativo de la prosperidad que imperaba en la urbe, que ya se situaba entre las diez ciudades más pobladas del mundo, superando ampliamente el millón y medio de habitantes. «Demasiados estúpidos concentrados en tan poco espacio», pensó Palanti.

Sorteando vehículos a motor, carretas y tranvías, cruzó de acera para llegar al café Tortoni. Sobre la vereda, como venía siendo habitual, todas las mesas estaban ocupadas por gentilhombres que lucían sus atuendos de empresarios de éxito: trajes de tres piezas con chaqueta de talle alto, solapas estrechas y abotonado superior; chaleco ceñido, como los pantalones, de corte recto hasta el tobillo para no tapar el elegante calzado más de lo estrictamente necesario. La mayoría se cubrían la cabeza con el indispensable sombrero fedora de copa baja encintada y ala ancha, rebautizado por los porteños como «gacho».

Los felices años veinte. Para algunos.

—Caballero, ¿le lustro el calzado? Parece que se hubiera marcado un tango en una harinera —observó jocoso Alejandro, un limpiabotas de origen turco.

—Es polvo de cemento, cretino. Los que no vivimos del laburo de los demás nos ensuciamos los zapatos. Y no nos avergonzamos de ello, ¡¿entendés?! —se encaró Palanti.

—Le pido excusas, señor. No pretendía ofenderle.

El arquitecto pareció aceptar las disculpas, pero en cuanto cruzó la puerta agarró una de las servilletas de tela de la primera mesa que vio desocupada y se dirigió presto al baño. Cuando salió unos minutos después, no había una mota de polvo en sus mocasines bicolores. Necesitaba recobrar el control para afrontar una nueva reunión con aquel tipo que tanto detestaba. No sabía el motivo exacto por el que le había citado allí, pero sospechaba que podría tener que ver con la desaparición de la estatua, así que se había preparado para negar la mayor tantas veces como fuera necesario. Era imposible que tuvieran pruebas en su contra, por lo que bastaba con interpretar el papel de hombre honesto ultrajado ante tamañas acusaciones.

Representación que dominaba a la perfección.

La suave y cálida atmósfera del Tortoni sumada a la amalgama de aromas, entre los que podía apreciarse lo exótico del café molido bien tostado, lo tentador del dulce de leche y lo cautivador de la bollería recién horneada, aplacó los ánimos de Mario Palanti. Intuyó con acierto que lo encontraría al fondo, donde siempre, en esa mesa de la esquina más alejada de la barra. Su pelo perfectamente engominado hacia atrás, su pose castrense y su refinada compostura británica le repugnaban tanto como reconocer que se había convertido en siervo de aquel hombre sin nombre.

—Llega tarde, arquitecto —le recibió sin levantarse de la silla—. Diecisiete minutos de retraso para ser precisos —concretó levantando la mirada hacia el reloj que dictaba las horas en el local.

—Ya le advertí a su lacayo de que acudiría cuando me lo permitieran mis obligaciones. Cada día surge un nuevo problema que solo yo, en persona, puedo solucionar.

—Problemas, problemas..., usted no tiene la menor idea de lo que son los problemas —le dijo levantando el brazo con teatralizada elegancia para atraer la atención del mozo de sala.

—Agua —pidió Palanti.

—Si quiere que hablemos de problemas, señor mío, empecemos por el que supone haber sobrepasado con creces el límite del presupuesto asignado. Debería controlar más sus números.

Palanti se retorció en la silla y recortó la distancia con el guardián.

—Mis números son estos: mil trescientos sesenta y cinco, los metros cuadrados sobre los que se asienta el edificio; cien, los metros de altura que levanta sobre el suelo; veintidós, los pisos sin contar los subsuelos ni subterráneos; siete, los ascensores, más otros dos que permanecen ocultos; setenta mil, los sacos de cemento Portland; seiscientas cincuenta, las toneladas de hierro.

Cepheus parecía divertirse.

—Tres millones y medio, los ladrillos que uno a uno se han colocado bajo mi supervisión; mil cuatrocientos diez, los peldaños de mármol de Carrara que tiene la escalera de doscientos treinta y seis metros; trescientas mil, las bujías del faro con las que bañaremos de luz esta ciudad; cuatrocientas treinta y una, las oficinas que alberga la construcción, con cuya renta podrá recuperar en poco tiempo la inversión realizada; y finalmente, nueve, las bóvedas de acceso, como nueve son las jerarquías infernales —recalcó.

—Esas cifras las tengo anotadas en mi diario —dijo Cepheus introduciendo su mano en el interior de la chaqueta—. Memorizar números nunca ha sido mi especialidad.

—¿Podría decirme cuál es su especialidad, si puede saberse?

El guardián elevó la barbilla y ladeó la cabeza como si quisiera esquivar la ofensa.

—Le aconsejo que renuncie a usar ese tono cuando se dirija a mí, no soy uno de esos capataces a los que habitúa a tratar con tanto desdén. No se equivoque conmigo o me veré obligado a recurrir a Rafael. Él mejor que nadie sabe cómo enderezar comportamientos desviados.

Su mirada le guio hasta un hombre de espalda ancha y frente estrecha que los observaba con inquietante interés desde la mesa contigua.

—Es uno de nuestros mejores protectores. Ya habrá oído hablar de ellos, ¿verdad? Tráteme con respeto, no volveré a advertírselo. Ahora, actualíceme el calendario de los próximos meses. ¿Sigue pensando en el mes de julio para la inauguración?

Palanti necesitaba mojarse la garganta.

—Podría incluso llegar a junio; no obstante, prefiero no arriesgarme. No conviene a nadie. Todavía tienen que llegar materiales para rematar los niveles no visibles. El sistema oculto del elevador del subsuelo ya funciona, pero, como ya sabe, la enorme humedad que provoca el nivel freático nos dificulta la maniobra de sellado y aislamiento de esas dependencias. He aplicado un tratamiento secante para los muros, pero desgraciadamente el resultado no es inmediato y no me atrevo a instalar el tendido eléctrico con los depósitos de combustible tan cerca.

—El material es ignífugo.

—Eso dice el papel, pero yo no me he atrevido a probarlo.

Cepheus se acarició el bigote con refinada elegancia.

—Estamos seguros de que sabrá solventar esos y otros inconvenientes. Hábleme ahora de las llaves.

El guardián se refería a los artilugios diseñados y fabricados en bronce por el propio arquitecto siguiendo la técnica del vaciado. Las llamaban así por la funcionalidad para la que habían sido diseñadas, a pesar de que no se parecían en absoluto a una llave convencional.

—Están en su poder, bien lo sabe usted. ¿De qué quiere que le hable exactamente?

—He de asegurarme de que hacen funcionar los ingenios para los que fueron creadas.

—Las tres funcionan. Fue lo primero que comprobé cuando descargaron la mercancía. Además, ya se lo demostré a dos de sus... hombres —definió, aunque no era esa la primera palabra que le vino a la cabeza al arquitecto.

—Sí. Ya me informaron de eso, pero ahora quiero comprobarlo con mis propios ojos.

—Los mecanismos los diseñé yo mismo, ¿cómo no iban a funcionar?

—No funcionando.

—Funcionan.

—Quiero verlo.

Mario Palanti tuvo que tragarse las ganas de romperle la botella de cristal en la cabeza.

—Cuando usted lo desee. Sin embargo, como sabe, el mecanismo diseñado para la llave del paraíso…

—Precisamente ese es el que más me interesa.

Palanti se rindió.

—Como usted quiera.

Cepheus terminó la copa de agua carbonatada y saborizada, una consumición que se había puesto de moda en los locales de alterne de la ciudad. A Palanti le asqueaba casi tanto como el hombre que tenía delante.

—Antes de que termine el presente mes quiero que fije una fecha para la inauguración; una que pueda cumplir —apostilló—. Nos han confirmado la asistencia de monseñor Beda Cardinale, el canciller Gallardo y su ilustre embajador, el conde Colli di Felizzano. Esto último presumo que le llenará de gozo.

—Por supuesto.

Una algarabía se fue contagiando por las mesas hasta que estallaron los vítores y aplausos. En el epicentro del local una pareja procuraba administrar las alabanzas con discreta distinción.

—¿Quiénes son? —quiso saber Palanti.

—Debería cuidar más sus relaciones sociales, arquitecto. Si quiere ser alguien en esta ciudad, primero tiene que saber quién es alguien. Se trata de Pascual Carcavallo, empresario del mundo del teatro. Ayer mismo volvió a ser aclamado en El Nacional. Los diarios de hoy no hablan de otra cosa.

—Cierto, lo he leído, pero no le he reconocido. ¿Y la dama?

—Tiene pinta de porteña de alta cuna, pero desconozco su nombre. Si está interesado, puedo presentárselo.

—No, gracias.

Repentinamente, apareció un fotógrafo de los muchos que se ganaban la vida recorriendo los puntos calientes de la ciudad en busca de una buena captura que malvender a algún diario para pagar su alquiler semanal.

A Cepheus no le hizo falta ordenárselo. En un suspiro, Rafael se había abierto paso entre la multitud y había interpuesto su volumen corporal entre la Kodak Brownie y la pareja. No podía arriesgarse a que en aquel plano quedara inmortalizado un guardián de la Gran Logia de los Puros. Para eso, entre otras cosas, le pagaban lo que le pagaban al arcángel. De nada le valieron las protestas al propietario de la cámara de cajón, que no logró impedir encontrarse unos segundos después a la puerta del Tortoni con la amenaza de acabar flotando boca abajo en el Río de la Plata. Y sin los negativos.

Cuando volvió a su sitio, la pareja ya había tomado asiento en el lugar reservado a las personas ilustres y la calma había regresado al Tortoni.

—Malditos fotógrafos.

—Yo soy un gran aficionado a la fotografía. No tardando mucho, será considerado un arte a la altura de otros más reconocidos.

—Reitero: malditos fotógrafos.

—En cuanto tenga una fecha se lo haré saber —zanjó el arquitecto.

Palanti hizo el ademán de levantarse.

—Aguarde, no tenga tanta prisa, que el Barolo va a seguir donde está cuando regrese. Aún tengo otra noticia que darle, acomódese.

Cepheus, marrajo e inmisericorde, dejó que la ansiedad creciera en su interlocutor.

—Tenemos vía libre para empezar a construir el gemelo de Montevideo. Finalmente, podrá levantar las Columnas de Hércules sobre el Río de la Plata que mencionaba Dante, arquitecto.

Palanti no alcanzaba a contener la euforia. Meses antes se había anunciado la adjudicación del concurso a su favor, pero, por problemas que se alejaban de su entendimiento arquitectónico, la concesión de la licencia de obra estaba paralizada. El descontrolado latido del corazón era una cuenta atrás que parecía querer estallar en su estómago.

—¿De veras? —fue lo único que pudo pronunciar.

—El acuerdo con los hermanos Salvo no ha resultado tan sencillo como lo fue con el malogrado Luis Barolo, pero financiarán la totalidad del proyecto. Al parecer, el sector textil da para mucho —comentó alevosamente.

—¿Cuándo?

—De inmediato. Viajará a Montevideo la semana que viene. Tiene una cita con José Salvo, que será con quien tendrá que lidiar esta vez. Muy a su pesar, va a tener que quedarse unos años más por estas tierras.

—Si es por motivos como este, podría quedarme... la vida entera.

—Contenga el entusiasmo, aún le queda bastante trabajo por hacer.

—Lo sé, lo haré. No sé cómo agradecerles...

—Ya tendrá ocasión de agradecerlo, no se preocupe ahora por eso.

El tono de estas palabras consiguió que la sonrisa de Mario Palanti se desvirtuara.

—Ahora, no querría ser grosero, pero está por llegar otra persona que sí suele ser puntual. Espero sus noticias.

El arquitecto estaba a punto de marcharse en ese instante, pero algo le dijo que irse sin mencionar el asunto del robo de la *Ascensión* podría invitar a pensar al guardián que él tenía algo que ver. En décimas de segundo preparó otro papel: el de artista ofendido.

—Antes de marcharme, si me lo permite, querría saber si hay alguna novedad con respecto a la búsqueda de mi talla.

—Querrá decir de nuestra talla —le corrigió—. Porque, hasta donde yo sé, no ha devuelto el dinero que le pagamos, ¿verdad?

—No creía que...

—No se preocupe, no es el dinero lo que queremos recuperar.

—El valor artístico de la obra es incalculable. Infinitamente mayor que...

El guardián levantó la mano.

—Tampoco es eso lo que más nos interesa, así que ahórrese el ejercicio de autocrítica. Estamos cerca, muy cerca

—precisó—. Rafael ha avanzado mucho y ya tiene identificados a los dos ladrones de poca monta que se la llevaron del puerto. En breve sabremos quién les hizo el encargo. Él sabe muy bien cómo sacarles toda la información que necesitamos.

Mario Palanti hizo todo lo posible para que no se le demudara el semblante.

—¿Por qué piensan que fue un robo por encargo?

Cepheus compuso una sonrisa de hiena antes de hurgarse los dientes disimuladamente con un palillo.

—Porque en esa bodega había otras muchas obras de arte con bastante más valor en el mercado negro que su fantástica estatua, arquitecto. Y solo se llevaron la caja que estaba marcada con nuestro emblema. Sabían que llegaba a puerto ese día y que, como era tarde para iniciar la descarga de la mercancía, simplemente tendrían que esperar a que se hiciera de noche para entrar y llevársela. Sencillo. Pero no se preocupe, arquitecto, le doy mi palabra de que muy pronto daremos con ella.

—Excelente —calificó—. Hoy todo son grandes noticias. Me ha alegrado el día.

—Pues no lo parece. ¿O es que tiene mucho calor?

—¿Disculpe?

—Lo digo porque tiene la frente empapada en sudor.

—Sí, estos últimos días no me encuentro demasiado bien del vientre —improvisó—. Algo que me ha debido de sentar mal.

—Claro. Pase al escusado antes de marcharse.

Otra vez la sonrisa de hiena.

—Creo que podré aguantar. Que tenga un buen día.

—Igualmente, arquitecto, igualmente.

Matthew J. Michelson, general de brigada retirado del Segundo Cuerpo de Caballería del Ejército de Su Majestad, observó a Mario Palanti zigzaguear azorado entre los clientes que abarrotaban el Tortoni tratando de salir del local con tanta premura como torpeza.

«La línea recta es el camino más corto, pero no siempre es el más rápido», anotó el guardián en su recién estrenado diario.

LO QUE NO SE SOLUCIONA CON PLATA SE ARREGLA CON MÁS PLATA

Avenida de Mayo
Buenos Aires (Argentina)
Septiembre de 2013

Achaca su mal humor al *jet lag* que se ha apoderado de él, aunque, en realidad, responde a las malas noticias que ha recibido del guardián encargado de darle cobertura durante su estadía en el país. Según le ha explicado ese incompetente, el paquete que ha solicitado el arcángel va a tardar en llegar algunas horas más, por lo que solo le han quedado dos opciones: o permanece de brazos cruzados en el hotel o sale «desnudo» a la calle. Se ha decantado por la segunda con el objeto de licuar ese compendio de descabalados interrogantes e incómodas sospechas que corretean entre sus neuronas. Quiere librarse de esos pensamientos, pero le persiguen con insistencia y ha llegado a la conclusión de que tiene que zanjar cuanto antes el asunto que cuatro años atrás dejó sin rematar; literalmente.

Con el objeto de mitigar aquel desasosiego, ha caminado desde el hotel, sito a pocos metros de la plaza de Mayo, hasta su primer destino: la Dirección Nacional del Derecho de Autor, en la avenida de Belgrano, 1580. Según dicen los informes que le ha facilitado Michelson, alguien ha estado registrando letras y canciones a nombre de Néstor Bujalesky. El organismo oficial remitía al solicitante la resolución del trámite en cuestión por correo ordinario. Por tanto, el arcángel solo tiene que averiguar el nombre y la dirección a la que se envían esas notificaciones para llegar hasta Bujalesky, que, por lógica, es quien se está encargando de registrar el legado musical póstumo de su hijo.

Precioso.

Igual que el marco arquitectónico que le rodea y que, efectivamente, le está ayudando a licuar su malestar.

Da la sensación de que el cielo va a descargar de un momento a otro. Sopla el pampero y esas corrientes de aire frío proveniente del sur han originado que los mercurios caigan hasta los doce grados. Miguel deduce que durante la noche ha llovido en abundancia por la cantidad de charcos que inundan los desperfectos del solado de las aceras. Al pasar por la puerta del café Tortoni se ve tentado a hacer una parada, pero le disuade comprobar que una fila de turistas esperan estoicamente a que les permitan la entrada. No conoce los nombres de los edificios ni lo que está viendo, pero sí sabe apreciar la sobriedad del edificio Siemens, la exquisitez del Palacio Municipal, la distinción del Pasaje Urquiza Anchorena, la velada atracción que parece escaparse de las recepciones de los hoteles con solera, como el Windsor, el Astoria o el Castelar, incluso puede imaginarse el aura ceremoniosa contenida en el teatro Avenida. Sin embargo, cuando pasa frente al Palacio Barolo le invade una sensación que no sabe catalogar. Se detiene para examinar una fachada que se prolonga en otra torre cuyo final no es capaz de atisbar. Un halo enigmático le incita a adentrarse en las tripas de esta mole de hormigón armado, pero finalmente declina la invitación para cumplir con sus obligaciones.

Se conjura para interesarse por esta construcción en otro momento y prosigue su camino.

El paseo ha surtido el efecto esperado. Se siente con ánimo renovado, tanto que juega con la dulce posibilidad de dar con el paradero de Bujalesky al final de la jornada. Estas reservas de optimismo repostadas durante el itinerario se evaporan como una gota de gasolina sobre el asfalto cuando empuja la puerta de la oficina, en la que impera un caos ordenado o un desorden organizado.

Difícil de analizar; imposible de administrar.

Así y todo, Vlade Ilić se arma de paciencia, aprieta los puños y se coloca al final de la fila de solicitantes con menos integrantes.

Pero el problema no es el número, es la velocidad.

Esta fila no avanza ni se reduce, solo permanece.

Cuando por fin le toca su turno, muchos minutos después de lo que él está acostumbrado a esperar, se ve en la obligación de atemperar el tono de voz para no parecer violento.

Pero el problema no es el tono, es el idioma.

A través de la mímica, la funcionaria le hace entender que la compañera que atiende la ventanilla de su derecha está capacitada para mantener una conversación con él. El arcángel se coloca impaciente al final de esa otra fila. No hace falta ser un gran observador para percatarse de que las expresiones de las personas que allí están, sufridoras igual que él, no tienen rasgos de enojo ni desesperación. Muy al contrario, parecen sosegadas, impasibles ante la fuerza de la costumbre. Eso no hace sino alimentar su irritación. Cuando está seguro de que ahí mismo va a contemplar cómo se consume la eternidad, descubre la sonrisa de la funcionaria, que le invita a sentarse como un rayo de esperanza.

—Entendido, señor —le dice ella en inglés tras escuchar lo que Miguel le está solicitando—. Ahora bien, siento comunicarle que esa gestión no la podemos realizar aquí. En esta oficina solo cursamos nuevas solicitudes. Tiene usted que dirigirse a la que está en Moreno, 1228. A tres cuadras de aquí —se apresura a aclarar al ver la tonalidad violácea que se apropia del rostro de este hombre fornido de pelo cano.

—Gracias —es lo único que logra responder.

Miguel nota que le falta el aire cuando cruza la puerta. Sale de forma atropellada hacia el exterior y emplea unos segundos en sosegarse antes de buscar la dirección en su *smartphone.* Trata de hacer memoria.

Pero el problema no es la memoria, es la falta de cobertura de datos.

Los primeros exabruptos en bosnio chocan contra la pantalla táctil de su inútil terminal. Solo entonces resuelve preguntar.

Pero el problema no es a quién preguntar, es qué preguntar.

La calle Morrueno no la conoce nadie y nadie quiere pararse demasiado a ayudar a este hombre con cara de haber asesinado mucho y de estar decidido a continuar con esa labor sobre esa misma acera.

El arcángel se muerde el interior de los carrillos para aliviar su soliviantо.

Decide parar un taxi. Invierte más tiempo en hacerse entender que en llegar a su destino y, por fortuna para el propietario de la licencia, Vlade Ilić no comprende el significado de «Andate bien a la reconcha de tu hermana, pelotudo».

En la oficina se topa con el mismo entorno hostil: ira en aumento.

Incontenible.

La reciente experiencia sufrida en semejante atmósfera bélica le hace estudiar las trincheras enemigas antes de lanzarse al asalto. Cuatro funcionarios, una sola opción. Tirando de intuición, descarta al calvo por calvo, al de gafas modernas por moderno y a la del gesto rancio por rancia. Infiere y apuesta que el treintañero con aspecto de ejecutivo promesa de empresa tecnológica puntera debe, por fuerza, dominar el inglés. Además parece resolutivo y diligente.

Tarda más de lo esperado en comprobar que ha acertado; concretamente cuarenta y cuatro minutos y treinta y ocho segundos. Pero, en efecto, Sebastián Aranda habla un inglés fluido, es resolutivo y diligente.

Hasta el extremo.

—¿Me entrega los formularios, por favor? —le pregunta el funcionario luego de escuchar el caso que Miguel le acaba de exponer con suma vehemencia.

Al arcángel le tiemblan las manos. Necesita disparar a alguien. Muchas veces.

—¿Qué formularios?

—Los necesarios para que pueda atender su solicitud. En aquella columna dice: «Se ruega a los solicitantes cumplimentar los formularios requeridos antes de ser atendidos» —lee—. Justo debajo encontrará los papeles, señor.

El temblor se extiende por el cuello contagiando la cabeza de sismicidad imperceptible a unos ojos profanos.

—No hablo español. Tampoco lo leo y mucho menos lo sé escribir —alega tragando inquina—. ¿Sería usted tan amable de ayudarme a realizar esa gestión?

Sebastián Aranda suspira.

—Hagamos una cosa: recoja el formulario 01A300, espere su turno y veremos lo que se puede hacer.

Miguel no pone objeciones, valora la complicidad del funcionario como un paso de gigante.

La vida pasa mientras el tiempo hiberna entre los muros de esta oficina. *Tempus fugit* pierde su significado.

—Hola de nuevo —le saluda el arcángel exprimiendo sus últimas dosis de mansedumbre—. Aquí tiene el formulario 01A300.

—Perfecto —valora Sebastián Aranda muy a la ligera—. Permítame, si es tan amable, algún documento identificativo.

Miguel le muestra su pasaporte falso de ciudadano de la República Checa. El funcionario invierte una era glacial en cumplimentar todas las casillas del formulario.

—Bien. Si no recuerdo mal, usted necesita modificar la dirección de envío, ¿es así?

—Sí. No. Más o menos —define.

Sebastián Aranda eleva las cejas.

—Vamos de nuevo. ¿Me dice el nombre del titular de los derechos sobre los que quiere hacer la consulta?

—Néstor Bujalesky.

Para su sorpresa, apenas tarda tres o cuatro minutos en completar la operación de búsqueda.

—Efectivamente, aquí se han cursado varias solicitudes de registro a favor de Néstor Bujalesky.

Miguel ya puede ver su bandera ondeando detrás de las líneas enemigas cuando escucha el chasquido de la lengua del funcionario.

La onomatopeya de la traba burocrática; de la zancadilla administrativa.

No se equivoca.

—No obstante, aquí figura el nombre y DNI de una persona que es la única autorizada para realizar modificaciones en este expediente y no corresponde con el suyo, señor…

—Jellinek. Sí, me hago cargo. Verá…, yo represento a un sello discográfico de ámbito internacional, lamento no poder enseñarle ninguna acreditación. Como le decía, estas canciones han llegado a nuestros oídos de manera casual y mi compañía me ha enviado a Buenos Aires para contactar con el propietario de los derechos, dado que el interesado, como ya sabrá, ha fallecido.

—No, tal circunstancia no me costa en el expediente, porque, en realidad, para el asunto que nos concierne, no supone ninguna incidencia. La Ley de Protección de Datos Personales, sin embargo, sí. Y el reglamento es lo suficientemente explícito para que le tenga que decir que no puedo ayudarlo, señor Jellinek.

De llevar consigo la Desert Storm, Sebastián Aranda no habría podido pronunciar más allá de la primera frase. Extrañamente, el arcángel se toma la renuencia del funcionario como si de un reto vital se tratara y compone una mueca de domador de leones amaestrados.

—Lo comprendo y admiro su profesionalidad; no obstante, no puedo dejar de pensar en el perjuicio que esa ley va a provocar en el seno de esa familia que *jamás* —enfatiza— escuchará las canciones de su difunto hijo en un disco.

—No le voy a llevar la contraria en eso, señor, pero este país está construido sobre las injusticias sociales. Mi caso es un claro ejemplo: llevo desde los ocho años yendo a la cancha de San Lorenzo, pero este año tuve que hacer frente a unos gastos inesperados y con mi sueldo no pude pagar la cuota de socio. A usted le puede parecer una estupidez, pero bajo mi piel le aseguro que no existe nada más trágico que eso.

Miguel sabe leer entre líneas.

—Ya comprendo. Quizá esto pueda ayudarle a reparar ese daño...

El arcángel se echa mano a la cartera y saca un billete de cien dólares. Los ojos de Sebastián Aranda se encuentran con la displicente mirada de Benjamin Franklin.

Pero el problema no es el dinero, es la decencia.

—Señor, mi dignidad personal está por encima de mi pasión por el fútbol. Hágame el favor de marcharse, no me obligue a llamar a seguridad.

El primer impulso es extender los brazos, agarrar del cuello al funcionario y apretar hasta arrebatarle el último soplo de aire. La ensoñación por sí misma le reconforta, pero no lo suficiente. Sebastián Aranda, ajeno al peligro, sostiene un semblante altivo con trazas retadoras de quien se sabe avalado por la honestidad. El arcángel gira sobre sus talones y camina muy despacio imaginándose en modo bucle los últimos estertores del funcionario mientras escupe espuma por la boca.

De nuevo en el exterior, con las manos vacías y colmado de realidad, Miguel se encuentra desorientado, sin saber qué hacer ni hacia dónde ir. Nunca se ha encontrado más indefenso que entre aquellas cuatro paredes.

Tiembla de rabia e indefensión.

—Señor —oye a su espalda.

Todavía atolondrado, puede reconocer las facciones de la funcionaria rancia. Que rancia es, pero tiene buen oído.

—Acá, lo que no se soluciona con plata se arregla con más plata. Trescientos dólares —le dice primero en castellano y luego en perfecto inglés.

Miguel no se lo piensa. La cantidad es una ganga y el papel arrugado que le entrega, un regalo del cielo. Vienen escritos un nombre y una dirección. Está tan agradecido que haría el amor muy despacio a esa mujer si ella se lo pidiera. Y en plena calle si fuera necesario.

—Ese es el nombre del tipo que ha registrado las canciones y la dirección corresponde a una oficina de entrega postal en Villa 31. Usted sabrá dónde se mete. Suerte.

El arcángel no es creyente, pero en ese instante tiene la certeza de que una instancia superior ha intervenido a su favor.

Ya sabe adónde tiene que ir.

De lo que todavía no es consciente es de que el problema es precisamente ese: el sitio al que tiene que ir.

Estación Retiro Belgrano
Buenos Aires (Argentina)

Han viajado embutidos en el Subte y se desplazan esquivando la marabunta de personas que se desplazan en dirección opuesta a la suya.

En previsión del tiempo que van a emplear en dar con el paradero de Bujalesky y siendo coherentes con la escasa información con la que cuentan, han decidido alojarse en un modesto hotel sobre la avenida Nueve de Julio a la altura del obelisco. Han pagado una semana de alojamiento, porque es mucho más económico que hacerlo por días. Apenas se han concedido unos minutos para dejar las maletas y pasar por la ducha antes de lanzarse de nuevo a la calle. Se han vestido con sus peores galas para tratar de pasar desapercibidos en la villa miseria y sus semblantes van a juego gracias a la falta de sueño. En la intimidad, ambos han recurrido a sus botiquines particulares; ella para controlar los vaivenes de la bipolaridad; él para mantener a raya a la jauría, que, desde lo más recóndito de su estómago, sigue reclamando su ración diaria de alcohol. Pero el islandés sabe imponerse.

De momento.

Cuando se ven fuera de la estación, Ólafur Olafsson carraspea con vehemencia.

—He estado investigando sobre Villa 31 —introduce—. Por completar lo poco que nos contó Ramírez.

—Te escucho.

—Resulta que es un asentamiento ilegal en tierra de nadie o, para ser más exactos, en el suelo más caro del país. Es el reflejo alegórico de lo que ocurre en este asqueroso mundo:

miles de personas viviendo en condiciones infrahumanas a los pies de los hoteles más lujosos de la ciudad. Ese es el futuro que nos espera a la humanidad: una mayoría hacinada en colmenas subyugada ante los poderosos que habitan las alturas.

—Modo intenso en progreso —interviene ella jocosa.

—Modo realidad. También encontré una noticia reciente que explicaba cómo había crecido la ocupación desde que un político, cuyo nombre me he esforzado en no recordar, anunció que iba a urbanizarlo. Es decir, que les iba a dar suministros como si fueran personas. Y los pobres, nunca mejor dicho, se lo tragaron. Les han intentado echar varias veces, pero llevan ahí desde la década de los cuarenta y yo creo que los de enfrente habrán llegado a la conclusión de que es peor el remedio que la enfermedad.

—Claro, cuarenta mil personas deambulando por las calles del centro no dan buena imagen para los turistas —completa Erika.

—No saben ni cuántos viven ahí dentro, porque evidentemente nadie se ha preocupado de hacer un censo. En algunos sitios he leído que son más de ochenta mil, pero de lo único que se preocupa la policía es de controlar que no introduzcan materiales de construcción en la villa, porque, como ya no les queda espacio para expandirse, solo lo pueden hacer en altura. Hay algunas viviendas que superan los cuatro y cinco pisos. Es por allí —indica con el brazo.

—Sin seguir la normativa municipal vigente —aliña ella.

—Ni la anterior. El periodista aseguraba que visitó la zona con un arquitecto y que al señor de los planos se le salían los ojos de las órbitas.

—¿Y realmente es tan peligroso como nos dio a entender Ramírez?

—Pues no sabría decirte. Ocurre algo que dice mucho de cómo funciona este país. Los terrenos pertenecen al Estado, por lo que las competencias relativas a la seguridad están en manos de la policía federal, a quienes intuyo que les preocupa entre poco y nada lo que suceda en Villa 31. Se limitan a controlar de vez en cuando a los que salen, que no lleven armas, drogas... La policía metropolitana ni se asoma.

El islandés se aclara la garganta antes de retomar la palabra.

—Ya. Y cuando no hay ley se da el libertinaje en todas sus variantes —sentencia—. Yo supongo que habrá de todo: delincuentes que viven de lo que roban fuera; malnacidos que se aprovechan de la miseria de los que les rodean; gente que lo único que busca es sobrevivir... De todo —resume—. El día a día tiene que ser muy duro, por lo que su instinto les empujará a aprovechar cualquier oportunidad que se les presente.

—Ahí empieza, por lo que veo.

—Eso parece uno de los accesos, sí.

Un callejón estrecho custodiado por una pareja de la policía federal se pierde en aquel territorio inhóspito.

Lo primero que les llama la atención es la algarabía de gente que va y viene por aquella calle más mojada que asfaltada, repleta de objetos inservibles a primera vista y sin embargo muy servibles en segunda, tercera e infinitas instancias después. Toldos de loneta y plástico hacen las veces de parasoles o paraguas; para nada, en realidad.

Parece el acceso a una galería comercial postapocalíptica.

Y ruido. El sonido de las herramientas compite con el rugir de los motores, las voces humanas se confunden con ladridos que se funden con la miseria. El fragor de la penuria cotidiana ensañándose con quienes la sufren para recordarles que la van a seguir sufriendo. Villa 31 es un enorme organismo con esqueleto de ladrillo y cemento, cableado anárquico por sistema nervioso y órganos vitales de chapa oxidada sin pintar. Una criatura tan artificial como viva con un latido constante a golpe de martillo.

—Hay más perros que humanos —observa Erika—. Lógico por otra parte, con toda esa cantidad de basura... El Disneyland París canino.

—Ya. Y niños. Fíjate la cantidad de ellos que hay pululando por ahí. Aquí empiezan las diferencias sociales del futuro. ¡Maldita sea! Son caldo de cultivo de centro penitenciario. Mira —señala—, justo por ahí arriba cruza la autopista. Leí que la gente arroja objetos desde los coches y que, a esa velocidad, se convierten en proyectiles letales para los que malviven aquí abajo. Otro artículo también mencionaba que, en cierta ocasión, un policía fue atropellado en la autopista con tan mala suerte que cayó en el foso de los cocodrilos —enfatiza señalando el entorno—. Cuando bajaron a buscarlo lo encontraron muerto, como era de esperar, y completamente desnudo.

—Te noto muy tocado —observa ella.

—Puede. Ver esto hace que me reafirme en mi desesperanza hacia el ser inhumano.

—Al margen, sí que te ha dado tiempo a documentarte, sí.

—Más o menos el mismo que tú dormitabas en el avión —precisa él soltando lastre.

—Tienes razón. No sé qué me pasa, pero me acompaña el sueño de forma perpetua. No sé si es por la medicación o qué...

—Será por el «o qué».

—Será.

Las intrincadas calles y callejuelas les llevan a un callejón en el que no se atisba salida alguna.

—Mis Doc Martens me obligan a dar media vuelta —dice Erika.

A unos veinte metros se perfilan tres siluetas con el clásico atuendo villero: sudadera con capucha amplia que cubre la gorra de un equipo cualquiera de la NBA, pantalón ancho raído y zapatillas deportivas robadas.

—Mierda, mierda, mierda. El de verde se ha cruzado con nosotros cuando nos hemos parado bajo la autopista.

—El de rojo nos ha seguido desde que entramos. Tranquila, camina con normalidad.

—Estoy tranquila —miente o exagera Erika. O las dos cosas.

Entre los tres no suman los años del islandés, pero sí ocupan el ancho de la calzada. El de negro es el único que lleva las manos a la vista.

Se detienen dos metros antes de colisionar.

—¡Eh, ameo! ¿Se perdieron? —pregunta el de negro asumiendo el rol de portavoz. Los otros dos lo escoltan componiendo un gesto fiero que no encaja en sus rasgos pubescentes.

—No queremos problemas —dice Erika—. Dejadnos pasar.

—¡Mirá la guacha cómo salta! ¿Qué son? ¿Gallegos?

Ólafur se mesa el mostacho y espira.

—¿Te aburrís, jefe? Escuchame, boludo —dice recortando la distancia con él—. Estáis en nuestra vereda y entrasteis de arriba sin poner un mango. No me gusta que me tomen de logi, ¿entendés? Aflojen un sope y estamos todos piola, ¿está claro?

—No.

Ólafur comprende bien el castellano, pero el idioma en el que aquel tipo se expresa es otra cosa.

—¡¿Qué?! ¿Vos sos regil? ¡Te recabió, pelotudo! Cerrá el orto o te cago a corchazos acá nomás! ¡Dale, dale, dale! —le apremia balanceando su cuerpo.

—No.

—Me cago en la mierda...

El portavoz busca el consenso que no necesita en las miradas de sus subalternos antes de llevarse la mano a la espalda.

—¡Mierda, mierda, mierda! —se anticipa Erika.

El islandés da un paso atrás y en el mismo movimiento saca el revólver del cinturón. El culatazo abre una brecha en la ceja del portavoz antes de que caiga al suelo de rodillas tapándose el rostro con ambas manos. Una pistola de pequeño calibre golpea contra el empedrado. A Ólafur no le gusta comprobar que había más peligro del que ha calibrado y manifiesta su malestar regalándole al de negro una patada en la boca del estómago que le roba el aire a él y a sus escoltas las pocas intenciones de contraatacar con las navajas que empuñan. El islandés les apunta alternativamente a la cara haciendo indicaciones para que arrojen las armas. Lo hacen y se echan a un lado mientras el de negro trata de capturar oxígeno como un pez fuera del agua. Erika se apresura a recoger el arsenal del atracador callejero. Es una Glock 19 de nueve milímetros semiautomática.

—¡No nos tocar los cojones, hijos puta! —les advierte Ólafur en castellano deficiente.

Erika lo mira sorprendida. No les quitan la vista de encima hasta que doblan la esquina.

—¡Vamos! ¡Salgamos de aquí! —le alienta Erika.

Corren intentando recordar el camino de salida, pero en Villa 31 no hay elementos distintivos que ayuden a revivir itinerarios recorridos.

Es una tela de araña en tres dimensiones.

Erika se deshace de las navajas en uno de los montones de basura que encuentra a su paso, no así de la pistola.

—¡Por aquí! —señala Ólafur Olafsson.

—Yo diría que era recto.

—Yo no tengo ni puta idea de hacia dónde es —reconoce entre jadeos—, pero necesito recobrar el aliento unos segundos, vamos.

Se meten por una callejuela de ancho unipersonal y nada transferible que va a morir en un espacio acotado por contenedores de barco apilados. Han llegado a uno de los límites artificiales de Villa 31. Una muralla de acero con el fin de evitar que el asentamiento se extienda.

—¡Por aquí no hay salida! —observa Erika.

—No —corrobora él exaltado—. Pero los contenedores no están sellados, quizá podamos meternos ahí dentro.

—Ni lo sueñes.

Erika examina el entorno girando sobre su eje trescientos sesenta grados.

—¿Crees que nos estarán buscando?

—Lo prudente es pensar que sí.

—Lo prudente...

Erika posa la mirada en una presencia que los observa desde una tercera altura, tras unos barrotes. Aguza la vista. Es un niño de pelo rizado con ojos de adulto y cuerpo sin formar.

Los gritos exaltados provenientes del callejón interrumpen la comunicación visual antes de sentir un fuerte tirón del brazo.

—¡Vamos! Muévete —la apremia en voz baja el islandés.

Tienen suerte con el primero que prueban y sin pensárselo dos veces se cuelan dentro. Deslizan la puerta corredera hasta dejar una rendija a través de la cual pueden controlar el exterior.

Guardan silencio.

—¡Acá no están! —escuchan gritar instantes después.

—¡Buscá bien! —dice otro—. ¡Mirá dentro!

El islandés amartilla el Taurus.

—No me jodas, Ólafur —susurra Erika.

—No, te aseguro que esos mierdas no nos van a joder.

Fugazmente, ven pasar a un tipo que no lleva sudadera negra ni verde ni roja, lo cual les imbuye de que otros se han sumado a la caza.

—¡Eh, vos, guachín! El de ahí arriba. Sí, vos, gato. ¿No viste parar a una turrita de pelo rojo y a un viejo choto por acá? —escuchan.

Desde donde están no pueden ver al niño, pero sí pueden oír el sonido de unas garritas arañando el metal.

—Por favor...

—Son solo ratas —define él sin quitar la atención del exterior—. No se acercarán, tranquila.

Sus oídos dicen lo contrario, aunque en algo sí tiene razón el islandés: son plural.

—Me dan un ascazo…

Erika empieza a percibir el olor a rata y su cerebro reacciona amplificando los ruiditos, aumentando el tamaño de sus peludos cuerpos, alargando las colas y afilando los dientes y las garras de los roedores. Los segundos se hacen eternos.

—Tengo que salir de aquí.

—Espera un poco más, tenemos que asegurarnos.

—No, no puedo… Déjame salir.

—Espera, alguien se acerca.

—¡Mierda! —Erika empuña el arma con fuerza.

—Ya pueden salir. Ya se fueron —oyen decir desde el exterior. Es una voz de niño.

Erika no necesita más incentivos.

—Muchas gracias, de verdad, me estaba asfixiando ahí metida —reconoce tras recuperar el control.

Ólafur se asoma a la callejuela para comprobar que no hay nadie.

—Esto un nido de ratas, acá todo el mundo lo sabe, por eso el cagón del Piedrita no ha tenido huevos para meterse.

—¿Cómo te llamas?

—Martín…, ¿qué les hicieron a los de la diez para armar tanto bondi?

—Intentaron robarnos y nos hemos defendido —explica Erika—. ¿Los de la diez?

—Así se hacen llamar porque bancan en esa calle. Laburan para el «Aguja» Martínez, que está limado. Dicen que se cargó a unos cuantos, pero yo no le tengo miedo.

—¿El «Aguja» Martínez?

—Es el jefe de los peruanos y andan repodridos porque últimamente los Sampedranos les están pateando el culo. Dicen que es muy puto, por eso le llaman así, porque por un lado pincha pero por el otro se la ponen.

Erika le sonríe y Martín se pierde entre esos labios.

—¿Cuántos años tienes? —se interesa ella.

—Dentro de tres o cuatro días cumplo los doce. Es que ahora no sé bien...

—¿Estás solo?

—Mi mamá trabaja ahora y papá no tengo.

Ólafur le hace señas a Erika para que se apresure.

—Por ahí no salgan, los van a agarrar.

—¿Por dónde saldrías tú, Martín?

—A ver..., no sé. Está difícil. Yo no puedo llevarlos. Si nos ven juntos...

Martín hace el gesto de degollar con su escuálido dedo índice.

—No te preocupes, ya nos las arreglaremos. Solo dime más o menos por dónde.

El niño parece pensárselo y Erika deduce que le está pidiendo un incentivo. Saca la cartera del bolsillo trasero del pantalón y extrae un billete de cien pesos. Pero Martín está mirando otra cosa.

—¿Por qué tenés ahí una foto del Ruso?

Se refiere a la única foto que Erika había podido obtener de Alcides Bujalesky posando en algún acto ceremonioso.

—¿Del Ruso?

—Ese es el Ruso, es amigo mío. Ahora tiene el pelo largo y está más viejo, pero es él.

—¡¿Lo conoces?! ¡¿Sabes dónde vive?!

—Acá lo conocemos todos. Nos enseña a tocar la viola. ¿Sos amiga de él?

—Algo parecido. Hemos venido a ayudarle, porque unos hombres malos lo están buscando. Por eso nos hemos metido en este lío.

Martín se rasca la cabeza con insistencia.

—No sé, no sé. Igual se va a calentar conmigo.

—Martín, te prometo que…

—¿Vos tenés novio? —la asalta.

Erika lo mira con inquietante ternura.

—Martín…

—Y bueno…, está bien. Pero tenemos que esperar a que se haga de noche. ¡Dale! ¡Vení!

Y van.

FLOR DE PELOTUDO

Villa 31
Buenos Aires (Argentina)
Septiembre de 2013

El taxista le ha mirado primero con verdadera incredulidad y luego con falsa conmiseración cuando ha leído el papel arrugado en el que viene escrita la dirección a la que quiere ir.

Lo acontecido en la Dirección Nacional del Derecho de Autor le ha empujado a pasar por el hotel para recoger el paquete que tanto ansiaba recibir. Antes de echarse a la calle, se ha colocado la IMI Desert Eagle, calibre .50 AE, modelo The Mark XIX, en la funda rígida de sobaquera y se ha ajustado el chaleco de corte militar, pantalones anchos de loneta y unas botas negras de cordones. Por precaución, ha guardado su viejo pasamontañas de la Armija en un bolsillo interior del chaleco.

Nunca se sabe en aquel infierno.

Tiene el estómago vacío, pero al arcángel Miguel le ha podido más el ansia por restablecer su orgullo herido que las alertas estomacales. Hambriento pero decidido a resolver el asunto por la vía rápida, se ha plantado en uno de los accesos de Villa 31.

En cuanto se percata de que se trata de un asentamiento marginal, entiende la expresión del taxista y se alegra de notar la presencia de la Desert Eagle en su costado izquierdo. Lo siguiente consiste en dar con alguien que le indique dónde está el punto de recogida de correos y, una vez allí, ya sabe que será cuestión de billetes que algún funcionario le diga quién es el tal Andréi Berzachtzky que se encarga de registrar las canciones y dónde vive. Se arma de buena voluntad antes de abordar a la primera persona por la que apuesta que puede entender su idioma.

No acertará hasta la undécima.

Pero el problema, esta vez, no es el idioma, es la persona.

—Claro, señor —le responde un hombre de unos cuarenta años, chaparro y de gesto afable—. Pero aquí no sirven de nada las indicaciones, se perdería un millón de veces.

Para su sorpresa, habla un inglés más que correcto.

—Podría pagarle.

Esta vez salió a relucir la cara de Ulysses S. Grant y, aunque Jorge Aguayo no sabe identificar al personaje, el cinco seguido del cero y el símbolo del dólar los reconoce al instante. El billete descansa en su bolsillo antes de articular la siguiente palabra.

—Sígame.

Este lugar le parece harto deprimente, pero ha estado en otros que, teniendo una apariencia mucho mejor, resultaron ser más peligrosos.

—En esta selva hay que andarse con cien mil ojos, amigo.

—¿Puedo preguntarle de dónde es usted?

—De Asunción, Paraguay.

—Una vez estuve allí. Recuerdo que hacía mucho calor. Solo salía a la calle de noche.

—Sí. En mi país hace tanto calor…, pero tiene hermosas mujeres —compensa.

El arcángel hace un esfuerzo por recordar. A él las mujeres le gustan esbeltas, con curvas y, a poder ser, rubias. Y de esas no vio muchas en Asunción. El devaneo mental le invita a resarcirse de tanto disgusto con alguna belleza de corte centroeuropeo en cuanto pueda regresar a la tranquilidad de su casa de los Alpes Dináricos. Las polacas le gustan.

—¿Está muy lejos el sitio ese?

—Es acá nomás, señor.

Varios «acanomás» más tarde, van a parar a un espacio abierto bautizado popularmente como la plaza de los Lápices, donde se pueden ver algunos negocios abiertos y otros, a esa hora de la tarde, con la verja bajada. Es el caso del punto de recepción de correos que está señalando Jorge Aguayo con el brazo extendido.

—Ahí es, pero está cerrado. Carlos suele irse a casa a eso de las tres…

El arcángel nota que le hierve la sangre.

—No se lleve mal rato, amigo. Si quiere, yo por otro de esos le saco de aquí y mañana le vuelvo a traer.

Las facciones que conforman la expresión zorrococla de Jorge Aguayo se van transformando en otra estirada y circunspecta: la de Sebastián Aranda, el funcionario digno y diligente.

Hasta ahí llega la contención.

Hasta ahí llega la fuerza de voluntad del arcángel.

Porque ahora sí percibe el olor a pólvora quemada. Y es un indicativo indubitable; una señal palmaria; una suerte de advertencia que le obsequia su cerebro en forma de matiz olfativo y que solo tiene una interpretación posible: algunos van a morir.

Ama ese aroma.

Ya no es Miguel, arcángel mayor de la Congregación de los Hombres Puros; es Vlade Ilić, brigadier de la Armija al mando del 8.º Grupo Operativo de Srebrenica. Ya no está en Villa 31, Buenos Aires, Argentina, está en Biljača República Srpska, Bosnia y Herzegovina. Ya no es septiembre de 2013, es julio de 1992.

El pasado fagocita al presente.

Jorge Aguayo sigue esperando a que aquel primo le pague la tarifa acordada cuando asiste extrañado a cómo extrae un pasamontañas del bolso del chaleco y se lo ajusta. Su atención se centra en el escudo azul con letras doradas que lleva bordado en la frente cuando nota una presión en aumento a la altura de la nuez.

Jorge Aguayo nació en Asunción hace cuarenta y un años, emigró a los diecinueve a Florida, donde permaneció hasta que la policía dictó orden de búsqueda y captura por colaborar en un robo a mano armada en una gasolinera. Llegó a Buenos Aires pasando por Rosario y Mendoza, robando lo justo para no meterse en problemas. Su talla menuda es la responsable de que empezaran a llamarlo Jorgito, diminutivo que derivó en el apodo por el que sus seres queridos y odiados le conocen:

Rojito. A los treinta se hizo electricista y del River —aunque el equipo que lleva en el corazón es el Olimpia de Asunción—, pero no arregla un enchufe desde que se casó con Teresa, hermana de Rosana, que es, a su vez, esposa del gordo Tebaldi, líder de la banda paraguaya conocida como los Sampedranos.

La cara de Jorge hace honor a su apodo cuando uno de los halcones que los Sampedranos tienen colocado en la esquina de la plaza de los Lápices da la voz de alarma. La guerra que mantienen con los peruanos de la diez por el dominio de la marihuana, el paco y la coca ha provocado que el gordo Tebaldi haya incrementado las medidas de seguridad en torno a su principal centro de distribución. Vlade Ilić es ajeno a tal circunstancia, de hecho lo es a esa y, de existir otras, a todas las demás. Lo único que le interesa es neutralizar al tipo que se dirige hacia él apuntándole con un arma que empuña como el pandillero sin experiencia que es. En esa tesitura sabe que recibir un impacto a más de cinco pasos es tan probable como morir en un accidente aéreo. El pandillero está a más de quince metros. Decide aguantar un poco más, algo que a Jorge le gustaría discutir si pudiera hablar, pues sigue con las vías respiratorias obstruidas. El pandillero no deja de gritar algo.

Hasta ahí.

El bosnio suelta a Jorge al tiempo que desenfunda la Desert Eagle y apunta a la diana que lleva dibujada en la frente. Ahora la gorra de los Bulls tiene un agujero del calibre cincuenta justo entre los cuernos del toro y el pandillero retiene en su cabeza menos de seiscientos gramos de masa cerebral, los otros setecientos están esparcidos por el suelo mal pavimentado de la plaza de los Lápices. Vlade Ilić se acerca al cuerpo, pero ni siquiera lo mira, sabe que está muy muerto. Quiere recoger del suelo la CZ 100 de nueve milímetros que tan indignamente empuñaba. Es un arma de mierda, una pistola de juguete, pero dispara y no se sabe si podría necesitarla en caso de que las cosas se pusieran feas, dado que los dos cargadores que lleva encima de la Desert Eagle solo contienen ocho cartuchos. Le quedan quince.

Examina el entorno, hay cuatro personas —dos mujeres, un hombre y un niño—, pero ninguna representa una amenaza. Infiere que esta no debe de ser la primera vez que asisten a un espectáculo similar, porque no se comportan movidos por el pánico. Vuelve al punto en el que ha dejado tirado a Jorge, que todavía está intentando llenar los pulmones entre toses agónicas e inspiraciones forzosas.

—Levanta —le ordena a la vez que le incentiva con una patada en el costado—. Me vas a llevar a casa de Carlos. Ahora.

Jorge sigue sin poder hablar, pero sí puede pensar. Sabe que es lo que le conviene si quiere volver a ver a Teresita y Jorgito. No sabe dónde mierda vive Carlos, pero sí adónde conducirlo.

Se incorpora y salen de la plaza en dirección al Tarzán, un boliche en la manzana 107 convertido en el cuartel general de los Sampedranos. Jorge intuye que ese puto loco va a terminar relleno de plomo, solo espera que sea antes que después. Y vivir para verlo, a poder ser. Pero a quien ve y reconoce es a Maicol parapetado en una esquina. Justo enfrente está Guido, que es boliviano, pero ya sabe lo que es cargarse a un tipo.

Vlade Ilić también los ve y, entonces sí, activa el modo automático de combate urbano que tiene guardado en el hipotálamo. Fueron muchas las poblaciones que tuvo que limpiar de serbios en un radio de treinta kilómetros desde Bratunac. Conoce todos los ingredientes de esa receta y cocinarla de nuevo, a pesar de los años transcurridos, no supone ningún conflicto para él. Piensa que debe de tratarse de una broma grosera al comprobar que un tipo asoma impunemente la cabeza para hacer señas a otro que está al otro lado de la calle. Ambos lucen gorras de equipos de la NBA, una es verde y la otra celeste, ambas muy llamativas, pero la vista no le alcanza para discernir a qué equipos representan. Jorge, a pesar de su reducido cuerpo, resulta un buen parapeto. Le pasa el brazo izquierdo por el cuello y lo arrastra al margen derecho de la calle para conseguir un ángulo óptimo. El primer disparo lo hace Gorriverde dejando patente que la integridad de Jorge no es una prioridad para él. Vlade Ilić apunta un centímetro por debajo del escudo del equipo y aprieta el gatillo, pero Jorge se mueve en ese mismo instante y le hace errar el tiro.

Tiene que decidir entre parapeto y puntería.

El mobiliario urbano no se mueve.

Pero no va a malgastar munición de la Eagle. Se ayuda de la suela de las botas para empujar al parapeto y con la mano libre saca la CZ 100 que sujeta con el cinturón. Los dos disparos en la espalda podrían valer, pero prefiere asegurarse y se agacha para meterle otro en la nuca. De nuevo su cara hace honor al apodo. Teresita y Jorgito acaban de quedarse huérfanos de padre, pero, en compensación, Rojito apenas se ha enterado de su muerte.

Vlade Ilić se percata en ese momento de que Jorge no solo hacía de parapeto, su función principal era la de guiarle a casa de Carlos, el regente, o lo que sea, del centro de recogida postal. Tiene que sustituirle, pero no va a ser por Gorriverde, que se ha envalentonado al ver la ejecución de Jorge y ahora está en medio de la calle. Ha adoptado una postura peliculera, apuntando a dos manos, rodillas flexionadas y con las piernas abiertas. Todo exagerado y excesivo, pero Vlade Ilić no le va a conceder la oportunidad de demostrarle que no tiene ni idea de disparar. El impacto en el esternón le tira dos metros para atrás y Maicol pasa a ser un número más en la guerra de bandas que está tiñendo de sangre Villa 31. Ahora sí reconoce el equipo, se trata de los Celtics de Boston.

Gorriceleste delata su posición por los gritos y amenazas que profiere contra el hombre del pasamontañas. Se ha resguardado detrás de un contenedor de basura y el miedo que recorre su cuerpo solo le permite chillar y asomar el cañón de la recortada que lleva.

Vlade Ilić casi no se lo puede creer. Sonríe.

Gorriceleste porta una escopeta tipo lupara. No es auténtica, pero es de doble cañón basculante. A corta distancia, el estropicio que provoca no tiene parangón. Una maravilla. Tiene que hacerse con ella antes de que la descargue y se quede sin munición. No se lo piensa. Traza una línea recta hacia su objetivo empuñando la Desert Eagle a dos manos y con el cuerpo ligeramente inclinado hacia delante. Gorriceleste tiene tres opciones: asomarse por la derecha, por la izquierda o por arriba. En cuanto se mueva para apuntar le habrá agujereado la tela.

Pero se equivoca: Gorriceleste no se asoma.

Vlade Ilić apuesta por sorprenderlo por la derecha, aunque le habría dado lo mismo, porque Guido está sentado en el suelo con la recortada sobre su regazo y proyectando los brazos con las palmas extendidas como si así fuera a generar un escudo de fuerza protector. El bosnio ya lo ha visto antes. En situaciones de alto riesgo el pánico paraliza el sistema nervioso anulando la posibilidad de tomar decisiones. Sabe que no corre ningún riesgo cambiando de arma y se permite el lujo de vaciarle el cargador de la CZ 100 en la cara, puesto que ahora tiene la lupara y la pistola de juguete ya no le va a ser de ninguna utilidad. El escudo de fuerza no funciona y la gorra de Racing Club de Avellaneda —que Guido ya no va a necesitar— está intacta. Algo salpicada de sangre, sí, pero todavía se puede leer «Guardia Imperial». Alegórico. Enseguida vuelve a caer en la cuenta de que no sabe hacia dónde tiene que dirigirse, pero la incógnita es fugaz, porque un disparo le marca la trayectoria que ha de seguir: hacia su derecha, doblando la esquina tras la que se escondía Gorriverde. La bala ha impactado contra el contenedor y ha dejado un buen boquete. Inmediatamente cambia de posición y varios proyectiles silban por encima de su cabeza.

La cosa se está poniendo fea.

En cuclillas, con la espalda contra la pared, consigue una buena visual de lo que se le viene encima. Cuenta al menos cuatro tipos armados. Uno de ellos, el que está dando órdenes a los demás, lleva un subfusil que desde la distancia parece ser un MP5. Ochocientos disparos por minuto. Peligroso.

Tiene que cambiar de estrategia.

La casa, si es que el lugar en el que vive Martín es merecedor del apelativo, cuenta con una habitación y un aseo. Huele a cerrado, a ambientador barato agotado y a indefectible humedad. Desde que se han refugiado allí, Erika no ha hecho otra cosa que tomar mate y contestar al interrogatorio al que le está sometiendo ese niño de doce años, víctima prematura de Cupido. Lo único que ha conseguido averiguar de Bujalesky es que lo conoce desde hace un par de años —más o menos— y que imparte clases de guitarra a varios chicos del barrio a cambio de que no falten a ninguna clase. Todos lo llaman el Ruso, porque Berzachtzky es uno de esos apellidos raros que nadie quiere aprenderse; «de esos que tienen los rusos», le ha especificado Martín. Y la gente lo respeta porque no anda bien de la cabeza. Y eso, en Villa 31, es muy respetable.

A Ólafur Olafsson se le ve incómodo y no les quita ojo a la única ventana que da al exterior y a la puerta. Por eso cuando alguien aporrea la puerta le da un vuelco el corazón y se agarra el pecho antes de liberar varias maldiciones en idioma original.

Se trata de una vecina. Está alterada. Ha escuchado que hay un lío enorme cerca de la plaza de los Lápices.

—Una balacera, Martín. Dicen que hay varios muertos ya.

Cuando el niño se vuelve tiene los ojos anegados de lágrimas.

—Mi mamá hace esas calles —le dice a Erika—. Tengo que ir a buscarla.

Erika busca consenso en la mirada del islandés, que se quita las gafas y se encoge de hombros. No parece que entre los dos vayan a lograr cambiar la decisión de Martín, que ya está bajando por las escaleras exteriores. Invierten algo menos de cinco minutos en recorrer la distancia que hay hasta la plaza. La noticia se ha extendido como un incendio estival y han visto varios hombres armados apostados en las esquinas.

—Esta fiesta es muy fea —dictamina Ólafur al tiempo que observa cómo Martín se ha abalanzado sobre el grupo de personas que rodean el cuerpo de un joven al que le falta parte de la cabeza. Una mujer que se cubre la suya con un pañuelo lo reconoce y señala en dirección a las calles que se pierden por el lado opuesto.

—Tenemos que ayudarle. Encontramos a su madre y salimos pitando de aquí —simplifica ella.

Se escuchan disparos no muy lejos. Provienen de la zona que ha indicado la mujer del pañuelo en la cabeza.

—¡La vieron en el almacén de Mosca! —les informa Martín—. Fue a comprar puchos justo al empezar los tiros. Ella dice que mi mamá sigue ahí.

—Estará bien —considera Erika—. Se habrá protegido dentro y cuando aparezca la policía saldrá. No te preocupes.

—La cana no va a venir hasta que todo termine. No les importa tres carajos que se caguen a tiros.

—Escucha, Martín, meterse ahí es muy peligroso. ¿Y si te pasa algo? Lo mejor es que nos quedemos aquí. No durará mucho, ya lo verás.

Las palabras de Erika parecen surtir efecto, pero unos instantes después tres hombres armados pasan a gran velocidad junto a ellos porfiando injurias contra los paraguayos. De inmediato les siguen otros dos peruanos, uno de ellos es Piedrita.

Nadie diría que la batalla callejera vaya a terminar pronto. Y eso mismo cree Martín, que repentinamente emprende la carrera tras ellos.

Erika le sigue.
Ólafur también.

Vlade Ilić ha ido retrocediendo sin dejar de responder al fuego enemigo. Se enfrenta a dos grandes problemas: no conoce el terreno y le queda poca munición. Ha conseguido herir a uno de ellos en una pierna, pero estos se mueven con mucha más precaución guiados por el tipo de la MP5. Por cómo se desplaza y actúa, está claro que el tipo tiene formación militar. Jamás se pone a tiro y está excesivamente lejos como para acertarle con la Desert Eagle.

Se ha planteado ganar una posición elevada, pero sabe que si trata de subir por alguna de las escaleras que ascienden por las fachadas de los edificios quedará expuesto durante demasiado tiempo. Otra opción es salir por piernas, pero entonces toda esa sangría habrá sido en balde y hay demasiados espectadores en los balcones y ventanas que podrían ir marcando su huida. Está en clara desventaja y cuando eso sucede solo hay dos caminos: resistir confiando en que suceda lo improbable o contraatacar de la única forma posible.

Ha llegado el momento de usar la lupara.

Sucede en décimas de segundo, las que invierte en cambiar de arma. No los ha oído llegar y cuando se gira ya los tiene encima.

Vlade Ilić asume que ha llegado su hora.

Ahora se oyen más gritos que disparos. Han perdido de vista a los peruanos al doblar por un callejón. Martín les grita que el almacén de Mosca está justo en la siguiente cuadra, pero para llegar tienen que cruzar la calle donde se está produciendo el intercambio de disparos. Son cinco metros.

Ólafur niega con la cabeza.

Erika tiene agarrado del brazo a Martín.

—¡No podemos pasar por ahí!

—Quédense acá si quieren. Yo voy.

Y va.

—Ya estamos acá. Tranquilo, hermano —dice el de la escopeta de caza antes de apostarse a su lado. Los otros dos toman posiciones detrás de una hormigonera unos metros más atrás.

A Vlade Ilić no le hace falta entender el idioma para comprender que si esos tipos no lo han cosido a balazos es porque comparten enemigo.

Llegan otros dos más.

—Te los culeaste lindo a esos putos. Ahora nos toca a nosotros. ¡¿Listos, muchachos?!

Vlade Ilić sabe que se va a producir una carnicería, pero lo que pasa a continuación no es lo que ninguno espera que pase.

Porque primero pasa un niño, luego pasa una mujer de pelo rojo y, por último, pasa un hombre armado con un revólver.

Los paraguayos abren fuego.

Los peruanos responden ecuánimemente.

Pero a Vlade Ilić ya no le interesa esa guerra.

Los disparos suenan cuando Ólafur Olafsson ya ha cruzado. Ninguno se atreve a mirar hacia atrás. Recorren los treinta metros escasos que les separan del almacén de Mosca. Tiene la verja echada. Martín la golpea desesperado al tiempo que grita el nombre de su madre. Surte efecto. Entran los tres y el niño se tira a los brazos de una mujer que no habrá cumplido los treinta. Otras cinco personas están sentadas en el suelo de la trastienda que parece más bien una chatarrería, es difícil de discernir. Allí permanecen hasta que escuchan el sonido de las sirenas. Muchas sirenas. Todas las sirenas. A pesar de ello, van saliendo con suma cautela, que se convierte en extrema premura al regresar a sus casas.

Hablan de más de diez muertos.

Martín le ha relatado la aventura a su madre con pelos y señales. Infinidad de veces. A ella, que se llama Cecilia, le encantaría invitarles a cenar como muestra de agradecimiento, pero no tiene qué ofrecerles. Erika le recuerda a Martín que tienen una cuenta pendiente y apenas se despiden de Cecilia, que ya está integrada en la comitiva vecinal de dimes y diretes que se ha organizado a pie de calle.

Al islandés se le ve inquieto. No deja de mirar a su alrededor y no ha sacado la mano del bolsillo de la americana desde que salieron de la casa de Martín. El barrio está más agitado que nunca. La policía federal está haciendo registros por doquier, allanamientos y practicando detenciones, pero los vecinos de Villa 31 no temen a los uniformados. Quizá sea esa la noche en la que se sientan más seguros en los últimos años.

La escasez de alumbrado público se alía con la necesidad de pasar inadvertidos.

—Es acá nomás —anuncia Martín.

Erika nota cómo revolotean mariposas allí donde Ólafur solo siente los zarpazos y los mordiscos de la jauría. La construcción tiene dos alturas, pero ninguna está iluminada.

—Vamos para arriba.

Martín toca la puerta con los nudillos y luego con la parte blanda del puño, pero nadie responde.

—Si acá no está, nada más puede estar en otro lado.

Las mariposas desaparecen, los zarpazos no.

El otro lado es un local sin acondicionar ubicado en una plaza sin nombre muy concurrida en el que se reúnen algunos vecinos por la noche. Todos aportan algo: empanadas, cervezas frías, fernet con coca, Gancia, choripanes y papas fritas. Desde fuera se escucha a alguien cantar.

Prestame otra moneda,
mi copa está vacía
y la botella llena.
Todavía es pronto para volver a casa.
Un trago más a cambio de mi alma.

Me la banqué solito,
chamullero desde bien chico.
Aprendiz de chorro como chabón,
pero nunca engañé a nadie
ni logré robar un trozo de cartón.

—Ahí lo tenés. Es él, es el Ruso.

Martín señala al hombre del fondo del local que está cantando acompañado de lo que para Erika no es más que una guitarra diminuta. Una docena de personas le acompañan cantando el estribillo.

Ante vos me desnudo,
nací siendo un flor de pelotudo.
¡Flor de pelotudo!

El pelo le cae sobre la cara, lo cual no le permite comparar sus rasgos faciales con los de la fotografía que tienen de él; además, presenta una incipiente barba de mendigo, rala y descuidada. Sus brazos muestran una delgadez extrema y sus manos parecen arañas huesudas tejiendo notas. No tiene una voz melódica ni cuidada, pero se nota que está adiestrada tanto para conciertos imprevistos como para improvisados recitales, como es el caso. La canción tiene trazas de rock porteño y la métrica engancha a los asistentes.

El que no canta vocea.

Decidí hacerme famoso,
el camino más corto.
Arte no tenía para ser artista,
torpes los pies, incapaz con las manos,
descarté hacerme mago o futbolista.

Me señalan a menudo,
nací siendo un flor de pelotudo.
¡Flor de pelotudo!

Erika no sabe si seguir el ritmo con las palmas o seguir a Ólafur, que acaba de aceptar muy gustosamente un vaso de cerveza que alguien le ha ofrecido.

—Tenés que esperar, ahora el Ruso... es el Ruso —definió. No les queda otra.

Cantar era otra opción,
la cagada era mi voz.
Los instrumentos no me daban bola,
las notas eran insectos aplastados,
sonaba francesa mi guitarra española.

Me lo dice hasta el mudo,
nací siendo un flor de pelotudo.
¡Flor de pelotudo!

Así fue como me hice poeta,
colores de naturaleza muerta.
Encadenando palabras de amor,
torturando los versos robados.
Rimando duele todo menos el dolor.

Prestame otra moneda,
mi copa está vacía
y la botella llena.
Todavía es pronto para volver a casa.
Un trago más a cambio de mi alma.

Prestame otra moneda,
mi copa está vacía
y la botella llena.
Todavía es pronto para volver a casa.
Un trago más a cambio de mi alma.

Cuando suena la última nota, la palabra «ovación» cobra sentido en aquel espacio desvencijado y, por unos instantes —lo que dura el repertorio del Ruso—, nadie se acuerda de lo ocurrido hace unas horas a escasas veinte cuadras de distancia.

La gente de Villa 31 exprime cada gota de vida.

Ólafur quiere beber y bebe. Paga diez pesos por cada vaso de cerveza, pero a la mayoría le invitan.

Hay argentinos, bolivianos, uruguayos, chilenos, paraguayos y peruanos. Una alemana y un islandés. Hay hasta un ruso que no lo es.

También hay un bosnio que intenta no ser ni parecer.

Viste con una sudadera de Boca Juniors que le queda mucho más holgada de lo que le habría gustado, pero le viene estupendo para ocultar el volumen de la lupara.

Los peruanos se han comportado con valentía y arrojo, arrojando un valiente saldo final de dos muertos y dos heridos graves. Avanzaron vaciando sus cargadores sobre las posiciones de los paraguayos, que, bien parapetados, respondieron de la misma manera. Cuando Vlade Ilić disparó el último cartucho de la Desert Eagle, los paraguayos empezaban a retroceder y lo último que vio antes de desaparecer siguiendo los pasos de la mujer del pelo rojo fue cómo una ráfaga de la MP5 alcanzaba de lleno el pecho del que había asumido el mando del asalto. Desde la distancia observó cómo entraban en un negocio y resolvió que lo más inteligente era esperar. Entretanto, se deshizo muy a su pesar del pasamontañas, del chaleco y de la pistola del calibre 50, y se fue de compras por los tendederos cercanos. Allí adquirió la prenda que Vlade Ilić luce con tanto infortunio como fastidio.

Se ha cansado de seguir al grupo y limitarse a observar.

Y ahora se alegra de haber decidido entrar en ese tugurio, porque reconoce a Bujalesky en cuanto repara en el indiscutible foco de atención de la fiesta. Está muy cambiado, pero él no alberga ninguna duda. No obstante, no deja de preguntarse cómo es posible que la mujer haya llegado tan lejos, toda vez que Michelson le había asegurado que los tenía controlados y que se encargaría personalmente de ellos «a la vieja usanza». Algo se le escapa y lo va a averiguar, pero antes tiene que poner fin a aquel trabajo que dejó sin rematar. Vlade Ilić está calibrando la forma menos mala de actuar cuando alguien le ofrece una bebida. Allí dentro la temperatura se ha ido incrementando, pero no puede quitarse la maldita sudadera porque el mango de la recortada asoma por encima del cinturón. A pesar del calor, tiene mucha más hambre que sed. Quizá pueda conseguir una de esas empanadas que se apilan sobre las cajas.

Está incómodo.

Se remanga para combatir el sofoco y, sin ser consciente de ello, comete su primer error.

Ólafur se compromete consigo mismo a que la cerveza que sostiene es la última ración para la jauría. Antes de esa ya se ha hecho dos veces la misma promesa.

Promesas que no valen nada.

Se siente bien. Aún se encuentra muy lejos de estar borracho, únicamente tiene que saber cuándo parar. Puede sentir cómo la manada corretea y se divierte, igual que lo hacen las personas que le rodean. Solo cuando Bujalesky ha parado de tocar, ellos han dejado de cantar, pero la fiesta prosigue. Martín está esperando su oportunidad para presentarle a Erika. Lo han hablado hace un rato y no tiene inconveniente en que sea ella quien le ponga al día de la situación. No es capaz de predecir cuál será su reacción, pero intuye que no muy diferente a la que tuvo Ramírez.

No habla con nadie porque le cuesta horrores entender lo que dicen. Se limita a devolver sonrisas y pagar con «Muchas gracias, amigo». En algún momento se fija en que no es el único que no se está relacionando con el prójimo. Al otro lado de la barra de cajas de cartón hay un tipo como él. Está bebiendo un refresco y eso le llama poderosamente la atención. Jamás se ha fiado de los que beben agua saborizada con burbujas. Al margen, lleva unos pantalones muy nuevos con una sudadera muy vieja. Las botas militares que calza, aunque están algo sucias, parecen recién estrenadas. Y peor aún, no despega la mirada de Bujalesky.

Un pálpito.

Deja el vaso sobre la barra y se aproxima por la espalda. Toma contacto con el Taurus, eso le tranquiliza.

El tipo está ahí, pero todos le ignoran. Es como si fuera invisible. No para los ojos del islandés, que recorta la distancia justo en el instante en el que Martín ha conseguido captar la atención de Bujalesky.

Entonces lo ve.

El pálpito se transforma en un latido convulso al tiempo que su memoria le paga un viaje de ida a Budapest para hurgar en los recuerdos que tiene guardados del acto de purificación. Uno de ellos es un sol tatuado en el antebrazo del arcángel que estaba a la derecha del Gran Maestre empuñando la espada flamígera. El mismo que luce el hombre pseudoinvisible que tiene a escasos metros.

Es Miguel, el arcángel mayor de la Congregación de los Hombres Puros.

Y él es Ólafur Olafsson, el que tiene un revólver amartillado en la mano y una cuenta pendiente.

Una cuenta que va a saldar.

Un niño que parece conocer a Bujalesky le ha presentado a la mujer del pelo rojo. Se pregunta qué mierda estarán tramando, pero desde luego no va a permitir que salgan de allí juntos. Vlade Ilić resuelve que ha llegado la hora de ponerse en marcha.

—Tú, el de la capucha, ¡date la vuelta! —oye gritar en inglés a su espalda.

Se hace el silencio.

Sabe que, sea quien sea, se lo está diciendo a él, pero no se gira.

Necesita tiempo para pensar.

Evaluar.

Erika no alcanza a ver lo que está sucediendo. Alguien ha gritado algo y de inmediato se ha formado un gran tumulto.

Un disparo desencadena el caos. Algunos se tiran al suelo y otros, los que tienen suerte de estar cerca de la puerta, salen en desbandada. Bujalesky está paralizado por el terror y su mirada hueca le indica la dirección que debe seguir.

No lo identifica de inmediato, la única vez que ha visto ese rostro estaba bajo los efectos de los opiáceos. El arcángel Miguel la está mirando y sostiene la misma expresión risueña y amable con la que le hablaba en el interior de aquella limusina mientras la trasladaban junto con la otra doncella que iban a sacrificar en el acto de purificación.

A unos cinco metros de distancia, Ólafur le está apuntando a la cabeza y si tuviera que apostar diría que va a apretar el gatillo.

Y acertaría.

—¡No te lo voy a repetir más veces, cabrón! ¡Date la vuelta!

El arcángel lo hace.

El local se ha ido vaciando y apenas quedan unas decenas de personas lo suficientemente aterradas como para preferir no moverse. A Ólafur solo le interesa el hombre que tiene delante. El islandés no le quita la vista de encima, está convencido de que se puede ver a través de los ojos de las personas y pretende anticiparse a la decisión que tome el arcángel. Los tiene pequeños y sagaces, pero corrientes, demasiado corrientes.

—¡Ahora ponte de rodillas con las manos en la nuca y los dedos entrelazados!

—Claro. Ya sé quién eres. Ahora te reconozco —dice el arcángel—. Ya veo, tienes la manía de acudir a las fiestas sin invitación.

—Haz lo que te digo o te prometo que no sales vivo de aquí.

Y esa promesa sí está dispuesto a cumplirla.

Vlade Ilić sabe que el tipo que tiene frente a él no es un cualquiera. Por la forma de empuñar el arma, la posición de las piernas y los hombros, sabe que no es la primera vez que apunta a una persona. Tampoco se distrae con el movimiento del entorno ni con sus palabras y eso no es positivo para los intereses de Vlade Ilić. Pagaría una fortuna por saber si el tipo que le está apuntando a la cara ha matado a sangre fría alguna vez.

De momento obedece sus órdenes, sabedor de que más pronto que tarde se va a presentar su oportunidad.

Siempre aparece, solo hay que saber reconocerla y aprovecharla.

—Erika, ¡saca a Bujalesky de aquí! ¿Me oyes? ¡Sácalo de una vez! —le vocea el islandés.

—¡¿Qué vas a hacer?! —pregunta ella a la vez que trata de sacar al experto del trance en el que está sumido.

—¡Marchaos ahora! Cada segundo cuenta. Luego te busco. No te preocupes por mí.

Bujalesky sigue petrificado, con la mirada inerte y claros síntomas de estar sufriendo una parálisis corporal como consecuencia del ataque de pánico. No reacciona. A Martín se le ocurre arrebatarle el ukelele y tocar unos acordes al azar. Es lo que más quiere en el mundo y el chico lo sabe.

Bujalesky regresa.

—Largá eso, pendejo —verbaliza.

—¡Salid de una puta vez! —grita Ólafur.

Erika tira de Bujalesky y le dedica una última mirada a Ólafur que no es correspondida, pues este no despega la suya del arcángel.

—¿Y ahora qué vas a hacer, soldadito?

Silencio.

Los segundos se encasquillan en la recámara del tiempo.

Ólafur está esperando alguna reacción del arcángel. Su cerebro no está preparado para ejecutar a un ser humano por muy deshumanizado que esté. Conscientemente, busca una razón para poder apretar el gatillo.

Pero el desencadenante no viene de su enemigo, entra por la puerta.

Dos objetos ruedan por el local y rebotan contra las paredes.

Son botes de humo.

Ólafur no puede evitar seguir con la vista la trayectoria de uno de ellos, que deja a su paso una densa humarada.

Es la oportunidad que Vlade Ilić esperaba.

Rueda por el suelo rotando sobre su hombro izquierdo sin perder el contacto con la culata de la lupara. Ya sobre sus pies, tira de ella y orienta el cañón hacia el espacio en el que ha registrado la última posición del blanco. No le hace falta apuntar, la dispersión de los perdigones le hará el trabajo.

Dispara.

Se ha movido increíblemente rápido.

Pero no lo suficiente.

Tampoco el humo le impide localizar su objetivo en movimiento.

Ólafur Olafsson da la orden y su cerebro, esta vez sí, reacciona.

Dispara.

El comando 8 del DESH (División Especial de Seguridad Halcón) se despliega en el local. Antes de que el oficial al mando dé la orden de entrar, han escuchado dos descargas casi simultáneas. Tienen permiso de abrir fuego para neutralizar cualquier amenaza.

El humo dificulta la visión a través de las máscaras, pero enseguida localizan los dos cuerpos tirados en el suelo. Ninguno se mueve.

Minutos más tarde, el oficial al mando se dispone a dar el parte a la central.

—Dos varones. Un muerto y otro gravemente herido. Se solicita ambulancia para su inmediato traslado a centro hospitalario.

Cuando corta la comunicación, el teniente Rafaelli se pasea por el escenario con el humo ya disipado. Esa noche ha visto muchos cadáveres y por la cantidad de sangre esparcida por el cemento apuesta a que el tipo que se acaban de llevar se convertirá en el decimotercer cliente de la morgue.

Solo espera que sea el último.

Por lo menos durante lo que le queda de turno.

—¡Pero la reputísima madre que los parió! —certifica.

PIEDRA Y PELUSA

Villa 31
Buenos Aires (Argentina)
Septiembre de 2013

La sensación es de asfixia. Está segura de que puede respirar, pero no lo consigue.

Tal es el poder de estrangulación de la incertidumbre.

Sabe que ha habido disparos porque los ha oído.

Sabe que han sacado un muerto y un herido porque lo ha visto.

Es lo que no sabe lo que le está robando el aire.

No sabe quién es quién, porque desde detrás del cordón policial no ha alcanzado a distinguir el rostro del que sacaban entubado y han subido a la ambulancia. Acto seguido, las fuerzas de seguridad han ordenado despejar la zona, pero… ¿cómo seguir las instrucciones ajenas si ni siquiera es capaz de cumplir las propias?

A su lado, Alcides Edgardo Bujalesky no está en mejores condiciones. Todavía no ha asimilado el hecho de volver a encontrarse con el hombre que asesinó a su hijo.

Los recuerdos en forma de imágenes parpadean incesantemente.

Aquel año estaban realizando progresos importantes tras casi un lustro de desencuentros. El fallecimiento de Basilia, su esposa, había provocado que el muro que ya existía entre ambos ganara varios metros más de altura. Bien era cierto que la primera piedra la puso el padre cuando reaccionó de manera desmesurada a la noticia de que su hijo abandonaba la práctica del fútbol por las clases de guitarra y solfeo. La siguiente la colocó el hijo al formar una banda con cuatro amigos del barrio y empezar a flojear académicamente. Bujalesky acababa de recibir el título de ciudadano ilustre de la ciudad de Buenos Aires mientras que su hijo ilustraba pentagramas como principal dedicación. Por aquel entonces, Néstor tenía dieciséis y su padre no estaba dispuesto a resignarse a que su apellido fuera uno más en el cartel de The Pochoclo's, la banda que lideraba su único heredero. Su abuelo no se había dejado la vida en los astilleros para que un niñato con ínfulas de estrella del rock se meara en su memoria.

Cortó el grifo.

Sin embargo, Néstor estaba decidido a seguir bebiendo de los manantiales del rock & roll y cuando cumplió la mayoría de edad metió lo que le cupo en una mochila y alquiló una habitación en el barrio de San Telmo. La ruptura con su hijo coincidió con el encargo de aquel hombre que se hacía llamar Flegias. Como dantista y experto en masonería, no podía dejar pasar la oportunidad que llevaba esperando toda una vida. Así, halló la forma de escapar de la ingratitud del entorno cavando un túnel en las entrañas de la Congregación de los Hombres Puros.

Y cuanto más excavaba más quería escarbar.

Y cuanto más escarbaba más se alejaba de Néstor.

No se vieron durante meses y solo fue gracias a la intervención de la casualidad o del caprichoso destino que volvieron a encontrarse. Bujalesky regresaba a casa luego de compartir las últimas averiguaciones con Telmo, el encargado de mantenimiento del Palacio Barolo y único confidente de sus avances, el cual llevaba unos cuantos días en cama hostigado por una gripe que se había acomodado en su organismo. Bujalesky no quiso esperar y, rompiendo su régimen de autoimpuesta reclusión, se desplazó hasta el domicilio de su factótum, sito en pleno corazón del barrio de Belgrano. Nunca obtuvo el permiso de conducir y al no estar capacitado para moverse en taxi ni en Subte no le quedó otro remedio que utilizar el colectivo. Así le fueron guiando los hados hasta que en la parada del 152 se dio de bruces con un cartel que anunciaba un recital de The Pochoclo's en la sala Niceto Club, a las 21:30. Faltaban cuarenta minutos, de los cuales empleó treinta y nueve en decidirse.

Lo que sintió allí dentro no lo había experimentado jamás.

Era orgullo paterno.

Y orgullo también lo que le impidió quedarse al final del concierto para hablar con su hijo. Así transcurrieron unos cuántos meses más, siguiendo en solitario a The Pochoclo's de sala en sala, de bolo en bolo, conteniendo las lágrimas —cuando sonaba *Gigante de trapo* nunca lo lograba—, dejando correr el tiempo con la esperanza de reunir algún día el coraje suficiente para plantarse delante de Néstor y soltar el lastre que tenía apelmazado en el alma. El único progreso, si podía calificarse como tal, fue ir abandonando las últimas filas para poder estar más cerca de él. El reducido aforo de una sala de Palermo Soho obró el milagro. Néstor lo reconoció desde el escenario e interrumpió *Piedra y pelusa* para bajar y abrazar a su padre. Recordar aquel momento le compunge hasta la angustia.

Igual que a la joven del pelo rojo que ahora está a su lado y que acaba de jugarse el pellejo por él.

—Vámonos, ya no se puede hacer nada, che —le dice Bujalesky usando un tono firme pero atemperado.

Erika lo mira asombrada, como si no alcanzara a comprender qué hace ese hombre metido en sus ensoñaciones.

Martín, que ya se considera un especialista en devolver espíritus errantes a cuerpos erráticos, la zarandea enérgicamente.

—¡Dale! ¡Despertá de una vez! La cana se está poniendo nerviosa y nos van a recagar a trompadas si seguimos por acá.

Erika regresa.

—Vamos. —Es lo único que consigue pronunciar.

Bujalesky la guía presuroso por las calles de Villa 31. Han decidido dar un rodeo por si alguien les está siguiendo. No hablan. Erika camina cabizbaja y con los hombros caídos. Sus Doc Martens le pesan más que nunca. No parece que en su cabeza se esté produciendo actividad cerebral alguna. En la de Bujalesky sí: está sonando *Piedra y pelusa*.

Encontré la noche perfecta para cobijar defectos.
Me enfrenté a Morfeo, acunándome despierto.
En el pozo del deseo acaricié el encuentro.
Y allí estabas vos, tan selecta,
enamorando ciegos.

Encontré la noche perfecta para sacrificar miedos.
Me vendí a Perseo por un par de besos,
pidiendo ayuda divina al mismo infierno.
Y allí estabas vos, tan correcta,
alimentando fuegos.

Y me sumí en un sueño profundo,
lejos de vos, al lado tuyo,
donde enseñar los dientes al mundo.

Y me sumí en un sueño profundo,
lejos de vos, al lado tuyo,
donde enseñar…

Encontré la noche perfecta para destrozar recuerdos.
Me enamoré de Venus regalando versos,
pisando jardines, blanqueando huesos.
Y allí estabas vos, tan directa,
acribillando egos.

Y me sumí en un sueño profundo,
lejos de vos, al lado tuyo,
donde enseñar los dientes al mundo.

Y me sumí en un sueño profundo,
lejos de vos, al lado tuyo,
donde enseñar…

Me desvelé en el empeño,
empeñado en regresar a ese sueño,
tan lejos de vos, al lado tuyo,
desesperado por no tenerte,
transpirando angustia,
empapado de vos,
seco de amor.

Me miraste como mira Medusa
y me hice piedra.
Me miraste como mira Medusa
y me hice piedra.
Piedra y pelusa.
Piedra y pelusa.
Piedra y pelusa.

Rancho Columbine
Condado de Rusk, Texas (Estados Unidos)

El desayuno a base de huevos y salchichas no le ha caído del todo bien al estómago; no obstante, cuando eso sucede, él siempre lo achaca al exceso de pimienta con el que últimamente cocina Grace.

John Marius Columbine pide que le preparen un tónico y que se lo sirvan en el porche. Inhalar un poco de aire fresco le vendrá bien mientras espera a que llegue su invitada. Se acomoda en la butaca en la que se sentaba papá Columbine y se imagina lo que él debía de sentir mirando sin poder abarcarlos con la vista los terrenos de su propiedad. Hoy, aquellos trescientos acres no significan nada en el patrimonio de uno de los mayores magnates del petróleo, incluido en la lista Forbes dentro de las cincuenta fortunas más importantes; mas el efecto es el mismo: inabarcable. Para ser honesto, tiene que reconocer que, puestos a comparar los méritos de su abuelo —con los medios con los que contaba en los años treinta— y los suyos propios, la balanza se inclinaría todavía a su favor. Así y todo, el mérito no es un valor que cotice en la bolsa y, puestos a elegir, se queda con los ceros que preceden al dólar antes que con los párrafos en los libros de historia.

Y es, precisamente, de un tipo de libro de donde quiere que su apellido desaparezca para siempre.

—Aquí tiene, señor Columbine.

—Gracias, Grace. Por cierto, como rige la norma, el desayuno estaba delicioso.

—Es usted muy amable. Permítame que le pregunte: ¿Estamos esperando alguna visita?

—En efecto, pero no le he dicho nada porque mi invitada no se quedará a almorzar.

—Entendido, señor Columbine. Si necesita algo, ya sabe dónde encontrarme.

—Por supuesto.

Grace trabaja en la casa desde que tenía dieciséis años. Su madre, que también se llamaba Grace, era la cocinera de su padre y ella ha heredado sus habilidades culinarias. Destrezas que ha ido perdiendo con la edad. La tenía que haber despedido hace años, pero no lo ha hecho por motivos humanitarios y ahora su sistema digestivo está pagando las consecuencias de su dadivosidad. Solo espera que no siga el ejemplo materno y no tenga que aguantarlas, a ella y sus recetas, hasta los noventa y dos años.

El sonido del móvil atrae su atención. Peter Corgan, el jefe de su servicio de seguridad, le avisa de que van a llegar junto con su invitada en diez minutos. Ahora que sus negocios los maneja un grupo de inversores se percata de que hace tiempo que no mantiene una reunión que le importe tanto. Ser consciente de ello le genera una imperiosa necesidad de ir al servicio. Vuelve a culpar a Grace del retortijón y mientras hace fuerza para evacuar el intestino grueso solo piensa en su arrugada cara.

De regreso al porche, fija su mirada en la lontananza y observa el extraño caminar de la mujer que va a convertirse en su herramienta definitiva. Viste con un mono ajustado y lleva gafas oscuras para protegerse del pernicioso efecto del sol. El grado extremo de albinismo es su única debilidad o eso piensa él. Da la sensación de que Gabriel no se mueve y sin embargo avanza, de hecho Peter y Gareth tienen que apretar el paso para seguir el ritmo del arcángel. Le rodea un halo siniestro que está en consonancia con la retahíla de facultades de las que tanto hacía alarde Corteza de Roble. No en vano, esa mujer estaba llamada a ocupar el puesto de Damocles cuando el Gran Maestre lo considerara oportuno. Él mejor que nadie sabe cómo jugar la carta sentimental de haber sido durante la última década el custodio de confianza de Corteza de Roble y con Gabriel de brazo ejecutor muy pronto la identidad de Caronte, su nombre, se perderá para siempre junto con el maldito Cartapacio de Minos. Tan solo tienen que encontrar a Bujalesky y hacer que se reúna con su hijo. Ese es el único punto de desencuentro que tiene con el nuevo Flegias. Michelson lo necesita vivo; él, muerto. Con el dantista enterrado, nadie podrá desenterrar el vínculo de su familia con la Congregación.

A escasos veinte metros para que se produzca el ansiado encuentro, John Marius Columbine ya ve su apellido limpio y fuera de peligro cuando, en realidad, lo que están recogiendo sus retinas es un movimiento extraño de los brazos del arcángel. Acto seguido, Peter y Gareth sincronizan la misma secuencia, como si se tratara de uno de esos ensayados bailes modernos: ambas manos al cuello, breve tambaleo, flexión de rodillas, caída de bruces contra el césped recién cortado para terminar con estertores, eso sí, imposibles de sincronizar. Para entonces, John Marius Columbine ya sabe que la conversación no se va a producir y, consecuentemente, sus planes se esfuman como si jamás hubieran existido. Se da cuenta de que es la primera vez en su vida que no sabe qué hacer. En el siguiente pestañeo se topa con la malla de vasos capilares que compensan la ausencia de pigmento melánico en los iris transparentes del arcángel. Tiene la piel ebúrnea y los rasgos delicadamente tallados. Una obra de arte.

Y como por arte de magia, ese rostro perfecto se llena de salpicaduras carmesíes.

En el porche se repite la coreografía póstuma de Peter y Gareth.

La conversación, en efecto, no tiene lugar, lo cual era de esperar, dado que Gabriel no puede producir palabras.

Gabriel es más de actuar.

Y actúa. Busca y encuentra lo que necesita mostrarle antes de que el viejo pierda la conciencia. Lo consigue y aprisiona la cabeza del custodio entre sus pies para asegurarse de que comprende lo último que va a ver.

John Marius Columbine reconoce la foto de su hijo Julius Marius con su nuera Stefania. Tiene especial cariño a esa foto, porque las mellizas le recuerdan a su difunta esposa. La arteria carótida escupe las últimas reservas de plasma sobre el cristal que la protege.

Premonitorio.

Algo más tarde, cuando Grace descubre el cuerpo sobre un charco de sangre, grita, pero no es dolor ni pena lo que siente, es el horror que le contagia la última expresión del señor Columbine.

Residencia de Robert J. Michelson
A 34 km de El Calafate (Argentina)

Sale a la terraza para tomar el aire. Todavía se pueden ver algunas trazas blancas sobre las cimas de la cordillera preandina. El inicio de la primavera no está siendo nada complaciente con los pocos que habitan tan cerca del fin del mundo y se pregunta qué poderosa razón les habrá empujado a trasladarse a latitudes tan extremas.

La suya es el aislamiento.

No son pocas las veces que Robert J. Michelson ha pensado en desaparecer para siempre y mucho más desde que

Christine se cansó de masticar piedras de soledad y se marchó a Swansea. Él no le puso impedimentos ni intentó convencerla, no tenía cómo. Para él, esconderse o huir no son opciones, son actos de cobardía.

Tiene un compromiso y una deuda.

En momentos como ese, cuando todo empieza a torcerse, es cuando uno debe demostrar el material del que está hecho. Y la sucesión de noticias que le están llegando no puede ser peor. Precisamente fue la falta de noticias de Miguel lo que le ha empujado a bucear en la red y no le ha hecho falta ni mojarse los pies para enterarse de lo que ha sucedido la noche anterior en Buenos Aires. Los titulares informan de un baño de sangre en Villa 31 y, aunque las autoridades enmarcan la refriega dentro de la guerra entre peruanos y paraguayos por el control de la droga en la barriada, él sabe que el sicario con un pasamontañas al que atribuyen al menos cinco de las doce víctimas mortales no puede ser otro que Miguel. Que no se haya comunicado con él a esas alturas solo puede significar que está herido, muerto o detenido. A cuál peor. No puede dar la orden de que lo averigüen, porque podría ser la chispa definitiva que detonara sus aspiraciones a vestir la túnica de Dante, al margen de que saberlo no va a mejorar su situación. Perder a Miguel no estaba contemplado en ninguna de sus cábalas. Que Corteza de Roble se llevara a la tumba la ubicación de El Cartapacio tampoco. Por otra parte, le escama que Caronte todavía no le haya confirmado su asistencia a la reunión con carácter de urgencia a la que le ha citado luego de recibir su mensaje.

Los custodios están nerviosos, lógico, dado que ninguno de ellos ha vivido una situación tan alarmante.

Tal cúmulo de circunstancias no le deja otra alternativa que tomar las riendas y encontrar él mismo al condenado Alcides Edgardo Bujalesky. No era el camino que él habría elegido sabiendo que su padre fracasó en esa tarea, pero cuando no existen opciones cualquier juicio o debate está de más. Además, encontrar personas que no quieren ser encontradas ha sido su dedicación profesional durante más de quince años y, aunque ahora no pueda contar con el equipo humano con el que trabajaba en la ISUF, él conoce perfectamente el oficio. ¿Y quién necesita humanos cuando existen las máquinas? —se anima Michelson—. Como colaborador externo que sigue siendo de la Interpol, tiene acceso a muchas aplicaciones de búsqueda que le pueden ayudar a ajustar el enfoque. Es hora de exprimirlas al máximo.

Una corriente gélida que le acaricia le invita a regresar al abrigo de la calefacción. Cruza el salón y se dirige al despacho donde su padre guardó la copia del mapa. Según aseguraba su carta póstuma, fue el bisabuelo Matthew J. Michelson el que se hizo con él, aunque no aclara cómo. Tampoco le quita el sueño conocer el motivo por el que se produjo el desencuentro con Bujalesky. La razón por la que pasó de aliado a enemigo no es relevante, lo único que cuenta ahora es que el dantista logró descifrar el mapa y que, en definitiva, es la persona que precisa para guiarle hasta El Cartapacio de Minos.

Se acomoda en la silla antes de abrir el tercer cajón del escritorio y presiona la pestaña para acceder al falso fondo. La carpeta contiene dos folios: uno presenta esa tonalidad amarillenta que equivale a las arrugas en una piel de celulosa y el otro es una copia de un cianotipo, un arcaico procedimiento fotográfico a través del cual se obtenía una reproducción del original sobre una superficie azul de Prusia. En este último no hay más que una sucesión infinita de coordenadas geográficas que no consiguen centrar su atención más que unos pocos segundos. Son las palabras escritas a mano en el folio las que le interesan, pero, como en las ocasiones anteriores, esos versos escritos no le dicen absolutamente nada.

Por ello tiene que localizar a quien sí los ha sabido interpretar y, para ello, enciende su equipo informático y hace uso de sus permisos para conectarse a la red de la Interpol.

Asume que va a tener que recorrer el país de punta a punta, pero cuando se está dispuesto a todo la distancia solo es una cifra.

LOS HAY QUE NO VEN AUNQUE ESTÉN MIRANDO

Palacio Barolo. Avenida de Mayo, 1370
Buenos Aires (Argentina)
7 de julio de 1923

Esmoquin corto entallado, faja y sombrero de copa para ellos; telas vaporosas, tocados con plumas, largos collares de perlas y zapatos Mary Jane para ellas.

Era un hecho. El acto de inauguración no había levantado el interés que cabía esperar y, desde luego, no estaba a la altura del valor arquitectónico del edificio. En la galería que comunicaba la avenida de Mayo con la calle Victoria se contaban menos de cien personas entre los asistentes de insigne calado de la ciudad, casi tantas como las cartas que se habían recibido con las inverosímiles excusas que habían esgrimido los ausentes. Los diarios de la mañana apenas mencionaban un evento que ni siquiera circulaba entre los corrillos y mentideros de Buenos Aires.

El monseñor Giovanni Beda Cardinale bendecía el edificio con un discurso encallado en lo soporífero con el que trataba de inculcar entre los presentes la recurrente idea de la fugacidad de lo material frente a la eternidad de lo espiritual. El nuncio regaba las impías mentes de sus feligreses con metáforas alegóricas flanqueado por más miembros de su diócesis, que, bien adoctrinados, asentían periódicamente. Mientras, algo más retirado, el máximo exponente político de la ciudad, el canciller Ángel Gallardo, sostenía un rictus sereno para ocultar los eróticos pensamientos que le estaba inspirando la mujer de cutis blanquecino y peinado andrógino que copaba toda su atención. La de Matthew J. Michelson, guardián de la Gran Logia de los Puros, estaba focalizada en Mario Palanti. Desde una discreta posición, se afanaba por disimular su animadversión hacia el arquitecto y la ansiedad que le generaba la nada favorable evolución de los últimos acontecimientos.

El guardián todavía tenía fresco lo que hacía unas horas acababa de anotar en su diario. La investigación del robo de la escultura se encontraba en un angustioso punto muerto. Rafael había perdido la pista de los dos tipos que se habían llevado la *Ascensión* y Flegias, su custodio, le había trasladado en varias ocasiones el profundo malestar del Gran Maestre ante la falta de resultados. Este lunar negro manchaba su inmaculada labor como cabeza visible del proyecto más importante de la hermandad y temía que, de una forma u otra, esto terminara significando un escollo en sus progresivas aspiraciones dentro de la logia. Matthew J. Michelson tenía fundadas sospechas sobre la autoría del robo, pero sin ninguna prueba en su haber todo quedaba en agua de borrajas. Y allí estaba su principal sospechoso, el maldito arquitecto, a menos de veinte metros de distancia, esperando con impaciencia escuchar unas palabras de elogio que no llegaban. Frases que encumbraran su excelsa obra arquitectónica delante de la flor y nata de la sociedad porteña, ávido de saborear el alimento que diera de comer a su ego, hambriento.

Una ligera presión en el antebrazo le obligó a regresar.

—Buenos días, hermano —le susurró Flegias—. Cuando su santidad tenga a bien finalizar la homilía, le espero en la terraza del decimocuarto piso.

Aquel hombre de estatura media y porte distinguido era el conde Colli di Felizzano. Desempeñaba el cargo de embajador italiano en Buenos Aires desde que le tocó asumir el reto de levantar las Columnas de Hércules del Río de la Plata. Se habían conocido en 1893 durante una recepción organizada por la embajada italiana en Adís Abeba para estrechar lazos militares con los británicos ante las crecientes ambiciones soberanistas de Menelik II. Por aquel entonces, un prometedor coronel de caballería de apellido Michelson comandaba el principal acuartelamiento del Ejército de Su Majestad en Nairobi, la capital del protectorado británico en África oriental. Ambos simpatizaban con las prácticas masónicas, pero fueron la entrenada abnegación del militar y su disciplina castrense las que empujaron al diplomático a hablarle por primera vez de la Gran Logia de los Puros. Dos años más tarde, Michelson ocupaba el cargo de centinela y solo tres después —vistiendo ya la túnica de guardián de Cepheus— acudió a la llamada transatlántica del conde Colli di Felizzano para ocupar el cargo de agregado militar de la embajada italiana.

Aunque sus responsabilidades no eran otras que ser los ojos y los oídos de Flegias; e incluso su voz, si era necesario.

Un tono de voz distinto captó la atención de Michelson. El canciller Ángel Gallardo había tomado la palabra.

—... Pero, antes de despedir este acto, les voy a pedir, estimados señores y señoras, que honremos la memoria de quien hizo posible con su esfuerzo el hecho que nos ha reunido en esta fecha imborrable y bajo esta cúpula que ya forma parte del ilustre perfil de nuestra ciudad. Me refiero al malogrado empresario Luis Barolo, insigne miembro de nuestra comunidad. Que Cristo, Nuestro Señor, lo tenga en su seno.

Con un prolongado aplauso se daba por finalizado el acto y por inaugurado el Palacio Barolo. Matthew J. Michelson permaneció unos segundos más disfrutando de cómo se extendía un devastador incendio en las tripas de Mario Palanti. Su rostro, visiblemente enrojecido, era el reflejo de los rescoldos que deja la envidia. No era esa la mejor motivación para el arquitecto justo antes de cumplir con la obligada visita guiada que tenía que brindar a las autoridades e insignes invitados.

Visita a la que Matthew J. Michelson no pensaba asistir.

—¿A qué piso, señor? —le preguntó el ascensorista, un muchacho que aparentaba no haber cumplido la mayoría de edad.

—Decimocuarto.

No había subido en ningún otro tan espacioso ni tan exquisitamente rematado. La claridad exterior se filtraba a través de los cristales traslúcidos inundando el habitáculo.

—Los hay que han tenido que cerrar los ojos —comentó el joven mientras abría la reja.

—Los hay que no ven aunque estén mirando —sentenció el guardián.

Flegias le estaba aguardando con las manos recogidas a la espalda y el rostro cariacontecido. Y por primera vez, Matthew J. Michelson sintió la presencia en el estómago de esas lombrices de las que siempre hablaba Dorothy, su esposa.

—Hermano —le saludó el custodio—, acompáñeme a la terraza. Allí estaremos más tranquilos.

En el exterior el día estaba despejado, pero el invierno se hacía notar con cierta crudeza, por lo que se embutió dentro del abrigo.

—Le envían a Nueva York —le desveló Flegias sin preámbulos.

Michelson mantuvo la compostura.

—La orden viene directamente de Ciacco, lo cual nos evita tener que pensar en los porqués, ¿no cree?

—¿Cuándo?

—De inmediato. Tiene reservada una cabina preferente en el Senator, que parte, si no me han informado mal, en nueve días.

—Entiendo. A Dorothy no le va a gustar. Le costó bastante habituarse a las costumbres porteñas, pero llevaba un par de años…

—Se acostumbrará, se lo digo por experiencia. Además, el nuevo destino tiene mucho que ofrecerle, créame.

—¿Qué me puede contar sobre eso?

—Poca cosa. Sé que su labor va a estar muy vinculada al mundo de las finanzas.

—¿Las finanzas? ¿Y qué sé yo del mundo de las finanzas? —se preguntó en voz alta Michelson—. Usted sabe que mi especialidad es otra. Podría nutrir de armamento a todo el continente americano de norte a sur si fuera necesario, pero…

—Ahora las guerras importantes no se libran en los campos de batalla, amigo mío. Y según parece, no va a ser necesario que cuente con nociones financieras, habida cuenta del equipo de centinelas que va a dirigir. Todos ellos trabajan en Wall Street.

—¿En la bolsa?

—Eso es. Pero ya obtendrá dicha información en cuanto se establezca, no se preocupe ahora por eso.

—Solo dígame una cosa: ¿se trata de un premio o un castigo?

El conde Colli di Felizzano se mesó el cabello con la palma de la mano. Sus ojos verde azulados eran difíciles de descifrar.

—En ocasiones es mejor no preguntar. Yo no lo he hecho, así que le aconsejo que siga mi ejemplo.

Matthew J. Michelson asintió, dócil.

—Para su tranquilidad, le diré que la Asamblea ha aprobado la creación de una figura sobre cuyos hombros pesará la responsabilidad de proteger eso tan importante y tan secreto que albergará este edificio. Dependerá jerárquicamente del Gran Maestre y su identidad solo será conocida por él. Nos referiremos a él con el nombre de Damocles.

—Damocles —repitió.

—Debe de ser de aquí, o por lo menos conoce bien la zona, porque también se va a hacer cargo de la finalización de la obra y de retomar la investigación que nosotros —enfatizó— no hemos logrado concretar.

—Pero... estoy casi convencido de que Mario Palanti es el responsable de...

Flegias levantó la mano, gesto que no quiso interpretar el guardián.

—Permítame que mantenga un encuentro con él. Le aseguro que Rafael sabrá...

—¡No! —le cortó bruscamente—. Usted se olvidará de él en cuanto zarpe del puerto. El arquitecto debe concluir su labor en Montevideo, luego veremos qué depara el futuro a mi compatriota. Espero haberme expresado con claridad.

Michelson se giró, más con el fin de ocultar su ira que con el de pasear la mirada por los tejados de una urbe en continua eclosión. En ese instante se percató de que le iba a costar más a él abandonar Buenos Aires que a su mujer y de que si podía culpar de ello a alguien, ese era el maldito arquitecto.

—Un día que vine a supervisar la obra con Luis Barolo —retomó Matthew J. Michelson luego de calmarse—, estando en este mismo lugar, me dijo que, si Dante hubiera podido elegir un sito para descansar, sería este y solo este. Le pregunté por qué, será una manía mía querer saber las causas —añadió aludiendo al anterior comentario del custodio—, y me dijo que desde aquí había una visión perfecta de la cúpula donde le esperaba su amada Beatrice.

El embajador se encogió de hombros.

—A mí las historias de amor me gustan poco, pero hay que reconocer que Palanti ha sabido rematar el edificio. Es sumamente hermosa.

—Lo es.

—Ha sido un auténtico placer trabajar con usted —expresó Colli di Felizzano con absoluta sinceridad, a pesar de que sonó totalmente a gentileza.

—Lo mismo digo. Quizá algún día nuestros caminos vuelvan a cruzarse.

—Eso espero.

El ascensorista no hizo comentario alguno durante el descenso hasta el tercer piso. Quería despedirse del edificio desde la balaustrada del tercer piso que ofrecía la mejor fotografía de eso que Luis Barolo había calificado como la antesala del infierno. Allí, apoyado sobre los codos, distinguió al grueso de invitados preparándose para emprender el ascenso por las escaleras y a Mario Palanti, que aguardaba cortésmente a que pasara el último de ellos.

—Como las estrellas, que nuestro brillo ciegue a los que nos miran desde abajo —porfió Matthew J. Michelson descargando toda su inquina contra el arquitecto. Para su sorpresa, este levantó la mirada e hizo un recorrido que lo llevó hasta enfrentarse con la del guardián.

Michelson le prodigó un gesto cómplice con la cabeza y sonrió.

—Ya nos veremos, maldito bastardo, ya nos veremos.

Palanti le dedicó una mueca antipática antes de subir los primeros peldaños con formidable premura, como si estuviera escapando de alguna presencia incómoda.

GIGANTE DE TRAPO

Zero Café
Valladolid (España)
Septiembre de 2013

Desde hace semanas se ha convertido en una rutina. Lo único que cambia es la compañía: habitualmente con Áxel Botello, a veces con Álvaro Peteira, otras, menos, con ambos, pero, de un tiempo a esta parte, los viernes acostumbra a ir con la inspectora Robles. Primero pinchan algo cerca de la comisaría y luego se acercan al Zero. La propuesta parte de Sancho y ella encuentra una justificación válida usando siempre el mismo argumento: «Vamos, si, total, me pilla cerca de casa».

En realidad es la cercanía con el pelirrojo lo que atrae a Sara desde que se produjo la ruptura con su novio, con el que al parecer compartía poco más que la afición por la escalada. Con Sancho le unen muchos más temas de conversación, aunque, por el momento, la relación no ha pasado de las palabras.

En la pantalla hay una rubia despampanante embutida en un vestido blanco que absorbe las miradas de los presentes, incluida la del inspector; al margen de espolear su imaginación, le despierta curiosidad.

—¿Quién es la jamelga? —le pregunta a Paco, «Devotion».

—Margaret Berger. Con esa canción se presentó a Eurovisión.

—Ganaría fijo.

—No, terminó cuarta.

—Detrás de España, eso sí.

—Empate.

Ambos ríen con malicia.

Acaban de pedir un Jameson con hielo y un Barceló con cola. Hay buen ambiente y Paco hace rato que ha cruzado la frontera a partir de la cual las canciones se vuelven himnos. Sancho monta su tienda de campaña cerca de la cabina, justo frente al sofá en el que solía sentarse Augusto. La garra ya no reacciona cuando piensa en él, es parte de su pasado y su recuerdo lo tiene más que masticado, digerido y excretado. Ahora observa a un grupo de treintañeras que están repostando en la barra a pesar de que tienen el depósito a rebosar. Una de ellas, la que lleva un pene alegre coronando la diadema, se desprende del grupo y se dirige a los dominios del pincha. El pelirrojo se adelanta a lo que va a ocurrir, porque es una escena que ya ha presenciado en varias ocasiones.

Paco no suele tener los temas que le piden, pero en caso de tenerlos, casualmente, los acaba de poner. La vida en la cabina tiene esas paradojas. Eso le suele funcionar; no obstante, si la cosa se pone fea tiene un arma de destrucción masiva a la que recurre cuando no le queda otro remedio. Es amarilla con letras negras y en ella se puede leer: «Petición sin prisa: 75 €. Petición inmediata (ponla después de esta): 150 €. Saludos personales y/o grupales (micro): 300 €. Foto al DJ: 25 €; con el DJ: 50 €. Cena con el DJ (aparte la cena): 2000 €. Pitbull: 1500 €. Justin Bieber: seguramente te enviemos a la mierda. Música en español (pop, reguetón, vallenato): escuchamos ofertas a partir de seis cifras. Todas las opciones se abonarán en el momento y en efectivo. Gracias».

En este caso no ha sido necesario hacer uso de ella. A la futura esposa de alguien no parece importarle haber fracasado en su misión y se reincorpora a la manada dando botes. El pene la sigue con jovial mansedumbre.

—Jamás he entendido las gilipolleces que se hacen en las despedidas de solteros —aborda Sara.

—Y solteras.

—Y solteras. Actúan como si se fuera a terminar el mundo al día siguiente.

—No seas viejuna. Eso lo dices porque nunca te has casado —responde Sancho—. Ni lo hagas.

—No me hace falta haberme embutido en un vestido de novia para saber lo que es hacer el imbécil. ¿Qué hay de divertido en llevar una polla en la cabeza?

—Para ella poco; ahora bien, para los demás... Supongo que tiene que ver con la necesidad de llamar la atención. A mí me disfrazaron de obispo y mis colegas iban de sacerdotes y frailes.

—Precioso.

La pantalla se llena de Depeche Mode con *Should be higher.* Un tipo que supera los cuarenta está tratando de imitar el movimiento de Dave Gahan en el escenario y, aunque él no es consciente de ello, parece un espantapájaros al que le han administrado un buen cóctel de drogas sintéticas.

—La organizaron en Gijón, que es la costumbre vallisoletana. Gijón o Santander son las opciones más recurrentes para bolsillos corrientes y molientes. Entiendo que por eso de la playa cercana. Los muy cabrones me llevaron de bar en bar a hombros como si fuera una reliquia. Lo último que recuerdo es que me arrancaron los calzoncillos y como llevaba una túnica por único atuendo… Imagínate la escena.

Sara Robles no puede contener la risa. A Sancho le encantan los pliegues verticales que se forman en sus mejillas.

—¿Ves como es divertido?

—Ver a un tío de casi metro noventa vestido de obispo enseñando sus pelirrojas pelotas a los hijos de Asturias es divertido —asevera ella—. Ponerse una polla en la cabeza no.

—En ese aspecto no te voy a llevar la contraria, pero igualmente ha conseguido captar la atención del respetable. Mira esos dos tíos de ahí.

—¿El de barba que está en el chasis y el de la sonrisa de «vengopajeadodecasa»?

—Esos. Piensan que la van a meter en caliente. El de barbita va a entrar a la del pelo corto en menos de dos minutos, porque es, con diferencia, la presa más fácil. Es la fea del grupo y, en consecuencia, la más simpática. Y siempre es mejor un polvo divertido que un rapapolvo —certifica—. Es una maniobra de acercamiento, pero el que tiene ganas de meterla de verdad es el otro. Joder, solo le falta frotarse contra la esquina.

—Negativo. Barbichulo no para de mirarle las tetas a la del vestido verde de hojas o marrón de amebas. ¡Que mira que es feo el vestido y lo fenomenal que le queda a la cabrona! De ocurrir algo, que lo dudo, porque parecen Esteso y Pajares, va a ser lo siguiente: Pajeado se va a poner a bailar la próxima canción con ellas y en menos de treinta segundos las chicas le van a mirar con cara de asco y se van a mover a otro sitio. ¿Apostamos una ronda?

—¡Luis! —llama Sancho al camarero, con quien se ve que ha ganado bastante confianza como cliente habitual—. Te nombro testigo de esta apuesta —le dice—. Yo digo que aquel de allí, el de la barbita bien recortada, va a entrar a la del pelo corto y ella sostiene que va a ser el otro el primero en atacar, pero que las tías no le van a hacer ni puto caso. ¿Es así? —le pregunta a Sara.

—Así es. Si en menos de dos minutos no pasa nada, gano yo.

—Acepto.

Luis sonríe.

—Son hermanos. Pitu es el de la barbita y Luis el otro. Y lo que va a pasar es que en menos de dos minutos van a pedirme dos copas y se las van a soplar en cinco.

Luis hace pleno.

La conversación ha avanzado por autopistas bien asfaltadas hasta que Sancho decide dar un volantazo para adentrarse por un sendero pedregoso. Está sonando *Save our souls*, de Blutengel. Sara está mirando la pantalla. En el vídeo, un hombre vestido de negro con lentillas de ser muy diabólico todo él se pasea por una fábrica seguido de un séquito de pecadoras ensangrentadas en ropa interior que porta un ataúd.

—Se ha cumplido un año desde lo de Marga —derrapa.

Sara lo analiza. Tiene el semblante afligido.

—Debe de ser muy duro, pero sentirte culpable no vale como penitencia. Hiciste, hicimos —rectifica— lo que pudimos. Y lo sé porque yo estuve allí, ¿recuerdas?

—Lo sé. Pero eso no cambia el final del cuento.

—Ya.

Sancho apura la copa, observa que la de ella está a punto de terminarse y pide otra ronda.

—El martes estuve con Azucena. La llamé por teléfono y quedé a tomar café con ella.

—Joder, Sancho…, de verdad que eres medio masoquista.

—Ojalá, por lo menos disfrutaría con el dolor. Se va a separar de Alfredo. Me contó que ya venían torcidos desde hacía unos años y que lo de Marga terminó de matar lo poco que quedaba entre ellos. Con su padre sigue teniendo relación, pero es más fría y distante que lo que era antes. Azucena está volcada por completo con su otro hijo, Josean, que no ha levantado cabeza desde entonces.

—¡Qué jodido debe de ser para esa mujer levantarse por las mañanas!

—Sí. Aun así, no la vi mal del todo. Dice que el psicólogo le está ayudando mucho a rehacerse. La vida tiene estas cosas.

—Nos pone continuamente a prueba la muy puta.

—Cuando el infortunio encuentra una víctima solo la muerte es afortunada.

—Puede ser. Al que veo cada vez mejor es a Peteira —valora ella.

—Sí. Marquiños está respondiendo bien al tratamiento y gracias al consejo del tío Sancho los gemelos juegan ahora al rugby en el Chami. ¿Sabes quién les entrena?

—¡No me digas que te has metido a entrenador…!

—No, yo no. Navarro, el de la motorizada. Dice que son dos fenómenos de mucho cuidado. Tengo que subir a Pepe Rojo a verlos jugar. Ahora que ya no haces tanta excursión a la montaña, podrías animarte a…

—Gracias por recordarme que sigo soltera. ¿Cambiamos de tema? —propone ella.

—Elige tú.

—Dame un minuto, que busco inspiración en las ninfas que habitan en el fondo del ron.

Sancho nota que le vibra el móvil dentro del pantalón. Mira el reloj, son las 2:40 de la madrugada. Antes de meter la mano en el bolso lo ve muy negro.

Acierta.

Porque Azubuike Makila es muy negro. Y muy inspector general de la Interpol también.

—Tengo que contestar.

Cuando Ramiro Sancho regresa, Sara Robles sabe que no va a hacer falta encontrar otro tema de conversación.

El pelirrojo le da un sorbo al whisky irlandés.

—Mañana por la noche tengo que subirme a un avión con destino a Chicago —informa.

Ella compone un gesto anclado en la decepción.

—Y supongo que no es para hacer turismo.

—No. Era Makila, ya te hablé de él. Michelson ha vuelto a dar señales de vida. Tienen monitorizado su acceso al sistema de la Interpol.

—¿Y por qué tú, Sancho?

Él encuentra la respuesta en las profundidades de su barba.

—Porque es mi trabajo.

—Tu trabajo está en la calle Gerona, en la comisaría de distrito de las Delicias.

—Mi trabajo a partir del domingo va a ser encontrar a Robert J. Michelson y atraparlo.

—Eres terco, muy terco.

—Eso tengo que admitirlo.

—Al menos concédete unas horas para pensarlo.

—No dispongo de tanto tiempo. La decisión ya está tomada. Es más, ni siquiera sé si tengo la opción de oponerme.

—Sancho, no sabes cuánto me fastidia tener que ser yo quien te diga esto, pero por ese camino vas a durar muy poco.

—Como un orco en una toma de *El Señor de los Anillos*, que diría Botello.

Sara desiste. Desearía ahogar sus pensamientos en el Barceló con cola, pero estos vuelven a salir a flote. Entonces, toma una determinación.

—Muy bien. Solo te lo voy a proponer una vez —adelanta ella.

Sancho deja de escuchar en el acto la música del Zero Café.

—Pasa esta noche conmigo.

Villa 31
Buenos Aires (Argentina)

El sonido del ukelele se cuela en su agitado dormitar. Es un ritmo cadencioso que fluye despacio, como el agua que discurre por el curso medio de un río. Luego interviene la voz. La reconoce porque la ha escuchado justo antes de que se desencadenaran los mil infiernos.

Quiero ser uno de tus mapas olvidados
solo para resultar interesante,
para que algún día me encuentres,
para que sigas la ruta hasta mi cama,
para no sentirte tan distante.

Porque no fue hace tanto de aquello,
gigante de trapo,
y yo solo buscaba el momento.

Erika abre los ojos. Logra distinguir el entorno gracias a la lengua de luz tibia que se cuela por debajo de la puerta. Es consciente de que está despierta, pero elige no actuar como tal. Se sufre menos.

Quiero ser uno de tus pergaminos arrugados
solo para llamar tu atención,
para que claves tus ojos en mí,
para que descubras qué guardo dentro
y para decírtelo escribo esta canción.

Porque no fue hace tanto de aquello,
gigante de trapo,
y yo solo buscaba el momento.

Porque no fue hace tanto de aquello,
gigante de trapo,
y yo solo buscaba el momento
de ser eso que buscaba mi viejo,
de ser eso que buscaba mi viejo,
de ser eso que buscaba mi viejo.

La voz de Bujalesky se ha ido quebrando, atenuando, en la medida en la que la canción iba fluyendo hacia el delta del estribillo final. De forma repentina, Erika se incorpora de esa cama en la que no recuerda haberse acostado. Abre las contraventanas y la claridad le obliga a amusgar los ojos. Vagamente recuerda la disposición de la vivienda, lo cual va en detrimento de la súbita e imperiosa necesidad de conectar con el presente.

—Buen día —le saluda Bujalesky desde el sofá en el que ha dormido. Tiene el pelo recogido en una coleta que le cae por encima del hombro. Es rubio, pero de las sienes le nacen brochazos blancos propios de la edad.

Una alarma chilla en alguna parte del cerebro de Erika.

—¡Ólafur! Tengo que saber qué…

—Tranquilizate, muchacha. Sentate —la interrumpe.

—¡No quiero sentarme! Tengo que…

—Ya lo averigüé yo. Sentate, haceme caso.

Erika inspira profundamente, como si el aire que ahora retiene en los pulmones le fuera a servir de coraza. No se sienta, solo aguarda la noticia. No es capaz de anticipar nada leyendo los ojos castaños de Bujalesky.

El tiempo se mide en latidos por segundo.

—Está vivo; en estado crítico, pero vivo —revela al fin.

Erika se muerde el labio inferior y se tapa la cara con las manos.

—¿Dónde está? —logra preguntar.

—En el hospital Churruca, en Parque Patricios. Está bien atendido. El Negro me contó que… Ramírez —identificó al ver el rostro de Erika—, quien me proporcionó la información fue Ramírez. No fue nada sencillo, créeme. Le hice pasar toda la noche pegado al teléfono, pero es obvio que mantiene vivos sus viejos contactos con la cana.

—Ramírez. Estuvimos con él. Gracias a él te encontramos. Nos dijo que hacía años que no hablaba contigo.

—Y es cierto. Pero era y es el único teléfono que me aprendí de memoria. Por cierto, usé el tuyo, yo no gasto de eso.

—¿No hay ningún pronóstico?

—Y… viste, ya sabés cómo son estas cosas. Los de la bata blanca no largan prenda. Solo le dijeron que llegó con varios impactos de perdigones en la zona abdominal, que perdió mucha sangre y que tuvieron que intervenirlo un par de veces. Quedamos que me llamaría de vuelta con cualquier novedad.

—¡Tengo que verle!

—No permiten visitas. De todos modos, no está consciente. No serviría de nada. Tenés que calmarte, ¿sí? Dale, nena, calmate.

Ella asintió.

—¿Martín?

Bujalesky resopla.

—Está con su mamá. Y ahora… ¿me podés hacer el favor de sentarte?

Ella le hace el favor. Mira en derredor para situarse en el entorno. Hay algo que la escama, pero no es capaz de detectar qué es, porque la alarma ha saltado por defecto, no por exceso. Mientras él ceba el mate, se toma unos instantes para examinar su rostro. Conserva cierto atractivo a pesar de que son evidentes los estragos que ha dejado la tristeza. Tras un exhaustivo análisis de un segundo, Erika concluye que es como si Kurt Cobain hubiera envejecido repentinamente.

—Tomate un mate, ¿querés?

—Sabe amargo. Muy amargo. Me gusta.

—Porque lo es. Ponele azúcar, si querés —le señala—. Tenés muchas cosas para contarme. Empezá por el principio, por favor.

Erika se toma su tiempo, porque no sabe muy bien desde dónde arranca la historia. Tres mates más tarde, Bujalesky, que ha permanecido callado, se quita la goma y se suelta el pelo. Murmura algo para sí.

—El maldito Cartapacio de Minos y la puta que lo remil parió —dice sin levantar la voz—. Los problemas que no se entierran siempre resucitan. Mi hijo podría haber compuesto una bonita canción con esa gran verdad. Todas las que toco son de Néstor. Las componía él. Tenía talento, mucho talento… Mirá.

Bujalesky se ladea para sacar la cartera que lleva en el bolsillo trasero del tejano.

—Este es Néstor con veintiún años.

—Un tío guapo —califica Erika.

—Tengo muchas fotos de él cuando era chico, pero no tantas de adolescente y menos con esta edad. Tenía miles de minas haciendo cola..., pero miles, ¿viste? Y el atorrante decía que solo le traían quilombos y que únicamente le era fiel a Dulcinea —dijo agarrando el mástil del ukelele—. La llevaba siempre encima, siempre. Es electroacústico, lo usaba para componer y a veces también en los recitales. Lo compró de segunda mano por Internet, pero suena de maravilla; no me extraña que estuviera enamorado de ella. Lanikai es la marca —le mostró—. Se rompió el culo juntando la guita que le pedían por ella, pero Néstor era así: un luchador incansable.

Erika se percata de que está a punto de derrumbarse, pero no puede hacer nada por impedirlo más que seguir atenta.

—Dulcinea es lo único que conservo de él. Bueno, Dulcinea y sus canciones.

El Ruso da un respingo haciendo alarde de una excelente forma física y abre el primer cajón del único mueble de pared que tiene en el salón. Erika se percata entonces de la envergadura de su anfitrión. A ojo supera el metro noventa, aunque en realidad mide un metro y ochenta y nueve centímetros.

—Son sus canciones, música y letra —dice mostrándole una carpeta de buen grosor entre las manos—. Todas, están todas acá. Las recuperé todas, me aseguré de ello. No falta ninguna. Ninguna.

Erika no sabe qué decir. Se le nota muy alterado, como una lata de refresco que acaba de caer y rodar por el suelo. Conviene no abrirla.

—Cuando..., cuando pude regresar de Misiones, lo primero que hice fue ir a casa para agarrar sus cosas. Néstor había vuelto a la calle Italia no hacía ni tres meses. Había regresado con su viejo. Se trajo lo que le importaba y yo lo recuperé porque esta es su vida, ¿entendés? Es lo único que me queda de él. No agarré nada más, solo lo suyo. Tenía que parecer que estaba muerto, así que dejé todo lo mío, pero lo de Néstor…, lo del pibe me lo traje. Sabía que tarde o temprano lo pagaría caro, pero no podía dejarlo tirado. No podía. Solo lo de Néstor. Y acá está. Esto es Néstor —dice golpeando la carpeta con la palma abierta—. Esto es lo que me queda de él. Solo esto. Letras de canciones. Papeles. Solo esto.

A Erika se le humedecen los ojos.

—Y ayer, después de cuatro años muerto, vienen a matarme otra vez. ¡Esos hijos del demonio! ¡¿No tuvieron suficiente ya?! ¿No me castigaron bastante? ¡La puta madre que los remil parió!

Bujalesky hace un esfuerzo por calmarse.

—Y cuando reconocí la cara del tipo…, cuando volví a ver al hombre que asesinó a mi hijo, me quedé duro. Fue como si mi alma se evaporara ahí nomás. Otra vez esos recuerdos. Otra vez. Estábamos solos en las cataratas. Huíamos de las aglomeraciones. Nos hicimos una ruta que no era la más bonita, pero sí la más solitaria. Se lo pusimos en bandeja. Él apareció por detrás, agarró a Néstor de las gambas y lo volteó por encima de la baranda. Fue muy rápido y cuando quise reaccionar Néstor ya estaba en el agua. Luego vino a por mí y aunque me resistí… Todavía puedo ver su rostro en mis pesadillas mientras caigo al agua. Estaba fría, muy fría. Luché con todas mis fuerzas por alcanzar a Néstor, pero cuando cayó él se debió de golpear en la cabeza y estaba semiinconsciente. El río venía cargado y la corriente era muy fuerte. Yo sabía hacia dónde nos arrastraba, pero solo pensaba en llegar hasta él. Lo último que recuerdo es que el agua me tragaba y me escupía. Era como un títere. En algún momento me pegué contra algo. Acá —se señala una fea cicatriz en la frente, justo en la vertical del tabique nasal—. Me debí de quedar enganchado a unas ramas y eso me salvó. A Néstor se lo tragó la catarata y no lo encontraron hasta después de cinco días a más de cuarenta kilómetros..., destrozado.

Bujalesky se toma un respiro.

—Así que al verlo de vuelta..., al asesino de Néstor, otra vez...

—Entiendo. Revivir una situación traumática hace que el sistema nervioso reaccione de manera anómala. Sé de lo que hablo.

—Lo que quiero decir, doctora, es que sentí un odio tan profundo que no supe cómo manejarlo. Sentí que me consumía por dentro. Tu amigo... Ólafur se llama, ¿verdad?

—Ólafur Olafsson.

—Le acertó en la garganta, ¿sabés? Justo aquí —se señaló—. Quiero pensar que no tuvo una muerte dulce. Era uno de esos sicarios de la Congregación que llaman arcángeles.

—Lo sé, era Miguel. Uno menos.

—Uno menos —repite él—. ¿Y ahora qué sigue?

Erika lio un cigarro.

—Perdona, no te he preguntado. ¿Te importa que fume?

—No, para nada. Vos fumá.

—Gracias. No me voy a andar con rodeos. Nuestra intención cuando decidimos viajar a Argentina era dar contigo para que nos guiaras en la búsqueda de El Cartapacio de Minos. Sin tu ayuda nunca daremos con él y, si es cierto que existe, es nuestra única baza para destruir a este hatajo de…; ya no sé ni cómo definirlos.

—Hijos de remil puta se acerca bastante.

—Hijos de remil puta me gusta. Soy consciente de que retomar la investigación puede resultar muy doloroso para ti, pero si no cuento contigo, todo lo que hemos avanzado hasta hoy se quedará en nada.

—¿Retomar? Che, ¿y quién te dijo a vos que en algún momento yo dejé de investigar?

AL FINAL DE LAS GUERRAS PERDIDAS

Apartamento de Sara Robles
Calle de la Torrecilla, Valladolid (España)
Septiembre de 2013

Lleva mirándolo un buen rato, no sabe cuánto.

Está dormido profundamente y Sara se pregunta cómo es posible que lo que hay bajo ese cráneo rapado al uno consiga desconectar de la realidad. Puede que se deba a que no hace ni cuatro horas que han decidido darse un respiro. No tenía ninguna expectativa creada con respecto a un posible encuentro sexual con Sancho y, quizá por ello, todavía está tratando de asimilar lo sucedido entre esas sábanas. Ella suele adoptar un papel dominante, pero con él se ha dejado llevar. Arrastrar, más bien. No le ha quedado otra opción, lo supo desde el mismo instante en el que él le quitó la ropa. No le importó.

En absoluto.

No recuerda una sesión así desde que se encerraba con Jorge en la casa de sus padres cuando se iban de fin de semana.

Tenía veintidós o veintitrés años. Sin embargo, no ha sido lo cuantitativo lo que la está haciendo levitar sobre el colchón. En cierto momento ha creído conectar con su mirada y ha visto un Sancho muy distinto al que se sienta en la mesa de enfrente. Allí adopta un papel mucho más frío, trata a los compañeros con respeto, pero nunca sobrepasa esa delgada línea que separa la cortesía del afecto. El pelirrojo es notablemente pasional, acaba de vivirlo entre sus piernas y si estuviera despierto le pediría más de eso que con tanto éxito lleva en secreto. Si es que le queda algo. A Sara incluso le parece que es un hombre guapo, lo cual le hace inferir que está desvariando y de inmediato su mirada emprende la huida a otra parte.

Huele. Huele a sexo. No sabría decir si proviene de ella o está flotando en el ambiente. Por las dudas, se incorpora y se dirige al baño. Está desnuda. Se mira al espejo y concluye que tiene buena cara. No, tiene cara de tonta. Se avergüenza de sí misma y va a expiar sus estúpidas elucubraciones bajo el chorro de la ducha. Se concede el tiempo que necesita para que desaparezca eso que todavía le está zumbando en la cabeza. Al tipo con el que acaba de pasar una noche memorable le quedan unas horas para marcharse al otro lado del mundo y, aunque no se lo ha especificado, intuye que no será para un par de días. De nuevo se da cuenta de que se está comportando como una adolescente en celo y se regala un par de bofetones.

Funcionan.

Sale del baño igual que ha entrado: desnuda. Sara odia esa escena de película romántica tan recurrente como absurda en la que ella, muy casta y muy pudorosa, aparece con la camisa de él después de haber follado como dos roedores en un vis a vis.

Sancho está sentado al borde de la cama con las manos tapándose el rostro. El olor a intercambio de fluidos es más fuerte que antes, lo cual resuelve la incógnita: estaba en el ambiente.

—¿Arrepentido?

Sancho la mira de hito en hito.

—Para nada. Estás preciosa.

A Sara le complace escuchar eso. Le complace mucho.

—Buenos días —dice ella.

—Buenos días.

—¿Quieres desayunar o eres de los que salen escopetados?

—Si no me das algo de comer, voy a tener que cortarte en pedacitos para alimentarme.

La Sara adolescente en celo está a punto de continuar con el juego, pero la neurona que ha sobrevivido de la Sara adulta con los pies en la tierra le obliga a cerrar la boca y sonreír.

—Voy preparando algo mientras te duchas.

Se arrepiente en cuanto termina de pronunciar la frase. Ha dado por hecho que Sancho necesita una ducha, que es cierto que la necesita, pero debería haberle dejado la oportunidad de decidirlo a él. Se refugia en el cajón de la ropa interior y se viste. Ve la camisa de Sancho y siente un impulso irrefrenable de ponérsela. No lo hace. Definitivamente, la Sara adolescente en celo ha pisoteado hasta el último brote de inteligencia de la Sara adulta con los pies en la tierra.

—Te espero en la cocina —dice sin girarse con el tono de voz más amable que tiene en su registro.

—No tardo.

Sancho no piensa que hayan cometido un error. Ninguna de las tres veces. Si pudiera elegir equivocarse, lo haría del mismo modo y sin pensarlo todos los días pares. Y los impares también. En alguna parte de su intelecto se fabrica una posibilidad con forma de erección, pero es consciente de que despide un olor acre y que ella ya se ha duchado. No es lo mismo, no tiene nada que ver que dos gorrinos se rebocen juntos en el fango con que un gorrino agarre a un cisne por el cuello y dé rienda suelta a su gorrino instinto. De cisne a gallina desplumada en un par de gruñidos. Además, ella se lo ha dejado bien claro: necesita una ducha imperiosamente.

Sancho es más breve, pero así y todo le da tiempo a recuperar imágenes de la noche anterior. No se imaginaba a Sara tan sumisa. Ella adopta un papel radicalmente opuesto en comisaría. Siempre tan ruda y tan cortante, ocultando su feminidad para evitar ser vulnerable en un mundo en el que predomina la testosterona, para sobrevivir en ese entorno hostil. En cierto momento ha creído que conectaba con ella y la veía por dentro. Le ha encantado descubrir a la verdadera Sara. Entregada a los instintos, desbocadamente controlada, rendida al placer.

No sabe cómo puede afectar lo sucedido a su relación profesional, pero le importa más bien poco y en cuanto despegue el avión deberá dejar esas cuitas en tierra, porque no va a volver hasta que no deje zanjada la cuenta que mantiene abierta con Robert J. Michelson.

No obstante, aún le quedan unas horas y no piensa desperdiciarlas.

Se viste con la ropa del día anterior. Por suerte, su olfato no percibe ningún matiz extraño que le haga sentirse incómodo y se dirige animoso a la cocina. Le resulta prodigioso que a Sara le haya dado tiempo a preparar dos zumos de naranja, a tostar pan y a hacer café. Está realmente preciosa, incluso vestida, y no es una mujer de refinadas facciones. Mala señal.

De repente no sabe qué coño decir. Solo la mira.

«Hay que joderse, Sanchito. Hay que rejoderse», piensa el pelirrojo.

Sara la adolescente en celo ha tomado el control. Mientras preparaba el desayuno, no ha dejado de repetirse que le vendría fenomenal un poquito más de eso que tiene el pelirrojo. No quiere ofrecer una imagen de ninfómana ni dar la impresión de que está desesperada por follar de nuevo, pero se deja embaucar por lo que puede leer en esos hambrientos ojos azules que la están examinando.

Ahora bien, esta vez asumirá ella el control.

Al zumo se le van las vitaminas.

El pan deja de estar crujiente.

El café se enfría.

Barrio de Avellaneda
Provincia de Buenos Aires (Argentina)

A Bujalesky se le ha ocurrido que podría ser buena idea mostrarle algo que tiene guardado en la casa que le vio nacer y que fue la última residencia de su hijo. No había regresado allí desde que lo asesinaron.

Los tres —le ha dejado claro que él no va a ningún sitio sin Dulcinea— han salido de Villa 31 sin percances, aunque han sido testigos de cómo la situación vivida durante la noche tiene su prolongación en los todavía crispados rostros de los vecinos de la barriada. Han tomado el colectivo en la estación de Retiro, porque es la primera parada de la línea 22 que atraviesa Avellaneda y es la única forma de asegurarse un asiento. No se lo ha confesado a Erika, pero odia ir de pie en el transporte público porque no soporta el roce continuo con desconocidos. Ni con conocidos. Consecuentemente, se han sentado en la parte de atrás y ha sacado a Dulcinea de la funda semirrígida que porta a la espalda. De forma muy suave, ha empezado a tocar una canción triste cuyo estribillo aún resuena en la cabeza de Erika.

Al final de las guerras perdidas.

A ningún pasajero parece haberle molestado.

Bujalesky deja que sus pensamientos escapen a través de las ventanas abiertas.

—A partir de acá, pasando el Riachuelo, estamos en Avellaneda, que pertenece al Gran Buenos Aires; esto ya no pertenece a Capital Federal. *Welcome to the jungle.*

Erika trata de ser condescendiente y sonreír, pero le resulta difícil cargar con el peso de la incertidumbre que rodea al estado de salud del islandés. Además, es consciente de que Bujalesky no le ha dicho que esté dispuesto a ayudarla y eso la escama. Su pasividad engrasa la lengua de su acompañante.

—Acá nacieron mis viejos, Federico y Cristina. Él era estibador en el puerto, como lo fueron su padre y el padre de su padre, que llegó a Buenos Aires huyendo de las consecuencias de la fallida revolución de 1905. Se llamaba Andréi Berzachtzky y en su huida de la justicia zarista llegó hasta el puerto de San Petersburgo con idea de subirse al primer barco que zarpara. Para salir necesitaba una identidad distinta, porque la suya estaba marcada con pena de muerte. No le quedó otro remedio que hacerse con la de un desconocido que se apellidaba Bujalesky.

Este hace una breve pausa para retirarse el pelo de la cara.

—Y para ello tuvo que asesinarlo. Nunca me contaron cómo. Esa es la sangre que corre por mis venas.

Erika lo mira detenidamente, pero declina hacer ningún comentario.

—Según llegó al puerto, pidió trabajo y, como su oficio era el de estibador, en el puerto se quedó. Se casó con una polaca y tuvieron tres hijos antes de morir sin cumplir los cincuenta. Omito la historia de mi abuelo, que era un borracho hijo de puta, pero, por suerte, mi padre era un tipo casi normal que se supo juntar con una maestra de familia pudiente. Pudiente para la época —aclara—. Ella me inculcó el amor por la lectura y así evité seguir con la tradición familiar.

—Has dicho casi normal —interviene Erika.

—Sí, todo normal excepto que estaba enfermo por el fútbol y creo que jamás me perdonó que no fuera futbolista profesional. De pibe no se me daba mal, pero su ilusión era que jugara en Primera de Independiente.

—No te imagino de corto —suelta Erika.

—Ese era el sueño de mi viejo desde que nací. De hecho, y esto no lo suelo contar porque me causa cierto estupor, mi nombre, Alcides Edgardo, se debe a que tuve la mala suerte de nacer el 16 de junio de 1950, día en el que se produjo el famoso Maracanazo.

—Me suena.

—Fue la final del Mundial de Brasil y todo estaba preparado para que los brazucas levantaran la copa en el Maracaná, pero los uruguayos, que son unos forros bárbaros, les ganaron con un gol de Alcides Edgardo Ghiggia. Creo que odio el fútbol desde que mi vieja me lo contó, pero acá no se puede odiar el fútbol, es imposible. Es la nafta que mueve la máquina de los argentinos y en mi casa más todavía..., mucho más. Cuando lleguemos entenderás por qué.

—Pues ya tenemos algo en común, porque yo nací un 13 de junio de 1982, en pleno Mundial de España, y mi padre también era ruso, hijo de un emigrante vasco que huyó de la Guerra Civil.

—¡Mirá vos! La próxima parada es la nuestra —anuncia—. Vamos a ir dando un paseo, si no te parece mal.

Cuando va a bajar del colectivo, Bujalesky se topa con una mujer que acaba de subir y luce un llamativo vestido color plátano. Se paraliza primero y reacciona después dando un salto hacia atrás. Cuando la señora pasa a su lado le dedica una mirada cargada de incógnitas.

—¿Se puede saber qué te ha pasado? —pregunta Erika, que, como el resto de los pasajeros, se ha percatado del incidente.

—Nada. No me pasó nada.

—¿La conocías?

—No —responde cortante.

Erika decide archivar el hecho en asuntos pendientes.

Los siguientes minutos caminan sin cruzar palabra. Avellaneda no tiene nada que ver arquitectónicamente hablando con el centro de Buenos Aires, pero la disposición de casas bajas en vías anchas no le disgusta del todo a Erika.

—Antes —retoma Bujalesky— hablaste de un custodio con el que tenías alguna relación en el pasado. El que laburaba para la Interpol. No te quise interrumpir, pero ahora se me vino a la cabeza de golpe.

—Michelson.

—Ese mismo.

—De ese cabrón se va a encargar un amigo. Se llama Ramiro Sancho y es inspector de Homicidios de Valladolid. Mi padre también le metió en esto al mencionárselo a De Bruyn, el del informe que...

—Sí, lo que me contaste en casa. De Bruyn. Por cierto, me gustaría echarle un vistazo.

—Lo tengo con mis cosas en el hotel. Luego, si podemos, nos acercamos.

—Bien.

—¿Sabés cómo se hace llamar ese custodio?

—Flegias, se hace llamar Flegias.

Bujalesky se detiene en seco y arruga el semblante.

—No puede ser...

—Se trata de su hijo, Robert J. Michelson, que ha retomado la tarea del padre, el cual, dicho sea de paso, estuvo a punto de matar a mi madre.

—Pará, pará. Más despacito.

Erika lía un cigarro y en el tiempo que tarda en fumárselo le narra la historia de los Balcanes y su relación con los Michelson.

—Entonces tenemos más cosas en común. Flegias padre fue el hombre que contactó conmigo. Nunca llegué a conocer su verdadera identidad, pero sí sé que enfermó repentinamente y desapareció de mi vida.

Ahora es Erika la que articula un gesto que denota incomprensión.

—Fue en marzo del 2005, recuerdo bien la fecha porque me otorgaron el premio Konex de Humanidades. Un... compañero —duda— me dijo que alguien muy importante tenía una propuesta y mi ego no me permitió dejar pasar la posibilidad y rechazarla como hacía con la mayoría de trabajos de investigación que me llegaban por el sector privado. En realidad, en ese primer encuentro no me propuso nada concreto, pero sí consiguió captar mi interés hablándome de mis dos únicas pasiones: la masonería y el universo de Dante. Me tiró el anzuelo y yo piqué como el más pelotudo de los peces. Días después hizo llegar a mi despacho de la facultad un dosier que probaba la existencia de una logia a la que él reconocía pertenecer. Progresivamente, me fue entregando una serie de documentos recopilados desde el siglo XIV con un incalculable valor histórico. Sin embargo, todo convergía en la misma dirección.

—¿Qué era lo que quería de ti?

—Quería, en concreto, lo mismo que vos, doctora.

—Encontrar El Cartapacio de Minos.

—Obvio. El maldito Cartapacio.

—Pero... ¿qué es exactamente?

—Exactamente, en sentido estricto, no lo sé, porque jamás lo he visto. Diría que nadie lo sabe. Nace de un documento previo conocido como *Novem Regulas,* que vendría a ser el libro que contiene las nueve normas inviolables escritas por el primer Gran Maestre, ese al que se refieren como el Gran Arquitecto y que no es otro que Dante Alighieri.

Erika frunce el ceño, pero resuelve que aún no es momento de intervenir.

—Esos nueve preceptos son los nueve pilares sobre los que se asienta el Templo. Acá hago un inciso para explicarte que los miembros originarios que fundan la Gran Logia de los Puros proceden en su mayoría de la Fede Santa, una logia que absorbió a varios de los principales integrantes de una sociedad secreta que se hacían llamar Fideli d'Amore, entre los que se encontraba el propio Dante. Todas esas sociedades bebían de los antiguos manantiales de la Orden del Temple, ¿sí? Esas nueve normas no aportan nada extraño ni diferente de lo que hacían otras logias contemporáneas. Era habitual que estas dejaran constancia por escrito de sus axiomas en un libro sagrado sobre el cual sus integrantes juraban fidelidad como primer acto de iniciación. Aunque la Gran Logia de los Puros trató de romper con las formas de hacer de la antigua y pura masonería, no pudo evitar beber de sus manantiales, lo cual se demuestra en la asunción de la estructura en tres grados: aprendiz iniciado, compañero masón y maestre masón. Lo que rebautizarán como guardián, custodio y maestre.

—¿Y los centinelas?

—Digamos que son aspirantes pero sin consideración de membresía, condición que adquieren solo cuando estampan su firma en el documento de asunción como guardianes o custodios. ¿Se entiende?

—Se entiende.

—Dicho esto, tenés que comprender que la Congregación de los Hombres Puros no puede ser considerada en sentido estricto una hermandad masónica, ya que sus objetivos difieren totalmente de la búsqueda de la verdad a través del comportamiento del individuo. ¿Nació de la masonería? Sí, seguro, pero... enseguida se convirtió en una organización criminal que operaba con una estructura pensada por y para la protección de sus miembros. De hecho, sus primeros actos criminales tenían como objetivo restar poder a otras logias. Pero esa es otra historia. Vuelvo a El Cartapacio, que me pierdo.

El aroma de carne vacuna que despide un puesto callejero interrumpe su discurso durante unos segundos.

—El primer documento que se conserva en el que se menciona El Cartapacio data de 1865, cuando Minos, que ocupaba ya el cargo de Gran Maestre, expone a la Asamblea la necesidad de proteger el texto fundacional, en referencia al *Novem Regulas*, pero, sobre todo, convence a sus hermanos para recopilar, esconder y proteger toda la documentación que se había ido generando desde el siglo XIV con el propósito de volver a la clandestinidad.

—A ver, a ver —le interrumpe Erika—. Entonces..., ¿El Cartapacio de Minos se llama así porque lo ideó un Gran Maestre que tomó ese nombre? ¿Minos? ¿No se debe al personaje de *La Divina Comedia*?

Bujalesky sonríe. Es la primera vez que lo hace.

—El nombre del Gran Maestre, como hicieron otros muchos antes y han seguido haciendo otros muchos después, lo saca de la *Comedia*, sí. En concreto, Minos es el juez que envía a los pecadores al círculo del infierno que les corresponde en función del pecado o pecados que cometieron.

—Pero, en definitiva, el nombre de El Cartapacio toma el del Gran Maestre que lo ideó.

—Sí, obvio, pero con un propósito que va más allá. Como te decía, hasta ese momento el compromiso de fidelidad de los miembros era verbal y prácticamente todos los integrantes de la Gran Logia de los Puros conocían al resto de hermanos con nombres y apellidos. Digamos que a nadie le convenía abrir la boca y así se mantuvo inquebrantable la primera regla: el secretismo. En la medida en la que fueron creciendo, sobre todo en la base, se generó la necesidad de coaccionar, por decirlo de alguna manera, a los nuevos integrantes, pero también de amarrar a los que componían la cúspide de la organización, incluyendo al Gran Maestre. Por eso, estoy seguro de que, desde esa fecha, las identidades reales de todos los que integraron la Gran Logia de los Puros y luego la Congregación de los Hombres Puros están registradas en El Cartapacio de Minos.

—Hasta aquí todo claro.

—Bien. La acepción correcta de «cartapacio» en la época, más allá de un simple cuaderno de anotaciones, es un conjunto de papeles contenidos en una carpeta o similar. Por tanto, acá tenemos que pensar en una especie de archivo.

—Muy comprometedor.

—Y sí. Minos quiso dejar constancia del hecho en una de las bóvedas del Palacio Barolo: *Littera occidit, spiritu vivificat.* «La letra mata, el espíritu vivifica» —traduce—. Pero eso ya te lo voy a mostrar a su debido tiempo.

—Por tanto, el que posea El Cartapacio de Minos…

—Tendrá a todos sus hermanos agarrados de las pelotas, así es —completa—. Por eso Flegias quería encontrarlo, porque quería vestir la túnica de Dante. Eso quería. Y estaba convencido de que estaba acá, en la Argentina —desvela—. Después te explico por qué. El caso, volviendo al principio del todo, es que para mí ese enigma significaba lo mismo que si a un paleontólogo le mostraran evidencias de la existencia del eslabón perdido, ¿entendés?

—Creo que sí.

—No podía dejar pasar la oportunidad. Me pasé semanas contrastando aquella información de forma extremadamente minuciosa, te lo puedo asegurar. Comprobé que todos esos documentos eran auténticos. Todos —subraya—. Lo que decía Flegias era cierto; ahora bien, lo que no hice fue preocuparme por investigar lo que no decía... Tuve varias reuniones más con él; de hecho, sé que tenía una propiedad que heredó de su bisabuelo, quien inauguró la pertenencia familiar a la Congregación en alguna parte del sur del país. Antes de que yo aceptara el encargo, Flegias ya daba por sentado que no me podría negar. Y el forro no se equivocaba.

—Pero... ¿en qué consistía ese encargo?

—A ver si soy capaz de concretar. La localización exacta de El Cartapacio de Minos solo es conocida por el Gran Maestre de la hermandad y este lo mantiene en secreto hasta que cede el cargo, ¿sí? Minos sabía el poder que adquiriría el documento con el paso de los años, sobre todo para los futuros portadores de la túnica de Dante, sus sucesores. Entonces, idea una necesaria y brillante medida de seguridad para evitar que ese compromiso se pierda en el caso de muerte repentina del Gran Maestre: las llaves y el mapa.

—Las llaves y el mapa —repite Erika.

—Pero de esto ya te voy a hablar cuando lleguemos, con los papeles delante. Ya estamos cerca.

Erika agradece el descanso, aunque prefiere no verbalizarlo. Bujalesky se detiene.

—Eso del fondo —señala el dantista— es la cancha de Independiente y mi casa, la casa de mis viejos, está en esa calle que sale a la izquierda. La calle Italia: la localización geográfica del país donde toma forma lo que te decía antes sobre el dichoso fútbol. Ahora vas a ver.

Y cuando llegan a la esquina lo ve.

—La cancha de Racing. El otro cuadro de Avellaneda, con tantos o más fanáticos que Independiente, no en vano son dos de los clubes más importantes de la Argentina. Se odian a muerte y acá están nomás, a una cuadra de distancia. Una locura.

—¿Y tú vives ahí? —señala Erika.

—Vivía. En el punto equidistante entre ambas canchas, la única vivienda de la calle, en el número 666. No es joda. Diabólico, ¿sí? Quilombo garantizado todas las semanas. Un infierno más cruel que el que Dante imaginó.

Erika no puede aguantar la risa.

—Mi vida está marcada por situaciones como la del Maracanazo y esta.

—Bueno, ¿y por cuál te decantaste? —pregunta Erika, curiosa.

—Eso solo lo voy a desvelar en mi lecho de muerte, doctora —responde Bujalesky. Y no parece tratarse de una broma—. El jardín se hizo mierda. Fue idea de mi mujer, yo le habría hecho un contrapiso a toda esta parte y a la de atrás y listo.

—A mí me gusta. Le da vida.

—O te la quita. Entremos. Tené cuidado con esas raíces, hace cuatro años que nadie pisa por aquí.

Pero no es cierto.

No hace tanto que alguien pisa por allí muy a menudo.

La casa huele a cerrado y a algo más. Algo de origen biológico.

Bujalesky se gira hacia Erika y se coloca el dedo índice sobre los labios.

Ha oído un ruido. Proviene de la cocina.

Erika reacciona de manera poco prudente.

Cosas de la bipolaridad.

Extrae la Glock 19 que tomó prestada del peruano de la sudadera negra que ahora reposa en la morgue, aparta al dueño de la casa y avanza decidida por el pasillo. No piensa ni valora, se deja guiar por sus emociones y está emocionalmente trastornada. Abre la puerta de la cocina gruñendo y entonces la ve.

Ella es bastante más veloz.

Erika no tiene nada que hacer.

Residencia de Carlos Alfredo Ramírez,
Provincia de Misiones (Argentina)

Llevan una buena racha de reservas en el complejo de cabañas. Cuando pensó en montar el negocio, lo hizo con el propósito de dejarles algo a sus hijos de lo que pudieran vivir y, al mismo tiempo, invertir toda aquella guita. Sembrar para cosechar.

Su esposa, Gabriela, le acaba de llamar para decirle que le ha dejado la cena preparada en el horno, que en la cabaña número cuatro el lavabo pierde agua y que, como su hijo

Damián no ha sabido dar con el problema, han tenido que llamar a un plomero. Damián es bueno con los números, pero con las manos es un auténtico desastre. Su hija Fernanda acaba de salir hacia el parque con un grupo de doce personas para hacer el recorrido de las cataratas bajo la luz de la luna. Ramírez sale al porche y comprueba que el cielo está invadido por nubes que parecen querer trepar hasta lo más alto de la bóveda celeste. Feo panorama para disfrutar de la excursión nocturna.

Esa noche le toca descansar, aunque él preferiría mantener la cabeza ocupada después de la visita de esos dos tarados. En cuanto se enteró del tiroteo de Villa 31, pensó que podría estar relacionado con el asunto de Buja. Demasiadas casualidades suelen nacer de la misma madre. La confirmación le llegó poco después, cuando recibió su llamada pidiéndole que averiguara el estado de un paciente con nombre islandés sin darle más explicaciones. Se alegró de oír su voz, pero al colgar supo que los problemas no habían hecho más que empezar.

O regresar, para ser más exactos.

Él siempre pensó que los fantasmas del pasado nunca saldrían de la cárcel del olvido donde cumplían condena, pero, visto lo visto, le toca asumir que estaba equivocado. Se esfuerza por no pensar en todo ello, pero en su mente sigue escuchando esa voz acusadora que jamás se calla.

—Ramírez.

Se agarra el pecho. Los sobresaltos no son nada aconsejables para su edad, pero ahora la mayor amenaza no proviene de su corazón, sino del cañón de la pistola que le está apuntando a la cara. La empuña un hombre que no reconoce. No necesita su dilatado bagaje como policía para saber que esa presencia nada tiene que ver con un robo.

—¿Qué mierda quiere? ¡¿Quién carajo es usted?!

—Tranquilícese y siéntese ahí —le ordena en perfecto inglés. Sabe que él lo habla—. Solo le robaré unos minutos y si no hace ninguna estupidez me habré marchado antes de que se dé cuenta.

Ramírez obedece.

—Estoy buscando a un hombre y usted me va a ayudar a encontrarlo.

El excomisario no requiere que le revele su identidad para saber de quién se trata. Intuye que de nada le va a servir intentar convencer al desconocido de que Alcides Edgardo Bujalesky murió junto a su hijo en las aguas del río Iguazú.

—Por Dios santo, deje de apuntarme. Le diré lo que sé.

—Supongo que no será necesario. Tiene una casa preciosa para la humilde pensión que cobra del Estado. Ya veo que supo invertir bien los dólares que le pagaba mi padre.

Ramírez ata cabos.

—¿Flegias era su padre?

Michelson asiente ceremonioso.

—Usted trabajaba para él, ahora lo hará para mí.

Ramírez maldice con toda su alma el día que le puso en contacto con Buja. Él no era más que un poli que necesitaba completar su miserable salario. Su cometido se ceñía a enterarse de las operaciones contra el tráfico de armas en la provincia de Misiones y poner un anuncio por palabras en el periódico local con los datos de la intervención. Diez mil pesos al mes más cien mil por chivatazo eran mordidas que no podía dejar pasar, porque, si él no lo aceptaba, otro lo haría. Así eran las cosas. Su buen hacer le llevó a averiguar que el hombre que comandaba la red, del que solo sabía que se hacía llamar Flegias, andaba buscando un especialista en el universo de Dante. Premio. Ramírez mantenía contacto fluido con ese hombre y lo organizó todo para que se produjera el primer encuentro. A partir de ahí, se desentendió del asunto hasta que el asunto le explotó en la cara.

Y desde entonces no ha dejado de odiarse por ello.

Enseguida entiende que el hombre que ha allanado su vivienda está contagiado por la misma obsesión que su padre. Le cuenta lo mismo que ha contado hace unos días pero sin pausas ni remilgos. Robert J. Michelson enlaza su historia con la masacre de Villa 31. Miguel estaba allí siguiendo el rastro de Bujalesky.

—Le interesará saber que hace unos días vinieron un hombre y una mujer preguntando por lo mismo —adereza Ramírez.

En la descripción se esmera por bosquejar la fisonomía de Erika y Ólafur. Y no lo hace mal del todo, porque en el rostro de Michelson se ha perfilado una expresión contrariada que no pasa inadvertida para el excomisario.

—¿Y qué les dijo?

—El hombre iba armado, no tuve más remedio que... No parecía que tuvieran malas intenciones, solo querían encontrar a Buja por el mismo motivo que usted, supongo.

—Supone bien.

—Pero hay algo que quizá le pueda resultar de mucha ayuda.

Michelson escucha.

—Anóteme aquí un número de teléfono en el que le pueda localizar. No me obligue a regresar —es lo último que le dice.

Cuando se marcha, Ramírez se odia un poco más que antes.

¡QUÉ TARDE LAS PRISAS!

Residencia de los Bujalesky
Barrio de Avellaneda
Provincia de Buenos Aires (Argentina)
Septiembre de 2013

Aún no han recuperado el aliento del susto.

La gata que lleva habitando varios meses la casa ha salido por el mismo hueco por el que entra cuando busca cobijo.

—Estaba así cuando me fui. Tendría que haber arreglado ese vidrio. ¡Gatos de mierda...! —porfía Bujalesky.

Minutos después, el dantista mantiene el semblante acorazado, pero ya no se debe a las reminiscencias del sobresalto. Son muchos los recuerdos que se han abalanzado sobre él de improviso y está luchando por sobreponerse. Al pasar por la puerta de una habitación cerrada, Erika se ha percatado de que ha acariciado el picaporte mas no se ha atrevido a entrar. Entiende que la avalancha de emociones que le aguardan detrás debe de ser abrumadora. Luego se ha dirigido a la cocina y le ha pedido a Erika que le espere en el salón. Está decorado con gusto, no hay demasiados objetos inservibles a modo de adornos y el mobiliario es de corte moderno. Nada que ver con los enseres que se amontonaban en la diminuta vivienda de Villa 31.

—Cebá el mate, si querés. Ya mismo estoy de vuelta, doctora —dice Bujalesky.

Erika no sabe cómo se ceba el mate, pero entiende que es tan sencillo como verter el agua del termo en el recipiente cargado de yerba. A Bujalesky se le oye tararear.

¡Qué suaves las risas! Querida.
¡Qué tarde las prisas! Mentira.
Qué torcido todo lo que
vos enderezaste.

Regresa cargado con un montón de carpetas que deja caer sobre la mesa.

—Estábamos hablando de las llaves y el mapa, ¿sí?

Erika intenta no pensar en Ólafur para prestarle la atención que merece el dantista cuando le muestra el primer documento. Reconoce de inmediato el emblema de la Congregación.

—Te la hago corta: se supone que El Cartapacio está guardado en un arcón, cofre o contenedor como este —le desvela mostrándole el plano interior del diseño—. Para llegar a él hay que encontrar las tres llaves siguiendo las indicaciones del mapa: la del infierno, la del purgatorio y, por último, la del paraíso, que es la que abre El Cartapacio. No se trata de llaves convencionales, ¿sí? Mirá acá: las tres están fabricadas en bronce y se puede apreciar hasta el más mínimo detalle del rostro del fauno contenido en la Boca de la Verdad. Las formas de la escuadra, el compás, la luna, el sol y las estrellas presentan un acabado perfecto. Por el lado opuesto están estos salientes —le indica— de formas distintas y diferenciadas entre sí, que deben encajar en la cerradura correspondiente. Cada una acciona un mecanismo distinto diseñado por el propio Mario Palanti. Palanti es el arquitecto del…, estoy yendo demasiado rápido, disculpá. Ya te voy a hablar de él más adelante, de su querido amigo —ironiza— Luis Barolo y del misterio que rodea a la estatua.

—Sí, mejor. Poco a poco.

—Obviamente, nada se sabe del diseño exterior del arcón, pero, como ves acá, por dentro está fabricado en acero y si se fuerza la cerradura este incinerador de gas se activa, reduciendo el contenido a cenizas, ¿entendés? En realidad, es lo que desearía la mayor parte de esos hijos de mil puta de la Congregación, que El Cartapacio quedara reducido a cenizas, pero que su nombre quede registrado ahí es el precio que tienen que pagar por el privilegio que supone pertenecer a esta organización criminal.

—Y los beneficios.

—Y los beneficios, por supuesto.

—¿Cómo obtuviste todo esto?

—Son copia de parte de la documentación que me entregó Flegias y que él heredó de su abuelo Matthew J. Michelson; como te dije, el primero de la familia que perteneció a la que todavía era la Gran Logia de los Puros.

Erika se limita a asentir.

—Y esto es el mapa.

Una hoja con una sucesión de números y letras sin ningún orden ni sentido.

—Coordenadas geográficas —desvela el dantista.

—¿Localizaciones en un mapa?

—Sí y no. Son localizaciones en la *Comedia*.

—¿Hay un mapa en *La Divina Comedia*?

—Podría decirse así, dado que toda la obra de Dante es un viaje. Un viaje iniciático —precisa—; un periplo cuyo destino es el conocimiento de la verdad y de uno mismo, que es el fin último de cualquier agrupación masónica. Como sabés, la *Comedia* está conformada por tres partes: *Infierno, Purgatorio* y *Paraíso*. Todas, a su vez, divididas en treinta y tres cantos compuestos en tercetos más uno inicial introductorio, así que suman cien. Esto no es para nada casual. El tres lo relaciona directamente con la idea de la Trinidad cristiana. Nueve, tres veces tres, son los círculos del infierno; nueve son las terrazas en las que se distribuye el purgatorio; y nueve los cielos del paraíso. El diez es la perfección desde el punto de vista cabalístico y pitagórico. Cien cantos. Diez veces diez es el *summum* de la perfección.

—Un hombre modesto, Dante Alighieri.

—Escribir una de las obras más importantes de la literatura universal le daría derecho a ser vanidoso; aunque lo cierto es que empezó en 1304 a escribir la *Comedia,* el calificativo de «divina» se lo va a añadir después Boccaccio —aclaró—, pero yo creo que le sobra el rebozado. La terminó en 1321, año en el que murió.

—Trágico. ¿Podemos volver al mapa?

—Sí, disculpá, es este problema mío de no saber concretar… Vamos a ver. Coordenadas geográficas, ¿sí? Un sistema que sirve para ubicar cualquier punto en la superficie terrestre y que requiere dos coordenadas angulares. Solo había que encontrar la equivalencia. La latitud nos proporciona la localización en dirección norte o sur a partir del ecuador. Así, desde el cero al noventa es el hemisferio norte y desde el cero al menos noventa, el hemisferio sur. ¿Me seguís?

—Perfectamente.

—La longitud funciona igual, pero este y oeste desde el meridiano cero y esta vez hasta el ciento ochenta. Hacia la derecha, el este, en positivo y hacia la izquierda, el oeste, en negativo.

—Entendido.

—La dificultad consistía, como digo, en hallar la equivalencia. No te voy a decir el tiempo que invertí en ello, porque una vez que te desvele la forma te va a parecer una pelotudez bárbara, pero cuando uno parte de cero…

—Juro no mofarme. Concreta, por lo que más quieras.

—Bueno. Existen varias formas de escribir una coordenada geográfica. En este caso, Minos eligió dos: la decimal y la que se expresa en grados, minutos y segundos. Ambas nos sirven para obtener dos cosas diferentes: versos enteros y palabras concretas. Vamos con la primera, decime.

Erika tiene que aguzar la vista sobre las coordenadas.

—Latitud menos treinta y ocho con ocho grados sur. Longitud tres con treinta y nueve grados este.

—*Infierno,* canto tercero, versos del tres al nueve —dice él de inmediato.

—Prodigioso. ¿Me haces el favor de explicármelo?

Bujalesky medio sonríe.

—La latitud nos indica si el pasaje corresponde al *Infierno,* al *Purgatorio* o al *Paraíso.* Hay ciento ochenta grados de polo a polo, ¿sí? Noventa en positivo hacia el norte y noventa en negativo hacia el sur. Bien. Por lógica, si dividimos el rango en tres partes, del menos noventa al menos treinta el verso pertenecerá al *Infierno,* del menos treinta al treinta, al *Purgatorio,* y del treinta al noventa, al *Paraíso.* En este caso, al tratarse de latitud menos treinta y ocho, ya sabemos que tenemos que bajar a los infiernos. La longitud ya es una boludez. Indica el canto antes del decimal y los versos después del decimal. Tres con treinta y nueve. Canto tercero, versos del tres al nueve.

—Pues, ahora que lo sé, no me parece tan complicado —juzga Erika malintencionadamente.

Bujalesky murmura algo.

—¿Y la otra forma, la de los grados, minutos y segundos?

—Es el mismo sistema, pero esta vez nos lleva a palabras sueltas que van a conformar los versos creados por Minos; versos que hay que descifrar para ubicar las llaves —aclara—. Por ejemplo, esa de ahí —señala—: latitud menos cincuenta y dos grados sur, dieciséis minutos, ocho segundos. Siguiendo el mismo razonamiento, este nos lleva de nuevo al *Infierno.*

Erika asiente.

—Longitud dos grados, veintidós minutos, tres segundos oeste. Es lo mismo que antes, pero en vez de acotar versos nos lleva a una palabra concreta del canto segundo, verso veintidós, tercera palabra. Acudimos a la *Comedia,* lo encontramos y anotamos la palabra. Este es el canto y esta la estrofa. Versos veintidós al veinticuatro: «A decir verdad la una y el otro fueron establecidos lugar santo donde está la sede del sucesor del mayor Pedro». Verso veintidós: «A decir verdad la una y el otro». Tercera palabra: «verdad».

—¿Y adónde nos lleva todo esto? —pregunta, ansiosa.

—Era solo un ejemplo, pero esa es la cuestión. Todas estas malditas coordenadas, una vez descifradas, completan un engendro de poema que en su conjunto es la pista que va a llevar al avezado discípulo de Dante hasta El Cartapacio de Minos. Acá tenés el mapa completo descifrado. Leelo, si querés. Empezá a partir de acá.

Erika resopla.

Algún lugar de Luisiana (Estados Unidos)

Lo urgente era salir de Texas toda vez que había cumplido con lo importante.

Se ha alojado en un motel de carretera cerca de Baton Rouge. Es consciente de que debería dormir unas horas, pero primero tiene que terminar de estudiar la forma de acometer su siguiente objetivo antes de poner rumbo a Chicago. Le cuesta entender que los custodios sigan utilizando la herramienta de comunicación interna, por muy seguros que estén de que es inviolable desde el exterior; que lo es, pero no desde dentro, como es el caso. Sus órdenes las dicta el *Novem Regulas:* el asesinato del Gran Maestre no puede quedar impune.

No lo supieron ver. Miguel le hizo creer a Corteza de Roble que estaba de su lado y para demostrárselo le alertó sobre la reunión que iban a mantener los custodios con el objeto de despojarle de la túnica de Dante. Ahora sabe que Miguel se encargó personalmente de montar las microcámaras para que el Gran Maestre viera con sus propios ojos desde otra sala del hotel Bilderberg que no contaba con apoyos dentro de la Asamblea. Flegias había previsto con acierto que Corteza de Roble irrumpiría en la reunión, proporcionándoles así la excusa perfecta para asesinarlo y hacerse con el cargo por la vía rápida. Un plan brillantemente pergeñado y ejecutado a la perfección. Digno de la primera espada de la hermandad. Pensar en la traición del arcángel mayor la colma de ira, pero enseguida recuerda las palabras que le repetía Damocles cuando le enseñó a dominar sus emociones: «No comas cuando no necesites alimentarte; no duermas cuando no necesites descansar; no sufras cuando no necesites castigarte».

Logra serenarse.

Mientras eso ocurría, Gabriel estaba ocupada intentando averiguar el motivo por el que Flegias estaba tan interesado en dar con el paradero de un comisario retirado en la provincia de Misiones. Por eso él la envió a Argentina, porque Corteza de Roble no se fiaba del custodio y estaba empezando a desconfiar de Miguel. La confianza lo era todo para Gabriel, así se lo había enseñado Damocles y así lo había aprendido.

Su vida era un aprendizaje forzoso.

Nació en el seno de una tribu datoga de sesenta miembros que sobrevivía cuidando ganado cerca del lago Eyasi, en Tanzania. La llamaron Adla («justicia») porque vino al mundo fruto de una violación cuyo culpable fue juzgado por el consejo de ancianos y ajusticiado por el pueblo. Sin embargo, el término debió de perder su significado en cuanto le cortaron el cordón umbilical y se percataron de que, siendo niña y albina, la justicia la iba a tratar con toda la ceguera que se le supone. Porque allí, en el corazón de África, se pagaban tres mil dólares por una extremidad de niño albino y cincuenta mil dólares por un cuerpo entero, cifras que superaban con mucho el valor que alcanza la vida en algunos rincones donde la brujería aún sigue arraigada en sus ancestrales costumbres. Su grado de albinismo, además, era tan severo como poco frecuente, por lo que su caso no tardó en trascender más allá del cercado que protegía el poblado. Los primeros años de su vida los pasó encerrada durante el día para evitar que el inclemente sol africano hiciera estragos en su piel. Tampoco se atrevía a salir al exterior de noche, habida cuenta de su reducida agudeza visual como consecuencia de la falta de desarrollo de la fóvea del ojo, pero principalmente por los peligros que le acechaban fuera.

Peligros con forma humana. Animales de dos patas.

Los datoga eran conocidos como *mangati,* palabra masái cuyo significado es «fiero enemigo». Pero muy fieros no se debieron de mostrar cuando cinco hombres pertrechados con machetes entraron en la aldea, se llevaron a Adla por la fuerza y la metieron en un camión. En el forcejeo, Adla recibió un violento golpe en el lado izquierdo de la cabeza que le afectó al área de Broca, la parte del cerebro donde se produce el lenguaje. La lesión le provocó una hipolalia aguda que, sumada a las circunstancias que tendría que vivir, degeneró en el abandono voluntario de la expresión verbal como forma de comunicación. Por suerte, si es este un término que pueda usarse en esta etapa vital de Adla, la vecina área de Wernicke no se vio afectada, por lo que no quedó reducida su capacidad de comprender el significado de las palabras.

Con ocho años, su única valía era el precio que alguien estaba dispuesto a pagar por su carne.

El comprador era un curandero keniata, así que durante el itinerario hasta el norteño país fronterizo, sus captores aprovecharon para trazar una ruta donde apresar otros especímenes como ella. Oro blanco. Una noche acamparon antes de cruzar la frontera entre Uganda y Kenia, donde habían previsto hacer la última escala previa a la entrega de la mercancía. Y la última fue, pues se toparon con una partida del Ejército de Resistencia del Señor que los aniquiló sin darles tiempo a explicar que ellos no pertenecían a la Fuerza de Defensa del Pueblo de Uganda. Un error que en las zonas calientes de África resulta incompatible con la vida. El cabecilla del comando, más pragmático que avaricioso, incorporó en el acto a seis nuevos reclutas para su causa, pero Adla, famélica, no fue capaz de sostener un Kalashnikov ni de explicar por qué no podía. Un lastre demasiado pesado para la partida guerrillera cuando la rapidez de movimientos es sinónimo de supervivencia. Finalmente no se atrevió a matarla por si aquello le traía una maldición, conque abandonó a aquella pálida niña de inquietantes ojos rojizos pensando que el despiadado hábitat selvático se ocuparía de ella.

Pero no fue eso lo que sucedió.

Sus limitaciones físicas y su instinto la forzaron a buscar refugio en el profuso dosel arbóreo de la selva tropical, donde las probabilidades de ser atacada por algún animal de dos patas se reducían de modo considerable. Allí arriba no le faltaba la comida, aunque las primeras semanas su dieta se limitó a las hojas, tallos tiernos, flores, semillas y fruta que podía obtener del árbol al que estaba unida parasitariamente. Se trataba de un robusto ejemplar que levantaba más de cincuenta metros sobre el suelo al que bautizó «Ata», porque así se llamaba el hombre más alto de su tribu. Ata la protegía del sol y el cielo le regalaba agua de forma permanente que recogía en recipientes fabricados con hojas que casi no podía abarcar con las manos. Con el tiempo se atrevió a incluir la proteína animal de los ricos insectos, sobre todo termitas, o los huevos de pájaros que anidaban en las ramas más altas, a las que ya podía llegar gracias a sus cada vez más fortalecidas y diestras manos. Adla no tardó en darse cuenta de que, si se concentraba, podía ver nítidamente con los oídos y guiarse por el olfato, y eso hizo que se lanzara a explorar nuevos reinos aledaños sin tener que bajar de los árboles. Empezó a cazar pájaros, ardillas y reptiles, pero cuando se metía el sol percibía la actividad de otros animales de asequible tamaño que podrían resultar más apetitosos. Adla no necesitaba luz para ver, pero la aventura terrestre todavía le generaba bastante respeto. Resolvió entonces que antes de tomar contacto con el suelo debía fabricarse armas adecuadas, que no eran sino ramas más grandes y mejor afiladas. La primera vez que descendió de Ata se dio cuenta de que lo principal y prioritario era volver a aprender a desplazarse sobre sus extremidades inferiores, tarea nada sencilla de hacer entender a su cerebro, acostumbrado a considerar los pies herramientas diseñadas para trepar por los troncos. Tras muchas breves pero intensas sesiones de rehabilitación motriz, logró mantener la verticalidad lo suficiente como para cubrir la asombrosa distancia de cinco metros. La siguiente fueron más y la siguiente muchos más. Solo era cuestión de tiempo que consiguiera ser tan veloz sobre el terreno como lo era sobre los árboles.

Y tiempo tenía.

Armada y capaz, regresó a su objetivo primigenio: cazar animales más grandes. Lo hacía de noche para sacar el máximo partido a su excelente visión de oído. Combinando rapidez y sigilo con la precisión a la hora de matar a sus presas, empezó a cazar pequeños roedores como entrenamiento antes de abatir otros mamíferos de mayor envergadura. Cuando mató su primer facóquero sintió algo extrañamente poderoso más allá del hecho de tener carne de sobra para las próximas jornadas. Fue una sensación tan placentera que tenía que reencontrarse con ella. Y así fue como empezó a cazar solo por conseguir esa dosis de placer que le pedía su organismo salvaje.

Cuando pasó la época de lluvias, ya se había convertido en una exitosa depredadora, hecho que la animó a recorrer más distancia a pie. Kilómetros y kilómetros de jungla moviéndose por tierra como un felino y por las copas de los árboles como un simio. Aquel entorno no tenía secretos para ella y, sin embargo, no supo dar explicación al comportamiento de su cuerpo el día que notó que sus muslos estaban empapados de sangre sin que se hubiera herido con nada. Se asustó tanto que estuvo a punto de caerse de una rama por primera vez en su vida. Más tarde descubrió que sucedía de manera periódica y que, fuese lo que fuese, se iba igual que venía.

Las estaciones se sucedieron sin novedad hasta que una tarde inusualmente calurosa se topó con tres de esos animales de dos patas que estaban acampados cerca de un curso de agua al que Adla solía acudir a beber. Los observó de cerca durante horas y concluyó sin margen de error que aquellos eran de la misma especie que los que aparecían en sus pesadillas. Tenían que serlo, pues portaban los mismos cuchillos largos y afilados que ellos. Esperó a escuchar los tres registros distintos de un respirar somnoliento antes de descender del árbol más cercano a las rocas que delimitaban el cauce del arroyo. Allí sus pies desnudos eran mudos, como ella. Se aproximó con suma cautela y olfateó el aire. Reconoció el fétido olor que despedían sus ropas impregnadas en sudor, idéntico al que tenía guardado en la memoria. A pesar de su deficiente visión, pudo localizar uno de aquellos cuchillos largos y afilados cerca de lo que había sido una hoguera gracias al reflejo de la luz sobre la hoja metálica. Lo empuñó con absoluta determinación y comprobó que se adaptaba a la mano mejor que sus ramas. El orden lo marcó la proximidad, y el modo, el único que aplicaba con las piezas de mayor tamaño, como los facóqueros: un golpe certero en el cuello y evasión inmediata. Tras repetirlo tres veces, ganó distancia y esperó a que cesaran de emitir aquellos sonidos tan desagradables. Lo único que sacó en limpio de aquello fue que los animales de dos patas tardan menos en morir que los de cuatro y que los machetes, bien empleados, provocan heridas irreversibles. Luego descuartizó los cuerpos y los arrojó al agua para que la corriente se llevara aquel olor tan repugnante. Ni se planteó probar aquella carne, igual que le pasaba con la del resto de simios con los que convivía y compartía espacio, porque no los consideraba comestibles.

Las siguientes estaciones transcurrieron sin modificaciones en su rutina. El único cambio era el que no dejaba de producirse en su cuerpo como resultado de una notable mejoría en la alimentación. Consecuentemente, su musculatura era cada vez más potente, más elástica y más resistente, lo cual le permitía moverse más rápido, subir más alto y golpear más fuerte.

Aunque Adla no podía comprender el concepto de felicidad, podría decirse que a lo largo de esa etapa fue plenamente feliz. Solo le molestaba el inconveniente de tener que limpiar aquel olor repugnante cada cierto tiempo. Porque, aunque trataba de evitar a los animales de dos patas a toda costa, no siempre lo lograba y, llegado el caso, no era algo que le supusiera un conflicto. En cierta ocasión tuvo que eliminar el hedor de una manada de doce. Empeñó tres noches y dos días, pero eso hizo que durante una larga temporada no volviera a cruzarse con ninguno de aquellos seres.

Para entonces el mito de la pantera blanca ya había trascendido más allá de las fronteras de Uganda y el Congo. Se decía que por las noches bajaba de los árboles para asesinar humanos y que no los devoraba, los mataba y descuartizaba solo por el placer de hacerlo. La leyenda cobró vida cuando un periodista de *American Naturalist* publicó un trabajo de investigación en el que presentaba pruebas y testimonios que relacionaban el casi un centenar de desapariciones ocurridas en las reservas forestales de Wambabya, Bujawe y Mukihavi, entre los años 1995 y 2001, con una misteriosa figura humanoide de piel clara que podía ver en la oscuridad y se movía a una velocidad endiablada tanto por el suelo como por las copas de los árboles. Las fotos de los cuerpos mutilados a golpe de machete causaron tanto estupor que no tardaron en aparecer las primeras recompensas por la cabeza de aquel monstruo mata hombres.

Así fue como Corteza de Roble oyó hablar de Adla por primera vez. Necesitaba averiguar qué había detrás de aquella historia y nadie con más medios que él para lograrlo. Ahora bien, la quería viva. Tardaron tres meses en atraparla y siete de los veinte componentes de la expedición no pudieron repartirse el botín.

El mito de la pantera blanca se fue diluyendo con el paso de los años, a la misma velocidad que Damocles se ganaba su confianza.

Pero todo aquello formaba parte de su pasado. El presente le marca un itinerario que le va a hacer recorrer el planeta de punta a punta. Primero dará caza a los traidores custodios y finalmente a Flegias y a Miguel, los instigadores y asesinos de Corteza de Roble, sin importarle cuánto tiempo requiera la empresa.

Gabriel se tumba en esa cama y cierra los ojos. Todavía le desagrada el olor que dejan los animales de dos patas en las sábanas, pero él le enseñó a controlar sus instintos.

Y casi siempre lo consigue.

MANIFIESTO ROSACRUCES

Residencia de los Bujalesky
Barrio de Avellaneda
Provincia de Buenos Aires (Argentina)
Septiembre de 2013

Erika vuelve a tener la misma sensación que la asaltó en la vivienda de Villa 31. Falta algo, pero sigue sin saber qué. Seguidamente lía un Amsterdamer y se percata de que Bujalesky se ha quedado mirando el paquete como si fuera un foco de infección. Lo guarda de nuevo en la mochila y la normalidad regresa por donde se había marchado.

—Déjame que te pregunte algo que me está intoxicando el cerebro: ¿Has tenido aquí guardado el mapa descifrado a lo largo de todo este tiempo? —pregunta ella más alterada que extrañada—. Cualquiera podría haber puesto patas arriba tu casa y habérselo llevado.

—Sí, pero no le serviría de nada a no ser que fuera un experto en la interpretación de la imaginería de Dante y de la iconografía masónica. Y hasta donde yo sé, al único que conozco lo daban por muerto hasta que aparecieron ustedes.

Erika no sabe qué decir y prende el cigarro.

Bujalesky acude al rescate.

—No es una acusación, es solo para quitarle fierro al asunto, ¿sí? Volvamos al canto tercero del *Infierno,* versos del tres al nueve. Estos no forman parte del poema, pero digamos que Minos los utiliza a modo de introducción para justificar el uso de la *Comedia* como medida de todas las cosas. El texto original sabés que está en italiano, pero yo te lo recito en castellano.

Erika tiene que hacer un gran esfuerzo para no perder el hilo de la elucidación de Bujalesky, porque su cabeza sigue elucubrando sobre el estado de salud de Ólafur.

Bujalesky aprieta con fuerza los párpados, como si le costara esfuerzo recordar.

—«Por mí se va hasta la ciudad doliente, por mí se va al eterno sufrimiento, por mí se va a la gente condenada. La justicia movió a mi alto Arquitecto. Hízome la Divina Potestad, el saber sumo y el amor primero. Antes de mí no fue cosa creada sino lo eterno y duro eternamente. Abandonad los que aquí entráis toda esperanza».

Abre los ojos.

—Te pongo en situación: cuando Virgilio guía a Dante hasta la misma entrada del infierno, este lee esas palabras, que encuentra escritas sobre una puerta. Ahora te pregunto, doctora: ¿Qué significa esto?

Erika no hace ni el esfuerzo de intentarlo.

—Minos está definiendo las virtudes de El Cartapacio —desvela—. Es la condena por la que tienen que pasar todos los que forman parte de la hermandad. Deja muy claro que está escrito de puño y letra por el Gran Arquitecto, Dante, que representa la entidad más elevada conocida. Por último, una advertencia. Los nombres que están escritos en El Cartapacio de Minos permanecerán ahí eternamente, por lo que si entrás en la hermandad, se entiende, no vas a poder salir jamás. ¿Quién era Minos?

—El juez que envía a los condenados al círculo del infierno que les corresponde según el pecado que hayan cometido.

—O pecados —precisa—. Muy bien. Dante explica que Minos decide el castigo que le corresponde a cada uno enroscando su pavorosa cola el número de veces que marca el círculo del infierno al que envía al desdichado. El Cartapacio es el libro de registro donde Minos lo anota todo. Porque todo lo ve, nada se le escapa, es infalible. Como te dije: una amenaza manifiesta antes de empezar el viaje.

—Entiendo.

—Permitime que te muestre algo más, doctora. Te dije que Flegias estaba convencido de que estaba acá en Argentina, ¿sí? Yo también. Ahora vamos a dar un saltito hasta esta coordenada. —Vuelve a señalar.

—«Doce con ocho grados norte. Veinte con veintitrés grados este» —lee Erika.

—¿Y sería?

—Canto primero del *Purgatorio*, versos del veinte al veintitrés.

—¡Excelente! Y dice así: «Me volví a la derecha atentamente y vi en el otro polo cuatro estrellas que solo vieron las primeras gentes». Dante y Virgilio acaban de salir del infierno y ven a lo lejos el purgatorio, que, como contraposición a la fosa cónica, que es como dibuja el infierno, el poeta describe como una especie de gran torre de babel. Dante explica que desde donde está gira a la derecha y que, en el otro polo, que sería necesariamente el polo sur, ve cuatro estrellas que se corresponden con la Cruz del Sur, la Estrella Polar de nuestro hemisferio. Para finalizar asegura que antes que él solo la habían visto las primeras gentes. Quedate con eso. Ahora te cuento que, en el vigesimosexto canto del *Infierno,* Dante se encuentra con Ulises y este le relata cómo, siendo ya viejo, decide embarcar con su tripulación rumbo al hemisferio austral. Para eso, cruza las Columnas de Hércules entre Gibraltar y Marruecos y navega siempre hacia la izquierda guiándose por las estrellas. Pasadas unas jornadas, de forma inesperada, aparece ante ellos la montaña más alta que hubiera visto jamás: el purgatorio. Y acá la pregunta: ¿cómo es posible que Dante hablara de navegar más allá del confín conocido en la época con tanta precisión y sea, además, el primero en mencionar la Cruz del Sur si finaliza la *Comedia* en el año 1321? La constelación solo es visible a partir de latitudes veinte grados sur. Por tanto, se anticipa unos cuantos años al primer avistamiento documentado de la Cruz del Sur, que corresponde a Américo Vespucio durante uno de sus viajes colombinos.

—Puede que se trate de una coincidencia, simplemente.

—Nada de eso, che. Dante demuestra en los cantos que conforman el *Paraíso* que tiene bastos conocimientos de la bóveda celeste. Resulta que, antes de Américo Vespucio, hubo otra persona que vio la Cruz del Sur, aunque no dejara constancia escrita de ello.

Bujalesky se lleva la bombilla a la boca y le da un sorbo al mate sin dejar de mirar a Erika.

—Lo mismo estás esperando a que te diga un nombre…

—Marco Polo. Se sabe que el mercader veneciano navegó por las costas de Java y Madagascar, que pertenecen al hemisferio sur, y por tanto pudo ver la Cruz del Sur. De hecho, el filósofo Pietro d'Albano recoge en un escrito que Marco Polo le hizo una descripción de un grupo de cuatro estrellas que usaba para guiarse cuando dejaba de ver la Estrella Polar.

—¿Y adónde nos lleva eso?

—A que Marco Polo, que era contemporáneo de Dante, le pudo haber hablado de ella en alguna tenida masónica. Cuando se refiere a «las primeras gentes», los estudiosos creen que Dante habla de Adán y Eva, primeros pobladores del paraíso. Se equivocan —asegura categóricamente—. En realidad se refiere a los primeros miembros de la Fede Santa, orden terciaria que se nutrió de una escisión de la Orden del Temple como consecuencia de la pertinaz persecución del papa Clemente V y Felipe IV de Francia a los templarios desde 1310. Logia de la cual ambos eran miembros.

—De Bruyn la menciona en su informe y también asegura que fue el germen de la Congregación —añade Erika liberando el humo del tabaco.

—Más que el germen, podría decirse que eran los mismos hasta que Ciacco, el Gran Maestre que sucedió a Minos, decidió cambiar de nombre a la hermandad. Definitivamente, voy a tener que leer ese informe —valora Bujalesky.

—Luego. Primero tengo que encontrarme, porque estoy perdida.

—Blanco y en botella. A la hora de elegir el emplazamiento en el que la Congregación va a ubicar su, digámoslo así, libro sagrado, buscan el punto en el que Dante, primer Gran Maestre de la Fede Santa, define dónde está el purgatorio. Ya sabés que el purgatorio resulta de tránsito obligatorio para expiar los pecados «menores» —define entrecomillando el adjetivo en el aire— antes de ascender al paraíso, ¿me seguís?

Erika se remueve en el sofá.

—¿Qué sucede, doctora? ¿Te volviste a perder?

—No. Lo que me sucede es que te escucho hablar y tengo que hacer un acto de fe para creer tanta..., no sé cómo definirlo. Por ejemplo, ¿cómo puedes afirmar que Dante ocupó el grado de Gran Maestre de la Fede Santa?

Bujalesky rebusca entre los papeles murmurando algo entre dientes.

—Acá tenés —le muestra—. En un museo de Viena se conserva este medallón. Por una cara reconocemos a Dante y por la otra podemos leer nítidamente las letras «FSKIPFT», que son las iniciales de *fidei sanctae kadosch, imperialis principatus, frater templaris.* Es decir: «consagrado de la fe santa, príncipe imperial, hermano templario». «Consagrado» es un término que se sigue usando para referirse a quienes han alcanzado el grado treinta de la masonería o, lo que es lo mismo, Gran Maestre. Gran Maestre de la Fede Santa.

—Vale, vale —reconoce—. Y lo de «príncipe imperial» ¿qué significa?

—Es un reconocimiento honorífico que le hace al emperador del Sacro Imperio Romano Germánico en su lucha de poder contra la Iglesia católica. Y «hermano templario» porque en el siglo XIV no se usaba la palabra «masón» y todas o casi todas las logias derivaban de la Orden del Temple. Al margen de esta prueba irrefutable —recalca—, la *Comedia* es, en esencia, un manual iniciático que pasa inadvertido para los ojos profanos, pero que resulta evidente y dogmático para los curtidos en la materia. Solo un detalle más. Virgilio, que representa la razón, guía a Dante por el infierno y el purgatorio. Su amada, Beatriz, representa la fe y es la encargada de conducirle a través de los cielos hasta el paraíso. Pero… ¿quién es el elegido para llevarle de la mano hasta Dios todopoderoso? El mismísimo Bernard de Clairvaux, principal valedor de la Orden del Temple. ¿Y por qué? Porque para Dante el tipo representa el grado sumo en la escala espiritual.

—No vuelvo a poner una palabra en duda —concluye Erika.

—La duda metódica conduce a la verdad. No es que yo me considere un radical del cartesianismo; no obstante, en mi faceta de investigador, que es lo que me considero, conviene contrastar la información. Lo que te estoy contando es fruto de años de investigación. No voy a asegurarte que todo lo que salga de mi boca sea rigurosamente cierto, pero sí que está contrastado de forma escrupulosa —insiste.

—Asunto zanjado. Creo recordar que estábamos rumbo al hemisferio sur.

—Y con el viento soplando a favor. Leé ahora la línea que sigue.

—Canto octavo del *Infierno*, versos del uno al nueve. Pero, por lo que más quieras, ahórrate los versos, solo explícamelo en versión entendible para profanos en la materia.

Bujalesky inspira profundamente.

Residencia de Ramiro Sancho
Aldeamayor de San Martín (Valladolid)

Siempre ha pensado que emparejar calcetines es una tarea que inventó el diablo para demostrar al ser humano que el bien y el mal no pueden emparentarse.

Empeñado en llevarle la contraria después de no ser capaz de encontrar dos ejemplares idénticos, Sancho ha vaciado un cajón sobre la cama y mira fijamente las diabólicas prendas. Evita pestañear por si alguna aprovecha el despiste y trata de escabullirse. Para afrontar el reto, Sancho resuelve que es necesario dar un primer paso y que este no puede ser otro que cuantificar el problema. Cuarenta y siete. Un comienzo poco prometedor. Solo su tozudez le mantiene firme. Siguiente fase: clasificación cromática. A simple vista priman el azul y el negro, aunque se aprecian tantos matices distintos que no puede evitar maldecir la memoria de quien inventó la gama de tonalidades.

—El azul es azul y el negro es negro. De toda la puta vida —masculla entre dientes al tiempo que forma ambos montones.

También hay muchos de esos que sirven únicamente para hacer deporte. Blancos en su mayoría. Le congratula comprobar que no hay ninguno que lleve bordadas dos raquetas de tenis en aspa. Acto seguido separa los grises sin importarle si en origen fueron blancos o negros. Tiene que tomar decisiones y da prioridad al presente sobre el pasado. Reagrupar la gama marrón es sencillo y sale tan bien parado que, sin siquiera valorarlo, añade a ese montículo un par que podría ser de color ocre verdoso o verde castaño y que no recuerda haber comprado ni mucho menos haberse puesto. El resto de ejemplares de colores varios, mixtos, combinados y los imposibles de catalogar van a parar al mismo sitio: la basura. Veintiocho unidades sobreviven a la masacre; catorce parejas. Así sí. A continuación se dispone a abordar la empresa que consiste en ejecutar una catalogación exhaustiva distinguiendo materiales de confección. A saber: lana, hilo y nailon. Sin embargo, en un alarde de brillantez, Sancho rectifica y determina que cabría la posibilidad de realizar una simplificación atendiendo a razones de practicidad. Establece entonces dos únicas categorías: los finos y los gruesos. Elige el subconjunto de calcetines negros y luego aplica el mismo criterio al resto de categorías cromáticas. Tan solo le resta rematar la faena agrupando por tamaños, los largos con los largos y los cortos con los cortos, antes de lanzarse al definitivo y satisfactorio emparejamiento sellado ceremonialmente en una bola.

—Hasta que la lavadora os separe, desgraciados —certifica.

Minutos después, se cuentan cuatro bolas sobre la cama.

—Hay que joderse.

Sancho no da crédito. Es matemáticamente imposible. Vale que él es de letras, pero ha seguido un método infalible. Algo se le está escapando. Por fuerza tienen que existir variables que desconoce. Decide tomarse un descanso. Tiene muy claro que en esa carrera no importa quién cruce primero la línea de meta; importa llegar, solo llegar. Toma asiento sobre la mesilla de noche y aprovecha para evadirse de la realidad haciendo un repaso mental de los asuntos que tiene en curso en comisaría y que debe trasladar a la inspectora Robles como jefe de grupo en funciones durante su indeterminado período de ausencia. No son muchos ni tampoco pocos. Podía —debería más bien— haberlos tratado directamente con ella, pero tenía la cabeza más ocupada en su cuerpo que en el Cuerpo y ahora se alegra de tenerlo pendiente, porque así tiene una excusa para llamarla desde el aeropuerto. Como dos personas adultas y maduras, se han despedido sin promesas ni compromisos. Un beso cálido, una mirada fría y hasta la vuelta. Se pregunta qué pensaría ella si le viera desnudo pertrechado tan solo con esos calcetines anaranjados que ahora centran su atención. Esos que van camino del contenedor y que le resultan tan extrañamente familiares. Entonces, decide entrar en sus lóbulos temporales sin orden de registro, poner patas arriba el hipocampo y rebuscar entre los archivos de recuerdos allí almacenados, concretamente en los etiquetados con la «C» de «calcetín». Uno de ellos está asociado a Ólafur Olafsson. Todo cobra sentido. Se incorpora de improviso y se encamina presuroso a la habitación que ocupó el islandés durante los días que pasó con él hace justo un año. Corre la puerta del armario sin miramientos y abre el primer cajón, nada. El segundo, tampoco. El tercero, sí. Ahí están. Decenas de ellos, cientos a los ojos de Sancho. Suyos y ajenos. Todos mezclados, juntos y revueltos, solteros y divorciados. La Gomorra de los calcetines.

Sancho invierte un tiempo indefinido examinando la mercancía.

—¡A tomar por el puto culo! —concluye.

Tira del cajón con fuerza para sacarlo de los rieles y carga con él hasta su habitación. Pesa, pero la determinación que lo posee puede con eso y con menos. Lo vuelca sin miramientos con la idea de emprender la labor desde cero: cuantificación del problema, clasificación cromática, catalogación de materiales, agrupación por tamaños y emparejamiento final.

Algo rebota con fuerza en la cama.

Algo que atrapa su atención.

Reconoce el álbum de fotos de su boda al instante, pero así y todo lee las letras grabadas en dorado.

—«Nagore y Ramiro. 18 de septiembre de 1999».

Residencia de los Bujalesky
Barrio de Avellaneda
Provincia de Buenos Aires (Argentina)

Alcides Edgardo Bujalesky hace un esfuerzo por concretar, pero no puede decirse que esa sea una de sus virtudes. Erika, por lo menos, no lo cree.

—Voy en segunda para que no te perdás, ¿sí? En su descenso al infierno, Dante y Virgilio llegan al pie de una torre. Desde allí divisan una luz que se comunica a lo lejos con otro foco.

Erika aguarda con velado recelo.

—¡Dos faros que se comunican! ¡¿No lo ves?! ¡¡Son el Palacio Barolo y el Palacio Salvo!!

Ella no desvía la mirada ni cambia la expresión circunspecta.

—La concha de mi madre… ¿Todavía no los conocés…? No, más sencillo, ¿no has oído hablar del Barolo y el Salvo? Ya veo. Voy a resumir al máximo: son dos edificios gemelos ubicados en Buenos Aires y Montevideo y diseñados ambos por el mismo arquitecto, Mario Palanti, perteneciente a la Gran Logia de los Puros. Esto te va a sonar a película de Indiana Jones, pero es rigurosamente cierto, lo comprobé en persona. Durante los primeros días de junio, entre las 19:45 y las 20:00 la Cruz del Sur está alineada justo sobre el eje del Palacio Barolo.

Erika eleva las cejas y se muerde el labio inferior.

—¿Y eso qué significa?

—La reputa madre... Significa que no están ubicados ahí por casualidad, todo lo contrario, la construcción de ambos edificios en esos lugares concretos tiene un porqué.

—Eso, precisamente, es lo que te estoy preguntando.

—La leyenda dice que durante ese intervalo se abren las puertas del paraíso.

—Muy bien. ¿Y puede que esas puertas cuando se abran nos lleven al jodido Cartapacio de Minos?

Bujalesky fuerza una mueca malévola.

—Se dice que un hombre llamado Remigio Lattuada hizo la ascensión por las escaleras hasta el faro en ese lapso de tiempo. Al día siguiente solo se encontraron sus ropas. Eso ocurrió un 7 de junio, fecha en la que nació Luis Barolo.

—Venga ya. Eso no nos lleva a ningún sitio y estoy empezando a ponerme nerviosa, porque no termino de entender dónde estamos ni hacia dónde vamos.

Bujalesky no responde. Chasquea la lengua y se coloca la melena.

—Se sospecha que Lattuada pertenecía a una orden ocultista, pero tenés razón, no es del todo relevante —zanja el dantista presuroso—. El mapa dice claramente que para llegar a El Cartapacio de Minos hay que realizar el mismo viaje que realiza Dante en la *Comedia.* Hay que bajar a los infiernos y realizar la ascensión al paraíso pasando por el purgatorio. Tengo claro que el cuerpo principal del Barolo es el purgatorio y la cúpula, inspirada en el templo Rajarani de Bhubaneshwar, el paraíso. El faro es Dios. Pero el infierno..., el infierno no es el subsuelo del edificio. Revisé los planos y solo hay dos niveles, ¿entendés? Faltan más. Telmo, el encargado de cuidar sus tripas desde hace dos eternidades, es uno de los pocos amigos que me quedan. Él conoce sus secretos mejor que nadie y no hay centímetro cuadrado que no hayamos revisado juntos.

El experto está a punto de rectificar esa afirmación, pero decide que no es el momento.

—El acceso al infierno tiene que estar en otro sitio —prosigue— y es absolutamente necesario encontrarlo, porque en sus entrañas está la primera llave. Minos no deja lugar a la duda en el primer canto que compone el poema descifrado a partir del mapa. Sigue la estructura poética de la *Comedia.* O lo intenta. Dice así:

Gran Arquitecto, Creador, hoy muéstranos
signos divinos que nos guiarán.
En esta oscuridad vagamos huérfanos.

Las mil penurias que sean serán
aún más allá del Malebolge eterno
hasta las fauces del mismo Satán.

»Y el Gran Arquitecto responde:

Necesario es el descenso al infierno.
Cuerpos celestes, el rastro infalible
de la Catedral, puerta del averno.

El conocimiento la hará visible,
ora bien, para el descenso afrontar
deshaceros habréis de lo inservible.

En los círculos debéis demostrar
que la palabra del libro se sabe
para entre pecadores transitar.

Solo los puros hallarán la llave,
indispensable en el peregrinaje,
para ascender al purgatorio es clave.

Continuad, pues, este vuestro viaje
de iniciación, pero proseguid solo
si estáis dispuestos a pagar peaje.

»Sin esa llave no podemos encontrar El Cartapacio ni en pedo, ¿entendés? Ni en pedo.

Erika pone en contexto las últimas frases del argentino.

—Pero… ¿eso quiere decir que…?

Bujalesky concede una prórroga a las palabras que tanto le cuesta que salgan de su boca.

—Erika…, yo nunca fui capaz de encontrar siquiera la entrada al infierno. En realidad, mi único mérito consistió en descifrar toda esta mierda, nada más.

Ella no da crédito; no obstante, mantiene la compostura.

—Sin embargo, a la vista de los acontecimientos, diría que ellos creen que sí sabes llegar al lugar exacto donde está.

El rostro del dantista se ensombrece.

—Y lo piensan porque yo se lo hice creer cuando publiqué el maldito artículo —reconoce con la voz quebrada.

Al mismo tiempo que Erika deduce que asesinaron a su único hijo por un ataque de vanidad, asiste a los brutales efectos que ocasiona la culpabilidad. Bujalesky se derrumba. Ha metido la cabeza entre las rodillas y se está tirando del pelo. Ella quiere calmarlo, pero no sabe cómo.

—Buja…

Las palabras sucumben al llanto de Alcides Edgardo Bujalesky. Uno de los mayores expertos en el universo de Dante protagoniza una escena dantesca.

Erika resuelve entonces que lo mejor es dejar que expulse sus demonios por los lacrimales, pero no les da tiempo, porque repentinamente se rehace, alarga el brazo derecho para alcanzar a Dulcinea y se parapeta tras sus cuatro cuerdas.

Se aclara la voz.

La rosa es el alma, la cruz el cuerpo.
No es el rojo ni serán los dorados.
La armonía con las fuerzas cósmicas.

Soy fuego: caliente y seco.
Hueco.

Trascender en el espacio tiempo.
La Antigua y Mística, los nueve grados.
El poder de la energía atómica.

Sos agua: húmeda y fría.
Vacía.

Un secreto que se lo lleva el viento.
El universo de los iniciados.
Alquimia de una vida alegórica.

Queréis tierra: seca y fría.
Sombría.

Permanece escrito en los elementos.
Piedra filosofal de los cruzados.
Solo la tradición pitagórica.

Buscás aire: húmedo y caliente.
Gente.

Residencia de Ramiro Sancho
Aldeamayor de San Martín (Valladolid)

No se reconoce en esas imágenes. No es solo por el aspecto físico, catorce años más joven, con más pelo, más fornido, afeitado, sin arrugas en la frente ni surcos en la comisura de los ojos. Es el rictus. No parece que le corresponda y, sin embargo, diría que no tiene nada de impostado. Es real.

Ese Sancho era feliz.

Se trata de una boda, su boda, de la que guarda excelentes recuerdos, emociones fuertes junto a sus seres queridos. También a ellos se les ve alegres, incluso a su padre, cuya máxima expresión risueña no llegaba a la que exhibe la *Gioconda.* Ahora se centra en Nagore. Recorre una a una todas las fotos reconociendo sus gestos, poses, muecas y posturas, que un día conformaron razones para enamorarse. Porque si de algo está seguro Sancho, es de que se casó plenamente convencido de que aquella iba a ser la mujer de su vida. Lo que no valoró en ningún momento fue que la vida que él había elegido no era compatible con esa mujer. Ella lo necesitaba cerca, pero el cerco que Sancho levantó para evitar que los asuntos policiales formaran parte de lo cotidiano terminó convirtiéndose en un foso plagado de cocodrilos que devoraron los proyectos de pareja. Lo último que sabe de ella es que seguía viviendo en San Sebastián y que había rehecho su vida sentimental, de lo cual se alegraba desde la asepsia emocional y la distancia.

Fugazmente, fabrica una idea que tiene como protagonista a Sara Robles, pero de inmediato la expulsa de los dominios de su imaginación. Acto seguido, pone el punto final a su devaneo mental cerrando de golpe el álbum que todavía sostiene entre las manos.

Instantes después, en su mochila de viaje hay cuatro bolas de calcetines —entre los que están los de color ocre verdoso o verde castaño— y en la basura rebosan decenas sin emparejar.

Como él.

LOMBRICES

Victoria Park
Londres (Inglaterra)
Octubre de 1929

De nuevo esa irritante sensación.

Llegaba con veinte minutos de adelanto, pero el margen de tiempo no funcionaba como antídoto contra eso que sentía moverse en el estómago. Dorothy aseguraba que eran lombrices que se alimentaban de la inseguridad de cada uno y, aunque él nunca le había prestado oídos, en aquel momento diría que tenía cientos bailando charlestón en su barriga. Hacía cuatro años que su esposa había fallecido; sin embargo, aún podía escuchar su voz en esos instantes previos de tensa espera antes de recibir a aquellas mujeres de alta cuna cuyos maridos creían ser importantes y poderosos.

Esos hombres no tenían ni la más remota idea de lo que significaba tener contacto con el verdadero poder.

Cuando Matthew J. Michelson enviudó, se trasladó a un cómodo apartamento en el corazón de Manhattan, frente a Saint Paul's Chapel, a seis manzanas del que era su nuevo centro de trabajo en Nueva York, la Bolsa, aunque todavía no hubiera pisado el parqué de Wall Street. Ni falta que le hacía. A finales de los años veinte, el mundo no parecía querer bajarse de la noria financiera en la que se había subido, pero esa gran rueda estaba a punto de detenerse y, paradójicamente, los que estaban arriba iban a ser los más damnificados.

Hacía dos días que había llegado a Londres, ciudad que conocía al detalle pero que le costó reconocer luego de diez años de ausencia. Al margen, recordaba los otoños bastante más fríos y lluviosos, y, por lo que había escuchado en el parte matinal de la BBC, aquel estaba siendo especialmente benigno con sus compatriotas. Caminaba atravesando uno de los pulmones de la capital británica, intentando autoconvencerse de que nada justificaba la agitación que se había apoderado de él desde que abriera los ojos aquella mañana; que no tenía de qué preocuparse estando todo, como estaba, bajo control; que el motivo por el que Ciacco le había convocado allí era mera rutina y que el encuentro que iba a mantener con el Gran Maestre de la recién renombrada Congregación de los Hombres Puros era solo un trámite más que había que pasar. No obstante, toda aquella cabalística no era sino un mecanismo de defensa que Matthew J. Michelson utilizaba para compensar un hecho insólito: que un guardián tratara directamente con el máximo grado jerárquico de la hermandad. A sus cincuenta y cuatro años y con casi veinte de membresía, solo había tenido el privilegio de ver al Gran Maestre una vez en su vida, cuando estampó su rúbrica al final de aquella hoja en la ceremonia de asunción de la túnica de Cepheus. Su custodio, Flegias, que estaba al corriente de la reunión, le había asegurado que Ciacco era un hombre de trato recio pero afable. De él también se decía que la mitad de su fortuna la había amasado desde ese banco mal pintado de Victoria Park donde le había citado y que la otra mitad le venía impuesta por su apellido. Y si había un apellido en el planeta sinónimo de riqueza, ese era el de los Rothschild. Con sus libras compraban poder.

Poder absoluto.

Como absoluto fue su sobresalto cuando, a cincuenta metros para llegar al banco junto al monolito conmemorativo de los caídos en la Primera Guerra Mundial, distinguió a una persona sentada. Tenía que ser él. O no. Justo entonces, comenzó el asalto del ejército de dudas a su fortaleza de asuntos controlados. Primero le atacó la incógnita sobre la hora en la que se había fijado la entrevista; luego fue el lugar, el día y, cuando quedaban apenas diez metros para llegar, se preguntó si realmente eso estaba sucediendo o lo estaba soñando.

Notar la espalda mojada le sacó de dudas.

La expresión firme que tanto había ensayado estaba cerca de derrumbarse cuando un hombre que salió de la nada se interpuso en su camino.

—Buenos días, caballero. ¿Es usted el señor Michelson?

Asintió más por instinto que como respuesta.

—Muéstreme, si es tan amable, alguna credencial.

Algo le dijo que era mejor no oponerse.

—¿Lleva algún arma consigo?

—No, por supuesto que no —protestó.

—Bien, señor Michelson. Tome asiento guardando la distancia de su brazo extendido. No mencione su rango ni su nombre, limítese a dirigirse a él como «señor». ¿Lo ha entendido?

—Por supuesto.

—Perfecto. Mi nombre es Miguel, estaré por aquí cerca.

El arcángel de los arcángeles. Las lombrices se convirtieron en boas *constrictor,* constriñéndole las entrañas justo antes de tomar contacto con el frío esqueleto del banco.

—Espero que sepa disculpar tanto inconveniente, pero en los tiempos que vivimos cualquier precaución es poca —le dijo el Gran Maestre a modo de bienvenida.

Ciacco mantenía una postura visiblemente relajada: piernas cruzadas, espalda apoyada y vista al frente. Entre las manos sostenía un elegante bombín negro a juego con el traje. Michelson imitó la postura y fijó su mirada en el robusto tronco que tenía frente a él, a unos diez pasos de distancia.

—Lo entiendo.

—¿De qué parte proviene su familia?

—De Derby, señor.

—No conozco Derby.

El guardián resolvió que no había nada que añadir.

—¿Sabe por qué vengo a sentarme en este banco en concreto todas las semanas?

Michelson aguardó.

—Porque ese monumento —señaló con la mirada— me recuerda que estamos aquí de paso y que todo lo que consigamos en vida no tiene ningún valor. Lo único que cuenta es la huella que dejamos en la mente de otras personas.

—Mi hijo Robert murió en la batalla del Somme. Tenía veinticinco años. Por suerte, le dio tiempo a dejarme un nieto que lleva mi nombre.

—Estoy al corriente de ello. Dio la vida por defender su patria, su familia le recordará eternamente por ello. A eso me refiero. Y si mis averiguaciones son correctas, usted también es un héroe de guerra condecorado con la Cruz Victoria.

—En efecto. Lo tengo presente cada vez que me miro en el espejo, señor —dijo refiriéndose a sus cicatrices—. Mi apellido siempre ha estado muy ligado al ejército y me enorgullezco de ello —aseguró Matthew J. Michelson, cada vez más afianzado.

—Por supuesto. Ahora vamos a comprobar si su otra familia también podría llegar a sentirse orgullosa de usted.

—Tal es mi propósito desde que en 1909 tuve el honor de ser aceptado en la Gran Logia..., en la Congregación de los Hombres Puros —corrigió.

—Cuesta habituarse, lo sé. Conozco bien su trayectoria. Si le parece, abordamos el primer tema.

Matthew J. Michelson tragó saliva. No sabía que hubiera más de un asunto que tratar. Apostó por el único que se había preparado.

—Lo tenemos todo dispuesto. Octubre no terminará sin que Wall Street se derrumbe desde los cimientos. Nuestro hombre lleva vendiendo distintos paquetes de acciones desde mayo en pequeñas cantidades y a través de otros corredores para no levantar suspicacias. En el peor escenario, estimamos unas pérdidas no superiores a los cinco millones de dólares, cantidad que recuperaremos y multiplicaremos a lo largo de las diez semanas siguientes a la caída. Los más afectados serán el National City Bank, que se está haciendo con casi todos los valores de la industria energética, y la JP Morgan, por supuesto.

—¿Y el Chase National Bank?

—También. Aunque sus políticas de adquisición han sido más conservadoras desde que arrancó el año, no tienen la menor idea de lo que se les viene encima.

—Continúe.

—Por increíble que pueda parecer, esta misma semana se han comprado acciones que triplican su valor de salida. Nadie piensa que la fiesta vaya a terminar, pero cuando la música deje de sonar, el caos va a ser... —Michelson valoró el epíteto que debía utilizar— descomunal. Las órdenes de venta van a tapizar todo Manhattan, solo entonces nuestro hombre empezará a comprar paquetes completos de empresas a centavo la participación.

—¿Quién es nuestro hombre?

—Sí, disculpe, señor. Se trata de Arthur Robertson. Lo elegimos a él porque en el parqué de Wall Street nadie considera a un joven de veinticuatro años.

—¿Veinticuatro? ¿Qué rango ocupa?

—Es centinela, pero absolutamente de fiar. Lo capté yo mismo, señor. Además, la parte que se va a embolsar es un incentivo que nos garantiza lealtad.

—¿Cómo se prevé que reaccione el presidente Hoover?

—Esa es la gran incógnita. En mi opinión, no creo que tenga la capacidad suficiente para entender las consecuencias que tendrá para Estados Unidos. Los felices años veinte van a dar paso a una década muy distinta. De cualquier forma, por muy acertado que esté su gabinete de gobierno en las medidas que adopten, las consecuencias a nivel productivo serán irreparables los próximos cinco años.

—Bien, ¿algo más que deba saber?

—No, señor —certificó.

—Gracias. En breve sabremos si estos cuatro años de trabajo han merecido la pena. Ahora, permítame que le hable de la cuestión por la que realmente le he hecho venir hasta aquí.

Matthew J. Michelson aprovechó para hacer acopio de oxígeno.

—No sé hasta qué punto está al corriente del proyecto del que fue apartado en Buenos Aires. Ante la duda, le informo de que las Columnas de Hércules están levantadas y el resultado me aseguran que es maravilloso. Hemos erigido el purgatorio y el paraíso exactamente donde queríamos y pronto concluirán las obras del infierno. Sin embargo..., muy a nuestro pesar, seguimos sin dar con la estatua.

El guardián mantuvo la compostura.

—Seré sincero con usted —prosiguió Ciacco—: presiento que no me queda mucho en el mundo de los vivos y no quiero pasar a la historia de la hermandad como el Gran Maestre que no logró culminar el sueño de Minos. Flegias me comentó en más de una ocasión que usted sospechaba que el arquitecto..., recuérdeme su nombre, se lo ruego.

—Mario Palanti.

—Cada vez me resulta más complicado hurgar en la memoria —comentó con aire nostálgico—. ¿Sigue pensando que él fue el responsable de la desaparición de la dichosa estatua?

—Así lo pensaba en su día y así lo pienso, señor.

—¿En qué se basa?

Michelson meditó la respuesta.

—Verá, señor. En mi etapa como responsable del acuartelamiento principal de caballería en Abisinia, me tuve que enfrentar a varios casos que tenían que ver con conjuras que atentaban contra los intereses coloniales de la Corona. Casos extremadamente complejos en los que no sabíamos por dónde empezar. Ello me inspiró a elaborar un método que me dio un óptimo resultado. Cuando me encargaban uno de esos asuntos, lo primero que hacía era ordenar la detención de diez nativos al azar: hombres, mujeres y niños, todos de distintas edades. Los reunía a todos en una sala de pequeñas dimensiones y los sometía a una serie de interrogatorios con hombres que sabían bien cómo obtener información. Le aseguro que cuando acabábamos la tercera sesión yo ya sabía si íbamos a tener éxito o no. Era cuestión de veces. Si con los diez primeros no obteníamos nada interesante, deteníamos a otros diez y así sucesivamente hasta que dábamos con alguien que sí sabía. Luego era cuestión de tirar del hilo.

—Ya veo.

—En esos interrogatorios aprendí a discernir con cierta inmediatez a los que escondían la información que necesitábamos de los que no, o los que se la inventaban para ahorrarse el suplicio. Con el tiempo fui capaz de saber si el detenido me iba a dar problemas solo con mirarlo a los ojos. Desde el primer día que hablé con Mario Palanti supe que era de esos, de los que me iban a dar problemas, señor.

—Es decir, que se basa usted en la intuición fruto de la experiencia.

—Podría decirse así.

Ciacco se entretuvo unos segundos siguiendo la escalada de una ardilla.

—Va a regresar de nuevo a Buenos Aires —le desveló.

Al guardián se le entrecortó la respiración.

—Vuelve al negocio de las armas. Se avecinan décadas convulsas en la vieja Europa y queremos que nuestro epicentro de distribución esté lo más alejado posible. Además, es mi deseo que se resuelva este asunto de una vez por todas. Encuentre la estatua.

—Pondré todo mi empeño en ello, señor.

—Dispone de un tiempo limitado, cinco años aproximadamente, los mismos que ha estimado mi médico que permaneceré en el mundo de los vivos. Cinco años —repitió—. Si lo consigue mientras yo siga vivo, terminará vistiendo una túnica de custodio. Si, por el contrario, sus afamados métodos no resultan exitosos y me reúno antes con el Altísimo, puede estar seguro de que nunca alcanzará el grado que tanto ansía ocupar.

A Michelson se le dispararon las constantes vitales.

—Hay algo más que quiero que haga por mí.

—Le escucho.

—Quiero que al empresario de Montevideo…, ¿cómo se…?

—José Salvo —se anticipó.

—Ese. Que le aplique el mismo castigo que a su homónimo Luis Barolo. La vanidad tiene un precio que hay que pagar. Ambos se han empeñado en pasar a la eternidad a nuestra costa y lo justo es que nosotros decidamos cuándo. Pero esta vez que no parezca un suicidio, inventese otra cosa.

—Vivir eternamente en el recuerdo tiene un precio que hay que pagar —certificó el guardián con visos de custodio.

—Bien dicho, hermano. ¿Se le ofrece algo más?

Estas últimas palabras del Gran Maestre provocaron que se hinchara el pecho de Michelson y se le calentara la boca. Ya no había ni rastro de las boas ni de las lombrices.

—Señor..., ¿puedo hablarle con franqueza?

—Adelante.

—Tenía entendido que Damocles se encargaba de la investigación de...

—Está usted en lo cierto —le cortó—. Se encargaba.

—De acuerdo —dijo captando el mensaje escondido en el tiempo verbal.

—Damocles es el vigilante y protector del Templo y, por ende, de El Cartapacio de Minos. Para ello la Asamblea le ha encomendado la misión de formar y dirigir nuestro ejército de arcángeles. Él es el único que conoce la ubicación exacta de las llaves en la ruta que lleva hasta El Cartapacio y el encargado de aniquilar a los intrusos que intenten hacerse con él. Es el garante de que nuestra hermandad sobreviva al paso de los años y, aunque ustedes dos nunca tendrán contacto, ambos serán responsables de lo que ocurra en Buenos Aires. Él cumplirá con su parte cuando usted cumpla con la suya. Nuestra organización crece cada día más rápido, pero sin El Cartapacio no conseguiremos afianzar los cimientos del Templo. Las nueve reglas se irán resquebrajando con el paso de los años y todo por lo que tanto hemos luchado se esfumará como si jamás hubiera existido. ¿Comprende?

—Lo entiendo, aunque...

Durante el tiempo que sostuvo aquella última palabra en el aire, Matthew J. Michelson valoró un millón de veces si continuar o no con la frase.

—Me ayudaría bastante saber qué contenía la estatua, señor.

Ciacco esperó unos instantes antes de girarse, segundos que para el guardián se convirtieron en eras glaciares.

A Matthew J. Michelson nunca se le olvidaría aquella punzante mirada con la que le atravesó de parte a parte, le pareció que contenía los mismos interrogantes que los suyos y así dejó constancia de ello en su diario.

EPITAFIO

Hotel Langham
Chicago (Estados Unidos)
Septiembre de 2013

Al pelirrojo le da la impresión de que si existiera una antesala del cielo estaría decorada exactamente igual de divina que ese hall. El pensamiento se esfuma en cuanto ve aparecer al inspector general Makila.

Porque en el paraíso no puede haber sitio para tipos como él.

Solo se han visto dos veces antes que esa, pero Sancho lo considera un hombre diligente y se fía de él porque no le ha dado ningún motivo para desconfiar. Muy al contrario, Azubuike Makila le ha demostrado sobradamente que sabe moverse por dentro de las rígidas y ásperas estructuras de la Interpol. Y también por fuera. De hecho, el encuentro que van a mantener es extraoficial, pese a que, según le aseguró por teléfono, los mandos del Centro de Inteligencia contra el Terrorismo y el Crimen

Organizado están al corriente. «Lo cual es lo mismo que tener un tío en Alcalá», piensa Sancho, porque lo cierto es que no se ha preocupado por corroborarlo.

Makila se incorpora al verle. Es un tipo corpulento, pero Sancho no se acuerda a tiempo de la fuerza con la que el nigeriano suele estrechar la mano. Esconde el dolor tras una mueca de cordialidad.

—¿Cómo ha ido el viaje? —pregunta Makila. Tiene la voz grave, pero suena limpia y contundente. Aplastante.

—He conseguido dormir y leer unas horas en el avión.

Es cierto, aunque obvia comentar que el resto del vuelo lo ha dedicado a revivir los momentos del fin de semana que ha pasado con Sara Robles. La conversación que ha mantenido con ella desde el aeropuerto se ha centrado casi exclusivamente en asuntos oficiales, arrinconando en un sustrato aparte otros pensamientos subrepticios. También se ha acordado de Erika y de Ólafur. Lo último que sabe de ellos es que se disponían a viajar a Argentina para seguir el rastro del especialista de apellido ruso imposible de retener en la memoria. Y lo sabe porque él mismo le proporcionó esa información la última vez que se vieron en el restaurante Milagros. Acordó con Erika que en cuanto tuviera alguna novedad relevante contactaría con él, por lo que ha inferido que todavía no se han producido avances de consideración.

Un camarero al que le faltan las llaves colgando del cinturón para ser la reencarnación de san Pedro le está mirando con misericordiosa expectación.

—¿Qué va a tomar? —le pregunta Makila sosteniendo una taza de café que entre sus dedos cobra una apariencia irrisoria.

—Disculpe, debe de ser el cambio horario.

Sancho consulta su reloj. Aún no son las once de la mañana, pero su organismo le está pidiendo una cerveza.

—Café expreso —pide cediendo ante la voz que le aconseja mantener la compostura.

—Tiene buen aspecto —valora el nigeriano.

Sancho relaciona el comentario con la sonrisa estúpida que se le ha adherido en la boca y se conjura para borrar de su mente cualquier elemento que le pueda distraer.

—Empiezo por el principio —prosigue Makila en cuanto se marcha san Pedro—. Tenemos a una persona que pertenece a la cúpula de la Congregación trabajando para nosotros —le lanza.

—¡El partido arranca fuerte! —valora Sancho recortando la distancia con su interlocutor—. ¿Quién de esos hijos de la gran puta tiene los pañales a rebosar?

—Se hace llamar Pluto y es uno de los nueve custodios. Bueno, por suerte ya no suman esa cifra —rectifica—. Pero no me pregunte por su identidad porque no entra dentro de la información que usted ha de manejar —zanja.

Pero la pregunta que tiene Sancho en la cabeza no es esa. Se la guarda para otro momento.

—Hemos llegado a un pacto con él cuyas condiciones tampoco...

—Entran dentro de la información que yo he de manejar, perfecto. Continúe.

La risa de Makila hace temblar los cimientos celestiales.

—Hay cambios importantes. Hace apenas unos días se ha celebrado una reunión de lo que ellos llaman la Asamblea, que es el órgano directivo de la organización, por definirlo de alguna forma, compuesto por los custodios y el Gran Maestre. Pero en esta no convocaron a este último, dado que el objeto de la misma era presentar una especie de moción de censura —define— contra ese al que llamaban Corteza de Roble.

El modo verbal no pasa desapercibido para Sancho.

—Ese ser al que le nacían ramas del cuerpo. No podré olvidarlo jamás, era francamente repulsivo. Ahora es cuando me dice que está muerto y entonces cambio el café por cerveza.

Makila levanta la mano.

—Le acompaño. Si no la he pedido antes ha sido por no ofrecer una imagen que no me corresponde. Pero, a estas alturas, qué más da.

Cuando llega san Pedro con el expreso del pelirrojo le piden dos cervezas. Negra para Makila, tostada para Sancho.

—¿Cómo ha muerto?

—Según nos ha contado Pluto, Corteza de Roble apareció en la citada reunión a la que no estaba invitado y tuvo una acalorada discusión con el promotor de la misma. ¿Adivinas?

—El jodido Robert J. Michelson.

—Al que llaman Flegias.

—El jodido Flegias.

—No sabemos muy bien cómo, pero Corteza de Roble terminó ensartado en la espada de Miguel, el número uno de esos sicarios angelicales que les limpian la mierda.

—También lo vi en el laberinto. La cara no, pero era el tipo que estaba junto al ahora difunto. Así se le pudran las raíces al cabrón. ¿Sabemos de quién se trataba?

—Todavía no. Incineraron el cuerpo y Pluto no tiene ni idea, o dice no tenerla, sobre qué habrán hecho con las cenizas. No obstante, toda la información sobre los guardianes y custodios, además del Gran Maestre, por supuesto, queda registrada en...

—El Cartapacio de Minos, lo sé —se le adelanta.

—Eso es. Por consiguiente, antes o después lo averiguaremos. Sin embargo, no es eso lo que nos ha traído hasta aquí.

—¿Michelson está en Chicago? —quiere saber con tanta ansia como con la que bebe cerveza.

—No. Paciencia, amigo mío, paciencia.

—La paciencia llena más ataúdes que el ansia, y cuando la repartieron, yo no debía de estar presente.

Makila bebe haciendo acopio de paciencia.

—A Michelson lo tenemos controlado. Lo agarraremos en cuanto yo lo crea conveniente. Entretanto, permítame que le cuente más novedades. Hace tres días han encontrado muerto a John Marius Columbine en su rancho de Texas y a dos de sus guardaespaldas.

—No tengo el placer.

—Uno de los mayores magnates del petróleo, entre las diez fortunas más importantes del mundo.

Makila coloca de nuevo la pinta de cerveza sobre sus gruesos labios abonando la intriga. Sancho le demuestra contra su voluntad que algo de paciencia sí tiene.

—Caronte.

—Esto se está poniendo interesante —juzga el pelirrojo—. Recuerdo ese nombre de cuando lo citaron en el acto de purificación.

—Los yanquis lo están investigando, pero digamos que no van por el camino correcto. Este hecho es lo que ha empujado a Pluto a contactar con nosotros.

—¿Y por qué con la Interpol?

—En realidad no lo hizo con nosotros, pero, de una forma que ahora no es el objeto de esta conversación, el asunto nos lo han derivado a nosotros. A mí, concretamente.

—Me alegra saber que lo que sucedió en Budapest no se lo ha llevado el viento.

—El viento se puede llevar el olor, pero la mierda permanece.

—Me apunto esa. Así que ha cundido el pánico en el seno de la hermandad y el primero que se ha movido ha sido Pluto.

Makila enseña los dientes, que se esconden tras una sonrisa gigante.

—Sin embargo, tiene que pagar un precio por expiar sus pecados, o parte de ellos, porque, ocurra lo que ocurra, Pluto terminará sus días en prisión. Siempre hay un precio que pagar —concluye el nigeriano.

—No comprendo...

—Es usted altamente perseverante, por no emplear otro término —se rinde Makila—. Lo único que nos ha pedido es que su nombre no trascienda en los medios relacionado con la Congregación. Quiere proteger a su familia el malnacido. Y parte de su patrimonio, por supuesto. Y digo parte porque va a tener que depositar una bonita cantidad en las arcas de... Todavía estamos perfilando los términos del acuerdo con sus abogados, pero habrá acuerdo.

—¿Que consiste en? —pregunta Sancho terminando lo que queda de cerveza.

—En entregarnos a algunos de sus colegas. Nuestro atemorizado nuevo amigo ha organizado un encuentro informal en una de las casas que tiene aquí en Chicago con la excusa de preparar una candidatura paralela a la de Michelson. Un puesto para el que ya se ha postulado otro custodio: Minotauro. Es una hermosa morada dentro de una urbanización para ricos que está a las afueras de la ciudad. Ya han confirmado su presencia otros tres: el mencionado Minotauro, Anteo y Efialtes. Y no van a convocar a nadie más, porque el resto de los custodios son de la cuerda de Michelson y porque cuatro ya son mayoría en la Asamblea —afirma moviendo el mismo número de dedos delante de la cara—. Lo único que le han pedido a Pluto es que garantice la seguridad del evento, por lo que no le ha quedado más remedio que contratar los servicios de Jofiel.

—¿Otro de los arcángeles?

—Eso parece.

—¿Y qué sabemos de él?

—Que es un hijo de puta peligroso. Encontrará toda la información de la que disponemos sobre él en el dosier que hemos dejado en su habitación.

—Hasta aquí, todo claro. Ahora bien, ¿cuál será mi papel?

—Muy sencillo. Irrumpir cuando yo le dé la orden y detenerlos a todos.

—Sencillo —valora el pelirrojo tras consultarlo con el oráculo que habita en las profundidades de su barba—. Pero... ¿por qué no ha montado un operativo en condiciones?

Sancho lee la explicación en sus pupilas.

—No se fía ni de María santísima avalada por la firma ante notario de los doce apóstoles.

—Entre los doce estaba Judas, que no era muy de fiar.

—Mal ejemplo.

—Confío en Connor Murphy, que está siguiendo todos y cada uno de los movimientos que hace Michelson como colaborador activo de la Interpol.

Sancho identifica inmediatamente el nombre. Es el viejo amigo de Ólafur a quien siempre recurre cuando necesita salir del atolladero.

—Y también me fío de usted y de la persona que le va a dar soporte. Que, por cierto, tendría que haber llegado ya...

Esta vez Sancho no consigue descifrar la mirada de Makila y tanta intriga le provoca sed. Se gira para llamar la atención de san Pedro.

Entonces lo ve entrar.

A Sancho le cuesta dar crédito a sus ojos, pero sin duda es él.

La elegancia personificada solo tiene un nombre: Vincent Dare.

Complejo Médico Policial Churruca Visca
Buenos Aires (Argentina)

—Cinco minutos —le repite el doctor Sciordi.

Lo único que le ha dicho el responsable médico es que le han intervenido dos veces para extraer las decenas de perdigones que se alojaron en la zona abdominal. Tiene lesiones severas en el estómago e intestino y no le han podido salvar el bazo. El pronóstico sigue siendo muy grave y lo mantienen sedado. Las próximas cuarenta y ocho horas serán vitales.

Erika no sabe cómo agradecer a Bujalesky lo que está haciendo por ella.

Cuando el dantista superó la crisis a base de canciones convinieron que no era muy razonable permanecer más tiempo en la casa de sus padres y que, teniendo pagadas dos habitaciones en un hotel, lo sensato era trasladarse allí. No siempre lo prudente es lo inteligente, pero suele resultar menos arriesgado y eso, por sí mismo, ya era una razón de peso. No volvieron a hablar de mapas ni acertijos, de Dante ni del Palacio Barolo, ni siquiera de El Cartapacio. En realidad, no intercambiaron más palabras. Cada uno se metió en su habitación y no se han vuelto a ver hasta esta mañana. Sin embargo, Erika sí le escuchó cantar. La música sobrepasa todas las fronteras, y los tabiques que separan habitaciones deficientemente aisladas también. Se dejó derrotar por el sueño hacia la mitad del recital.

En cuanto se ha despertado, ante la ausencia de noticias de Ramírez, Erika se ha empeñado en ir a ver a Ólafur al hospital, le daba igual cómo. El argentino ha intentado localizar de nuevo al excomisario usando el teléfono de Erika, pero esta vez no ha obtenido respuesta. La alternativa ha consistido en acudir a un antiguo camarada del Consejo Nacional de Investigaciones Científicas y Tecnológicas que ocupa una subsecretaría de Estado dentro del Ministerio de Salud. Por fortuna, el edificio les quedaba a menos de diez cuadras y se han plantado directamente en la puerta que lleva escrito su nombre. Tras superar el filtro de dos eficientes y celosas secretarias, Jorge

Daniel Wolodarsky les ha recibido atónito y atónito ha escuchado la sarta de falsedades que han salido de la boca de Alcides Edgardo Bujalesky. No tenía otra opción: la verdad sonaba menos creíble que la mentira.

Y esta era mucho más corta de narrar.

Algunas horas más tarde ha conseguido el permiso para acceder al Complejo Médico Policial Churruca Visca.

Erika entra arrastrando el agotamiento y la inquietud que no ha conseguido mitigar el doctor Sciordi. El policía se queda dentro de la habitación, pero para Erika no es más que un ser inanimado.

Igual que Ólafur.

Tiene la máscara de oxígeno puesta y del cuerpo le nacen varios cables que van a morir a las máquinas que le flanquean. Lleva muy poco tiempo en ese estado para el mal aspecto que presenta. Parece que hubiera perdido veinte kilos. Huele a medicinas y a almidón. Erika se aproxima timorata, como si temiera despertarle. Divisa una silla en una esquina, la hace suya sin preguntar y la coloca en contacto con la cama. Se sienta e insufla el aire que le falta en los pulmones. El islandés tiene los brazos por encima de la sábana. Ella le agarra la mano, la coloca entre las suyas y le acaricia el dorso con los pulgares. Tiene la boca seca y la lengua adherida al paladar.

—Perdona por tardar tanto en venir a visitarte, pero no nos lo han puesto nada fácil —le susurra—. ¿Cómo estás? Menudo susto que me has dado, joder. Te lo perdono porque sé que vas a salir de esta. Oye, una noticia que te va a encantar: te cepillaste a ese cabrón, ¿lo sabías? Claro que sí, en cuanto apretaste el gatillo supiste que esa bala acabaría con él. Uno menos. Él disparó primero y aun así te lo llevaste por delante. Eres un puto fenómeno. Cuando balística lo confirme, alegaremos defensa propia y te soltarán; por tanto, que ya puedes ponerte bien, ¿vale? Vas a salir de esta, porque no hay sitio para ti en el Valhalla.

Erika hace una pausa.

—Mierda, Ólafur, tengo que reconocer que estoy un poco acojonada. Mucho, para ser sincera. No puedes dejarme sola ahora que me estaba acostumbrando a tus ronquidos. Además, Karatu se pondría muy triste si no te tiene al otro lado de la correa para arrastrarte. Tenemos bastante por hacer todavía y..., ¿sabes qué?, estamos haciendo progresos. O eso creo. Bujalesky está peor de la cabeza que tú, que nosotros dos juntos —rectifica—; no obstante, parece un buen tipo y está dispuesto a ayudarnos. La verdad es que no sabe cómo llegar al Cartapacio, pero igualmente lo vamos a encontrar. Ya lo verás. Cuando abras los ojos lo primero que vas a ver es el listado de nombres de esos hijos de puta y a Michelson entre rejas. O muerto, ya veremos cómo se da la cosa, porque te confieso que ando muy cabreada. Demasiado. He pensado en llamar a Sancho, pero aún no me he atrevido. No creo que le dejen venir a verte y tampoco sé si él puede ayudarnos desde allí. ¿Qué hago? Igual le comprometo para nada... Bueno, tú tranquilo, ya veré. Tú preocúpate solo de recuperarte, del resto me encargo yo.

Ella le aprieta la mano y le sonríe.

—Anoche estuve pensando en algo. ¿Te acuerdas del último día que te emborrachaste? Vale, que nos emborrachamos, de acuerdo, pero tú estabas peor. Me dijiste que lo importante era encontrarle un sentido a lo que hacemos. Igual no te acuerdas; yo sí. Mi padre pensaba lo mismo, pero no te lo dije porque no quiero que pienses que te estoy utilizando para llenar el vacío de una figura paternal. Tú y yo tenemos un vínculo que nos une y un propósito que compartir. Y cuando terminemos con esta banda de malnacidos, encontraremos a otros a los que joder el negocio. Ese es el sentido: joderles bien jodidos. Por eso necesito que salgas de aquí cuanto antes. Ese día te sacaré de fiesta y brindaremos juntos, ¿vale? Mejor incentivo que ese no se me ocurre.

—Señorita, vaya terminando, por favor —oye decir al policía inanimado.

Erika le dedica una mirada poco amistosa.

—Ahora me tengo que marchar, pero volveré para contarte cómo van las cosas. Cuídate mucho, ¿vale? Tenemos un pacto, no me falles. Te quiero, cabrón.

Erika le besa el dorso de la mano.

Cuando se la va a soltar, cree notar una ligera presión. Señal inequívoca de que la ha estado escuchando y ha aceptado el acuerdo.

O eso necesita creer.

Cuando cruza la puerta del hospital ya le ha dado tiempo a enjugarse las lágrimas. Agradece el aire puro. Bujalesky la espera en un bar cercano, pero se lo encuentra fuera haciendo sonar las cuerdas del ukelele. Ya ni le sorprende.

—¿Cómo fue?

—Bien, creo.

—Me alegro. ¿Y ahora, doctora, qué querés hacer?

—Empezar por el principio.

El argentino frunce el ceño.

—Visita guiada al Palacio Barolo.

Bujalesky aplaude.

—Telmo, el amigo del que te hablé, se va a cagar en las patas cuando me vea —dice emocionado.

—¿Qué canción era esa que estabas tocando? —le pregunta curiosa mientras él enfunda de nuevo a Dulcinea.

—*Epitafio.*

—La he escuchado varias veces estos días.

—Sí, estoy trabajando en unos acordes nuevos con un ritmo más acelerado, ¿viste?

—Suena muy bonita.

—Gracias —dice emocionado.

—¿Está lejos?

—En avenida de Mayo. Hay que agarrar el colectivo que para en…

—No. Mejor un taxi, estoy un poco cansada de hacer filas.

A Bujalesky le cambia la cara.

—No puedo meterme en un taxi. En serio, no puedo.

Erika le pregunta el motivo sin necesidad de abrir la boca.

—¿Escuchaste hablar de la xantofobia?

Erika sabe lo que es.

Entonces comprende.

Hotel Langham
Chicago (Estados Unidos)

El inspector general Makila le ha explicado someramente cómo consiguió que la fiscalía nigeriana revisara el caso de Vincent Dare. Y a cambio de qué.

—Siempre hay un precio —parafrasea el pelirrojo. Y añade en castellano—: ¡Hay que joderse!

Sancho se ha alegrado mucho de volver a ver esa cicatriz que atraviesa el rostro de Vincent Dare de norte a sur, y este, aunque no lo ha verbalizado, ha demostrado que es recíproco por la forma en la que le ha agarrado la barba con las dos manos.

—La idea es sencilla. Pluto nos ha dado vía libre a la vivienda y Vincent ya ha tenido el placer de conocerla, ¿no es así?

—Ese es el motivo por el que he llegado tarde —explica Dare—. Sembrar de escuchas cuatrocientos veinte metros cuadrados no es sencillo y tampoco se hace rápido.

El nigeriano extrae algo del bolsillo interior de la americana. Algo que prácticamente no se ve, porque es del tamaño y espesor de una tarjeta SIM pero transparente.

—Son indetectables e inmunes a los barridos, por lo que todo lo que salga de sus sucias bocas quedará registrado en nuestros monitores. Pluto nos ha dado acceso al circuito cerrado de cámaras, así que me he ahorrado esa labor. La reunión tendrá lugar en…

—Ya hablarán de ello cuando les deje solos —le corta Makila con elegancia—. Ahora, permítanme que les haga partícipes de algo importante. El pacto con el custodio carecerá de validez si no consigue que los asistentes se impliquen. Le hemos adiestrado debidamente en lo que nos interesa que digan. Cuando yo dé la orden, ustedes pondrán fin al encuentro fraternal y los detendrán a todos. Puede haber problemas con el arcángel, pero traten por todos los medios de que no corra la sangre, porque si me toca dar explicaciones de más muertos o heridos me va a costar bastante continuar con esto.

Sancho iba a decir algo, pero Makila levanta el dedo.

—Junto al ya mencionado informe del arcángel y los pormenores de la operación, planos, fotos y demás, encontrará en su habitación lo que usted tiene dibujado en la mente —dice dirigiéndose a Sancho—. No le he podido conseguir un Colt Anaconda, pero estoy seguro de que el Smith & Wesson 500 no le va a defraudar.

—¿Ese es el del cañón interminable?

—Debería actualizarse. Hace unos años que se comercializa un modelo con cañón reducido de cuatro pulgadas y provisto de freno de boca que seguro que hará las delicias de un amante de los calibres desproporcionados como usted.

—Estoy deseando vaciar el tambor, no me ponga los dientes largos —bromea Sancho.

—Y ahora, si me disculpan, tengo otros asuntos que atender. Les dejo para que se pongan al día.

Makila se despide con una palmada en la espalda que es igual de dolorosa que el apretón de manos.

—Solo una cosa más, inspector general Makila —reclama el pelirrojo—. Es una pequeñez, un detalle sin importancia, llámeme puntilloso si quiere, pero me encantaría saber cuándo se va a producir la susodicha reunión.

—No me diga que no se lo he mencionado.

—Si lo ha hecho, estaba pensando en otra cosa.

Lo cual era bien plausible.

—Mañana.

—¡Ah, bueno! Entonces andamos holgados de tiempo, cojonudo —valora irónico.

Makila se marcha dejando tras de sí el sonido de sus carcajadas.

Sancho agarra la jarra y deja que su mirada surfee por esas olas de espuma cervecera.

—No lo pienses tanto —dice Vincent Dare pasados unos segundos—. Hemos salido de situaciones peores.

—No, no es eso. Estaba tratando de visualizar algo, pero... sigo sin verlo.

—Prueba.

—¿Pluto era el perro amarillo o el negro?

—El pelirrojo, cabrón. Pluto era el puto perro pelirrojo.

GRIS ACERO SOBRE BUENOS AIRES

Frente al Palacio Barolo. Avenida de Mayo, 1370
Buenos Aires (Argentina)
Septiembre de 2013

Desde los pies del edificio su perfil se recorta rollizo sobre la plancha acerada que cubre el cielo porteño. Bujalesky está ensimismado, como si fuera la primera vez que se enfrenta a esa visión. Él no se da cuenta, pero está canturreando una canción que Erika no se atreve a interrumpir.

La vida es una estatua que se estrella contra mí.
Un campo de estrellas que se pelea.
Sos lo que me esperaba vos esperabas algo más.
Y yo en la enredadera que se pelea.

Lo gritó mas fuerte que el que mas fuerte gritó.
Lo gritó más fuerte.
Gris acero en Buenos Aires otra vez.
Soy yo, protégeme de mí.

Podría ser más fácil o podría ser peor.
El paraíso y el infierno que se pelean.
Las luces son demonios que sonríen cuando te ven pasar.
¡Pero qué poco brillan tus sonrisas!

Todos tus secretos nada valen si no estás.
Todas las mentiras todas vienen al final.
Todos tus secretos gris acero en Buenos Aires otra vez.
Soy yo, protégeme de mí.
Soy yo, protégeme de aquel que fui.
Que fui.

Se han desplazado hasta allí caminando, dado que la fobia que sufre Bujalesky le impide viajar en taxi. Por lo menos en los de Buenos Aires, con los techos pintados de color amarillo. Algo parecido le sucede con el Subte, cuyos trenes también lucen mayoritariamente esa tonalidad. La sola mención de la palabra le genera un cuadro de ansiedad agudo. Cuando el argentino se lo ha confesado, Erika lo ha relacionado de inmediato con esa sensación de carencia que ha sentido en su casa. No ha querido indagar en la cuestión por el mismo motivo que a ella le cabrea cuando alguien quiere saber cómo es eso de ser bipolar. Durante la caminata, el argentino ha aprovechado para explicarle la turbulenta relación que mantuvieron el promotor de la obra, Luis Barolo, y el arquitecto, Mario Palanti.

—Cuatro años —apunta Bujalesky—. Esta mole de hormigón armado fue levantada en solo cuatro años. En su día fue la edificación más alta de Latinoamérica. Su estilo es inclasificable, hay muchas etiquetas que se inventaron para poder definirlo, pero yo siempre digo y diré que el Barolo es el Barolo. Sin más. Palanti estaba muy influenciado por la volumetría de corte oriental, lo cual está reflejado en su cara externa, ¿viste? Fue totalmente revolucionario para la época, pero no se entendió como a él le habría gustado.

—A mí me gusta —valora Erika—. En efecto, es distinto.

—Desde luego que lo es. La entrada se concibió como un pasaje que comunica la avenida de Mayo con Hipólito Yrigoyen, antes la calle Victoria. Lo tuvieron que hacer así para saltarse la normativa municipal de construcción que limitaba la altura que podían alcanzar los edificios. La logia supo utilizar bien sus influencias políticas para construir justo acá un *danteum.*

—¿Justo acá? —repite ella.

—Lo que ya te dije, justo donde se alinea con la Cruz del Sur y justo sobre una corriente de agua. Las directrices masónicas establecen que los templos han de cimentarse sobre un curso de agua y por acá pasa un ramal subterráneo de un arroyo ahora entubado. El lugar para levantar el Templo era este, no otro. Un templo con disfraz urbano —precisa.

—Ya veo.

—Cien metros de altura, como cien son los cantos de la *Comedia.* Cantos que están compuestos por once o veintidós estrofas. Veintidós, como el número de letras que conforman el lema de la Congregación: *Coelestes sequitur motus,* como los pisos del edificio, como los módulos de oficinas por bloque, once por frente. Once, como las sílabas de los tres versos que componen las estrofas de la *Comedia. Terza rima.* Total treinta y tres, como los grados de la masonería según el rito escocés, como el total de cantos de cada una de las partes que conforman la *Comedia,* más uno introductorio.

—No pueden ser coincidencias, claro.

—No, ninguna lo es. El once es el número de la Fede Santa. El número veintidós, dos veces once, también está ligado al concepto de la perfección pitagórica.

—¿Por qué?

—Veintidós entre siete es la relación de la circunferencia con su diámetro y en la Antigüedad el círculo era la figura perfecta, ¿sí? En el edificio esta relación la encontramos en los veintidós pisos y los siete ascensores que recorren el cuerpo central del edificio, que es el purgatorio, comunicando así el infierno y el paraíso. Veintidós dividido entre siete es tres con catorce.

—El número pi.

—El cual se representa con una doble «T» mayúscula que comparte la línea horizontal superior. La misma «T» que usa la Orden del Temple en sus inscripciones.

Erika frunce el ceño.

—Al margen de esos siete ascensores, hay dos montacargas más y…, esto te va a encantar, otros dos que están ocultos en las columnas centrales y que Barolo ordenó construir para poder moverse por el edificio sin tener que toparse con los molestos inquilinos.

—Un tipo listo el tal Barolo.

—A la vista de cómo terminó, no demasiado. Y ahí volvemos de nuevo a los mensajes encubiertos tan propios de la masonería. Siete ascensores visibles, el número pi, la perfección; con los ocultos suman nueve. Nueve es el número que representa la multiplicidad indefinida, ¿entendés?

—No mucho, la verdad.

—Ayer te decía que el número tres representa a la Santísima Trinidad, Padre, Hijo y Espíritu Santo, el todo con mayúsculas para el cristianismo. La Orden del Temple adopta la idea del tres como la perfección, pero la Fede Santa va más allá y dice que el nueve, tres veces tres, es la esencia misma de lo perfecto, donde se halla la verdad. Verás: ¿nueve por tres?

—Veintisiete.

—¿Por tres?

Erika calcula.

—Ochenta y uno.

—Ocho más uno: nueve, otra vez. Multiplicidad indefinida.

—Pues vale. Me quedo como estaba. Los números no son lo mío, así que… ¿podemos omitir la numerología ocultista?

Bujalesky agita la melena.

—Me decías antes —retoma ella— que Barolo accedió a financiar la construcción a cambio de que le dejaran rentabilizar la inversión haciendo del edificio un bloque de oficinas para alquilar. Supongo que eso era solo parte del atrezo, ¿no?

—Tal cual. A la Gran Logia de los Puros no le interesaba el uso que fuera a darle al edificio, porque lo que en verdad les importaba eran otros menesteres.

—Albergar los restos de Dante.

—Hay una historia muy larga al respecto, pero para ilustrártela con exactitud es mejor que la escuchés vos directamente de la boca de Telmo, que es mejor narrador que yo. Ya te adelanto que no hay pruebas fehacientes que nos inviten a pensar que lograran traerse los restos del primer Gran Maestre de la logia. Hay muchos indicios, cierto, pero puede que todo se explique en un fabuloso movimiento de distracción.

Erika frunce el ceño.

—Prestidigitación —define el experto—. Los buenos masones son magos excelentes. ¿Cómo consiguen completar los magos esos increíbles trucos bajo la atenta mirada de los espectadores? Creando una distracción en el momento propicio. Nada por acá, nada por allá y de repente... ¡zas! Pero para que funcione primero tiene que atraer la atención de todos hacia el lugar equivocado. Un propósito inalcanzable, como era traer a Buenos Aires los restos del poeta más grande de todos los tiempos y padre de las letras italianas, lo es.

Escuchando los calificativos que le dedica a Dante, Erika constata que cada vez que Bujalesky nombra al poeta italiano todo cobra tintes divinos.

—Es decir, que cabría la posibilidad de que ellos mismos se hubieran encargado de hacer correr el bulo del asunto de las cenizas de Dante para desviar la atención del verdadero propósito del edificio: esconder El Cartapacio de Minos —razona Erika.

—Exacto. Igual que hicieron cuando se inventaron el mito de los Illuminati.

Erika lía un cigarro para fumarse su avidez de información.

—¿Qué mejor forma de ocultar su propia existencia que creando otra organización de corte siniestro cuyo único objetivo es manejar los designios de la humanidad? Parten de un hecho real y lo transforman en un bulo. Es cierto que existió una logia, sin demasiada importancia, eso sí —aclara—, llamada los Illuminati de Baviera, cuyos ritos bebían del misticismo propio del rosacrucismo para infiltrarse en otras logias con mayor influencia política. Hasta acá la realidad, el resto es pura especulación que ellos mismos se encargan de alimentar. O se encargaron, porque cuando una creencia ha sido admitida por el sujeto ya no hay vuelta atrás.

Erika se gira para mirarlo sorprendida.

—¿Qué sucede, doctora? ¿Dije algo malo?

—Mi padre repetía mucho una frase de Robert Oxton Bolt: «Una creencia no es simplemente una idea que la mente posee, es una idea que posee a la mente».

—Desconocía la cita, pero es una verdad incuestionable. Tu padre y yo nos entenderíamos bien.

—Pufff —resopla Erika imaginándose una conversación entre ambos.

—Cuanto más abunda la ignorancia más sencillo resulta el engaño y más profundo cala. Si preguntamos a cualquiera de estas personas que pasean por acá, alguna te dirá que ha oído mencionar a los Illuminati, pero te puedo asegurar que a nadie, absolutamente a nadie, le sonarán la Gran Logia de los Puros ni la Congregación de los Hombres Puros. A nadie. Pura prestidigitación. Magia. Tampoco podemos descartar de manera categórica que consiguieran los restos de Dante y los trajeran a Buenos Aires —añade Bujalesky—, pero, de ser cierto, estoy convencido de que estarían acá dentro y muy posiblemente junto a El Cartapacio.

Erika da dos caladas al cigarro antes de apagarlo contra el suelo y arrojarlo a una papelera.

—Entonces, no sé a qué estamos esperando.

Millenium Park
Chicago (Estados Unidos)

Como si quisiera desentrampar la distorsión o formar parte de ella, Sancho no es capaz de separar la mirada de los edificios en miniatura que han sido atrapados por esa enorme gota de mercurio. Y como él, decenas de moscas humanas permanecen inermes al pie del monumento. La Cloud Gate absorbe las voluntades de quienes caen bajo su hipnótico influjo y el pelirrojo encuentra una analogía con su propia existencia. Es consciente de no ser dueño absoluto de sus decisiones, pero al mismo tiempo se encuentra plenamente convencido de que está haciendo lo que quiere hacer. Lo que le dicta su conciencia. Alberga la esperanza de que al atrapar a Michelson pueda pasar la última página de un capítulo de su vida que algún espíritu burlón ha escrito por él. Cuando todo termine, tiene la firme intención de agarrar las riendas y guiar su carruaje por el camino que él elija, aunque en ese momento no tenga la menor idea de adónde quiere llegar.

—No es tan malo —escucha.

—¿El qué? —pregunta a Vincent Dare sin mover los ojos.

—El café. Se puede tomar —valora entregándole el vaso de cartón.

—Gracias.

Está atardeciendo, pero ambos han convenido que tienen que alargar la jornada para combatir el cambio horario. Tras estudiar al detalle la operación que Makila les ha cocinado, el nigeriano ha propuesto salir a tomar el aire y sus pasos les han llevado hasta uno de los puntos más visitados de la urbe norteamericana.

—¿Te preocupa algo que no me hayas dicho? —quiere saber Vincent.

—No. Estaba vaciando la mente.

—¿Y qué te parece si vamos a llenar nuestros estómagos?

—Muy acertado.

—Para ello vamos a tener que movernos. ¿Te ves capacitado? —cuestiona ante la pasividad de su compañero.

—¿Crees que lo que hacemos está bien? —suelta.

—¿A qué viene eso ahora?

—Es solo una pregunta.

Vincent Dare inspira hondo. La respuesta entra por las fosas nasales y sale por la boca.

—Sí, así lo creo. ¿Tú no?

Sancho introduce los dedos en su barba en busca de algo que decir.

—En realidad, no sé si me importa. Solo sé que tenemos que hacerlo.

—Pues eso ya es algo. A veces conviene no pensar demasiado.

—Cuando uno no piensa lo que dice es realmente cuando uno dice lo que piensa —le suelta.

—Y yo te digo, sin pensar, que tengo hambre.

Palacio Barolo. Avenida de Mayo, 1370
Buenos Aires (Argentina)

Bujalesky permite intencionadamente que el entorno sea el que se encargue de transmitir las primeras sensaciones a la que considera su invitada. Porque el Barolo es su casa.

El espacio es amplio, pero la iluminación no es del todo diáfana y crea un ambiente lúgubre, cavernoso.

Erika no sabe dónde fijar la vista.

—¡Bienvenida a la antesala del infierno! Acá comienza el viaje de Dante, en la selva oscura, donde se pierde y le salen al encuentro tres bestias feroces que simbolizan la sensualidad, la soberbia y la codicia. La planta está diseñada en función de la sección áurea y al número de oro, proporciones y medidas de origen sagrado que vienen a refrendar la idea de lo perfecto, lo irrefutable. Desde el siguiente nivel hasta el piso número catorce es el purgatorio; del decimoquinto al vigesimoprimero, el paraíso. Y hacia abajo, el infierno. Si te fijás, el piso es un damero, igual que lo era el Templo de Salomón, modelo de todas las construcciones masónicas. Representa la eterna lucha entre el bien y el mal, la luz contra las tinieblas. Esos enormes rosetones del suelo vienen a recordar las llamas del infierno, dicen, aunque yo no estoy muy de acuerdo con eso, porque en el infierno que describe Dante hace mucho frío, no calor. Y un conocedor del asunto como Palanti debería saberlo, pero... *bue.* Si lo vieras desde la baranda circular del tercero, apreciarías unas cadenas que son una alusión evidente a la seguridad de los secretos que se encierran entre estas paredes. Pero también hay símbolos no tan sutiles. ¡Vení!, ¡vení!

Erika lo sigue hasta uno de los ascensores.

—Observá y decime qué ves.

—La «A» de «Ascensor» está hecha con la escuadra y el compás —identifica ella.

—La rectitud y proporcionalidad del buen masón. Bien visto. ¿Y la aguja que marca el piso?

Erika niega con la cabeza.

—La flor de lis. Otro recurrente icono masónico que contiene los tres valores que van a estar presentes en todas las hermandades: abnegación, lealtad y pureza. O dicho de otra forma: hacer lo que sea necesario para servir a los intereses de la logia, no dar nunca la espalda a tus hermanos y permanecer exento a las tentaciones mundanas. Preceptos que en su día fueron adoptados como las principales virtudes de los *boy scouts.*

—Venga ya.

—Preguntá a Robert Baden-Powell, fundador del movimiento *scout.*

—Madre mía...

Bujalesky eleva ambos brazos y gira trescientos sesenta grados.

—Todo lo que nos rodea contiene un mensaje, pero el desconocimiento es la mejor caja fuerte que existe. Si querés esconder algo, ponelo bien visible y a la altura de los ojos de quien no sabe mirar.

—¿Qué ilustre masón acuñó esa frase?

Bujalesky suelta una tímida carcajada.

—Telmo.

De repente, se golpea la frente con la palma de la mano.

—¡Pero si no le avisé! ¡Qué pelotudo que soy! Aguantame un minutito, que ya vengo. Al flaco se le va a parar el corazón...

Unas serpientes enrolladas cerca de los capiteles que, con sus fauces abiertas amenazan al incauto visitante, captan la atención de Erika durante la espera.

—Mirá —dice el experto ya de regreso elevando la vista—: nueve bóvedas, un paralelismo con las nueve jerarquías en las que Dante estructura el infierno. En todas ellas se pueden leer inscripciones en latín de un total de nueve —otra vez nueve— grandes obras de la literatura clásica. Algunas de ellas son de Virgilio, el guía de Dante. Allá.

El índice del dantista le indica la dirección que debe seguir.

—*Fundata est supra firmam petram.* «Está fundada sobre tierra firme» —traduce—. Muy común en los templos cristianos. Hace alusión a lo que es el edificio en realidad: un templo, una catedral oculta. Aquella otra: *Operis peracti nullus strictor iudex autore.* Me encanta. «Ningún juez más justo que el autor de su obra». Por «obra» no se refiere al Barolo, sino...

—A El Cartapacio de Minos. Se refiere al juez Minos —precisa ella.

—Sí y no. Sí se refiere al autor de El Cartapacio, a Minos, pero al Gran Maestre, no al personaje, ¿entendés?

—Al Gran Maestre que adoptó ese nombre, claro, el que ideó El Cartapacio.

—«¡El autor de su obra!» —declama—. Eso es. Escuchame bien, porque en un ratito nomás te voy a desvelar quién era realmente ese hombre tan justo. Esa de allá —indica mientras avanza para ponerse en la vertical de la bóveda—: *Qui fecit opus ut est ut ipse mallet novit.* «Quien hizo la obra la conoce tal como es, así como él la preferiría». Claramente quiere decir que quien creó El Cartapacio es quien la conoce. ¿Qué conoce?

—La ruta, el camino para llegar hasta él.

—¡Tal cual! ¡Lo vas agarrando! Conoce el itinerario del viaje tal como es, como él decidió. Quien creó El Cartapacio es el que conoce la ruta que lleva hasta él. ¿Y la ruta solo la pueden conocer quiénes? Los que comprenden el universo de Dante. ¿Y quién era uno de los más destacados estudiosos del pensamiento de Dante de la época?

El argentino hace una pausa.

—No tenés por qué saberlo, ni siquiera lo mencioné.

—Y se trataría de...

—De Bartolomé Mitre, presidente de la nación desde 1862 hasta 1868.

—Presidente, nada menos.

Bujalesky se frota la cara.

—Este país fue cementado con argamasa masónica. ¿Vos no te fijaste en el sol de las banderas argentina y uruguaya? ¿No te resulta conocida su carita?

—Claro, en el emblema de la maldita Congregación.

—Exacto. Acá lo bautizamos como el Sol de Mayo por relacionarlo con la revolución, pero es un símbolo masónico desde mucho antes de que acá surgiera el primer atisbo de independencia. Tiene que ver con el primer grado de aprendiz. El sol y la luna siempre están presentes, simbolizan las dos vías para llegar al conocimiento. El sol es la experimental, lo que aprendemos a través del proceso vital; y la luna la inductiva, lo que nos enseñan los demás. El sol nos ilumina directamente, la luna también, pero de forma indirecta, reflejando los rayos del astro rey, ¿sí?

Erika asiente.

—El sol se acuñó en la primera moneda argentina en 1813 por intermediación de las logias rioplatenses, entre cuyas filas se hallaban José de San Martín, Simón Bolívar, O'Higgins o Manuel Belgrano, próceres de la libertad frente al yugo absolutista español.

Bujalesky desvía la mirada para capturar una serie de nombres que parecen flotar sobre su cabeza.

—Urquiza, Derqui, Mitre, Sarmiento, Juárez Celman, Pellegrini, Manuel Quintana, Figueroa Alcorta, Sáenz Peña, Victorino de la Plaza, Yrigoyen y Juan B. Justo. Y no, no es el plantel de Racing, no, es el listado de presidentes de la República Argentina que se sabe que pertenecieron a alguna logia o hermandad. De hecho, nuestro concepto de Estado moderno nace de la simiente masónica. Desde la presidencia de Bartolomé Mitre, en 1862, hasta la de Hipólito Yrigoyen, en 1916, la Argentina tuvo, que se sepa, nueve presidentes masones.

Erika eleva las cejas.

—Pero tenés que entender algo: la masonería no es perniciosa *da per sé,* lo realmente... maligno —define— son las personas que, en un momento dado, adoptan unas prácticas pseudomasónicas para ocultar sus verdaderos intereses, que nada tienen que ver con la búsqueda de la razón, lo filantrópico y lo humanístico. Doctora, es muy necesario que comprendás esto.

—Me queda claro.

Una sonrisa se ensancha en la cara del dantista, asiente y se distrae unos segundos con un grupo de turistas ensimismados con el entorno antes de retomar el discurso.

—Resulta llamativo que Mitre naciera en el año 1821, justo quinientos años después de la muerte del poeta. Entre algunos seguidores de la Fede Santa existía la creencia de que cada año terminado en veintiuno nacía un nuevo Dante. Un advenimiento glorioso, una suerte de parusía cíclica milagrosa —define barbián—. Capaz que él mismo se creyó la reencarnación del poeta, ¡quién sabe! Pero si querés algo más científico, te diré que la datación del documento que me entregó Flegias, en el que se menciona por primera vez la existencia de El Cartapacio, es un acta de la Asamblea fechada en septiembre de 1865 en la que se aprueba el proyecto. Justo en pleno mandato presidencial. Aunque sería lógico pensar que llevaría trabajando en ello desde bastante tiempo antes. A lo que iba. Como se dice en el escrito, el propósito no es otro que crear una herramienta coercitiva que le sirviera a la Asamblea para controlar una hermandad que había cobrado mucho poder durante las últimas décadas. Para mí fue un hombre adelantado a su época, un visionario, prueba de ello fue que en 1870 funda *La Nación* percatándose de la importancia que iba a tener en el futuro el manejo de la información. Hoy todavía es uno de los diarios con más influencia de Argentina. Otro dato más: está documentado que el 21 de julio de 1860, otra vez el veintiuno, teniendo solo treinta y nueve años, asume el trigésimo tercer grado del Gran Templo de la Masonería Argentina de libres y aceptados masones. Muy precoz.

Erika arruga el entrecejo.

—Extraño —califica.

—No puedo mostrarte esos documentos; no los llevo encima, los tengo bien guardaditos.

—No lo digo por eso, lo que me escama es que llegue a ser Gran Maestre de dos logias..., me parece excesivo.

—Y, sin embargo, era algo muy común en las sociedades ocultistas, como era la Gran Logia de los Puros. Enseñan una parte para tapar otra más grande aún. Es de suponer que en esa época ya vistiera la túnica de Dante y solo dos años más tarde asume la presidencia del país. El mandato de Mitre como Gran Maestre se extiende, como dicta el *Novem Regulas,* hasta la fecha de su muerte, acontecida en 1906. Más de cuatro décadas durante las cuales uno puede conjeturar sobre la cantidad de nombres de personas influyentes que quedaron expuestos en El Cartapacio. La sombra de la hermandad ya era muy extensa por aquel entonces, ¿sí? Tiempo suficiente como para tomar conciencia del poder que tenía El Cartapacio e idear el asunto del mapa y las llaves como medida de seguridad y, por qué no decirlo, como muestra de vanidad. Cuarenta años dan para mucho.

—Cuando los cumpla te lo cuento.

Bujalesky compone una mueca complaciente.

—Pero hay algo más. La primera edición traducida de la *Comedia* en la Argentina viene firmada precisamente por Mitre, dedicado a esa labor en cuerpo y alma a lo largo de los últimos años de su vida, un tramo final en el que deduzco que elabora el asunto del mapa y las llaves. Para mí no existe ninguna duda, Minos era Mitre. Pero, insisto, las actividades delictivas de la Congregación arrancan con el mandato de Ciacco, su sucesor. Bartolomé Mitre es solo el padre de El Cartapacio. No digo que fuera un santo, que ya se encargó él de demostrarlo en la guerra de la Triple Alianza ayudando a los brasileños a exterminar paraguayos; no, quiero decir que desde su óptica era imposible que vislumbrara los efectos que ello iba a ocasionar en el futuro. No encontré ningún hecho delictivo durante su mandato que pudiera ensuciar su nombre más allá de lo que hoy llamamos tráfico de influencias y que en la época era algo inherente a la vida política.

Erika rehúsa debatir sobre el asunto, todavía tiene frescas las imágenes de Corteza de Roble sosteniendo a Sagitta para clavarle la daga en el estómago. Prefiere fijarse en los detalles decorativos de aquel espacio infernal. Se detiene en una amenazante estatua de dragón, de cuyas fauces cuelga la cadena de una lámpara.

—Los cóndores y los dragones —va señalando— representan los principios alquímicos, cuyos atributos tienen muchos puntos de encuentro con esa pureza y la perfección que tanto admira la masonería. Herencia de la tradición rosacrucista que adoptaron muchas logias. Mi hijo escribió una canción sobre eso: *Manifiesto rosacruces.* Debió de leer algunos de mis apuntes para inspirarse, porque la letra es... ¡Concretá, Buja!, ¡concretá! —se dice a sí mismo golpeándose la frente con la palma de la mano.

Se toma un respiro, pero se repone de inmediato. No quiere perder el hilo de la conversación y prosigue en el punto en el que lo ha dejado.

—Como te iba diciendo, es el siguiente portador de la túnica de Dante el encargado de llevar a cabo la obra de Minos, es decir, edificar esta maravilla y completar las Columnas de Hércules con el Palacio Salvo de Montevideo.

—De este, del Palacio Salvo, prácticamente no me has hablado. ¿Qué papel representa en todo esto?

—Es la columna que les faltaba para replicar la visión de Dante. Nada más. Su estructura recuerda al Barolo, sí, porque lo diseña el mismo arquitecto, pero no se ciñe a la *Comedia* como el nuestro. En mi humilde opinión, Palanti se limitó a cumplir con el contrato cuanto antes para mandarse a mudar a su país. Ni siquiera le llegaron a instalar el faro.

—Entendido.

—No quiero parecer uno de esos trapalones, pero permitime que vuelva al punto anterior, es importante. Justo a la llegada de Ciacco. Como te decía, es bajo su dirección cuando toman conciencia del poder político que tienen y la influencia económica que ejercen. Y deciden explotarlo a lo grande. Crea la figura de los arcángeles con el único propósito de proteger sus intereses atacando los de los demás y pasando así de ser una logia masónica a una verdadera organización criminal. Eso es obra de Ciacco.

—Ciacco —repite ella.

—Es sintomático que adopte este nombre. Ciacco es un personaje que aparece en el tercer círculo del infierno, en el que habitan los glotones, hostigados continuamente por Cerbero, el can de tres cabezas. Para Dante, glotones o golosos son los que se entregaron a los placeres para llevar una vida de satisfacción carnal plena. Dante lo reconoce y lo señala con gran desprecio, pero en ningún momento lo identifica y esto es lo extraño, porque la mayor parte de los personajes que cita Dante corresponden a personajes históricos. ¿Por qué elegir el nombre de Ciacco? Se puede interpretar como una forma de anunciar a sus hermanos la ruptura con los valores anteriores de la Logia de los Puros y, por ende, la necesidad de mantenerse en el anonimato más absoluto. Esta teoría viene apoyada por el hecho de que durante su mandato pasan a llamarse, no se precisa cuándo, la Congregación de los Hombres Puros.

—Y es quien ejecuta la idea de su predecesor.

—Tal cual, doctora.

—¿Y no es una contradicción hablar de ruptura con lo anterior y a la vez llevar a cabo el proyecto de Minos?

—Capaz que sí, pero estando aprobado por la Asamblea constituiría un comienzo muy mal visto por sus hermanos dar la espalda a un proyecto que hacía muy poco habían avalado los custodios. No te olvidés de eso, la Asamblea tiene demasiado peso y tengamos también presente que la ejecución del proyecto le servía a Ciacco para honrar a su, digamos, padre fundador de la logia. Su nombre quedaría por siempre ligado al de Dante Alighieri. De cualquier forma, tampoco merece la pena romperse el bocho con su identidad. Yo ya invertí mucho tiempo en especulaciones que no pude concretar. Seguramente pertenecía a una familia relacionada con la banca, pero lo único que sé con certeza es que su mandato se extiende hasta 1933 y que su testigo lo recoge Jasón, que llevó a la hermandad a alcanzar las cotas más altas de poder, un poder que han mantenido hasta nuestros días. Ya dejé atrás la fase de intentar reconstruir el pasado de la organización, porque los muros contra los que topé me hicieron concluir que las respuestas que buscamos están escritas en El Cartapacio. Por eso lo único que nos tiene que importar es encontrar la entrada del infierno y localizar la primera llave.

—¡No es posible! —escuchan vocear al pie de las escaleras—. ¡Buja! ¡¿Sos vos?! ¡¿De verdad que sos vos?!

Un hombre de avanzada edad pero de buena talla tiene que mantener el equilibrio apoyándose sobre la columna rematada en una lámpara con cuatro esferas al pie de una de las escaleras por las que se asciende al purgatorio.

Bujalesky va presto a su encuentro, visiblemente emocionado.

Parque Tres de Febrero
Buenos Aires (Argentina)

A Robert J. Michelson le encantaría saber qué decisión tomaría su padre si estuviera en esa situación, con la meta a la vista pero sin aire en los pulmones. No está realizando ningún progreso en la búsqueda de Bujalesky y las últimas noticias recibidas le han provocado una sensación de asfixia que le han forzado a buscar una zona verde en la que poder respirar primero y valorar después. El paseo por los bosques de Palermo ha conseguido aligerar su mente y, tras deleitarse el olfato en el rosedal, ha continuado caminando hacia ninguna parte.

Ahora tiene delante decenas de gansos correteando de un lado a otro como si alguna presencia invisible los estuviera acosando. Encuentra cierta analogía con su situación actual, de perseguidor a perseguido. Recuerda que cuando era niño le encantaba ir a cazar con su padre. Aprendió a disparar la Browning a los once años, pero no fue hasta los trece cuando logró cobrarse su primera pieza. Guardaba en la memoria la expresión orgullosa de su padre, como si se hubiera hecho un hombre en el preciso momento en el que abatió aquel pato. Parece una broma macabra. Toda una vida dedicada a cazar personas para terminar sintiéndose amenazado. ¿O puede que todo sea fruto de una mala interpretación por su parte? Alterado, busca un sitio para sentarse y encuentra un banco donde poder desmenuzar los hechos que conforman la realidad.

Lo primero que ha hecho en cuanto regresó de Misiones ha sido ir a esa dirección que le proporcionó Ramírez, pero el único habitante de la casa era un gato asustado y tampoco ha sacado nada de provecho del registro de la vivienda. Sin Miguel, ya no cuenta con el poder intimidatorio de los arcángeles y eso debilita su candidatura como Gran Maestre. En realidad le importa muy poco quién termine vistiendo la túnica de Dante ahora que se ha perdido la conexión con El Cartapacio. Tiene que buscar la forma de hacerse con él, pero sin la ayuda de Bujalesky no va a ser posible y en ese punto tan crítico no está consiguiendo ningún progreso. La única opción que le queda es ir al hospital en el que Ólafur Olafsson está detenido, lo que también conoce gracias a Ramírez, aunque no sabe muy bien qué va a conseguir con ello. Por otra parte, Caronte ha sido asesinado brutalmente en su propia casa y, por lo que ha podido averiguar exprimiendo al máximo a sus informadores, se especula con un posible homicidio por encargo. Un profesional. Con razón no conseguía contactar con él. Los muertos no contestan. No obstante, ha sido la última noticia la que le ha hecho juntar las piezas. Pluto le ha avisado de que Minotauro ha decidido presentar batalla en la disputa por la túnica de Dante y está buscando apoyos entre los miembros de la Asamblea. Al parecer, Pluto se ha ofrecido a organizar una reunión en su territorio —argumentándole que el único interés que le mueve es el de sostener su aparente imagen neutral con los opositores—. Al encuentro asistirán Anteo y Efialtes, lo cual no puede significar más que Minotauro se está quitando de encima posibles opositores y que ha contratado a algún arcángel para eliminar votos en contra. Y si está en lo cierto, él es, por fuerza, un objetivo prioritario. Tiene que conseguir protección, pero Jofiel ya tiene el encargo de proteger a los custodios sediciosos y ni Gabriel ni Samael han respondido a sus mensajes.

—Siempre actúan así.

Una señora que supera los setenta se ha sentado a su lado sin que Michelson se percatara.

—Disculpe, pero mi español es algo deficiente. ¿Cómo dice?

—Los gansos, me refiero a los gansos, ¿viste? Normalmente se comportan de la misma forma cuando se sienten amenazados.

Habla muy despacio, lo cual favorece la comprensión de Michelson, que se limita a sonreír con amabilidad.

—Primero estiran el cogote, luego agitan las alas con fuerza y emiten ese sonido tan..., tan varonil —define—. Aparentan coraje, pero, en realidad, están muertos de miedo.

Como él.

Sentirse seriamente amenazado por primera vez en su vida no le permite pensar con claridad. Tiene que empezar por estirar el cuello.

—Muchas gracias, señora —se despide.

Todavía no ha salido de los bosques de Palermo cuando se percata de que ha tenido la solución delante de los ojos pero la venda del miedo no le ha dejado verla.

Necesita aliados.

Michelson saca su móvil. Tiene que hacer dos llamadas. Primero a Ramírez y después a Thomas Lee, un galés que estaba a sus órdenes a lo largo de su etapa como director de la ISUF al que llamaban «Engrudo» por lo pegajoso que era en el desempeño de sus funciones: localización y seguimiento de personas.

Apenas ha invertido unos minutos en contarle una película para que curse la petición de geolocalización del teléfono desde el que Bujalesky llamó a Ramírez para que le ayudara a averiguar el estado de salud de Ólafur Olafsson.

—Calcula unas veinticuatro horas —le dice Engrudo.

—Discreción absoluta.

—Ese es mi lema.

—Te debo una.

—Unas cuantas.

—Lo sé —se despide.

Lo que no sabe, ni se imagina, es que Engrudo no tarda veinticuatro horas, sino veinticuatro segundos, en levantar el teléfono e informar a Connor Murphy.

Veinticuatro minutos después, suena el del inspector general Makila.

Palacio Barolo. Avenida de Mayo, 1370
Buenos Aires (Argentina)

Ambos han logrado retener las lágrimas durante los instantes en los que se han repartido abrazos, arrumacos varios y demás carantoñas.

Erika le adjudica unos sesenta años. De piel morena, sus ojos son dos esferas negras empequeñecidas por el tamaño de una nariz de corte aguileña. En sus facciones predomina la línea recta configurando un semblante sobrio, de sacerdote de ritual precolombino, expresión que ahora está un tanto desdibujada por la emoción del reencuentro. Es incluso algo más alto que Bujalesky, a pesar de que camina ligeramente encorvado y se apoya sobre un bastón.

—Este es Telmo, el amo del calabozo —le presenta. Bujalesky le ha puesto al día en el tiempo en el que ella ha salido a fumar un cigarro—. Ella es la doctora que te decía antes.

—Me ha hablado mucho de usted. Un placer —dice ella ofreciéndole la mano. La tiene suave y tersa como un pianista. A Erika le da la sensación de que le ha realizado un diagnóstico completo en menos de un segundo.

—Doctora, el placer es todo mío. Tutéeme, por favor. Si es amiga de Buja, considérese mi amiga.

—Mis amigos me conocían así —aclara el experto—. Y vos no te agrandés, viejo, ¡que le triplicás la edad a la dama! Y bueno, doctora, ¿hacia dónde querés continuar? ¿Bajamos al infierno o iniciamos la ascensión al purgatorio?

—Al infierno, por supuesto.

—Cuando volvamos a subir le contás bien la historia —dice refiriéndose a la estatua del cóndor que porta a Dante al paraíso y que domina el pasaje.

—Dale. Allá abajo hay muy poco que ver, pero yo se lo enseño con mucho gusto —advierte Telmo—. Busco las llaves arriba y en dos minutos estoy de nuevo con ustedes.

—Tiene un acento raro —observa ella.

—Porque el cultipicaño es un perro sarraceno. Debió de nacer en Turquía o por allá, pero se vino muy joven a la Argentina con su familia. Luego le preguntamos si querés y que nos confirme.

Erika se limita a sostener un gesto amable mientras el experto le vuelve a contar la amistad que cultivaron durante las muchas horas que pasaron juntos tratando de interpretar señales que jamás encontraron.

Telmo regresa exhibiendo un semblante cargado de ilusión.

—Y bueno…, ¿preparados para entrar en el infierno? —pregunta ufano el encargado.

Lo hacen por unas escaleras que no son de acceso público ni se muestran en las visitas guiadas. Telmo va delante encendiendo y apagando luces.

—Todos estos espacios fueron pensados para albergar lo que no es del interés de la gente, pero que, en realidad, son los órganos vitales. Calderas, cuadros de luz, depósitos…, es decir, los pulmones, el corazón, los intestinos… —define Telmo.

—Dijo el cirujano.

—Barolo había pensado quedarse con este espacio, ubicar acá sus almacenes textiles y sus oficinas, fuera del alcance de las miradas de curiosos.

—Ya me contó Buja lo de los ascensores privados.

—Y sí, Luis Barolo era muy reservado. Toda la estructura se concibió como un edificio inteligente y se autoabastecía de energía eléctrica, gas y agua a través de una usina propia que, lógicamente, fue sustituida hace décadas por otros sistemas más modernos.

—¡Dale, papá, mostranos lo que nos tenés que mostrar! —le apremia Bujalesky.

—El Tercero del Medio.

—¡El río Aqueronte, pedazo de boludo!

Telmo no esconde su sonrisa.

—Bajemos por acá.

Llegan a una habitación oscura en la que hay una placa metálica que el encargado retira sin apenas esfuerzo.

—El entubamiento está a unos seis metros de profundidad, pero no hace falta acercarse para oírlo. Debe de bajar con bastante agua por las últimas lluvias.

Cuando se hace el silencio se escucha el discurrir del agua.

—¿Hacia dónde va?

—En época colonial se conocía como arroyo Matorras y nacía en la intersección de Entrerríos con Independencia. Desde allí viajaba hacia el oeste y formaba una pequeña laguna donde ahora está la plaza Lorea.

—A dos cuadras de acá —aclara Bujalesky.

—A partir de ese punto hace un recorrido sinuoso pasando por este solar hacia la calle Talcahuano.

—Así como lo ves, este petisito forro de mierda es el responsable de que se inunde cada dos por tres el tercer sótano del teatro Colón.

—¡Pero contalo vos, pelotudo, ya que lo sabés mejor que yo! —le recrimina Telmo.

—Listo, ya chito el culo.

—Desde el Colón gira hacia la plaza Lavalle y luego sube hacia Paraguay y regresa por Córdoba y Maipú hasta la calle Florida y Tres Sargentos hasta desembocar en el Río de la Plata.

—Que vendría a ser el trazado del río Aqueronte que menciona Dante y que separa el anteinfierno, donde están los indolentes y pusilánimes, del limbo. Los que están en esa otra orilla persiguen estandartes mientras son atacados por avispas, abejas, gusanos y otros insectos que les succionan la sangre y las lágrimas. Son los que han elegido una vida carente de compromiso y valores individuales. Condenados por seguir a las masas.

—Esto te lo cuenta para justificarse por la obsesión que le agarró con el dichoso riachuelo —le susurra Telmo a Erika para que lo oiga Bujalesky.

—Es más que evidente que está relacionado —se defiende este—. Ahora bien, está todo entubado y, aunque revisamos concienzudamente el antiguo y el nuevo trazado, no encontramos nada. Ninguna señal. Nada.

—Puede que se trate de algo que simbolice un río —dispara Erika al aire.

—También lo pensamos, pero la inspiración nunca nos iluminó —reconoce Telmo—. ¿Qué tal si subimos a ver la *Ascensión?* Acá ya no queda nada por ver y quizá la extravagancia nos ayude...

Esperan a que el grupo de turistas se aleje para congregarse en torno a la estatua inspirada en la original que diseñó el propio Palanti. Forjada en dos tipos de bronce, de dos metros de ancho y metro y medio de altura, representa un cóndor que porta sobre sus alas el cuerpo inerte de Dante en su última etapa hacia el paraíso.

—Hermosa —califica Bujalesky—. La habré visto un millón de veces y siempre consigue emocionarme. Adelante —anima a Telmo.

—Se sabe que la original fue mandada construir en Trieste y que debía llegar antes de la inauguración del edificio, que se había previsto en septiembre de 1921, haciéndola coincidir con el sexto aniversario de la muerte de Dante. Se cargó en la bodega del *Calabria*, un buque que venía con muebles tallados a mano en Europa, algo muy habitual en la época dorada de nuestra ciudad, que competía con otras grandes urbes del continente por ser la más destacada. La caja estaba marcada con un distintivo de la Fede Santa para que fuera fácilmente identificable en el puerto de destino. Además, el propio Barolo se encargó de contratar a dos personas para que la custodiaran en todo momento. Sin embargo, cuando el barco arribó al puerto de Mar del Plata, la *Ascensión* ya no estaba. Luis Barolo enloqueció, porque estaba convencido de que la Logia de los Puros había logrado hacerse con las cenizas del poeta y viajaban en su interior.

—Figúrate: el empresario era un dantista reconocido y había invertido casi todo su capital en levantar un enorme mausoleo para Dante que estaba a punto de ser inaugurado sin las cenizas del poeta. Perdió completamente el norte —apostilla Bujalesky.

—Gastó mucho dinero en investigar el robo, pero lo cierto es que pasaron las semanas y los meses y la dichosa estatua no aparecía. A pesar de no cumplir con la fecha prevista, no dejó de buscarla hasta que se dio por vencido en junio de 1922, que decidió suicidarse ingiriendo, se dice, veneno para ratas. Lo extraño es que en los diarios de la época figura que el empresario Luis Barolo fue encontrado muerto en su casa tras sufrir un ataque cardíaco.

—Deduzco que no se investigó su muerte —interviene Erika.

—Deduces bien, doctora —confirma Telmo.

—Lo cual no deja de ser extraño, porque Buja me ha comentado antes que no existen pruebas fehacientes que indiquen que los restos de Dante pudieran haber llegado a Argentina. Lo mismo se suicidó por otros motivos, ¿no?

Bujalesky le hace un gesto a Telmo. Este asiente.

—Pruebas fehacientes no, pero sí tenemos algunos indicios... de peso —califica.

Erika se mantiene a la expectativa. Ahora es el dantista el que interviene.

—¿Recordás que te dije que lo realmente importante no lo guardaba en la casa de mis viejos?

Erika ya sabe adónde van a ir.

EL FINAL DEL CUENTO

Residencia de Pluto
Chicago (Estados Unidos)
Septiembre de 2013

Se mueve por la casa como una corriente de aire. Lleva las gafas de visión nocturna y el barrido térmico le ha indicado que no hay seres vivos en el interior. Solo le resta dar con el lugar propicio y para ello necesita ver la vivienda por dentro. El escáner de penetración estructural integrado en su equipo le generará un plano en tres dimensiones de la vivienda que hará visible lo invisible.

Gabriel sigue sorprendida por la sencillez con la que ha burlado los sistemas de seguridad. Contaba con los medios necesarios para desactivar detectores de movimiento por infrarrojos, sensores de presión, dispositivos disuasorios y otras medidas de prevención y protección, pero no ha requerido más que acceder al *software* de control de los lectores biométricos de un acceso lateral para entrar. Ni una sola de las once cámaras de seguridad que conforman el circuito cerrado estaba activa y la única explicación que ha encontrado es que los custodios creen que Jofiel es garantía suficiente.

Gabriel no puede saber ni se figura que ha sido el propietario quien lo ha desactivado para permitir la entrada a un equipo de la Interpol que se va a encargar de detener a sus hermanos custodios.

Ella conoce bien a Jofiel, el arcángel que representa el estaño, a pesar de que jamás lo ha visto en persona. Colombiano, de cuarenta y cuatro años, penúltimo arcángel incorporado a la Congregación. Asesino a sueldo desde los catorce, empezó a trabajar para el cártel de Medellín diezmando las filas de su rival de Cali. Sus logros llamaron la atención de Efialtes y le consta que pasó la formación con Damocles de modo brillante. Principalmente ha trabajado en el continente americano, pero también ha cumplido encargos en otras partes del planeta. Su mayor virtud es la de asumir riesgos en circunstancias adversas donde otros no lo harían, pues su cerebro procesa las situaciones extremas como cotidianas. Su fuerte son las armas cortas de fuego, la espada solo la usa para ajusticiar si el solicitante lo requiere.

Es un duro rival que ha elegido el bando equivocado y que tiene que eliminar. El reto la motiva.

Se sienta en el suelo y, mientras el escáner de penetración estructural va tejiendo el plano en la pantalla, Gabriel se entretiene realizando una regresión en el tiempo, justo al instante en el que fue capturada por los animales de dos patas.

Su semblante se endurece.

Emplearon varios días en trasladarla desde la reserva de Bujawe hasta la isla Malden. En aquella playa la liberaron y abandonaron a su suerte únicamente con un recipiente metálico que contenía agua en su interior. Durante la primera jornada recorrió aquella porción de tierra semidesértica en la que la poca vida que quedaba era la que había sobrevivido a las pruebas nucleares que llevaron a cabo los británicos en 1957. Necesitaba resguardarse de los perniciosos rayos solares, pero en los treinta y nueve kilómetros cuadrados de nada absoluta solo encontró un extraño conjunto megalítico donde protegerse. Lo primero que aprendió fue a adoptar con su cuerpo la forma de las sombras que proyectaban las piedras en el suelo y cuando caía la noche exploraba aquella jaula con barrotes de agua salada en busca de alimento: pequeños reptiles, insectos y huevos de aves migratorias que anidaban en la parte oriental. Cuando se le terminó el agua, Adla pensó que había llegado al final.

Pero se equivocaba: su vida acababa de empezar.

Residencia de Telmo
Barrio de Belgrano
Buenos Aires (Argentina)

Bujalesky acomoda como puede su incomodidad.

El dueño de la casa ha tenido la deferencia y amabilidad de retirar de la vista los objetos amarillos; no obstante, a través de la ventana se puede ver una valla publicitaria con un enorme sol amarillo por reclamo. Con el paso de los años o quizá por contagio con su amigo el dantista, Telmo ha desarrollado cierto rechazo a los espacios cerrados, por lo que no ha accedido a su petición de bajar la persiana.

El experto da un sorbo prolongado al mate, vierte más agua caliente del termo y se lo pasa a Erika.

—Buja, ahora que no nos escucha Telmo, te quería preguntar algo que me lleva zumbando un tiempo la cabeza —dice Erika bajando el tono—. Si Telmo ha sido tu amigo y confidente estos años, ¿por qué no le confiaste a él el pago de la residencia de tu madre y se lo encargaste a Ramírez, un tipo con el que guardas una relación menos estrecha y que vive a más de mil kilómetros de Buenos Aires?

—Este viejo choto, ahí donde lo ves, tiene una vida muy enquilombada. Es una institución en GEBA, el club al que vendió su alma. Por acá es algo habitual, pero a él la tradición le viene de muy atrás. No hace tanto que viajaba por todo el continente con sus pupilos y no podía comprometerlo con una carga así, y, por otra parte, tampoco quería que terminaran poniendo a mi vieja en la calle porque a este loco se le pasara hacer el pago, ¿entendés? Es raro —prosigue mirando en derredor—, solía tener muchas fotos por acá donde se lo ve en plena acción.

A Erika le costaba imaginarse a Telmo de corto, rematando de cabeza.

—Era un fenómeno. Luego le decimos que te muestre la sala de trofeos, pero ahora no, por favor, que se nos viene arriba y nos come la tarde.

Precisamente en ese momento se incorpora Telmo a la charla portando una bolsa de yerba mate.

—Ya estamos todos —anuncia Bujalesky con aire eufórico—. Voy a concretar al máximo, lo prometo. Y *bue...*, me comprometo a intentarlo, más bien —precisa antes de concederse un instante—. Como sabés, Dante nació en 1265 y fue bautizado en Florencia con el nombre de Durante di Alighiero degli Alighieri. Amó Florencia hasta el día de su muerte. Dante, al margen de brillante poeta, fue un hombre que se destacó en la vida política de la ciudad, llegando a ocupar uno de los seis sillones de magistrado de la ciudad. Son esos los años en los que se inicia en la masonería dentro de la mencionada Fede Santa. También se sabe que participó activamente en las luchas de poder entre güelfos y gibelinos y, tras imponerse su bando, que eran los güelfos, estos se dividieron en dos facciones: los blancos y los negros. Él pertenecía a los blancos, contrarios a la expansión del poder del papa Bonifacio VIII, facción que esta vez terminó siendo derrotada. Así, fue condenado a muerte luego de que se negara a retractarse en público de sus ideas políticas, pero con posterioridad le ofrecieron cambiar la horca por la prisión si juraba no regresar jamás a Florencia, y Dante eligió el exilio voluntario dejando en Florencia a su mujer y a sus tres hijos para evitar que le despojaran de sus posesiones. Esto te lo cuento solo para que sepas algo más de cómo era la persona, no como personaje. Vivió en varias localidades del norte de Italia, donde empezó a escribir el *Infierno* entre 1306 y 1307. Hizo algunos intentos por volver a Florencia hasta que le ofrecieron un puesto diplomático en Rávena, ciudad en la que se estableció definitivamente y donde terminó de escribir la *Comedia* cuando finalizaba el año 1320. Meses después, en una misión diplomática que tenía como objeto evitar que la ciudad Estado que representaba cayera en manos venecianas, contrajo malaria o paludismo, no se sabe con precisión, a la altura de Ferrara y murió días después en Rávena. ¿Hasta acá todo correcto? —pregunta más por darse otro respiro y tomar mate que por asegurarse de que Erika le sigue la explicación.

Ella hace un gesto afirmativo.

—Me alegro, porque es ahora que se viene el garrón. En un inicio fue enterrado en la iglesia San Pier Maggiore, hoy de San Francisco de Asís, en Rávena. Dos siglos después, en 1513, se produciría un cambio importante en el Vaticano con la elección de León X, hijo de Lorenzo de Médici, regente de Florencia. Este da la orden de trasladar los restos mortales del poeta a la ciudad que lo vio nacer, pero en Rávena los frailes franciscanos tenían otros planes. Practicaron un agujero en el féretro, extrajeron uno a uno sus huesos y los ocultaron, perdiéndose su pista ciento cincuenta años, hasta que el padre Antonio Santi revela dónde están los restos. Saltamos ahora hasta 1780, año en el que el cardenal Gonzaga manda levantar el templete de estilo neoclásico, tan indigno para la entidad de su ocupante, que, todavía hoy, se supone que alberga los restos de Dante.

Erika sonríe maliciosamente.

—Se supone, claro.

—Se supone porque en 1865, subrayo la fecha —enfatiza dibujando una línea muy recta en el aire—, para conmemorar el sexto centenario del nacimiento del sumo poeta, se encarga al escribano Saturnino Malagola..., memorizá este nombre —enfatiza levantando ambos índices—; del resto, si no te digo nada, olvidate. Pues eso, que a Malagola le encargan una certificación de los restos mortales. ¿Y por qué? Nadie lo sabe. El caso es que se aprovecha la coyuntura para separar parte de los restos, polvo, según se recoge en el documento que lo atestigua, con el propósito de pagar al escultor Enrico Pazzi, quien, años atrás, había recibido un encargo para realizar un busto de Dante que no le había sido retribuido.

—Vamos, que al escultor le pagan en cenizas —resume Erika.

—Eso es, como si los que hicieron el encargo, pertenecientes a la alta burguesía, tuvieran algún problema de guita.

—Y en 1865 Bartolomé Mitre ya era presidente de Argentina.

Bujalesky y Telmo se miran con complicidad y asienten.

—Bien visto, pero hay más.

—Seguí, seguí —le anima Telmo—, yo voy a cambiar la yerba, que el mate ya está muy lavado.

—Avanzo ahora hasta 1929. En ese año, uno de los sobres de Pazzi, que este había donado al director de la Biblioteca Nacional de Florencia, Desiderio Chilovi, forma parte de una exposición y, seis años después, cuando van a inventariar las existencias por el traslado de la biblioteca se percatan de que…

—Ha desaparecido.

—*¡Pluffff!* —escenifica Bujalesky.

—Es de coña.

—Puede parecerlo, pero te aseguro que todo lo que te estoy diciendo fue debidamente contrastado por este que te lo cuenta durante mi época como director del CONICET.

—Es cierto, doctora —corrobora Telmo—. Me robó la mañana completa de un sábado para demostrármelo. No cometás el mismo error que yo, che.

—Ni se me ocurre. Continúa, continúa —se apresura a decir Erika.

—Ya termino, pelotudos. Sí, eso es —enlaza—. Los restos vuelven a aparecer por arte de magia en 1999 cuando dos bibliotecarios que revisaban unos legajos antiguos encuentran el sobrecito con las micropartículas dantescas. Y así, de esta forma, Florencia consiguió tener parte de los restos de su hijo más universal.

—Es decir, que con tanto ir y venir, particiones y reparticiones, no puede descartarse que la Congregación de los Hombres Puros se hiciera con parte de los restos de Dante.

—No, no puede descartarse; de hecho, por los versos de Minos podría entenderse que sí tuvieron éxito. Ahora, la pregunta es: ¿nos importa? —lanza Bujalesky.

—Nos importa si de alguna forma nos ayuda a llegar hasta El Cartapacio y si, como parece, Minos, el presidente Mitre, podría estar involucrado en el asunto.

—Lo investigué, pero, como te dije, no encontré ninguna prueba.

—Ya nos gustaría —apostilla Telmo.

—Por ahora, solo es una hipótesis que puede relacionarse con la no menos misteriosa desaparición de la *Ascensión*, cuyo final Telmo no te contó.

—Alguien podría escribir una novela con todo esto —sugiere ella.

—¡Dale, Telmito, dale, que se nos escapa la tortuga!

—Finalmente, el edificio se inaugura sin la *Ascensión* y pasan los años sin que nada se sepa al respecto, hasta que en 1997 un investigador contratado por la Fundación Barolo la localiza en un jardín de una casa particular en Mar del Plata, en concreto en la calle Güemes, en manos de un coleccionista privado que asegura no conocer su procedencia. El administrador del Barolo y el Gobierno de la Ciudad de Buenos Aires tratan de comprársela, pero este se niega. Extraño. Años más tarde, cuando muere el hombre, vuelven a pujar con algo más de guita, pero la viuda ni siquiera les recibe. Poco después, alguien entra en su casa, mutila la estatua a la altura de los pies y se la lleva.

—Dos novelas.

—Esperá, esperá… —dice Bujalesky—, que recién llega lo mejor.

—En la base de la original se puede leer: «*Glorificando gli eroi nostri di terra del mare, del cielo particolare del momento.* Trieste 1919. M. Palanti SOTT. T.». La inscripción no es más que una bonita y elevada frase en consonancia con el filofascismo del autor.

—¿Palanti era fascista? —pregunta Erika.

Telmo se apresura a contestar.

—Sentía una gran admiración por el Duce, así es. De hecho, cuando concluye el Palacio Salvo y regresa a su país, le presenta a Mussolini varios proyectos, entre los que estaba la Mole Littoria, una monstruosidad de más de trescientos metros de altura que finalmente no llegó a concretar. Se conservan varias cartas de Palanti a Mussolini, pero es la última la que nos llama la atención. Le anuncia que decide renunciar a la arquitectura motivado por la no realización de ninguno de los proyectos que le ha presentado. Dicho y hecho. Se retira al campo y nunca más se supo del arquitecto. Pero lo importante es lo que sigue. Profesor —concluye cediendo la palabra a su amigo.

—«Trieste 1919». «SOTT. T.». Ahora volveré sobre la fecha, pero antes nos pararemos en estas letras. Acordate de que te dije que la doble «T» unida por la parte superior pertenecía a la tipografía templaria, ¿sí?

—El número pi.

—Tal cual. SOTT significa «Soberana Orden Templaria». Te refresco que la Fede Santa nace a raíz de la persecución de los templarios y, prácticamente, adopta los mismos ritos iniciáticos, aunque los simplifica al máximo.

—¿Y la «T» del final?

—Indica el rango del firmante dentro de la orden. Corresponde al de escudero, uno de los más bajos dentro del escalado templario. Digamos que es alguien iniciado que sirve a un caballero de rango más elevado. Ya sabemos que la Logia de los Puros sintetiza los rangos en cuatro: centinela, guardián, custodio y Gran Maestre. Pues bien, acá de lo que quiere dejar constancia Palanti, utilizando la antigua nomenclatura del Temple, es de que sirve a un miembro de la orden superior. ¿A quién? Al custodio encargado de ejecutar el proyecto de Minos. Y ahora: ¿por qué la fabrica en Trieste? Podría haberlo hecho perfectamente en Buenos Aires y ahorrándose no solo el traslado, sino el riesgo de pérdida o robo.

—A no ser que su fin principal fuera dar cobijo a algo más importante en su interior —deduce ella.

—¡Correctísimo! —apunta jubiloso Bujalesky—. Para lo cual, tendría que tener ese algo antes de la fundición. Recopilemos fechas para formular la hipótesis. En 1865 ordenan la certificación de los restos mortales ya certificados al escribano Saturnino Malagola y, sin saber muy bien por qué, extraen restos que no se especifican, pero podría tratarse de cenizas o polvo de Dante para pagar al escultor. Bartolomé Mitre ya era Minos y presidente de Argentina, ¿sí? Pero por muy Gran Maestre e inquilino de la Casa Rosada que fuera, no creo que los italianos le permitieran meter mano a los restos de Dante tan fácilmente. Necesitaba a alguien allí. Un hermano con mucha influencia política. Tanta o más que la que tenía Mitre al otro lado del Atlántico.

—No pienso tratar de adivinarlo —se adelanta Erika.

—Jamás lo lograrías. Estamos hablando ni más ni menos que de uno de los padres de la patria italiana: Giuseppe Garibaldi.

—Y así, señoras y señores..., ¡se completa la trilogía! —cierra Erika.

Residencia de Pluto
Chicago (Estados Unidos)

Un leve pitido le avisa de que la aplicación ha terminado de generar el plano, pero su cerebro no está procesando nada que provenga del exterior.

Sigue en la isla Malden.

Era un animal de dos patas diferente. No porque fuera pálido, ya había visto algunos de esos antes, era por su forma de comunicarse sin necesidad de hablar. Los primeros días se limitó a seguirle cumpliendo un principio básico: si hacía lo que él ordenaba, conseguía refugio, agua y comida; si no obedecía, se quemaba, pasaba hambre y sed. Pasado un tiempo, le desveló su nombre, Damocles, y el motivo por el que estaba allí: convertirla en un ser único con un único propósito. Y para ello, lo primero que le enseñó fue a superar las limitaciones de su cuerpo, a aceptar y entender sus imperfecciones para alcanzar la perfección. Comprendió que sus mayores ventajas partían de los defectos con los que había nacido. Si su piel era débil, la endurecía con lodo; si sus ojos no funcionaban con la luz solar, utilizaba el resto de facultades para llegar donde los sentidos no alcanzaban. Y solo cuando demostró a Damocles que había asimilado que su organismo era un bloque compacto bajo el control de la mente empezaron a tallarlo. Los entrenamientos comenzaban antes del amanecer y terminaban después del ocaso. Correr y nadar, lo único que cambiaban era la intensidad, la distancia y el peso que debía transportar. Siempre más. La jornada vespertina era para el combate cuerpo a cuerpo, su parte preferida. Durante los descansos le descubría la manera de comunicarse con él mediante las manos. Cuando él desaparecía bajo la tierra, ella dormía. Nunca se preguntó qué había allí abajo, porque le bastaba el mundo que abarcaba los treinta y nueve kilómetros cuadrados de la superficie.

Adla pasó del odio y el temor a la dependencia que infunde el respeto, un sentimiento que muy pronto se transformaría en admiración. En pocas semanas los progresos eran más que notables. Con los discípulos anteriores, Damocles tenía que romper para rehacer y, si no lo lograba, el candidato a arcángel dejaba de serlo y entregaba su fracasado cuerpo al océano. Muy en cambio, Adla ya venía hecha añicos, pura, sin corromper, y desde que la vio por primera vez supo que esa criatura de piel blanca y ojos rojizos sería su mejor obra. La moldeó a su imagen y semejanza pensando que algún día esa niña le sucedería. Se trataba de un procedimiento heredado y testado con éxito por sus predecesores, los vigilantes y protectores del Templo. La última fase de la formación en la isla incluía las armas siguiendo el orden evolutivo: piedras, palos, hachas, lanzas, arco, hasta llegar a las más modernas armas de fuego. Y finalmente, la espada. El arte más noble, el combate más justo, la muerte más digna. Y de todas ellas, Adla eligió la falcata, o quizá la falcata la eligió a ella, dado que su manejo era muy similar al del machete. Toda vez que Damocles dio por terminado el adiestramiento, desapareció y ella jamás volvió a verlo. Lo echó de menos como nunca había extrañado a nadie, pero había llegado el momento de llenar los espacios vacíos de su mente, la mente de Gabriel, el nuevo arcángel mayor de la hermandad. Una labor que no le correspondía a Damocles.

Le correspondía a Corteza de Roble.

Entonces, su mundo se amplió a los dominios subterráneos, donde las imperfecciones del Gran Maestre se tornaron en la expresión más pura de la perfección. Durante un período imposible de determinar completó su formación y, cuando regresó al exterior, eso que siempre había considerado su enemigo le pareció lo más hermoso que contemplaba en su vida: el sol.

Adla tenía dieciocho años y acababa de nacer.

Como en un parto sin dolor, Gabriel regresa al presente para descubrirse a sí misma frente al plano tridimensional de la vivienda de Pluto. Se concentra y no tarda en detectar dos espacios ocultos tras los muros que sí están visibles. Las reconoce al instante: burbujas blindadas. Así las denominan las empresas de seguridad que las instalan. Y blindadas están en su pretensión de parecer tecnológicamente evolucionadas respecto a las antiguas habitaciones del pánico: estructuras herméticas de piel de acero con un único acceso acorazado pensadas para protegerse de una amenaza exterior durante un tiempo dilatado. Todos los circuitos —agua, aire, calefacción, electricidad y telecomunicaciones— funcionan de manera independiente del resto de la vivienda y están controlados desde un panel instalado en la propia burbuja. Su equipamiento se completa con provisiones para varias semanas, un botiquín e incluso un coqueto arsenal de primeros auxilios.

Gabriel pone a trabajar otra aplicación en busca de la sempiterna vulnerabilidad de este tipo de sistemas: las comunicaciones. Ella no es *hacker,* pero los que diseñaron Teseus sí. Emplea unos minutos en rastrear señales de baja frecuencia hasta que localiza dos e inicia el proceso de desencriptación. Mientras el procesador de seis núcleos de su portátil obliga a Teseus a masticar algoritmos indescifrables, saltar *firewalls* infranqueables y atravesar *wrappers* intransitables, el arcángel se dirige sosegadamente a la burbuja que está en la planta baja adosada al otro lado del muro maestro de la sala de reuniones. Cuando llega, Teseus ya tiene el nombre de usuario y está emperrado en descifrar los cuatro dígitos que le quedan para violar la protección. Gabriel se entretiene examinando el revestimiento externo con el objeto de averiguar cuál de esas ranuras forma parte del acceso oculto, pero Teseus no le da tiempo a elucubrar. Con un sonido de correa metálica, el cuarto panel desaparece tras el tercero mostrando las vergüenzas de la burbuja.

Cuando termina de inspeccionarla, repite la operación con la que hay en la boardilla. Lo que encuentra allí no se lo esperaba, pero enseguida ata cabos. No existe otra posibilidad. Ahora lo comprende.

Eso lo cambia todo.

A mejor.

Residencia de Telmo
Barrio de Belgrano
Buenos Aires (Argentina)

Erika ha pedido permiso para fumar y Telmo, que hace años que no lo prueba, encuentra en el acto de resurrección de Bujalesky motivo más que suficiente como para prepararse un fernet con coca y aspirar un poco de nicotina.

—Es de dominio público que Garibaldi, influenciado por Mazzini, otro de los iconos del patriotismo italiano, ingresa en una sociedad secreta llamada La Joven Italia, un paraguas bajo el que se canjeaban argumentos subversivos por acciones violentas contra las autoridades. Garibaldi se destaca en esta última disciplina y termina participando en un levantamiento fallido en su Piamonte natal por el que es sentenciado a muerte. Logra escapar vía Niza para recalar primero en Brasil y posteriormente en tierras rioplatenses, llevando consigo sus ideas revolucionarias y libertarias.

—Y su patente de corso —añade Telmo.

—Cierto. Garibaldi arrastra una historia negra vinculada a la violencia de sus conquistas y a prácticas esclavistas en la que, sin que sirva de precedente, no voy a profundizar. En 1841 alcanza el grado de Venerable Maestre de la logia Les Amis de la Patrie, sección uruguaya, vinculada con la Gran Logia de

Oriente francesa y hasta 1848, que regresa a Italia para combatir por la unificación, se le conocen nutridos contactos con otras hermandades del continente. Sirva como ilustración el hecho de que, terminada su labor en Italia, le llega un ofrecimiento de Abraham Lincoln para combatir a su lado.

—¿Lincoln también era masón?

—No hay documentos que lo prueben, pero sí se sabe que se supo rodear de masones como… ¡No me distraigas más, que me pierdo, che!

Ahora es Erika la que se ríe. Es la primera vez que lo hace en mucho tiempo. Bujalesky disfruta del momento.

—Es de suponer que Garibaldi recalara en la Gran Logia de los Puros en ese período.

—¿Es de suponer? —cuestiona Erika.

—Me expreso así cuando no tengo en mi poder pruebas que lo certifiquen, doctora. De otra forma diría: «Garibaldi recala en la Gran Logia de los Puros en…» fecha concreta. Sin embargo, hay otras evidencias que me hacen suponer este hecho. En 1837, el afán libertario de Garibaldi…

—Entiéndase afán corsario —insiste Telmo.

—Telmito, me voy a recagar en tu alma si me volvés a interrumpir una vez más.

Este escenifica el cierre de una cremallera sobre los labios.

—Gracias. En 1837, el afán libertario de Garibaldi le trae hasta la provincia de Entre Ríos, al norte de Argentina. Ahí mantiene un enfrentamiento naval con tropas gubernamentales en el que recibe un balazo en el cuello que lo deja herido de muerte. En la huida tiene la fortuna de toparse con Jacinto Andreu, un rico comerciante catalán que se había llenado los bolsillos en Latinoamérica. El hecho está recogido en la bibliografía de Amaro Villanueva.

Bujalesky le hace una señal con la mano a Telmo y este le larga varios papeles.

—Son copias del expediente que me facilitó Flegias. Leo textualmente: «Garibaldi expresábase con dificultad, mas, así y todo, conversó con el señor Andreu, quien, masón como era, al reconocer en el herido a un hermano, le instó a que se dejara trasladar a Gualeguay, donde lo alojaría en su casa y lo cuidaría convenientemente». Ahí consigue que lo opere el médico personal del gobernador y lo hospeda en su propia casa durante seis meses, hasta que recupera la salud. Le salva la vida. Muy pocos conocen este suceso, a pesar de estar recogido en los libros de historia. Si no llega a ser por Jacinto Andreu, el Risorgimento habría muerto antes de empezar.

Bujalesky pasa la hoja y se la muestra a Erika.

—Acta de la Asamblea del 14 de septiembre de 1860 mediante la cual se deja constancia del nombramiento de Minos como Gran Maestre de la Gran Logia de los Puros. El 14 de septiembre: fecha de la muerte de Dante. Obvio que no es una mera coincidencia, como tampoco lo es el año, el mismo en el que asume públicamente el trigésimo tercer grado del Gran Templo de la Masonería Argentina. Enseñar para tapar. Prestidigitación.

—Concretá, Buji, por lo que más querás. Concretá —le ruega Telmo juntando las palmas en actitud orante y moviéndolas a la altura del pecho.

—¡Cerrá el orto, che! Como ves —se vuelve hacia Erika—, debajo de los nombres reales de los custodios, aparecen iniciales. Mirá debajo de Caronte.

—J. A.

—Jacinto Andreu. Este otro, de cinco años después, es el de la aprobación del proyecto de El Cartapacio. Si te fijás en las iniciales, solo hay un cambio de custodio, pero Caronte sigue siendo Jacinto Andreu. Telmo, por favor, el poema de Rubén Darío.

—Vale, vale, me doy por convencida.

—Jodete. Ahora tenés que escuchar —le dice sin elevar el tono.

Jamás se viera una lealtad mayor
que la del león italiano
al amigo de América que amó en fraterno amor.
De Garibaldi y Mitre las dos diestras hermanas
sembraron la simiente de encinas italianas
y argentinas que hoy llenan la simiente de rumor.

Lo recita con poco virtuosismo.

—«De Garibaldi y Mitre las dos diestras hermanas» —repite—. Rubén Darío, que también era masón y recontra masón, pero esta te la ahorro, honra a sus hermanos en su libro de poemas *Canto a la Argentina,* concretamente en esta, que titula *Oda a Mitre.*

—Mis disculpas, profesor —dice Erika con sorna.

—Disculpas aceptadas, doctora —confirma en el mismo tono—. La cosa pudo suceder así. Bartolomé Mitre necesitaba la influencia política de Garibaldi y, a través de Andreu, custodio de la hermandad, convence al italiano, recordándole que le salvó la vida, para tener acceso a los restos de Dante. Favor por favor, práctica habitual entre los hermanos masones. No se hallaron actas ni documentos que informen de la presencia de Garibaldi u otras personalidades en el mencionado e innecesario acto de certificación de los restos mortales escenificado por Saturnino Malagola; quizá ni siquiera acudiera, toda vez que había logrado su propósito, pero creo, creemos —rectifica mirando a Telmo—, que es en ese preciso momento cuando la Gran Logia de los Puros se hace con las cenizas de Dante. En reconocimiento a esta labor, el propio Bartolomé Mitre acude, no se sabe en calidad de qué teniendo en cuenta que ya estaba retirado de la política —valora con acritud—, a la inauguración de una estatua ecuestre en honor al caudillo italiano que todavía hoy campea el horizonte desde el epicentro de la plaza de Italia.

Telmo toma la palabra.

—Y no olvides que, en esos años, Mitre también se encarga de repatriar desde Chile los restos mortales de otro compañero masón, de nombre Juan Gualberto Gregorio de Las Heras, para que reposen junto a la cripta de José de San Martín en la Catedral Metropolitana.

Erika eleva las cejas, desconcertada.

—Aún no sabemos muy bien el motivo, pero pensamos que ambos hechos pueden estar relacionados —aclara Bujalesky; o lo intenta—. Bueno, el asunto es que, en la inauguración de la estatua de Garibaldi, Bartolomé Mitre cita las naciones que tienen que agradecer la prolija labor del italiano: «El Brasil como soldado de su democracia; la República del Uruguay como su defensor; los argentinos como combatiente contra su tiranía, en su tierra y en sus aguas». Lo cual prueba su mutua admiración y le sirve de reconocimiento póstumo hacia su hermano. Favor por favor.

—Muy bien —zanja Erika—. Dando por aceptado que sucediera como lo cuentas, podríamos pensar que la estatua de Palanti contenía los restos de Dante, pero, como desapareció antes de la inauguración, no lo podemos saber con certeza. ¿Es así?

—Tal cual.

Erika le da el último sorbo al mate.

—Fenomenal. Hemos recorrido todo el laberinto para llegar a otro callejón sin salida.

—Y bueno..., queremos pensar que las cenizas y El Cartapacio son dos calles que confluyen en la misma plaza —aporta el encargado del Barolo—. Solo hay que encontrar una señal que nos permita recorrer una.

—Así de sencillo —objeta Erika con sorna—. Por una parte, la pista de la estatua se perdió para siempre en el momento en el que algún vándalo la serró por la mitad y se la llevó; y por otra, lleváis años tratando de encontrar la supuesta entrada al infierno sin éxito. ¿En serio pensabais que contándome toda esta historia yo os iba a servir de ayuda?

—Ponele —confirmó Telmo.

—Para mí es más que suficiente por hoy —dictamina ella.

—Espera, ¿no querés ver la sala de trofeos de Telmito?

—Dejá que descanse un poco —interviene el aludido.

—Otro día —se zafa ella—. Quiero pasar por el hospital a ver a Ólafur y luego trataré de airearme, a ver si soy capaz de procesar toda esta información que revolotea en mi cabeza. Si no te veo en el hotel durante el desayuno, nos encontramos en el Barolo, al pie de la *Ascensión.*

—Vos podés pecar lo que quieras, que mañana ascenderemos juntos al purgatorio para que te libres de toda culpa.

Erika se despide forzando una mueca amable y enfila el pasillo. Sus pupilas recogen una imagen que cree reconocer, pero su cuerpo impone su criterio y sale de la casa. En cuanto cierra la puerta, nota que le falta el aire y, aunque inspira profundamente, no puede evitar que le sobrevenga un vahído. Se sienta en las escaleras e intenta sosegarse antes de liar un cigarro.

«Vamos, Erika, no te derrumbes ahora. Sabías a lo que venías, ¿no? Tienes que poder con todo esto. Sé positiva, Ólafur saldrá adelante. ¡Claro que sí!».

La nicotina cumple con su efecto lenitivo. Se siente mejor. Segundos después escucha los primeros acordes del ukelele a través de la puerta de Telmo. El ritmo, vivo y enérgico, la invita a permanecer escuchando. Utiliza la cuenca de la mano como cenicero.

Quienes cuentan el cuento llevan careta.
Barrigas hinchadas, pechos henchidos.
Uñas muy limpias para bajarse la bragueta.
Se escuchan más sus voces que tus ladridos.
Madrigueras de sangre y diamantes.
Como hobby *asesinan cantantes.*

El mundo gira para que todo siga igual.
Los capítulos se repiten.

Quienes viven del cuento llevan corbata.
Sillones de cuero para las reuniones.
Perfume de domingo contra el olor a rata.
Tu barrio vale menos que sus comuniones.

Si van a tocarte, se ponen los guantes.
Dejan el cargo con más plata que antes.

El final del cuento siempre acaba mal.
¡No se me agiten!

El mundo gira para que todo siga igual.
Los capítulos se repiten.
El final del cuento siempre acaba mal.
¡No se me agiten!

El mundo gira para que todo siga igual.
Los capítulos se repiten.
El final del cuento siempre acaba mal.
El cuento siempre acaba mal.
Siempre acaba mal.
Acaba mal.
Mal.

El final del cuento siempre acaba mal.
El cuento siempre acaba mal.
Siempre acaba mal.
Acaba mal.
Mal.

LA ARROGANCIA NO SIRVE DE NADA SIN VIENTO A FAVOR

Café Biffi. Galería Víctor Manuel II
Milán (Italia)
17 de marzo de 1930

Lo vio aparecer atravesando la entrada más próxima a la Piazza della Scala. Avanzaba despaciosamente con las manos refugiadas en los bolsillos, traza desbravada y una carpeta nada lustrosa bajo el brazo.

Habían pasado siete años desde la última vez que coincidió con él durante la inauguración del Palacio Barolo, pero aun desde la distancia se podía apreciar que el paso del tiempo no era el único cincel que había perfilado su rostro. La huella del fracaso era patente en el vestir, en el caminar, en el existir y, sentado en aquella cómoda terraza, quiso dejar constancia en su diario.

Desde que le destinaran de nuevo a Buenos Aires, Matthew J. Michelson no se había dedicado a otra cosa que a seguir el rastro de Mario Palanti con la inestimable ayuda de Rafael, arcángel mayor de la Congregación. Había confiado en su método y, aunque los resultados habían tardado en llegar mucho más de lo que él esperaba, finalmente consiguió averiguar el paradero de uno de los dos ladrones que había contratado el arquitecto para llevarse la *Ascensión* del puerto de Mar del Plata. Al desgraciado lo encontró en la ciudad de Rosario, pero la escasa información que logró sacarle le condujo a otro oscuro y desesperante pozo sin fondo. El tipo confesó, como ya sabía, que había sido el propio Palanti quien les había avisado de que los estaban buscando allá por el año 1922 y que ese mismo día salió de Buenos Aires para no volver a pisar jamás la capital. Sin embargo, su compañero, un tal Patricio Cagna, le había intentado convencer de que aquella estatua valía mucho más que los quinientos pesos que habían cobrado por el trabajo y que debían llevársela del almacén donde el arquitecto les había ordenado dejarla. Y eso fue lo último que les confesó antes de que falleciera a causa de los múltiples golpes que le causó Rafael con un bate de béisbol. La pista de Cagna se perdía en el libro de registro de la frontera con Brasil en abril de 1923, pero Michelson no era de los que se rinden, por lo que decidió que tenía que contrastar aquella historia con la única persona que le quedaba por interrogar.

Esa cuyo paradero había tardado meses en encontrar.

Esa que acababa de toparse con el rostro de Rafael y que, como había previsto, tenía el suyo demudado.

—Tome asiento, por favor. ¿Quiere tomar algo? —le convidó el guardián.

—¡Usted!

La razón por la que había decidido mantener esa primera charla en un lugar tan concurrido no era otra que lograr que su interlocutor se sintiera a salvo y pudiera hablar sin tener que recurrir a otras artes menos civilizadas. Para ello siempre habría tiempo ahora que conocía la rutina de su objetivo. Y sus ataduras.

—No. Estoy perfectamente. Dígame qué le ha traído hasta aquí —exigió Palanti en un tono nada exigente.

—Respuestas.

—Respuestas —repitió apesadumbrado—. ¡Maldita sea..., ya he pasado por esto!, ¡por favor! ¿Qué más quieren de mí?

—Las respuestas correctas.

El italiano sostuvo la mirada de Michelson con la vacua esperanza de encontrar alguna falla.

—Está bien, terminemos cuanto antes.

—Ya veo que conserva su insolencia a pesar de lo poco favorable de la situación. Ya debería saber que la arrogancia no sirve de nada sin viento a favor y ahora mismo, arquitecto, le está soplando en la maldita cara.

—Cuando el barco se hunde las mercancías dejan de tener importancia.

A Michelson le hizo gracia el comentario.

—Sí, pero hay muchas formas de irse a pique: rápido y con honor o lenta y dolorosamente. Tengo mis cañones apuntando a su palo mayor —dijo refiriéndose a Rafael, que se había sentado a la mesa contigua—, así que le aconsejo que responda a todas mis preguntas con sinceridad si quiere seguir surcando el mar de tempestades por el que navega. Vamos a hacer lo siguiente: le voy a decir lo que sé y usted va a completar lo que no sé. Y le recuerdo que mi trabajo consiste en saber, en saber más que los demás —precisa.

Mario Palanti cruzó los brazos a la altura del pecho.

—Empezando por el presente, le tengo que decir que estoy al tanto de que las cosas no le están yendo nada bien. Que hace unos cuantos años que trabaja en el proyecto de la Mole Littoria y que está tratando por todos los medios de ganarse los favores de Benito Mussolini. Por ello y para ello, en 1925 se inscribió en el Partito Nazionale Fascista y, desde entonces, le ha solicitado audiencia formalmente en tres ocasiones sin que le haya concedido ninguna. Ni se la va a conceder mientras el Duce siga siendo miembro de la Asamblea —le adelantó—. En consecuencia, estos últimos años se ha estado arrastrando a ambos lados del Atlántico intentando vender sus ideas con escasísimo éxito.

Michelson se colocó la taza de café en los labios para asegurarse de que Palanti estaba asimilando sus palabras.

—Pero todavía resulta más interesante hacer una regresión al pasado. Justo al momento en el que usted encargó el robo de la estatua a dos ladrones de poca monta a los que pagó quinientos pesos. O, si lo prefiere, al día en el que les avisó de que los andábamos buscando, después de mantener aquella conversación conmigo en el Tortoni. De esta forma, no nos hace falta viajar al futuro para intuir de qué color se pinta, ¿verdad?

El arquitecto se secó el sudor de las palmas de las manos en la pernera del pantalón y asintió.

—Antes de empezar a hablar, me gustaría pedirle que no me obligue a disparar una salva a las primeras de cambio —le advirtió Michelson.

Palanti se humedeció los labios y elevó la mirada hacia la cúpula acristalada de la galería, como si así pudiera escapar de aquel embrollo.

—Al día siguiente de avisar a esos dos cretinos, se presentó uno de ellos…

—Patricio Cagna —se anticipó el guardián haciendo alarde de manejo de información.

—Como se llamara. Se presentó, como digo, en el Barolo para decirme que se había llevado la estatua y que si quería recuperarla tendría que pagarle cinco mil pesos.

—Lo mismo no era tan cretino —se burló.

—Sí, lo era, porque yo ya me había hecho con lo que me interesaba.

Matthew J. Michelson elevó las cejas.

—Explíquese.

—¡No me trate como a un estúpido! Usted y yo sabemos que la *Ascensión* no era más que un recipiente y lo último que yo quería en ese momento era tenerla en mi poder. ¡Odiaba y odio ese pedazo de bronce y realmente me importa muy poco lo que haya podido sucederle!

El guardián dedujo que estaba diciendo la verdad; así y todo, tenía que poner en duda sus palabras para averiguar lo que Ciacco no le había querido desvelar en Londres.

—No me creo que mutilara su obra para extraer lo que contenía en su interior.

—¡Deje de ponerme a prueba! Sabe tan bien como yo que solo había que presionar las dos tes de la inscripción para abrir el compartimento.

—Lo sé, pero no deja de sorprenderme que diera con ello —improvisó.

—En realidad no fui yo, sino mi aprendiz. Él sospechaba que debía de existir algún mecanismo en su interior, porque durante el proceso de fundición se había presentado un relojero en el taller. Era cuestión de probar.

—Creo que no le he tratado con justicia.

—¿Ahora me viene con esas? No hace falta que se compadezca de mí, lograré levantar el vuelo.

—Los pájaros muertos no vuelan, arquitecto. Dígame dónde tiene lo que sacó de la *Ascensión.*

Mario Palanti amusgó los ojos. Segundos después se echó las manos a la cara y prolongó el movimiento lentamente hasta la nuca, donde entrecruzó los dedos.

—¡Pero qué estúpido soy! Usted no tiene ni idea de lo que contenía. ¡Ni la más remota idea!

El italiano dejó escapar una risotada que se materializó en el millón de alfileres que se clavaron en el ego del guardián.

—Déjeme que le diga algo —añadió recortando la distancia con Matthew J. Michelson—. Se le han adelantado los suyos. Hace mucho tiempo —precisó—. Así que lo que tenía ya no lo tengo. Lo tiene él.

—Él —repitió ansioso.

—¿No sabe de quién le hablo? Está usted más perdido de lo que pensaba —se mofó—. Bernardo Segurola, el hombre que está al frente de todo, el que dirige esas excavaciones secretas. Él.

El intelecto del guardián se encargó de juntar las ocho letras que conformaban un nombre: Damocles. Otra vez el vigilante. Estaba claro que, contrariamente a lo que Ciacco pensaba, sí había tenido éxito en sus indagaciones, pero, por algún motivo, había decidido no comunicárselo al Gran Maestre. Un motivo que tenía que averiguar.

—Dígame qué contenía.

—Dígame qué gano yo contándoselo.

—Vivir.

—Vivir, claro. ¿Sabe algo? No quiero vivir…, ¿cómo ha dicho? Sí: arrastrándome de un lado al otro del Atlántico. Puede ordenar ahora mismo al tipo que tengo a mi espalda que me arranque la piel a tiras, que lo único que va a obtener es piel. Puede estar seguro de que me llevaré el secreto a la tumba.

Michelson se dio cuenta de que lo que más deseaba en aquel instante era averiguar qué contenía la estatua. Pero de eso Mario Palanti ya se había percatado.

—¿Qué quiere a cambio?

—Quiero la firma de Benito Mussolini en mi proyecto de la Mole Littoria y no me diga que no puede porque ya me han demostrado que no hay nada que esté fuera de su alcance.

—Tiene usted mi palabra, le conseguiré ese proyecto.

—¿Su palabra? —se mofó—. No me voy a conformar con su palabra, quiero la rúbrica de él.

—No es algo que se pueda obtener de la noche a la mañana, arquitecto.

—Usted sabrá cuándo quiere que le desvele el misterio.

El guardián decidió cambiar de estrategia; radicalmente.

—Agotó su crédito. No creo nada de lo que me ha contado. No hay rincón en Milán, en Italia, en Europa ni en el mundo entero en el que pueda estar a salvo. Mañana usted y su misterio estarán criando malvas —le aseguró levantándose de la mesa.

Mario Palanti se incorporó de improviso, provocando la reacción del arcángel. Dos manos en los hombros ejerciendo la fuerza contraria a sus piernas le devolvieron a su sitio.

—¿Tiene algo que decirme?

El arquitecto aguantó unos segundos el suspense.

—Le propongo un pacto de caballeros.

Michelson le hizo una seña al arcángel y este tomó asiento de nuevo.

—Le demostraré que sí accedí al interior de la estatua —dijo abriendo la cartera que había apoyado sobre la mesa—. La llevo siempre conmigo, por lo que pueda pasar.

Palanti extrajo algo utilizando los dedos a modo de pinzas. Venía envuelto de modo rudimentario en un plástico que hacía de protector.

Una lámina de color azul de Prusia.

—La cianotipia es un procedimiento parecido al revelado fotográfico que usamos con relativa frecuencia en mi oficio para realizar copias de planos originales.

Matthew J. Michelson examinó la lámina con detenimiento.

—El cianotipo realizado directamente por mí a partir del documento original. ¿Alcanza a leer el texto?

Era obvio que sí. Cuando terminó, levantó la mirada y buscó la de Mario Palanti, rebosante de expectación.

—Usted y yo tenemos un trato —dijo al fin el guardián.

SINGULARIDAD

Algún lugar del barrio de San Telmo
Buenos Aires (Argentina)
Septiembre de 2013

En algún momento le dijo cuál era su nombre, pero a Erika no le pareció lo suficientemente interesante como para siquiera plantearse retener esa información. Mirando el desagüe de la ducha advierte que, a simple vista, no se aprecia que al agua gire en sentido contrario al que lo hace en el hemisferio norte. Se cuestiona si el efecto Coriolis sigue existiendo se aprecie o no y concluye que, en efecto, su cabeza sigue afectada al norte y al sur del ecuador.

Cosas de la bipolaridad.

No le faltan motivos.

En el hospital, tras contarle a Ólafur de forma resumida y concisa lo más destacado de la narración de Bujalesky, se empeñó en hablar con el doctor Sciordi y la insistencia tuvo resultado. Este le explicó que las próximas cuarenta y ocho horas iban a ser vitales para definir la evolución del paciente a favor o a peor y que, en el caso del islandés, la segunda opción no presentaba subdivisiones. Abatida, decidió que lo último que necesitaba era recluirse en la habitación del hotel, por lo que caminó hasta Puerto Madero repasando las palabras del dantista como método para no pensar en el crítico estado de Ólafur. Ocupar su cabeza con conectores que no machihembran era una forma de no enfrentarse con la posibilidad de perder a un buen amigo. Sin saber cómo, terminó callejeando por el barrio de San Telmo y entró en el garito donde encontró más ambiente. Cerveza y tequila. En Rey Fidel alternaban bachata con cumbia y salsa con reguetón, pero a Erika no le afectaba nada que sonara fuera de los muros de su cabeza. Sin embargo, el alcohol debió de debilitar aquellas defensas, dada la facilidad con la que el desconocido que ahora dormita con ella logró franquearlas. Era atractivo y no parecía que tuviera más propósitos que acostarse con ella. Erika no encontró razones suficientes para abrir un debate interno sobre la conveniencia o no de tirarse a aquel tipo.

Le ha venido bien, pero ahora lo único que le importa es el hecho de que en algo más de una hora tiene que estar en el Palacio Barolo y antes quiere pasar por el hospital para darle un beso a Ólafur. Para su desgracia, el desconocido está despierto cuando se está dando a la fuga.

—¿Ya te vas? ¿No pensabas despedirte?

Erika se fija ahora en que tiene unos bonitos ojos marrones.

—Che, ¿no me vas a pasar tu número de celular? —insiste el desconocido de bonitos ojos marrones. Tampoco los recordaba tan expresivos.

—Mejor no.

—¿Tan mal estuve?

Erika odia que se considere el sexo como una prueba que hay que pasar. Se disfruta o no se disfruta. Lo cierto es que Erika disfrutó o eso cree, pero el sonido de la puerta al cerrarse deja abierto el interrogante.

Ya en el taxi, suena el teléfono. Es un número que no tiene registrado con prefijo de Argentina y por un instante piensa que el desconocido de bonitos y expresivos ojos marrones se ha hecho con él mientras dormía. Contesta agriando el tono todo lo que puede, pero quien ha marcado su número ni es desconocido ni tiene los ojos marrones, y mucho menos bonitos y expresivos.

Es Ramírez.

Pregunta por Bujalesky, pero ella le explica que en ese momento no está con él. El excomisario está contrariado y a ella le parece escuchar que murmura algo así como: «De vuelta la conchuda de la petisita colorada».

—Se lo voy a contar a usted porque quiero pensar que estoy ayudando a Buja. Me la estoy jugando por él.

—Le escucho.

—Hace unos días pasó por aquí un tipo para sacarme información. Se hace llamar Flegias.

Ramírez omite la parte en la que su vida se cruzó con la del padre de Flegias. A Erika se le entrecorta la respiración.

—Venía armado, así que no tuve más remedio que largar todo lo que sabía. No me atreví a llamar hasta que no puse a salvo a mi familia.

—Se lo agradezco. ¿Puede decirme cómo era ese hombre?

Antes de que responda ya sabe que va a encajar con la descripción de Robert J. Michelson, pero Erika quiere asegurarse.

—¿Y exactamente qué le contó?

—Lo mismo que a ustedes, por lo que si se les ocurrió pasar por la casa de Avellaneda les diría que no vuelvan más y si quiere ir al hospital a ver a su amigo, ándese con ojo. Y por último, si yo fuera usted, tiraría ya mismo el celular al Riachuelo.

A Erika le palpitan las sienes.

—Solo le pido que se encargue de avisar a Buja y que le diga de mi parte que siento lo que le está sucediendo.

—Lo haré. Gracias por llamar —le dicta su subconsciente.

—Y tome nota: no me busquen ni me llamen, porque no me van a encontrar más. Adiós.

Instintivamente, Erika mete la mano en la mochila para asegurarse de que lleva el arma. El tacto frío del hierro no la tranquiliza del todo.

Tiene que hacer una última llamada antes de llegar al hospital.

Residencia de Pluto
Chicago (Estados Unidos)

No ha dejado de sentir las afiladas uñas de la garra ejerciendo presión sobre su estómago desde que se ha desvelado a las 5:20 de la mañana. Ni siquiera la sesión de tres elepés seguidos de Standstill ha servido para mitigar su efecto.

Desde la seguridad que les proporciona la burbuja de la boardilla, han comprobado una decena de veces que los sistemas funcionan y el inspector general Makila les acaba de confirmar que los tres invitados y el arcángel ya han sido recogidos de sus hoteles y se dirigen hacia allá. Pluto los aguarda tomando un dry martini en el jardín de la parte trasera. A través de la cámara se puede apreciar su estado de nervios contenido.

Vincent Dare y él han llegado a primera hora de la mañana, adelantándose a la cocinera y el camarero que van a atender a los invitados durante el almuerzo, aunque ambos confían en que antes de que puedan probar bocado ya tengan información suficiente para colocarles las esposas. No han cruzado palabra con el custodio, pero es consciente de su presencia y su misión. La única incógnita por despejar es cómo reaccionará Jofiel.

Y no es baladí.

Desde luego su historial es para no estar tranquilos y por ello han resuelto engalanarse con el chaleco. La idea que sopesan es sorprenderlo y neutralizarlo —aunque no necesariamente en ese orden— antes de practicar las detenciones. Durante la cena que mantuvo anoche con Vincent, el nigeriano apostaba a que el tipo se iba a arrugar en cuanto viera las armas apuntándole a la cabeza, ya que, por muy colombiano y asesino a sueldo que fuera, cuando hay que poner precio a la vida de uno las acciones se disparan y el valor disminuye. Sancho estuvo de acuerdo con eso de disparar, porque él se lo iba a jugar a esa carta, a disparar primero. Luego decidieron cambiar de tema y Vincent le contó cómo había sido su paso por la cárcel de Minna: breve pero intenso. A cambio, el pelirrojo le habló de la relación que había empezado con una compañera de trabajo: breve pero intensa. Vincent Dare se mofó del español todo lo que quiso argumentando que él contaba con pocas posibilidades de salir vivo de la prisión, pero por lo menos tenía alguna. Ya en la habitación del hotel Langham, Sancho se vio tentado de llamar a Sara y sucumbió a la tentación. Ella acababa de levantarse y estaba preparando el desayuno en la cocina, circunstancia que le hizo revivir las escenas que rodó con ella en ese mismo plató. La conversación no se alargó mucho y se dejó acunar por el último «trata de no hacer ninguna estupidez» que le brindó ella hasta que se quedó dormido.

El pegajoso estado de duermevela que le atrapó es lo que le ha empujado a levantarse una hora antes de que sonara la alarma del móvil y es precisamente el teléfono lo que ahora reclama su atención con intermitentes vibraciones.

El nombre de Erika aparece en la pantalla. Sancho duda si aceptar o no la llamada.

—Ni se te ocurra, amigo —le ayuda Vincent a decidir.

—¿De cuánto tiempo dispongo?

—Máximo quince.

Sancho comprueba en los monitores que las dos únicas personas que hay en la casa siguen entretenidas en sus quehaceres.

—Seré breve. Sancho —contesta.

El nigeriano le enseña el dedo corazón bien erguido.

—Hola, Sancho.

—Erika, me pillas mal, ¿es muy urgente?

—Lo es. Dame solo dos minutos.

Pero se extiende diez en ponerle al día.

—¡Hay que joderse! —masculla entre dientes. Vincent le conmina con señas a finalizar la llamada, pero tiene que alargarla unos segundos más. El pelirrojo le informa de lo último que le ha contado Makila sobre la muerte de Corteza de Roble, hecho que refrenda la sospecha de que Michelson está preparando el asalto al puesto más alto de la hermandad.

—Erika, ahora tengo que colgar. Minimiza los riesgos. Te llamo en cuanto pueda.

—No, este teléfono va a dejar de estar operativo. Te envío un mensaje desde el nuevo para que lo agendes.

—Entendido. Cuídate y cuida mucho del vikingo, ¿de acuerdo?

Cuando Sancho deja su terminal sobre la mesa, tiene los músculos de la cara contraídos y está apretando los dientes.

—Sea lo que sea, ahora no es —le conmina el nigeriano—. Están a punto de llegar. Céntrate.

—Estoy centrado.

Pero no es cierto. Con Michelson tras la pista de Erika y Ólafur en estado crítico, el centro está muy desviado en su eje emocional.

Palacio Barolo. Avenida de Mayo, 1370
Buenos Aires (Argentina)

Los encuentra junto a la *Ascensión*, pero no parece que estén hablando de la estatua. Por detrás de Bujalesky asoma la funda que contiene a Dulcinea y Erika se cuestiona la querencia de las personas por acarrear las penas a la espalda. Telmo descarga el peso de su cuerpo sobre el bastón. Por sus ojeras, infiere que han alargado la noche más de lo que aconseja el manual de vida sana del sexagenario.

—¡Uuuuh! ¡Pero mirá la carita que tenés! ¿Qué pasó? ¿Tu amigo está bien? —observa Bujalesky.

—Ólafur sigue igual, igual de jodido —precisa—. Este careto es solo consecuencia de la falta de sueño.

Y de la llamada de Ramírez, pero esa parte prefiere omitirla de momento. Antes de entrar en el hospital se ha deshecho de su tarjeta SIM y ha comprado dos terminales nuevos con sendos números de prepago. Ha tenido una charla amigable con el doctor Sciordi con la que ha conseguido que el médico anote su nuevo número para avisarla en cuanto se produzca algún cambio en su estado. Con Ólafur solo ha podido estar veinte minutos, pero le han bastado para compartir con él las últimas novedades.

—Vosotros dos no parece que vengáis de un balneario precisamente —juzga ella.

Se miran como dos adolescentes.

—Se empeñó en hacerme los nuevos temas de Bujita. Accedí por respeto a su memoria, pero casi nos chupamos la botella entera de fernet. Me levanté sin poder despegarme del estribillo, ¿cómo es que decía? Sí: *Todos somos culpables* —entona.

—*Deudas y obligaciones. El triángulo equilátero. Un círculo perfecto. Nadie distingue lo que es sano de lo correcto* —canta Buja subiendo una escala—. Luego te la toco. Se llama *Singularidad*, es hermosa.

—Luego, luego —despejó Erika—. Te he traído un regalo.

Bujalesky lo mira como si no entendiera para qué sirve ese artilugio rectangular sin botones.

—Dejate de joder, che...

—No es negociable. Si vamos a estar juntos en esto, quiero que lo lleves encima. Siempre —añade—. Este es tu número y este otro —le señala en un papel— es el mío. Bienvenido al presente.

Bujalesky levanta una ceja y se recoge el pelo. Telmo aplaude.

—Yo me ofrezco a darle unas lecciones por un módico precio.

—Vos me vas a..., mejor me callo para no herir la sensibilidad de la dama.

—La dama perdió la sensibilidad a los catorce. ¿Os parece si ahora nos zambullimos de cabeza en el maravilloso universo de Dante?

—Subamos al paraíso, pero primero debemos expiar nuestros pecados en el purgatorio. ¡Por las escaleras! —indica Bujalesky.

Erika se para delante del cartel de la distribución de oficinas por pisos.

—A mí también me llamó la atención en su día, pero no es más que lo que aparenta, te lo aseguro. Primera parada en el tercer piso.

Telmo sube ligero ayudándose con el bastón.

—Ya no estás para estos trotes, Buja.

—Andá a lavarte el orto, pelotudo.

Telmo estalla de risa.

—Erika, esto es lo que te comentaba ayer. Mirá el suelo de la antesala del infierno desde acá —la invita apoyándose en la balaustrada—. El damero, las cadenas protegiendo la estatua, los rosetones... ¿A vos te parece que eso sean llamas? —le pregunta a Erika.

—No.

—¿Oíste, viejo?

Telmo sigue con la sonrisa pegada en los labios. Bujalesky se aclara la garganta.

—Para Dante, el purgatorio es la contraposición simétrica al infierno. De hecho, el poeta explica que se forma con las rocas que se desprenden de la corteza terrestre cuando Lucifer es expulsado del cielo y se incrusta de cabeza en la tierra. Tras salir del infierno, Dante y Virgilio se topan con una gran montaña de laderas escalonadas y curvilíneas con la cumbre aplanada, donde el poeta sitúa el paraíso. Es la única tierra emergida del hemisferio sur y la ubica concretamente en las antípodas de Jerusalén, lo cual anticipa que el planeta tiene forma esférica; pero esta me la salto. Ahora vendría la parte que te conté de la Cruz del Sur y las Columnas de Hércules, ¿sí?

Erika agradece al fernet que le haya otorgado el don de la concreción.

—A los pies de la montaña se encuentran a Catón el Joven, a quien presenta como el *guardián* —enfatiza— del purgatorio, y se dejan conducir hasta las puertas, donde se topan con un ángel *custodio* —vuelve a remarcar—. Este porta una espada de fuego, también llamada espada flamígera, con la que marca siete pes en la frente del poeta, una por cada pecado capital. De esta forma, Dante tiene que ascender las siete terrazas o gradas que conforman el purgatorio para expiar la soberbia, la envidia, la ira, la pereza, la avaricia, la gula y la lujuria. De esta última, Dante se confiesa pecador.

—¿Y quién no? —aporta Telmo.

—Habló don Juan Tenorio. Prosigo. En este punto introducimos la figura de Beatriz, su primer y único amor entendido como el amor verdadero que trasciende más allá de lo carnal. Existe un gran debate acerca de su identidad en el que no voy a profundizar; sin embargo, lo que sí parece cierto es que Dante se enamora de ella en su niñez, pero por un azar del destino no vuelve a verla. Cuando se entera de su fallecimiento, se entrega a la lujuria, buscando en otras doncellas lo que nunca había conseguido de Beatriz.

—Típico de los tíos —comenta Erika.

—La interpretación de este hecho, es decir, que Dante se ubique a sí mismo en el purgatorio, es la razón que esgrimen Palanti y Barolo a la hora de justificar la construcción de este edificio. Creo que ya te dije que del primer piso hasta el catorce es el purgatorio, ahora entenderás por qué.

—Dos pisos por pecado —acierta ella para satisfacción del dantista.

—¡Tal cual! Subamos. ¡No! —rectifica de inmediato—. Disculpá, disculpá, antes de la penitencia, el mapa. La parte más esclarecedora dice así:

El botín que a Lucifer despojasteis
no sirve sin romper con lo ilusorio
para llegar donde nunca llegasteis.

Desde el primer balcón del expiatorio,
invisible al profano, está el cerrojo,
la ascensión siniestra hasta el purgatorio.

De nada os van a servir vuestros ojos,
ceguera que el pecado impedirá
atravesar los muros sin despojos.

El tiempo no existe ni existirá;
si vuestra penitencia fue sincera,
la luz al paraíso os guiará.

—Es evidente que el botín al que se refiere es la llave del infierno, que este es el primer balcón del purgatorio y que el cerrojo no está visible para las miradas de los que carecen de conocimiento. Referido a la *Comedia,* se entiende —aclara—. Y sigue: *De nada os van a servir vuestros ojos, ceguera que el pecado impedirá atravesar los muros sin despojos.*

—Los ascensores ocultos.

—En eso pensamos en su día y gracias a Telmo los hemos podido revisar minuciosamente, pero, no obstante, seguimos sin encontrar algo relevante, ni siquiera en las verticales. Nada. Hágame usted el favor de ilustrar a la señorita —convida a Telmo.

—Por dentro de las cuatro columnas de gran grosor que enmarcan el eje central del edificio —señala—, circulan cuatro ascensores; los dos que dan hacia avenida de Mayo están visibles, pero los que dan hacia Hipólito Yrigoyen no. Estos circulan desde el segundo subsuelo hasta el segundo piso sin apertura en el vestíbulo central. Así lo quiso Luis Barolo.

—Para no toparse con los indeseables inquilinos, lo sé.

Telmo se gira y abre una pequeña compuerta en el muro que hay a su espalda.

—Si uno se asoma, todavía se pueden ver los cables —dice conforme Erika lo comprueba—. Ahora bien, ninguno de los dos ascensores está operativo, ya que se reutilizaron ciertos componentes para reparar los otros. Los últimos hace un par de meses con estas manos —las muestra—. El de la derecha está muerto en el segundo piso y el de la izquierda descansa entre el primer y segundo subsuelo.

—Entendido.

—El mapa nos invita a realizar el mismo viaje que Dante hace en la *Comedia.* Para ello, es del todo imprescindible...

—Encontrar la entrada del infierno —completa Erika—. ¿Y eso del tiempo? ¿Qué significa?

—*El tiempo no existe ni existirá; si vuestra penitencia fue sincera, la luz al paraíso os guiará.* Para Dante, en el purgatorio no existe una variable temporal, simplemente es una dimensión que no se considera. Para completar la penitencia es imprescindible hacer una reflexión, un profundo proceso introspectivo que converge en el entendimiento del ser esencial frente al existencial.

Erika está a punto de preguntar, pero no lo hace y se alegra de ello.

—No se pueden expiar los pecados que no se admiten, por eso Dante confiesa ser un lujurioso —prosigue— y al limpiar su conciencia aparece Beatriz para guiarlo por el paraíso. ¿Seguimos subiendo?

—Yo traigo la mochila llena de pecados, así que apresurémonos.

Residencia de Pluto
Chicago (Estados Unidos)

Apenas han dedicado unos minutos a las salutaciones y demás preliminares forzosos en la zona ajardinada, los cuales, más que por afecto, han tenido lugar para dar tiempo a que Jofiel rastree la casa en busca de unos dispositivos que no ha encontrado. Si se hubiera cocinado un pastel en ese intervalo con ingredientes de palabras pronunciadas por los custodios, este tendría una base de bizcocho relleno de crema de miedo con mermelada de desconfianza; estaría recubierto por una masa crocante de inseguridad con cobertura de rencor. Sugerente por fuera, áspero al paladar. El que ha repartido el mayor número de porciones ha sido Minotauro, trozos que Efialtes y Anteo han aceptado gustosamente mientras que Pluto se ha limitado a mordisquear las sobras, cuidando mucho de empacharse, conocedor de lo que está ocurriendo en la cocina. Al regresar el arcángel Jofiel sin novedades, se ha mantenido en un segundo plano, sin probar bocado y sosteniendo una actitud de vigilancia activa invisible. Lo que resulta muy visible desde la burbuja, y preocupante, es el generoso arsenal que lleva encima.

Sin levantar la mirada de los monitores y con los auriculares incrustados en las orejas, Ramiro Sancho y Vincent Dare no pierden detalle mientras aguardan impacientemente a que empiecen a degustar platos más suculentos en la sala de reuniones a la que acaban de acceder. Los custodios lucen expresiones acorazadas. Hasta ahora lo único que les ha llamado la atención es el rostro de Anteo, cuyas facciones, aunque a ambos les resultan familiares, no han conseguido identificar. Por lo demás, todo se está desarrollando por los derroteros previstos en el plan del inspector general Makila y la única incógnita que sigue planeando sobre sus cabezas tiene que ver con la forma de sorprender y neutralizar a Jofiel.

Les acaban de servir café en un juego de porcelana cuyo valor, intuye Sancho, es superior al total de su patrimonio. Minotauro carraspea para llamar la atención de sus compañeros.

—Hermanos, lo mejor es que abordemos el asunto que hoy nos ha reunido sin más preámbulos. No disponemos de mucho tiempo para maniobrar antes de que se reúna la Asamblea o lo que queda de ella —aclara malintencionadamente—. La gravedad y la celeridad con la que se han precipitado los últimos acontecimientos nos obligan a encontrar una respuesta inmediata. Debemos ser pragmáticos —certifica con solemnidad ceremoniosa—. La pervivencia de nuestra organización es la única razón que me ha motivado a presentar mi candidatura a Gran Maestre y mi objetivo prioritario, como ya saben, se ciñe a reconstruir con prontitud los cimientos sobre los que se erige nuestro Templo sagrado.

Su pronunciación denota que está acostumbrado a expresarse en inglés aunque no sea su idioma materno. Sus rasgos cincuentenarios, consolidados y acentuados por la tensión, refuerzan el tono apocalíptico con el que aborda el discurso.

—Señores, en nuestro caminar a lo largo de los siglos hemos tenido que adaptarnos a la vertiginosa transformación de los agentes externos y si hemos logrado salir exitosos es porque nuestro núcleo siempre se ha mantenido firme y compacto.

Los presentes se limitan a asentir con más o menos fervor.

—Por tanto, me dispongo a compartir con ustedes los tres puntos que hemos de abordar, para los que les voy a pedir su apoyo incondicional, si es que están de acuerdo en acompañarme en esta difícil tarea que tenemos por delante.

Hace una pausa para dar la oportunidad a sus compañeros de expresarse, pero lo máximo que consigue es una mirada tan cómplice como precocinada de Efialtes.

—Voy a ser muy franco —advierte adoptando una pose severa—. Lo primero que pensé fue en trazar una línea recta que pasaba por contraatacar de la misma forma que lo está haciendo Flegias, nuestro rival; valiéndose de la espada.

—¿Insinúa que la muerte de Caronte fue ordenada por Flegias? —interviene Anteo.

—No puedo probarlo, pero los hechos que vivimos en el hotel Bilderberg ya deberían bastar para sostener la sospecha.

—Todos vimos cómo Corteza de Roble se arrojó a la espada de Miguel —repone el custodio.

—Espada que si no hubiera estado desenvainada no le habría causado la muerte —completa Pluto.

—Señores, por favor, dejémonos de suspicacias. Lo único que quería hacerles entender es que, si pensaban que iba a elegir la senda del enfrentamiento, les voy a decepcionar. ¿Con qué legitimidad acudiría ante nuestros hermanos si antes de vestirme la túnica de Dante me mancho las manos de sangre? Con ninguna. Todos lamentamos la pérdida de nuestro Gran Maestre y sobre todo la forma en la que se produjo, pero a

Flegias no le faltaba razón cuando señalaba a Corteza de Roble como el principal causante de las actuales amenazas que se ciernen sobre nosotros. Y esa, queridos hermanos, es precisamente la mejor baza de nuestro rival cuando adopta las funciones que desempeñaba su padre. Además, su linaje en la Congregación se remonta a principios del siglo pasado, hecho que, para muchos, también suma.

Minotauro toma aire antes de proseguir.

—Es innegable que, en estos momentos, Flegias es nuestro escudo principal, sí, pero sin El Cartapacio de Minos se convierte en una defensa muy vulnerable. Nuestro primer objetivo, por tanto, será contrarrestar esa parte y, con tal propósito, mis guardianes y yo nos hemos movido muy rápido. Créanme cuando les digo que ya tenemos una alternativa en materia de seguridad. En breve, un nuevo hermano ocupará la vacante del también malogrado Altarf en Budapest.

—¿Directamente? ¿Sin pasar por el grado de centinela? —cuestiona Anteo.

—De hecho, es solo un paso previo a la asunción de la túnica de custodio con todos los privilegios que ello conlleva. No puede ser nuestro escudo si no le damos armadura. La situación así lo requiere. Benjamin Harding, anoten su nombre. Su candidatura me ha llegado a través de un importante contratista militar. Por resumir, les diré que Harding es miembro de la NSA y uno de los máximos responsables de la red Echelon en Europa.

La afiebrada expresión de Anteo empuja a Minotauro a ser más específico.

—Es la red de información más importante del planeta. Procesa más de tres mil millones de comunicaciones electrónicas y satelitales al día. No hace falta que les diga la importancia que tendría para nuestros intereses acceder a esta información. Sería nuestro nuevo John Edgar Hoover —afirma.

—Nunca crecimos tanto ni estuvimos tan protegidos como con Jasón —manifiesta Anteo—. Benjamin Harding es una carta ganadora. Ojalá sea esta la solución que buscamos.

Ramiro Sancho y Vincent Dare intercambian muecas de incredulidad y sorpresa, pero declinan hacer comentario alguno en favor del discurso de Minotauro, que prosigue con su diatriba.

O esa es la intención que tiene cuando un molesto e intermitente zumbido le roba las palabras.

Jofiel invade la sala empuñando una MK-23 equipada con mira láser alimentando el desasosiego de los custodios. Efialtes suelta la taza de café, cuyo valor es tan elevado como la altura desde la que cae, incompatible con su porcelánica esencia. Pluto frunce el ceño, esto no está en el guion que con tanto esmero le han escrito.

—¡¿Qué demonios está pasando?! —exige saber Minotauro, que ya se ha puesto en pie.

—Mantengan la calma, señores, mantengan la calma —reacciona Pluto desde su asiento—. A veces las ardillas se posan sobre el tejado y hacen saltar los detectores de presión.

Eso es cierto, pero en cuanto concluye la improvisada frase se percata de que decir la verdad no ha sido un acierto. La siguiente, pronunciada por Minotauro, lo corrobora.

—Vaya a comprobar el tejado de inmediato.

Jofiel va.

Y hasta aquí los derroteros previstos por Makila.

A partir de aquí, los imprevistos que conducen a la derrota.

CONDENADA TRINIDAD

Palacio Barolo. Avenida de Mayo, 1370
Buenos Aires (Argentina)
Septiembre de 2013

Se conservan los materiales originales que el propio Palanti diseñó y ordenó fabricar en Italia —informa Telmo—. Los picaportes, las jaulas de los ascensores, los mecanismos de apertura y cierre de las ventanas, los solados de mármol y granito, los herrajes... Casi todo lo que ves lleva su impronta. La idea era que la luz atravesara la estructura de hormigón de parte a parte. Por eso los vidrios de las puertas son traslúcidos y el blanco es el color predominante.

—Original.

Erika se ha limitado a expresiones de ese tipo. Trata de no pensar en la amenaza que supone Michelson, pero no puede despegarse de la espesa sensación de estar en constante peligro.

—Ven, asomate —la invita Bujalesky desde la baranda de la escalera del decimotercer piso—. ¿Qué ves?

Una suerte de elipse concéntrica atraviesa las entrañas del edificio hasta donde le alcanza la vista.

—Los círculos del infierno —compara ella.

—Ya está intoxicada —observa Telmo.

—Tal cual. Es como si Palanti quisiera recordar a las almas penitentes que transitan por el purgatorio que en cualquier momento pueden caer en el infierno. En la medida en la que Dante y Virgilio van ascendiendo, la gravedad de los pecados, al contrario de lo que sucedía en el infierno, va disminuyendo. En el purgatorio, los soberbios, los envidiosos, los iracundos, los perezosos, los avaros, los golosos y los lujuriosos aún albergan la esperanza de alcanzar el paraíso. Salgamos a la terraza —propone.

Erika agradece estar al aire libre casi tanto como el ejercicio de concreción que está haciendo el dantista.

—Desde acá se aprecian las cicatrices que dejó la modernidad. Cables y más cables, antenas, canalizaciones…, un atentado cobarde contra la belleza —define Telmo—. Por eso trato de no salir nunca.

Erika y Bujalesky le siguen casi de inmediato.

—Desde acá, la vista del paraíso es hermosa —aprecia el encargado del Barolo.

Ella está de acuerdo y se recrea en el paisaje urbano durante el tiempo que le concede el experto.

—Volvamos adentro. Un poco más y terminamos de purgar nuestras almas para subir al paraíso —la anima—. En la séptima y última cornisa —sigue narrando—, Dante y Virgilio se topan con un muro de fuego que solo pueden atravesar una vez que hayan expiado sus pecados. Dante duda, pero finalmente su guía lo convence y por fin se encuentran con las escaleras que suben al paraíso, donde Virgilio cede su papel en favor de Beatriz. Acá los tenés —señala—, los tres mismos peldaños que se mencionan en la *Comedia.* Ya estamos cerca.

Residencia de Pluto
Chicago (Estados Unidos)

A ninguno de los dos le cabe duda alguna sobre las destrezas del arcángel colombiano.

Cuando recorrió la casa antes del comienzo de la reunión lo hizo por puro protocolo, pero ahora, bajo una posible amenaza, se ha comportado de modo radicalmente distinto. Ha registrado las estancias de la primera planta ejecutando a la perfección el manual de asalto táctico en áreas urbanas. A pesar del riesgo que implica su presencia a pocos escalones de alcanzar la boardilla, los policías se sienten confiados tras el armazón blindado de la burbuja. O quizá no tanto, porque ambos han sacado sus armas y han quitado los seguros. El inspector general Makila, que está viendo exactamente lo mismo que ellos, les ha ordenado a través de los comunicadores que se mantengan a la espera y guarden silencio. A través de las dos cámaras de la sala de reuniones han sido testigos de cómo la tensión ha ido en aumento con cada instante que pasa sin noticias de Jofiel. Anteo ha lanzado una propuesta para posponer el encuentro que, por el momento, no ha tenido acogida entre sus compañeros.

Jofiel ha comprobado que el despacho del ático está vacío y en cuanto sale notan que la tirantez ha abandonado su semblante, señal de que la teoría de la infiltración de las ardillas ha ganado enteros entre sus hipótesis. No ha bajado el primer escalón cuando escucha un golpe seco a su espalda. Reacciona con sorprendente celeridad, más rápido que Vincent Dare y mucho más que Ramiro Sancho, que todavía no comprende cómo es posible que se haya abierto la puerta de la burbuja.

—¡Hay que rejoderse!

El empujón del nigeriano lo reactiva.

—Atención, se está acercando. ¡Están autorizados a abrir fuego! —escuchan gritar a Makila por los auriculares.

Sancho se parapeta tras la mesa sobre la que descansan los monitores y rodilla en tierra apunta con el Smith & Wesson 500. Al nigeriano solo le ha dado tiempo a pegarse contra la pared donde se acaba de volatilizar una plancha de acero de dos metros de alto por noventa centímetros de ancho.

El cronómetro mental se desconfigura. Un segundo dura bastante más de diez décimas, eternamente más que cien centésimas. Son conscientes de que cualquier error cometido en la centésima incorrecta resultará fatal.

El pelirrojo no quita ojo del rectángulo y cuando intenta conectar la coctelera se percata de que tiene todos los enchufes ocupados. Vincent sostiene la Beretta dispuesto a hacer blanco sobre lo primero que asome por la puerta.

Pero la granada cegadora es un objeto excesivamente pequeño y rueda por el suelo a demasiada velocidad.

—¡Al suelo! —Es lo último que escuchan por los auriculares.

El relámpago y el trueno preceden a la tormenta de disparos. Los seis millones de candelas de intensidad lumínica que ha desprendido el artefacto, sumados a los ciento ochenta decibelios que ha liberado al detonar, han surtido el efecto previsto por el arcángel. Sancho y Vincent pueden dar fe de ello. El pelirrojo está completamente aturdido por el estruendo y lo único que sabe con certeza es que está en el suelo mientras las balas silban por encima de su cabeza. Al nigeriano el destello le ha sorprendido de lleno y el acto reflejo de taparse los ojos le ha forzado a desprenderse de su arma.

Jofiel presiona el botón del costado que libera el cargador ya vacío y antes de que este toque el firme introduce otro en la culata. Sigiloso, un haz de luz rojo empieza a recorrer los doce metros cuadrados de la burbuja.

El juego de café cuenta con tres bajas más: dos tacitas y un plato. Los custodios, sin embargo, siguen pegados a las sillas. El ruido de los disparos es un excelente pegamento de efecto inmediato.

Gritan, pero no saben por qué.

Pluto intenta calmar a sus hermanos, pero al no conseguir captar su atención opta por abrir la aplicación del móvil con la que controla el acceso a las burbujas. Lo consigue anticipándose a las intenciones de Anteo, decidido a saltar por la borda de un barco fantasma que se va a pique.

—¡Por aquí! ¡Vamos! ¡Vamos! —les indica agitando el brazo.

Pluto es el último en entrar. Cuando logra cerrarlo, se gira hacia sus compañeros, que han perdido todo rastro de rubor facial.

—¡Aquí dentro estamos a salvo! ¡Tranquilos! ¡Todos tranquilos!

—¡¿Qué ha sido eso?! —pregunta Efialtes sin esperar respuesta alguna.

—¡Primero he escuchado una bomba y luego disparos! —identifica Minotauro.

—¡Esto es a prueba de bombas y podéis estar seguros de que nadie puede entrar! ¡Estamos a salvo! —repite Pluto incesantemente.

Pero de los cuatro custodios ninguno está en condiciones de sosegarse, ocupados en hacerse una composición de lugar.

El espacio hace forma de ele invertida. En el cuerpo principal hay una mesa sobre la que descansa un equipo informático de penúltima generación, dos confortables sofás de tres plazas y una pantalla de plasma de sesenta pulgadas. En el otro cuerpo, que todavía no se han atrevido a explorar, se encuentran la nevera, el botiquín, el arsenal y un arcángel.

Palacio Barolo. Avenida de Mayo, 1370
Buenos Aires (Argentina)

Conforme van ascendiendo el espacio se va haciendo más y más angosto.

—Dante describe el paraíso como un reino etéreo, inmaterial, subdividido, faltaría más, en nueve esferas o cielos. Las siete primeras toman el nombre de los planetas conocidos según el sistema ptolemaico: Luna, Mercurio, Venus, Sol, Marte, Júpiter y Saturno.

—En esos días todo giraba alrededor de nosotros —refuerza Telmo.

—Y en estos. Cuánto daño sigue causando esa visión del mundo —valora Erika.

—Todavía existen, y no son pocos, quienes apoyan el creacionismo como filosofía de vida. La totalidad de lo que se conoce se creó en la Tierra. Así nos va —comenta Bujalesky—. Bueno, vamos a hacer una parada en el piso veinte para que puedas contemplar a los mortales.

Un balcón corrido rodea el exterior de la cúpula. Bujalesky conduce a Erika a la fachada norte.

—Allá lo tenés —señala.

—¿El Congreso?

—Antes.

—No sé, Buja, no estoy para juegos…

—Disculpá. Me refiero a Dante, ¿lo ves?

—Sí, ahora sí.

—*El pensador*, de Auguste Rodin, aunque su nombre original es *El poeta*. Es una de las tres copias que el escultor fundió del molde original. Iba a ser parte de un conjunto mayor y representa a Dante Alighieri sentado sobre el dintel de las puertas del infierno mientras medita sobre las escenas que está contemplando. Dante asegura una y otra vez que él realizó el viaje que narra en la *Comedia*.

—Las drogas de aquella época tenían que causar estragos —comenta ella sin pretender ser graciosa.

—No lo descarto. La estatua fue adquirida por orden de Eduardo Schiaffino, director de Museo Nacional de Bellas Artes, en 1906. La idea primigenia era que fuera colocada en la magnífica escalinata del Congreso Nacional, un poco más allá —señala—, pero al final se plantó ahí porque Schiaffino era centinela de la Gran Logia de los Puros y se limitó a cumplir las órdenes que le venían de arriba. Ni más ni menos, ni menos ni más.

—¡Cómo no!

—¿Querés pruebas?

—No, por favor, no. Tu palabra me sirve.

Bujalesky sonríe.

—Cuando llega la estatua a Buenos Aires en 1909, sorprendentemente, la manda ubicar en medio de ningún sitio y dando la espalda al edificio del Congreso. ¿Qué sentido tiene eso? Ninguno, pero sí una explicación. Repasemos: en 1906 muere Minos y Ciacco se hace cargo del proyecto, ¿sí? Resulta obvio pensar que ya tenía establecido en qué solar se iba a levantar el Palacio Barolo por la alineación con la Cruz del Sur y la corriente del arroyo Tercero del Medio. Cuando Schiaffino coloca la estatua, lo hace con toda la intención para que mire en esta dirección, ¿sí? Pero no hacia la cúpula, hacia abajo, directamente al infierno que se abre bajo el purgatorio.

Erika se muerde el labio inferior.

—Antes has dicho que, en el conjunto escultórico, Dante está sentado sobre las puertas del infierno. ¿No podría ser que la entrada que estamos buscando esté justo debajo de *El pensador*? —sugiere ella.

Ellos se miran.

—Ya lo pensé, lo pensamos —rectifica—, y lo comprobamos con un técnico de la municipalidad. No hay nada más que cemento. Minos lo deja bien claro en el mapa: *Necesario es el descenso al infierno. Cuerpos celestes, el rastro infalible de la Catedral, puerta del averno.* Y no se refiere a la Catedral Metropolitana, principal templo católico de la ciudad, porque ningún masón querría hacer partícipe de su obra al gran enemigo de la época: la Iglesia católica. No, la Catedral a la que se refiere tiene que ser otra.

Erika busca la confirmación en Telmo.

—La entrada al infierno no puede estar en un templo católico —refrenda este.

Erika chasquea la lengua.

—¿Subimos al Empíreo? —la invita Telmo—. Este último tramo nos toca bailarlo juntitos.

En el semblante de Erika germina una interrogación.

—Che, ¡capaz que no se lo contaste!

—¡No tuve chance! —se defiende Bujalesky.

—Ya, claro. Vos no te preocupés, que me ocupo yo. Acá su eminencia, el experto de los expertos en Dante, no fue capaz de culminar el viaje, ya que jamás puso los pies en el paraíso. ¿Cómo te quedás?

Erika lo mira extrañado.

—¿Nunca has subido al faro?

—No —contesta tajante—. No puedo.

—¿Qué pasa? ¿Está prohibido subir con instrumentos musicales?

—Peor. Algún reverendo hijo de una remil puta, exprimiendo al máximo su creatividad, decidió pintar los escalones de... Vos ya sabés.

Bujalesky no puede ni pronunciar el nombre del color.

No hace falta.

Residencia de Pluto
Chicago (Estados Unidos)

El haz de luz se posa en la espalda de Vincent Dare. Tiene un impacto de bala en el gemelo izquierdo y está manoteando el suelo tratando de localizar su arma, pero sus pupilas están tan dilatadas que no consigue enfocar objeto alguno.

Dos balas interrumpen tajantemente el proceso.

El nigeriano deja de moverse, pero Jofiel se dispone a rematarlo tal y como le enseñaron hace ya muchos años. No sabe quién es el negro que ha encontrado allí dentro con todos esos equipos de vigilancia que han saltado por los aires, pero ya es tarde para preguntárselo. Eleva el brazo para apuntar a la nuca. Abre la mandíbula para aliviar ese leve pero molesto zumbido en los oídos que también a él le ha afectado, aunque es consciente de que en unos minutos habrá desaparecido. Pero ese leve y molesto zumbido es precisamente el que le impide distinguir otro sonido que en condiciones normales habría identificado al instante: el que hace el martillo al liberar el mecanismo percutor. El megaproyectil de 12,7 milímetros impacta a la altura del pómulo y en su trayectoria pulveriza los huesos cigomático derecho, maxilar superior, nasal y cigomático izquierdo, arrastrando en la demolición los tejidos que antes conformaban un rostro.

Sancho se incorpora. Todavía no es capaz de calibrar lo afortunado que ha sido durante los treinta y ocho segundos y cuatro décimas que han transcurrido desde que Jofiel ha arrojado la granada cegadora hasta que le ha volado la cara al arcángel. El primer golpe de suerte ha sucedido cuando su cerebro ha procesado equivocadamente que el objeto que rodaba por el suelo era una granada de fragmentación y de manera intuitiva ha apretado los párpados con fuerza, evitando así que la luz le cegara. De otra forma, la dilatación pupilar le habría impedido acertar un objetivo que estuviera más allá de las cuatro pulgadas que mide el cañón de la Smith & Wesson 500 que todavía empuña con fuerza. El segundo se ha producido al bloquearse su sistema nervioso mientras Jofiel vaciaba el cargador de la MK-23 dibujando un ocho en el aire. Permanecer inmóvil ha sido la mejor opción, ya que los trozos a los que han quedado reducidos los monitores unidos a los pedazos de escayola que recubrían la pared de la burbuja han ocultado la parte de su cuerpo que sobresalía de la mesa. El tercero no ha sido mérito ni demérito del pelirrojo, dado que nada ha hecho para que el arcángel haya entrado en diagonal y se haya topado primero con Vincent Dare herido en la pierna, llevándole a pensar que era el único ocupante de la burbuja. Ahora bien, lo que no ha tenido nada que ver con la fortuna ha sido que la bala le alcanzara en la cabeza. Es cierto que Sancho ha apuntado a la sien, pero los grandes calibres tienen sus inconvenientes y sus ventajas: es harto complicado acertar donde uno quiere, aunque tampoco resulta del todo imprescindible.

Vincent ha tenido menos suerte que él. No se mueve y hay un rastro de sangre que mana de su cuerpo.

—¡Aquí Sancho! ¡Vincent está herido, envíen una ambulancia urgentemente!

Makila no contesta.

—Aquí Sancho, ¡¿alguien me escucha?!

—Le escucho. Ya está en camino —le confirma el nigeriano con voz apagada—. ¿Usted está bien? Perdí la conexión de audio y vídeo poco después de detonar la granada. Pensaba que...

—Yo estoy ileso, algo aturdido todavía, pero Vincent...

Sancho se agacha para examinar los dos agujeros que tiene en la espalda. Ninguno ha atravesado el chaleco, pero la energía que liberan le roban a cualquiera las ganas de moverse. La herida de la pantorrilla es más escandalosa que grave, pero aun así necesita atención médica.

—¿Cuál es su estado? —quiere saber Makila.

—Saldrá de esta —diagnostica tomándole el pulso.

Sancho le da la vuelta y le arrastra cerca de la mesa. Luego le regala unas cuantas bofetadas para terminar de despertarle. Le quita el chaleco y el cinturón dándole tiempo a que vuelva en sí.

—Bienvenido, compañero. Estira la pierna, apóyala sobre la mesa y mantenla ahí hasta que llegue la ambulancia, ¿entendido?

Vincent parece que intenta decir algo, pero Sancho está entretenido practicándole un rudimentario torniquete con el cinturón.

—Tengo que bajar a ver si todavía podemos sacar algo de este desastre. Vuelvo enseguida.

Vincent Dare asiente.

El corazón es una caja de percusión cuando llega a la puerta de una sala de reuniones completamente vacía.

—Aquí Sancho. Los putos pajaritos han salido volando.

—Negativo. El circuito exterior de cámaras no se ha visto afectado por la explosión y le puedo asegurar que de ahí no ha salido nadie.

—Un segundo.

Sancho se da cuenta ahora de que uno de los paneles laterales se ha volatilizado. No se oye nada, solo su latido. Apunta al hueco y avanza despacio.

—Informe —requiere Makila.

Pero a Sancho le faltan las palabras.

—¡Hay que joderse! —es lo único que acierta a decir.

Palacio Barolo. Avenida de Mayo, 1370
Buenos Aires (Argentina)

—La cosa es grave —califica Telmo conforme sube las primeras escaleras que llevan al faro ayudándose de su bastón—. Le he visto transpirar muy feo cuando le agarra la paranoia con el amarillo.

—Es lo que tienen las fobias. ¿Nunca se ha tratado? —pregunta Erika.

—¿Buja? Ni en pedo, che. Es un cabeza dura. Un caso aparte.

—Conocer el desencadenante de la fobia es la única forma de superarla o, en el peor de los casos, de aprender a convivir con ella. ¿Él sabe qué lo originó?

—Cuidado, no te golpees ahí la cabeza —le advierte—. ¿Vos sos loquera?

—Bruja, más bien.

—Mirá, solo una vez le pregunté por ello y se descompuso completamente. Estuve varios días sin tener noticias de él y a mí no me sobran los amigos, ¿entendés?

—Entiendo.

Escaleras abajo empiezan a escuchar el sonido de las cuerdas de Dulcinea y, segundos después, sube la voz de Bujalesky. Telmo se detiene a escuchar.

Tres noches fueron,
fueron tuyas, fueron sueños.
Fueron hielo.
Fueron las que fueron.
Tres pensamientos, tres deseos,
tres miradas en un reflejo.
Tres fueron las carabelas de un
torpe descubrimiento.
Si tengo que dejar de verte,
prefiero ser ciego que tuerto.
Tres noches que casi recuerdo.

—*Condenada trinidad.* Así se llama esa canción. Es de las últimas que compuso Bujita. La tocó anoche un millón de veces…, por lo menos.

Ahora es Telmo el que entona.

Tres, los reyes magos.
Tres regalos que no me trajeron.
Tres, los tristes tigres.
Un trabalenguas que no me aprendo.

Tres mil las veces que te pedí
que me echaras de menos.

—Podéis formar un dúo y tocar en los geriátricos.

Telmo se ríe.

—Dale, sigamos. ¿Sabés lo que me acaba de venir a la cabeza? Entre los miembros de la Academia Nacional de la Historia se decía que había dos grandes misterios de la humanidad sin resolver: el motivo que le causa la xantoli... xantiloquesea.

—Xantofobia.

—Eso.

—¿Y el otro?

—Si su eminencia es hincha de Racing o Independiente.

—Pero... él me dijo que odiaba el fútbol.

—Sí, pero no. Lo odia, pero es de uno de los dos, te lo puedo asegurar. El muy pelotudo nunca confesó de cuál. ¿Conocés la casa en la que se crio?

—Sí, conozco la historia.

—Lo que te digo: un caso aparte. Ya llegamos —anuncia haciendo un último esfuerzo. Cuidado con la cabeza.

Una pecera a cien metros de altura con un enorme artilugio luminoso en su interior. Desde allí apenas se oye a Bujalesky.

—El faro está fabricado por la entonces prestigiosa marca Salmoiraghi sobre un transportador para el giro graduado en seiscientos cuarenta grados, que también puede regularse en altura. Una maravilla tecnológica para la época, creeme.

—¿Por qué seiscientos cuarenta? —se interesa ella.

—Buja te contestaría que, si divides la cifra por setenta y dos, que es un número que sigue la proporcionalidad áurea, el resultado es ocho con ocho, periódica pura. Y un ocho recostado es el símbolo del infinito, pero qué sé yo…

Telmo se explaya en la historia del faro, detalles técnicos incluidos. Mientras le presta oídos, Erika descarga toneladas de tensión en la privilegiada vista panorámica.

—Originariamente se le dotó de un arco voltaico alimentado por trescientas mil bujías con el que podía generar un haz de luz que alcanzaba los doscientos kilómetros. Fijate si sería potente que el gobierno de la ciudad reguló su uso porque confundía a los barcos que navegaban en el Río de la Plata. En aquella dirección está la costa del Uruguay —señala Telmo—. La intención era que los faros del Barolo y el Salvo se comunicaran, pero…

—La curvatura de la tierra lo impedía y por ello no llegaron a colocar el faro en el Salvo.

—Yo pienso que Palanti no quiso que el hermano gemelo uruguayo llegara a hacer sombra al Barolo, pero puede que solo sean macanas. Ya veo que Buja te desveló todos los secretos —dice amistosamente—. Y ahora que no nos escucha, ¿te puedo decir algo en confianza?

Erika asiente sin despegar la mirada del cristal.

—No creo que todo esto le haga ningún bien a Buja.

Ella se vuelve muy despacio.

—Lo que quiero decir es que desde que vos apareciste volvió a creer en toda esa historia de El Cartapacio y las cenizas de Dante…

—Telmo, ¿me estás queriendo decir que tú no crees que El Cartapacio exista?

—¡Y no! Solamente le seguía el juego porque ese loco se convirtió en mi amigo. Desde que lo conocí me olvidé de lo que significa la soledad, ¿entendés? Llevo treinta y tres años trabajando en este maldito edificio y me conozco cada milímetro de su estructura. Lo único que hay de verdad en lo que te contó Buja es que hubo dos tipos antes que él que sufrieron su misma enfermedad: la dantemanía. Eso fue lo que les agarró a Luis Barolo y a Mario Palanti y les empujó a levantar un edificio en honor al poeta. Un tipo con mucha guita y un arquitecto que pertenecían a la misma logia masónica, cuyo padre era Dante Alighieri. Punto. Luego otro dantemaníaco y además envidioso quiso levantar el suyo en Montevideo. Nada extraño hasta acá, ¿no es cierto?

Telmo estaba realmente exaltado.

—Pero apareció el tal Flegias para meterle toda esa mierda en la cabeza. Para darle la puntilla. Buja se lo creyó todo porque quería creer. ¿No te das cuenta? Quería darle un sentido a su vida y aquel loco hijo de puta le contó una historia que se encargó de rellenar con sus extensos conocimientos. El Cartapacio es una quimera, su quimera, y, aunque nunca ha tenido el coraje de reconocerlo, yo creo que en el fondo él también lo sabe. O bien mantiene la esperanza de que, en realidad, el mapa lleve a las cenizas, qué sé yo lo que puede estar pasando por la cabeza de ese chiflado.

Erika no sabe qué decir.

—Escuchame, si de verdad apreciás algo a Buja, dejalo tranquilo. ¡¿No te parece que ya sufrió bastante con la muerte de Bujita?!

El teléfono de Erika la saca de su perplejidad. Es el doctor Sciordi.

—Doctor.

—Buenas tardes. Me dijo que me comunicara con usted si tenía alguna novedad...

La saliva cobra un sabor acerbo.

—Verá, en las últimas horas el estado del paciente se agravó como consecuencia de una infección que afectó al hígado y que no conseguimos atajar. Tememos seriamente por su vida. Tenemos que tomar una decisión.

—¿Una decisión? ¿Con respecto a qué?

—Será mejor que venga y lo charlemos en persona.

Erika no se despide de Telmo. Tampoco de Bujalesky, que la ve pasar con las facciones desencajadas.

Hotel Langham
Chicago (Estados Unidos)

La garra se lo confirma sin dejar lugar a la duda: la persona embutida en un mono negro completo es ese arcángel al que llaman Gabriel, con el que tuvo el «placer» de coincidir en Nigeria el día que la muerte le esperaba en los manglares. El color rojizo de sus pupilas la delata.

La cámara está dotada de una lente de ojo de pez pensada para captar imágenes con ángulo de visión deliberadamente amplio. La distorsión esférica provoca que, por unos instantes, a Sancho le parezca que está viendo el tráiler de la próxima película de Tarantino, pero no, son las imágenes en alta definición captadas en la burbuja. Dejaron de recibir la señal, pero las cámaras nunca dejaron de hacer su trabajo, por lo que lo único que han tenido que hacer es revisar el servidor y descargarse el material.

—Desde que aparece, justo ahí, hasta que atraviesa a Pluto invierte cuatro con ocho segundos. A poco más de un segundo por ejecución. Ni siquiera se detiene a rematar a estos dos —señala— que todavía se retuercen en el suelo cuando se marcha.

—Sabe que las heridas son mortales —aporta el pelirrojo luego de rascarse la barba con ambas manos—. Me cuesta seguir sus movimientos hasta a cámara lenta. Fíjese en la velocidad a la que hace ese giro y la precisión con la que le golpea en el cuello.

Ambos están ensimismados. Cuando termina con los custodios, enfunda la espada, agarra una mochila que se ajusta a la espalda y desaparece.

—Es una falcata —identifica Makila.

—¿Cómo dice?

—Digo que la espada que usa tan virtuosamente es una falcata. Originaria de la península ibérica, por cierto. Sé algo de espadas, no me pregunte por qué.

Sancho no le pregunta por qué.

—Está claro que lo tenía planificado. Primero accede al sistema de control, hace saltar la alarma para quitarse a Jofiel de encima al tiempo que los empuja a todos a la boca del lobo —especula Sancho.

—Yo iría aún más lejos. Cuando ha revisado la casa ha detectado las burbujas, si sabía que existía la de abajo hemos de pensar que también conocía la ubicación de la de arriba. Ha comprobado que había equipos de vigilancia y ha trazado su estrategia. Sucede así: ella —dice señalando la imagen congelada del arcángel Gabriel— aguarda en la burbuja de la sala de reuniones. Hace sonar la alarma del tejado porque entiende que, para comprobar la amenaza, Jofiel va a tener que subir obligatoriamente a la boardilla, donde sabe que están ustedes. Tiene acceso a las cámaras, por tanto, y elige el momento en el que abre la puerta de su burbuja. Tiene previsto que, en cuanto suenen los disparos, o bien los custodios acudirán a refugiarse donde está ella o, en el peor de los casos, tendrá que perseguirlos y cazarlos por la casa, lo cual, seguramente, le habría costado menos de un minuto más.

—Le compro la teoría. Ahora quiero ver la cámara de nuestra burbuja.

—¿Seguro?

Sancho no contesta.

Tras revisar las imágenes dos veces, concluye que la suerte estaba de su lado.

—El disparo es excelente, inspector. El mundo es un poquito mejor hoy que ayer —certifica.

—Eso también se lo compro, porque no me acostumbro, ni quiero, a hacer muescas en la culata de mi revólver.

Algo le llama la atención.

—¡¿Ha visto eso?! —exclama el pelirrojo.

—No.

—Vuelva atrás. Justo ahí.

Una sombra cruza la puerta.

—En las imágenes de la cámara del pasillo se verá mejor.

Tarda unos segundos en encontrar la carpeta y ejecutar el vídeo. Se ve a Jofiel arrojar la granada cegadora, aguardar a que detone y entrar. Instantes más tarde lo ven. Gabriel sube con la intención de terminar la tarea, pero cambia de idea y sigue su camino.

—Podría haber acabado con usted si hubiera querido —concluye Makila.

—En ese momento yo debía de estar comprobando el estado de Vincent, me encontraba de espaldas a la puerta. No la habría visto entrar.

—Y aunque la hubiera visto, me temo que tampoco habría podido salvarse. La pregunta es ¿por qué?

—Porque ha subido a por Jofiel, nosotros no le interesábamos. Vamos al mismo sitio, pero recorremos caminos distintos —postula el pelirrojo rascándose el mentón impetuosamente.

—Poético. Está ejecutando a todos los custodios. Empezó por John Marius Columbine y, de alguna forma, se enteró de que se iba a celebrar esta reunión. Hemos de suponer que está vengando la muerte de Corteza de Roble. Le quedan tres, entre ellos Michelson.

—El jodido Michelson. Y un arcángel —añade.

El inspector general Makila se incorpora y hace algunos movimientos para estirar la espalda.

—¿Tenemos las identidades de las víctimas? —quiere saber Sancho.

—Las tenemos.

El de la Interpol minimiza la pantalla y aparecen los perfiles de los custodios.

Sancho se pega a la pantalla.

—Jo-der —valora Sancho en castellano.

—La lista Forbes va a sufrir algunas modificaciones.

—Ya lo creo. ¡Claro!, por eso nos sonaba el careto de este —señala el pelirrojo.

—Hace tres años que abandonó el cargo y dejó de aparecer en público.

—¿Sabemos algo sobre Corteza de Roble?

—Todavía no. Como incineraron el cuerpo, no tenemos forma de averiguar su identidad, a no ser que demos con El Cartapacio.

—Entiendo. ¿Qué repercusión va a tener en los medios?

Makila se encoge de hombros.

—Eso no entra dentro de mis responsabilidades.

—Vamos, que se la trae al pairo —dice Sancho para sí de nuevo en su lengua materna—. ¿Cómo sigue esto?

—Yo tengo que regresar a Lyon. Por allí va a llover bastante mierda. En este país no soportan que se desarrollen operaciones policiales sin su conocimiento y consentimiento, por lo que doy por hecho que van a presionar por arriba. Que se ocupen otros. Esta le va a tocar a Connor Murphy. Aportando este material —continúa refiriéndose a los vídeos—, no hay nada que se nos pueda achacar, por lo que yo voy a seguir adelante hasta que alguien me ponga un muro que no pueda saltar. Lo que ya es del todo imposible es detener la investigación. Hay demasiada sangre.

—Ya. La teoría de la tostada quemada de Álvaro Peteira.

El nigeriano lo mira con curiosidad.

—Cuando se te quema una tostada da igual que rasques la corteza con el cuchillo, que te va a saber a quemado igualmente. Por tanto, solo hay dos opciones: o te la comes o la tiras.

Makila asiente.

—Nosotros nos la vamos a comer entera. Tenemos que lograr capturar a alguno de los custodios antes de que este prodigio —califica señalando a la pantalla con su enorme dedo— se nos adelante. Vincent va a estar al menos tres semanas hospitalizado, en cuanto a usted...

—Esa es la parte que me interesa.

—Se marcha a Buenos Aires. Sabemos que Michelson está allí.

Sancho también lo sabe, pero su instinto le dice que es mejor elevar las cejas y callar.

—Como le dije, a Michelson lo tenemos controlado. Ha intentado una solicitud de geolocalización telefónica de manera extraoficial. Está siguiendo a Erika Lopategui.

Descarta hacerse el sorprendido.

—Podemos usarlo en nuestro beneficio —valora el inspector general de la Interpol.

—Ya sé por dónde va, pero no, no pienso poner en riesgo la vida de Erika, buscaré otra forma.

—Le entiendo. Y lo respeto. Hágalo como crea oportuno, pero échele la red a Michelson y se habrá ganado su parcela en el cielo.

—Prefiero quedarme unos cuantos años más en la tierra, a ser posible. Dígale a Vincent que me llame en cuanto pueda. Y, por favor, encárguese de mi equipaje —le dice refiriéndose a la Smith & Wesson 500—. Me he encariñado.

—Cuando tenga una dirección, notifíquemela. Y dele un mordisco a esa tostada, que, aunque esté quemada, sabe mejor caliente que fría —añade Makila extendiendo la mano.

Sancho especula con la posibilidad de que anticipándose al apretón de manos del nigeriano se ahorre el dolor.

Pero no se cumple.

Ya en su habitación, calcula la hora que es en España. Especula con la posibilidad de que Sara esté todavía despierta y poder charlar un rato con ella antes de comprar el billete de avión.

Esta vez sí se cumple.

ESA LUZ FRÍA

Complejo Médico Policial Churruca Visca
Buenos Aires (Argentina)
Septiembre de 2013

Erika se muerde la cara interna de los carrillos para compensar la aflicción. No sabe qué decir ante la propuesta que le acaba de lanzar el hombre de bata blanca que tiene delante.

El doctor Sciordi la ha recibido amablemente en un pequeño despacho, donde le ha vuelto a explicar que no consiguen contener la infección que le ha afectado al hígado, órgano que, por otra parte, ya tenía bastante dañado antes de recibir el disparo en el abdomen. Lo han intervenido quirúrgicamente en tres ocasiones y han tratado de drenar el brote infeccioso, pero no han evitado que otros órganos se vean afectados. Sin embargo, ha sido lo siguiente que le ha dicho lo que ha provocado que a Erika se le humedezcan los ojos.

—Consulté el caso a otros especialistas en medicina interna y el diagnóstico es unánime: vemos muy difícil que el paciente remonte la situación. Es probable que el brote infeccioso le provoque una sepsis severa que, en el estado de gravedad en el que se encuentra el paciente, derive en una insuficiencia multiorgánica. En previsión de que este colapso se produzca de forma inminente y dado que es usted la única persona que…, en fin, ya me entiende. Podemos seguir como estamos o bien retirarle la sedación para que recupere la consciencia y pueda…, pueda despedirse de él.

Las tres últimas palabras se repiten incesantemente en su cabeza.

—Señorita, tiene que tomar una decisión, por desgracia el tiempo no juega a favor.

Erika pestañea como si de esa forma cebara el motor que hace funcionar las cuerdas vocales.

—Hágalo.

El doctor Sciordi asiente.

—Va a tardar unas horas en despertar, si quiere doy orden de que le avisen en cuanto…

—Gracias.

—Siento mucho no haber podido hacer más, créame.

Erika asiente varias veces y sigue asintiendo hasta que escucha el sonido de la puerta.

Entonces sí, libera el llanto.

A 35 kilómetros del aeropuerto General Mitchell
Milwaukee (Estados Unidos)

La siguiente etapa pasa por Shanghái. Gabriel tiene que moverse con celeridad para evitar que la noticia llegue a los oídos de su siguiente objetivo y este tome medidas. No va a ser la primera vez que ponga los pies en una de las ciudades que más la han impresionado; de hecho, ya ha completado allí dos trabajos para el custodio que ahora es su objetivo, Gerión. Nunca lo ha visto en persona, pero lo conoce muy bien gracias a los informes que Corteza de Roble le ordenó elaborar de todos los miembros de la Asamblea.

«Es mejor conocer las caretas de tus amigos que tener que desenmascarar a tus enemigos», solía argumentar Damocles.

Stanley Shing se presenta como un hombre hecho a sí mismo cuya máxima preocupación se ciñe a mantener su emporio empresarial. Un imperio que se ha labrado desde que, con seis años y huérfano, empezó vendiendo flores artificiales a turistas occidentales por las calles de Bund, la zona portuaria de Shanghái. Imitando la laboriosidad de las abejas, consiguió que los beneficios florecieran de forma natural y a finales de los setenta supo espolvorear el suculento polen de la amistad personal que mantenía con Deng Xiaoping para lograr que sus empresas germinaran por todo el país. La jalea real del tráfico de influencias le convirtió en uno de los empresarios chinos que más provecho supo sacar de la revuelta de Tiananmén, lo cual llamó la atención de la Asamblea, que por aquel entonces buscaba afianzar su presencia en la zona. Con el tiempo, la hermandad ganó un custodio y Stanley Shing, una de las primeras licencias para explotar el negocio más rentable del gigante asiático: los casinos. Sin embargo, su lealtad a Corteza de Roble fue decreciendo en la medida en la que aparecieron grietas en la coraza de la organización, hendiduras por las que veía escaparse su hegemonía empresarial, fisuras a través de las cuales empezó a prestar oídos a las cuitas que partieron del antiguo Flegias.

La codicia le empujó a la traición y por ello debe morir.

El GPS le indica que le quedan veintisiete minutos para llegar al aeropuerto. El vuelo hace escala en Nueva York, pero no ha sido capaz de encontrar una alternativa más rápida. Mientras resta kilómetros para llegar a su destino, Gabriel no puede evitar sumar algunos de los muchos recuerdos que se multiplican en su cabeza. Filtra los más positivos, los que tienen como resultante una sonrisa que tiende a infinito.

Mentalmente se traslada a Sarawak, en el norte de la isla de Borneo, donde rehízo su vida tras convertirse en uno de los arcángeles mayores de la Congregación. En sus nuevos dominios, donde todavía no habían llegado los animales de dos patas, la naturaleza volvía a regalarle todo cuanto necesitaba: agua limpia, aire puro, tierra viva. En la espesura de la jungla, alejada del cauce del río Kinabatangan, lo más cerca posible de ningún lugar conocido, era Adla y nada más. Durante los largos períodos que no tenía que cumplir con las obligaciones de su espada, dejaba que su espíritu se vaciara en el entorno y disfrutaba de la libertad en toda su extensión. Solo cuando tenía que regresar a eso que llamaban civilización escuchaba aquellas palabras retumbando en su cabeza: «El ser humano como especie no está capacitado para manejar sus designios y por ello necesita ser dirigido por los que conocen la verdad. La verdad es lo que diferencia las mentes libres de las esclavizadas». Y si había algo que Adla temiera de verdad, era la falta de libertad.

Para seguir siendo libre únicamente tenía que cumplir con su cometido.

«Cuando la raíz del árbol se infecta ya no hay que preocuparse por podarlo todas las primaveras, solo hay que ocuparse de talarlo para que otro nazca en su lugar».

Y eso estaba haciendo Gabriel: talar.

Sumida en ese pensamiento, el GPS le anuncia que acaba de llegar a su destino.

«Todavía no, pero ya estoy algo más cerca», piensa.

Plaza de Mayo
Buenos Aires (Argentina)

Desconoce cuánto tiempo lleva caminando a la deriva desde que ha salido del hospital dejando una estela de pesadumbre por las calles y avenidas del Microcentro.

A esa hora de la tarde, las paradas de los colectivos están repletas de personas que han terminado su jornada laboral y se disponen a regresar a sus casas. A muchos de ellos les espera un largo recorrido y en sus caras apáticas Erika cree ver el reflejo de una vida corriente anclada en la fatigosa rutina. Se cambiaría sin dudar por cualquiera de ellos, aunque solo fuera por tener algún sitio donde ir, tirarse en un incómodo sofá y compartir con algún ser querido lo puta que es la vida. Muy a su pesar, lo que le espera a ella es un buen amigo moribundo y toneladas de dolor que digerir.

Y los primeros mordiscos a esa manzana podrida tiene que darlos antes de sumergirse en el inframundo que es la red del Subte de Buenos Aires. Ha aplazado lo que ha podido el momento de llamar a Sancho para transmitirle las malas nuevas, mas ya ha agotado todo el crédito que le concedió a la cobardía. Se para bajo los soportales del colonial edificio del Cabildo e inspira muy despacio en su propósito de inhalar algo de coraje.

—Sancho.

—Hola, Sancho, ¿cómo estás?

Con la ambigüedad de la pregunta, Erika desea que Sancho le cuente algo que no le haga abordar el asunto de modo inmediato. No sucede así.

—No me gusta cómo suena tu voz. Dime qué pasa —la conmina el pelirrojo.

Ella vuelve a hinchar los pulmones para comprobar si a la segunda funciona. Tampoco esta vez. Finalmente se lo cuenta tratando de ser lo más aséptica posible mientras hace un enorme esfuerzo por no quebrarse.

Sancho lo digiere en silencio durante unos segundos.

—¡Menuda puta mierda! ¿Y tú cómo estás?

—Rota.

—Escucha, en cuatro horas y veinticinco minutos tengo un vuelo a Buenos Aires. No es un vuelo directo, pero mañana estoy allí contigo sí o sí.

Erika no se lo esperaba. El hecho de saber que puede contar con alguien dinamita lo que le quedaba de entereza. No obstante, contra todo pronóstico, logra contener las lágrimas.

—Gracias, Sancho.

—Envíame la dirección del hospital, voy directo desde el aeropuerto. Te veo allí. ¿De acuerdo?

—Gracias, Sancho —repite en modo bucle.

—Cuida del islandés y si se despierta antes de que yo llegue, dile que si tiene los cojones de morirse va a tener un problema muy gordo conmigo. ¿Se lo dirás? Erika, ¿sigues ahí?

—Gracias, Sancho.

—Ya llego. Aguanta un poco, que ya llego. Un beso.

Al colgar, Erika siente que se ha despojado de la angustiosa sensación que produce la soledad. Cruza las calles Perú y Rivadavia y se deja arrastrar por la marea humana que alimenta la boca del Subte de Catedral. Tiene que caminar hasta la línea E y, sin darse cuenta, ha dejado la mente en blanco. La única tarea que realiza su cerebro es seguir los indicadores para no perderse. Allí abajo el aire se siente pesado, no en vano está viciado por la ansiedad que se desprende de la prisa.

El color morado es su guía.

La letra «E», su norte.

Solo tiene que avanzar, pero algo la obliga a detenerse. Una decisión poco acertada, habida cuenta de la fuerza que arrastra la marea. Tiene que retroceder unos metros en dirección opuesta a la que lleva la gente, pero sigue parada tratando de enfocar la imagen que tiene retenida. Duda unos instantes y valora si puede ser fruto de su imaginación. Alguien choca bruscamente con ella. Reacciona. Recorre unos metros sorteando obstáculos humanos hasta que logra plantarse delante. Está tallada en el cemento, justo donde terminan los azulejos que revisten el túnel.

Una estrella.

Pero no una estrella cualquiera.

Es exactamente igual a las siete estrellas que rodean a la luna en el emblema de la Congregación de los Hombres Puros. Lo ha visto un millón de veces. Descarta cualquier tipo de coincidencia y llega a la conclusión de que esa estrella está ahí porque alguien quería que estuviera ahí. Ahora escucha la voz de Bujalesky.

«Si querés esconder algo, ponelo bien visible y a la altura de los ojos de quien no sabe mirar».

Para las miradas de quienes no han oído hablar nunca de la Congregación, no es más que un garabato en el pared, como tantos otros, luego pasa totalmente inadvertida. Invisible. Pero no para unos ojos en pleno proceso de aprendizaje.

Mira el reloj del móvil. Está evaluando la conveniencia de llamar o no a Bujalesky para hacerle partícipe del hallazgo. Se le ocurre algo mejor. Afortunadamente hay wifi en el andén.

Dos minutos después de enviar la foto recibe la llamada del experto argentino.

—¡¿Dónde estás?! Decime. ¡¿De dónde sacaste esa fotografía?! ¡Hablá, che!

—Si te callas, lo mismo lo intento.

—Tenés razón. Disculpá. Me callo. Disculpá. Hablá tranquila, doctora.

—En la estación del Subte de Catedral.

Silencio.

—Buja, ¿sigues ahí?

—De Catedral. ¡La puta madre! ¡La reputa madre! ¡La reputísima madre! ¡La recontra puta madre que los remil parió! ¡¡No te puedo creer!! ¡¡No lo puedo creer!!

—Tranquilízate, ¿quieres?

—¡No lo puedo creer! ¡¿Te diste cuenta?! ¡La Catedral es la puerta del averno! ¡El Subte! Tiene sentido. ¡Obvio! Bajo tierra. ¿Entendés?

—Entiendo.

—Estoy tomando un café con Telmo en una cafetería de avenida de Mayo. A tres cuadras de ahí. Esperame fuera, que ya mismo estamos. ¡Dale, esperame!

Lo ve llegar corriendo. Telmo lo sigue unos metros rezagado, caminando todo lo rápido que le permite su maltrecha rodilla. Lo que ocurre a continuación no se lo esperaba.

Bujalesky la abarca con los brazos y la aprieta contra su pecho. Está temblando. Erika corresponde el abrazo por pura necesidad.

—Acá estoy —anuncia Telmo entre jadeos—. ¿Era necesario correr? Si ese simbolito del carajo es lo que creen que es, lleva ahí unos cuantos añitos, no creo que se vaya a volatilizar justo ahora.

—¡Cerrá el orto, boludo! Por favor —le ruega a Erika—, indicame.

Por el camino, Bujalesky presenta todos los síntomas que preceden a un infarto de miocardio. Por suerte, el itinerario es corto.

Erika la señala con el dedo.

Bujalesky se toma su tiempo en examinarla y se tapa la boca. No necesita hablar, se expresa a través de los lacrimales. Telmo le pone una mano en el hombro y lo zarandea.

—Acá la tenés, Buja —musita.

Erika mira a Telmo con recelo.

—Y ahora ¿qué? —demanda ella.

—*Coelestes sequitur motus.* «Sigue los movimientos celestes». Eso es lo que toca ahora. Tiene que haber más por acá. Estoy seguro de ello. *Cuerpos celestes, el rastro infalible de la*

Catedral, puerta del averno. Solo hay que encontrarlos. Tienen que estar acá nomás. Justo acá —dice mirando en derredor.

—Buja, yo..., yo no puedo quedarme ahora. Verás, Ólafur ha empeorado y le han quitado la sedación para que esté consciente cuando...

—¡Qué cagada! Lo siento mucho, Erika. Lo siento de veras. Andá con él, andá. Nosotros nos quedamos por acá hasta que nos echen, ¿verdad, Telmito?

El encargado del Barolo asiente.

—Andá tranquila. Yo te aviso de cualquier cosa ahora que ando con celular.

Ambos la persiguen con la mirada mientras se pierde por los angostos pasillos del Subte.

—Un regalo, Telmito, esa mina es un regalo divino.

Complejo Médico Policial Churruca Visca
Buenos Aires (Argentina)

Lleva algo más de dos horas apostado frente a la puerta.

Ha tratado de contactar con Pluto pero no ha recibido respuesta alguna, por lo que interpreta la falta de noticias como un signo inequívoco: Minotauro ya ha armado una candidatura paralela a la suya.

Sin embargo «inequívoco» a veces es un término equivocado si no se maneja toda la información, como es el caso.

Consecuentemente, Michelson deduce que, si Minotauro reúne más apoyos que él, le corresponderá a este organizar la Asamblea de la que saldrá el próximo portador de la túnica de

Dante. Al margen, Nasidio y Gerión, a los que consideraba sus aliados más sólidos, tampoco han dado señales de vida y a Samael parece habérselo tragado la tierra. Todo ello le empuja en una única dirección: encontrar a Erika para llegar a Alcides Edgardo Bujalesky. Solo necesita mantener una larga conversación y mostrarle lo que tiene.

Solo eso.

Por ello, hace unas horas ha vuelto a llamar a Engrudo y este le ha dicho que, al no seguir el cauce oficial, tiene que buscar el momento para no despertar suspicacias. Michelson entiende que no quiere jugarse el cuello y él no puede esperar a que se decida a lanzar la geolocalización del número de Erika. No le ha quedado otra salida que abandonar la autopista de la tecnología para transitar por senderos peor asfaltados.

Senderos que a veces son atajos.

Y esa es una de esas veces.

Reconoce el llamativo color rojo de su pelo. Camina azorada con el gesto contraído y se cuela entre las personas que están esperando a que otras salgan del hospital. Tiene prisa.

Él no.

Saca el sobre que tiene preparado en la guantera y espera.

Estación del Subte de Catedral
Buenos Aires (Argentina)

La segunda estrella la ha encontrado Telmo. Estaba tan solo unos metros más adelante, pero en la pared opuesta, y esta se veía aún peor que la anterior. Las dos siguientes han sido cosa de Bujalesky, que ha celebrado ambos hallazgos como un gol decisivo de Racing a Independiente en el descuento —o de Independiente a Racing, ¿quién sabe?—. Su eufórica reacción ha llamado la atención de algunos transeúntes. Que dos hombres de avanzada edad recorran los pasillos del Subte observando concienzudamente las paredes, el suelo y el techo, y que, sin motivo aparente, griten y se abracen es, cuando menos, llamativo. Conscientes de que eran el foco de algunas miradas, han convenido proseguir la búsqueda con mucha más discreción. En las escaleras que bajan al andén han encontrado la quinta, pero la sexta no la ven por ningún sitio y la desesperación está empezando a tomar cuerpo en el cuerpo de Bujalesky.

—¡La puta que lo parió, Telmito! ¡No me digas que nos vamos a quedar así, con la miel en los labios! —porfía sin dejar de rastrear el entorno.

—¿Y si no hay siete estrellas? ¿Por qué tiene que haber siete estrellas?

—Porque son las que tiene el emblema de la maldita hermandad. Uno, dos, tres, cuatro, cinco, seis y siete —se cuenta los dedos mientras canta la serie subiendo el tono progresivamente—. Podría haber cinco, lo sé; sin embargo, resulta que hay siete y encontramos cinco. Y las otras dos tienen que estar acá, delante de nuestros ojos. Acá, Telmito, acá. Pero como somos dos viejos chotos inútiles, no las vemos.

—¡Pará un segundo!, ¡pará! Dale. Ponele que hay siete, pero... ¿y si la primera que hemos encontrado, bueno, la que ha encontrado la mina, no era la primera? ¿Y si era la tercera y antes o en otro sitio, qué sé yo, están las dos que nos faltan?

Bujalesky lo mira con detenimiento.

—Vos sos un genio, ¡eso es lo que sos! ¡Obvio! Si tu teoría se cumple, ahora habría que buscar la luna y el sol. Las estrellas nos han guiado hasta acá, ¿sí? ¿Vos dónde pondrías la entrada del infierno?, ¿eh? Pensá, Telmito, pensá.

Telmo dirige la mirada hacia el agujero negro en el que aparecen dos puntos amarillos que van ganando en tamaño e intensidad.

—No..., ¿me estás jodiendo?

—Esta es la estación de cabecera de la línea D. Por allá adentro tiene que haber muchos más túneles —razona Telmo—. Vení.

Las puertas de los vagones se abren y engullen a decenas de pasajeros.

Bujalesky aguarda impaciente a que el tren se ponga en marcha. El andén está prácticamente vacío, pero de inmediato empiezan a aparecer más pasajeros. La iluminación del túnel es poco menos que inexistente.

—Por ahí se puede transitar, ¿viste? —observa el dantista.

—¿Pero vos estás loco o se te chifló el moño? ¿Querés que terminemos en cana? —objeta Telmo—. ¿Cuántos metros crees que vamos a recorrer ahí dentro antes de que nos agarren?

—¡No seas gil! No lo vamos a hacer a la vista de todo el mundo. Cuando cierren la línea.

—¿Y vos qué te creés, Bujita, que previamente no la inspeccionan? Además, siempre se dijo que por la noche hay gente laburando por acá.

—No laburan de día, como para laburar de noche. ¡Ni en pedo! No seas conchudo, Telmito, hacé el favor. Puede que revisen los pasillos para que no se quede ningún loco torrado, pero nosotros nos escondemos en el baño y cuando cierren salimos.

—¡Mirá vos! Una estrategia brillante que seguro que a ningún linyera se le ocurrió antes que a su eminencia.

Bujalesky arruga el entrecejo y sonríe. Se gira hacia Telmo y le agarra de los hombros con firmeza.

—Hagamos lo siguiente: vos te regresás al Barolo, te agarrás unas linternitas y te fabricás un surtidito de herramientas de esas tuyas. Yo te espero acá, pensando la forma de quedarnos adentro cuando clausuren la estación, ¿sí?

—Buja, que se nos está yendo de las manos, que no tenemos edad para estas pelotudeces...

Pero Bujalesky tiene la atención puesta en un punto concreto.

—¿Me escuchaste?

El dantista le agarra la mano con la que se apoya en el bastón y le fuerza a levantar el brazo.

—¿Qué hacés?

—Allá —señala con el bastón—. ¿Llegás a verla o sos un estrábico mental?

—La concha de mi madre...

Una luna con un amigable rostro de perfil está tallada en el ladrillo bajo una de las luces de emergencia que marcan la entrada del túnel.

—Andá, Telmito. Andá a hacer lo que te pido. Yo te espero acá nomás.

Telmo no pone objeciones.

—Dame una hora —dice antes de marcharse.

Bujalesky toma aire con la mirada puesta en el símbolo masónico. Nota que algo crece en su interior. La sangre se le acumula en las sienes y le invade el deseo de liberar su entusiasmo hasta desgarrarse las cuerdas vocales. Busca un sitio apartado y saca a Dulcinea de la funda.

Se sienta y apoya la espalda contra la pared. Se aclara la garganta y acaricia las cuerdas del mástil. *Esa luz fría* arranca en do.

Algo se ha roto en mi interior.
Tus ojos son de un negro perturbador.
Me repetís que ya no hay nada.
¡Nada!
Todo se esfuma a mi alrededor.

Cada palabra es una espina.
Tu decisión, mi guillotina.
No puedo quitarme de vos.
¡No!
Eres polvo blanco, heroína.

Somos estrellas sin resplandor.
Sigues impresa en mi retina.
Salgamos juntos al exterior.
Esa luz fría nos asesina.

Salgamos juntos al exterior.
Esa luz fría nos asesina.

LAS OPORTUNIDADES PERDIDAS VIAJAN SOLO CON BILLETE DE IDA

Teatro Colón
Buenos Aires (Argentina)
Agosto de 1933

Se apeó del auto con el sombrero de copa y los guantes blancos en la mano. Le entregó una generosa propina al chófer y se quedó contemplando durante unos segundos la magnificencia del coliseo lírico porteño. La expectación ante el estreno de la comedia musical de Wagner, *Los maestros cantores de Núremberg*, se hacía tangible en la aglomeración de público y curiosos en las calles aledañas.

Matthew J. Michelson vestía un esmoquin cortado a medida, lazo y faja de seda color perla y chaqueta holgada de hombro ancho sin cola, lo cual le venía estupendamente para camuflar los kilos que se le habían ido incrustando por encima de la cintura desde que regresara a Buenos Aires. Se había readaptado a la vida porteña mucho mejor de lo que él mismo esperaba. Todos los vínculos emocionales que permanecían en estado latente afloraron sin que tuviera que realizar esfuerzo alguno. Se había instalado en el ático de una vivienda de ciento veinte metros cuadrados sita en la misma avenida de Mayo, a solo tres cuadras del Palacio Barolo, aunque cada vez con más frecuencia se trasladaba a la casa que había mandado construir dos años atrás en un predio que adquirió a orillas del lago Argentino. El negocio armamentístico ya no tenía secretos para él y allí, a más de dos mil quinientos kilómetros del bullicio de la capital, pasaba las horas muertas navegando en sus frías aguas, observando el lento evolucionar de los glaciares, con los que se sentía directa y profundamente conectado.

Ciacco había fallecido hacía unos meses y con el óbito había quedado sepultada la oferta de vestir la túnica de custodio toda vez que no había sido capaz de cumplir su parte del trato: encontrar la *Ascensión.* De hecho, él ya había dado por imposible la empresa habiéndose perdido para siempre el rastro de Patricio Cagna, el ladrón superviviente. Sin embargo, tras el encuentro mantenido con Mario Palanti en Milán, había trazado otra ruta para seguir escalando posiciones en el escalafón de la hermandad. Tenía que lograr que Benito Mussolini le adjudicara el proyecto de la Mole Littoria y esa era la razón por la que había quedado en verse con Flegias, su custodio, que estaba pasando unos días en Buenos Aires. El conde Colli di Felizzano había sido destinado en 1931 a la capital italiana como presidente de la Cámara de Comercio y, por ello, tenía acceso directo al Duce. Era la oportunidad que llevaba esperando más de tres años y no pensaba desperdiciarla. En un segundo plano, pero solo si surgía la oportunidad, trataría de sonsacarle algo de información sobre Damocles, con el que no había tenido contacto a pesar de estar los dos en la misma ciudad. O, por lo menos, eso tenía entendido.

En sus recién estrenados Spectators negros y blancos se reflejaban las luces que marcaban y enmarcaban la entrada principal del Colón. Se ajustó la galera y los guantes adoptando una pose lustrosa a modo de coraza, pues era consciente de que, en unos instantes, se iba a convertir en objeto de muchas miradas tan ilustres como cargadas de envidia.

Y ese era, con diferencia, el mejor momento de la noche.

Pasó junto a los que combatían el frío estoicamente mientras aguardaban con impaciencia a que llegara su turno para entrar. Saludó al taquillero, pronunció su nombre y le mostró su cotizada entrada de palco bandeja. Este le invitó a entrar con un versallesco ademán de la mano aderezado con una mueca asaz trabajada. Al pasar bajo la marquesina de hierro forjado, apenas rozaba el solado con las suelas del calzado. El todavía a su pesar guardián de la Congregación se envaró al entrar en el vestíbulo principal y adoptó la compostura de las imponentes columnas revestidas de estuco que imitaban el noble efecto del mármol Botticino. Con las manos a la espalda, inició el ascenso de la escalinata de mármol de Carrara por su parte central alfombrada con la mirada al frente y estudiado ritmo, firme y cadencioso. Por la megafonía sonaba un vals que no supo reconocer. Faltaban veinte minutos para el comienzo de la ópera, que, según tenía entendido, contaba con un libreto de cuatro horas y media. Poco le importaba la duración sabiendo que, tras la conversación que debía mantener con Flegias en el primer descanso, tenía planeado marcharse aunque la soprano prometiera enseñar el sostén al final del siguiente acto. Se detuvo en el salón de los bustos, más con la intención de dejarse ver que de hacer tiempo, y examinó a la concurrencia discriminando a aquellos que lucían pelo en la cara en favor de las esmeradas epidermis de las féminas. El espacio era un escaparate de maniquíes vivientes salidos de la mejor modistería de la calle Rivadavia; un arsenal de coquetería que, lamentablemente para sus acompañantes, raras veces explosionaba. Se fijó en un grupo compuesto por tres mujeres cuya exuberante voluptuosidad habría hecho salivar a Rubens. El exceso de adiposidad le forzó a ganar distancia y, sin pretenderlo, se encontró encarándose con la esculpida y encrespada mirada de Mozart, compañero masón. Difunto en la fecha corriente, pero compañero. Ignoró a Bizet y a Rossini para comunicarse con otro hermano, de menor entidad pero compañero igualmente. Beethoven tenía un semblante más laxo, lo cual le motivó a dejar volar su imaginación sobre lo que estaría pensando el compositor.

Con una última inspección de los asistentes, se dirigió a su localidad. Matthew J. Michelson no era una persona que soliera dejarse impresionar, pero, en cuanto se acomodó en su butaca, consintió de buen grado que la vista tomara el control de su voluntad. Desde su privilegiada posición, mirara donde mirara, la belleza alcanzaba una dimensión inconmensurable. Imposible de digerir de golpe. Con planta en forma de herradura, estaba asediado por lujosos palcos distribuidos en tres alturas que encontraban su prolongación en las localidades de cazuela, de tertulia, de galería, para alcanzar en el séptimo y último nivel las de paraíso. La calidez que proporcionaban la iluminación áurea y la predominancia del rojo cardenalicio en contraste con los paños dorados de las molduras le provocó una sensación placentera que se encarceló en lo más profundo de sus retinas. Sin descanso, Michelson prosiguió el recorrido visual desde la platea hasta el proscenio pasando por el foso, donde ya se preparaban los músicos. Seguidamente retomó el itinerario utilizando la lujosa lámpara de araña cincelada en bronce bruñido con más de setecientos focos prendidos y ascendió hasta la cúpula. Para apreciar el cielorraso del edificio en toda su extensión, tuvo que inclinarse hacia delante. La escena representaba a Apolo presidiendo un nutrido cortejo de musas desde su carro tirado por cuatro briosos corceles blancos. Se preguntó qué significado alegórico escondería la composición, pero los apagones intermitentes que anunciaban que la obra iba a dar comienzo dejaron la duda flotando en el aire. Embelesado, se conjuró para averiguar el coste de un abono anual y antes de que sonara la primera nota en el Colón ya se había prometido que ese asiento llevaría su nombre en cuanto se abriera la venta de la nueva temporada.

Nada más terminar el primer acto, el guardián se levantó de su butaca albergando la esperanza de poder convencer a Flegias antes de que diera comienzo el siguiente. La última vez que hablaron había sido en la inauguración del Palacio Barolo, cuando él le comunicó que debía trasladarse a Nueva York; no obstante, confiaba en que la buena relación que siempre habían mantenido facilitara la consecución de sus objetivos.

En la puerta de acceso al salón dorado le pararon dos militares.

—Lo siento, caballero, el acceso está restringido.

—Lo sé. Soy Matthew J. Michelson y tengo una cita con... él —dijo señalando al conde Colli di Felizzano, que mantenía una animada charla nada menos que con el presidente Justo, el general Maglione y el coronel Luis Jorge García, actual jefe de policía de Buenos Aires.

—Aguarde acá, por favor —le pidió uno de los militares.

Agustín Pedro Justo había llegado a la Casa Rosada en febrero de 1932, tomando el relevo de su compañero golpista José Félix Uriburu, que, dos años antes, había puesto fin mediante las armas al gobierno democrático de Hipólito Yrigoyen. En los mentideros de la ciudad se decía que la Logia San Martín —a la cual pertenecían muchos de los militares que habían participado en el golpe, incluido el nuevo presidente— gobernaba la nación.

Pero no era del todo cierto. No era esa la logia que gobernaba la nación.

—Pase, señor Michelson.

A su alrededor, la ornamentación y los vitrales bebían directamente del manantial de opulencia neobarroco de la Ópera de París.

Flegias le hizo un gesto para que aguardara mientras se disculpaba con el presidente y su camarilla. Aunque el paso de los años se había cebado con las arrugas de la frente, todavía estilaba altanería y elegancia en cada gesto, en cada movimiento. Su forma de actuar parecía sacada del manual de cortejo de un flamenco.

—Cepheus, hermano —le saludó con viveza—. ¡Cuánto me alegra volver a verle! Se conserva irritantemente bien.

—Gracias. Podría decir lo mismo de usted.

—Mantener una vida ordenada, amigo mío, ese es el secreto. Permítame que le traslade mis condolencias por el fallecimiento de su esposa.

—Recibí su telegrama. Se lo agradezco.

—¡Qué menos! Por favor, acompáñeme, quiero mostrarle algo —le invitó posando la mano en su hombro.

El guardián se dejó custodiar hasta el centro de la estancia. La impaciencia dio de comer a las lombrices contradiciendo la teoría de su esposa: no solo se alimentaban de la inseguridad.

—¿Qué le parece? —preguntó Flegias dando unos golpecitos con los dedos sobre la superficie del mueble que tenía junto a él.

Michelson dio un paso atrás para ganar perspectiva.

—Una obra de arte —calificó a vuela pluma.

—Es una copia exacta de una *commode* —pronunció en perfecto francés— que perteneció a Luis XVI. Laminada con maderas preciosas. Todavía desprende el aroma del palisandro. Observe la *marqueterie* y la belleza del emblema real trabajado en bronce *or moulu.*

—Hermosa.

—Lo es. Es un regalo que le hice a la ciudad en el momento que dejé el cargo de embajador. Este tipo de detalles se quedan en el recuerdo de las personas como los buenos perfumes. Por eso sigo manteniendo mis contactos a este lado del océano.

—Precisamente de eso quería yo hablarle...

—Sí, enseguida —le cortó—. Pero antes cuénteme en qué punto estamos con las obras.

Michelson hizo lo posible por ocultar su ansiedad.

—Según lo previsto. La ramificación norte está muy cerca de encontrarse con la sur.

—¿Los de la Compañía Hispano Argentina de Obras Públicas y Finanzas siguen poniendo palos en las ruedas?

Michelson encontró en aquella pregunta la oportunidad que esperaba.

—A decir verdad, lo desconozco. Damocles se encarga de eso y, al parecer, los tiene bien controlados. Siguen pensando que están avanzando en los trazados de las líneas C y D del Subterráneo.

—Damocles, claro.

—He de confesarle que me intriga mucho su figura…

—A usted y a todos. Si decían que era la mano derecha de nuestro anterior Gran Maestre, de Jasón se rumorea que es la derecha y la izquierda. Lo único que sabemos los que estuvimos presentes en aquella Asamblea es que fue el propio Jasón, cuando todavía vestía la túnica de custodio de Nasidio, el que convenció a Ciacco de la necesidad de crear una figura que protegiera El Cartapacio y dirigiera el ejército de arcángeles.

Michelson encajó las piezas de inmediato. Ciacco estaba en la recta final de su mandato cuando Damocles se hizo con el contenido de la estatua. Era evidente que existía una disputa velada entre el Gran Maestre y el protector del Templo. Tenía que averiguar una cosa más.

—Sé que no es algo que me incumba, pero he escuchado que todos sabían que Nasidio sería el sucesor de Ciacco.

—De hecho, fue la única candidatura. Su posición dentro de la que será la principal agencia de investigación de los todopoderosos Estados Unidos era y es una garantía para los intereses de todos. Yo también lo apoyé.

Michelson evitó pronunciar el nombre de John Edgar Hoover. No era necesario.

—Entiendo.

—Permítame que le dé un consejo —dijo Flegias acorazando el semblante—. Manténgase alejado de Bernardo Segurola, Damocles tiene más poder que el que cualquiera de nosotros podría llegar a alcanzar.

—Gracias, lo haré.

—Cambiando de tema, algo que quedó en el aire cuando me marché fue el asunto del empresario de Montevideo. José Salvo —le recordó Flegias.

La ansiedad estaba devorando las últimas porciones de paciencia del guardián.

—Me ha llevado mi tiempo ocuparme de ello de la forma que necesitábamos. José Salvo falleció el pasado 19 de mayo a consecuencia de las heridas que le provocó un fatal atropello. De avanzar en la investigación, lo único que averiguarán es que el conductor, Artigas Guichón, fue contratado por el que era el yerno de la víctima, Ricardo Bonapelch, para quedarse con la herencia que le correspondía. No he dejado ningún cabo suelto, se lo puedo asegurar.

—Es usted un mago.

—Gracias.

Michelson resolvió que no podía esperar ni un segundo más.

—Me da bastante apuro pedirle esto, pero..., si no fuera un asunto de extrema necesidad, le juro por la memoria de mi dulce Dorothy que no lo haría.

—Le escucho.

—Verá. Se trata de la dichosa desaparición de la estatua. Sé que ya no está dentro de mis responsabilidades, pero ya me conoce.

—Sus raíces castrenses —etiquetó el custodio.

—¿Recuerda que le hablé de mis sospechas respecto a Mario Palanti?

El diplomático confirmó con un pestañeo prolongado.

—Estaba absolutamente equivocado. Usted tenía razón. Ahora sé que no tuvo nada que ver; no obstante, permítame que le ahorre los detalles para no aburrirle. Resulta un tanto embarazoso reconocer esto, pero lo cierto es que, estando yo convencido de que había caído en desgracia por culpa de Palanti, me he ocupado de obstaculizar durante todos estos años su carrera profesional. Hace no mucho, la casualidad provocó que me topara con él y lo vi al borde del suicidio. No es justo que el hombre que ha levantado las Columnas de Hércules para nosotros lleve una vida tan lastimosa por culpa de mi obcecación.

Matthew J. Michelson hizo una pausa.

—Comprendo.

—Se lo agradezco, sinceramente. En esa conversación me contó que ha presentado un proyecto muy importante y ambicioso en Italia: la Mole Littoria se llama.

—Sí, he oído hablar de él. Una auténtica monstruosidad de más de trescientos metros de altura, una edificación a imagen y semejanza de las aspiraciones de nuestro hermano Cerbero.

—Palanti es un gran arquitecto. ¿Qué mejor candidato que él para llevar a cabo esa obra? Es su oportunidad para demostrar su talento a sus compatriotas, y no quiere perderla.

—Las oportunidades perdidas viajan solo con billete de ida —sentenció.

—¡Exacto! ¡Hagamos que se suba a ese tren!

Flegias resopló con notable hastío.

—Huelga reconocer que Cerbero y yo no podemos considerarnos uña y carne. He cumplido, aunque no tenía por qué, con la aportación económica al régimen fascista y, si he de ser sincero, su compañía no me resulta nada grata.

—¡Precisamente! Pídale que le devuelva el favor. Para el Duce no conlleva ningún esfuerzo, solo tiene que estampar su firma en el proyecto que Palanti le ha presentado en varias ocasiones. Se lo debemos, se lo debo —corrigió exprimiendo su papel de adlátere.

El conde Colli di Felizzano masticó la idea.

—Bien pensado, podría ser una forma de hacerle entender que todo tiene un precio. Si él me pide, yo le pido. Además, todavía guardo una estrecha relación con Constanzo Ciano, que pronto asumirá la presidencia de la Cámara de Diputados. Él nos podría facilitar esta empresa.

Michelson sonrió.

—No sabía que tuviera tanto corazón. No deja de sorprenderme —valoró el custodio.

—Le estaré agradecido hasta el fin de los días —aseguró, zaino.

—Solo puedo decirle que lo intentaré.

—Con eso es suficiente. Conozco sus dotes para la persuasión, mi estimado amigo.

Matthew J. Michelson se percató de que los presentes empezaban a regresar a sus localidades, circunstancia que aprovechó para dejar zanjado el asunto.

—Parece que se nos ha agotado el tiempo —dejó caer.

—Eso parece. Yo tengo que regresar al palco de autoridades antes de que los militares empiecen a sospechar y añadan mi nombre a la lista.

—Que disfrute del resto de la ópera. La voz de Michael Bohnen es única, pero qué le voy a contar a usted que no sepa.

—Yo tuve la oportunidad de escucharle interpretar *Las bodas de Fígaro* y le puedo asegurar que necesité realizar grandes esfuerzos para permanecer despierto. Hoy vamos a salir de aquí con el trasero adoquinado. Hablando de traseros, esa dama de ahí —le indicó con un ligero ademán— no le ha quitado la vista de encima.

Michelson lo comprobó con celeridad.

—Recuerde: las oportunidades perdidas viajan solo con billete de ida —le recordó Flegias al despedirse.

El guardián se anotó la cita mentalmente para transcribirla más tarde en su diario. Se volvió esta vez sin tanto disimulo para encontrarse con la coqueta mirada de una dama de pelo cobrizo y ondulado que, de inmediato, la retiró con pícara alevosía. Por suerte, no la acompañaba ningún hombre.

La doncella estaba de caza y ya había encontrado su presa.

El segundo acto de *Los maestros cantores de Núremberg* tendría que esperar.

TAN VIVO, TAN MENTIRA

Complejo Médico Policial Churruca Visca
Buenos Aires (Argentina)
Septiembre de 2013

Alguien ha ejecutado la secuencia *Control-Alt-Supr* y su sistema nervioso se ha reseteado. La toma de conciencia se presenta sin avisar y de repente nada.

Porque nada ocurre de repente.

Todo sucede a cámara lenta.

El proceso es indoloro en sí mismo, lo doloroso es vivir. Vida y dolor forman parte de un mismo círculo. Duele nacer y duele morir y, entre medias, duele vivir. Y este alumbramiento que se está llevando a cabo, aunque tenga las horas contadas, duele igual. Sus movimientos casi ni son. Sabe, intuye más bien, que es y está, pero no sabe dónde, cuándo ni cómo. Mucho menos por qué. Los estímulos externos son confusos, no ayudan. La luz está deslavada; los contornos, difuminados; no hay correspondencia para los olores que capta; los sonidos son del todo intrascendentes; el sabor es acerbo; el tacto, almidonado. No existe la equivalencia en esa involución forzosa.

Ólafur Olafsson resuelve evadirse de ese arcano huyendo a través de un proceso de hibernación tan eficaz como pasajero.

No tarda en replicarse el ciclo: el mismo dolor. Paradójicamente filtra algunos estímulos que se escapan de ese todo angustioso y los aísla con el propósito de reconocerlos en una decisión involuntaria. Reconoce una caricia, el tacto de una piel que le resulta familiar; un susurro, una voz de aliento, un registro que su cerebro ha estado almacenando los últimos días.

El islandés abre los párpados, esta vez sí, intencionadamente. Su renacida parte consciente lucha contra la indefinición. La batalla se decanta a su favor porque solo hay un elemento que capta su atención. Una silueta que contiene rasgos amigables: pelo rojo, tez pálida y facciones delicadas.

Una sonrisa fascinante y unos ojos azules, casi grises.

Humedecidos.

Estación del Subte de Catedral
Buenos Aires (Argentina)

Sorprendentemente la estratagema de Bujalesky ha dado el resultado esperado.

A las 22:45 han entrado en los sanitarios, han colocado rudimentarios carteles en los que se puede leer: «Averiado. Disculpen la molestia» y se han encerrado por dentro. A nadie le extraña la inconveniencia. No saben si algún operario ha entrado a revisarlos o no, pero cuando se ha ido la luz han aguardado diez minutos y han salido. El absoluto silencio no por esperado es menos perturbador. Se dejan guiar por la prolongación luminosa de las linternas hasta el andén en el que reconoció la luna del emblema de la Congregación. Su lunático influjo atrae sus timoratos pasos.

—Bueno, amigo, vamos para allá —susurra Bujalesky animado.

La pasarela que discurre por el margen derecho de las vías es estrecha. El haz de luz que dirige el dantista va alternando el suelo con las paredes y el techo. Desea encontrarse con el sol, el último indicativo que falta. Caminan al ritmo que les marca la prudencia.

—No puede ser muy largo —comenta el experto—. Esta es una estación de cabecera, los trenes nacen acá y acá vienen a morir. Como el sol, que nace y muere todos los días. Tiene sentido.

—¡Tomátela, Buja! Dejá de decir boludeces o me doy media vuelta. Y si no lo encontramos, ¿qué?

—Está por acá, lo sé. Ya lo vamos a encontrar, Telmito. Tenemos hasta las cinco de la mañana, así que mirá vos si disponemos de tiempo para encontrarlo.

—Es evidente que no somos los primeros en mandarnos por acá. Mirá cuánto grafiti —advierte.

—Tienen que ser los propios trabajadores o decime qué sentido tiene pintar donde nadie o casi nadie va a disfrutar de tu maravillosa obra de arte urbana. ¡Pará!, ¡pará! ¡Pará ahí!

Bujalesky está alumbrando la pared de enfrente.

—¡¿Qué pasa?!

—Al mover la linterna alumbraste algo que me pareció… ¡Mirá!

La risa de Bujalesky rebota contra las paredes del túnel.

—¡Cerrá el orto, boludo!

—¿Lo ves o no?

—Claro que lo veo.

—Si no me hubieras llamado la atención con el grafiti, capaz que no lo habríamos visto, che —dice Bujalesky—. El viento está soplando a favor. ¿Qué es lo que hay debajo? Parece una chapa metálica.

—Es una puerta metálica de doble hoja. Mirá acá —marca con la linterna—. Tiene una cadenita. Hay que atravesar las vías. No sé yo…

—¡No me seás cagón! Cruzar acá tiene menos peligro que cualquier calle de Capital Federal. ¡Dale!, ¡dale!

Cruzan. Telmo examina la cadena.

—No me dará problemas —dice abriendo la bolsa de deporte de mano en la que porta sus herramientas habituales de trabajo—. Pero… ¿vos estás seguro de que es por acá?

—Claro, Telmito, claro. Algo que siempre ha estado ahí, pero que no sabés qué mierda es ni para qué sirve… deja de estar.

—Y bueno, vos sabrás.

Corta la argolla al primer intento.

—Telmo, eres un groso, ¿lo sabés?

Los chorros de luz se chocan entre sí durante la exploración. La habitación es pequeña. Lo primero que les llama la atención es el revestimiento de las paredes. El cemento semipulido es ahora roca desnuda. Notan más humedad y el aire enrarecido.

—Otra puerta —localiza Telmo.

—La puerta del infierno, querido —identifica Bujalesky aproximándose—. Acá nomás. Por fin. Y eso..., ¿qué carajo es eso? —Ilumina.

—No tiene cerradura. Parecen dos hojas...

Telmo prueba tímidamente a empujar.

—Un mecanismo de apertura —observa Bujalesky acelerado—. Las letras rotan, ¿viste? Se viene el primer acertijo. Es como el sistema de una caja fuerte, pero en vez de números, letras. Sencillo.

—¿Cómo sigue el mapa? ¿Qué dice el poema?

—*El conocimiento la hará visible, ora bien, para el descenso afrontar, deshaceros habréis de lo inservible* —cita de memoria—. Bueno, bueno, bueno —se anima frotándose las manos—. Está claro que el conocimiento hizo visible la puerta, porque si Erika no hubiera reconocido la estrella no habríamos llegado hasta acá ni en pedo, ¿sí? Ahora, antes de comenzar el descenso al infierno, es decir, de atravesar esta puerta, tenemos que deshacernos de lo que es inservible. Obvio que se refiere a que hay que escribir acá lo que es inservible. Lo que no nos va a servir en el infierno —cavila elevando la mirada—. ¿Qué es inservible? ¿Qué dice la *Comedia*? Dejame pensar un segundo nomás. ¿Qué mierda dice?

—Es una palabra de nueve letras o puede que dos, una de cinco y otra de cuatro, qué sé yo...

—Tiene que ser una de nueve. Nueve como los círculos del infierno. Nueve letras. ¿Qué es lo que no necesitamos en el infierno? A ver. Virgilio conduce a Dante hasta la puerta donde ven el cartel. Dante tiene un instante de duda motivado por el miedo pero él le agarra de la mano y la cruzan. Se deshace del miedo. Miedo tienen cinco letras. No. Dante no deja el miedo, porque más adelante y en varias ocasiones vuelve a confesar que se siente aterrado. Deshacernos, dejar atrás.

—Abandonar —propone el encargado del Barolo.

—«Abandonar» —repite—. ¡Abandonad! ¡Claro que sí, Telmito! ¡Obvio! ¡Qué pelotudo que soy! Si viene escrito en lo alto de las puertas del infierno, ¿recordás?

Bujalesky suelta una carcajada nerviosa.

—¡¿El qué?!

—¡«Abandonad, los que aquí entráis, toda esperanza»! ¡Toda es-pe-ran-za! Nueve letras. Mirá.

Bujalesky empieza a manipular con el dedo índice la primera casilla.

—La esperanza no sirve de nada ahí abajo, Telmito —dice cuando le quedan dos letras para terminar de componer la palabra—. Ya está y ahora ¿qué?

—Tendrá que haber un mecanismo o algo. Dejame a mí, Buja, que no se ha fabricado el artilugio que se me resista.

Bujalesky se echa a un lado mientras que Telmo examina el artilugio incrustado en la roca.

—¡Dale, Telmito!, ¡dale!

Un chasquido seco anuncia que ya lo ha encontrado.

—¡Acá era! —señala.

Pero Bujalesky está plantado frente a la puerta, inmóvil.

—Si andás esperando a que te agarre la mano, ya nos estamos dando la vuelta…

—Una vida entera, Telmo, una maldita vida entera.

—¿Pues a qué esperás? Empujá de una vez la maldita puerta, dale.

Y lo hace.

Una corriente de aire gélido les da la bienvenida al infierno.

Complejo Médico Policial Churruca Visca
Buenos Aires (Argentina)

Es la segunda vez que sonríe. La primera ha sido cuando Erika le ha contado que el arcángel Miguel murió ahogado en su propia sangre tras recibir un certero disparo que le atravesó la tráquea. Esta que ahora se dibuja en sus amoratados labios es consecuencia de los últimos acontecimientos que le ha narrado Erika. Ha intentado simplificar al máximo, pero ha invertido casi una hora en ponerle al día de todo. De todo menos de lo concerniente a Michelson.

—Ya. ¿Así que una estrella en el metro? Parece de película de aventuras. —A Ólafur le cuesta verbalizar pensamientos y su voz suena bastante apagada. El esfuerzo por mantenerse despierto consume sus escasas reservas de energía.

—Y todo ello mientras tú descansabas aquí a pierna suelta.

Al islandés se le nubla el semblante.

—Era una broma, hombre, no te lo tomes a mal.

—No, no es eso. Todavía no me has contado qué te han dicho los médicos y mi olfato me dice que si no has empezado por ahí es porque no has querido empezar por ahí. Erika…, sin paños calientes, y no trates de convencerme de que no sabes nada porque no me lo voy a tragar.

Ella le suelta la mano y se levanta de la silla. Camina por la habitación de un lado a otro, como si tratara de huir de sus pensamientos hostigadores.

—Erika, sé que no estoy bien, lo sé. Casi no puedo moverme y esa bolsita de ahí contiene tantos calmantes que solo puede significar una cosa. Además, la jauría…, la jauría está muerta… —dice posando su mano sobre el estómago—. Llevo despierto el tiempo suficiente como para que me hubieran dado la bienvenida a mordiscos. Saben que nunca más los voy a poder alimentar y han preferido morirse en silencio.

—Creo que deberías descansar un poco.

—Ya, descansar. Ven, acércate, por favor —le ruega.

Erika vuelve a sentarse a regañadientes. El islandés sigue con la vista varada en la ventana.

—Cuando recibí la descarga supe que no saldría vivo. Noté cómo entraba cada uno de esos perdigones en mi cuerpo. Luego le vi a él con las manos en el cuello y pensé en ti. Me quemaba, sin embargo estaba tranquilo. En paz, porque sabía que tú estabas bien. Me tumbé y cerré los ojos. Solo deseaba que terminara cuanto antes.

—Ólafur…

El islandés rescata su mirada para encontrarse con la de Erika, perdida.

—Tienes que creerme: no me preocupa una mierda lo que me espere más allá de la muerte cuando la muerte carece de significado. Nosotros hemos dado sentido a lo que somos, a lo que hacemos, por eso no tengo miedo. No se puede temer lo que no se comprende. La vida en sí misma, como concepto, carece de valor, lo único que justifica nuestra existencia es el proyecto que nos planteamos a lo largo del angustioso proceso que implica vivir. Lo que verdaderamente nos mueve es el deseo de cumplir con nuestro objetivo primario, de llegar, pero, como seres frágiles, incompletos y conscientes que somos de nuestra propia debilidad, nos asusta el fracaso. Eso es lo que nos da miedo. No llegar nunca. Yo ya he cruzado la meta, Erika, encontré la razón y fui coherente con ella. Por eso no estoy preocupado.

Esta vez Erika no le agarra la mano, se aferra a ella. Quiere hablar, pero no encuentra las palabras.

—Ya. Está bien. No hace falta que me cuentes nada, solo quédate un rato más aquí conmigo. ¿Quieres?

Ella apoya la cabeza en su pecho.

—Han sido los mejores años de mi vida, Erika. Los mejores. Tenía un propósito y he tenido la enorme fortuna de compartirlo contigo. Y con ese pelirrojo cabrón —añade.

—He hablado con él y está de camino —le informa Erika sin cambiar de postura.

—¿Va a venir Sancho? Es un gran tipo. Tiene corazón.

—Sí, lo sé.

Ólafur toma aliento.

—Tenéis que hacer que todo esto merezca la pena. Sé que te encargarás de que así sea, por lo que me ahorraré el discurso. Solo quiero pedirte una cosa…

Erika se yergue para encontrarse con sus ojos.

—Llévame a un lugar frío, uno muy muy frío…

Ella le sonríe.

—Uno muy muy frío…, te lo prometo.

—Necesito dormir un poco.

—Vale. Yo estaré aquí cuando despiertes. Descansa.

Ólafur deja que los párpados caigan por su propio peso.

Algún lugar del infierno

Transitan entre pecadores. La sombra encorvada de Bujalesky, siempre al frente de la exploración, se proyecta sobre las paredes como un espíritu malévolo que no deja de observarlos. El sonido del bastón de Telmo amplificado por el eco marca el ritmo del cadencioso y patojo caminar de la pareja.

Tal y como decía el mapa, se guían por los círculos del infierno siguiendo las señales que marcan las bifurcaciones que se han ido encontrando. Para Bujalesky no ofrece ninguna dificultad averiguar el camino que debe seguir. En los sillares de roca de los túneles del anteinfierno han visto las avispas y otros insectos que se describen en *La Divina Comedia.* Cuando los han dejado atrás, han elegido acertadamente el corredor sobre el que pasaba una gruesa tubería similar a la que se ve desde el segundo sótano del Barolo, lo cual refuerza su teoría: se trata del río Aqueronte que menciona el poeta en los versos del *Infierno.* Atravesando el limbo han leído en las paredes los nombres de los personajes históricos que cita Dante y, en el tercer círculo, Telmo ha observado que hay agujeros practicados en la roca que funcionan a modo de respiraderos y facilitan la circulación del aire. A punto de salir del quinto círculo, en el que están los iracundos y perezosos, ninguno de los dos ahorra epítetos y halagos hacia el constructor de semejante estructura subterránea.

—Che, ¿y qué creés vos que tendremos sobre nuestras cabezas? —pregunta Telmo.

—Antes estaba pensando en eso. Se sabe que a comienzos del siglo XVIII los jesuitas participaron en un proyecto que consistía en la creación de una red de túneles bajo el subsuelo como parte de un plan de evacuación en caso de asedio —expone Bujalesky.

—¿Los jesuitas?

—Siempre contaron con buenos arquitectos y albañiles. La idea era unir los edificios más insignes de la ciudad, pero quedó inconclusa. Bajo la Manzana de las Luces se conserva aún buena parte del trazado original y todavía siguen apareciendo otros tramos cada vez que realizan alguna obra pública. Capaz que Minos aprovechara parte de ese tejido, no sé, pero me inclino a pensar que está ideado para el fin que nos ocupa. Así, el *danteum* estaría completo, ¿no te parece?

—Invertirían años.

—Seguramente más que en levantar el purgatorio y el paraíso, pero le encuentro todo el sentido del mundo. Mataría por tener los planos y poder ver el diseño completo.

—Hablando de ver..., ¿cuánto tiempo llevamos acá abajo?

Bujalesky consulta su reloj.

—Es casi la una de la madrugada.

Telmo se pasa la mano por la nuca.

—No sé cuánto me van a durar las pilas de las linternas, la verdad.

—Andá a cagar..., ¿me estás jodiendo?

—¡Y no! ¿Y qué querés? ¿Cómo iba yo a saber...?

—¡La puta que te parió, Telmo! Si se terminan y no vemos un carajo..., ¿me decís cómo mierda vamos a saber hacia dónde tenemos que ir?

Su compañero se encoge de hombros.

—Entonces volvamos mañana con repuestos y listo.

—¡Ni en pedo! Vamos a apurarnos, ya no tiene que faltar mucho. Mirá, ahí están representados los muros de Nasidio. Es por acá. ¡Seguime, viejito!

Telmo relincha sonoramente, pero le sigue con servicial renuencia.

Y el espíritu malévolo acelera el paso.

Complejo Médico Policial Churruca Visca
Buenos Aires (Argentina)

Balbucea palabras que no se encuentran en ningún diccionario; farfulla vocablos que no pertenecen a ningún idioma.

Se expresa en el dialecto del inconsciente.

Delira.

Gruñe.

Suda.

Erika se despierta, observa amodorrada e inmediatamente le toca la frente. Arde. Aprieta el botón. Y lo vuelve a apretar. Lo deja pulsado hasta que aparece la enfermera.

—Tiene mucha fiebre —informa presurosa.

—Sí. Me temo que es normal. Hágase a un lado, por favor.

La enfermera echa un vistazo a la pantalla de la máquina que controla sus constantes vitales.

—Ya mismo regreso.

No tarda más de treinta segundos.

—Su cuerpo sigue luchando contra la infección, pero está perdiendo la batalla. En unos minutos le habrá bajado la fiebre.

El doctor Sciordi me puso al corriente de todo y me pidió que estuviera muy pendiente del estado del paciente. Y de usted —añadió—. ¿Necesita algo?

—No, muy amable.

—Si precisa algo más, toque el timbre. Una vez es suficiente.

—Gracias.

En efecto, la fiebre remite y desaparece, pero el rastro que deja en el rostro del islandés delata su paso por esa cama. Tiene peor aspecto. Los ojos, cada vez más hundidos, parecen abocados a un naufragio lento pero irremediable en aquellas aguas que se van oscureciendo por horas. La piel se ha teñido de un agorero gris ceniza y parece haber disminuido su espesor de forma notable.

Fuera empieza a amanecer y se acerca a la ventana con barrotes para escapar visualmente de la tristeza. Erika no ha sumado ciento veinte minutos de sueño y durante la fase que ha estado despierta ha aprovechado para catalogar y archivar toda la información que le ha servido Bujalesky en tan corto espacio de tiempo. Es una suerte de bufé masónico en el que, sin sentarse a la mesa, ha ingerido los segundos platos, luego los postres y al final los primeros mezclados con entremeses. Se le ha hecho bola. Además, no consigue tragar el dulce al que lo convidó Telmo en el faro cuando le aseguró que El Cartapacio era una invención. Se pregunta si Bujalesky habrá realizado algún avance.

—Erika...

Ólafur se esfuerza por configurar una cara de buenos días.

—Hola.

—He tenido un sueño.

Le cuesta respirar.

—Lo he vivido desde fuera y diría que se trataba de una pesadilla —dice acercándose a la cama.

—Vamos a salir victoriosos, eso es lo único que sé.

—Yo jamás lo he dudado —miente ella.

El islandés extiende el brazo para abrir el cajón de la mesilla.

—¿Qué buscas?

—Mis gafas.

Erika se las da.

—Ayúdame a incorporarme, quiero ver el cielo.

Acciona el mecanismo de la cama y con mucho cuidado consigue acomodarlo.

Se fija en una que tiene forma de balón ovalado; o eso interpreta.

—Vamos a salir victoriosos —repite.

Alguien toca a la puerta y entra. Es uno de los agentes que custodian la habitación. Lleva en la mano un sobre marrón de tamaño A3.

—Señorita, dejaron esto para usted.

—¿Para mí? ¿Quién?

—Lo desconozco, recién me lo subieron. Pero acá está escrito su nombre, ¿no?—Así es.

—Tengo que pedirle que lo abra antes de entregárselo.

Erika lo hace. Dentro hay una carta manuscrita. Busca el firmante y lee:

—«Robert J. Michelson».

Algún lugar del infierno

Para atravesar el séptimo círculo del infierno han tenido que elegir entre cinco escaleras de caracol. La figura del Minotauro marcaba la correcta a los avezados ojos de Bujalesky, que, compelidos por la incertidumbre que rodea al tiempo que van a durar las pilas de las linternas, ya no se paran a recrearse en los detalles. Han descendido tres niveles hasta llegar al octavo círculo, como los tres giros que relata Dante en su obra inmortal. Allí se han encontrado con una gran estancia, la más espaciosa hasta el momento, excavada en forma semicircular y con techo abovedado, en la que han bajado los diez escalones que simbolizan las diez zanjas o fosas que cita el poeta al describir el Malebolge. Vagamente se ha fijado en que en el suelo se encuentran tallados los nombres de los pecados que han cometido los que están allí condenados.

Ahora tienen delante tres pozos con otras tantas cuerdas que presentan varios nudos. Han notado que la temperatura ha ido descendiendo de manera progresiva y al asomarse a los agujeros negros una corriente helada les acaricia el rostro.

—Por suerte, se puede ver el fondo —valora Bujalesky enfocando con la linterna—. Yo diría que son cuatro o cinco metros. ¿Vos qué decís?

—Que podría bajar, creo, pero en ningún caso podría volver a subir y ¿cómo sabemos que la salida está por el otro lado?

—Porque lo dice la *Comedia* y todo esto es una recreación al pie de la letra, ¿es que no te diste cuenta todavía?

El experto examina los pozos en busca de titanes y, efectivamente, encuentra los nombres de tres de ellos, uno en cada pozo. Esa no se la esperaba.

Se recoloca el pelo. Duda.

—Che, ¿qué pasa ahora? En esta no la podemos pifiar.

—Dale, Telmo, dejame pensar, no me vengás a hinchar las pelotas ahora.

Bujalesky escenifica el momento de concentración.

—Dante y Virgilio se encuentran con tres titanes encadenados. Nimrod balbucea palabras carentes de sentido, lo cual representa la falta de comunicación, entendida como el gran problema que hace que la discordia perviva entre las personas. Efialtes simboliza la furia y la histeria colectiva de las masas, con el peligro que ello conlleva por lo sencillo que resulta manejarlas. Por último, Anteo es la vanidad de los humanos, muy susceptible a las alabanzas y consecuentemente manipulable. ¡Eso es! Virgilio se aprovecha de esa circunstancia y se deshace en halagos con Anteo para que les ayude a descender al Cocito, como llama al noveno y último círculo, donde está Lucifer. Tenemos que bajar por Anteo —dice señalando el de la derecha.

—¡Genial! —aplaude Telmo.

Una luz intermitente parece acompañar las palmadas del encargado del Barolo.

La linterna del dantista empieza a titubear.

Ambos se miran desconcertados.

Este da golpecitos en la palma de la mano como si de una reanimación cardiovascular se tratara. Pero el paciente se le va. Agoniza durante unos segundos más y se muere.

—¡Uhhh! ¿Y ahora? ¿Qué mierda hacemos, Buja?

Este parece valorar la respuesta unos instantes.

—Bajamos. Todavía tenemos la tuya. Primero me alumbrás vos a mí, luego me pasás la linterna, el bastón y las herramientas con otra de las sogas y te ilumino yo desde abajo. Quedate tranquilo, que ya estamos —suelta en su intento de convencerle.

—Pero... ¡la puta madre! Espero que las fuerzas no me fallen.

Bujalesky se escupe en las palmas y se las frota vivamente para combatir el agarrotamiento de las articulaciones.

—Tené cuidado, Buja, que no tenemos edad.

—La fuerza está acá —dice golpeándose la cabeza antes de agarrar la cuerda a la altura del primer nudo—. Es una boludez.

—Pero... ¿qué hacés con eso? ¿Sos gil?

—Dulcinea viene conmigo.

Cuando toca con los pies en el suelo le tiemblan las rodillas.

—¡Pan comido, Telmito! ¡Dale, bajame los bártulos! —le grita. De su boca sale vaho.

La operación concluye como han planificado y ahora es Bujalesky quien le pide que baje con cautela. Teme que su lesión de rodilla dificulte el descenso, pero resulta que Telmo baja con más presteza que él.

—¿Viste? —le da la bienvenida al último círculo zarandeándole por los hombros.

Telmo sonríe orgulloso.

—¡Qué frío, che!

—Es real. Todo es tan real... —juzga Bujalesky mientras examina en derredor—. Está claro que se inspiraron en las ilustraciones de Gustave Doré. Dante lo describe como una laguna que se ha congelado por el batir de las alas de Lucifer, que quedó atrapado al ser expulsado del paraíso por Dios. Este círculo es el punto más alejado de Dios, máxima expresión del amor. Lucifer es el odio. En el infierno todo es una carencia; la luz es presencia. La oscuridad es la ausencia de sustancia inherente a la luz, el frío es la carencia de la energía que contiene el calor y el pecado es, en sí mismo, una falencia del alma de esencia moral. Y de entre todos los pecados, el más grave desde la óptica de Dante es la traición.

—Estoy muy de acuerdo con eso. Con eso de la traición —precisa el encargado.

—Esta primera terraza es la Caína, donde están condenados los traidores a sus seres queridos; en la siguiente, la Antenora, se castiga a los traidores a sus conciudadanos; en la tercera, la Tolomea, penan los traidores a sus huéspedes; y por último, en la Judeca, sitúa a los traidores a sus benefactores, entendidos estos como los que hacen bien a la humanidad. Los peores, Judas, Bruto y Casio, sufren la penitencia de ser devorados a lo largo de toda la eternidad por las tres bocas de Lucifer. Uno por cada boca.

—No se merecen menos.

—*Solo los puros hallarán la llave, indispensable en el peregrinaje, para ascender al purgatorio es clave* —cita—. Llegados a este punto, hay que ver a los puros como los que no son traidores. Pero hay que probarlo..., por allá.

El haz de luz baña una reproducción a tamaño real de la Boca de la Verdad incrustada en el muro.

—¿Dónde si no? Minos era un genio, che. ¿Imaginás dónde está la llave del infierno? —pregunta el dantista.

—*Hasta las fauces del mismo Satán*, como anunciaba el verso.

—Obvio. Y para eso hay que meter la mano en esa boca que mastica eternamente a los traidores. La leyenda dice que si se formula una pregunta al reo y este miente, se cierra de manera automática amputándole la mano. En realidad, al otro lado de la pared lo que había era un verdugo con un hacha que seguía las órdenes de una instancia superior más terrenal que divina.

Bujalesky enfoca hacia el interior de la boca y se agacha.

—¿Qué es lo más largo que tenés en la mochila?

—Esperá, dejame ver… ¿Esto te sirve?

—Me sirve. Alumbra desde ese lado.

La llave inglesa produce un sonido metálico al chocar.

—Al fondo hay una compuerta metálica que seguramente se va a abrir al demostrar que se es puro.

—¿Y cómo se hace eso?

—Tiene que haber un acertijo o prueba por alguna parte.

Telmo se aleja con la linterna mientras Bujalesky inspecciona la Boca de la Verdad.

—Acá hay algo —dice el encargado.

Un ruido.

—¡La concha de la lora! —protesta Bujalesky.

—¿Qué pasó? ¡¿Estás bien?! —pregunta alarmado.

—¡Algo me atrapó la mano!

—¡Seré pelotudo! He tocado donde no debía.

—¡Y bueno, conservá la calma!, ¿querés? Ya lo advertían los versos: *Continuad, pues, este vuestro viaje de iniciación, pero proseguid solo si estáis dispuestos a pagar peaje.* La mano es el peaje —informa a la vez que trata de liberarse inútilmente.

—La puta madre, Buja… ¡Mirá acá! —le advierte Telmo—. Las letras que antes conformaban el lema de la Congregación están rotando.

Ambos aguardan expectantes mientras *Coelestes sequitur motus* deja de leerse. Cuando cesa el sonido, leen: *Qui fecit opus ut est ut.*

Bujalesky suelta una carcajada histriónica que contagia a Telmo.

—¡Que lo parió! ¡Miles de veces! ¡Lo vimos miles de veces en las bóvedas del Barolo! ¡Chupala, Mario Palanti! ¡Y chupala, Minos! ¡Y vos también, Ciacco! *Ipse mallet novit.* ¡Putos de mierda! *Ipse mallet novit.* ¡Chúpenla ahora, hombres puros!

—¡«Quien hizo la obra la conoce tal como es, así como él la preferiría»! —traduce Telmo.

Unos parpadeos lumínicos cortan de raíz la algarabía.

—No, por favor, ahora no —implora Telmo.

El silencio absoluto precede a la llegada de la absoluta oscuridad.

—¡La reconcha de tu madre! —certifica la voz de Bujalesky.

Complejo Médico Policial Churruca Visca
Buenos Aires (Argentina)

Tras recibir la carta, a Erika no le ha quedado más remedio que ponerle al día de los últimos movimientos de Michelson. Sosteniendo una expresión suiza de aparente neutralidad, Ólafur ha dejado que ella la lea y después le relate la llamada de Ramírez.

—No me fío una mierda de ese hijo de puta, Erika, pero... —Toma aire por la boca—. Pero todo esto me llama la atención —valora en voz queda—. Me llama poderosamente la atención.

—Ordenó que le cortaran la cabeza a Sancho y, aunque no estaba presente, ya era custodio de la hermandad cuando quisieron honrarme con el papel de doncella. ¡¿Y ahora quiere tratar de convencernos de que está de nuestro lado?! ¿Y que para demostrárnoslo nos espera a mí y a Bujalesky en la casa que su padre tenía... no sé dónde mierda? No entiendo nada.

—Ya. A eso me refiero. Hasta donde sabemos, está intentando alcanzar el propósito que no pudo cumplir su padre. Sancho te lo ha corroborado, ¿no es cierto?

—Desconozco los detalles, porque me lo contó muy rápido, pero sí, parece que entre Michelson y el arcángel se cargaron al puto Gran Maestre. Y colorín colorado.

—Ya. ¿Y dónde encaja que posteriormente lo enviara a terminar con Bujalesky y de paso con nosotros? Erika... —El islandés necesita otro respiro—. Hay algo que se nos está escapando en todo esto —sentencia negando con la cabeza.

Erika lo mira compasivamente.

—Ya lo averiguaremos. Ahora, te conviene descansar un poco. Duerme —sugiere al tiempo que baja la persiana.

Antes de caer en un estado hipnótico acunado por las caricias de Erika, Ólafur Olafsson comienza a tejer una hipótesis hecha de teorías poco probables pero no imposibles.

Algún lugar del infierno

Te abrí la puerta
con mis mejores deseos y mi peor sonrisa.

Te cerré la puerta
con mis peores deseos y mi mejor sonrisa.

Te cerré la puerta
y me hice una sopa con sabor a medicinas.
Te abrí la puerta
y se me escaparon volando todas las gallinas.

—Te lo pido por favor, Buja. Cortala de una vez. Cortala, que así no hay nervio que aguante…

—¡Es mi forma de combatir los nervios! —protesta Bujalesky—. ¿O te creés que estar acá atrapado sin ver un carajo es plato de buen gusto?

—¡Pues cantá, la puta que te parió!, ¡cantá, que si me confundo y te quedás manco no volvés a tocar la viola en tu vida!

Cuando se hace el silencio, Telmo retoma la tarea de colocar las letras de *Ipse mallet novit* a ciegas, dejándose guiar por el tacto como única referencia. Podría hacerlo Bujalesky con la mano izquierda, pero ha declinado intentarlo por estar sometido a mayor carga de estrés. Cuando termina lo repasa.

—Ya está. Yo creo que está correcto —anuncia.

—¿Creés?

—¡Creo, sí, creo!

—Dale, Telmito. Confío en vos. Quedate piola, papá. Lo escribiste sin dejar espacio, ¿verdad?

—Sin espacios.

—Luego, te sobran siete casillas que dejaste sin letras.

—Siete casillas. Una, dos, tres, cuatro, cinco, seis y siete. Y la última sobresale un poco de las demás.

—Apretala.

—¿Estás seguro?

—La puta que te parió..., Telmo, dejate de joder y apretala.

Tres ruidos consecutivos y una pregunta.

—¿Estás bien?

—¡Funcionó! ¡Funcionó! —grita Bujalesky. Ya tengo la mano libre. Voy a meter el brazo hasta el fondo. Acá hay algo. ¡Es una caja!

—Algo se ha abierto ahí arriba, ¿viste? Entra algo de luz. ¡Allá, mirá!

Pero Bujalesky no le quita ojo a la caja ahora que puede distinguir formas.

—Vení, Telmo, vení. Esto es tan tuyo como mío, no quiero abrirla solo.

Este se acerca con cautela. El objeto que sostiene en las manos tiene unas dimensiones de veinte centímetros de largo por diez de ancho. El dantista levanta la tapa con el cuidado de un artificiero.

Examinan el contenido durante unos segundos.

—Ya es nuestra, Telmito, nuestra. ¿Escuchaste? ¡La llave del infierno es nuestra!

—Es tuya y de nadie más —responde el encargado—. Te la ganaste.

Se abrazan. Es breve, pero intenso.

—Dale, vámonos de acá —propone Bujalesky—. Tengo que llamar a la doctora para contárselo. ¡Se va a caer de culo!

Telmo mira hacia arriba. Al final de un respiradero que estaba oculto tras una plancha de metal se distingue un punto de luz. Hasta donde le alcanza la vista calcula más de cien barrotes que hacen de escalera.

—En la loma del orto... que los parió —lamenta Telmo.

—En la *Comedia* Dante y Virgilio tienen que trepar por el cuerpo de Lucifer para salir del infierno, así que... no es tan malo, che. Vos primero.

Telmo introduce el bastón en la bolsa de deporte y, aunque sobresale el mango, resuelve que no hay riesgo de pérdida. Se la acomoda a la espalda con la bandolera y se escupe en la manos.

—¡Dale! —se anima.

Durante el ascenso, ambos han rivalizado en quejas y protestas. Les duelen las manos y las plantas de los pies, pero el premio que Bujalesky ha metido en el interior de la funda de Dulcinea compensa cualquier inconveniente.

—Hay una rejilla —informa Telmo cuando tiene casi al alcance la salida del infierno.

—Más vale que se abra de este lado, porque yo no vuelvo abajo ni en pedo.

Telmo la empuja.

Salen jadeando. Algunos transeúntes los miran con incredulidad. Se ubican de inmediato.

—¡Era obvio! —juzga Bujalesky alargando infinitamente la primera «O»—. Esto es lo primero que ven Dante y Virgilio cuando consiguen salir del infierno: la montaña del purgatorio.

La insigne estampa del Palacio Barolo se recorta voluptuosa sobre el cielo de Buenos Aires.

UNO DE ESOS PIJAMAS DE MÁRMOL

Terminal de autobuses Lao Xi
Ciudad vieja de Shanghái (China)
Septiembre de 2013

Conoce pocos lugares en el planeta tan concurridos como ese. El frenesí con el que los chinos afrontan sus quehaceres diarios hace que la zona de influencia de la terminal se asemeje a la boca de un hormiguero por el que han de pasar todos los individuos. Gabriel no pertenece a esa colonia, pero se mueve con tanta soltura como ellos.

Se dirige hacia el sur, concretamente al mercado que se ubica en la intersección de Zhonghua Lu y Fuxing Dong Lu. Uno de los motivos por los que se encuentra tan cómoda en Shanghái es porque el olor que desprenden los animales de dos patas, ese que sigue sin poder soportar, se camufla entre los millones de partículas odoríferas suspendidas en el ambiente. Antes de cruzar el puente, gira a la derecha y luego a la izquierda para llegar hasta una estrecha callejuela que desemboca en una gran plaza plagada de puestos. Se dice que allí lo único que no se puede comprar son almas, porque todas ya han sido vendidas.

Pero no es un alma lo que el arcángel ha venido a buscar y tampoco lo va a encontrar sobre los mostradores. Elige una callejuela poco concurrida para trepar por una tubería hasta el primer piso, camina por la canalización que recorre la fachada de la manzana y busca alguna vertical por la que pueda subir al techo de una de las viviendas que dan a la plaza. Necesita una mejor perspectiva.

Ya ha estado allí antes. Los Sun Yee On siempre le han servido de soporte cuando ha tenido que hacer algún trabajo en la zona. Son eficaces, pero sobre todo discretos. Y desde que Corteza de Roble diera la orden a Miguel de eliminar a Wang Wei-Zhu y entregar a los Yamaguchi-gumi el control del juego en Macao, están ganando mucho terreno a los 14K, la tríada rival. Su principal actividad es el de estupefacientes, pero tampoco hacen ascos al tráfico de armas, bien abastecidos desde Rusia por los Bratski Krug.

No detecta nada extraño. Hay dos hombres apostados en la entrada de la tienda que les sirve de tapadera. Fuman mientras sostienen una amigable charla. Ambos van armados, tal y como ella espera. Deshace el camino y se dirige hacia allá. A cinco metros para llegar, uno de los guardias la reconoce e inmediatamente el rubor de su rostro pierde varias tonalidades. El otro se contagia de la actitud de su compañero y permanece inmóvil sin saber qué hacer. Gabriel se detiene y espera a que alguno reaccione. No comprende cómo esos dos tipos pueden estar a cargo de la vigilancia; si ella hubiera traído propósitos distintos, habrían muerto sin enterarse. Uno de ellos parece reactivarse, tira el cigarro al suelo, lo pisa, abre la puerta y la invita a seguirlo. La conducen por el interior del local, que parece una cacharrería regentada por un matrimonio de elefantes. No es casual, entre tanto caos solo hay una ruta posible para llegar a la trastienda, un trazado que únicamente ellos conocen. El hombre con el que suele tratar es el menor de los cuatro hijos de Huang Xu, uno de las tres cabezas de dragón que dirigen la tríada. Se llama Zhang, pero le conocen como «Gallo». El pago lo ha hecho por adelantado, por lo que solo tiene que recibir la información que les ha demandado y comprobar que es el modelo que les ha pedido, el mismo con el que Damocles la enseñó a disparar a larga distancia.

La habitación huele a tabaco y a sudor, dos de los olores que conforman el podio que ella repugna. Se da cinco minutos para salir de allí.

—Gabriel —la saluda Gallo inclinando la cabeza—. Bienvenida. Toma asiento, por favor.

Como el resto de sus hermanos, ha cursado estudios en Londres y Ginebra, por lo que maneja bien el idioma de los negocios. Es educado y viste al estilo europeo. Sabedor de que ella no va a pronunciar ni una palabra, continúa hablando y pasa por alto que el arcángel ha declinado el ofrecimiento de sentarse.

—Lo que nos encargaste. Recién salido de fábrica. Limpio.

Gabriel se aproxima a la mesa. En el maletín negro y rectangular se puede leer lo que contiene: Снайперская винтовка Драгунова. Lo abre. Está sin montar y con los precintos intactos.

Con eso le basta.

—En cuanto a lo otro… —traga saliva—. Nosotros nunca nos inmiscuimos en vuestros asuntos y siempre que habéis requerido de nuestros servicios os hemos atendido gustosamente. Sin embargo, nos llama la atención que nos hayas solicitado la localización de uno de los vuestros. Y no de uno cualquiera. No nos importa, pero no nos gustaría que, sea lo que sea que esté sucediendo en el seno de la organización, nos afecte en el futuro. Somos y seremos leales a Corteza de Roble, espero que en el futuro se recuerde y reconozca.

Gabriel asiente.

Y con eso le basta.

—Está aquí desde hace algunos días. —Gallo saca un papel doblado y lo coloca sobre la mesa—. Los míos me dicen que no se ha movido. Tiene al menos ocho hombres armados custodiando la finca y solo se deja ver a la caída del sol, entre las siete y las ocho, cuando sale a dar un breve paseo por el huerto.

El arcángel no tiene ninguna duda de que lo que le está diciendo es cierto. Le sostiene la mirada e inclina la cabeza en señal de despedida y conformidad. Cuando sale, han transcurrido cuatro minutos y veintidós segundos.

Abandona la plaza y busca una vía principal donde poder moverse más rápido. Zhonghua Lu está abarrotada de tráfico, pero las aceras son anchas y quiere llegar cuanto antes a los jardines Yuyuan. Deja atrás el templo Wen Miao, dedicado a Confucio. Por norma, cuando pasa cerca de allí, suele abastecerse de libros en el mercado que se ubica en la parte posterior, pero, muy a su pesar, hoy no dispone de tiempo. Sin embargo, no puede evitar acordarse de la frase atribuida al pensador chino a la que Damocles recurría con frecuencia: «La persona que persigue dos conejos no atrapa ninguno». Un objetivo, un plan. Y eso es justamente lo que tiene que hacer ahora: armarlo. Para ello necesita paz y el único reducto de tranquilidad que existe a cientos de kilómetros a la redonda es ese. En cuanto se acerca al Muro de los Cinco Dragones nota el placentero efecto que le produce ese oasis verde. Nunca logra contener la conmoción que le produce cruzar las pasarelas sobre los estanques ornamentales de agua verdosa tapizados por hermosos nenúfares. Le desagrada cruzarse con tantos turistas, pero sabe que donde ya tiene la mente puesta, alejada de la Exquisita Roca de Jade, del Pabellón de las Diez Mil Flores y del ginkgo centenario, va a encontrar la armonía que busca.

El rincón, su rincón, ella lo llama «Madre». Está situado en el límite sur de los jardines, a la espalda de un pabellón poco concurrido donde la vegetación ha crecido saltándose las directrices del hombre. Allí es más Adla y menos Gabriel, pero no es su propósito evadirse, sino concentrarse. Se sienta en el césped, extrae el equipo de la mochila e introduce las coordenadas que le ha facilitado Gallo en el geonavegador de la aplicación topográfica. El mapa de la isla fluvial de Changxing, en la desembocadura del Yangtsé, no tarda en aparecer. La localización está ubicada en el extremo norte, donde la tierra se estrecha y disminuye considerablemente la densidad de viviendas. Eso tiene su parte positiva y su parte negativa. Y es esta última la que tiene que solventar. Hace *zoom* y lo transforma en un plano vectorial, donde las imágenes pierden importancia en favor de los números y las líneas. El Dragunov tiene un alcance máximo de mil trescientos metros; no obstante, para asegurar el blanco establece un primer perímetro hasta un radio máximo de seiscientos metros. Los resultados no le satisfacen. Amplía cien más. Luego otros cien. A ochocientos veinte metros localiza una cota con cuarenta y dos de altitud y comprueba que el viento predominante sopla a favor. Traza un vector hasta la zona en la que debe de estar el huerto y ejecuta el comando. Una cámara simula el recorrido de ochocientos veinticuatro metros desde el punto de origen hasta el de destino. Gabriel tuerce la boca. La vegetación que rodea el muro de la finca ensucia la trayectoria del proyectil. Tendría que localizar un lugar bastante más elevado y esos árboles no lo son. No lo suficiente. Parte de cero. Ahora examina una visión aérea de la zona acotada. Entonces los ve.

Amusga los ojos.

Están plantados a lo largo de toda la costa norte y discurren en paralelo a la carretera. Eso le complace, porque facilita la llegada y la salida. Concretamente, hay uno que está a cuatrocientos doce metros del punto de destino. Están colocados a barlovento, por lo que el movimiento de las palas no la incomodará. Vuelve al mapa vectorial para comprobar la altura del armatoste: cien metros. Antes de repetir la simulación sabe que la trayectoria va a ser impoluta. Lo celebra apretando los puños.

Tiene que ir de compras, pero eso no supone ningún problema, porque en Shanghái todo lo que existe está y, si está, se puede comprar. Solo tiene que encontrarlo antes de las seis de la tarde, hora que se ha fijado para estar en posición. Le quedan cuatro horas y cuarenta y dos minutos.

Invierte uno para absorber la energía del entorno.

Sabe que la va a necesitar.

Exterior del Complejo Médico Policial Churruca Visca
Buenos Aires (Argentina)

—Son cincuenta dólares, señor.

—Cincuenta pollas en vinagre. En el aeropuerto me has dicho que eran cuatrocientos pesos o cuarenta dólares.

—Sí, señor, el viaje, pero no le incluí los peajes. Fíjese.

—Tres cojones me importa. Que timadores hay tantos como timados, pero conmigo te has topado, que decía mi padre.

La expresión del taxista indica que está lejos de comprender el dicho.

—¿Quieres los cuarenta dólares o te vas con los bolsillos vacíos? Lo mismo con el siguiente tienes más suerte que conmigo, majete.

El hombre, que supera los veinte años de experiencia en el oficio, vacila un instante, intervalo suficiente para deducir muy acertadamente que ese barbudo pelirrojo —con pinta de generar de modo natural el líquido en el que conserva las mencionadas pollas— está para pocas negociaciones. Agarra los dos billetes de veinte y cuando está a punto de decir algo aprieta muy fuerte los labios para que no salga nada de su boca que pueda jugar en contra de su integridad física.

En efecto, Sancho está para pocas tonterías. No ha dormido apenas en el avión por culpa de esa novela cuyo título nunca consigue recordar y que ha publicado el exrepresentante de jugadores de rugby devenido a escritor, que es amigo de Dani Navarro y que ahora es su casero. Según le ha dicho este, el inspector de Homicidios que protagoniza lo que será una trilogía está inspirado en él, pero lo cierto es que el pelirrojo no ha encontrado muchas similitudes. Aun así, le ha servido para evadirse de la realidad. En cuanto han tomado tierra y ha encendido el móvil, le han alcanzado las primeras ráfagas enemigas en forma de notificaciones de llamadas perdidas del inspector general Makila. No le ha quedado más remedio que responder al fuego con fuego. Básicamente le ha informado de que, luego de los hechos acontecidos en Chicago, el Comité Ejecutivo de la Interpol le ha dado carta blanca para actuar, pero por tiempo limitado. Muy limitado, según el criterio de Sancho. Les han concedido dos semanas para conseguir pruebas fehacientes en las que se pueda sostener un caso de la entidad del que les atañe. Necesitan buena cimentación. Le ha confirmado que cuenta con el apoyo de la OCN de Buenos Aires; no obstante, le ha aconsejado que no lo utilice para evitar posibles filtraciones. A la pregunta de Sancho sobre los últimos movimientos de Michelson ha respondido que lo último que sabe es que volvió a contactar con un operador de la central para insistir en la geolocalización del teléfono de Erika, pero que este le dio largas siguiendo sus instrucciones y que no sabe nada más.

En resumidas cuentas, que se las componga como buenamente pueda.

La única noticia positiva tiene que ver con el estado de Vincent Dare, que evoluciona de forma favorable después de la intervención quirúrgica en el gemelo y que le envía muchos recuerdos y parabienes.

La hora y diez minutos de trayecto —ahora que lo piensa, lo mismo sí justificaba los cincuenta dólares, pero que se joda el taxista— también le ha dado tiempo para llamar al número de teléfono que le envió Erika por mensaje. La ha encontrado serena, pero la voz sonaba ajada y el tono afligido, lo cual, aunque no han profundizado en el estado médico de Ólafur, le hace pensar que sigue grave. Han acordado que al llegar avise en recepción y que ella bajará para ponerle al día sin que el islandés esté delante. Previamente, Erika ha pedido permiso al doctor Sciordi y este al subsecretario Jorge Daniel Wolodarsky, que a su vez ha hablado con el comisario correspondiente para que autorizara otro visitante. Burocracia.

Así lo hace el pelirrojo y momentos después ve aparecer a Erika saliendo del ascensor. No tiene buen aspecto. Sancho acapara con los brazos su reducida existencia. Ella se lo permite gustosa y trata de armar una expresión que contenga algo que no le nazca del corazón.

—Acompáñame fuera, por favor, así aprovecho para fumar —dice ella.

Mientras lía el cigarro, no habla. Lo prende y se queda mirando la parte incandescente.

—Menuda mierda de tabaco. No consigo Amsterdamer en ningún sitio y esto es…, no sé qué mierda es, pero es una mierda mierdísima.

Tras el prometedor preludio, advierte a Sancho de que el Ólafur que se va a encontrar postergado en la cama poco tiene que ver con el Ólafur que conoce. La infección se lo está comiendo por dentro y, aunque él no lo exterioriza, su cuerpo sí.

—¡Hay que rejoderse! —diagnostica el inspector.

—Ahora está dormido. Más o menos está una hora despierto de cada cuatro o cinco. Es perfectamente consciente de su estado, le cuesta hablar y…

Erika no sabe cómo seguir. El pelirrojo acude al rescate y, no se sabe si buscando cambiar de tema o queriendo compensar las malas noticias, le cuenta el desenlace de la operación de Chicago. Ella tarda en procesarlo, más o menos igual que Sancho cuando le desvela el último ofrecimiento de Michelson.

—Así que el jodido Michelson quiere parlamentar, ¿eh? Los británicos se piensan que pueden solucionarlo todo dialogando como gente civilizada y hay veces que dos cartuchazos arrastran más contenido semántico que un millón de diccionarios de Oxford.

Erika apura el cigarro y sonríe. Ahora es Sancho quien la abraza.

—Me tienes que dejar que suelte el humo, Sancho —le pide con los pulmones oprimidos.

—Subamos.

—Espera, hay algo que tienes que saber antes... Verás, Ólafur ha elaborado una hipótesis sobre Michelson que te quiere contar.

—¿Una hipótesis?

—Sí. Pero será mejor que sea él quien te la detalle. Y otra cosa más, con independencia de lo que decidamos, yo no voy a moverme de aquí hasta que... concluya todo —define.

Sancho asiente. El tiempo no juega a su favor, pero entiende y comparte su postura.

A Ólafur le ha despertado la enfermera para asearle. Sancho hace todo lo posible por no parecer afectado por su aspecto, pero las décimas de segundo que tarda en ocultar su primera reacción son suficientes para el islandés.

—Amigo mío —le saluda este levantando el brazo con gran esfuerzo.

Sancho se apresura a agarrarle la mano.

—La madre que me parió, Ólafur, os dejo solos unos días y preparáis la de San Quintín. Nosferatu a tu lado parecería el mismísimo príncipe azul.

—Ya. Por lo menos me llevé a ese bastardo por delante —le susurra para que no le oiga la enfermera.

—No esperaba menos de un bárbaro norteño como tú, hermano.

—Os toca rematar la faena a vosotros. —Pausa obligada—. Porque no habrás venido hasta aquí solo para velar este cadáver, ¿no?

—Ni de coña. Habría enviado una corona de flores por adelantado que dijera: «Los miembros de tu clan no te olvidan». Ciento cincuenta euros y listo.

Ólafur se ríe al tiempo que se retuerce de dolor.

—Por favor, señores, están en un hospital, no en la cancha de Boca, ¿sí?

—Disculpe, señorita —intercede el paciente—. ¿No cree que ya estoy suficientemente aseado para recibir a semejante...?

—Claro. Como usted diga.

La enfermera recoge y se marcha.

—Es simpática, pero está celosa de la del pelo rojo —le dice a Sancho—. Me quiere solo para ella.

Erika mueve la cabeza corroborando sus palabras.

—Jodido degenerado... —califica el inspector.

Los siguientes minutos están a la altura de cualquiera de los relatos que componen la *Antología del humor negro* de André Breton. Sin embargo, en algún momento Ólafur nota que se le van agotando las fuerzas y decide abordar el asunto.

Carraspea enérgicamente, haciendo uso de la escasa energía que le queda.

—Sancho, tengo que pedirte algo. No tiene mucha pinta de que vaya a librarme de esta, así que me gustaría que tú te hicieras cargo de Karatu. Se lo pediría a Erika, pero al animal le conviene…, digamos, estabilidad.

—Pues estoy yo de un estable del recopón bendito, pero si te quedas más tranquilo te diré que sí, que cuando la diñes dentro de quince años me haré cargo de Karatu.

—Es importante.

—Tienes mi palabra.

—Eso quería escuchar. Otra cosa. Voy a contarte algo y te ruego que lo evalúes detenidamente con Erika. —Pausa—. Doy por hecho que cuando ha bajado a buscarte ha aprovechado para hablarte de la carta que ha recibido de Michelson.

—Del jodido Michelson, sí.

—Es tan absurdo, tan ilógico, que me ha hecho pensar. Vamos a distinguir entre lo que sabemos y lo que suponemos. —Pausa—. Sabemos que su pertenencia a la hermandad le viene de familia, primero su bisabuelo, luego su padre, que era un auténtico hijo de puta —califica antes de hacer una nueva pausa—. También sabemos que Michelson ha heredado la túnica de custodio de Flegias y que nos ha estado siguiendo la pista. —Pausa—. Y hasta ahí lo que sabemos.

—Bueno, y sabemos que ordenó que me separaran la cabeza del cuerpo, que le abrieran el estómago a Erika, que junto a Miguel se ha cepillado al antiguo Gran Maestre y que luego a este lo envió a rematar la faena con vosotros y con el tal Boguslavsky ese.

—Bujalesky —corrige Erika.

—Ese.

—No, Sancho. Eso lo suponemos. —Pausa—. Respóndeme a lo siguiente: cuando te colaste en casa de Bakare y oíste la conversación que mantuvo con Michelson, ¿le oíste hablar de vosotros?

—Solo de mí, pero ni siquiera pronunció mi nombre. El muy cabrón le recriminó por haber resuelto torpemente el asunto y por «asunto» entiéndase este que habla. En aquel momento él pensaba que yo estaba muerto.

—Ahora valora la posibilidad de que Michelson te identificara y utilizara ese acierto para ganar puntos dentro de la Congregación. Tú me contaste que a Bakare le ordenó que no te matara, que te quería vivo para sacarte información. —Pausa—. ¿Cierto?

—Así es.

—Que fue Bakare quien decidió quitarte de en medio, no Michelson, para limpiar su imagen de cara a la organización. —Pausa prolongada.

—No me jodas, Ólafur...

—Lo que digo, Sancho, es tan probable como que Michelson ordenara tu asesinato. —Pausa—. No lo sabemos con certeza, pero nosotros hemos dado por buena esa opción. Sin más. —Pausa—. En cuanto a lo de Erika..., Michelson no podía estar al corriente. Tú no lo viviste, pero yo sí. —Pausa—. Se llevó todo en secreto, era una especie de sorpresa para los asistentes al maldito acto de purificación. —Pausa—. Fue cosa de Corteza de Roble y del otro custodio, el encargado de organizarlo, que terminó con un balazo en el pecho.

—Adivino adónde quieres llegar, pero no lo consigo ver; no lo quiero ver, Ólafur. No puedo. ¿Tú qué opinas, Erika?

—Espera a que termine —dice esta.

Sancho relincha, introduce los dedos en la barba y se frota con saña como si quisiera despojarse de las teorías que se están enmarañando ahí dentro.

—Partimos de un hecho probado —prosigue el islandés—: la pertenencia de su padre a la Congregación; lo aliñamos con lo que le hizo a la madre de Erika en el pasado y encajamos las piezas a la fuerza. —Pausa.

Erika se percata del agotamiento de Ólafur y recoge la palabra.

—Sancho, no queremos decir que no haya ocurrido como tú lo piensas, pero lo cierto, lo innegable, es que existe la posibilidad de que Michelson comparta con nosotros el mismo objetivo, acabar con ellos, pero que hayamos tomado caminos distintos.

—Enmendar lo que hizo su padre, pero sin manchar el nombre de su padre, ¿entiendes? —aporta el islandés.

—Claro que entiendo, joder, no soy estúpido. Entonces..., ¿qué proponéis? ¿Que aceptemos el ofrecimiento del jodido Michelson y que nos sentemos en torno a una mesita de té a escucharle cómo nos narra su historia? ¿Y si según llegamos nos recibe una comitiva de arcángeles dispuestos a sellarnos el pasaporte al cielo?

—Sancho, escucha —trata de sosegarle Erika—. Lo que decimos es que valoremos la posibilidad de que los hechos no se correspondan con lo que nos parece a nosotros, nada más.

Suena el teléfono de Erika. Es Bujalesky.

—Tengo que contestar —se excusa y sale de la habitación.

Sancho sigue masticando la hipótesis del islandés mientras este tiene la mirada puesta en la ventana. Transcurridos unos minutos, Erika vuelve a entrar. La expresión de asombro sigue patente en su rostro.

—¿Qué pasa? —quiere saber el inspector.

—Pasa que la ha encontrado. Dice que en cuanto pueda viene para contármelo todo, que ahora no puede. No me ha llamado antes porque ha estado toda la noche recorriendo el infierno con Telmo y se han ido a dormir. Acaba de despertarse.

—Erika, no me hagas la gran Peteira, por favor... Concreta —le ruega Sancho.

—La llave del infierno, dice que han encontrado la llave del infierno.

Ólafur intenta sonreír.

Sancho eleva sus pobladas cejas y se masajea las sienes con las palmas, inquieto, desconcertado.

—Ah, pues cojonudo entonces —certifica el pelirrojo.

Isla fluvial de Changxing
Shanghái (China)

Duda entre acelgas o espinacas. Pero no porque Gabriel no esté viendo perfectamente el contorno de las hojas, es porque nunca ha sabido distinguir unas de otras.

El sol está empezando a descender, pero las condiciones lumínicas todavía son aceptables, el campo de visión es amplio y ella se encuentra cómoda tumbada boca abajo sobre la estructura metálica de la góndola. Tiene el Dragunov bien firme sobre el bípode y cubierto por una tela blanca que ha fijado con ocho imanes de neodimio para que no se mueva con el viento. Cuando salió al exterior del aerogenerador, las palas le causaron una gran impresión, más por su imponente tamaño que por estar en movimiento. Llegar hasta allí le ha resultado sencillo. Ha alquilado un utilitario y ha recorrido los casi nueve kilómetros del túnel que atraviesa el Yangtsé desde Wuhaogou, al noreste de Shanghái, hasta Changxing. Luego se ha dirigido hacia el norte por la carretera que parte en dos la isla y se ha desviado a la derecha cuando ha visto el letrero de Lianqunwei. La silueta del primer aerogenerador que divisó le pareció enclenque, casi ridícula, pero, en la medida en la que se ha ido aproximando, las estructuras eólicas han ido ganando en entidad hasta erigirse en seres colosales. Ha estacionado el vehículo a escasos cien metros del punto de origen y se ha dirigido caminando a la base de la torre, maletín en mano y mochila en ristre. El mono blanco con el que viste le hace parecer una operaria —estrafalaria, eso sí—, aunque en medio de ningún sitio no hay miradas que se preocupen en pensar sobre la idoneidad de contratar a una mujer albina con unas rastas que le llegan hasta donde la espalda pierde su nombre. Así y todo, se ha dado prisa en forzar la cerradura de la puerta de acceso a la torre y ha atrancado la puerta por dentro. Mientras subía la escalera, solo pensaba en el rostro de Stanley Shing.

Ahora que el arcángel lleva veinticinco minutos fuera, ya se ha habituado al ruido de la turbina y al aire que sopla, por suerte, hacia el interior. Su anemómetro marca cuarenta y seis kilómetros por hora. Soportable. No es demasiado intenso, pero sí constante y no se fía de que, en cualquier momento, aumente la intensidad o llegue una ráfaga y la haga caer al vacío. Por eso lleva puesto un arnés y está bien sujeta a la escotilla con dos gruesas cuerdas de once milímetros de diámetro. Cuanto mayores sean su seguridad y su comodidad, más probabilidades tendrá de que el disparo sea certero. Solo necesita uno y, aunque la velocidad de recarga del Dragunov le permitiría hacer dos disparos más antes de que el objetivo salga de su alcance, sabe que el éxito depende de que el primero sea certero. A su espalda cuenta con blancos a distancias superiores. El más meritorio, conseguido en Sídney, lo logró desde mil cien metros sobre un objetivo en movimiento.

Damocles la enseñó bien: respiración, latido, gatillo. Esa era la secuencia. Sin despegarse de la mira telescópica, escucha su voz: «La respiración no se detiene, se contiene; el latido no se escucha, se siente; el gatillo no se presiona, se acaricia. Respiración, latido, gatillo. Respiración, latido, gatillo».

Movimiento.

Dos hombres. Uno viste de traje marrón con corbata amarilla y el otro lleva un *hanfu* de seda negra con bordados en rojo. Calibra la mirilla para identificar al objetivo. Apuesta por el de la indumentaria tradicional, pero un tercer hombre que aparece varios pasos detrás de los anteriores le hace desviar su atención. Lo reconoce de inmediato, porque han trabajado juntos en dos ocasiones. Se trata de Samael, que es, junto con ella, el último arcángel que queda con vida. Nota que el ritmo cardíaco se le acelera. Tiene que priorizar y la única prioridad es Stanley Shing, Gerión. Samael es un premio añadido, un problema menos. Sensiblemente alterada por la sorpresa, busca el rostro con rasgos orientales, pero se topa con otro de corte occidental. Una cara que conoce, porque las fotos de los custodios las tiene grabadas en su memoria. Es Dimitrios Mantzaris, Nasidio, magnate griego que heredó el imperio que había levantado su familia en la industria naviera y que lo supo multiplicar invirtiendo parte de esa fortuna en su propia red de hoteles de lujo.

Gerión y Nasidio; Nasidio y Gerión, los dos mayores valedores del complot articulado por Flegias y Miguel, tal y como se empeñaron en demostrar en la reunión del hotel Bilderberg.

Elimina esos pensamientos. Tiene que aprovechar la inesperada circunstancia, pero jamás ha realizado tres disparos consecutivos desde una misma posición. Calcula entre cinco y seis segundos en el mejor de los escenarios. Tiene que decidir el orden. Todo cambia. El primero tiene que ser el arcángel para eliminar la mayor amenaza con el factor sorpresa. Ese disparo tiene que asegurarlo. Después Nasidio, que es más joven que Gerión y le supone mayor capacidad de reacción y movimiento.

Sigue con el corazón acelerado, tiene que sosegarse sin relativizar la inmensa oportunidad que tiene al otro lado de la mirilla telescópica.

Tres disparos, cinco segundos. Samael, Nasidio, Gerión.

Tres disparos para consumar la venganza en nombre de la Congregación.

Suelta el aire e inspira lentamente.

Busca el lado izquierdo del pecho de Samael. A cuatrocientos dieciséis metros, el viento a favor y con ese ángulo, la caída del proyectil es insignificante. No obstante, Gabriel es rigurosa y corrige el minuto de arco un cuarto de MOA. Un clic. La velocidad de desplazamiento del objetivo tampoco incide, dado que la bala viajará durante menos de cinco décimas de segundo. Apoya la mejilla sobre la culata del Dragunov.

Contiene la respiración.

Siente el latido.

Acaricia el gatillo.

La bala del calibre 7,62 no ha salido del cañón cuando Gabriel ya está pensando en Nasidio. El custodio ha girado la cabeza para comprobar qué ha sucedido a su espalda, pero antes de que deduzca que alguien ha disparado sobre el arcángel, un objeto que pesa menos de diez gramos —pero que está revestido por una camisa de acero que lo convierte en algo no compatible con la vida ni con las deducciones— le ha entrado por el parietal y, siguiendo una trayectoria oblicua y descendente, le ha salido por la boca. Cuando busca a Gerión lo encuentra tirado en el suelo, justo al lado de las acelgas —o las espinacas—. Se ha cubierto la cabeza con las manos. Corrige un MOA. Cuatro clics. Apunta a la uña del índice de la mano derecha, que está justo sobre la nuca.

Contiene la respiración.

Siente el latido.

Acaricia el gatillo.

Falla.

La uña está intacta; el cerebelo, no.

Entre el primer y el tercer disparo han transcurrido cinco segundos y tres décimas.

Samael se mueve. El proyectil ha debido de desviarse algún centímetro. Por la cantidad de sangre que le brota de la boca, infiere que tiene la arteria coronaria dañada, lo cual implica una muerte agónica. Le parte el corazón verle sufrir así.

Contiene la respiración.

Siente el latido.

Acaricia el gatillo.

Le parte el corazón.

Emprende la huida componiendo las facciones de su próximo objetivo. No quiere preocuparse ahora por ello, pero del nuevo Flegias no posee información alguna, porque no pertenecía a la Asamblea cuando Corteza de Roble le encargó investigar a sus integrantes.

Flegias es el único nombre que le queda por tachar, el último hombre.

Va a encontrarlo. Más pronto que tarde va a dar con su paradero.

Y va a matarlo.

Parque de los Patricios
Buenos Aires (Argentina)

Ha sido poner los pies en la calle y arrepentirse de haber salido en camiseta de tirantes. En cuanto se ha ocultado el sol, la temperatura ha descendido hasta los diez grados y el frío se manifiesta a través de la piel de Erika.

Hace escasos minutos que Alcides Edgardo Bujalesky la ha llamado para avisarla de que la espera en un lugar llamado El Barcito, que está sobre la avenida de Brasil, a unas pocas cuadras del Churruca. No le ha hecho mucha gracia dejar la habitación de Ólafur, pero entiende que Sancho también tiene derecho a estar a solas con él.

Buscando respirar aire no viciado, se ha dejado convencer por el verdor del Parque de los Patricios para así poder limpiar sus pulmones del olor a desinfectante hospitalario. Muy a su pesar, lo que encuentra es una multitud de personas que visten de blanco y rojo tiradas en el césped, bebiendo y berreando canciones cuya letra no entiende. Al pasar cerca, algunos, los más intrépidos o los más borrachos, le dedican algún comentario obsceno disfrazado de piropo nada afortunado. El tatuaje que se asoma a los hombros y el cuello es un blanco demasiado fácil para tanto cabestro sin domesticar. Erika no quiere ni mirarlos, porque siente auténtica repugnancia hacia ese tipo de hombrecitos que se crecen solo cuando están en manada. El mal humor le dura hasta que encuentra la fachada pintada en color salmón que hay detrás del letrero de El Barcito. Al empujar la puerta escucha la voz de Bujalesky. Está en la mesa de la esquina opuesta cantando. El dantista no la ve llegar, porque tiene los ojos cerrados. Erika resopla, algo hastiada, y se dirige directamente a la barra.

Necesita cerveza.

En otra vida quisiera ser árbol,
morirme nunca y nunca vestir
uno de esos pijamas de mármol.

El gordo frente a frente con Firpo,
en el cuadrilátero perdido,
volverán a partirle la cara,
último round *con guantes vacíos.*

En otra vida quisiera ser árbol,
morirme nunca y nunca vestir
uno de esos pijamas de mármol.

Erika se sienta y posa la botella de litro de Imperial sobre la mesa para hacer notar su presencia. Bujalesky abre los ojos y cierra la boca.

—Y, Erika, ¿qué onda?

—Jodidamente jodida, pero supongo que esto me ayudará a digerirlo —dice sirviéndose en un vaso de vidrio poco translúcido, nada lucido.

—Tenés que probar la Patagonia, pero…, *bue,* acá no la vas a encontrar. Te noto enojada —advierte dejando a Dulcinea sobre una silla vacía.

—Puede que se deba a que tengo un buen amigo que se está muriendo en el hospital o quizá sea porque he tenido que reprimir las ganas de sacar la pistola de la mochila y vaciar el cargador en un par de esos búfalos que están pastando en el parque. Por lo demás, bien.

—Ah, y sí. Yo también me crucé con algunos hinchas del Globo. Hoy juega Huracán, que tienen la cancha acá nomás. Son escoria. Esos y los otros, pero…, escuchá, te traigo buenas noticias. ¡Espectaculares!

—Sí, tienes razón, perdona. Dame un minuto que me calmo. ¿Se puede fumar aquí?

—En realidad no, pero esperá un cachito. ¡Che! ¡Gordo! ¿Te molesta si mi amiga se prende un pucho acá adentro? Tuvo un encontronazo con unos quemeros de mierda que la dejaron un poco nerviosa.

—Esos forros del orto. Me los cojo de parado y con la pija muerta. ¡Dale nomás! ¡Dale!, ¡dale! —dice el Gordo sabiendo que ninguno de los otros dos clientes que pueblan el bar va a protestar.

—El Gordo es de San Lorenzo, los rivales de Huracán —susurra—, era un gol imposible de errar...

Erika le paga con un gesto amable, pero cuando saca el paquete de tabaco de liar y lo pone sobre la mesa Buja da un salto hacia atrás y estira los brazos como si fuera a estallar.

—¡Sacá eso de ahí!, ¡sacalo, por favor!

El paquete es amarillo.

—¡Mierda, mierda, mierda! Perdona.

Erika lo agarra y lo esconde bajo la mesa. Bujalesky se tranquiliza.

—Te la hago corta —se compromete el experto una vez que ha recobrado el control de sí mismo.

Pero no lo cumple y le narra la aventura subterránea al detalle.

Erika se sirve el último vaso de cerveza y enciende el tercer cigarro que ha liado bajo el tablero.

—Acá tenés —dice Bujalesky metiendo la mano en la funda de Dulcinea.

—Pero... ¿la llevas encima?

—¡Y sí! ¡Como a Dulcinea! La llave del infierno y yo somos inseparables.

Erika examina con detenimiento el contenido de una caja forrada con terciopelo rojo. Está fabricada en bronce y se puede apreciar hasta el más mínimo detalle del rostro del fauno contenido en la Boca de la Verdad. Las formas de la escuadra, el compás, la luna, el sol y las estrellas presentan un acabado perfecto. Se decide a agarrarla. El lado opuesto presenta unos salientes de formas distintas y diferenciadas entre sí. Deduce que son los dientes de la llave.

—Y bueno..., ¿qué te parece?

—Una puta mierda. Me parece una puta mierda —califica Sancho.

—Ya. Tienes que tratar de borrar el histórico de esa cabezota tuya, amigo. —Pausa—. De otra forma va a ser imposible que tomes las decisiones correctas.

Sancho se pasa las manos por su recién afeitado cuero cabelludo y aprieta con fuerza los dientes como si estuviera masticando las palabras que se están fabricando en sus cuerdas vocales.

—Escucha, Sancho. Ayer me acordaba de una conversación que mantuve con Jaap Keergaard en Budapest. —Pausa—. Él decía que la realidad que nos rodea es única, pero que cambia en función de cómo la interpreta cada uno. —Pausa—. Yo, por supuesto, no le di la razón, pero es cierto. Hay una sola, pero muchas realidades. —Pausa—. Y la verdad categórica sobre Michelson la desconocemos. ¿Hasta ahí estás de acuerdo?

—Lo estoy.

—Sin embargo, tu cerebro te ha construido una realidad en función de unas conclusiones a las que has llegado dando por buenas tus percepciones. —Pausa—. Una realidad que tú equiparas con la verdad, aunque podría no serlo.

—Ya sé por dónde vas. Cuando un tonto sigue una linde, la linde se acaba y el tonto sigue. —Piensa—. Un buen investigador debería saber despojarse de toda esa carga emocional, pero, ya sabes, late más el corazón que la placa del guardia.

Ólafur trata de no reírse, le duele demasiado. El islandés se concede un respiro antes de retomar la palabra.

—Tú eres un tipo inteligente. Dale una oportunidad a la verdad.

—Una oportunidad al jodido Michelson, querrás decir.

—No, lo que quiero decir es que estamos más cerca que nunca, Erika. Lo estamos acariciando con los dedos, ¿entendés? Esta noche se va a romper uno de los ascensores... —le confiesa a Erika bajando la voz—. Mirá, yo ya puse patas arriba el purgatorio un millón de veces y jamás encontré nada donde poder usar esta llavecita. Pero hay algo que no hicimos, porque sin tener la llave del infierno era al pedo, ¿viste? Pero ahora..., en el caso que nos ocupa, Telmo, que es el que sabe, va a agarrar unas piezas del ascensor que se va a romper y las va a poner en el que está entre el primer y el segundo subsuelo. Yo sigo creyendo que por ahí encontramos la llave.

—¿Y por qué ese y no el otro?

—Porque lo dice el mapa: *la ascensión siniestra hasta el purgatorio.* Siempre lo interpreté como algo relacionado con la crueldad implícita en la penitencia, pero desmenuzando el mapa con Telmo nos dimos cuenta de que se refiere a la izquierda. ¡El ascensor que está a la izquierda desde la entrada principal de avenida de Mayo es ese! —desvela dando una fuerte palmada—. Vamos a ponerlo a caminar de nuevo. Ya la vamos a encontrar, Erika, ya la vamos a encontrar.

Erika se muestra poco entusiasta.

—¿Ustedes qué planes tienen? —quiere saber el dantista.

—Ninguno mientras Ólafur esté en la situación en la que está. Ahora mismo no tengo la cabeza en otro sitio, Buja.

—Te entiendo, doctora, de verdad que te entiendo.

—Gracias. Hay algo que debes saber…

Erika le habla de la carta de Michelson.

—¡Michelson de vuelta y la reputísima madre que lo remil parió! Y… tenés claro que es una trampa, ¿no? Lo que tiene que hacer tu amigo el colorado es avisar a los suyos y agarrarlo ahí nomás. ¿De verdad que te dio la dirección donde encontrarle?

—Sí, cerca de El Calafate.

—¡Mirá vos! ¡Pero qué flor de pelotudo es el forro ese!

Ella valora si contarle la teoría de Ólafur, pero está demasiado agotada y quiere regresar al hospital.

—Buja, ahora tengo que marcharme. Mantenme informada, por favor.

—Dale, contá con eso. Y descansá lo que podás, que te ves un poco hecha mierda.

—Sí, gracias, lo intentaré.

—Dejá que la cuenta la garpo yo. Vos andá.

Erika se levanta. Antes de salir por la puerta escucha las cuerdas de Dulcinea.

Hasta acá me ha guiado la luna,
acá, donde los vivos deambulan,
donde el viento pregunta y las
respuestas son inscripciones en urnas.

Cuando cruza de regreso, en el parque solo quedan un rastro de botellas vacías y la basura que ha dejado la hinchada de Huracán. Erika desea con todas sus fuerzas que pierdan el partido, que no ganen ninguno más en lo que queda de temporada, que desciendan y, a poder ser, que desaparezcan como club. Lleva mucha inquina dentro. Ya en el hospital, enfila cabizbaja el pasillo que lleva a la habitación. Entonces sucede. Una algarabía que viene justo del lado opuesto enciende una alarma interior. El doctor Sciordi seguido de dos enfermeras corren hacia unos policías que desde el pasillo les están haciendo gestos con los brazos para que se apresuren. Los reconoce de inmediato. Son los policías que custodian la puerta de Ólafur.

Su sistema nervioso se colapsa. La parte consciente se gasifica y el subconsciente toma el mando de sus acciones.

Inconscientemente corre, pero no sabe con qué fin.

Inconscientemente grita, pero no sabe qué.

Solo corre y grita.

El médico y Erika están cerca de colisionar en el punto de encuentro, pero ella llega unas décimas antes.

La puerta está abierta.

Sancho está diciendo algo a voces, pero Erika no está facultada para procesar los sonidos. La expresión del pelirrojo da miedo. No. Es al revés: es el miedo el que se ha adueñado de su expresión. Ólafur tiene los párpados apretados, el semblante contraído por el dolor y se retuerce en la cama tratando de respirar con la boca muy abierta. Al entrar las dos enfermeras, recibe un fuerte empujón por la espalda que hace que la parte consciente vuelva a materializarse. Lo sabe porque ahora sí escucha el griterío que hay dentro de la habitación. Marca un objetivo. Esquiva a cuantos se interponen en su camino hasta el otro lado de la cama. Se aferra a su mano y se deja caer de rodillas. Ólafur gira el cuello y la mira sorprendido. Alguien la agarra por los hombros y la tira hacia atrás. Desde el suelo escucha al médico decir que se trata de un choque séptico y que le administren vía oral algo que suena a medicamento. Desde allí ve cómo, mientras le ponen la mascarilla de oxígeno, Ólafur extiende el brazo y abre y cierra la mano.

Está buscando la suya.

Erika estira el brazo hasta que la agarra.

Ólafur la aprieta con fuerza.

Y aprieta.

Hasta que deja de apretar.

LA DESESPERACIÓN ES LA CHISPA QUE ENCIENDE LA VALENTÍA

Cementerio de la Recoleta
Buenos Aires (Argentina)
Octubre de 1935

Aquel se había convertido en uno de los lugares preferidos de toda la ciudad, lo cual no dejaba de parecerle extraño, ya que él detestaba los cementerios desde su más tierna infancia. A finales del siglo XIX la muerte convivía con lo cotidiano y, en su familia, la desaparición de un ser querido se explicaba bajo el prisma del designio divino, argumentos que no servían a Matthew J. Michelson para aligerar la carga de pesadumbre que tenía asociada a los camposantos, sinónimos de dolor.

De dolor de verdad, del que deja un vacío perpetuo por dentro.

Aquel no. Aquel era especial, distinto, exento de aflicción, libre de pena. Allí todo era paz y le encantaba respirar esa tranquilidad cuando tenía que ordenar sus pensamientos antes de plasmarlos en el diario. Le habría gustado que Dorothy y Robert descansaran en aquel camposanto, pero se tenía que conformar con recorrer sus pasillos escuchando los relatos que susurraban aquellos regios panteones y circulaban entre las criptas y mausoleos; solemnes, fastuosos. Era como si los muertos rivalizaran por ganarse la calidad del descanso eterno en una competición arquitectónica póstuma en la que él era el único espectador.

Antes de pasar bajo el pórtico del acceso principal sostenido sobre cuatro enormes columnas de orden dórico, la inscripción latina enmarcada en el frontis refrendó sus pensamientos: *Requiescant in pace.*

A pesar de que había perdido mucho cabello, lo reconoció de inmediato frente a la hornacina que contenía la escultura yacente de Luz María García Velloso. Se secaba la frente con un pañuelo, pero enseguida dedujo que aquella profusa transpiración no se debía a la temperatura primaveral, clemente, ni a la humedad a la que su cuerpo ya debía de estar habituado.

Mario Palanti estaba visiblemente nervioso.

Se fijó en que portaba bajo el brazo la misma cartera de piel desgastada que llevaba en Milán. En contraposición, él traía el portadocumentos que le había obsequiado el entonces presidente de Argentina, Agustín Pedro Justo, con quien acababa de cerrar una operación de venta que incluía un destructor para la armada. Una suculenta tajada fruto de la estrecha relación que mantenía con él desde que Justo ocupara el cargo de ministro de Guerra.

Disfrutó unos segundos más de la desdicha ajena antes de ir a su encuentro.

—Buen día, arquitecto —le saludó componiendo su peor sonrisa—. Gracias por acudir con tan escaso margen.

Mientras le estrechaba la mano, flácida y sudorosa, observó que no había rastro de arrogancia en los ojos del italiano.

—Ha pasado bastante tiempo —musitó Palanti.

Exactamente cuatro años. Desde entonces, la diosa Fortuna había repartido suerte de manera ecuánime: toda la que había tenido Matthew J. Michelson se la había arrebatado a Mario Palanti. Si el arranque de la nueva década había sido malo, 1934 había sido catastrófico para el arquitecto tanto en lo profesional como en el plano personal. En marzo se había separado de María Elena Castagnino, mujer que pertenecía a una familia pudiente de Rosario con la que había contraído matrimonio nueve meses antes. Poco después recibía la noticia de que Benito Mussolini no aceptaba el purasangre que le había enviado buscando engrasar su relación, habida cuenta de las tres ocasiones en las que el dictador había rehusado recibirle para tratar el proyecto de la Mole Littoria. Sin tiempo para dejarle asimilar el golpe, el diario *Il Popolo d'Italia* calificaba el diseño del Palazzo del Littorio presentado por Palanti como una «torta carnavalesca». De esa guisa, con los bolsillos fríos y los carrillos calientes acababa de regresar a Argentina en busca de antiguos amigos que quisieran echarle una mano. Por su parte, Michelson se frotaba las manos esperando a que estallara el conflicto bélico en España como aperitivo de otro mayor que haría rebosar las arcas de la organización. Dos o tres veces al año viajaba a Londres para visitar a su nieto Matthew, que acababa de cumplir la mayoría de edad y se preparaba para entrar en el Ejército de Su Majestad. En aquel joven que tanto le recordaba a sí mismo había depositado todas sus esperanzas de continuar con su labor dentro de la hermandad.

No le defraudaría.

—La dama de blanco, la llaman. Trágico —calificó el guardián con teatralidad—. Se la llevó la leucemia hace ahora diez años y ya es una celebridad. La mayoría de estas personas no saben quién era Manuel Dorrego —dijo indicando una bóveda cercana—, pero se saben de memoria las leyendas fantasmagóricas sobre las apariciones nocturnas de la hermosa joven del vestido blanco.

—Particularmente solo me interesa la técnica escultórica, lo demás pertenece a los libros.

—La cáscara, ya veo. Los nombres tallados en el mármol no son nada más que letras si se desconoce su historia —sentenció—. Acompáñeme.

Mario Palanti volvió a enjugarse el sudor antes de hablar.

—Le confieso que tras nuestro último encuentro albergaba la esperanza de que, algún día, recibiría un telegrama suyo con buenas nuevas. Entiendo que sus negociaciones con el Duce han sido tan infructuosas como las mías.

—Yo no lo expresaría así.

—¿No? ¿Qué quiere decir?

Se podía ver la llama de la esperanza encendida en sus pupilas.

—Que para que exista negociación debe haber un diálogo y usted no ha logrado mantener ninguno con el gran hombre a pesar de su equina insistencia —le apuñaló.

Palanti dejó caer la mirada. Tenía los zapatos sucios, pero no de polvo de cemento, como le habría gustado.

—Ya veo que sigue manejando los hilos.

—Los suyos especialmente. Sé lo que ha hecho o, mejor dicho, lo que ha dejado de hacer en todo este tiempo. Sé que no me invitó a su casorio —calificó despótico—. Sé que ha viajado en el *Graf Zeppelin* vía Río de Janeiro y que llegó a la ciudad en junio buscando un cambio de aires, que, deduzco, no se ha producido, dado que el martes pasado ha comprado un pasaje en el *Neptunia,* el buque que le llevará de nuevo a Italia. ¿Pensaba marcharse sin siquiera saludarme, arquitecto?

Mario Palanti tuvo que apoyarse en la pared de un templete de corte neoclásico para no perder la verticalidad.

—Ahí está enterrada María de los Remedios de Escalada, la esposa y amiga de José de San Martín, como reza en la inscripción. Por lo visto, era más lo segundo que lo primero, pues cuando estaba ella muy enferma de tuberculosis el Libertador no tuvo a bien regresar del frente para despedirla. Pero ya se sabe lo duro que supone ser un héroe.

—¿Tanto disfruta jugando con las vidas ajenas? —le recriminó el arquitecto algo repuesto.

—Solo con las de las personas que me despiertan cierto interés.

—¡Dígame de una vez qué quiere de mí! —le exigió en una situación harto desfavorable.

La salida de tono le hizo rescatar a Michelson la frase a la que siempre recurría un coronel de caballería para conseguir que sus tropas no menospreciaran a sus enemigos: «La desesperación es la chispa que enciende la valentía».

—Lo sabe perfectamente —contestó el guardián manteniendo la compostura.

A Palanti le temblaba el maxilar inferior.

—Teníamos un pacto entre caballeros. Le demostré que había accedido al contenido de la *Ascensión.* ¿O el certificado de Malagola que le entregué en Milán no era una prueba suficiente?

—La copia, querrá decir.

—El cianotipo es una copia perfecta. Yo le di algo y usted me dio su palabra y nada más. Palabra que no ha cumplido. ¿Qué más quiere de mí?

—Yo he cumplido el pacto de caballeros.

Mario Palanti frunció el ceño.

—¿Qué quiere decir?

—Exactamente lo que he dicho.

—¿Logró hablar con Mussolini?

—No fue necesario.

Matthew J. Michelson aguantó unos instantes para asistir al colapso del italiano, que se vio forzado a tomar asiento sobre la lápida de la ilustre difunta. Luego abrió el portadocumentos, extrajo unos folios de color pajizo y los meneó a la altura de sus ojos.

—¿Lo reconoce?

Palanti tardó en contestar.

—Mi proyecto —identificó titubeando—. Es mi proyecto de la Mole Littoria.

—Y esta firma a pie de página que se repite en todas las hojas..., ¿también la reconoce?

—Es su firma. La firma del Duce.

—El proyecto es suyo.

Mario Palanti se cubrió el rostro con las manos y rompió a llorar desconsoladamente.

—Antes de que se deshaga en lágrimas, arquitecto, ha de saber que esto será pasto de las llamas si no cumple su parte del trato.

Palanti asintió. Asintió tantas veces y de forma tan enérgica que Michelson pensó que iba a sufrir un esguince cervical. Se pasó los puños de la camisa por las mejillas e introdujo la mano en la cartera de piel. Sonó un leve chasquido que produjo el departamento oculto y extrajo el cianotipo envuelto de la misma forma grosera que el que se llevó de Milán.

—Déjeme preguntarle. Sea lo que sea eso que va a entregarme ahora mismo..., ¿ha estado ahí guardado todo este tiempo?

—Desde el mismo día que hice los cianotipos —confirmó nada pacato—. No me he desprendido de ellos jamás.

Michelson maldecía internamente mientras lo examinaba.

—Necesitará una lente de aumento —sugirió Palanti al mismo tiempo que se lo entregaba al guardián.

Michelson se inclinó y forzó la vista.

—¿Qué son estas líneas?

—Coordenadas geográficas.

—Ya veo..., sí. ¿Entonces esto es...?

—El mapa. O mejor dicho, una copia exacta del mapa que lleva a El Cartapacio de Minos.

Ahora era a Michelson a quien le embargaba la emoción. A esas alturas, todos los miembros de la Congregación de los Hombres Puros ya eran conscientes del poder que tenía El Cartapacio y mucho más desde que John Edgar Hoover se había vestido con la túnica de Dante bajo el nombre de Jasón.

—No alcanzo a leer el texto de abajo.

—En 1869, en calidad de Gran Maestre de esta logia consagrada al sumo poeta. Y las iniciales.

—B. M. M.

—Bartolomé Mitre Martínez: Minos.

Los labios de Matthew J. Michelson conformaron una línea ligeramente cóncava al tiempo que, sin despegar la vista del mapa, le entregaba el proyecto firmado al arquitecto.

—¿Esto fue lo que se llevó Damocles? ¿No había nada más?

—Le juro por mi santa madre, que Dios la tenga en su gloria, que, cuando descubrí el compartimento en la estatua, solo había los dos documentos que le he entregado ya: el certificado de Saturnino Malagola y el mapa.

El arquitecto no mentía.

—¿Nunca ha sentido la atracción de descifrarlo? —quiso saber Michelson.

—¿Y qué ganaría yo con ello? El único valor que tenía es lo que me acaba de entregar usted.

Pero se equivocaba.

Cuatro días después, Mario Palanti embarcaba rumbo a Génova con la idea de presentarse en la oficina de Luigi Gatti, secretario personal de Benito Mussolini, la pared contra la que había rebotado cada vez que le solicitaba audiencia, para estamparle su proyecto de la Mole Littoria en la cara. Y lo hizo, pero, lamentablemente para el arquitecto, jamás vería ejecutada la obra. La delicada situación económica de Italia en el escenario prebélico de la Segunda Guerra Mundial no era compatible con una construcción tan costosa, por muy ambiciosa que fuera y muy firmada que estuviera por el dictador italiano.

El 6 de septiembre de 1978, en su humilde casa de campo de Milán, Mario Palanti moría en el más absoluto ostracismo, pobre y condenado al olvido. Pero más cruel aún sería la condena que le esperaba a Matthew J. Michelson los nueve años que le quedaban de vida.

Una obsesiva condena.

VERGÜENZA

Avenida Corrientes
Buenos Aires (Argentina)
Septiembre de 2013

El muy cabrón nos la jugó bien jugada en Londres. Esta no te la he contado, creo —especula Sancho—. Estaba con Gracia en la cafetería del hotel Huttons cuando un tipo que nos había llamado la atención por la velocidad con la que soplaba whisky pasó junto a nosotros y nos dijo con esa voz suya tan particular: *See you tomorrow!* Resulta que nos tenía fichados y nos estaba controlando. Esa fue la primera vez que vi a Ólafur. Al día siguiente por la mañana, en la OCN de Londres, ya con el jodido Michelson como conductor de la operación para estrechar el cerco sobre el prófugo 189-S —rememora para evitar tener que pronunciar el nombre de Augusto—, Ólafur estaba como una rosa. Hablaba poco, pero sabía perfectamente de qué iba la vaina. Vaya que si lo sabía el vikingo. La primera noche que estuvimos en Praga, después de pasarnos todo el santo día recorriendo la ruta de Kafka, terminamos en un garito mojando en licor nuestras penas. Esa noche me tuvo que aguantar él a mí, porque acabé muy pero que muy mamado.

Sancho lleva el peso de la conversación. Erika arrastra el peso de la pérdida.

Han pasado la noche en el mismo hotel, pero entre los dos no suman ocho horas de descanso. Erika ha tocado su puerta con las primeras luces del día y después de comer algo se han puesto a caminar por la avenida Corrientes desde la Nueve de Julio en dirección a Callao. La ciudad se está desperezando, pero la actividad ya es frenética. No en vano bautizaron la arteria porteña como «la calle que nunca duerme».

—Claro que lo recuerdo. De entrada, no me dio muy buena sensación por lo que bebía y mira ahora...

—Nunca perdía los papeles.

—La primera vez que conecté con Ólafur fue durante una conversación que mantuve con él en aquel pub de Londres en el que terminamos los cuatro.

—Sí. Yo me quedé dentro hablando con Gracia y tú saliste fuera a fumar.

—Y él aprovechó que estaba sola para compartir conmigo lo que había averiguado por su cuenta de la red Gladio.

—Tenía instinto.

—Y olfato —añade Erika.

—Sobre todo olfato. Voy a echar mucho de menos su verbosidad existencialista.

—Sus reflexiones eran fruto de la experiencia vital. Estaba muy convencido de lo que pensaba.

—Cierto, anoche, cuando tú no estabas, me convenció de la necesidad de poner en duda la realidad que me rodea.

Erika sonríe levemente.

—Ese mismo trabajo lo hizo antes conmigo. ¿Y?

—Y ¿qué?

—Que si lo consiguió. Si logró convencerte.

—No, pero me hizo poner en duda mis convicciones. Poco después se empezó a sentir mal, le costaba respirar, tiritaba de frío..., fue todo muy rápido. Fulminante.

—Nos tuvo ahí a los dos, Sancho. Quiero pensar que se fue tranquilo.

—Y yo.

Erika resopla.

—Tenemos que mantener la cabeza ocupada de alguna forma. Bujalesky estará en el Barolo. Si quieres, aprovechamos y te lo presento. Te vas a enamorar.

—Estoy seguro de ello. Por cierto, yo debo informar a Makila, estará esperando mi llamada.

—¿Confías en él?

—No me ha dado motivos para desconfiar.

—Entiendo —dice ella poco convencida.

—Venga, vamos al Barolo y de camino si quieres me cuentas todas esas movidas de las llaves y mapas, que estáis jugando con ventaja y así es muy fácil llegar a la zona de marca...

Caminan un par de cuadras sumidos en sus reflexiones hasta que Erika se para a la altura del teatro San Martín y recorre con la mirada los paneles de vidrio que conforman la fachada del edificio. Sancho se planta frente a ella y se encorva para ponerse a la altura de sus ojos y leer sus pensamientos.

—Erika, tenemos que continuar, no nos quedan más cojones.

Ella se muerde el labio inferior, confusa.

—Ese es el problema..., que se nos agotan las alternativas.

—O la ventaja. Así no tenemos que pensar demasiado. Solo actuar.

—Nos estamos quedando en el camino —observa ella.

—Sí, pero es el que nos ha tocado andar y, en este momento, nos lleva hacia el sur.

—¿Entonces?

El pelirrojo interpreta correctamente la pregunta.

—Entonces iremos a hacerle una visita al jodido Michelson.

Ella asiente.

—Sí. Pero... no podemos irnos sin... —dice ella bajando el tono un par de octavas.

—Ya, por supuesto.

—Han quedado en avisarme a lo largo del día. El doctor Sciordi se comprometió a hacer todo lo posible por entregármelos cuanto antes. Sancho..., verás, anoche estuve pensando algo. Ólafur me hizo prometerle que esparciría sus restos en un lugar muy frío. Cerca de El Calafate están el Perito Moreno y otros glaciares. No se me ocurre un destino mejor para Ólafur, pero... no quiero hacerlo sola. No creo que pueda.

—Tranquila, no pienso separarme de ti.

A ella le brillan los ojos y oscilan casi imperceptiblemente. Casi.

Se esconde entre los brazos de Sancho.

—¡Mierda, mierda, mierda!

Amortiguados en el pecho del pelirrojo, sus gritos casi no se oyen.

Casi.

Palacio Barolo. Avenida de Mayo, 1370
Buenos Aires (Argentina)

Está bajando al segundo subsuelo por enésima vez. Hace unos minutos que han abierto las puertas del edificio y los inquilinos están empezando a ocupar sus oficinas. Han entrado pasada la media noche y Telmo aún sigue trabajando en el ascensor. Entretanto, Alcides Edgardo Bujalesky ha matado el tiempo cantando y recorriendo los pisos que conforman el purgatorio mientras recita mentalmente los versos del mapa correspondientes.

¡Expíanos, Señor, las nuestras penas,
Ser único, la estrella que buscamos.
Hoy escuchamos lo que nos ordenas.

Del terrible infierno ya regresamos,
somos dignos de afrontar el presente
aun dejando atrás todo lo que amamos.

No es tarea fácil ser indulgente,
vosotros, los que nunca lo quisisteis,
afrontaréis la escalada valiente.

El botín que a Lucifer despojasteis
no sirve sin romper con lo ilusorio
para llegar donde nunca llegasteis.

Desde el primer balcón del expiatorio,
invisible al profano, está el cerrojo,
la ascensión siniestra hasta el purgatorio.

De nada os van a servir vuestros ojos,
ceguera que el pecado impedirá
atravesar los muros sin despojos.

El tiempo no existe ni existirá;
si vuestra penitencia fue sincera,
la luz al paraíso os guiará.

Decide cambiar de tercio y tararear *Vergüenza.* Se siente animado porque está plenamente convencido de que están en el camino correcto.

Antes de llegar escucha a Telmo cargando contra lo divino y lo humano.

—Che, ¿avanzamos algo?

Telmo se está limpiando las manos de aceite con un trapo. Tiene la cara sudorosa y en su expresión se aprecia que el cansancio ha hecho mella en su humor.

—Ya debería arrancar. Tuve que cambiar el cuadro eléctrico por completo y, de solo pensar que voy a tener que rearmarlo de vuelta en unas horas, me dan ganas de tirarme al vacío por ese agujero. Espero que el esfuerzo valga la pena, Buja. Ahora te toca a vos hacer tu magia.

El ruido de la celosía al abrirse subraya la última frase. El encargado de mantenimiento le invita a pasar teatralizando una reverencia.

—Yo hago magia, pero vos agarrá la varita y los polvos mágicos —dice refiriéndose a sus herramientas—. Ponele que interpretamos correctamente los versos anteriores al último y que estos nos trajeron hasta acá, ¿sí? Este ascensor oculto de la siniestra nos va a permitir atravesar los muros. No puede ser de otra manera —se conjura el dantista—. Dale, Telmito. Hacé vos los honores, que te lo ganaste bien ganado.

Telmo cierra la puerta y pregunta:

—¿Dónde va el señor?

—Al paraíso.

Aprieta el botón del segundo piso y de inmediato escuchan el sonido del motor sobre sus cabezas, que precede a un violento tirón que agita la cabina. A Bujalesky se le desdibuja la sonrisa.

—Son los cables. Tienen que tensarse primero. Aguantá un cachito. No temás, que si se rompe acá no caemos a ningún sitio.

—¿Y si se rompe cuando estemos arriba?

—Y bueno, apenas son cinco pisos… —bromea.

Con otro movimiento brusco del contrapeso inician el ascenso. A diferencia de los ascensores que están visibles, proyectados para que la luz natural bañe el interior de la cabina, este apenas está iluminado por el halo artificial de una débil bombilla instalada en el techo. Bujalesky mantiene la mirada clavada en el espejo. El reflejo distorsionado de su rostro le hace apretar los párpados.

—Ya estamos, señor —anuncia Telmo sin abandonar su papel de ascensorista—. Usted dirá.

Bujalesky sale más por soltar el aire retenido en sus pulmones que por indagar lo que ya sabe que se va a encontrar en esa segunda planta. Segundos más tarde vuelve a entrar.

—¿Y ahora? —quiere saber Telmo.

—*El tiempo no existe ni existirá; si vuestra penitencia fue sincera, la luz al paraíso os guiará.* Asumamos que este ascensor está en concordancia con la ausencia de tiempo como dimensión, porque su utilidad está vinculada precisamente con eso, con el ahorro de tiempo, ¿sí?

—Ponele —asume.

—Y ascendimos por la siniestra, que está relacionada con los impares, que tanta relevancia tienen para la Fede Santa: el tres, el siete, el nueve, el once... Bien. Ahora solo hay que demostrar que la penitencia es sincera para que la luz nos guíe. En la *Comedia,* Dante gira en torno a esta idea. No admite e incluso ataca en varios cantos a los que se arrepienten sin hacer un proceso previo de reflexión. Por ello y para ello, hay que despojarse de lo mundano, como explican los versos de Minos.

—Si lo que querés decir es que nos tenemos que poner en pelotas, conmigo no contés. Vos estás muerto para la mayoría, pero yo tengo una reputación.

—¡Andá a cagar...! Dejame razonar —le pide apretándose las sienes con las palmas como si quisiera exprimir el zumo de su materia gris—. Dante escenifica su arrepentimiento en el canto treinta y uno del *Purgatorio.* Estando ya sin la compañía de Virgilio a las orillas del río Leteo, Beatriz le hostiga para que confiese que se ha dejado arrastrar por el placer y el deseo de la carne. Este lo reconoce entre lágrimas y solo entonces las ninfas que lo acompañan lo introducen en el agua, escenificando así la purga de la lujuria que ensuciaba su alma. Una de estas le advierte de que no se deje guiar por la vista mezquina que todo lo distorsiona. *De nada os van a servir vuestros ojos, ceguera que el pecado impedirá atravesar los muros sin despojos.* Los ojos nos engañan, Telmo. Hay algo que no estamos viendo —asegura girando sobre sí.

—¿El pecado nos convierte en ciegos? —pregunta Telmo.

—Claro. Porque la vista es lo tangible, lo que no trasciende del ser. Justo lo que no nos permite reconocer lo verdadero. Digamos que una vez que se produjo el arrepentimiento dejamos de ser ciegos.

—¿Y cómo sabría distinguir eso que tenemos que ver cuando alguien se arrepintió de verdad? ¡Oh, señor! —escenifica poniéndose de rodillas y levantando los brazos—. ¡Ya me arrepentí de mis pecados! Mostrame el camino de una vez, ¡la puta que te parió!

Bujalesky le agarra del hombro.

—¡Pará, no seas boludo!, ¡pará! ¡Correte!

Telmo se levanta y Bujalesky ocupa su sitio, arrodillándose con la cabeza agachada.

—Tras reconocer el pecado y purificarse en las aguas del río, la ninfa le dice que no se deje guiar por lo que ve. Alza la vista y entonces se percata de que su propio reflejo en el agua le está impidiendo distinguir al grifo, que es el que debe transportarlo de vuelta junto a su Beatriz.

—Todo clarísimo, che.

—¡El reflejo, claro! Tiene que ver con el espejo. Desde acá arrodillado, cosa que hacen los que se arrepienten con sinceridad, no veo mi reflejo, ¿me seguís? Si, por el contrario, no me arrepiento con sinceridad y permanezco de pie, el reflejo no me deja ver. ¡Es el espejo!

Telmo arruga el semblante mientras lo observa detenidamente.

—Ahora que lo decís…, los espejos de los otros ascensores están atornillados, pero este…, este parece que está incrustado, fijate bien.

Pero Bujalesky no le escucha. Ya ha llegado a una conclusión y ha extraído el martillo de la bolsa de herramientas y ahora lo empuña con fuerza. A Telmo solo le da tiempo a apartarse antes de que el otro descargue un golpe contra el espejo. Los pedazos saltan por los aires.

—¡Pero la puta que te parió! ¿Qué hacés?, ¡¿te volviste loco?!

—¡Descubro el cerrojo, eso hago! ¡Ahí lo tenés! —señala Bujalesky mientras elimina los restos de los cristales con el mango—. ¿Lo ves ahora? ¡El mapa nos lo estaba contando! *El botín que a Lucifer despojasteis no sirve sin romper con lo ilusorio para llegar donde nunca llegasteis.*

—Lo veo —dice pasando la yema de los dedos por el emblema de la Congregación tallado en la plancha de acero que conforma la estructura del ascensor—. También podrías haber intentado sacar el espejo sin tener que hacerlo mierda…

—Olvidate, Telmito, olvidate. Mirá acá —señala unas muescas que ganan en profundidad—, justo acá es donde encaja la llave del infierno. Acto seguido mete la mano en el estuche de Dulcinea y saca la caja de terciopelo rojo. La abre con pasmosa solemnidad y hace coincidir el dorso de la Boca de la Verdad con las hendiduras.

Un «clac» le hace sonreír maliciosamente antes de girarla.

La superficie que ocupaba el espejo vence hasta que cae sobre otra en la que se apoya.

—¡Una portezuela! —define Telmo.

—Una que no se ve ni desde las bajantes ni saliendo por la de mantenimiento porque la tapa el propio cuerpo del ascensor —completa el experto a la vez que introduce medio cuerpo y mira hacia arriba.

—¿Qué ves, Buji?

—La escalada valiente que mencionaba el mapa —desvela con la voz tomada por la emoción—. Es muy estrecho, pero hay luz.

—*La luz hasta la otra llave os guiará* —completa Telmo.

Bujalesky asiente sin poder articular palabra.

Lago Yangcheng
Provincia de Jiangsu (China)

Ha pasado la noche en un discreto hotel a la orilla del lago Yangcheng en el que ya se ha alojado más veces. El lugar guarda una comunión perfecta con el entorno y le transmite el sosiego que busca antes de salir del país. A pesar de ello, no ha dormido del todo bien tratando de decidir por dónde empezar la búsqueda de Flegias. Del expediente de su padre no ha sacado prácticamente nada provechoso, apenas una dirección en Londres donde Matthew J. Michelson terminó sus días y, aunque intenta huir de la desesperación, nota su fétido aliento en el cogote.

La lluvia que ha empezado a caer hace unos minutos la ha animado a salir a dar un paseo por las inmediaciones del lago y ahora regresa calada, dispuesta a tomar el primer vuelo con destino a la capital británica. Tras la ducha, Gabriel se dispone a consultar los horarios desde el aeropuerto internacional de Sunan Shuofang, pero un punto verde parpadeante capta su atención.

Es un mensaje entrante en la aplicación interna de la hermandad.

Cuando lo lee no puede dar crédito.

Londres no será su próximo destino.

Residencia de Robert J. Michelson
A 34 km de El Calafate (Argentina)

Lleva tanto tiempo con la mirada clavada en el cuadro de su bisabuelo que no se ha dado cuenta hasta ahora de que no se ha estado formulando la pregunta correcta.

Desde que Michelson regresó de Buenos Aires no ha hecho otra cosa que beber ginebra y esperar. Lo ha apostado todo a una carta: que Erika acuda a la cita. Por ello, cuando entregó el sobre con la carta en el hospital, regresó a su centro de operaciones sin más alternativa que esa: esperar. Y ha sido precisamente la ausencia de opciones lo que le ha invitado a evadirse de sus cuitas para disfrutar de otro gin tonic de Tanqueray en la tranquilidad de ese despacho que una vez ocupó su bisabuelo. Sumido en ese estado de sosiego indefinido ha sido cuando algo ha llamado su atención. Algo que no encaja en el retrato de su bisabuelo. Ese que lleva colgado en el mismo sitio una eternidad y que evita mirar a los ojos, como si así pudiera impedir que su antepasado se inmiscuyera en sus pensamientos.

Lo primero que le ha llamado la atención son las tres medallas que luce en la casaca del uniforme de gala de general de brigada del Cuerpo de Caballería del Ejército de Su Majestad. Y eso le ha escamado, porque no tiene conocimiento de más condecoraciones que la Cruz Victoria que recibió siendo todavía teniente por su heroico desempeño durante la Segunda Guerra Bóer en el año 1899.

Cruz que no luce en el cuadro.

Está plenamente convencido de ello, porque la original la ha sostenido entre sus manos mil veces. Se trata de una cruz paté de bronce envejecido cuyos cuatro brazos se estrechan al llegar al centro y se ensanchan en los extremos. La que le cuelga del cuello sobre una tela azul celeste parece estar fabricada de oro y es de seis puntas. No es la misma.

Michelson se ha estado preguntando el motivo por el que su bisabuelo mandaría hacerse un retrato en el que no luce el máximo reconocimiento que un militar británico puede recibir de su patria.

Pero esa no es la cuestión.

La pregunta que debe hacerse es: ¿quién demonios es el hombre que está retratado en ese cuadro?

Buscando una respuesta inmediata, lo descuelga y lo deja sobre la mesa como si le ardiera en las manos. Ahora busca en los cajones una caja metálica en la que su padre guardaba fotografías de época. Quiere localizar una en concreto, una que tiene archivada en su memoria en la que sabe de forma fehaciente que aparece su bisabuelo. Va descartando una tras otra hasta que la reconoce. Es esa en la que está sentado junto a otros cuatro hombres de su batallón en la terraza de una cafetería. En el anverso está fechada en 1902 en El Cairo. Tenía treinta y dos años. Todos sostienen una mirada desafiante, gallarda, y sus bocas son perfectas líneas rectas bajo unos fornidos y cuidados bigotes. Pero no es una sonrisa lo que Michelson está buscando en esa cara. Busca las cicatrices de las que tantas veces le habló su padre, recuerdos que le dejaron las esquirlas de una granada durante aquella valiente y estúpida acción militar en el asedio de Port Elizabeth, que a la postre sería merecedora de tan insigne condecoración. La escasa definición de la imagen le fuerza a tomar una foto con la cámara de su teléfono móvil y ampliar el lado derecho del rostro. Lo primero que aprecia es un surco de color más claro que la piel que nace bajo el párpado y se pierde en la frondosidad del bigote. Otras manchas de distinto tamaño aparecen repartidas sin orden ni concierto.

En el hombre de más de sesenta años que aparece en el cuadro no se advierte marca alguna. Al margen, a pesar de la diferencia de edad, en la fotografía de su bisabuelo los ojos están más juntos entre sí y el tabique nasal se presenta más recto y pronunciado que el del desconocido inmortalizado al óleo. Podría decirse que se parecen, sí, pero definitivamente no son la misma persona. Él lo ha dado por hecho porque su nombre viene escrito en el cuadro y siempre ha estado ahí. ¿Siempre?

Se pregunta desde cuándo tiene recuerdos de esa pintura. La búsqueda en el laberinto de su memoria le lleva a revivir una escena de su niñez en la que se colaba a hurtadillas en el despacho de su padre. Recorre mentalmente las cuatro paredes y no, allí no está el cuadro. Ahora está seguro de que la primera vez que ha visto esa pintura ha sido cuando ha tomado posesión de esa casa.

Michelson centra su atención en la placa de metal atornillada en el marco en la que se puede leer: «Matthew John Michelson». El abrecartas servirá. Desatornilla la placa.

Otra placa.

La verdadera placa.

—«General Las Heras» —lee en voz alta.

Palacio Barolo. Avenida de Mayo, 1370
Buenos Aires (Argentina)

Contar la misma historia varias veces suele desembocar en la disminución del tiempo que ello requiere. Ese no está siendo el caso.

Estando en el edificio y no habiendo sido capaz de contactar con Bujalesky, ha resuelto no ahorrar en detalles, como hizo cuando puso al día a Ólafur de todas la averiguaciones que han hecho. Es como si el subconsciente de Erika estuviera evitando repetir procesos para evitar cosechar resultados similares, aunque, en realidad, responde a su forma consciente de ocupar la cabeza con pensamientos que destierren otros más dolorosos.

Cuando Sancho ha contactado con Makila para hacerle partícipe de sus intenciones de viajar hasta El Calafate, el inspector general de la Interpol le ha informado del triple asesinato cometido en Shanghái. Todavía no es oficial, pero intuye que dos de las víctimas pueden pertenecer a la Congregación, dado que una de ellas llevaba un tatuaje del glifo alquímico del plomo en la espalda, lo cual lo señala como un arcángel. Ha quedado en confirmárselo en cuanto lo sepa, por eso el pelirrojo ha decidido no compartir la noticia con Erika, de momento. Ahora Sancho permanece atento a la explicación sobre el misterio que rodea a la estatua a la vez que se fija en los detalles infernales de la planta baja del palacio. Algo que se mueve hacia ellos le distrae.

Es un hombre de buena estatura y una melena rockera poco acorde para su edad. Da un paso al frente y se interpone entre Erika, que está de espaldas, y el propio sujeto. Lamenta no ir armado, pero el Smith & Wesson 500 que le prometió Makila aún no le ha llegado. Erika se percata del movimiento del pelirrojo y le agarra del brazo.

—¡Sancho! Tranquilo..., es Bujalesky.

—¡Hay que joderse...!

El dantista trae el triunfo escrito en la cara.

—¡La tenemos! La llave del purgatorio, doctora, encontramos la llave del purgatorio —anuncia conteniendo a duras penas la emoción que le embarga.

Emoción que no se contagia en la ajada expresión de Erika.

Bujalesky busca una explicación en su acompañante, pero en el barbudo pelirrojo no la va a encontrar.

—Se trata de Ólafur —dice Erika al fin.

El argentino no necesita más.

—Lo siento mucho. De verdad —añade con fúnebre solemnidad—. ¿Hay algo que yo pueda hacer?

Ella niega con la cabeza.

—¿Qué os parece si buscamos un sitio para sentarnos los tres a charlar tranquilos? —propone Sancho.

Salen del Barolo en dirección a la plaza del Congreso. El sol calienta con más intención que eficacia, pero por el este se divisa un ejército de oscuras nubes en clara formación de ataque. Alcides Edgardo Bujalesky y Ramiro Sancho se han presentado formalmente y han cruzado algunas palabras del todo triviales mientras que Erika les acompañaba en silencio. El primer diagnóstico del pelirrojo se limita a pensar que el experto, por edad, está más cerca de tocar el arpa que la guitarra.

Al pisar los dominios de *El pensador* de Rodin, Bujalesky se detiene a escasos dos metros y realiza una pomposa reverencia de presentación.

—Acá tienen al culpable.

Bujalesky le explica a Sancho lo mismo que no hace mucho le ha contado a ella.

—Me va a permitir que le diga que me cuesta bastante trabajo digerir todo esto de la búsqueda del tesoro —reconoce Sancho—. Erika me ha puesto al día de los avances, pero... definitivamente no es lo mío. No se ofenda, pero yo las únicas pistas que entiendo son las que dejan los rastros de sangre. Y de esas, en este momento, tenemos demasiadas sin poder llevarlas al laboratorio. No sé si me explico...

Bujalesky aparta el pelo que le cubre el rostro y asiente.

—Por concretar: ¿me podría decir en qué punto nos encontramos exactamente?

—Exactamente acá —le muestra el dantista—. Es la llave del purgatorio. Quiero creer que esto activa un artilugio en el paraíso que nos lleva hasta el... tesoro —parafrasea—. Tengo la sensación de que está ahí, al alcance de mi mano.

—¿Y qué te impide alargar el brazo y agarrarlo?

Bujalesky desvía la mirada buscando la manera de explicar que unos ridículos peldaños pintados de amarillo resultan ser un muro infranqueable. Pero... ¿cómo se justifica el miedo a un monstruo que solo existe en su cabeza? Un engendro intangible e irracional contra el que nunca ha sido capaz siquiera de plantar cara. El argentino nota que le flojean las piernas y busca un lugar para sentarse. Encuentra un banco algo destartalado, pero vacío.

El pelirrojo invierte unos instantes en analizar las señales que emiten los rostros de sus compañeros de viaje: angustia en el del especialista y tristeza en el de Erika, que ahora se ha retirado unos metros para hablar por teléfono. Finalmente resuelve hacer algo útil y se rasca la barba con fervor al tiempo que se sienta junto al dantista.

—Erika me contó que están detrás de Michelson y que tenían la intención de ir a buscarlo al El Calafate en cuanto se resolviera lo de su amigo. ¿Siguen con esa idea?

—Seguimos. Esa es la parte que nos toca a nosotros. Debemos averiguar qué es eso tan importante que tiene que mostrarnos.

—Pero... ¿y si se trata de una trampa? Si lleva los genes de su padre, deberían tomar medidas más extremas.

—Lo haremos, no se preocupe —dice con la boca pequeña, pues sabe que no va a poder viajar armado.

Erika regresa.

—Era el doctor Sciordi. Ya está. Podemos pasar a retirar la urna —informa con asepsia programada—. Buja, mañana nos bajamos a El Calafate. Vosotros seguid con lo vuestro. Nos mantenemos en contacto, ¿de acuerdo?

—Dale, vos quedate tranquila, que el celular lo llevo siempre encima. Capaz que me termino acostumbrando. Estoy haciendo tiempo para que Telmo vuelva a poner todo en su sitio y, en cuanto me avise, voy a tratar de abrir las puertas del paraíso.

Erika medio sonríe.

—Tené mucho cuidado, doctora, haceme ese favor.

—Lo mismo te digo, Buja.

—Dale.

—Un momento, un momento..., no sé qué planes tendréis vosotros, pero yo no pienso irme a la cama sin cenar.

Erika baraja otras alternativas que no tienen nada que ver con complacer a su estómago. Más bien está pensando en el desconocido de bonitos y expresivos ojos marrones.

—Conmigo no contéis, lo siento —verbaliza ella sin más.

—Dale —interviene Bujalesky—. Así despejo el bocho. Conozco un lugarcito que no queda lejos de acá, pero antes tengo que pasar por el Barolo a ver qué hace Telmo. ¿Qué le parece si nos encontramos allá tipo ocho?

—Me parece. Nos vemos luego.

Bujalesky los sigue con la mirada hasta que sus perfiles se pierden entre la gente. Entonces, saca a Dulcinea y busca una posición más cómoda. Se aclara la garganta y pisa las cuerdas.

Su oscura sonrisa es la muerte de un ruiseñor,
su triste caminar, una marcha fúnebre,
su perfume es un réquiem funesto en si menor.

Su vestido blanco es negro, su aliento amarillo,
el lecho sobre el que descansa es un ataúd,
a su corazón no lo atraviesa un cuchillo.

Y, sin embargo, la quiero tanto que me avergüenzo.
Mis pesadillas a su lado, dulces sueños.
Esta clase de amor no se dibuja en ningún lienzo.

Residencia de Robert J. Michelson
A 34 km de El Calafate (Argentina)

El hielo se ha derretido casi por completo y la única pieza superviviente flota estática en la superficie de un gin tonic que tiene los minutos contados. Su propietario se esmera por encajar las piezas. Antes, Robert J. Michelson ha buscado información sobre Juan Gualberto Gregorio de Las Heras y tiene la sospecha de que a pesar de todo lo que ha averiguado sobre él sigue sin saber quién es.

Militar argentino de carrera que destacó en la lucha contra las invasiones inglesas de 1806 y 1807. Con posterioridad participó activamente en las batallas por la independencia junto a José de San Martín contra las fuerzas realistas españolas en Chile y Perú. También ha leído que cuando abandonó su carrera se convirtió en gobernador de la provincia de Buenos Aires, pero que los enfrentamientos políticos entre las distintas facciones de la época le llevaron a tener que exiliarse en Chile, donde encontró la protección de sus hermanos masones Bartolomé Mitre y Domingo Faustino Sarmiento. La muerte le sobrevino durante este exilio en 1866, pero sus restos no fueron repatriados hasta 1906, por orden expresa de Mitre. Desde entonces descansan en la Catedral Metropolitana de Buenos Aires, nada más y nada menos que junto al insigne sepulcro del Libertador. En la foto que ha encontrado en la red ha visto que el cofre que los contiene está rematado por un cóndor con las alas extendidas que bien podría ser una copia del ave que porta a Dante en la *Ascensión.* Por las averiguaciones que Alcides Edgardo Bujalesky hizo para su padre, es consciente de que Bartolomé Mitre era Minos, Gran Maestre de la Gran Logia de los Puros, lo cual le lleva a colegir que el general Las Heras ocupaba un cargo relevante en la hermandad.

Lo que todavía no logra entender es por qué tiene un cuadro de él con el nombre de su bisabuelo.

Se centra de nuevo en el óleo.

Esas facciones le resultan tan familiares que aún no puede creer que no se trate de su bisabuelo. ¿Dónde ha visto antes ese estilo de bigote que se funde y se confunde con las patillas? Acude de nuevo al taco de fotografías de época y las extiende sobre la mesa. Son nueve. Posa su mirada tan solo unos segundos sobre cada una, porque lo que quiere encontrar se distingue a simple vista. Y a simple vista lo distingue. En la imagen hay un grupo de jóvenes ataviados con la vestimenta de esgrimista de la época. Todos rondan los veinte años, menos uno que les duplica la edad, el que está el penúltimo a la derecha de la fila superior. Analiza concienzudamente sus rasgos faciales para descartar cualquier atisbo de duda. En efecto, se trata de Juan Gualberto Gregorio de Las Heras. Todos posan con sus sables, floretes y espadas menos él, que está en posición de descanso con ambos brazos pegados al cuerpo. De la axila emerge lo que parece una empuñadura con una figura geométrica por emblema. Recurre otra vez a la cámara del teléfono móvil para ampliar ese detalle. Es un símbolo alquímico que ha visto en alguna parte del informe de Bujalesky. En esa donde habla de los distintivos de los arcángeles. Se conoce las treinta y cuatro páginas de memoria. La que necesita consultar está casi al final. Su mirada salta de las páginas a la pantalla del móvil hasta que da con él, justo al final.

El más importante de todos.

El glifo alquímico de la piedra filosofal.

El distintivo de Damocles, el vigilante. El encargado de formar el ejército de arcángeles para defender los intereses de la hermandad.

La deducción es inmediata.

El general Las Heras fue el primer Damocles, lo cual genera un nuevo enigma. ¿Por qué tendría su bisabuelo un cuadro de Damocles? Le invade entonces una posibilidad. ¿Y si, al igual que la estatua de Palanti, el cuadro no fuera más que un contenedor? Da la vuelta al retrato con sumo cuidado y desliza las yemas de los dedos sobre la lisa superficie de un poco lustroso papel de color ocre. Busca el abrecartas para atravesarlo con la punta en la esquina superior derecha y, muy despacio, va descendiendo sin levantar la hoja del marco. Se otorga unos segundos antes de enfrentarse con lo que va a encontrarse al quitar esa dermis de celulosa.

Solo lienzo.

Frunce el ceño.

La frustración hace que se le acelere la respiración. Tiene que haber algo. Quizá sea un mensaje contenido en la propia imagen. Vuelve a examinarla sin éxito. Golpea la mesa con el puño cerrado y camina en círculos. Un gin tonic puede que desatasque el circuito deductivo, pero esta vez ni siquiera le da tiempo a agarrar la botella.

Si lo importante en un cuadro es la pintura en sí, ¿por qué no cambió el marco en vez de colocar una chapa de mayores dimensiones sobre la original? Porque lo importante en ese cuadro no es la pintura, es el marco, se responde.

Esta vez no se va a andar con sutilezas.

Agarra el cuadro por los listones más verticales y tira hacia fuera para separarlos del paño. Le cuesta varios intentos, mas terminan cediendo a su impetuoso empeño. Los examina sin detenimiento. Los agita furioso. Nada. Voltea el cuadro y repite la operación con los horizontales. Al separarlos, el lienzo planea hasta el suelo, vuelo que Michelson no sigue porque está notando que el trozo de madera que sostiene en la mano derecha pesa más que el otro. Es el que lleva la chapa. Se sienta. Necesita recuperar el control. Le palpita la yugular y le sudan las manos. Enseguida detecta una anomalía en el interior de uno de los extremos. Se trata de un pedacito de cuero que está oculto en la junta que une ese listón con el vertical. Utiliza el dedo pulgar y el índice a modo de pinza para tirar de él y extraer el tapón de cera al que está unido. Inclina el marco y le da unos golpecitos en el otro extremo para que se deslice el cilindro metálico de dos centímetros de diámetro que contiene. Desenrosca la tapa y recurre a la misma técnica.

Un documento enrollado.

Se toma su tiempo antes de extenderlo sobre la mesa.

Reconoce la firma al instante: Bartolomé Mitre Martínez.

En Buenos Aires, a 16 de febrero de 1857

A mi fiel compañero Juan Gualberto Gregorio de Las Heras y de la Gacha.

Cuando termina de leer la carta, un temblor incontrolable se apodera de sus manos. Trata de contenerlo juntándolas entre sí y apretándolas con fuerza, pero no logra sino el efecto contrario.

La falla tectónica divide su cerebro en dos, la que no puede dar crédito y la que se niega a creerlo.

LA MEJOR FORMA DE TAPAR UN SECRETO ES CON OTRO SECRETO

Club Gimnasia y Esgrima. Sede de San Martín
Buenos Aires (Argentina)
Diciembre de 1935

Notaba que el pañuelo no absorbía una gota más. Era el tercer día consecutivo de calor sofocante y sus poros llevaban manifestándose desde primera hora de la mañana contra la pérfida alianza porteña conformada por la humedad y la temperatura.

En cuanto Matthew J. Michelson puso los pies en la zona ajardinada entendió por qué la mujer de la entrada le había exigido acreditarse como si aquello fuera un penitenciario de máxima seguridad. El edificio principal era más propio de una embajada que de una sociedad deportiva, por muy de alta alcurnia que fuera. Las instalaciones eran una clara llamada de atención dirigida a los estratos más pudientes de los que se nutría su cada vez más numeroso listado de socios.

Se había citado con él en el recibidor del edificio principal con el pretexto de tratar un asunto relacionado con las obras de la línea D del Subterráneo. Como era su costumbre, llegaba con algunos minutos de antelación, tiempo que invirtió en recorrer aquel luminoso y distinguido salón. Agradeció el frescor que parecía emanar del mármol, material predominante en aquel lujoso ecosistema. Lo primero que le llamó la atención fue el suelo, un damero de losetas negras y blancas, elemento que claramente denotaba cierta afinidad masónica. Los retratos de las ilustres personalidades que adornaban las paredes no hacían sino refrendar su sospecha, todos eran hermanos reconocidos: Urquiza, Zapiola o Güemes, aunque no tenía forma de saber si todos, alguno o ninguno pertenecían a la Congregación.

Excepto uno. Ese en el que tenía anclada su atención.

—El excelentísimo general Las Heras, pariente mío —escuchó a su espalda.

El guardián se giró en el intento de disimular su sobrecogimiento.

—Gracias por atenderme, señor Segurola.

El tratamiento caballeroso resultaba paradójico, habida cuenta de que su anfitrión acababa de cumplir los veintiocho años. Vestía un atuendo cómodo en tonos claros que resaltaba una complexión atlética encerrada en aquel cuerpo con forma de pera invertida.

—Le agradezco que haya accedido a desplazarse hasta nuestro club, últimamente no soy capaz de atender todas mis obligaciones como debiera.

—No me supone ningún inconveniente, créame. Es más, agradezco la oportunidad de conocer estas instalaciones y le confieso que en otro tiempo quizá me habría interesado enterarme de las condiciones de asociación.

—La actividad física no tiene rango de edad, señor mío. Solo requiere conocer y adaptar la práctica a las circunstancias de cada uno. Le pongo por ejemplo el caso de uno de nuestros esgrimistas más laureados, que ya ha superado el medio siglo y, a pesar de que sus reflejos no son los mismos que antes, sigue siendo un rival difícil de batir.

Michelson compuso una mueca de asombro.

—Interesante. He oído que usted es un auténtico prodigio en el manejo de la espada.

—En realidad lo mío es el sable, pero no es menos cierto que con la espada y el florete tampoco soy manco. Llevo practicando desde los cuatro años. Él —dijo volviéndose hacia el cuadro— inició el linaje de destacados esgrimistas en mi familia, que continúa hoy y continuará mañana.

—¡Desde los cuatro años! ¡Qué bárbaro! Tiene que estar orgulloso de sus raíces, señor Segurola. Muy pocos pueden decir que proceden de una familia como la suya y que el pueblo pueda honrar su memoria junto al padre de la patria. Un reconocimiento sin duda solo al alcance de algunos elegidos —barnizó el guardián.

—Ciertamente. Porque no son muchos los que han arriesgado su vida por la patria como hizo él.

Ambos intercambiaron gestos condescendientes.

—Permítame que le enseñe nuestras instalaciones mientras charlamos. Por aquí —le invitó Segurola con sugerente cortesía.

—Verá..., no querría robarle demasiado de su preciado tiempo, por lo que me va a permitir que aborde el asunto que me ha traído hasta aquí. Le pido disculpas anticipadamente por haber sido deshonesto con el motivo, enseguida entenderá por qué.

Segurola no pareció inmutarse.

—Usted y yo —arrancó Michelson— compartimos un club tan selecto como este, aunque con propósitos más elevados. Soy consciente de que no deberíamos estar manteniendo este encuentro, pero me mueven causas de fuerza mayor.

—La curiosidad no está incluida entre ellas, Cepheus —le espetó Segurola—. Pero prosiga, que le he interrumpido.

Michelson trató de no alterarse. Al cruzarse con un grupo de tres personas que portaban un balón de rugby, el guardián quiso soltar lastre.

—¿También tienen equipo de rugby?

—Por supuesto. Uno de los mejores de la ciudad. Tricampeón del torneo de la Unión de Rugby de Buenos Aires, el último hace tres años. ¿Es usted aficionado?

—Practiqué en el colegio y en la academia militar.

—En Londres —completó Segurola haciendo alarde de información.

—Así es. Ya veo que usted *también* —subrayó— ha realizado sus investigaciones.

—Investigar está dentro de las obligaciones que antes aludía.

—Cómo no. Entonces, estará al corriente de que he estado en contacto con Mario Palanti.

—Lo estoy. Incluso sé que durante los últimos meses ha ordenado que se realice una investigación que incluye indagar en los archivos de la municipalidad e innecesarias preguntas a las secretarias de una de mis empresas. Y, por supuesto, estoy al corriente de que en esos encuentros que ha mantenido con Mario Palanti ha obtenido información a cambio de un proyecto arquitectónico firmado por el mismo Benito Mussolini. Gestión que le facilitó su custodio Flegias.

—Le felicito.

—Como le digo, es mi responsabilidad estar informado.

—Por consiguiente, doy por hecho que está debidamente enterado de que tengo en mi poder documentación, digamos, comprometida —definió— para nuestra hermandad.

—Yo no diría tanto.

Michelson se regaló unos instantes para valorar su próximo movimiento. Sabía muy poco de esgrima, pero estaba claro que su oponente estaba planteando la conversación como si se tratara de un duelo. Y estaba claro que su rival llevaba la iniciativa.

—Son copias de los documentos originales —aclaró el guardián—. Copias exactas.

—Señor mío, aunque tuviera los originales nos encontraríamos en la misma situación, escasamente comprometedora a mi juicio. Permítame que le explique por qué. La certificación de la extracción de los restos de Dante firmada por el escribano Malagola en 1865 no especifica si se trata de un puñado de cenizas o si, por contrario, son la totalidad de los restos mortales de Dante Alighieri. Aunque así fuera, en Italia jamás darían credibilidad a ese testimonio y puede estar seguro de que en los libros de historia que se publiquen desde hoy hasta el fin de los días siempre se escribirá que el divino poeta descansa en Rávena.

—Las reliquias no son de mi interés, señor Segurola.

—Hablemos entonces del mapa —continuó esbozando una sonrisa que fue ganando en intensidad—. Ya ha visto lo que es y por tanto es consciente de que solo a un experto en el caótico universo de Dante le sería de utilidad. Y usted está muy lejos de serlo.

—¿Y usted lo es?

Segurola se detuvo y se giró con la velocidad de los girasoles.

—Soy Damocles, el vigilante. Esa pregunta no hace justicia a la inteligencia que se le supone, señor mío.

Ese era el momento que estaba esperando Matthew J. Michelson.

—He ahí el problema. Hasta donde yo sé, Minos concibió el mapa como una vía alternativa en el caso de que el Gran Maestre falleciera de modo repentino sin poder transmitir su legado a su sucesor.

—Por legado entiendo que se refiere a El Cartapacio.

—Entiende bien. Y si no estoy equivocado, El Cartapacio es la herramienta que nos ha mantenido y nos mantendrá unidos.

—Es correcto.

—Por tanto, la clave para la supervivencia de la organización a la que tanto amamos.

—Podría considerarse así.

Michelson se preparó para la estocada.

—Entonces, convendrá conmigo en que, ante el hecho poco probable pero posible de que Damocles y el Gran Maestre desaparecieran sin transmitir sus conocimientos, se perdería para siempre la pista de El Cartapacio y, con ello, nuestra fuerza de cohesión.

—¿Debo interpretar que el motivo de este encuentro no es otro que convencerme para que le desvele los secretos que el mapa contiene?

—Solo estoy pensando en la seguridad de la hermandad. Nuestra hermandad.

Sin percatarse de ello, habían llegado a un jardín de gusto exquisito, exuberante y perfectamente mantenido. Un busto de José de San Martín comandaba el entorno.

—Dicen que la mejor forma de medir las fuerzas del enemigo es enfrentándose a él en campo abierto.

—¿Me considera como tal? ¿Su enemigo?

—No; si así fuera, ya estaría muerto —aseguró sin modificar el tono—. Pero nunca descansaría en un lugar tan privilegiado como su admirado cementerio de la Recoleta, porque mis arcángeles no dejan restos que enterrar. Y, por favor, no se lo tome como una amenaza. No lo es. Aprecio su interés y de verdad creo que su preocupación es sincera. Por ello, he aceptado mantener este encuentro con usted: para hacerle una propuesta.

—¿Una propuesta? —repitió visiblemente emocionado.

—Necesito saber cuán seguro es el sistema que hemos diseñado y construido. Mantener la seguridad del Templo es el mayor de los privilegios que podría imaginar. Desde que tengo uso de razón, recuerdo haber sido instruido para desempeñar este cometido y ahora que las obras han concluido…

—Quiere medir las fuerzas del enemigo —completó.

—Digámoslo así.

—Entiendo. ¿Y qué sucedería si tengo éxito?

—Que yo sabré dónde residen los puntos débiles de la fortaleza y habré logrado mi propósito.

—¿Y?

Damocles acortó la distancia con el guardián y adoptó una pose militar.

—Y usted, señor mío, recibirá la túnica de custodio que un día Ciacco le prometió.

—Ya veo que es sabedor de esa circunstancia. O por lo menos en parte. Permítame que le aclare que Ciacco me ofreció la túnica de Flegias si lograba dar con el paradero de la *Ascensión.* Lo hice, pero alguien ya se me había adelantado y con su fallecimiento se volatilizaron su promesa y mis ilusiones; momentáneamente —añadió—. No me rendí. Debe de ser cosa de familia, presumo.

—Tengo muy presente esa virtud, por eso le he elegido a usted. Sé que no se rendirá a las primeras de cambio. Pero antes de que me dé su respuesta me siento en la obligación de aclararle algo: Damocles no está a las órdenes de ningún Gran Maestre. Damocles se encarga únicamente de vigilar el legado de Minos, que es lo que garantiza la supervivencia de nuestra hermandad. De su crecimiento se encarga la Asamblea. Por tanto, señor mío, debe tener muy presente que ni Ciacco ni ningún portador de la túnica de Dante conoce la localización de El Cartapacio y tienen las mismas posibilidades que usted de encontrarlo: ninguna —le retó.

Michelson valoró la revelación.

—Pero los actos de entrega de túnicas son presididos por el Gran Maestre y los compromisos los sella él. Por tanto…

—Señor mío —le interrumpió agriando el tono—, lo siguiente que le voy a contar sí es información delicada, pero considero que, si va a aceptar el reto, debe saberlo. Igualmente le informo de que, si algo de esto termina trascendiendo, usted morirá. Y esto sí es una amenaza.

—Comprendo.

—Hablábamos de los compromisos que adquiere el postulante a guardián o a custodio con el Gran Maestre y de la huella perpetua que deja cuando firma el documento de asunción con su verdadero nombre.

—De eso hablábamos, sí.

—Compromisos obtenidos por el Gran Maestre durante su mandato, únicamente —precisó—. ¿Y los anteriores? ¿Y los posteriores?

Michelson no tuvo que discurrir mucho la respuesta.

—Damocles.

Este asintió.

—Damocles es el único que se encarga de alimentar El Cartapacio y de asegurarse de que alguien después de él retome esa labor.

—Entiendo.

—He sido instruido en el manejo de la espada y... en otras artes, por decirlo de alguna forma. Espero no parecer soberbio, pero también está delante de un experto en lo relacionado con Dante. Conocimientos que he adquirido desde que soy capaz de leer y escribir, los mismos que transmitiré a mi sucesor.

—Y que son del todo necesarios para poder interpretar el mapa —razonó Michelson.

—Eso es, precisamente, lo que necesito medir.

—Sin embargo, la Asamblea piensa que el Gran Maestre tiene acceso a El Cartapacio.

—Por supuesto. Al Gran Maestre le conviene que lo piensen, ¿no cree? Esa es la parte fundamental del juego, de otra forma no podría sostener la lealtad de sus hermanos ni contener sus ansias de poder. Así lo pensó Minos y así lo ejecuta Damocles.

A Michelson le recorrió un escalofrío por la espalda. Todo cobraba sentido. Por eso Ciacco le mandó localizar la estatua a espaldas de Damocles, porque el Gran Maestre quería conocer de primera mano la localización de El Cartapacio. Y por eso Damocles era el encargado de reclutar y formar a los arcángeles, porque aunque estuvieran bajo las órdenes del Gran Maestre le obedecían solo a él.

—Minos era un gran estratega —concluyó Matthew J. Michelson.

—Eso lo aprendió del general Las Heras. Entre ambos idearon el proyecto. Bartolomé Mitre escribió esto sobre él cuando ordenó traer sus restos mortales a la Catedral: «No necesitó apelar a la posteridad para esperar justicia y afirmar la corona bajo sus sienes. El juicio que el pueblo solo pronuncia en los funerales de sus héroes fue pronunciado en vida y para honor y gloria de él y de su patria, por los hijos de la heroica a que perteneció, que es la posteridad a que apelaba el general San Martín, su ilustre maestro y compañero de gloria» —citó de memoria Damocles, emocionado.

—Un gran hombre —aliñó.

—Bueno, ¿qué me dice?

—Creo que ya sabe cuál va a ser mi respuesta.

—Entonces estoy frente al rival que necesitaba.

Michelson hinchó el pecho y adoptó de forma inconsciente una pose castrense.

—Ahora, si me disculpa, he de atender a mis alumnos. Le acompaño a la salida.

Bernardo Segurola se despidió de su rival caballerosamente y regresó frente al cuadro de su ancestro. Minos tenía razón.

—La mejor forma de tapar un secreto es con otro secreto —murmuró—. Ya tengo al iluso que se va a encargar de alimentarlo.

Minutos después, Michelson se mojaba la nuca en una fuente pública antes de cruzar los Portones de Palermo. Las palabras de aquel joven talentoso resonaban en su cabeza. Jamás había declinado un reto y aquel era tan intrigante como goloso. Ya tenía dos propósitos: preparar a su nieto para vestir su túnica y cumplir con el compromiso que había adquirido con Damocles. Mientras le resbalaba el agua por la frente, no podía pensar en otra cosa. Localizó un banco para sentarse y dejar constancia de lo ocurrido en su diario. Cuando terminó, anotó el siguiente paso que tenía que dar: localizar una librería y comprarse un ejemplar de *La Divina Comedia.*

Matthew J. Michelson murió a los noventa y tres años siendo guardián en su residencia cerca de El Calafate a causa de un ataque al corazón. Dejó todas sus posesiones a su único nieto, Matthew J. Michelson, quien heredaría su obsesión además de la túnica de Cepheus. Gracias a su excelente desempeño en el negocio del tráfico de armas, este lograría lucir la túnica de Flegias, pero fracasaría en su obstinado intento por averiguar el paradero de El Cartapacio. Sin embargo, él tampoco se rendiría y, antes de ser devorado por el alzhéimer, dejó escritos su testimonio y conocimientos con la idea de transmitírselos a su hijo, Robert J. Michelson.

Él sería el encargado de culminar la tarea que había empezado su bisabuelo: alcanzar el grado de Gran Maestre de la Congregación de los Hombres Puros.

LO QUE QUEDA EN LA CAMA

El Calafate
Provincia de Santa Cruz (Argentina)
Septiembre de 2013

Si Sancho no estuviera sintiendo el frío de la Patagonia austral, pensaría que se ha trasladado a un wéstern y que está a punto de escuchar a Michael Curtiz gritar: «¡Acción!». El pueblo presenta una configuración lineal que bien podría haber sido copiada del escenario que se utilizó para rodar *Dodge City,* con una calle principal que atraviesa la localidad de punta a punta en la que se concentra la vida de sus habitantes para dispersarse por las aledañas que la cruzan. La actividad es netamente turística: hoteles, restaurantes, tiendas de recuerdos, agencias de viajes y más hoteles. El suyo, por suerte, no está lejos de un local de alquiler de vehículos.

Todavía arrastran la desazón y la pena de las jornadas precedentes y le preocupa cómo pueda estar afectándole a Erika la pérdida de Ólafur tanto como estar desarmado. Ella casi no habla y en su rostro se ha tallado una expresión rara, mezcla de aflicción y enfado, aunque por momentos diría que prevalece una sobre la otra. Un claro ejemplo se ha producido en la zona de embarque de Ezeiza, cuando ella le ha repetido que se encuentra bien justo antes de rogarle que deje de preguntarle por su estado de ánimo. Ahí pesaba mucho más el enfado que el pesar. Pero es mencionar a Ólafur e invertirse de inmediato la balanza.

El pelirrojo sigue sin estar plenamente convencido de la teoría que defendía el islandés, pero le hizo prometerle que acompañaría a Erika y eso está haciendo. Lejos de la tristeza, Sancho encuentra fuerza al recordarle y deduce que convivir tanto tiempo seguido con la muerte le ha generado una costra invisible que le hace cada vez más inmune al dolor.

En Buenos Aires han dejado a Bujalesky y su inseparable Telmo intentando descifrar la última parte del mapa que, confían, les va a llevar hasta El Cartapacio de Minos. Durante la cena que compartió con el dantista, mantuvo una dilatada charla en la que pudo constatar que es un tipo extraño, ciertamente trastornado por el imaginario que le rodea, con más anclajes en ese mundo que en la realidad. Sin embargo, diría que ha logrado empatizar con él, lo cual tiene bastante que ver con el hecho de que Bujalesky conociera y apoyara la tesis galleguista sobre la identidad de Cristóbal Colón, cuestión en la que estuvieron profundizando antes de despedirse. El asunto de las canciones de su hijo Néstor también ha jugado a su favor y todavía tiene fresco el estribillo de *Lo que queda en la cama*, aunque no esté en absoluto de acuerdo con el significado.

Lo que queda en la cama
son recuerdos que no valen nada.

De inmediato decreta el destierro de los pensamientos que amenazan con invadir su coto intelectual, pero es Erika la que consigue expulsarlos con un hilo de voz apagado.

—Tenemos que decidir qué hacemos primero.

El pelirrojo sabe a qué se refiere. Hasta allí han ido con dos propósitos: acudir a la cita que les propuso Robert J. Michelson y entregar las cenizas de Ólafur al frío, tal y como él le pidió.

—Lo que tú decidas estará bien —contesta condescendiente el pelirrojo.

—Precisamente por eso te lo consulto, porque no sé qué mierda hacer.

Sancho se detiene frente a la puerta del negocio de alquiler de vehículos. De repente le ha entrado un picor bajo la mandíbula que necesita atender. En el alivio encuentra la respuesta.

—Si lo que llevas a la espalda te pesa demasiado, nos encargamos primero de eso. Sin embargo, si crees que vas a poder con ello, creo que sería mejor escuchar lo que el jodido Michelson tiene que contarnos y, con eso resuelto, despedir a Ólafur como se merece, con la mente despejada.

Erika se muerde el labio y asiente.

—Puedo.

—Claro que puedes.

Ella asiente casi convencida.

En el horizonte el cielo se ha empezado a cubrir a brochazos de una tonalidad cetrina muy fea, abrumadora, haciendo buena la previsión de empeoramiento climatológico que les ha regalado la mujer que les ha alquilado el Megane, nada propicia para visitar el Perito Moreno, aunque no sea exactamente ese su punto de destino.

—Este lugar es precioso —valora Erika con los pies apoyados en el salpicadero y la cabeza girada hacia la ventanilla.

Sancho no opina lo mismo. La ruta 11 va serpenteando a través de un paraje árido donde lo único que se aproxima al epíteto que ha utilizado ella son las panorámicas que se divisan cuando la carretera se acerca a las aguas del lago Argentino. Estas van cambiando de tonalidad en una sincronía con el firmamento que solo puede ser explicada por un acto de brujería. Antes de un sucio verde turquesa, ahora de un limpio gris plomizo.

—¿Eso de allí son…?

—¡Cóndores! —identifica Sancho—. Coño, nunca había visto ninguno.

Dos siluetas majestuosas se recortan en lo alto de unos de los dientes que conforman la afilada dentadura que es la cordillera preandina. Sancho alterna la atención entre la carretera y las aves.

—Diría que se están aproximando —valora.

—Eso parece.

Pasan sobrevolando a pocos metros de altura en un tramo totalmente recto, como si, vanidosos, estuvieran aprovechando la tesitura para lucirse. Erika los persigue con la mirada absorta. Sancho sigue el trazado del asfalto en silencio hasta que llegando a Punta Bandera aminora la velocidad.

—El bicho me dice que es por aquí, desvío hacia la RP 15 en dirección al lago Roca —informa.

Erika regresa.

—Sí. Luego hay que seguir las indicaciones que dejó escritas Michelson.

—Soy todo oídos, Luis Moya —trata de aligerar Sancho.

Ella no está para ir cantando el recorrido, pero le devuelve una mueca afable. Dejan el lago Roca a su derecha y toman un desvío donde la carretera pierde sus atributos.

—Debe de ser por allí abajo —especula Erika.

Las caricias de la garra apoyan la teoría, certificada por el trazado arenoso que desciende hasta una pequeña península que invade el brazo Rico del lago Argentino. Quizá si notara el tacto del hierro podría aplacar esa molesta sensación con la que no se acostumbra a convivir, pero la confianza de Makila no incluye una licencia para volar armado, y cruzar la Patagonia por carretera era una alternativa que ni siquiera valoraron.

—Un buen rincón para esconderse —opina Sancho.

El camino muere repentinamente a los pies de una elevación del terreno.

—Aquí es —anuncia Erika—. Hay que continuar a pie hasta un pequeño embarcadero que está rodeando eso.

—No veo huellas de neumáticos por ningún lado —observa él nada más descender del vehículo.

—Pues ya sabemos cómo entra y sale. Vamos.

El perfil de un tejado de pizarra a dos aguas es lo primero que divisan. La vivienda presenta sillares irregulares de piedra en los muros y madera en las ventanas y otros revestimientos verticales. El inspector no encuentra muchas diferencias con la que ocupó durante su paso por Gondomar, en Pontevedra. Erika señala la columna de humo que se escapa discreta por la parte posterior de la cubierta.

—Nos está esperando —dice ella.

—Ha encendido la chimenea para caldear el encuentro. Qué amable el jodido Michelson.

Unas losetas rojizas conforman un sendero que ha sido invadido por la vegetación arbustiva que coloniza casi la totalidad del firme. El portón atrae su prudente pero decidido caminar. Erika toma la iniciativa y pone la mano sobre el herraje que hace las funciones de picaporte.

—Lo que tenga que ser será —dice Sancho por decir.

Las bisagras protestan de forma lastimosa, como si la entrada de luz natural no fuera de su agrado. Huele a enfermedad bucal con matices de leña húmeda quemada. Las paredes y el techo presentan algunos desperfectos, hijos de la dejadez, pero así y todo se percibe el noble linaje con el que nacieron los materiales. Caminan por el pasillo dejando atrás una cocina con muebles antiguos que apenas se ha ganado unos segundos de atención. Hace más frío que en el exterior, pero ese no es el motivo por el que a Sancho se le han agarrotado los músculos del cuello.

Erika también lo ha visto.

Al fondo, en lo que parece ser la estancia principal de esa planta, se distinguen varios objetos tirados por el suelo y, entre ellos, una mano inmóvil y parte del antebrazo. Esta vez es Sancho el que reacciona primero. Avanza hasta detenerse bajo el quicio de la puerta. Sus miradas convergen hacia el mismo punto.

La cara de Michelson.

Han llegado tarde.

Palacio Barolo. Avenida de Mayo, 1370
Buenos Aires (Argentina)

Tan ansioso como acobardado. Así se define el estado anímico del dantista y por ello no le ha importado en absoluto esperar a que Telmo termine sus quehaceres de la jornada. Es más, preferiría esperar un millón de jornadas, pero sabe que el transcurrir del tiempo no licúa los miedos.

Sus miedos.

En el decimotercer piso no queda nadie y falta muy poco para que las escasas personas que han acudido a sus oficinas durante esa jornada sabatina lo abandonen. Alcides Edgardo Bujalesky ha pasado las últimas horas sacando brillo a las mismas baldosas, las que están al pie de los primeros tres peldaños que, como narra Dante en *La Divina Comedia*, separan el purgatorio del paraíso. Ahí mismo arranca la conquista de los cielos a través de una escalera de caracol que se va angostando hasta el mirador del piso vigesimoprimero: la antesala del paraíso.

Otra vez veintiuno.

Allí nace el último tramo que lleva al faro, cuyo paralelismo en la obra del poeta es el Empíreo, donde habitan los ángeles y las almas puras que se han ganado su sitio al lado de Dios.

Veintiún escalones que desembocan en el faro.

Veintiuno otra vez.

Veintiún peldaños pintados de un amarillo peligro que convierten la sencilla tarea en una labor imposible para el dantista. En el pasado lo ha intentado dos veces, pero nunca ha sido capaz de poner un pie sobre esa superficie del color del que se pintan sus pesadillas. Nada funciona. Ni siquiera con los ojos cerrados le ha dado resultado, porque el monstruo que vive en su cabeza ve a través de sus párpados. Y actúa. Primero se acelera la frecuencia cardíaca al máximo de revoluciones, luego le hace sudar ríos de angustia mientras le va robando el aire de los pulmones. Todo desemboca en un bloqueo del sistema nervioso que no llega a ser absoluto, porque sí le permite temblar. Tiembla de miedo porque no tiene duda de que el monstruo viene a por él. Sufre como si asistiera a su propio asesinato desde una posición en la que nada puede hacer por evitarlo. La primera vez que apareció no había cumplido los ocho. Desde entonces, el monstruo vive ahí dentro, en su rincón oscuro, aguardando el momento. La secuencia se repite: primero escucha su torpe caminar, luego su respiración entrecortada y dificultosa, pero no es hasta que puede sentir su olor agridulce que se produce el colapso.

El amarillo es la señal que le hace volver a la vida para arrebatarle la suya.

—¡Llegó la hora! —escucha decir enérgicamente a Telmo a su espalda.

—¡La concha de tu madre! —exclama este girándose sobresaltado.

—Dale, Buja, aflojá un cachito, che. Estás recontratenso…

—Te deslizás sigiloso como una serpiente.

—Bajá un cambio, che, que te van a estallar las gomas.

—Lo estoy intentando desde que vine y… ¿me notás más tranquilo? ¿Eh? ¡¿Se nota o no se nota?!

—Ya te dije que si te tengo que llevar a cococho, te llevo. Pero esta noche vas a subir al faro, Buja.

—Sí, como aquella vez que se te ocurrió taparlo con..., ¿qué carajo era eso, papá?

—Una moqueta que encontré en el segundo subsuelo.

—Esa garcha.

—Estuvo cerca de funcionar.

—Dos escalones, Telmo, funcionó dos escalones. ¿Qué va a cambiar hoy?

—La necesidad. Las veces anteriores te movía solo la curiosidad. No tenías nada. Ahora tenés la llave.

—La tengo, sí.

—¡Pues dale! De momento vamos hasta el mirador —le dice ofreciéndole el brazo que no utiliza para apoyarse en el bastón.

Bujalesky inspira profundamente y se acomoda a Dulcinea a la espalda. Los peldaños prohibidos están en el último tramo, pero al tomar contacto con el primero ya nota que le tiemblan las piernas.

—Hace un rato me acordé de algo que nos puede ayudar —rememora Telmo, que va un par de escalones por delante—. Cuando tuve mi primera final nacional con catorce años, el entrenador me enseñó un truco para espantar mis temores.

—¿Qué temores?

—El miedo a fracasar. Todos decían que yo era el mejor, que era capaz de anticiparme a los ataques de mi rival antes incluso de que se fabricaran en su cabeza y que nunca erraba en la toma de decisiones. Toda esa presión me pesaba toneladas, me volvía más lento y predecible, pero cuando me bajaba la careta y escuchaba mi propio latido, todo eso desaparecía. Dentro del traje solamente existíamos yo y mi latido, mi latido y yo. Tratá de sentirlo, Buja. Concentrate.

—Si dejás de hablar, capaz que surja la oportunidad, forro.

Telmo sonríe al divisar los primeros peldaños amarillos. Se detiene.

—Dale, Buji, ya los tenemos acá. Solo estáis vos y tu latido. Cerrá los ojos. Escuchalo. Sentilo. Solo vos y tu latido.

Pero lo que escucha Bujalesky es su torpe caminar y ya siente en la nuca su trabajosa respiración.

El monstruo se ha despertado.

Y está furioso.

Residencia de Robert J. Michelson
A 34 km de El Calafate (Argentina)

El pelirrojo se ha encargado de hacer una reconstrucción de los hechos. Tantos años junto a Patricio Matesanz, experto en la materia, le han servido para acertar de pleno: a Michelson lo han encontrado plenamente ebrio. Bien podría decirse que las dos botellas vacías de Tanqueray que aún siguen visibles sobre la mesa le han ayudado a sujetar una base firme sobre la cual cimentar la teoría analítica deductiva. Erika se ha encargado de liberarle de las garras de la inconsciencia a base de agua fría y repetitivos tortazos de variable intensidad. Entretanto, Sancho ha registrado la vivienda y, por el estado de desorden generalizado que presenta, deduce, de nuevo acertadamente, que alguien se le ha adelantado. En la planta de arriba hay dos habitaciones con baño y un despacho. Este último ha sido donde más énfasis han puesto en el registro, por ello le resulta muy extraño haber hallado papeles varios sobre el escritorio, documentos que, sin haber tenido la oportunidad de examinar, le parecen importantes. Ahora están en su poder junto a una antigua Tokarev de 9 milímetros que ha encontrado dentro de un cajón. Es un modelo fabricado en los años treinta, pero parece encontrarse en buen estado y tiene ocho cartuchos en el cargador. Desde luego, no es el arma que él elegiría entre mil, pero es mil veces mejor que nada.

El olor a café recién hecho ha puesto fin a la batida.

—Me apunto —dice el pelirrojo cuando regresa al salón.

Arroja dos troncos más a la chimenea y se sienta en un sofá que aparenta ser cómodo. Efectivamente, es solo apariencia. Dado que la invitación de Michelson está dirigida a Erika, ambos han convenido que sea ella quien lleve el peso de la conversación.

Hay cadáveres que sin haber pasado por manos del taxidermista presentan mucho mejor aspecto que Robert J. Michelson.

Ella le sirve una taza de café, lía y prende un cigarro sin pedir permiso. El humo del tabaco dibuja formas sinuosas que se confunden con los interrogantes que ya flotan en el ambiente.

—Es la primera ocasión que se reciben invitados en esta casa —dice el anfitrión luego de aclararse la garganta—. Casi había perdido la esperanza de que vinieras.

—Ya veo. Y has avivado la llama a base de ginebra, lo entiendo —agrega Erika con delicada ironía.

—No hay muchas más cosas que hacer por aquí. Pensé que te vería acompañada por Ólafur, no por Sancho. Entiéndeme bien —se gira ahora hacia el pelirrojo—, no es que me incomode tu presencia, sino que…

La ira que emana de los ojos del español le hace llegar a una deducción.

—Oh, maldita sea. Lo lamento... Lo lamento de veras. Tenéis que creerme, yo apreciaba a Ólafur —asegura.

—Pues no era recíproco, tienes que creerme —contraataca Sancho, dolido.

—Poco importa eso ya —tercia y zanja Erika, por ese orden—. No hemos venido hasta aquí para compartir contigo nuestro dolor. Hemos venido a escucharte. Y lo primero que queremos oír es la explicación sobre tu papel dentro de la Congregación.

—Si habéis venido, es porque ya tenéis esa respuesta, pero, si os quedáis más tranquilos escuchándolo..., ahí va: quería destruirla, igual que vosotros, pero pretendía hacerlo desde dentro.

Ni Erika ni Sancho pasan por alto el uso del pretérito, pero, no obstante, ninguno interviene.

—Puedo demostrarlo si de verdad lo necesitáis, en mi despacho guardo unos documentos que...

Sancho le interrumpe agitando la carpeta en la que ha guardado los papeles que menciona. Sin embargo, al custodio le llama más la atención la pistola que sostiene en la mano.

—Esa pistola perteneció a mi padre.

—La cuidaré como si fuera mía, tienes mi palabra.

Michelson sonríe con amargura.

—Ya veo que te has dado prisa en hacer tu trabajo, inspector.

—Otros se han dado más prisa aún.

—Otros no, fui yo. Necesitaba encontrar algo... Algo que lo cambia todo.

—¿El qué? —pregunta Erika.

—Eso.

Michelson tuerce la mirada hacia uno de los libros que hay tirados por el suelo.

—Ese.

Sancho se incorpora para recogerlo. Lo examina y se frota la barba.

—Un viejo cuaderno —revela.

—Un diario que se abría con esa llave —señala moviendo las cejas— y que utilizó mi bisabuelo primero y mi padre después. Bueno, no sé si podría calificarse como tal, porque, en realidad, solo hay anotaciones relacionadas con el mapa, la estatua y El Cartapacio. Mira en qué fecha arranca.

—«Quince de marzo de 1923» —lee Erika.

—Fecha en la que mi bisabuelo tiene el primer encuentro con Mario Palanti, antes incluso de que se inaugure el Barolo. Aquí está todo lo que tenéis que saber del proceso desde los ojos de mi familia. La última anotación de mi padre es de la semana previa a su muerte, lo he comprobado. Curiosamente, él empezó a usarlo años después de ser nombrado custodio. Su primer apunte es también de marzo, pero del 2005, fecha en la que se reúne por segunda vez con Bujalesky. Aquí. —Señala con el dedo.

—De puta madre. Fantástico todo. Un recuerdo precioso —califica Sancho mientras lo olfatea—. Huele a humo que tira para atrás.

—Mi padre sabía ocultar lo que no quería que nadie encontrara. Estaba allí —dice señalando la chimenea—. Un compartimento bien aislado dentro del tiro.

—Por eso tenías las manos y la cara con restos de hollín —completa el pelirrojo.

—Cuando di con él, lo último que me preocupaba era limpiarme. Me senté donde estoy ahora, me serví una copa y no me levanté hasta que terminé. No recuerdo cuándo perdí la consciencia.

—A la segunda copa seguro que no —dice Sancho, cáustico.

—Seguramente.

—¿Qué revelaciones contiene el diario? —quiere saber ella.

—Vamos por partes, por favor. Antes de proseguir quiero dejar claro que no tuve conocimiento de vuestras intenciones contra la Congregación hasta que descubrí que Sancho se había infiltrado en el ramal nigeriano que manejaba Ike Bakare. En el poco tiempo que llevaba dentro de la organización había realizado avances muy importantes, sumando apoyos para mi causa entre los miembros de la Asamblea..., pero no, teníais que irrumpir a lo grande en el acto de purificación pretendiendo matar todos los pájaros de un tiro. Muy propio de vuestra forma de actuar: impulsiva, cortoplacista, tan ambiciosa como inútil. Puedes creerme o no, pero yo le ordené que te detuviera y te trajera hasta mí. Tenía pensado hacerte partícipe de mi juego, en realidad no tenía otra opción, pero Bakare antepuso su deseo de venganza.

Sancho se remueve inquieto en la silla.

—En cuanto a ti, Erika. En ningún momento supe que tú también estabas participando en esa absurda persecución junto con Ólafur y menos aún que te hubieran reservado un papel protagonista en el acto de purificación. Me alegré de que todo saliera bien y, hasta cierto punto, he de admitir que vuestra alocada intervención funcionó como desencadenante a mi favor. Me sirvió para seguir ganando apoyos en la Asamblea y estuve muy cerca, mucho, de lograr mi propósito.

—Ya. Pero que Miguel se cargara a Corteza de Roble no estaba entre tus previsiones —apunta Erika.

—No, no lo estaba. Mi plan contemplaba vestirme con la túnica de Dante y cuando tuviera acceso a El Cartapacio tan solo tendría que acudir a mis excompañeros de la Interpol para demostrarles que la Congregación de los Hombres Puros existe y está conformada por nombres reales. Sin pruebas, no hay manera posible de iniciar una investigación con garantías. Y esto lo digo con total conocimiento de causa. Conozco perfectamente cómo funciona el negocio —asevera.

—Sin embargo, su excelentísima, experto en el funcionamiento de la Interpol, sí sabía en qué consistía un acto de purificación, ¿no es así? —apunta el pelirrojo agriando el tono.

Michelson interrumpe la respiración.

—Respóndeme, hijo de puta —insiste poniéndose en pie—. ¿Sabías o no sabías lo que les hacían a esas niñas...? ¿Cómo las llamáis? Doncellas. ¡¿Lo sabías o no?! —persevera avanzando hacia él con el arma en la mano. La vena que le baja por la sien izquierda como un afluente de sinuosos meandros parece que está a punto de desbordarse.

—Sí, lo sabía —reconoce en voz queda.

—Y te importó una mierda, porque lo único que querías era cumplir con la hoja de ruta que te habías marcado. ¡Eres basura! He tenido que masticar las ganas de borrarte esa puta expresión de *gentleman* mientras te escuchaba recriminar nuestra impulsiva y cortoplacista forma de actuar.

Sancho aprieta el cañón de la Tokarev TT-30 contra su frente. Erika no interviene. Sabe que es inútil.

—Nuestro principal objetivo aquella noche era impedir que esos malnacidos asesinaran a una niña inocente y si en la misma melé abierta podíamos recuperar el balón, mejor que mejor. ¡¿Entiendes?! Tú, sin embargo, ni siquiera estabas en el campo. Para qué arriesgarse, ¿verdad? Que igual te lesionas y te pierdes la gran final. ¡Qué asco me das, hijo de puta! ¡Qué asco!

Con cada sílaba y usando el cañón de la pistola, Sancho empuja más y más la cabeza de Michelson contra el sofá a la vez que le grita al oído. Este no opone resistencia. Erika sigue sin moverse.

—Me importa tres cojones que tú no ordenaras que me cortaran la cabeza y que no estuvieras al corriente de que la vida de Erika corría peligro, me sigues pareciendo un jodido cobarde en busca de redención, una puta mierda de persona que ansía encontrar su propio perdón. ¡Una puta mierda! —simplifica recurrente—. Mira, cabrón, no pongo en duda que tu intención fuera, como dices, destruir la organización desde dentro, pero ahora nos vas a contar por qué.

—No entiendo —balbucea Michelson.

—Claro que entiendes, pero te lo preguntaré de otra forma y no trates de joderme porque te dejo seco con la puta reliquia de papá. ¡¿Estamos?! Piensa bien la respuesta. ¿Qué es lo que realmente te movió a meterte en esta mierda?

Michelson tiene la boca seca y el cajón de las respuestas fáciles vacío.

—Quería ser yo quien acabara con ellos. Debía ser yo y solo yo —reconoce.

—¡Claro que sí! Siempre lo fuiste. La estrella más brillante de la ISUF, pero una estrella a punto de apagarse. Tu inmaculado culo corría el riesgo de mancharse con la inmundicia de tu familia y eso te dio demasiado miedo, ¿verdad? Así que pensaste en resolverlo por tu cuenta aprovechando que tu querido padre te había dejado la puerta abierta. ¡El jodido llanero solitario Michelson cabalga de nuevo! Te viste copando los titulares. Tenías que ser el único presentador de tu propio programa de televisión, ¿verdad? El delantero centro del equipo, el que mete los goles. ¡Qué hijo de puta, por favor!, pero ¡qué grandísimo hijo de puta! —grita Sancho elevando los brazos al cielo.

—¿Ya? —pregunta Erika.

Sancho se gira hacia ella y se encuentra con esos ojos azules casi grises pidiéndole que pare.

—Sí, creo que sí —responde él.

Ella se masajea los muslos antes de liberar el aire que tiene prisionero en los pulmones.

—Empecemos de nuevo.

Palacio Barolo. Avenida de Mayo, 1370
Buenos Aires (Argentina)

Nota la presión en el brazo. Telmo está tirando de él.

—Dale, Buji, solo vos y tu latido —le susurra vivamente.

Pero sus constantes vitales ya están fuera de control. Suda. Cree que ha subido cuatro escalones. O cinco.

Uno más.

Sus dos únicas acciones se limitan a apretar con fuerza los párpados y a mover las piernas. Respira como un pez fuera del agua.

Otro más.

—Ya casi estamos. Te la vas a bancar, Buja. Hoy te la bancás.

Otro.

Empieza a percibirlo. El olor. Es casi imperceptible, pero no hay duda. Es su olor. Dulce y acre. Picante y a la vez melifluo. Va ganando en intensidad, lo cual no puede significar más que una cosa: el monstruo se está acercando.

—Dale, Buji, ahora no podés rendirte. ¡Dale! ¡Vos solo seguime!

Ya puede verlo. Su tez ambarina, arrugada y cerosa. Sus diminutos dientes marrones, sus encías enrojecidas y brillantes. Sus manos huesudas y frías sobre el cuello. La presión sobre la tráquea que le impide respirar.

—¡Dale, Buji!, ¡dale!

Oye, pero no escucha. Otras palabras le ocupan.

«Puedo verlo dentro de ti, niño. Puedo verlo bien erguido sobre su gran caballo negro comandando sus veinte legiones de diablos. Alojás dentro a Cimejes. Y si puedo verlo, puedo sacarlo».

Siente la presión en el pecho.

Llega la parálisis.

Residencia de Robert J. Michelson
A 34 km de El Calafate (Argentina)

Erika le ha concedido unos minutos de tregua después del arrebato de Sancho. El pelirrojo parece más calmado y se ha sentado de nuevo componiendo una mueca agria. Ahora bien, el arma no lo suelta. A Michelson le acaba de servir otro café, que, como el anterior, ha desaparecido de dos sorbos.

Ahora el inglés se quita las gafas, inclina la cabeza y se frota los ojos muy suavemente con las palmas. Nota como si el interior de los párpados estuviera tapizado por papel de lija. Luego junta las manos en posición orante y apoya los labios sobre ellas.

—He de reconocer que mi intención cuando te escribí la carta era la de tratar de unir fuerzas, dado que ya no existe la posibilidad de continuar por la vía interna. Sin embargo, como digo, las circunstancias han cambiado. Vamos a hacer un poco de memoria —les invitó—. Recordaréis que el fallecimiento de mi padre aconteció casi de forma simultánea al desenlace del caso de Augusto Ledesma, en el que todos nos vimos envueltos. Pocas semanas más tarde se personó en mi domicilio un hombre que decía representar a la firma Baker & McKenzie. Yo ya había hablado con Christine sobre mi retiro, nuestro retiro —rectificó—, pero aquello hacía trizas cualquier proyecto. Era un texto manuscrito que venía acompañado de otros documentos que, intuyo, también están en esa carpeta, inspector.

Erika lía otro cigarro.

—Está fechado en junio del 2007, luego os explico por qué remarco la fecha. En esas líneas, mi padre me argumenta con todo lujo de detalles la membresía de nuestra familia en la Congregación de los Hombres Puros al tiempo que expone su visión particular sobre el funcionamiento del mundo en el que vivimos. Enriquecedor —adereza con sorna—. En él me habla de las revelaciones de mi bisabuelo Matthew sobre El Cartapacio, el mapa y las llaves, y también menciona a Alcides Edgardo Bujalesky como la persona que le está ayudando a descifrarlo.

Erika parece que quiere decir algo, pero suelta el humo y sigue taladrándole con la mirada.

—Matthew J. Michelson, a quien tenía por un héroe de guerra, en algún momento que desconozco entró a formar parte de la hermandad, primero como centinela y después como guardián. Hasta donde sé, estuvo destinado en Londres, Nueva York y Buenos Aires, siempre vinculado al tráfico de armas como actividad principal dentro de la organización; sin embargo, fue otra... tarea —define— la que realmente le mantuvo ocupado: la supervisión de un proyecto del que, estoy seguro, Bujalesky ya os habrá informado.

—El proyecto de Minos —completa Erika.

Michelson asiente.

—¿Cuál era la misión de su bisabuelo? —pregunta ella.

—Concretamente no tengo forma de saberlo, porque la única información que poseo al respecto es la que me trasladó mi padre. Sé que durante su estancia en Buenos Aires su custodio le encomendó dirigir la construcción de las Columnas de Hércules del Río de la Plata, el Palacio Barolo y el Salvo, y que, por mediación de Mario Palanti, el arquitecto que diseñó ambos edificios, se hizo con una copia del mapa que llevaba a El Cartapacio de Minos.

—A El Cartapacio de Mitre —corrige Erika.

Michelson compone una mueca de asombro.

—Exacto. Por tanto, doy por hecho que Bujalesky ya os ha hablado de la historia que rodea a la famosa escultura.

—Así es.

—Bien. Mi bisabuelo estuvo siguiendo el rastro a la *Ascensión* hasta que finalmente logró hacerse con lo que contenía, que era lo que le interesaba. Dedicó los últimos años de su vida a descifrar el mapa, pero, viendo que no iba a tener margen suficiente y dado que su hijo había muerto en la batalla del Somme, le traspasó a su nieto, mi padre, su objetivo.

—Y la túnica de Cepheus —agrega Erika.

—La continuidad por derecho de sangre está recogida en el *Novem Regulas,* es algo muy habitual tanto en la Congregación como en otras sociedades. Durante los primeros años no parece que el asunto fuera del interés de mi padre, pero, según cuenta en el diario, siendo ya custodio y por tanto parte de la Asamblea, empezó a tener dudas sobre el liderazgo de Corteza de Roble, más centrado en recuperar la esencia masónica propia de siglos pasados que en adaptarse a los nuevos tiempos. O dicho de otra forma: mi padre veía peligrar el futuro de los negocios y decidió emprender el asalto al puesto de Gran Maestre, única vía para acometer sus reformas. Para ello eligió tomar el camino más corto: encontrar El Cartapacio aprovechando la información que tenía de su abuelo. Fue entonces cuando buscó a un experto y, a través de Ramírez, con el que compartía negocio, encontró a Bujalesky.

Erika y Sancho cruzan miradas reprobatorias que responden a la implicación en el asunto del excomisario de Misiones.

—Trabajaron codo con codo en el descifrado del mapa durante varios años, hasta que llegaron a un callejón sin salida. Y el resto de la historia ya la conocéis: algo sucedió entre ellos, Bujalesky publicó aquel artículo en el que hablaba de la Congregación de los Hombres Puros y Corteza de Roble decidió poner fin al problema por mediación del mayor de los arcángeles. Punto final.

—Punto y seguido, más bien, porque en ese momento apareces tú en el cuento para retomar la labor de tu familia —agrega Erika en tono acusador.

—En realidad no. O sí, pero no por expreso deseo de mi padre ni con los mismos propósitos. Las fechas lo demuestran. La carta formaba parte del testamento de mi padre, en el que me dejaba la fortuna que amasó en vida y la miseria que heredó en el pasado. Recuerdo que estuve tres días encerrado en mi despacho revisándolo concienzudamente, leyendo una y otra vez cada documento, cada página del informe, cada frase, cada... No me podía creer que todo aquello hubiera sucedido sin que yo me percatara de nada. Yo, que he dedicado mi vida a perseguir fugitivos por el maldito mundo, delincuentes, asesinos, mafiosos... ¡Criminales como mi padre!

Michelson tiene que parar para beber agua. Cuando se sirve de la jarra, Erika y Sancho advierten que le tiembla el pulso notablemente. No parece que esté sobreactuando.

—En definitiva, me estaba pidiendo que rematara la labor que había empezado su abuelo. Lo tenía todo bien organizado y contaba con el beneplácito de la Asamblea y de Corteza de Roble. Su túnica de custodio sería mía solo con demostrar que conocía y admitía las nueve reglas. Sencillo. Así me convertí en

Flegias, llamado a alcanzar la cúspide para dirigir la hermandad como la habría guiado él. Todo esto me lo escribía mi padre, como he dicho previamente, en el 2007, lo tienes ahí dentro —le dice a Sancho, refiriéndose a la carpeta que sostiene—. No obstante, y esta parte es crítica, él ordenó que la carta me fuera enviada solo tras su muerte, hecho que sucedió en el 2011, aunque, como tú misma pudiste comprobar en Londres, él ya estaba muerto mucho antes de que su corazón dejara de latir.

—El alzhéimer —dijo Erika.

—Le detectaron la enfermedad en junio del 2009, dos años después de que me escribiera la carta, sí, pero, de cualquier manera, es previo al fracaso de Bujalesky en la búsqueda de El Cartapacio. Porque te habrá contado que no lo consiguió, ¿verdad?

—Sí, me lo dijo.

—Bien. Mi padre nunca quiso tratarse, por lo que el proceso degenerativo avanzó con rapidez. Ahora comprendo por qué decidió entregarse así a la muerte... —comenta para sí.

Erika frunce el ceño.

—Ya estoy terminando. El artículo que escribe Bujalesky hablando de la Congregación se publica en agosto del 2009 y, en septiembre, Corteza de Roble encarga a Miguel que acabe con él. La pregunta es: ¿por qué se produce la ruptura entre ellos?

Erika duda unos segundos antes de contestar.

—Porque descubre lo que se esconde tras el maquillaje masónico.

—¿Eso te ha contado?

Una sonrisa crece en sus labios.

—No, querida. El desencuentro se produce cuando Bujalesky le revela a mi padre toda la verdad.

—Ilumínanos —interviene Sancho.

Michelson clava la mirada en el techo e inspira lentamente.

—Que El Cartapacio no existe; que, de hecho..., jamás existió.

Palacio Barolo. Avenida de Mayo, 1370
Buenos Aires (Argentina)

Tiene la espalda apoyada en una superficie lisa y dura. Todavía está temblando, pero no se debe al frío que le traspasa la camisa empapada en sudor. Su mirada deambula por el techo tratando de encontrar algún objeto donde poder detenerse y enfocar. Sigue con los puños apretados.

—Ya está, Buji, ya pasó —le dice Telmo retirando el pelo que le tapa la cara—. Respirá tranquilo, amigo, respirá.

Eso intenta. En algún momento se ha desvanecido. Lo último que recuerda es la sensación de asfixia, con los pulmones a punto de estallar. Un dolor leve pero constante se ha instalado más allá de los globos oculares.

—Agua —pide.

—Dale.

Cuando Telmo regresa con un vaso de plástico la tez de su rostro ha recobrado una tonalidad y ahora es blanco roto. Bujalesky ha conseguido ubicarse en el mirador, por lo que su semblante refleja la derrota.

—Bebé.

—¿Hasta dónde? —quiere saber el dantista.

—Seis.

—Esta vez estuve cerca...

Telmo posa una mano sobre el hombro de su amigo.

—No, Buja, no. Seis son los que subiste.

Residencia de Robert J. Michelson
A 34 km de El Calafate (Argentina)

Erika y Sancho todavía sostienen expresiones herméticas que denotan recelo ante la inesperada sorpresa contenida en la última revelación de Michelson.

—Es evidente que nuestro experto ha continuado contigo la misma partida que dejó a medias con mi padre.

—Explícate —le exige Erika, hermética.

—¿Conoces la historia que rodea a los restos de Dante?

—El supuesto robo pergeñado por Mitre en 1865 con la sospechosa connivencia de Garibaldi y otros destacados masones italianos de la época que le ayudaron a extraer los restos, o parte de ellos, de su tumba de Rávena. Restos que se supone que trajeron a Argentina en el interior de la *Ascensión* de Mario Palanti.

—Más o menos; no obstante, si quieres conocer toda la verdad, la tienes escrita en el diario de mi padre tal y como se la contó su abuelo, que la vivió en primera persona. Dejando al margen la manera, lo cierto es que la Congregación se hizo con restos del poeta. El cianotipo firmado por Saturnino Malagola lo certifica. ¿Has oído hablar de la Fede Santa?

—La hermandad de la que Dante era el Gran Maestre y de la que se originó la Gran Logia de los Puros —contesta Erika mecánicamente.

Sancho se limita a escuchar.

—Exacto. Algunos de sus miembros, junto con otros pertenecientes a hermandades templarias, conformaron el núcleo de lo que sería años después la Gran Logia de los Puros, germen de la actual Congregación, pero eso no quiere decir que desapareciera. La Fede Santa sobrevivió. Ellos sostienen que el legado de su Gran Maestre se prostituyó en manos de la Gran Logia de los Puros y su misión ha sido y es —enfatiza— encontrar y devolver los restos de Dante al lugar que le corresponde.

Michelson hace una pausa y se arrellana en el sofá.

—¿Todavía no os dais cuenta?

Michelson escenifica un paréntesis que, por breve, no resulta menos enojoso.

—Alcides Edgardo Bujalesky es el actual Venerable Maestre de la Fede Santa.

Sancho no termina de entender qué implicaciones tiene lo que está oyendo, por lo que mantiene una actitud de escucha pasiva. Ahora bien, lo que lee en el rostro de Erika no le gusta. No le gusta nada.

—Dando por hecho que sea cierto que a Bujalesky le interese por encima de todo encontrar las cenizas de Dante —dice ella usando una entonación neutra—, eso no implica necesariamente que El Cartapacio no exista.

—No, eso no, pero si quieres pruebas, las tengo. Inspector, cuando examinaste el despacho de la planta superior, ¿encontraste los restos de un retrato esparcidos por el suelo?

Sancho lo confirma con un sonido gutural.

—La lámina está intacta, pero me vi en la obligación de dañar el marco. En el interior de uno de los listones encontré un documento que, casi con total seguridad, ahora se halla en el interior de esa carpeta. Inspector, ¿me permites solo un instante? Es importante, créeme.

Sancho lo consulta con Erika sin necesidad de articular palabra.

—Gracias.

Lo encuentra casi de inmediato.

—No lo he comprobado, pero estoy seguro de que es el original. Bujalesky lo conoce bien, podrá corroborar que es verdadero.

—¡Déjate de hostias y formalidades! ¿Qué coño dice ese puto papel? —estalla el pelirrojo.

—Es una carta de Bartolomé Mitre a su mano derecha, el hombre inmortalizado en el retrato, el general Las Heras, fechada en 1865. Antes de proseguir, ¿Bujalesky te ha hablado de la figura de Damocles, al que denominan el vigilante?

—El encargado de proteger El Cartapacio y de formar a los arcángeles.

—Sí y no. O mejor dicho: no y sí. Sí, es el encargado de crear el ejército de arcángeles para defender la hermandad tanto de sus enemigos externos como de las amenazas que llegan desde dentro. Y eso incluye al Gran Maestre —añade—. Y no, no vigila ni protege El Cartapacio. Vigila que se cumpla el *Novem Regulas,* considerado el pilar sobre el que se asienta el Templo de la logia, y protege el tesoro más importante de la Congregación: los restos robados de Dante. Siento decepcionaros, pero El Cartapacio, tal y como se explica en esta carta escrita por Mitre y dirigida al general Las Heras, que fue el primer Damocles, solo era una cortina de humo. Una distracción.

Erika pestañea al tiempo que enlaza esas palabras con la teoría de la prestidigitación que con tanta vehemencia le había expuesto Bujalesky.

—Como digo, encontrarás una explicación más extensa en el diario, pero si quieres un resumen de lo que sucedió, es este: Mitre consigue que la Asamblea apruebe un método coercitivo de cara a mantener la unidad de la cúpula de la logia, procedimiento que consiste en llevar un registro de los nombres reales de los guardianes, los custodios y del mismísimo Gran Maestre. Todos están de acuerdo, porque entienden que su influencia política y económica en continuo crecimiento está supeditada al secretismo de la organización. Ninguno quiere perder el poder que están empezando a paladear y que se está haciendo tangible en sus bolsillos. Sin embargo, Bartolomé Mitre no está dispuesto a que su nombre, ni ningún otro, pase a la posteridad relacionado con un grupo que se mueve al margen de los cánones establecidos, por decirlo de alguna forma. Sabemos que Mitre estaba muy influido por el universo de Dante, por lo que aprovecha esa enorme cortina que es El Cartapacio para esconder lo que realmente le interesa ocultar. Pero para llevarlo a cabo necesita un aliado que le ayude a completar el engaño. Una figura que no participe a nivel ejecutivo en las decisiones de la Asamblea, pero que vigile el cumplimiento del *Novem Regulas* y proteja con su vida los restos de Dante: Damocles. De cara a los custodios, se encarga de mantener a salvo El Cartapacio, un archivo que se alimenta con las actas asamblearias y los títulos de membresía que firman los guardianes, custodios y Grandes Maestres.

Michelson hace una pausa para ponerse las gafas y buscar una parte del texto.

—Mitre elige a su amigo de armas, el general Las Heras, a pesar de su avanzada edad, por el peso que conserva dentro de la élite militar del país y por su estrecha vinculación con la esgrima, cuestión esta muy estética pero a la vez muy necesaria dentro de la imaginería masónica. Aquí —señala sobre el documento— ordena a Damocles que convierta en cenizas los documentos conforme lleguen a su poder, que se deshaga de ellos y proteja las cenizas que en realidad tienen valor: las de Dante. Esta otra parte es del todo esclarecedora —subraya con aire evocador—. Leo literalmente: «El Cartapacio solo existirá en las pesadillas de nuestros hermanos y en los sueños de nuestros enemigos, mas su efecto será tan despiadado como la espada que amenazaba a Damocles. Y vos, mi estimado compañero, serás nuestro primer Damocles. Sobre tus hombros y los de tus sucesores recaerá la supervivencia de nuestra logia».

Robert J. Michelson esboza una mueca bucólica sobrecargada de melancolía.

—El general Las Heras murió poco más tarde, pero a la vista de los acontecimientos le dio tiempo a encauzar bien su labor. Sigo. Según deja constancia mi padre en el diario, Bujalesky, cuando se encuentra inmerso investigando sobre la figura de Damocles, descubre una serie de fotos del archivo de Gimnasia y Esgrima de Buenos Aires, club al que han pertenecido todos los que han ocupado el cargo desde el general Las Heras, que fue el primero, hasta el último, eliminado de una forma u otra por Corteza de Roble. A través de una de esas fotografías llega hasta el retrato que encuentra colgado en el recibidor del edificio principal de la sede del club, se hace con él y descubre la carta que se esconde en el marco. Según podrás leer, cuando Bujalesky se entera de la enfermedad de mi padre, no sé si por piedad o por venganza, le regala a este el dichoso cuadro para demostrarle que El Cartapacio de Minos no ha sido más que un engaño y que el mapa solo lleva a los restos robados de Dante. Ese —enfatiza— y no otro fue el motivo de la ruptura. Además, aprovecha para revelarle su pertenencia a la Fede Santa y para decirle que va a proseguir por su cuenta con la búsqueda. Mi padre entra en cólera y, por lo que llego a interpretar en el diario, probablemente le amenaza. Bujalesky se defiende con el artículo y ello provoca la definitiva intervención de Corteza de Roble en dos direcciones: una, ordenando la eliminación de la amenaza y dos, quitándose de en medio a Damocles, cuya figura deja de tener sentido sin El Cartapacio. El vigilante desaparece para siempre y es en el último apunte de mi padre, fechado el 17 de noviembre de 2009, donde reconoce con amargura su derrota y explica el truco de Mitre con la connivencia de Damocles. Después, decide trasladarse a su antigua casa de Londres para terminar sus días dejándose devorar por el olvido.

Erika, que ha manufacturado un cigarro durante la explicación de Michelson, lo prende, le da una calada y suelta el humo muy despacio.

—Una historia dramática —califica Sancho—. Con el diario, el resto de documentos y tu testimonio podemos probar que la Congregación de los Hombres Puros existe. Y eso es, precisamente, lo que vamos a hacer.

Michelson proyecta una sonrisa que se queda a medio camino para evitar una reacción negativa del pelirrojo.

—En el mejor de los casos, podríamos intentar probar que existió, porque los custodios, amigo mío, están siendo eliminados y sin El Cartapacio nunca sabremos las identidades de los guardianes. ¿Contra quién abrirá la Interpol la investigación?

—Puede que contra ti —responde Sancho.

—Es posible, pero eso no resuelve el problema.

El pelirrojo se aproxima a Michelson.

—Lo único que debería preocuparte en este momento es que los arcángeles no despejen la última incógnita que les queda por resolver —dijo regalándole un par de golpecitos en el hombro—: tú.

ODIAR ES MUY SANO SI SE ODIA BIEN

Lago Argentino
Provincia de Santa Cruz (Argentina)
Septiembre de 2013

El catamarán navega despacio sorteando los montículos de hielo que flotan a la deriva. La mejoría climática es notable con respecto al día anterior, lo que no saben es que por estos lares, tal y como les sucede a los enfermos terminales, una repentina mejoría no es más que un necrológico preludio.

De exequias va el asunto.

Los dos motores de trescientos caballos emiten un rugido contenido que ha sido el único sonido que se ha escuchado a bordo de la embarcación de recreo desde que han partido del muelle de Michelson, que ahora está sentado con ambas manos sobre el volante y la mirada fija en los obstáculos flotantes. Detrás, Sancho y Erika están apoyados sobre la barandilla, ensimismados en el paisaje austral.

—En esta época del año se producen menos desprendimientos, pero, como podéis comprobar, algunos son de un tamaño considerable —apunta Michelson levantando la voz—. Los que llegan hasta aquí son de la fachada sur del Perito Moreno. Mirad ese.

Ese al que se refiere tiene veinte veces el tamaño del barco, pero su superficie se ha ensuciado con los sedimentos que lo han acompañado desde que se desprendiera del glaciar. Erika está fascinada con otro algo más pequeño, de cuyo interior emana un azul discoteca muy intenso, como si tal atributo luminoso fuera una condecoración de pureza que los diferenciara del resto y quisiera hacer alarde de ello. No tiene buena cara. La piel de los párpados inferiores está notablemente oscurecida, dado que ha invertido muchas horas de sueño en revisar papeles y leer el diario. No le queda duda alguna de que la historia que les ha contado Michelson es cierta, por lo que solo le resta regresar a Buenos Aires y mantener una dilatada charla con Bujalesky. No está enfadada, pero sí decepcionada y durante la duermevela no ha cesado de preguntarse si habrá llegado el momento de escribir *konets* («fin»).

Y, sin embargo, ahora lo único que ocupa su voluntad es despedirse de un amigo.

—Ahí lo tenéis —anuncia Michelson—. Si quitara el contacto, podríamos escuchar los distintos sonidos del glaciar. Es algo único.

Una pared blanca de sesenta metros de altura emerge imponente sobre la superficie del lago. Sancho se incorpora para tener una mejor perspectiva del espectáculo que les obsequia la naturaleza.

El pelirrojo se frota la barba y la nota más recia y fría de lo normal. No presenta mejor aspecto que Erika, porque, a pesar de que en su fuero interno no teme que se produzca ninguna jugada por parte del ahora patrón de la embarcación, no le ha quitado el ojo de encima mientras él dormitaba en el sofá. Está decidido a custodiar al custodio hasta la sede de la Interpol en Lyon, donde tiene previsto poner punto final a su participación en el caso, justo cuando entregue el bulto al inspector general Makila, con quien todavía no ha sido capaz de comunicarse por problemas de cobertura. Durante el prolongado estado de vigilia ha pensado mucho en Sara, tanto que no tiene ni la más remota idea de qué hacer cuando se reencuentre con ella. A decir verdad, lo único que tiene meridianamente claro y decidido es que le encantaría repetir la jornada sexual que pasó con ella.

Y, sin embargo, ahora lo único que ocupa su voluntad es despedirse de un amigo.

Robert J. Michelson tiene asumido el fracaso y ha accedido a dar la cara frente a las autoridades, al margen de que Sancho no le ha ofrecido más alternativas. Resulta paradójico, pero siente que se ha liberado de una carga que nunca fue capaz de transportar y, por primera vez en mucho tiempo, tiene la sensación de que su destino le pertenece.

Sin embargo, está equivocado.

Le pertenece a uno de sus pasajeros.

Villa 31
Buenos Aires (Argentina)

Sabe dónde vive, pero no va a ir a su casa a buscarlo. Lo conoce bien y, tras el descalabro del día anterior, Bujalesky habrá buscado consuelo en el que ha sido su refugio los últimos años. Ahora no puede permitirle que abandone. No, estando tan cerca de lograr su propósito.

Telmo encuentra algún reparo en adentrarse por aquellas callejuelas, ha estado en lugares bastante más peligrosos, pero sabe que su apariencia —un hombre de avanzada edad que necesita un bastón para caminar— puede invitar a más de uno a pensar que es presa fácil para sacar algunos pesos y lo último que quiere este domingo soleado de primavera son problemas. Todavía no es mediodía, pero el local donde se reúnen tiene actividad perpetua a lo largo de todo el fin de semana. Fuera ya están quemando sacos de carbón para el asado y el ambiente festivo que reina en el lugar es un claro indicativo de que el presente es el tiempo verbal que mejor conjuga con la miseria.

Ya sabe que lo ha encontrado antes de entrar.

Soy como Diego, luzco su dorsal
solo porque termina en cero y
cero termina como empieza odiar.
Odio de local y visitante
y en mi escudo leen mis rivales:
«Odiar mucho no es odiar bastante».
Odian los nobles y los burgueses,
la mano de Dios, el gol del siglo,

así cagamos a los ingleses.
Odié hace mil años y odié recién.
Odiar es muy sano si se odia bien.

Su público se cuenta con los dedos de una mano, pero el aforo no parece importarle estando, como está, entregado por completo a la canción. Está sentado en un silla de la que parece que se va a caer en el siguiente acorde. La causa de su vaivén está a sus pies: una botella de vino que, por muy optimista que se sea, se ve mucho más medio vacía que medio llena.

Odio tanto a esos entrenadores
que no supieron sacar partido
de mi odio hacia otros jugadores.
A Bilardo por causas naturales,
mi gloria me la afanó Caniggia,
lo narró Víctor Hugo Morales.
Pero no le guardo ningún rencor,
que nos sacó campeones del mundo
y todo ese odio se volvió amor.
Odiando me entrego al cien por cien.
Odiar es muy sano si se odia bien.

Se arma de paciencia, sabe que el tema es largo y que no le conviene interrumpirle. Está cantando más fuerte de lo habitual y sus cuerdas vocales parecen estar dando sus últimos coletazos. Cuando escucha la última estrofa, se aproxima componiendo un gesto que ya no tiene que ensayar con él.

Hasta acá llega mi cantinela,
las metáforas futboleras son
solo para que vos lo entendieras.
Porque si hay algo que odio de veras
es que yo te la ponga perfecta
y como un boludo la tires fuera.
Y sí, yo también odio el balompié.
Odiar es muy sano si se odia bien.
Odiar es muy sano si se odia bien.
Odiar es muy sano si se odia bien.

Los aplausos se mezclan con los silbidos, pero Bujalesky no levanta la cabeza, levanta la botella. Un bastón le impide que complete el recorrido. Le cuesta enfocar.

—La puta que te reparió, Telmito. ¿Cómo carajo me encontraste? —pregunta vagaroso. Vocaliza mejor cantando que hablando.

—Preguntando por el Ruso.

—El Ruso, ese soy yo. Exacto. Acá estoy, de vuelta en casita, así que andá pegando la vuelta y volvete por donde viniste.

—Eso estaba pensando, pero vos vas a venir conmigo.

Bujalesky trata de reírse, pero emite un chillido que bien podría haber salido del morro de un delfín.

—Dale, Buji, no me hinchés las bolas. Vení conmigo…

—Cuando termine con mi repertorio y los bises.

—Para entonces estarás tan chupado que no vas a saber ni quién mierda sos.

—Capaz que así suba esas malditas escaleras —bromea con amargura.

A Telmo se le ilumina la cara.

Lago Argentino
Provincia de Santa Cruz (Argentina)

Han fondeado en el embarcadero que utilizan las excursiones programadas que parten a diario desde El Calafate vía Punta Bandera para realizar una caminata sobre las crestas de hielo del Perito Moreno. En cuanto termina la maniobra de amarre, Michelson otea el horizonte y aprieta los labios. Por el oeste avanza una masa oscura nada halagüeña.

—No me gusta —califica el inglés—. Tiene pinta de que se va a poner muy feo y me llama poderosamente la atención que, siendo domingo, esto no esté ya plagado de turistas. Solo veo a los guías —indica.

Sancho le traslada la observación a Erika elevando sus pobladas cejas cobrizas.

—Preguntemos a los que saben —resuelve ella.

En efecto, los que saben les informan de que se está aproximando una ventisca y que Prefectura Naval Argentina ha prohibido la navegación por el lago a partir de las trece horas. Las agencias han cancelado las excursiones de la caminata por el glaciar.

—Tenemos más de una hora. Solo necesito veinte minutos —dice ella en un tono que no deja espacio a la objeción.

—Y unos crampones —añade Michelson—, porque por allí arriba no se puede avanzar un metro sin el calzado de púas.

Ellos tienen. Mi idea era alquilárselos, pero se están marchando ya.

—Entonces se los compraremos —sentencia Erika.

—No sé si…

—¿Cuántos dólares llevas encima? —le pregunta Sancho.

Los que saben les han sacado seiscientos dólares por tres pares cuyo valor, cuando los compraron hace más de diez años, no alcanzaba los cien. Tienen la certeza de que les han timado porque han incluido un piolet de regalo en la transacción.

—¿Cómo coño se ajusta esto? —maldice Sancho. Erika se arrodilla para ayudarle.

—Tú te quedas —le dice ella a Michelson desde el suelo—. No creo que Ólafur te incluyera en su listado de invitados.

—Lo comprendo —asume este—. Aunque podías haberlo dicho antes, me habría ahorrado doscientos dólares.

—Todavía estás a tiempo de intentar que te devuelvan el dinero —interviene Sancho con sorna—. Ahora, dame las llaves del yate de papá.

El inglés chasquea la lengua antes de meterse la mano en el bolsillo del anorak.

—Y quédate donde pueda verte, ¿de acuerdo? Si me jodes la despedida del islandés, voy a bajar de muy mal humor y no te conviene, pensando en el largo viaje que tenemos por delante tú y yo.

Erika ya ha empezado a caminar en dirección a la rampa de hielo por la que se accede a la aterida epidermis del Perito Moreno. Sancho se esfuerza por acortar la distancia, pero le cuesta acostumbrarse a los acoples metálicos que se hunden en el firme cristalino. Hay algún tramo más escarpado, pero la ascensión no presenta mayor dificultad que la que conlleva mantener el equilibrio. Sobre el glaciar, el viento sopla con discontinua intensidad, propinando bofetones helados a los dos únicos expedicionarios, que ahora permanecen inmóviles. Sus retinas tardan en compilar la extrema belleza que les rodea.

Síndrome de Stendhal congelado en el tiempo.

El paisaje, tan caprichoso y desafiante como apacible, ha sido moldeado durante siglos por la acción erosiva de los elementos, conformando las arrugas y cicatrices que embellecen el rostro de ese inabarcable ser vivo de hielo. Un ser que se manifiesta en chasquidos cortos y crujidos prolongados que invitan a ser escuchados.

—Erika, yo me quedaría aquí dos vidas, pero tenemos que movernos —dice Sancho inclinando la cabeza hacia su derecha, de donde proviene la amenaza atmosférica. A la bóveda celeste le falta muy poco para dejar de serlo, pero el sol todavía luce impoluto en lo alto.

Antes de reanudar la marcha, Sancho se vuelve hacia el muelle. Está más lejos de lo que había sospechado, pero identifica perfectamente la figura de Michelson a pocos metros del barco sosteniendo en su mano derecha el piolet que han olvidado incluir en su escalada. Él también los está mirando.

—Hay que joderse —murmura.

No tienen que adentrarse demasiado para descubrir las primeras grietas. Erika se arrodilla para comprobar la profundidad de una de ellas. El azul fluorescente se va oscureciendo en la medida en la que la vista desciende buscando un final que no se atisba.

—Este es el lugar —sentencia Erika acariciando la inmaculada y lisa piel del glaciar. Sancho no la ha oído, las ráfagas de aire hablan más alto que ella; sin embargo, sabe interpretar correctamente la situación y adopta la misma postura. Ella suspira al despojarse de la mochila en cuyo interior porta la urna cineraria. La extrae y la sostiene en su regazo con las dos manos.

Parece un termo común de acero inoxidable.

Michelson se muestra inquieto por la inminente llegada de la ventisca. Camina en círculos confiando en que no se demoren en exceso o van a tener un regreso muy accidentado. El viento ya agita las aguas del lago, que repentinamente se han tornado de un color castaño mate que le recuerda la tonalidad de las crines de Xellos.

Su visión periférica le advierte de un movimiento cercano.

Se gira y enfoca. Una silueta se superpone al perfil de la embarcación.

Una estatua de mármol.

Una estatua de mármol viviente.

Una estatua de mármol viviente que avanza hacia él.

Gabriel se ha tomado el tiempo que ha necesitado para sobreponerse a la irritación que le han provocado el ruido de los motores y el fuerte olor a combustible que reinaba en aquel cuartucho en el que se ha escondido durante la travesía. Porque, en ocasiones, por muy bien que estén diseñados los planes, las circunstancias inesperadas obligan a readaptarlos.

Solo contaba con el nombre de la población que tenía que rastrear para dar con Michelson, aunque ese era el cometido de Teseus, su sabueso virtual. Le quitó la correa en la cafetería del edificio de la municipalidad de El Calafate para que pudiera corretear a través de los puertos de la red wifi a la que se conectaban los equipos informáticos de los funcionarios pertenecientes a la Subsecretaría de Planeamiento y Urbanismo. Una vez dentro, bastaba con especificar el olor correcto que Teseus debía seguir: la base de datos de consulta del catastro provincial. Obtener una clave de usuario no le llevó más de dos minutos, algo menos que realizar una copia del maestro. La consulta con el apellido del propietario obtuvo un único resultado: una finca adquirida en 1931 por Matthew J. Michelson a orillas del brazo Rico del lago Argentino, muy cerca de la frontera con Chile. Tras estudiar el área topográficamente, resolvió que la dificultad no iba a radicar en cómo llegar, sino en cómo salir. Aquel iba a ser su último trabajo antes de regresar a la paz que tanto ansiaba disfrutar. No había un mínimo margen para el error, por lo que eliminó la ansiedad de la ecuación. En El Calafate encontró todo el equipamiento que necesitaba para realizar los sesenta y cuatro kilómetros de ruta a pie hasta el punto de destino y los cuarenta y nueve que la separaban del refugio Vértice Dickson, ya en Chile, a través de los desfiladeros del macizo Paine. Una vez allí, sabría exprimir las condiciones del terreno para desaparecer.

Lo que no había previsto en absoluto era que la mujer del pelo rojo y el policía de barba cobriza se anticiparan a su llegada. Sabe perfectamente quiénes son y qué propósitos tienen. No los considera enemigos, pero sí obstáculos que dificultan su labor. No tiene que eliminarlos, a no ser que no encuentre la manera de esquivarlos. Por ello no ha intervenido en la casa de Michelson, ha aguardado a ver qué hacían y, en cuanto ha entendido que iban a hacer uso de la embarcación, se las ha arreglado para colarse dentro sin que se percataran de su presencia. Cuando ha salido del cuarto de motores los ha observado desde la diminuta ventana del único camarote y al perderlos de vista ha resuelto que ha llegado la hora de finiquitar la tarea.

Cuarenta y dos metros le separan de lograrlo.

Robert J. Michelson ha gastado un par de segundos en reaccionar y otros tres en tomar una decisión, lo cual resulta a todas luces excesivo en tanto en cuanto su vida depende de ello. Aunque nunca la ha visto en persona, sabe que se trata de Gabriel, arcángel mayor de la Congregación. También intuye cuál es su propósito y conoce sus destrezas. Esto último le ayuda a no invertir ni una centésima en valorar si debe o no enfrentarse a ella.

Ahora bien, antes de dar la orden a su cerebro de correr y gritar para llamar la atención de Sancho y Erika, la distancia se ha recortado ocho metros.

El temblor que se ha apoderado de sus manos le ha dificultado enormemente abrir la urna. Sancho le ha pasado el brazo por el hombro y la sostiene contra su cuerpo con firmeza. Ella aprieta con fuerza los párpados. Quiere recuperar esa expresión que llenaba el rostro del islandés al regresar de sus largos paseos matutinos con Karatu, exhausto pero radiante, purgado, lleno de vida; necesita recordar el semblante adusto que adoptaba durante las profundas conversaciones sobre asuntos existenciales; sus contadas pero sonoras carcajadas, lo que sea que borre la última imagen que guarda de él: aterrado.

Sancho carraspea.

—Amigo mío, estés donde estés, seguro que te encuentras mejor que encerrado en un cuerpo con restricciones. Has colaborado a hacer de este mundo un lugar más habitable, así que espero que ahora lo estés celebrando como se merece. Nosotros estamos terminando de dar los últimos pespuntes en este asunto que nos ha traído hasta aquí, pero surgirán otros, bien lo sabes tú. Por tanto, compañero, en la medida en la que puedas, échanos una mano, joder, que nos va a hacer falta.

El pelirrojo hace una pausa.

—Te vamos a extrañar. Formas parte de nosotros. Te llevamos dentro. Disfruta de tu descanso, cabronazo.

Sus palabras han ayudado a Erika a reconstruir decenas de situaciones vividas con Ólafur que aparecen como fogonazos en su memoria. Llena los pulmones antes de inclinar lentamente la urna. En la medida en la que el polvo oscuro se va perdiendo en ese azul insondable, siente que una parte de ella se está vaciando y que ese hueco no puede ocuparlo más que con tristeza. La condenada tristeza. Estira el brazo y deja que las últimas cenizas caigan sobre su mano.

—Un lugar muy muy frío —musita—. Hasta pronto, Ólafur.

Una ráfaga de viento helado frustra el nacimiento de una lágrima.

Sancho se incorpora y aprovecha el impulso para tirar de ella.

—Tenemos que regresar ya.

Erika se fija en que se han apagado los riachuelos azulados que discurrían por la superficie del glaciar justo en el instante en el que un denso manto de aguanieve los engulle.

Robert J. Michelson solo tiene un objetivo: alcanzar urgentemente el manto helado que cubre la rampa de ascenso al glaciar. Durante los segundos que ha examinado a la estatua, su cerebro ha registrado que no calza crampones y él sí, por lo que deposita todas sus esperanzas en esa ventaja competitiva. Mientras corre levantando las rodillas tanto como puede para evitar que la suela de púas le haga tropezar, gira la cabeza. No les separan más de veinte metros.

Bracea desesperado.

Cuatro zancadas más.

Grita.

Sancho frunce el ceño.

—¿Has oído?

Erika niega con la cabeza escondida entre los hombros y la mirada clavada en las botas. Avanzan en bloque hundiendo con ímpetu los clavos en el hielo para ofrecer mayor resistencia a las embestidas del viento.

—Algo pasa —intuye el pelirrojo.

Pasa la mano por dentro del chaleco térmico sin dejar de correr. Gabriel toma contacto con el acero de uno de los dos cuchillos tipo Bowie que ha adquirido en El Calafate. Siente verdadera atracción por esta clase de arma. La robustez en el tajo combinada con la eficacia de la incisión es incomparable gracias a la concavidad que se dibuja en su perfil romo cuando se acerca a la punta. Al más pequeño, de doce centímetros de hoja, le ha desatornillado la espiga del mango para no lastrar la trayectoria y evitar la rotación durante el vuelo. Damocles le enseñó a lanzar usando el agarre de pellizco: el filo hacia el interior pero sin rozar la palma. El pulgar es el gatillo y el índice la mirilla.

Michelson ha alcanzado la rampa, tiene que frenarlo de inmediato.

Se detiene. Acertar a un blanco en movimiento no admite errores de cálculo. Se concede unas décimas. Rango corto, recorrido ascendente, velocidad media. Coloca los pies en paralelo apuntando al objetivo. Eleva el brazo por encima de la cabeza y en paralelo a la columna vertebral. El antebrazo dibuja un ángulo recto a la altura de la cabeza.

Respiración, latido, gatillo.

Visualiza el impacto antes de adelantar la pierna izquierda para equilibrar la sacudida del brazo e inclina el cuerpo hacia delante para transferir la energía que precisa desde los músculos de la espalda hasta la muñeca. No requiere fuerza, solo precisión. El movimiento es fugaz.

Suelta el pulgar y con el dedo índice señala la dirección que ha de seguir el cuchillo.

Lo primero que ha notado Michelson es un golpe en la parte posterior del muslo que le ha hecho perder el paso. Pero, inmediatamente, los nervios nociceptores detectan el daño severo producido en el tejido y emiten una alarma proporcional a la herida que se transmite por la médula espinal hasta el lóbulo parietal a través de la red periférica. La notificación acaba de llegar a la corteza cerebral, la parte encargada de tomar una decisión ante la anomalía. Las órdenes son concisas.

Detener toda actividad física.

Examinar zona afectada.

Valorar opciones.

Actuar.

Esta vez el alarido lo han escuchado ambos. No es una mera llamada de auxilio, es producto del dolor liberado por la boca.

—¡Viene de abajo! —identifica Sancho, que suelta bruscamente a Erika para empuñar la Tokarev.

—La bajada tiene que estar por allí —señala Erika con dificultad.

Miles de agujas invisibles se clavan en su rostro. La hostilidad del entorno se manifiesta acústicamente con un silbido grave, perpetuo.

—¡¿Estás segura?!

—¡Mierda, no! No estoy segura.

Palacio Barolo. Avenida de Mayo, 1370
Buenos Aires (Argentina)

Un latido cerca de la oreja es la primera señal que percibe. El instinto le hace llevarse la mano a esa zona. La sospecha nace cuando las yemas de sus dedos perciben la viscosidad y muere cuando la vista la convierte en hecho irrefutable. Tiene una brecha en la cabeza. Le gustaría saber cómo se ha producido, pero el sumario se ve interrumpido cuando empieza a percatarse de dónde se encuentra.

—La puta madre, Telmito..., decime que no estoy soñando —balbucea.

El rostro jovial de Telmo a un palmo del suyo elimina esa posibilidad.

Está en el faro.

—Tengo recuerdos difusos.

—Difusos dice el forro... Subiste en pedo, sin saber dónde estabas, como un pendejo en una fiesta de egresados.

—Y me caí, ¿no es cierto?

El sudor que empapa la frente del encargado del Barolo le narra lo ocurrido.

Cuando llegaron al edificio, su nivel de ebriedad le hacía bascular entre lo lastimoso y lo flébil, un estado que hacía peligrar el plan de Telmo, dado que no era capaz de mantenerse erguido. Un café con sal le ayudó a que aligerara el contingente alcohólico que esperaba en el estómago a que llegara su turno para repartirse por el torrente sanguíneo. Minutos después, cuando recuperó la verticalidad, que no la conciencia, cargó con Dulcinea y tiró de él como malamente pudo escaleras arriba. A mitad de trayecto, la parte consciente de Bujalesky debió de percatarse de la tesitura y tomó el mando amenazando el éxito de la operación. Telmo no encontró otra alternativa que ponerse a la altura de las circunstancias golpeándole con el bastón.

El cuerpo del dantista era una letra del alfabeto chino sobre fondo amarillo.

Por fortuna, la envergadura y la estrechez del paso se aliaron para impedir que deshiciera el camino rodando. Asiéndole por las axilas, se gestó el vigoroso alarde de Telmo tirando de él y de su jumera hasta la cima intercalando un descanso cada tres peldaños.

—Te la bancaste vos solito —tergiversa el encargado.

—¿De verdad que estoy en el paraíso? —se cuestiona tras incorporarse.

—Tal cual, amigo, tal cual.

Glaciar Perito Moreno
Provincia de Santa Cruz (Argentina)

Logra arrastrarse ayudándose del piolet al tiempo que empuja con la pierna de la que no le sobresalen cuatro centímetros de hoja y seis de espiga de acero. El reguero de sangre no es muy abundante, por lo que Gabriel colige que no ha alcanzado ningún vaso principal. Ahora la dificultad radica en llegar hasta su presa. En su equipamiento no ha incluido el calzado adecuado, no podía preverlo, por lo que avanza a gatas bajando al máximo su centro de gravedad para evitar que la fuerza del viento, que sopla furioso de costado, le haga perder el equilibrio sobre esa pista deslizante.

Michelson se retuerce para girarse y comprobar que apenas le separan unos metros del arcángel. El agotamiento, la desesperación y el dolor pelean por ser el rasgo facial dominante.

Sancho y Erika se han parapetado tras una formación de hielo que se erige orgullosa sobre un azotado mar teñido de color plata. No saben qué es más pernicioso, si el constante impacto de las partículas de agua congelada en la cara, la fuerza de las ráfagas de viento o el aullido incesante que parece querer taladrarles los tímpanos.

—¡Ya hemos caminado más distancia de la que hemos recorrido al venir! —señala Erika acertadamente.

—Yo, en este momento, no tengo ni puta idea de dónde estamos y menos de adónde ir. Tenemos que quedarnos aquí hasta que cese la ventisca o podríamos caer en alguna de esas grietas.

—Pero… ¿y Michelson?

Sancho se encoge de hombros, no se sabe si por el frío o por no encontrar una respuesta a la pregunta.

El pánico ha devorado el dolor de la pierna. Sigue sin poder valerse de ella, pero ese problema ya no está en su *ranking* de preocupaciones. Ahora que ha alcanzado la cresta de la rampa, solo le interesa ponerse en pie sobre el glaciar y poner hielo de por medio. Lo logra al tercer intento. Ante él una inhóspita incertidumbre; tras él la muerte certera. Jadea. Tiene la boca abierta para aumentar la ingesta de oxígeno, dado el elevado consumo que requiere su organismo. La nieve le tapiza el paladar obligándole a bajar la cabeza. Prueba a apoyar el pie izquierdo, pero un latigazo que le recorre la columna le hace cambiar de opinión. En esas condiciones sabe que no va a poder escapar, necesita otra solución y la tiene en la mano. Solo debe aprovechar el único momento de ventaja que le va a regalar su enemigo. Se vuelve justo en el instante en el que ve aparecer las rastas de Gabriel.

Empuña con fuerza el piolet y se deja caer sobre su objetivo.

—¡Allí! —señala Sancho—. ¿Lo ves?

Una mancha roja difuminada ha aparecido de la nada a unos sesenta metros a su derecha.

—¡Es el polar de Michelson! ¡¿Pero qué coño hace?! ¿Por qué se tira al suelo?

—¡Alguien le persigue!

—¡Mierda, mierda, mierda!

—¡Hay que joderse! ¡Tú quédate aquí!

—¡No!

—Erika, ¡escúchame! ¡Ahí dentro —le grita golpeando la mochila que porta a la espalda— está la única documentación que nos puede servir! ¡Si no conseguimos entregarla a la Interpol, todo esto no habrá servido de nada! ¡Aquí tienes la llave y mi móvil! —le dice guardándoselos en el bolsillo exterior de la bolsa—. ¡Vete al barco y espérame diez minutos! ¡Si no llego, llama a Makila en cuanto puedas! ¿De acuerdo?

El abrazo es una colisión de cuerpos.

Gabriel ha leído las intenciones de su presa antes incluso de que se gestaran en el cerebro de Michelson. Gira trescientos sesenta grados sobre su espalda para esquivar la punta de la herramienta. El fallo toma cuerpo en las decenas de esquirlas de hielo que saltan por los aires. El arcángel intuye que ponerse en pie es incompatible con su falta de adherencia sumada a la furia de elementos, por lo que saca el cuchillo que le queda y repta ágil transportándolo entre los dientes hasta alcanzar a su objetivo, que sigue boca abajo. Conquista su espalda cómodamente y clava la bandera en el hombro del brazo con el que aún se aferra al piolet. En la nuca se dibuja una diana.

Pero algo le hace cambiar de idea.

Su primer propósito no es otro que mantenerse sobre sus pies. Los envites le llegan por el costado derecho impidiéndole describir una línea recta hasta su destino. El pelirrojo camina encorvado, con la barbilla pegada al pecho y levantando la cabeza cada pocos pasos solo para comprobar que no se desvía.

Le toca mirar.

Lo que captan sus retinas le obliga a detenerse.

Gabriel le arrebata el piolet con suma facilidad. Está malherido y completamente exhausto. Entre sus muslos nota cómo el torso del último custodio que le queda por ajusticiar se hincha y deshincha con notable precipitación.

Él es quien lo organizó todo.

Él es el causante de la debacle.

Él es el más traidor entre los traidores.

Tiene que verle la cara para conectar con él. Necesita hacerlo, pero para ello tiene que darle la vuelta y, aunque no representa ninguna amenaza, no deja de ser un saco de carne. Un fardo pesado. Le golpea violentamente en las costillas con la parte de la pala provocando un crujido que se anticipa al gemido lastimoso de Michelson. Logra que ahueque el cuerpo para ocupar ese espacio con la rodilla y poder voltearlo. Lo consigue sin tener que soltar el instrumento de alpinismo. En la maniobra, la hoja del cuchillo que tiene clavada en el muslo ha hecho palanca contra el suelo desgarrando el bíceps femoral de Michelson; la del hombro ha topado con la clavícula. De su boca se escapa un bramido.

El arcángel se asegura de enviar un último mensaje escrito en la fina red de vasos capilares incandescentes que rezuman furor.

Sancho se encuentra a una distancia incierta, desde la cual, en esas condiciones atmosféricas y con un arma fabricada hace casi un siglo, intuye que lo más probable es que erre el blanco. Así y todo, pone rodilla en tierra y empuña la Tokarev TT-30 a dos manos. Tiene que hacer fuerza con sus músculos abdominales para contener el continuo vaivén de su tren superior.

No consigue fijar el blanco, pero tiene que disparar.

Debe hacerlo en ese mismo instante.

Aprieta el gatillo.

Por el sonido sabe que no va a ser necesario hacerlo de nuevo.

Erika ha seguido el farragoso caminar de Sancho hasta que lo ha perdido de vista engullido por la ventisca. Haciendo oídos sordos a la recomendación del pelirrojo, no ha esperado a que amaine y tampoco piensa dejarlo allí abandonado. Avanza clavando las púas de los crampones como si estuviera pisoteando cucarachas, cuando escucha la detonación.

Porque eso es justo lo que ha hecho el cartucho de 9 milímetros de la Tokarev TT-30: detonar en vez de deflagrar. Sucede cuando se usa munición antigua. Se degrada y provoca que el propelente aumente de manera considerable su velocidad de quemado y que se produzca una sobrepresión que desemboca en el estallido de la vaina antes de salir del cañón.

Sancho, todavía de rodillas, sostiene incrédulo el arma de fabricación rusa en la mano. Erika sigue la mirada de Sancho y se topa con la escena. El arcángel está a unos quince metros de distancia sentada a horcajadas sobre el cuerpo de Michelson. Desde donde está no puede apreciar si está vivo o muerto. Es evidente que ella también ha oído el fallido disparo de Sancho, porque el pelirrojo ha conseguido ganarse toda su atención.

Por el momento.

Lo que sucede a continuación se graba en su memoria en alta definición. El arcángel vuelve a centrarse en Michelson, que, inerme, proyecta el brazo hacia arriba, tratando torpemente de apartar a su jinete. Gabriel agarra la cabeza del piolet con las dos manos, lo pega contra su pecho y arquea la espalda hacia atrás. Erika intuye lo que va a pasar a continuación, también es consciente de que nada puede hacer por evitarlo. Como si se hubiera soltado un resorte invisible, el cuerpo del arcángel se inclina violentamente hacia delante y la aguzada punta que remata el mango desaparece en el anorak rojo. Michelson pasa de inerme a inerte en un abrir y cerrar de ojos.

Desde su posición parece que sus caras están pegadas, como dos enamorados a punto de juntar sus labios.

La imagen se congela.

En realidad no. No está congelada, porque, aún conmocionada, detecta una silueta que sí se mueve. Y lo hace rápido a pesar de que Erika lo está registrando en cámara lenta. Bracea poderosamente y da zancadas cortas pero firmes en dirección a la pareja de enamorados. El arcángel se yergue y se vuelve hacia la silueta que avanza. La punta y la pala del piolet apenas asoman del cuerpo sin vida de Michelson. Calcula tres o cuatro segundos de margen para extraer el Bowie del hombro y hacer frente a la amenaza barbuda, pero no cuenta con un detalle: el mango está enterrado bajo un pesado saco de carne.

Sancho ralentiza el paso en los últimos apoyos con el fin de abalanzarse sobre el arcángel, a quien, incapaz de asir el cuchillo, solo le ha dado tiempo a prepararse para recibir la carga.

El placaje del pelirrojo es claramente ilegal, por encima de los hombros. Tarjeta roja y de tres a cinco partidos de sanción.

Ambos salen del plano por unos instantes, pero enseguida los localiza deslizándose por la placa de hielo mientras se golpean con torpeza utilizando cualquier parte dura de su cuerpo. Cuando se frenan, la lucha se recrudece. Un codazo de Sancho en la mandíbula obtiene inmediata respuesta en forma de cabezazo en la ceja izquierda.

Erika reacciona. Tiene un plan, solo espera que le dé tiempo a llegar. Avanza sin quitar ojo de los luchadores.

De repente y de modo incomprensible, los dos se detienen. Paralizados por completo. Inmóviles. Si no fuera por el vaho que sale de sus bocas, diría que su cerebro le está jugando una mala pasada.

En el siguiente pestañeo han desaparecido. Simplemente no están donde estaban. No pueden haber salido de su campo de visión. Algo se le ha escapado.

Hasta que no se acerca, no es capaz de comprender lo que acaba de suceder: el hielo se los ha tragado.

ATRAPADO

Palacio Barolo. Avenida de Mayo, 1370
Buenos Aires (Argentina)
Septiembre de 2013

Bujalesky cierra los ojos y recita las estrofas del mapa correspondientes al paraíso bajo la atenta mirada de Telmo.

¡Sed bienvenidos, los inmaculados!
Como iguales que sois os respetamos,
si ya estáis libres de vuestros pecados.

Sobre vuestras cabezas nos hayamos,
las señales son brillantes deidades,
las guardianas de lo que siempre amamos.

Las mentiras son como las verdades,
no resulta posible distinguir
la luna del sol en las vanidades.

A las nueve esferas debéis subir,
mas angosta y escarpada es la ruta.
Solo la fe mata el miedo a morir.

En el Empíreo, la última disputa.
Cuatro cimas, dos visibles, dos no,
solamente hay una que la disfruta.

Perderéis por completo la razón
si no lográis vencer al vigilante.
El alma prosigue, no el armazón.

Responded ante él, mi semejante,
y os llevará hasta el tesoro que anheláis.
¿Quién descansa junto al más importante?

—Parece que ese verso que dice *Solo la fe mata el miedo a morir* fue escrito para vos, ¿viste? —considera el encargado—. Pero en vez de «fe» debería decir «vino».

El dantista hace caso omiso al comentario jocoso, ocupado en examinar concienzudamente el mecanismo del faro.

—Nunca me explicaste qué quiere decir Minos con eso de que *Las mentiras son como las verdades, no resulta posible distinguir la luna del sol en las vanidades.*

—¡Qué tipo pelotudo que sos! Mil veces, te lo expliqué mil veces. Viene a corroborar eso que siempre dije sobre el juego de sombras de la masonería. Ocultar lo que les interesa a través de mentiras o, mejor todavía, con otras verdades.

—Dale, entonces… el juego consiste en diferenciar qué es verdad y qué es mentira, ¿no?

—Decís que revisaste bien todo esto, ¿sí?

—Mil veces —contesta el encargado con la misma moneda—. Lo revisé mil veces. Ahí adentro no hay nada.

—Igual que en tu testera.

Telmo acera el semblante.

—La llave del purgatorio tiene que encajar en algún sitio. *Perderéis por completo la razón si no lográis vencer al vigilante* —cita Bujalesky para sí—. El vigilante es el faro, el ojo que todo lo ve. No puede ser de otra forma. Tiene que haber un artilugio que funcione con esto —asevera sujetando la llave entre sus dedos.

—No contestaste a mi pregunta.

—¿Qué pregunta? —dice pasando la yema del índice por las letras de la empresa que firma la óptica y el sistema—. Salmoiraghi —susurra.

—La que te hice recién, che: ¿qué es verdad y qué es mentira?

—Es verdad que todos vamos a morir y mentira que los puros vayan al cielo y los impíos al infierno.

—Ya se me están hinchando las pelotas, Bujita. Te juro que me están entrando ganas de cagarte a trompadas acá nomás.

—¡¿Y ahora qué carajo te picó?! Estoy intentando pensar, ¿podés entender eso?

—¡Y yo de darte una mano!

—Entonces la mejor forma de hacerlo es cerrando el ojete. Necesito silencio para poder concentrarme, ¿entendés? —exige elevando el tono y gesticulando con las manos—. Regalame un poquito de silencio, por favor.

—Por supuesto.

Telmo pone el pie en el primer peldaño.

—¡Espera! ¡¿Qué hacés?!

—Regalarte todo el silencio del mundo. De noche no se escucha ni un ruidito desde acá. Bajá cuando te cansés de oír tu voz.

—¿Me estás jodiendo, Telmito? Dale, amigo, no es momento para armar una pelamesa. Ya sabés que yo solo no…

—Bancátela vos solito, pelotudo de mierda.

—¡Esperá un cachito! ¡Dale!

En la ancha espalda del encargado de mantenimiento está escrita su respuesta.

Glaciar Perito Moreno
Provincia de Santa Cruz (Argentina)

El boquete se ha abierto tras ceder al peso de los cuerpos de Sancho y del arcángel. El corazón le golpea en el pecho cuando se acerca a gatas al borde de la grieta y examina el interior. Le falta el aire por la fatiga y durante unos instantes trata de recuperar el aliento ensimismada en la oquedad que profundiza en el glaciar. Parece una herida abierta sin posibilidad de cicatrización, pero en realidad es una suerte de tobogán que se pierde en el interior del glaciar. La buena noticia es que la ventisca está remitiendo; sin embargo, ese detalle carece de importancia para ella.

Erika reacciona y lo llama a voces, desesperada, mientras recorre la linde que la separa del abismo en busca de una perspectiva distinta, más favorable, que no obtiene.

—¡Mierda, mierda, mierda! ¡¡Sancho!! —repite sin suerte.

No sabe qué hacer. El aire se vuelve más denso y sus pulmones no lo digieren bien. Tiene que cortarlo en trozos pequeños, inhalaciones y exhalaciones cortas, como una parturienta. No es consciente de ello, pero tiene las uñas clavadas en el hielo y, aunque lo sigue llamando por su nombre, la intensidad de la voz ha ido disminuyendo en la medida que ha ido tomando conciencia de la situación: dramática hasta el extremo. Tesitura a la que preferiría no enfrentarse y quizá por eso levanta la cabeza y otea el horizonte. A pocos metros se topa con el cuerpo de Michelson sobre un colchón carmesí. Su cerebro empieza a fabricar una idea; estúpida, seguramente, pero necesita hacer algo más que gritar.

Erika se levanta y camina sin tener que encorvarse, dado que el viento ya no ejerce una oposición tan firme. Se detiene a escasos centímetros de Michelson, que tiene la boca muy abierta y la mirada fija en algún punto mejor, como si algo de él hubiera logrado escapar a través de sus ojos, ahora cubiertos por esa capa de barniz que deja la muerte como tarjeta de visita. Enseguida su atención se desvía hacia el objeto que ha pensado que le podría servir de ayuda a Sancho allí abajo. Está decidida a hacerlo. Coloca una pierna a cada lado del tórax orientándose hacia las botas para no tener que volver a enfrentarse con el rostro de Michelson y se asegura de que los crampones la sujetan bien firmes. Toma aire por la boca. Baja la cabeza y comprueba que el piolet sobresale lo suficiente como para poder asirlo por el mango con ambas manos. Al hacerlo nota que las palmas se recubren de una sustancia glutinosa.

—¡Mierda, mierda, mierda!

El estómago protesta y tiene que hacer un gran esfuerzo para no vomitar sobre el cadáver. Aprieta los párpados y se concentra para tirar. Al hacerlo suena como el trinchado de un pavo relleno, lo cual resulta suficiente para terminar cediendo a los deseos de su organismo. Una arcada anuncia la expulsión espasmódica de los ácidos estomacales. Para su desgracia, no ha conseguido liberar la herramienta por completo, por lo que, sin moverse, realiza un nuevo intento con el que consigue extraerla del todo.

Y vaciarse del todo.

Arroja a un lado el piolet y se aleja unos metros. Necesita quitarse el repugnante sabor que le tapiza el paladar. Pisotea el hielo y se agacha para agarrar los pedazos más generosos, pero tiene las manos impregnadas de sangre y decide hacerlo directamente con los dientes. Acto seguido restriega las palmas contra la superficie del glaciar hasta que el dolor le hace saber que ya es suficiente. Cuando recobra el control, toma el piolet, se acerca a la fractura y lo deja caer por el tobogán. Acompaña el recorrido del utensilio hasta que lo pierde de vista y algo después escucha un leve pero esperanzador sonido metálico.

—Voy a por ayuda, ¡¿me oyes, Sancho?! ¡Te sacarán de ahí, te lo prometo! ¡Aguanta!

Sin regalarse un minuto de descanso, Erika emprende la siguiente tarea. Agarra a Michelson por los tobillos y lo arrastra muy despacio hacia una de las primeras grietas que vio con Sancho. No puede estar muy lejos. Y no lo está, pero el esfuerzo le lleva casi media hora.

Esta vez no hay despedidas.

No tiene tiempo.
Ni ganas.

Palacio Barolo. Avenida de Mayo, 1370
Buenos Aires (Argentina)

Ha pasado por varios estados anímicos: incredulidad, indignación, reafirmación, pero, en este momento, es la ansiedad la que se ha apoderado de Bujalesky. Repite una y otra vez los últimos versos sin dejar de mirar a través de los cristales del faro.

—*Cuatro cimas, dos visibles, dos no, solamente hay una que lo disfruta.* Tienen que poder verse desde acá, desde el Empíreo. De cuatro se ven dos y otras dos no, y de esas solo hay una que la disfruta. ¿Disfruta de qué? ¡¿De qué carajo disfruta?! Tiene que haber algún mecanismo por acá, un artilugio con el que vencer al vigilante respondiendo a ese último acertijo. ¿Quién descansa junto al más importante? ¿Quién descansa junto a Dante? ¿Beatriz? ¿Virgilio? ¿Los miembros de la Congregación? La reputísima madre... ¡Necesito una señal! —grita apretando los puños—. No, no necesito la intervención divina para encontrarlas. Solo tengo que pensar de modo diferente. Meterme en la cabeza de Minos. ¿Qué lugar habría elegido yo? ¡Eso es! Ese es el camino. El mausoleo donde descansa el más importante tiene que verse desde acá, de eso estoy seguro. ¡Obvio!

Y realmente se ve, lo está viendo, pero no lo identifica.

La ansiedad y la angustia se cuelan dentro de la linterna del faro.

Glaciar Perito Moreno
Provincia de Santa Cruz (Argentina)

Parpadea como un tubo fluorescente antes de encenderse.

Fogonazos azules.

Sonido de agua estrellándose contra el suelo.

Eso es todo lo que Sancho percibe.

Mucho más nítidas son las imágenes que va rescatando de su memoria a corto plazo: la detonación de la munición en el cañón de la Tokarev; el piolet hundiéndose en el pecho de Michelson; el placaje sobre el arcángel; la pelea sobre el hielo; el crujido que precede al deslizar incontrolado; la falta de gravedad y la oscuridad absoluta.

Trata de moverse. Dolor. Su mano se mueve hacia el foco, localizado en la parte posterior de la cabeza. El notable abultamiento le invita a pronunciar palabras que podrían formar parte de la jerga de la calle de una lengua muerta. Lo siguiente que intenta es ubicarse en el espacio. Está tumbado boca arriba bajo un cielo azul zafiro. No puede ser. Brilla demasiado y tiene un boquete enorme, luego no está a la intemperie, está dentro de una urna de hielo. El suelo también lo es, se lo dicen las palmas de sus manos al apoyarlas para incorporarse. Apoya la espalda contra la pared para hacer un análisis de la situación y pasea la mirada por la cúpula hasta descender por una pared sorprendentemente recta y blanca en la que distingue dos pequeños círculos rojos pintados.

Pero enseguida descarta la idea.

Los círculos pintados, sean del color que sean, no pestañean.

Palacio Barolo. Avenida de Mayo, 1370
Buenos Aires (Argentina)

La frustración le ha llevado a golpear la carpintería metálica que conforma el armazón exterior del faro. Se ha asustado al ver que ha retumbado la estructura y los cristales han reverberado durante unos interminables segundos. Maldice el nombre de Telmo como bálsamo y mira de reojo los primeros peldaños de bajada. El escalofrío le hace descartar el descenso, por lo que intenta acomodarse en la baranda pobremente acolchada que cumple las funciones de asiento para los visitantes con vértigo.

El sol está culminando su viaje a poniente y Alcides Edgardo Bujalesky ya tiene asumido que pasará allí la noche. Por suerte, Dulcinea lo acompaña. La acaricia mientras busca en el repertorio de Néstor.

No puede ser otra.

Atrapado en un poema,
uno que nunca se escuchó,
uno que daba pena.
Apresado en las palabras
que no tenían sentido,
que ninguno recitaba.
Cautivo en una métrica
de amor sin tristeza,
de una muerte tétrica.
Prisionero de unos versos
con sabor a cenicero,
como sabían tus besos.

Glaciar Perito Moreno
Provincia de Santa Cruz (Argentina)

No sabe cómo lo ha conseguido, pero en cuanto se ha dado cuenta de que el arcángel está a menos de cinco metros de él ha dado un respingo y se ha puesto de pie. Su entorno gira.

Gabriel no tiene buen aspecto. Tiene la cara ensangrentada y, por el momento, lo único que ha movido son los ojos. No obstante, no es la pasividad de su rival lo que le causa estupor al pelirrojo, sino lo que porta en su mano izquierda y lo que lleva puesto en sus pies.

Sancho enchufa la coctelera. Ingrediente primero: está encerrado sin posibilidad de escapatoria con el arcángel Gabriel, cuyas virtudes conoce a la perfección. Ingrediente segundo: ella tiene el piolet con el que ha matado a Michelson y calza sus crampones. Ingrediente tercero: él se encuentra mermado físicamente e intuye que ella tampoco está del todo bien. Conclusión primera: en el cuerpo a cuerpo tiene todas las de perder. Conclusión segunda: no tiene ni idea de cómo se habrá hecho con la herramienta ni cómo le ha arrebatado los crampones, supone que ambas cosas han sucedido durante su fase de inconsciencia, lo cual le hace deducir que el arcángel podría haberlo atacado si hubiera querido. Conclusión tercera: por su aspecto, postura y dado que agarra el piolet con su mano menos diestra —tiene recientes las imágenes grabadas en la casa de Pluto y sabe que maneja la mano derecha—, sospecha que puede tener afectado ese brazo. Receta: eludir el enfrentamiento, mantener una distancia prudencial y averiguar el motivo por el que, pudiendo hacerlo, no le ha aplicado la misma medicina que a Michelson.

Gabriel se pregunta qué mueve al barbudo pelirrojo que tiene enfrente. Lo había dado por muerto en Nigeria, pero sus caminos se volvieron a cruzar en la casa de Pluto y ahora están atrapados en una celda de hielo en la que van a morir si no se entienden. Ella ha cumplido la misión que le encomendó Damocles. No queda ningún miembro de la Asamblea con vida y la hermandad renacerá limpia y renovada, toda vez que la cúpula ha sido purgada. Pero de eso, si es que tiene que ser así, se encargarán otros. Ahora solo piensa en regresar a la frondosidad de la jungla, en alejarse de los animales de dos patas para siempre en la frondosidad de Sarawak. Quiere vivir.

Y en las circunstancias en las que se encuentran, el policía español no es el mayor impedimento para regresar a su hogar.

Punta Bandera
Provincia de Santa Cruz (Argentina)

A Erika no le han gustado en absoluto las expresiones de Justo y Mario durante el tiempo en el que se han cruzado las miradas. Ella sigue con el dedo sobre el mapa del glaciar, indicando el área en el que cree que Sancho ha tenido el accidente. De las circunstancias del mismo y del arcángel no ha hecho mención alguna. Cuando le han preguntado por el otro hombre, el que llevaba la parka roja, se ha visto obligada a encogerse de hombros.

Llegar hasta allí no le ha resultado tan sencillo como imaginaba, teniendo en cuenta lo complicado que ha sido gobernar el condenado catamarán. Un volante y una palanca le parecían dos variables que, *a priori*, no deberían haberle causado problemas. Muy al contrario, tan pronto soltó amarras se percató de que estaba equivocada. Quizá fuera debido a su estado de nervios, ansiosa por llegar a algún sitio donde dar aviso del accidente de Sancho y con cobertura para poder comunicarse con Makila, pero lo cierto es que a las primeras de cambio estuvo muy cerca de chocar contra un iceberg y tan mal lo vio que terminó apagando los motores, navegando a la deriva sobre aquellas aguas que, por suerte, habían dejado de ser azotadas por la ventisca. Cuando divisó la otra embarcación se sintió aliviada y deseosa a partes iguales, aunque sus rescatadores, Justo y Mario —los guías que les habían vendido los crampones— solo percibieron la alteración que la poseía. Estos —que además de saber han demostrado ser solidarios—, preocupados por el repentino empeoramiento de las condiciones meteorológicas, habían decidido regresar para comprobar si se encontraban a salvo.

Y la intuición no les ha fallado.

Ahora Justo traga saliva.

—La llamamos la Capilla.

—La puta Capilla —especifica Mario.

—Es una de las cuevas glaciares del Moreno, pero esta tiene la peculiaridad de estar a mucha profundidad y de contar con un único acceso a través de lo que nosotros llamamos agujeros de gusano.

—Un molino glaciar muy profundo que se va estrechando en la medida en la que penetra en el glaciar y que en esta época del año se cubre de hielo. Por eso no dejamos que nadie suba allí arriba si no sabe por dónde carajo tiene que pisar, ¿viste? El tipo con el que hicimos el negocio nos chamuyó que lo conocía muy bien, por eso fue que no les dijimos nada.

Erika se muerde el labio, expectante.

—Aunque no lo parezca —prosigue Justo más sosegado—, la nieve tiene distintos niveles de compactación en función de muchas variables y, dependiendo de ello, presenta más o menos resistencia a la erosión. Por eso se forman las crestas, porque hay partes que resisten la acción ventosa y la solar mejor que otras. Las cuevas se originan por la acción erosiva del agua que circula por dentro del glaciar. Cuando esta se acumula en un plano inferior, la diferencia de temperatura entre el agua y el hielo hace que se formen esos molinos que, con el tiempo, se convierten en auténticos sumideros. La circulación del aire hace el resto.

—Entiendo y agradezco la explicación, pero lo único que me interesa es cómo vamos a sacar a mi amigo de allí.

—Tenemos dos problemas. El primero es que el nivel inferior de la Capilla está a veintiocho metros de profundidad y el ojo del agujero de gusano por el que se accede es muy estrecho. Solo puede bajar un equipo de glacioespeleología muy experimentado. La altura de la cueva, es decir, desde donde termina el molino hasta el suelo, es de casi tres metros, por lo que el aterrizaje, en sí mismo, podría resultar fatal.

—Una trompada de la reputa que lo parió —califica Mario innecesariamente.

—Pero lo peor no es eso. Lo peor es eso otro —dice señalando la ventana de una de las oficinas de la agencia que opera su embarcación.

Erika gira el cuello. La lluvia arrecia contra el cristal.

—La Capilla es casi un espacio estanco, apenas cuenta con pequeños orificios en las paredes por los que se filtra el aire y se pierde el agua que se acumula dentro, pero cuando se supera la capacidad de evacuación… la Capilla se llena.

—Anuncian fuertes lluvias en las próximas horas —revela Mario.

Glaciar Perito Moreno
Provincia de Santa Cruz (Argentina)

Sancho extiende las palmas de las manos como si quisiera crear un campo de fuerza entre él y el arcángel.

—Creo que ya nos hemos golpeado lo suficiente por hoy, ¿no te parece? —le dice en inglés.

Ella no se inmuta, pero en su mirada no encuentra indicio alguno de animadversión. Curiosidad quizá.

—Mira. Yo sé quién eres y tú sabes quién soy yo, pero ahora los dos estamos igual de jodidos. Yo, por mi parte, no tengo ninguna intención de hacerte daño y sé que tú tampoco, porque, de ser así, ya me lo habrías hecho —prueba Sancho—. Antes, allí arriba, no podía dejarte que mataras a Michelson. No tengo forma de demostrártelo, pero él no era como los demás. Quería acabar con la Congregación desde dentro, lo mismo que…

El arcángel interrumpe su exposición al levantar el piolet. Está señalando por encima de la cabeza de Sancho. Este se gira y entonces comprende.

Un generoso hilo de agua que resbala por el tobogán golpea contra el suelo a escasos metros de donde aún se ve la marca de sangre que ha dejado su cabeza al aterrizar.

—¡Hay que joderse! —bisbisea.

A primera vista no lo parece, pero el suelo está sensiblemente desnivelado, haciendo que el agua que ha circulado hacia allí alcance ya un palmo de profundidad.

—Claro, por eso no has acabado conmigo, porque nos necesitamos mutuamente para salir de aquí, ¿es eso?

Ella asiente.

—Bien. Eso está muy bien —valora Sancho por valorar, mientras vuelve la mirada hacia lo que se ha convertido en su amenaza inminente—. Y... ¿tienes algún plan?

Punta Bandera
Provincia de Santa Cruz (Argentina)

—Hay que sacarlo de ahí inmediatamente —persiste Erika.

—Escuchá: ninguno de nosotros está capacitado para bajar a la Capilla ni disponemos del equipo que se requiere. Para sacarlo van a necesitar una polea especial que se ancla al hielo y que solo tienen los del Servicio de Búsqueda y Rescate de la Armada. Si puedo ser sincero con vos, aunque demos el aviso ahora no creo que se pueda organizar una expedición en menos de veinticuatro horas.

—Imposible —coincide Mario.

—Lo mismo digo una estupidez, pero, si se llena de agua, al final su cuerpo revertiría hacia el exterior a través del agujero de gusano, ¿no? —pregunta Erika esperanzada.

—Sí, pero tieso —especifica Mario.

Justo le clava la mirada.

—Aunque la temperatura dentro de la Capilla sea estable y soportable, la del agua que cae ahí dentro, al contactar con el hielo, desciende rápidamente hasta igualarse con la del lago Argentino, que se mantiene entre los cuatro y los seis grados. En esas condiciones, el cuerpo puede perder un grado cada cinco o diez minutos, calculo. La hipotermia está garantizada en media hora nomás y, a partir de ahí, lo que cada uno aguante.

—Ese es el límite máximo de tiempo que permanecen en el agua los nadadores acostumbrados a nadar en aguas frías, como Gordon Pugh. No creo que el tipo dure tanto —objeta Mario.

—Sí, boludo, pero su cuerpo va a estar sumergido completamente hasta que se llene la Capilla y eso va a depender de la intensidad con la que llueva, ¿viste?

—No parece que vaya a parar —augura mirando por la ventana.

—Se trata de ser positivo.

—Es mejor ser realista.

Erika los mira como si asistiera a un partido de tenis.

—¡A la mierda con vuestros pronósticos, joder! ¡Estamos hablando de la vida de mi amigo! ¡¿Qué proponéis?! ¡¿Que nos crucemos de brazos mientras se ahoga o se congela ahí abajo?!

Mario resopla, reacción que provoca que Erika golpee violentamente la mesa. De inmediato nota que le nace en la palma de la mano un corazón palpitante.

—¡Escuchadme bien! ¡No pienso abandonarlo a su suerte! ¡¿Os ha quedado claro?!

Ambos se miran y asienten poco convencidos.

—¡¿A qué esperáis para dar el aviso?! ¡¿Con quién hay que hablar para que lo saquen esta misma noche?!

Palacio Barolo. Avenida de Mayo, 1370
Buenos Aires (Argentina)

La oscuridad ha caído sobre el faro. Bujalesky lleva un buen rato tumbado en el suelo observando el firmamento. Ha vaciado su mente de versos y estrofas, y su actividad se reduce a seguir con la mirada el lento transitar de las masas multiformes que manchan el cielo mientras intenta encontrar el momento en el que se intoxicó con aquel veneno que le había ido consumiendo la voluntad, pudriendo su vida. Podría decirse que el profesor Flego tuvo parte de culpa al no ser capaz de dar respuesta a las muchas cuestiones que necesitaba resolver para realizar aquel trabajo de fin de curso sobre la imaginería de Dante Alighieri. Lo que hizo el buen profesor fue derivarle a un conocido suyo al que consideraba un experto en la materia, el doctor Lattuada. Desde el principio se sintió atraído no tanto por lo que le contaba en aquella cafetería y dulcería ya desaparecida de la calle Santa Fe, sino, fundamentalmente, por lo que intuía que le estaba ocultando. El dantista y su alumno acordaron que solo en el caso de obtener la mejor nota de la clase, este le premiaría con información de otro tipo.

Bujalesky cumplió; Lattuada, también.

Durante el siguiente encuentro le habló por vez primera sobre la Fede Santa, de sus orígenes, de su creador, de sus amigos y de sus enemigos. Pero no le desveló la verdadera misión de la logia, ni siquiera cuando le abrió las puertas y le animó a que se postulara como aprendiz. Nunca imaginó que ese joven tuviera otro tipo de aspiraciones. No aceptaban a cualquier ganapán, de hecho, salvo raras excepciones, únicamente recibían la iniciación los descendientes directos de los que llamaban «los primeros hombres consagrados». Y si había uno consagrado, ese era su Venerable Maestre, Remigio Lattuada, que supo ver en él las aptitudes y el interés que no encontraba en ninguno de sus hijos naturales. Con veintiuno y habiéndose ganado ya el cargo de caballero de la orden, Alcides Edgardo Bujalesky asistía por derecho a las tenidas de la hermandad aportando una visión activista que chocaba con la línea conservadora de la organización, granjeándose partidarios y detractores a partes iguales. Con el transcurso de los años, sus tesis fueron calando entre los miembros con más peso y, cumplidos los treinta y cuatro, se erigió en el candidato con más opciones para sustituir a Lattuada. Sin embargo, nadie contaba con que, un día cualquiera, su Venerable Maestre desapareciera para siempre y que solo se hallara su ropa en el mismo punto en el que Bujalesky se encontraba ahora: el faro del Barolo. La misteriosa desaparición aconteció en el aniversario de la muerte del hombre que dio nombre al edificio. No podía ser fruto de la casualidad y, aunque la noticia se diluyó a los pocos días de su desaparición, él se conjuró para averiguar qué le había llevado hasta allí. Para ello tenía que acceder a los archivos secretos de la Fede Santa, reservados solo para el portador de la medalla del divino poeta. La votación fue unánime e inmediatamente se puso manos a la obra. No tardó en descubrir que la función principal del Venerable Maestre iba mucho más allá de liderar los preceptos que un día escribió Dante Alighieri. La misión del líder de la logia, su misión, era encontrar sus restos, robados por los traidores de la Gran Logia de los Puros y devolverlos al lugar de donde nunca debieron salir: Rávena. A partir de ese hecho, no hubo nada que le distrajera de su responsabilidad y sus investigaciones se situaron por encima de sus propias necesidades y las de su familia. No obstante, a pesar de su ahínco, los avances eran nimios, chocando siempre contra la misma pared: el mapa que no tenían. No fue hasta que involucró en la búsqueda a otros miembros de la Fede Santa, sus acólitos, cuando se produjo el hecho que llevaban esperando desde hacía décadas. Uno de estos, Carlos Alfredo Ramírez, comisario de la provincia de Misiones, había logrado captar la atención de Flegias, un custodio de la Congregación de los Hombres Puros que parecía estar muy interesado en contactar con un experto que le ayudara a descifrar un enigma relacionado con Dante. La clave pasaba por ocultar su interés al enemigo y aprovechar la información que tuviera.

Jamás pensó que el custodio estuviera en posesión de una copia del mapa original.

Desde entonces, trabajó digiriendo la ansiedad de sus progresos hasta que llegó a un punto de estancamiento en el que se dejó guiar por el odio que sentía hacia aquella falsa hermandad de criminales. Esa inquina le empujó a desvelarle lo que había descubierto tirando del hilo de Damocles: El Cartapacio de Minos nunca existió y, después de que se lo llevara el alzhéimer, él continuaría con su búsqueda hasta encontrar las cenizas de Dante. Su ego le empujó a escribir y publicar un artículo en clave sin valorar las consecuencias. La muerte de su hijo Néstor le sentenció a una condena en vida que finalizó el día que aparecieron Erika y Ólafur para liberar de nuevo al engendro obsesivo que permanecía latente en su interior.

Y con él regresó inclemente el monstruo amarillo.

Porque amarillo era el color que tintaba la cara de su hermano mayor, afectado por una ictericia severa a causa de la abusiva ingesta de alcohol. Cuando regresaba a casa tras una jornada de consumo sin restricciones, le gustaba despertar al hermano pequeño en mitad de sus sueños para atormentarle con hacerle aquellos juegos horribles. Duró unos años, los que tardó en morir de cirrosis, pero fueron suficientes como para incubar un trauma que iba a viajar con él durante el resto de sus días.

Rememorarlo hace que a Bujalesky se le acelere el latido y rompa a transpirar. Se incorpora de un respingo, pero acto seguido le sobreviene un vahído que le obliga a sentarse. Esconde la cabeza entre las rodillas y hace fuerza con los muslos para infligirse el castigo que merece hasta que nota demasiada presión en las sienes.

Entonces levanta la vista y lo ve.

Tarda en procesarlo.

Dos cimas.

Glaciar Perito Moreno
Provincia de Santa Cruz (Argentina)

El generoso hilo de agua se ha convertido en un proyecto de cascada nada halagüeño. En el estrecho margen que ha tardado en transformarse, Sancho ha averiguado varias cosas más: que el arcángel no produce palabras, pero sí comprende las suyas; que tiene rota la clavícula derecha, y que, por ello, no parece que suponga un peligro para él. O cuando menos no tanto como debería. La amenaza principal es la velocidad a la que el suelo se está cubriendo de agua.

—Deberías moverte de ahí, si no quieres empezar a mojarte. No tengo ni idea de cuánto tiempo tenemos hasta que se llene la piscina, pero deberíamos pensar en la forma de agarrarnos a algún bordillo.

Gabriel se levanta sin soltar el piolet. Recorta unos metros la distancia con el pelirrojo y señala la pared que tiene a su izquierda. Con las manos, aunque sin separar el codo derecho del cuerpo, le hace saber que presenta una inclinación favorable para la escalada y que en el chaflán que forma con el otro tabique hay un recoveco de profundidad imposible de pronosticar. Sancho lo comprueba primero y asiente después.

—Entiendo, pero ¿qué propones?

Sancho se percata de que está acostumbrada a explicarse a través de la mímica, porque comprende de forma prodigiosa todo lo que ella quiere expresar.

—No creo que pueda subir hasta ese punto, pero, de conseguirlo, ¿qué lograríamos?

El arcángel le señala y construye una «T» con las manos.

—¿Y tú?

Su respuesta consiste en quitarse los crampones y arrojarlos a los pies del inspector. Acto seguido el piolet aterriza al lado.

Sancho deduce que ya ha debido de fracasar en el intento y cuando se fija mejor localiza sobre la pared de hielo muescas recientes que lo corroboran. El agua que ya le moja las botas no deja lugar a ninguna objeción, pero sí a una pregunta más.

—¿Puedo preguntarte cómo ha llegado el piolet hasta aquí abajo? Porque la última vez que lo vi estaba... —pregunta a medias mientras se ajusta el calzado de púas.

La descripción de Erika a través de gestos no puede ser más concisa. El análisis deductivo posterior de Sancho, bien salpimentado de esperanza, concluye que el hecho de que Erika haya arrojado la herramienta es lo que ha invitado al arcángel a pensar que ella ha ido en busca de ayuda y que la clave para sobrevivir reside en ganar tiempo.

El inspector inspira profundamente y se frota las manos desnudas a la vez que realiza una primera tentativa visual. Calcula algo más de cuatro metros hasta el chaflán, lo cual, teniendo en cuenta su envergadura, no le supondrá más de diez movimientos. Antes de clavar el crampón del pie izquierdo se acuerda de lo bien que le vendrían los consejos de una escaladora experimentada como Sara Robles, aunque se alegra de que no esté con él en esa tumba de hielo. Hunde con fuerza el piolet que lleva con la mano derecha y carga su peso en la pierna contraria para impulsarse hacia arriba. Ahora le toca buscar dónde asirse con la mano izquierda. Encuentra uno de los boquetes que señalizan la ascensión del arcángel e introduce como puede los cuatro dedos. Fija el pie derecho y, cuando se dispone a subir, nota que le arden las yemas de los dedos. El amarre digital falla y se desequilibra ligeramente, lo necesario para romper la compensación de los apoyos. Se desliza por la pared hasta topar con las rodillas en el suelo. Cuando el agua gélida traspasa la tela de sus tejanos, arremete en modo verbal contra los santos y mártires que le vienen a la cabeza.

Se adjudica el tiempo que no tiene antes de intentarlo de nuevo.

Punta Bandera
Provincia de Santa Cruz (Argentina)

—Erika, sé que no tienes por qué, pero te pido que confíes en mí —insiste Makila.

Es la segunda vez que hablan, pero la propuesta del inspector general de la Interpol sigue sin entrar dentro de la infinidad de posibilidades que ella estaba barajando. Sin embargo, está bastante más relajada ahora que cuando se acordó de buscar su número en la agenda de Sancho. La voz atemperada y el tono firme del nigeriano producen ese efecto y solo le han bastado una decena de preguntas para obtener toda la información que necesitaba saber, realizar un diagnóstico correcto y acertar de pleno.

—Tienes que salir del país. Eres la única testigo de un caso que ninguna fiscalía querría tener, por lo que, si no desapareces de ahí antes de que empiece la fiesta, no podrás irte hasta que termine. Y puede dilatarse una eternidad, Erika. Al margen, requisarán esos papeles y todo nuestro esfuerzo, vuestro sacrificio, no habrá valido para nada.

—¡No puedo dejar a Sancho tirado! —responde ella impulsivamente.

—La situación del inspector no va a cambiar estés tú arriba esperándolo para darle un abrazo o no. Yo puedo protegerlo a él, pero a ti solo puedo ayudarte ahora, antes de que tenga que sentarme a dar explicaciones. Yo me ocuparé de que saquen a Sancho de ese agujero. Tienes mi palabra.

—Aquí sigue lloviendo y todavía no ha aparecido nadie.

—Aparecerán. Una persona de mi equipo ya ha hablado con la máxima autoridad del SAR en la zona. Ya están en marcha, pero no ha pasado media hora desde que hemos contactado, Erika. Sancho es un tío duro, saldrá de esta, pero, insisto, ahora tienes que pensar en ti. Podría tener un helicóptero preparado en el helipuerto de El Calafate en cuarenta y cinco minutos. Duermes en Buenos Aires y mañana a primera hora tomas el primer vuelo disponible desde Ezeiza hasta París para entregarme esa documentación. Te mantendré en todo momento informada del rescate, tienes mi palabra —repite Makila.

Erika sabe que tiene razón. No hace ningún favor a Sancho quedándose en Punta Bandera a la espera de noticias. Además, le prometió que se encargaría de entregar los papeles a Makila. Tampoco se le escapa que más pronto que tarde alguien querrá encontrar las respuestas a los muchos interrogantes que van a aparecer pintados en el hielo con las primeras luces del día.

—Erika, tienes que tomar una decisión.

Glaciar Perito Moreno
Provincia de Santa Cruz (Argentina)

Es la cuarta vez que lo intenta. En la anterior ha perdido el equilibrio cuando ha extendido el brazo hacia atrás para golpear la pared de hielo con el piolet. La segunda tentativa no pasó del tercer apoyo.

Gabriel está siguiendo su cauteloso progresar desde la pared contraria. Ahora entiende qué es lo que ha llevado al policía hasta allí: su testarudez. El agua ha alcanzado un palmo de profundidad y ha penetrado el cuero de sus botas empapando los calcetines. Por suerte, aún puede mover los dedos dentro del calzado, aunque eso no la libra del frío que ya se ha apoderado de su cuerpo. La cascada sigue alimentando la cueva de líquido elemento en la misma proporción que menguan sus esperanzas de ser rescatados con vida. La única buena noticia tiene que ver con la intensidad lumínica. Se percibe mayor claridad y eso la lleva a pensar que hay menos nubes cubriendo la luna. Si dejara de llover, tendrían alguna oportunidad.

—¡Hay que joderse! —le escucha decir en español.

Un segundo después, la punta del piolet araña el hielo en su recorrido descendente. Esta vez cae de costado y se empapa la espalda al contactar con el suelo de la cueva.

No tiene fuerzas ni para proferir injurias ni exabruptos.

Solo jadea.

Se pone de pie y mira hacia arriba.

LATIDO

Palacio Barolo. Avenida de Mayo, 1370
Buenos Aires (Argentina)
Septiembre de 2013

Todavía le late con fuerza.

Era una cuestión de perspectiva, igual que pasaba en el ascensor del purgatorio. Estando de pie, desde la linterna del faro se ven las cuatro almenas abovedadas que coronan las esquinas de una de las dos terrazas del decimosexto piso. Vistas desde arriba no son más que ornamentos corrientes entre los muchos que salpican la fachada del edificio. No obstante, cuando ha elevado la vista estando sentado, solo alcanzaba a ver dos cimas.

Dos claras y bien definidas cimas.

Localizarlas ha hecho que comprenda el significado del verso *solamente hay una que la disfruta,* ya que, desde esa terraza cerrada a los visitantes, Telmo le mostró que es el punto desde donde mejor se aprecia la belleza de la cúpula, el paraíso, el lugar en el que Dante se reencuentra con su amada Beatriz, que representa la fe, lo espiritual, el alma. *El alma prosigue, no el armazón.* No ha sido sencillo; de hecho, Bujalesky sabe que ha estado cerca de perder por completo la razón, como advertía el verso anterior, pero finalmente ha logrado vencer al vigilante, al faro, y ahora solo le resta bajar a la terraza, hallar el último artilugio donde colocar la llave del purgatorio y resolver el acertijo final: *¿Quién descansa junto al más importante?*

Tan fácil como bajar y comprobarlo.

Tan fuera de su alcance.

Ni siquiera se lo ha planteado. Para enfrentarse al monstruo amarillo necesita la ayuda de Telmo y sabe que antes o después volverá a buscarlo. Le cuesta asimilar su reacción. A pesar de reconocer que le ha tratado con cierta displicencia —aunque a la postre haya provocado que localizara las dos cimas—, no entiende ni admite que lo haya dejado allí tirado durante toda la noche. De cualquier forma, el dantista está deseando que amanezca para verlo aparecer y compartir con él sus progresos.

Es consciente de que el estado de euforia que le domina es incompatible con el sueño, por lo que intenta acomodarse y mientras acaricia las cuerdas de Dulcinea repasa mentalmente el listado de canciones para dar con la que le ayude a conectar mejor con sus recuerdos. Se detiene en *Latido,* la canción con la que Néstor solía cerrar sus conciertos.

Eran dos que eran.
Y fueron.
Eran uno.
Y siguieron.
Eran tanto como quisieron.

Dos en uno.
Uno solo.
Dos corazones ardiendo.
Latido.

Eran relojes sin tiempo.
Agujas.
Dos números en el extremo.
Campanadas sordas,
sostenidos alientos.
Eran dos.
Como doscientos.
Latido.

Eran sin quererlo.
Las llamas frías,
la respiración.
¿Es esto?
Tenía sentido, tenía efecto.
Sonaba bien.
Sonaba hueco.
Latido.

Glaciar Perito Moreno
Provincia de Santa Cruz (Argentina)

Sancho ha renunciado a volver a intentarlo luego de su noveno fracaso. En cada tentativa ha aprendido del error cometido, pero son demasiadas variables las que tiene que controlar para alcanzar el anhelado chaflán. El gran impedimento está localizado en su mano desnuda y su dilatada experiencia le susurra a voces que lo habría conseguido si hubiera contado con dos piolets.

Pero no es el caso.

El pelirrojo ha agotado sus fuerzas. Siente los músculos ateridos por la sobredosis glacial que ha suministrado a su cuerpo en cada caída y lo único que le preocupa ahora es moverse para entrar en calor. El agua le llega casi por las rodillas y, aunque sabe que están ahí, no siente los dedos de los pies. De lo que no es consciente el pelirrojo es de que el sudor que ha desertado de sus poros durante el esfuerzo se ha confabulado con el frío para derrotar al calor corporal. Y van ganando la batalla, a pesar de que aún no han aparecido los primeros síntomas de hipotermia.

Mientras trata de luchar contra el entumecimiento de las articulaciones, tendones y músculos, Sancho se entretiene calculando el tiempo que ha pasado desde que recuperó la consciencia. ¿Un par de horas? ¿Tres? Si el ritmo de llenado se mantiene, no tardarán en verse cubiertos de agua hasta el cuello. Haciendo un ejercicio de realismo, arguye que se tienen que alinear muchos planetas para que les saquen vivos de allí. Incluso para que les saquen a secas. Primero se tiene que dar que Erika haya conseguido ponerse a salvo y llegar a algún sitio, que haya encontrado ayuda y que esta llegue, a poder ser, antes de que sus corazones dejen de funcionar. Además de eso, que exista un método para bajar y lo consigan. El inspector odia el derrotismo, pero es evidente que está empezando a masticar la posibilidad de no contarlo.

Cada vez le cuesta más moverse, nota su cuerpo oxidado, duro. Pasa junto a su compañera de celda, que está quieta examinando la pared al tiempo que juguetea con el piolet haciéndolo girar de manera acrobática con su mano izquierda. Verbaliza un pensamiento.

—Mi reino en el Caribe por saber qué está pasando ahora por tu cabeza.

Ella le busca con la mirada y aligera sensiblemente la tensión que le agarrota los músculos de la cara. Lo primero que le explica con gestos es que deje de moverse, que está malgastando energía sin que ello haga que aumente la temperatura de su cuerpo. Lo siguiente tarda más en comprenderlo. El arcángel le adelanta que en menos de dos horas van a perder la consciencia y que está buscando la forma de mantener la cabeza fuera del agua, porque que dejen de tener control sobre su cuerpo no significa que este deje de funcionar.

—No, si ya decía mi padre que en el huerto de la realidad el optimismo es mejor no regarlo —comenta en castellano—. ¿Tienes alguna otra idea que pueda funcionar mejor que la anterior o funcionar a secas?

A Sancho le da la sensación de que ese semblante marmóreo se ruboriza, lo cual le hace pensar en que, si eso es posible, todo lo demás también.

Sobrevolando la Patagonia (Argentina)

El sonido de las aspas del helicóptero combinado con las vibraciones, lejos de molestarla, la está amodorrando. Es como si un ente benefactor le estuviera canturreando una nana al oído y meciendo con suavidad con el propósito de tranquilizarla, pero lo cierto es que todavía no ha logrado quitarse la pegajosa sensación que le está cercenando la conciencia desde que levantaron el vuelo. Erika se siente manchada, sucia y, aunque racionalmente tiene muchos motivos que justifican haber abandonado a Sancho en aquel agujero, no deja de pensar en que ella está a salvo y él no. Al margen, no tiene ninguna garantía de que el contenido de su mochila —a saber: el diario, el informe completo de Bujalesky y el resto de papeles del padre de Michelson— valga lo que ha costado conseguirlo. Se refugia en las palabras de Ólafur: «Tenéis que hacer que todo esto merezca la pena» y las verbaliza hasta que se le seca la garganta y se le humedecen los ojos. Acto seguido, se agarra con ambas manos al cinturón de seguridad y tira de él como si quisiera escapar de sí misma. Lo hace con la mirada a través de la minúscula ventanilla que tiene a su derecha y se topa con la oscuridad absoluta. No se atisba foco de luz alguno; no obstante, se percata de algo que extingue de inmediato el amargo incendio que se ha estado propagando en su interior.

Ha dejado de llover.

Erika es consciente de que puede que siga cayendo el diluvio universal sobre el glaciar, pero esa mínima esperanza es el clavo ardiendo al que quiere agarrarse.

Se retrepa en el asiento y se frota la cara con vehemencia. Aprovecha esa inercia de positivismo para abrir la cremallera de la mochila y sacar el diario de Matthew J. Michelson. En la cabaña consiguió leer más de cien páginas antes de dejarse vencer por el sueño y la inmensa mayoría de las anotaciones tienen que ver con la desaparición de la estatua y la subsiguiente investigación en torno al contenido de la misma. Podría tratarse de una novela negra en sí misma, pero no es más que el relato sesgado de unos hechos tan reales como difíciles de creer. No encuentra mejor forma de ser leal a su compromiso con Ólafur y de patear lejos la incertidumbre que rodea al estado de Sancho que continuar donde lo dejó, en la parte que retoma el padre de Michelson.

27 de marzo de 2005. Buenos Aires

> Hoy he mantenido un segundo encuentro con el experto que me recomendó el comisario Ramírez. Le he mostrado algunos documentos y he visto reflejado en su cara lo que buscaba. Ya no me cabe ninguna duda de que aceptará el trabajo y de que, si alguien puede descifrar el mapa, ese es Alcides Edgardo Bujalesky.
>
> Vuelvo a notar ese hormigueo.
>
> Hoy, más que nunca, me acuerdo de ti, abuelo.
>
> Lo vamos a conseguir.

Glaciar Perito Moreno
Provincia de Santa Cruz (Argentina)

Gabriel advierte que el agua cada vez es menos fría y asume que es un síntoma evidente de que su sistema nervioso está empezando a fallar. Pronto perderá el control de la motricidad y entonces sabrá si su idea ha dado resultado o no. Le cuesta dar crédito a sus acciones, pero encuentra la justificación que necesita en ese deseo. Ese que le empujó a correr lejos; a subir a los árboles; a alimentarse de insectos; a deshacerse de los animales de dos patas; a absorber los conocimientos de Damocles; a eliminar a sus enemigos: el deseo de sobrevivir.

Y ello es propiamente el motivo que la ha llevado a la inédita y comprometida situación que ahora comparte con el policía barbudo, un animal de dos patas diferente a los demás, comprometido con sus propósitos, como ella. Es consciente de que no cuentan con muchas probabilidades de lograrlo, pero se ha conjurado para exprimir hasta la última gota de esperanza con tal de poder volver a subir a lo más alto de Ata.

Sobrevivir.

Por su parte, Sancho no ha entendido bien qué objetivo perseguía el arcángel cuando ha empezado a golpear furiosamente el hielo, primero con la pala del piolet y luego con el pico, hasta hacer un boquete de unos cincuenta centímetros de diámetro por veinte de profundidad. Tampoco le ha dado ninguna pista que le ayudara a comprender el motivo por el que le ha pedido que se despojara de sus pantalones, así que no le ha quedado más remedio que preguntar.

Y a ella que responder; a su manera.

El arcángel le ha ilustrado que la capa de hielo exterior es la que ofrece mayor resistencia debido a la acción combinada del agua y el viento y que, por tanto, el piolet se clavaría más profundo si rompe y elimina esa coraza. Seguidamente le ha demostrado que con los pantalones, el cinturón y la herramienta de escalada, se puede fabricar una especie de amarre cuya sujeción depende de cuán profundo consiga clavar el pico en la pared. Esa tarea le ha tocado a él y, por la expresión del arcángel, Sancho ha interpretado que el resultado ha sido satisfactorio, a pesar de que cada minuto que pasa se mueve con más torpeza. Acto seguido, ella se ha parado a escasos centímetros de él y le ha pedido que se acercara más. Al ver que sus ojos, antaño tintados de rojo ira, se han tornado en rojo rubor, lo ha comprendido todo.

—A grandes males... —dice Sancho en castellano.

El arcángel no muestra interés por comprender el significado, pero, sin atender a ninguna razón lógica, el pelirrojo se empeña en hacerse entender.

—Es una forma de hablar recurrente —se explica, esta vez en inglés—. Podría entenderse como: *The greater the illness, the bigger the pill.*

Gabriel sonríe tímidamente.

Ahora están abrazados, con los pantalones por debajo de las axilas certificando la unión, bien anudados en su espalda a modo de arnés y conectados al piolet clavado en el hielo a través del cinturón. Respiran de forma sincrónica, tratando de prolongar al máximo cada inspiración y espiración, compartiendo el escaso calor corporal que les queda, conteniendo a duras penas los escalofríos que se repiten cada vez con mayor frecuencia. Juntos, peleando en el mismo bando por la misma causa: sobrevivir.

Fuera ha dejado de llover, pero el agua, aunque con menos intensidad, sigue cayendo.

Sancho se mantiene firme, pero tiene sueño. Más que sueño siente la necesidad de dormir, de desconectar el cerebro. Resulta paradójico que no se muestre preocupado, ni siquiera intranquilo. Es como si lo que está viviendo le estuviera sucediendo a otra persona, porque no siente ningún pesar. Hace rato que ella, no sabría concretar cuándo, ha apoyado la cabeza sobre su hombro y, pese a que la nota respirar tímidamente, ya no escucha su latido.

Por simpatía, se pregunta qué pasaría si descansara un momento.

Apenas un instante.

Un abrir y cerrar de ojos.

Un parpadeo prolongado, nada más.

Se arriesga.

Sobrevolando Buenos Aires (Argentina)

Erika frunce el ceño y levanta la vista como si quisiera atrapar las respuestas que, medrosas y cobardes, están huyendo de su cabeza.

En el margen izquierdo del diario, deficientemente trazado a mano, aparece el símbolo alquímico de la piedra filosofal. Se trata de una circunferencia que contiene un triángulo equilátero cuyos vértices tocan el contorno del círculo. Sobre su base se apoya un cuadrado que, a su vez, alberga otra circunferencia de menor tamaño. Representa la cuadratura del círculo, la perfección absoluta. Damocles.

Erika cree que no es la primera ocasión que lo ve. No lo cree, está segura de ello. Recuerda que Jaap Keergaard le habló de ello en aquel bar tan extraño de Budapest cuando la ilustraba sobre los tatuajes que distinguían a los arcángeles. Este último es distinto a los demás y se le quedó grabado porque lo dibujó con espuma de cerveza sobre la mesa. Pero no, no es ese el fotograma que está intentando encontrar, está buscando otro más reciente que no logra atrapar.

Relee el último apunte del diario de Michelson por si le puede ayudar.

17 de noviembre de 2009

Cada día me cuesta más rescatar recuerdos de mi memoria, pero estas fotos son del todo clarificadoras. ¿Cómo no he caído antes en la cuenta? El símbolo alquímico de la piedra filosofal, el distintivo de Damocles. Cien veces lo he visto y cien veces no he sido capaz de entender el truco. ¡Qué estúpido!

Damocles no es la mano derecha de Corteza de Roble ni lo fue de ningún Gran Maestre. Es el vigilante y el protector del Templo. Vigila que se cumpla el *Novem Regulas* y protege lo más preciado. Por eso es el responsable de conformar y dirigir el maldito coro de arcángeles, para cuidar de que la Asamblea no actúe priorizando sus propios intereses sobre los de la hermandad. He de reconocer que Minos era un hombre brillante. El más brillante. Nos ha engañado a todos. Ahora sé que Bujalesky tenía razón: El Cartapacio es una burda mentira. El mapa solo lleva a unas cenizas cuyo valor no trasciende de lo puramente romántico. No albergo ninguna esperanza.

Aquí se acaba todo.

Aquí termino yo.

Aquí os maldigo, Minos y Damocles, Damocles y Minos.

De repente, agarra la mochila y la deposita en su regazo. Busca las fotos de época que recogió Sancho del despacho. Busca una en concreto, esa que hizo que Michelson se diera cuenta de que el hombre que estaba retratado en el cuadro no era su bisabuelo, sino el general Las Heras, el primer Damocles. Le tiembla el pulso. Encuentra varias en una carpeta de cartón. Según la descripción de Michelson, se trata de una en la que aparecen inmortalizados unos esgrimistas. No empeña más de un minuto en localizarla. Unos jóvenes posan orgullosos bajo un cartel en el que se puede leer el nombre del club: «Gimnasia y Esgrima de Buenos Aires». En la fila de arriba, el penúltimo de la derecha es el general Las Heras y lo que asoma por su axila es la empuñadura con el símbolo alquímico de la piedra filosofal. Esa es la foto a la que se refiere en la anotación del diario que prueba que Las Heras era Damocles. Bien. Sin embargo, sigue sin atrapar el recuerdo que revolotea esquivo en algún lugar de su cerebro.

—«Gimnasia y Esgrima de Buenos Aires» —lee—. Gimnasia y Esgrima de Buenos Aires —repite.

Las letras empiezan a bailar frente a sus ojos.

—Gimnasia. Esgrima. Buenos. Aires. G. E. B. A. ¡GEBA! ¡Mierda! Él pertenece a GEBA. Él es Damocles. ¡Mierda, mierda, mierda! —corrobora.

La conexión de ideas le hace atrapar la imagen que andaba buscando. Ya sabe dónde ha visto antes el símbolo de la piedra filosofal, pero ya no es del todo necesario. Ya ha resuelto el dilema.

La luz roja se enciende.

El copiloto egresa de la cabina y se dirige a la única pasajera que llevan.

—Señorita, en unos minutos vamos a iniciar la maniobra para tomar tierra en el helipuerto de Baires Madero. Tiene que ajustarse el cinturón.

La luz roja sigue encendida.

—Señorita, ¿ha entendido lo que le he dicho?

Palacio Barolo. Avenida de Mayo, 1370
Buenos Aires (Argentina)

Tiene la sensación de haberse quedado traspuesto, pero no, ha dormido profundamente sobre el somier metálico que es el suelo del faro, hasta que la cadera ha decidido poner fin al letargo. Se frota los párpados como si quisiera limpiar las partículas de sueño adheridas a los globos oculares.

—¡Buen día!

«Susto» no se ajusta a lo que experimenta Bujalesky.

—¡La reputísima madre que te parió! ¡¿Qué te pasa, pelotudo?! ¡Primero me dejás acá tirado como un pucho apagado y ahora querés que se me pare el corazón!

—Y..., bueno, llevo un rato esperando a que te despertaras para no joderte. Perdoná, amigo.

El dantista lo mira con recelo mientras se pone en pie.

—¿Tenés hambre? En el único sitio que encontré abierto tenían la máquina de café que no andaba, así que agarré un sangüichito al toque y una botella de agua.

—Es decir, que dabas por hecho que seguiría acá arriba.

—Digamos que si tuviera que apostar..., tomá y morfá un poco.

—Gracias. ¿Qué hora es?

—¿El celu que te regaló la mina no te dice la hora?

—Ese se apagó no sé cuándo.

—Las cinco y veinte de la madrugada. Yo entro a las siete, pero me costaba dormir.

—La conciencia, Telmito, la conciencia —dice dando dos mordiscos seguidos a la pieza—. ¡Mierda! ¿Qué tiene esto? ¿Salame?

—El de magret de pato con caviar se les terminó.

—Como tu inteligencia, papá —le responde en el mismo tono jocoso.

Telmo descarga su peso sobre la cabeza del bastón y deja que su vista se pierda en el horizonte.

—Por muchas veces que haya disfrutado de ella, uno no se cansa de admirar la belleza de esta ciudad.

—Mirá, en eso estamos de acuerdo —apunta metiéndose en la boca el último trozo. Lo ingiere casi sin masticar y bebe agua.

—¿Y cuál es el plan ahora? ¿Vas a bajar algún día o te vas a quedar mucho tiempo a disfrutar del paisaje?

—No, por desgracia tengo que bajar. Aunque no del todo —comenta Bujalesky haciéndose el interesante.

—¿No del todo?

—No. Hasta el decimosexto piso. Luego ya me importa tres carajos lo que pase.

Telmo compone una mueca a la altura de la afirmación anfibológica de Bujalesky. Este sonríe como un niño que acaba de cometer una travesura.

—Boludo, ¡lo averigüé todo! Te voy a mostrar dónde encaja la llave del purgatorio. ¡Vení! —le anima exaltado—. Acá. Sentate y mirá.

Bujalesky le recita los versos.

—¡Que lo parió!

—¡Exacto! Siempre pensé que la última llave iba a estar en el faro, pero no, amigo, no. Está ahí abajo, pero nunca miramos con la perspectiva adecuada. Vos mismo me dijiste que desde esa terraza es desde donde mejor se ve la cúpula. ¡Lo que vos decís tantas veces! Si querés esconder algo, ponelo bien visible y a la altura de los ojos de quien no sabe mirar.

—Totalmente cierto, pero... pará un cachito, Buji. Mirá que yo entré mil veces en las almenas y no es más que un recogedero de basura. Utensilios que no sirven, porquería, un montón de papeles viejos, muebles rotos, repuestos antiguos...

—Ahí adentro, en algún lado, tiene que haber un artilugio o dispositivo que funciona con esta llave. ¡¿Entendés ahora?! ¡Lo tengo, Telmito, lo tengo! —grita extendiendo los brazos para formalizar un abrazo con su compañero de viaje.

Abrazo que no llega a producirse, porque Telmo está parado y lo único que mueve son los músculos de la cara para configurar una expresión que Bujalesky no recuerda haber visto con anterioridad. Él la sostiene unos instantes antes de dar unos pasos en torno al motor giratorio hasta colocarse justo frente al dantista. La silueta de Telmo se ve distorsionada a través de las lentes del faro.

—¿Lo tenés? —pregunta.

—Dale. Disculpame, flaco. Tenés razón. Quería decir que lo tenemos, este triunfo es tan tuyo como mío.

—¿Seguro?

—Claro que sí, amigo, sin vos no habría llegado hasta acá.

—Eso está claro. Entonces, según vos, ¿qué sigue?

La voz de Telmo se ha secado. Ahora suena hueca y torva.

—¿Qué pasa, che? —pregunta escamado—. ¿No te llega el agua al tanque? Solo tenemos que colocar la llave donde corresponda y resolver el acertijo.

—El acertijo —repite.

Bujalesky frunce el ceño y va en busca de Telmo. Sin embargo, él mantiene la posición y la distancia dando pasos laterales.

—¿Qué dice Minos en el último verso? —pregunta el encargado.

Bujalesky se lo sabe de memoria, pero tarda en responder. Su cerebro está ocupado en otras deducciones. Las pulsaciones se le disparan.

—*Responded ante él, mi semejante, y os llevará hasta el tesoro que anheláis. ¿Quién descansa junto al más importante?* —le escucha recitar.

Al levantar la mirada, la silueta distorsionada de Telmo ha desaparecido.

Percibe su presencia a la espalda, pero es imposible que se haya movido hasta ahí. Se gira para comprobarlo.

—*¿Quién descansa junto al más importante?* —le pregunta Telmo.

Glaciar Perito Moreno
Provincia de Santa Cruz (Argentina)

Algo pasa. No puede respirar y siente que la cabeza le va a estallar. Abre mucho la boca e inhala con fuerza, pero los pulmones no reciben oxígeno, sino agua.

Agua fría.

Helada.

Sancho abre los ojos. Está sentado y todo a su alrededor es líquido azulado. Es su reino acuático. Solo ve una columna de luz que penetra oblicuamente desde la superficie y un bulto que flota a su lado. Eso atrae su atención. Tiene brazos y piernas. Su cabello es largo, blanco y ondula por encima de su cabeza. La suya le sigue doliendo. Ya no quiere estar sumergido e intuye que debería respirar, pero asume que ahí abajo, en sus dominios, no va a poder. Mira hacia arriba. Allí debería haber aire. Da la orden de ir hacia donde pueda inhalar una buena bocanada de oxígeno y aliviar la presión que ya nota en los pulmones. Las piernas se ponen en marcha; sin embargo, se mueven con desesperante lentitud. Igual que los brazos. No entiende. Repite la orden una y otra vez. Tiene que respirar o no volverá a hacerlo, pero llegar a la superficie parece una gesta inalcanzable.

Lo único que puede hacer es insistir. E insiste.

Ya no aguanta más, pero no es la primera vez que se ve en una situación así y sabe que puede resistir un poco más. Siempre un poco más. La presión que se instala en su pecho es insoportable. El suplicio le obliga a apretar los dientes con fuerza.

Dolor.

La exasperada inhalación retumba en la Capilla. La angustia desaparece y eso le hace sospechar que le conviene mantenerse en ese otro reino de la superficie. Lo que sucede es que hay una fuerza que tira de él hacia abajo, como si se resistiera a que su rey lo abandone. Vuelve a dar la orden a sus piernas y sus brazos para que se muevan. Reconoce el entorno. Está en la prisión de hielo. De repente nota que roza el suelo con el pie. El agua le llega hasta la nuez, pero no le hace falta nadar, solo ubicarse. Lo hace. Entonces, sus neuronas parecen volver a funcionar a la velocidad normal de procesamiento, lo cual le anima a realizar una reconstrucción de los hechos. Se han quedado dormidos y, aunque el piolet ha resistido, se han debido de escurrir por dentro del pantalón.

Sorprendentemente, no siente frío.

Percibe un sonido distinto al de la caída del agua, pero una alarma más poderosa interrumpe el proceso cognitivo. Se pregunta dónde está el arcángel y milésimas de segundo después recupera una imagen en su memoria a corto plazo y la busca con la mirada bajo el agua. La localiza de inmediato. Alarga el brazo, agarra el bulto con brazos y piernas y tira de él hacia arriba. Solo le preocupa sacarle la cabeza del agua. Lo consigue y utiliza su mano izquierda para sostenerla. Tiene los labios morados, el rictus laxo y la tez marmórea. Es realmente bella. Un ángel. No parece que esté respirando. Acto seguido busca la carótida y posa su dedo corazón. Nota leves pulsaciones. Le tapa la nariz e insufla aire en su boca. Apenas logra hacerlo, porque se le entrecorta la respiración. La cuarta vez se siente agotado. Es consciente de que los precedentes no son alentadores. No hace mucho intentó reanimar a otra persona, una niña de quince años. Y fracasó.

Lo único que puede hacer es insistir. E insiste.

Acuerda con su agotamiento concederse un instante sabático con el objeto de prolongar la exhalación todo lo posible. Tras obsequiarla con la última gota de oxígeno de sus pulmones, la golpea en el pecho con el puño cerrado.

Un tosido precede a la arcada. Inclina la cabeza del arcángel para que el agua que ha tragado regrese a su lugar de origen. Sancho sonríe, no sabe muy bien por qué. Ella reacciona tímidamente. Conforma un gesto medroso y se aferra a su cuello. A esa distancia distingue a la perfección la red de finos capilares que dan color a sus iris transparentes. A Sancho le gustaría decir algo; sin embargo, le tiembla tanto la mandíbula que no se ve capacitado para articular palabra. Permanece en silencio y sin saber qué hacer hasta que se percata de que ya no cae agua, cae luz. Al principio infiere que ha amanecido y que debe de tratarse de la luz solar, pero llega con demasiada intensidad, es demasiado artificial. Además, el sonido que ha percibido antes ahora le parece que se corresponde con el de un motor lejano. La curiosidad le invita a acercarse. Se mueve muy despacio. Apenas le separan cinco pasos, pero cada uno le supone un esfuerzo descomunal y no es porque esté cargando con el cuerpo del arcángel, se debe al estado de letargo en el que está atrapado su sistema nervioso. Cuando está a punto de llegar, el chorro de luz titubea. Sancho se coloca justo en la vertical, se cubre los ojos con la mano y mira hacia arriba.

Un hombre cuelga de una cuerda.

Sancho sonríe.

Esta vez sí sabe por qué.

Helipuerto Baires Madero
Buenos Aires (Argentina)

Erika ha descendido del helicóptero como si el Vietcong la estuviera esperando para darle la bienvenida. Sin terciar palabra con nadie, ha salido del helipuerto siguiendo las flechas y ahora está buscando la palabra «libre» iluminada en el parabrisas de algún taxi.

Está furiosa y la ira parece tener su prolongación en un cielo que está empezando a romperse con las primeras luces del día.

Le da la dirección del hotel al conductor. Quiere poner a salvo la documentación y coger la pistola que tiene escondida en su habitación antes de ir a buscarlo. Algo le dice que en ese estado de alteración no debería ir armada a pedir explicaciones a ningún otro ser humano, menos aún a Villa 31 habida cuenta de los precedentes, pero no es capaz de aplacar la infinidad de emociones que han torpedeado su línea de raciocinio.

«Cosas de la bipolaridad», se justifica.

Le dice al conductor que espere y no invierte más de dos minutos en subir y bajar. El hombre no se inmuta cuando le indica dónde van, lo cual le genera buenas sensaciones. Todavía no es hora punta en Capital Federal y se transita con cierta fluidez. Nota que el teléfono vibra en su mano y deduce que es Bujalesky. Se equivoca. Leer el nombre de Makila paraliza sus funciones vitales.

—Por favor —contesta—, que sean buenas noticias.

—Lo son —confirma la voz cavernosa del nigeriano—. Sancho está a salvo. Sufre un episodio de hipotermia severo y un traumatismo en la parte posterior de la cabeza, pero ya está siendo trasladado al hospital de El Calafate. Se recuperará.

Erika no sabe qué decir. La explosión jubilosa que se localiza en su pecho ha destruido todo su arsenal de palabras.

—¿Sigues ahí?

—Sí.

—Sé que ya estás en Buenos Aires, pero necesito que me confirmes que estás de camino al aeropuerto.

—Tengo que colgar, te llamo en cuanto pueda.

Cuelga y apaga el teléfono.

Le tiembla ligeramente la cabeza. Dos impertinentes lágrimas asoman por el rabillo del ojo, pero Erika no consiente que pasen de ahí. La felicidad que la embarga es tan fuerte como la rabia que acumula. En su interior tiene lugar el apareamiento entre ambas, del que nace de manera espontánea una criatura vigorosa y descontrolada. La bautiza Furiente y la amamanta durante el trayecto con las emociones del pasado. Cuando la voz del taxista le anuncia que han llegado al destino, Furiente ha alcanzado la mayoría de edad y es dueña de sus decisiones. Y de las de Erika.

No sabe cómo llegar a la casa de Bujalesky ni en un millón de intentos, pero al punto exacto donde dispararon a Ólafur sí. Solo tiene que seguir una de las calles principales hasta toparse con la plaza y, una vez allí, preguntar por el Ruso. Alguien sabrá decirle. Camina con paso firme y acelerado, en sintonía con su estado de ánimo. La barriada ya está a pleno rendimiento.

—Che, Erika, ¿qué onda? —escucha antes de alcanzar su destino.

Reconoce de inmediato la expresión risueña de Martín.

—¡Hola! ¡Eres mi salvación! Estoy buscando al Ruso.

—¿Vos también? Mirá que ayer un tipo grande andaba con un bastón preguntando por el Ruso por acá y por allá. Lo encontró en la heladera, que es ese sitio donde…, ya sabés.

—Sí, ya sé. Sigue.

—Y eso, nada, que se fue con él. Más bien diría que lo llevó arrastrando, porque el Ruso andaba bien chupado del todo, ¿viste? Siempre que se pone a tocar termina mal, pero ayer estaba hecho mierda. Pero mal.

—¡Jo-der! ¿Cuándo dices que ocurrió eso?

—Ayer a la mañana.

—¿Sabes adónde fueron?

Martín se encoge de hombros en el momento en el que ella se percata de lo innecesario de la pregunta. Erika agarra a Martín por el cuello y le planta un beso en la comisura del labio.

—¡Gracias! —se despide.

Martín pasará los siguientes tres días atolondrado, con cara de atolondrado y comportándose atolondradamente atolondrado.

Sergio, conserje del Barolo, la ve llegar. Ha tratado con muchas personas para saber que tras esa expresión se esconde otro problema más.

—Estoy buscando a Telmo.

El tono con el que se expresa corrobora su sospecha.

—¿Pasó algo?

—Pasa que tengo que hablar con él —responde Furiente.

—Sabemos que llegó, pero debe de andar por ahí intentando arreglar el quilombo que tenemos acá montado.

Ella pregunta sin preguntar.

—Los ascensores no funcionan desde esta mañana y en poco más de media hora deberían abrir las oficinas. A las diez tenemos un grupo de alemanes que tiene programada una visita guiada y si no se arregla ya...

—Entiendo, pero por mí no se preocupe, no me importa subir por las escaleras.

—Señorita, en realidad, no puedo dejarla que...

—Sergio —lee en la placa—, en realidad, se trata de un asunto muy urgente, por eso me habrá notado algo nerviosa.

El conserje calibra las palabras de esa mujer de pelo rojo y ojos azules casi grises que tanto le ha llamado la atención los días precedentes. Resuelve derivar el problema a otra parte, como exige el buen desempeño de sus funciones.

—Su oficina está en el decimosexto piso, pero desde ya le digo que allá no lo va a encontrar. Quizá esté en el cuarto de motores, en ese mismo piso, apenas sale de las escaleras, por el pasillo de la izquierda.

—Muchas gracias. Una última cosa, Sergio. ¿Sabes si Bujalesky está por aquí?

—Siempre anda enredando por acá y por allá, no sabría precisar cuándo fue la última vez que lo vi.

—Gracias. Has sido muy amable.

Al pisar el mármol de Carrara del primer peldaño de los mil cuatrocientos diez que visten la escalera principal, se pregunta el motivo por el cual Telmo ha paralizado los ascensores. Sabe que lo ha hecho anteriormente para poner en funcionamiento uno de los que están ocultos, pero... ¿por qué ahora de nuevo?

Una hipótesis se construye en su cabeza antes de llegar al tercer piso.

El decimosexto no será la meta.

Mil trescientos veinte escalones la separan de ella.

Palacio Barolo. Avenida de Mayo, 1370
Buenos Aires (Argentina)

—¿Quién descansa junto al más importante? —insiste Telmo.

—No te la puedo creer —murmura Bujalesky bajando la mirada—. Hijo de una remil puta. ¡No te la puedo creer!

El encargado compone una expresión arrogante del que se sabe ganador.

—¡El vigilante! Claro. El vigilante no es el faro, es Damocles. ¡Vos sos el vigilante! ¡Vos sos Damocles!

—Para servir a su eminencia. Contesta la pregunta o el viaje termina acá nomás.

Pero el dantista necesita masticar la sorpresa y digerir la indignación antes de pronunciar palabra.

—Cualquiera se habría dado cuenta…, cualquiera menos vos, cuyo único mundo gira alrededor de tu ego. Te conozco desde que llamaste la atención del profesor Lattuada y él te abrió las puertas de la orden. Te conozco mejor que vos mismo, creeme.

Bujalesky lo mira incrédulo.

—Remigio Lattuada, ¿te suena o ya lo borraste de tu cabeza? Él fue el primero de los tuyos que lo intentó. Consiguió laburar acá porque estaba convencido de que encontraría los restos de Dante en el edificio. Creía que durante los primeros días de junio, cuando se da la alineación con la Cruz del Sur, iba a suceder algo místico en el faro que iluminaría el lugar. No iba muy despistado, pero quiso tomar un atajo sin seguir las indicaciones del mapa. No bajó a los infiernos ni pasó por el purgatorio, por lo que no podía dejarle continuar el viaje, ¿entendés? Ya lo dijo Minos de las inscripciones de las bóvedas del infierno: *Corpus animun tegit detegit:* «El cuerpo a veces oculta el alma, otras la revela». Y en el mapa: *El alma prosigue, no el armazón.*

—El armazón, sus ropas.

—Eso fue lo que quedó del infeliz. En cuanto a vos, querido amigo, no te creí capaz de llegar tan lejos. Es más, cuando averiguaste que El Cartapacio no era más que un engaño pensé que abandonarías también la búsqueda de las cenizas. Pero no, vos te empeñaste en continuar, porque lo que realmente buscabas era alimentar tu ego. Lo que no llegué a comprender nunca fue por qué te negaste a compartirlo con Flegias hasta que te enteraste de que el viejo iba a ser devorado por el olvido. Decime..., ¿por qué?

—¡Para que entendiera a qué sabe el fracaso! A Flegias solo le interesaba llegar a El Cartapacio como medio para vestir la túnica de Dante. Me ponía enfermo que ninguneara lo verdaderamente importante.

—Igual que hiciste vos con la doctora. Jugaste con ella para ver si podía sacarte de ese punto muerto en el que estabas. ¡Sos un engreído hijo de puta! ¿Y el artículo? ¿Qué sentido tenía el artículo? Muy ingeniosa la forma de demostrar que descifraste el mapa. Bravo. Únicamente el que sabía de su existencia podía entenderlo, es decir, nosotros, tus enemigos. Muy valiente, maestro. Ahora contestame a esto: cuando lo enviaste a la revista, ¿eras consciente de que significaba tu sentencia de muerte y no te importó un carajo o realmente sos más pelotudo de lo que parecés?

—Solo quise lanzar un mensaje a quien fuera capaz de comprenderlo, nada más.

—Ya veo: sos mucho más pelotudo de lo que parecés. La rompés en el top de pelotudo. Porque Ramírez te lo advirtió y hasta yo te aconsejé no publicarlo. ¿Te acordás? Claro que sí. Pero tu vanidad pesaba más que la opinión de un baldragas como yo y mirá lo que conseguiste…, tu hijo terminó pagando la cuenta.

—¡Pero qué hijo de una remil puta que sos! —le grita señalándole con el dedo y avanzando hacia él en clara actitud amenazante—. ¡No te permito que…!

No los ve llegar.

Telmo ha realizado dos movimientos con el bastón y ahora Bujalesky está doblado por la mitad, con la boca muy abierta para tratar de recobrar la respiración. Pronto se le inflamará el pómulo.

—Estás tan ciego que ni siquiera te has dado cuenta de que he sido yo quien te guio hasta acá interpretando el papel de Virgilio. Tu ego es una venda demasiado oscura para dejarte ver a través. Si la doctora no hubiera descubierto por azar las estrellas en el Subte, jamás habrías encontrado la entrada al infierno, jamás —subrayó con acritud—. En ese instante supe que nada te iba a impedir reanudar la búsqueda, así que, desde entonces, no hice otra cosa que dejarte miguitas de pan —ilustra teatralizando el gesto— para que pudieras seguir el camino.

Telmo interpreta con acierto el semblante hocicado de Bujalesky.

—¡Obvio! ¡¿En serio no te diste cuenta?! A ver si consigo acordarme de todas. Sí. En el Subte, cuando ya estabas empezando a desesperarte fui yo el que te sugirió la posibilidad de que esa estrella no fuera la primera. Luego tuve que llamarte la atención con aquel grafiti para que vos descubrieras la puerta del infierno. ¿Y con el primer acertijo? ¿La palabra de nueve letras? La puta madre, Buja, más sencillo no podía ser y si no pronuncio «abandonar» todavía estamos ahí parados. Lo de la linterna fue un jueguito nomás, para comprobar tu determinación.

El dantista está empezando a descomponerse; sin embargo, lejos de apiadarse de él, Telmo sazona la herida.

—Siempre pensaste que estabas al frente de la expedición. Estabas tan seguro de vos mismo, tan abstraído que no me costó atraparte la mano en la Boca de la Verdad. Ahora bien, ese enigma lo resolviste vos solito, lo reconozco. ¡Pero era muy fácil! —califica con sorna alargando infinitamente la «a»—. ¿Y en el ascensor? ¡Ahí pensé que ibas a empezar a sospechar de mí! ¡Me puse de rodillas para que el espejo te llamara la atención!

Las carcajadas de Telmo son puñaladas en el orgullo malherido de Alcides Edgardo Bujalesky.

—¿Y quién te trajo hasta acá a rastras cuando ya te habías dado por vencido? Yo. Te dejé solo para ver si eras capaz de distinguir las cúpulas, pero si no lo hubieras hecho, ya habría inventado algo. ¿Y sabés qué? Que nunca tuviste el valor de agradecérmelo, como si un simple «gracias» te fuera a restar méritos.

—¿Ya te divertiste suficiente o todavía querés continuar? —le recrimina Bujalesky.

—A estas alturas, no tenemos otra alternativa, Buji.

—¿Y qué pasa si me niego? ¿Correré la misma suerte de Remigio Lattuada?

La pregunta suena a desafío.

La respuesta no suena, se dibuja en los labios de Telmo.

Le arden los gemelos y nota el cuádriceps cargado. Inspira por la nariz y suelta el aire por la boca manteniendo un ritmo que le permita seguir subiendo escalones sin tener que parar a recuperar el aliento.

Cuando alcanza el descansillo del noveno piso solo escucha el sonido de sus pisadas y la voz de Furiente alentándola para que suba un piso más.

Le preocupa el estado de Bujalesky, pero no es eso lo que está dando de comer a los músculos de sus piernas, sino el deseo de resolver las incógnitas que siguen flotando en el aire, respuestas que Telmo posee. En el peor de los casos, lo retendrá a punta de pistola hasta que pueda contactar con Makila, pero el peor de los casos que ha sido capaz de imaginar no se parece mucho al que se va a enfrentar.

—Un destacado esgrimista con licencia para ausentarse de su puesto de trabajo para atender otras obligaciones, claro —deduce Bujalesky, que, superado el impacto inicial, está decidido a presentarle batalla y vencer al vigilante como estipula el poema—. Pero sucedió algo que no estaba en los planes del gran Damocles, ¿verdad?

—Creés que sabés, pero solo sabés lo que vos creés —dice Telmo señalándole con el bastón—. Sé que estás intentando ganar tiempo, pero no me importa, nadie va a subir acá arriba hasta que yo lo decida.

—Los ascensores, obvio.

Telmo esboza una mueca de falsa culpabilidad.

—¿Y sabés qué? Que tenía muchas ganas de que llegara este momento. Necesito demostrarte lo cerca que creés haber estado y lo lejos que estás.

—Ilustrame —le reta Bujalesky tomando asiento.

—Permitime que empiece diciéndote que jamás supiste mirar en la dirección correcta ni hacerte las preguntas adecuadas. ¿Cuál fue el origen de la búsqueda? ¿Quién la desencadenó? ¿Por qué? Si hubieras recorrido el camino en sentido inverso, lo sabrías.

El dantista pone recta la espalda y se mesa su larga cabellera dispuesto a escuchar.

—Veamos. A Matthew J. Michelson, siendo todavía guardián, se le metió en la cabeza que la forma más directa de subir peldaños en la organización era descubrir el paradero de El Cartapacio. Su fe tuvo premio y finalmente logró hacerse con las copias que hizo Mario Palanti de los documentos que viajaron junto a los restos de Dante dentro de la *Ascensión:* el mapa y el certificado de autenticidad firmado por Malagola. Hechos de los que siempre fue conocedor Bernardo Segurola.

—El Damocles de la época.

Telmo asiente.

—Bernardo supo aprovechar la ambición del guardián para alimentar el engaño. Así, de la misma manera que yo hice con vos, él fue guiándolo por la senda equivocada y fracasó. Parecía que todo iba a quedar en el olvido con el paso de los años, pero con la llegada de Corteza de Roble a la maestría de la hermandad lo reavivó de vuelta. Eso sucedió poco después de que yo fuera ungido como Damocles.

Bujalesky levanta una mano para detener el discurso de Telmo.

—¿Por qué vos?

—Eso no importa ahora, pero te diré que mi segundo apellido es Segurola, quizá eso responda a tu pregunta. ¡Pero qué flor de boludo que soy! ¡Si ni siquiera te interesaste en conocer el primero! Una persona tan babieca como yo no era merecedora de tu curiosidad. La venda, Bujita, la venda —escenifica tapándose los ojos.

El dantista luce una sonrisa harto deslucida, totalmente esclarecedora.

—Esto va a ser muy divertido, ya vas a ver. La Asamblea eligió a Corteza de Roble para fortalecer las bases sobre las que se había erigido el Templo, ¿sí? Y él se tomó el proceso a rajatabla. Para lograrlo, tenía que hacerse con el control de los arcángeles y yo no pude o no supe evitarlo, lo reconozco. No le resultó complicado corromper a la primera espada y, con él, a la mayoría de los arcángeles, por lo que mi figura como protector dejó de tener sentido. Aparentemente —añade—. Así, cuando asumí la nueva situación, llegué a un pacto con Corteza de Roble: yo renunciaba a esta tarea a cambio de que me permitiera seguir desempeñando mi labor como vigilante. Debo decir que solo aceptó cuando le mostré la carta de Mitre a Las Heras en la que confesaba el engaño de El Cartapacio. Al principio noté su irritación, pero enseguida se percató de que, en la situación en la que estaba, no le convenía en absoluto hacerlo público en la Asamblea. Yo guardaría el secreto y él mantendría su palabra de respetarme la vida y mi responsabilidad acá. Corteza de Roble podría tener una mente perversa, pero también tenía palabra. Por aquel entonces yo ya había elegido al próximo Damocles que me iba a suceder, por lo que, por fin, podría descansar.

—Pero aparecí yo, ¿no es eso?

—Ya te dije que te das demasiada importancia, Buji. No. Apareció un custodio con mucho peso en la Asamblea como principal opositor de Corteza de Roble, que seguía obcecado en recuperar los ritos ancestrales sin importarle demasiado el crecimiento del negocio. Y volvió a trazar el mismo itinerario que realizó su abuelo para ocupar el puesto de Gran Maestre, una línea de ruta que pasaba por encontrar El Cartapacio y usar su poder coercitivo para controlar la Congregación. Por desgracia para mí, ese plan chocaba de frente con mi labor como vigilante. Yo me debo únicamente al *Novem Regulas* y este dictamina qué he de hacer llegado el caso en el que la Asamblea anteponga sus intereses a los de la hermandad: disolverla. Pero volvamos a nosotros. ¿Te acordás de cuando nos conocimos?

—Por desgracia.

—¿Quién fue al encuentro de quién?

Bujalesky desvía la mirada hacia la izquierda.

—Vos.

—Te estaba esperando. Necesitaba guiarte hacia un lugar concreto.

El dantista rebuscó entre sus recuerdos, pero su expresión, confundida y dispersa, revelaba que no estaba obteniendo ningún resultado.

—En esa primera etapa lo único que hiciste fue acompañarme en mi infructuosa búsqueda de la entrada del infierno. ¿De qué mierda me estás hablando?

—Pero hiciste un importante progreso, ¿sí? Aunque no tuviera relación con lo que vos ansiabas encontrar. Una pista: septiembre de 1998.

Bujalesky asiente varias veces y compone una mueca agridulce.

—La estatua.

—¿Quién te facilitó la información sobre su último paradero conocido jugándose el puesto de laburo? Nuestro gran secreto.

Bujalesky visualiza en su mente un papel arrugado con una dirección en La Plata y las palabras de Telmo: «Me debés una grande, amigo, me estoy jugando la cabeza por vos».

—Por cierto, ¿tenías que mutilarla? ¿Era necesario serrarla así?

—Tenía que asegurarme de que no había nada más —se justifica Bujalesky.

—¿Y qué hiciste con ella? ¿Dónde la guardás? Da lo mismo, realmente me importa una mierda qué hayas hecho con ella. Pero hay más. ¿Quién te facilitó el acceso a las fotografías que te llevaron a descubrir el cuadro? ¿Entendés por qué?

—Querías que encontrara la carta de Mitre a Las Heras.

—Eso quería, Buji, eso quería.

—Pero… ¿con qué fin?

—¿De verdad tengo que contestarte a esa pregunta, eminencia?

Con la mirada siempre orientada hacia arriba, se ve obligada a hacer fuerza con la mano derecha sobre la barandilla para seguir subiendo. Ya no corre, pero continúa restando peldaños. Ahora acaba de empezar a subir los de la escalera de caracol que van del decimocuarto al vigesimoprimero. Le falta el aire y el latido parece marcar un ritmo que Erika está muy lejos de poder seguir.

Furiente la anima mentalmente, porque no tiene aliento que malgastar en palabras.

—No puede ser..., sos un mentiroso hijo de mil puta. Un fabulador.

—Vos, el experto de expertos en masonería, el más sabio de todos los sabios —teatraliza—, deberías haber tenido en cuenta que la Gran Logia de los Puros rompió con los preceptos de la antigua y pura masonería que todavía sostenían los pilares del resto de logias. ¿Y quién fue el Gran Maestre que se encargó de romper con ellos?

Bujalesky mueve la cabeza queriendo negar su estólida condición.

—¡Respondeme! —exige Damocles golpeándole de nuevo con el bastón.

—Minos, fue Minos —contesta servil.

—Minos, sí, señor. Todo esto —dice extendiendo los brazos— no es un *danteum,* es parte del laberinto que levantó Bartolomé Mitre para que nuestros enemigos se perdieran. Un panal de rica miel para los dantistas de la Fede Santa como vos. Te lo dije, Buji: creés que sabés, pero solo sabés lo que vos creés. Y vos quisiste creer en algo que yo me aseguré de alimentar. No te podés imaginar cuánto disfruté escuchándote adoctrinar a la mina, pavoneándote de tus profundos conocimientos e indiscutibles teorías. Como la de la implicación de Garibaldi en el robo de los restos de Dante. Brillante.

El dantista se cubre las orejas con las manos, pero no puede evitar seguir procesando las palabras que brotan de la boca de Telmo como gérmenes patógenos.

—¿Cuál es la mejor forma de tapar un secreto? —prosigue el encargado, infeccioso—. Haciendo muy visible otro mayor. Mitre sabía que no iba a ser posible ocultar la existencia de El Cartapacio con el transcurso de los siglos, pero pensó que si creaba otro de mayor entidad ante los ojos del mundo podría llegar a ensuciarlo: el robo de las cenizas de Dante. El certificado de Saturnino Malagola en la estatua y la carta de Mitre a Las Heras en el cuadro fueron suficiente para crear una gran mentira de mayores dimensiones que la propia verdad. Y vos, querido, nos ayudaste desde el principio, al igual que antes lo había hecho Cepheus y con posterioridad Flegias. Gracias —apostilla maliciosamente.

El odio es lo que hace revivir el orgullo moribundo de Bujalesky. Y lo que delata sus intenciones.

Esta vez a Damocles solo le hace falta un movimiento para aplacar sus ánimos. Una delgada línea roja se dibuja como prolongación de la ceja de la que empieza a manar sangre de forma abundosa.

—Buji, haceme caso por una sola vez en tu vida: ni lo intentés —le aconseja Telmo.

Este se tambalea a la vez que trata inútilmente de contener la hemorragia. Vuelve a sentarse, esta vez por obligación.

—¿Sabés que en los planos originales de Palanti aparecía el nicho en el que debían guardarse los restos de Dante? Grotesco. En efecto, en esa almena, pero allá no vas a encontrar más que la llave del paraíso, llave que abre, esta vez sí, el cofre que contiene El Cartapacio.

Damocles escenifica una pausa para recrearse en su victoria.

—Y ahora, querido amigo, afrontá con dignidad la última prueba. Por méritos propios o ajenos, llegaste hasta acá, así que contestame correctamente a la pregunta y ya vas a saber dónde tienes que ir a buscar tu premio de consolación.

—¡Andá a cagar!

—¿Quién descansa junto al más importante?

—¡Andá a cagar! —escucha Erika a punto de poner el pie en el primero de los peldaños amarillos.

Reconoce la voz de Bujalesky. El corazón sigue a tope de revoluciones y ya no dispone de margen suficiente para gestionar más sobresaltos. Las Doc Martens le pesan como si las suelas fueran de cemento y los cordones de plomo. Siente que toda la sangre de su cuerpo se ha concentrado en los muslos, los glúteos y los gemelos y no le llega suficiente riego al cerebro para emitir una serie de órdenes; triviales pero inabordables. Se ve en la necesidad de apoyarse en la pared para repostar aire. Calcula una bocanada de oxígeno cada dos escalones. Acto seguido, se despoja de la mochila que lastra su espalda empapada en sudor y la arroja al suelo, abre la cremallera, agarra la Glock 19 y la desliza por dentro del cinturón.

—¡Vamos! —la anima Furiente.

—Tenés dos opciones: intentarlo o no intentarlo —expone Telmo con voz templada—. La primera podría salvarte la vida, la segunda te la quita.

Damocles levanta ligeramente el bastón del suelo, tira hacia arriba del mango y lo gira hacia la izquierda. Un chasquido anuncia la presencia de un aguijón plateado que asoma por el extremo contrario.

—Solo es necesario que entre en contacto con tu tejido a nivel subcutáneo. Respondé de una vez. ¿Quién descansa junto al más importante? —insiste mientras avanza hacia la posición de Bujalesky, que sigue sentado—. ¡Vamos, papá, tenés que poder acertarla!

—¡Ya te dije que te fueras a cagar! —grita Bujalesky alzándose.

Telmo suspira hastiado.

—De acuerdo, querido, si lo preferís así, Venerable Maestre, que así sea.

Un grito desesperado le interrumpe la estocada. Telmo, que se gira desconcertado. Erika le apunta con un arma desde el hueco de las escaleras. Tiene el rostro desencajado, como si las facciones se hubieran puesto de acuerdo para huir de esa cara. En una fracción de segundo, Telmo analiza la amenaza y concluye que no es tal: la doctora no va a disparar.

Pero puede que Furiente sí.

Al mismo tiempo, su instinto le advierte de otro peligro. En realidad no ha sido el instinto, ha sido la visión periférica, que ha recogido un movimiento extraño.

Erika ha irrumpido en el faro justo en el momento que Telmo iba a agredir a Bujalesky. De entre todas las opciones que ha barajado su cerebro, total dos, ha elegido la menos drástica. Se ha sorprendido a sí misma por lo agudo y desagradable del sonido que ha salido de su boca y resuelve que ha tenido que ser cosa de Furiente. Sostiene la pistola con la derecha, porque la izquierda la usa para sostenerse ella. Las piernas le tiemblan y el sistema cardiorrespiratorio ha superado su nivel óptimo de rendimiento. La situación de ansiedad prolongada ha provocado que su cuerpo libere muchas hormonas que ahora están afectando a su capacidad para enfocar. Así y todo, se anticipa al movimiento que va a hacer el dantista.

Y no le gusta.

Bujalesky ha sabido leer inmediatamente la situación de desconcierto que ha creado la milagrosa y ruidosa aparición de Erika. Ha dejado de ser el foco de atención para Damocles —Telmo, encargado del Barolo, ha dejado de verlo— y tiene que actuar. Alarga el brazo y la ase con fuerza. Desvía todas sus energías a las piernas para incorporarse e iniciar el golpe. El objetivo es la cabeza. La oportunidad es esa y no piensa desperdiciarla.

Telmo está entrenado para procesar situaciones ofensivas y reaccionar mucho antes que el resto de las personas. Los asaltos de esgrima se decantan de un lado o del otro por milésimas de segundo. El objeto que viene hacia él no es un florete ni un sable ni se parece a una espada, pero igualmente le fuerza a realizar un movimiento defensivo con urgencia. Entre esquivar o detener descarta la segunda opción por no estar en disposición de levantar el bastón a tiempo. Realiza un desplazamiento brusco hacia atrás para evitar que Dulcinea impacte en la sien izquierda, alejando su cabeza de la trayectoria circular que está dibujando en el aire.

Sencillo.

Previamente a que suceda, Bujalesky ya sabe que va a errar el golpe. Su rival se mueve a una velocidad distinta. Sin embargo, algo inesperado le ofrece una nueva oportunidad. Al retroceder, su talón tropieza con uno de los revestimientos que sobresalen del suelo y pierde la verticalidad. Una patada frontal en el pecho es la opción elegida.

Surte efecto.

Telmo no sabe contra qué ha tropezado, pero sí qué consecuencias acarrea. Ha perdido el equilibrio y para un esgrimista eso es la antesala de la derrota. Solo puede tratar de minimizar el daño. Se prepara para recibir la suela que viene hacia él.

Pero no para lo que viene después.

Erika juraría que allá arriba todo ha sucedido a mayor velocidad de lo normal. Un estallido da paso a la lluvia de cristales y la figura de Telmo desaparece.

Bujalesky no esperaba ese resultado, pero la sorpresa no consigue imponerse a su agresividad. Las manos que ve agarradas a uno de los listones que conforman el armazón de la linterna le indican que el enfrentamiento no ha concluido. Se asoma con cautela.

Telmo no sabría explicar cómo ha logrado aferrarse a la estructura, pero sí es conocedor de que no va a poder aguantar mucho tiempo. El viento sopla con fuerza, pero es otra fuerza la que le preocupa: la de la gravedad. Centra su atención en el espacio que hay bajo sus pies para comprobar que la caída hasta la terraza del decimosexto piso es mortal. Lo siguiente a lo que se enfrenta es a la mirada nada compasiva de Alcides Edgardo Bujalesky.

Erika reacciona. Arroja el arma al suelo y se dirige al lugar por donde ha visto esfumarse a Telmo. Los cristales crujen bajo sus botas.

—¡Ayúdalo! ¡Vamos! —le exige a Bujalesky.

—¡Agarrame de las piernas o me arrastrará! —le grita este.

Erika lo hace.

El dantista se inclina hacia delante y alarga ambos brazos.

—¡Dale, Telmito, agarrate! —le ofrece.

Duda, pero las heridas que le han provocado los vidrios en las manos mellan su capacidad de aguante.

—¡No seás pelotudo! ¿Qué te pensás, que te dejaría caer? Dale, agarrate.

Telmo suelta la izquierda.

—¡Te tengo! ¡Ahora la otra! —le anima.

Lo hace. El semblante de Bujalesky refleja el esfuerzo que requiere la situación. Una barra metálica le está oprimiendo el pecho y los músculos de la espalda; los hombros y los brazos están soportando un peso muerto considerable. No obstante, hay algo en sus ojos más feroz que el sacrificio físico que está llevando a cabo.

—¿Quién descansa junto al más importante? —le pregunta Bujalesky bajando el tono.

Telmo niega con la cabeza.

—Decime, amigo, por última vez —le amenaza moviendo los dedos de la mano izquierda para hacerle entender quién tiene la sartén por el mango—: ¿quién descansa junto al más importante?

—¡Andate al infierno!

Bujalesky le sonríe anticipando sus intenciones.

—No, Telmito, al infierno te vas vos —susurra.

Ingravidez.

¡HAY QUE JODERSE!

El Golfo Norte
Carretera Barrika-Sopelana (Vizcaya)
Octubre de 2013

No se han cumplido dos meses desde la última vez que Ramiro Sancho pasó por allí. Su mirada se mece al ritmo del oleaje del Cantábrico mientras asume que su vida transcurre a una velocidad que supera con creces su capacidad de administrar emociones. No se considera impermeable, pero ha de admitir que la coraza que le cubre la piel es cada vez más dura, rocosa, considerablemente áspera. A pesar de ello, todavía alberga la esperanza de que sea porosa a otros sentimientos menos nocivos, como los que comparte con la mujer que permanece en silencio a su lado.

El cielo raso le hace preguntarse si la no presencia de nubes estará relacionada con la ausencia de alguien habituado a interpretar sus formas. Desde que regresó de Argentina ha tratado de esquivar el quebranto que le produce pensar en él y, sin embargo, no piensa eludir el compromiso que adquirió con el islandés.

—Tendría que existir un rincón como este por decreto ley cada cincuenta kilómetros cuadrados —observa Sara Robles desde la terraza de El Golfo Norte, cuyo privilegiado emplazamiento coronando el acantilado produce un efecto ensoñador.

—Apruebo la moción —responde el pelirrojo sin despegar la vista del perfil zigzagueante de la costa de Uribe.

—Y toda la zona... No parece este un mal lugar para retirarse —especula calentándose las manos con la taza de café.

—No lo parece, no. La cuestión es cuándo coño llegará ese momento o, peor aún, si, llegado el momento, sabremos distinguirlo.

—Depende del nivel de distorsión que hayamos alcanzado. Y al paso que vamos...

—¿Por qué hablamos en plural? —pregunta Sancho maliciosamente.

—Porque tú y yo ya no somos dos, somos uno, un «nosotros» —responde ella en el mismo tono.

Sancho hace el ademán de levantarse de la silla.

—Ahora que lo dices, hay que moverse —recuerda ella mirando el reloj.

—Sí.

—¿Crees que se alargará mucho? No es que me importe —añade al percatarse de la poca idoneidad de su comentario—, es solo por planificar mi tiempo.

—Una hora, supongo, pero te aviso. Me acompañas hasta allí, ¿verdad? Así te la presento.

—Por supuesto. Me conviene conocer a la otra —insiste Sara en acento jocoso.

Sancho la azota.

—¿A ella también la maltratas?

La bufonada de la inspectora sigue hasta que cruzan la carretera y entran en la zona ajardinada del restaurante Milagros. Un dogo argentino esprinta entre las hamacas que aún están sin ocupar siguiendo el azaroso itinerario de una pelota de tenis babeada. Trazando la trayectoria inversa con la mirada, Sancho llega hasta Erika. Sonríe.

Esa sonrisa.

—No me la imaginaba así —comenta Sara.

—Así, ¿cómo?

—Así de… Así —define.

—Ya comprendo, ya.

Erika repara en los recién llegados y levanta el brazo. Karatu le entrega el botín y se repite el proceso. A unos metros para producirse el encuentro, Erika toma la iniciativa y se arroja a los brazos del inspector, que no opone ninguna resistencia.

El abrazo dura lo que duran los abrazos de verdad.

—¡Qué ganas tenía de verte! —dice ella—. Hola, tú debes de ser Sara. Encantada. —Se besan—. ¡Oye, cabronazo, no me dijiste que estabas con una mujer de verdad! —Erika le agarra la barba con las dos manos y tira suavemente—. Me alegro mucho, en serio. ¿Nos sentamos?

En ese instante Sancho está a punto de preguntarle cuándo ha dejado la medicación, pero decide contenerse.

—Yo solo quería saludarte —interviene Sara—. Os dejo solos, que tenéis demasiado de qué hablar. Estaré dando una vuelta por aquí.

—Puedes quedarte si quieres —responde Erika—. Por mi parte no hay ningún problema.

Sara le consulta a Sancho con la mirada.

—Gracias, pero solos estaréis más cómodos. Nos vemos más tarde —se despide antes de posar un beso en los labios del pelirrojo.

Se sientan en torno a una mesa que pide a gritos que la acaricien con un trapo húmedo.

—Me gusta —sentencia ella—. Bueno, ¿ya has visto la joya que te llevas?

—Erika, ¿seguro que es lo que quieres? Te estaba viendo disfrutar bastante con Karatu —le consulta pasando la mano por el lomo del animal.

—Sí, pero tengo en mente ir a Ámsterdam a ver a mi madre y luego quiero perderme por ahí una temporada. Necesito digerir mucha mierda y cada vez que lo veo me acuerdo de Ólafur. No sería justo para el animal. Además, estoy segura de que contigo, o con vosotros, va a estar genial. Y así tengo excusa para ir a verte, a veros.

—Sigo viviendo solo —aclara él.

—Bueno, eso es circunstancial. Os he visto esta mañana. No quise interrumpir, pero no pude evitar observaros un rato. Se os ve bien. Muy bien —precisa.

—Eso sí es circunstancial. Nunca se sabe cómo van a evolucionar las cosas.

—Venga, Sancho. Sois dos cuarentones con la palabra «amor» tatuada en la frente. No te opongas a los dictámenes de tu corazón solo por inercia. Joder, ¿esa frase ha salido de mi boca? Tengo que tomarme un par de cervezas para expulsar el espíritu de Corín Tellado que me ha debido de poseer esta noche.

Se levanta, camina acelerada hasta la puerta, la abre, hace señas con los brazos y regresa.

—Erika, te noto un tanto alterada.

—Puede, no sé. Estoy bien, la verdad. Me encuentro fuerte, con ganas no sé muy bien de qué, pero con ganas. Y tú ¿cómo estás?

—Razonablemente bien.

—¡Mierda! Tenemos millones de motivos para saltar de alegría. La última vez que te vi…, jo-der, pasé mucho miedo. Mucho. Demasiado. Miedo de película de miedo. Cuando me asomé por el agujero ese sin fondo me temí lo peor. Eres inmortal, Sancho, inmortal.

—Tuve suerte allí abajo.

—Bueno, no sé si «suerte» es la palabra que mejor define esa situación, pero, oye, tú mismo. ¿Se sabe algo del arcángel?

—Nada. Han revisado las cámaras del hospital y no se explican por dónde escapó. Bueno, para ser precisos, no escapó, porque no estaba detenida, por lo que entiendo que, en cuanto recuperó un mínimo de fuerzas, se levantó y se largó. Sin más. A mí me administraron un sedante en la ambulancia que me dejó frito al instante y cuando desperté, once horas más tarde, ella ya no estaba.

Una camarera trae las dos cervezas. Antes de servirlas limpia la mesa.

—¡Hola, Ainara!

—Buen día, Erika.

—Es la novia de Txus. ¿Te acuerdas de Txus?

—Claro.

—Pues eso.

—Que disfrutéis, chicos —les desea Ainara.

Erika le da un buen trago al botellín.

—¿Tenemos que preocuparnos? —pregunta ella refiriéndose al arcángel.

—No.

—Joder, con qué rotundidad lo dices.

Sancho se inclina hacia su izquierda para extraer la cartera del bolsillo trasero de su pantalón. Le entrega un papel.

—*The greater the illness* —lee Erika.

—Lo pasó por debajo de mi puerta, en el hospital.

—¿Qué sucedió allí abajo? —quiere saber mientras lía un cigarro.

Sancho le cuenta la versión resumida, pero cuando termina hay otros dos botellines sobre la mesa.

—Cambio lo de inmortal por superhéroe. Eres un puto superhéroe.

—Superfanta —se bautiza.

—Superbarba mola más. ¿Superbarbafanta? No, Superbarba. Ahora en serio, me parece acojonante que hicieras todo eso.

—Afán de supervivencia, supongo. ¡Qué más da! —concluye—. Hay una orden de búsqueda y captura contra ella, pero... Por cierto, me contó Makila que fuiste tú quien le avisó y que te pusiste, digamos, muy insistente. Te lo agradezco.

—Afán de conservar el único amigo que me queda, supongo —reconoce antes de dibujar una «O» con los labios en la que acoplar el botellín. Sancho aprecia cierta amargura en la afirmación, por lo que improvisa un rodeo.

—Doy por hecho que fuiste tú quien arrojó el piolet.

—Sí, la verdad es que no recuerdo muy bien qué estaba pensando en ese momento. Imaginé que podría servirte de ayuda.

—Y así fue.

—Bueno, ¿y qué más te ha contado Makila?

Sancho saborea el trago de cerveza sin despegar la vista de Erika. Puede palpar su ansiedad en las intensas y muy seguidas caladas que está dando al cigarro.

—La documentación que le llevaste a Lyon les ha servido de más de lo que esperaban. Han montado una comisión de investigación que involucra a catorce cuerpos policiales, incluido el nuestro. Hasta la fecha han detenido a siete personas, pero no quiso darme más detalles.

—¿Y tú crees que con lo que tienen podrán desmantelar toda la organización?

—De la cúpula se encargaron ellos mismos, quiero pensar que no les resultará sencillo resurgir de sus cenizas. Independientemente, este pelirrojo da el asunto por zanjado. Cuando terminemos esta conversación no quiero oír una sola palabra más sobre la Congregación, Dante, el mundo de la masonería, el ocultismo, lo esotérico ni la putísima magia negra.

—Ni yo.

—Erika, tengo que preguntártelo. El cuerpo de Michelson sigue sin aparecer, ¿qué pasó?

Erika se lo confiesa entre calada y calada.

—No me preguntes por qué —concluye.

—Pues eso, lo que decíamos antes: a grandes males…

—Grandes remedios —completa ella.

—Grandes remedios, los cojones; grietas profundas.

Erika aplasta la colilla contra el cenicero.

—En ese momento me pareció que era lo que tenía que hacer, no sé, entiendo que por no dejarlo ahí a la intemperie. Al final fue una víctima más de toda esta locura.

—Puede que tengas razón, pero no derramaré una sola lágrima por él, te lo aseguro. Y del Argimiro Eduardo Boguslavsky este ¿qué sabes?

—Seguramente sepas más tú que yo.

—Sé que la Policía Federal Argentina le tomó declaración y que el testimonio ha pasado a formar parte del expediente, pero después de lo que tú les contaste la fiscalía no ha encontrado razones para presentar cargos contra él.

Erika se muerde el labio.

—Suéltalo.

—Está claro que el tipo nos engañó desde el principio. Es decir, me engañó —reconoce ella—. Sabía que El Cartapacio no existía y aun así me involucró en la búsqueda de los putos restos de Dante.

—Hasta ahí no veo ningún delito —objeta Sancho.

—Lo que digo es que no me fío una mierda de él. A su hijo lo mataron por su culpa, por su enfermiza obsesión. Y sobre lo que pasó allí arriba..., no puedo demostrarlo; sin embargo, cada vez estoy más segura de que lo dejó caer. Durante unos segundos intercambiaron palabras que yo no pude escuchar, pero lo último que sí oí fue a Telmo mandarle al infierno.

—¿Hablaste con él?

—¿Con Bujalesky? Claro. Dijo que se le había escurrido de las manos y que Telmo había intentado matarle. Repetía eso una y otra vez.

—Lo cierto es que presentaba varios golpes de diversa consideración. Yo le vi muy hecho polvo.

—Claro, porque con Telmo despanzurrado perdió todas las opciones de encontrar las cenizas, que es lo único que le importa en la vida.

—Pues que se joda. Y que se jodan Dante y los dantistas, los centinelas, los guardianes y los equilibristas.

—Exacto. Que se jodan. Aunque, para ser sincera, cuando descubrí que Telmo era Damocles subí todas las malditas escaleras del Barolo porque entendí que estaba en peligro, pero, principalmente, porque quería acabar de una vez por todas con...

—Superroja —le corta.

—*Superbipo* mejor.

Sancho libera una carcajada que atrae la atención de Karatu. El animal se apoya en sus piernas con las patas delanteras y le entrega la pelota.

—Ya está, ahí lo tienes —le anima.

Sancho observa la capa de saliva que cubre el juguete y la agarra entre el índice y el corazón antes de lanzársela lo más lejos posible.

—Makila también me contó cómo descubriste lo de Telmo. Si te sacas las oposiciones, te quiero en mi equipo.

—Joder con el nigeriano, es peor que una portera. Conmigo no habló tanto tiempo, aunque... lo mismo no hace falta que me vista de uniforme para que sigamos trabajando juntos.

—Vaya, vaya... Parece que el inspector general Makila sí mantuvo contigo una interesante conversación. Intuyo que te habló del nuevo grupo que va a comandar en la Interpol.

—*Strategic Group Against Human Trafficking* —reveló ella.

—El mismo, aunque, al parecer, abarcará bastante más que lo que dicen las siglas.

—Al parecer —repite con forzada indiferencia.

—Y qué, ¿ya tienes tomada una decisión?

—No ¿y tú?

Sancho termina su cerveza.

—Sí.

—¿Y?

—Es una propuesta sugerente, pero le he dicho que no le voy a contestar hasta que no esté del todo convencido.

—A mí me dijo que estaba seguro de que tú ibas a aceptar. Vincent Dare ya lo ha hecho.

—Lo sé, he hablado hace unos días con él. Déjame que te diga que la manipulación es la mejor virtud de Makila, por eso ha llegado tan lejos. Me gusta el tipo —valora—. Formar parte de ese grupo implicaría estar mucho tiempo fuera de casa.

—Eso, justo eso, es lo que más me atrae a mí.

—Para mí es el gran inconveniente. Ahora —aclara.

—Entiendo.

Erika inclina la cabeza sibilinamente.

—¿Qué?

—Intuyo que Sara tiene algo que ver en la futura decisión.

—No me tortures.

Ella manufactura otro cigarro.

—Anda, llámala y dile que venga. Que lleváis casi cuarenta minutos separados y no quiero hacerte sufrir tanto —dice ella consultando la hora del móvil.

—¿Ya hemos acabado?

—Si te digo la verdad, no me apetece mucho seguir hablando del tema.

—A mí tampoco.

—¿Otra?

—Sea. Tenemos que brindar por Ólafur.

Sancho vuelve a buscar alguna señal en el cielo con la misma suerte.

—Nefología —pronuncia Erika.

—¿Perdón?

—Así se denomina la ciencia que estudia el movimiento de las nubes. Me lo dijo él en el hospital aunque Ólafur era más de interpretar sus formas, a su manera.

—Parece que el firmamento haya decretado el luto oficial en su memoria.

—Totalmente merecido, era el último de su especie —certifica ella.

Silencio.

—Voy a avisar a Sara.

—Le voy pidiendo una cerveza, que vendrá sedienta.

—Vas a aceptar la propuesta de Makila, lo sé —asegura el pelirrojo mientras teclea en su móvil.

—Pues ya sabes más que yo.

—Te conozco y todavía no te ha llegado el momento de escribir *konets.*

Erika lo examina sorprendida.

—Busqué el significado.

Sus ojos azules, casi grises, titilan.

—Voy a pedir.

La mirada de Sancho persigue la azorada huida de Erika. Se rasca la barba y acaricia la cabeza del dogo.

—Bueno, muchacho, parece que tú y yo vamos a tener que llevarnos bien, ¿eh?

Karatu lo mira, curioso, expectante.

—¡Hay que joderse! —cierra.

NOTA DEL AUTOR

Estimada lectora o lector:

Permítame unas líneas más para retomar la idea que le lanzaba en el introito. *A grandes males* nace a partir de la colisión del hilo argumental que venía tejiéndose en las novelas que la preceden contra los acontecimientos históricos con los que tuve la suerte de encontrarme durante la fase de documentación. Mezclar ficción y realidad en la misma coctelera resultaba demasiado sugerente como para no tratar de preparar el combinado. Mi pretensión ha sido servirlo mezclado, no agitado; está por ver si he sabido o no ponerme a la altura de los ingredientes. A saber: los misterios contenidos entre los muros del Palacio Barolo y del Palacio Salvo; los coincidentes trágicos finales que salpican a los empresarios que los financiaron; la enigmática personalidad y obra de Mario Palanti, así como su membresía a la Fede Santa;

la increíble pero muy cierta historia que rodea a la desaparición de la *Ascensión;* las incógnitas que hoy día aún enturbian la verdadera localización de los restos de Dante Alighieri; los mensajes contenidos en *La Divina Comedia* y la figura de Dante como Gran Maestre de la Fede Santa; la existencia de celebridades contemporáneas al desarrollo temporal de la trama con probada vinculación a la masonería; o incluso el haberme topado con leyendas sin probar, como la mencionada acerca de la desaparición de Remigio Lattuada en el faro del Barolo. Ante la duda de haber salido airoso del reto, me veo en la necesidad de insistir en que lo que usted acaba de leer debe ser digerido como una historia que nunca aconteció, pero que bien pudo haber sucedido.

En esta fría y oscura madrugada de agosto, quiero inaugurar el apartado de agradecimientos, como corresponde, con los seres que me acompañan en el día a día. Como dice la canción de Izal: *Los seres que me llenan.*

Olga y Hugo, sois mi epicentro vital, mi centro de operaciones trascendental, mi cuartel general. Os quiero y necesito más de lo que jamás seré capaz de expresar por escrito.

A Urtzi, cómo no, por todo lo que ha significado y significa para este autor. Y por lo que vendrá.

A Néstor Flego, mi nuevo viejo amigo, por volcarte conmigo en el trabajo de adaptación al idioma original, pero, principalmente, por abrirnos los brazos desde aquel primer momento.

A José Luis Licciardo, guía del Palacio Barolo, por adoptar el papel de Virgilio en mis dantescas visitas a través de sus entrañas de hormigón armado haciendo visible lo invisible.

A Rodrigo Gavilán, subinspector del CNP adscrito a la Consejería de Interior de la Embajada de España en Buenos Aires, por hablarme del Palacio Barolo, con lo que ello ha provocado.

A Chevi de Frutos, por tu aportación creativa en el apartado visual y tus infinitas adaptaciones en forma de material incendiario para su propagación en las redes sociales.

A Carlos de Francisco, por inmortalizar esos instantes que me sirven de alimento cuando ando escaso de provisiones.

A Suma de Letras, Mónica, Gonzalo, Patricia, Mar, y a todo Penguin Random House, por seguir apostando por este aporreador de teclados y darme asilo dentro de vuestro prolijo catálogo de autores.

A los libreros, por incorporarme a sus filas en primera línea de frente cuando se presenta una nueva batalla. Más pronto que tarde ganaremos la guerra.

A la masonería y los masones, por su implicación en la búsqueda de la verdad capitalizando el librepensamiento del ser humano contra viento y marea.

A mis paisanos de Valladolid, por el calor y el afecto que me brindan cada vez que regreso a casa.

A Julián Saldarriaga y a Iván Ferreiro, por poner vuestro talento musical a disposición de la causa gellidista. Os adoro, disfrutones.

Y, como siempre, cerrando este capítulo de agradecimientos, a usted que aún sostiene este ejemplar abierto entre sus manos, porque sin los lectores nada cierra ni se sostiene en este agujereado mundo de la cultura. Le doy las gracias de corazón a la vez que me permito la licencia de ofrecerle un consejo: siga pasando páginas, todavía no ha llegado al final de esta novela.

César Pérez Gellida
Buenos Aires

EL MÁS IMPORTANTE

Catedral Metropolitana
Buenos Aires (Argentina)
Octubre de 2013

Si querés esconder algo, ponelo bien visible y a la altura de los ojos de quien no sabe mirar».

Y más visible no puede estar.

Desconoce cuántas personas pasan por allí a lo largo de una jornada, pero, con total seguridad, el mausoleo de José de San Martín, prócer de próceres para los argentinos, es uno de los lugares más concurridos de Buenos Aires. Él lo ha visitado en repetidas ocasiones, pero, como todos los que ahora lo hacen, su mirada nunca se había detenido en ese cofre, pues se quedaba ensimismada en el aura de magnificencia que desprende el féretro de «el más importante».

—¿Era pariente suyo? —escucha susurrar a una señora de avanzada edad, conmovida por las lágrimas que resbalan por las mejillas de Bujalesky. El dantista no se digna a satisfacer su curiosidad.

Han transcurrido tres semanas y dos días desde que los servicios médicos tuvieron que sedarle para bajarle del faro. El trámite policial duró lo que tardó Erika Lopategui en declarar como testigo del incidente. Él no entiende de leyes, pero el abogado que le ha atendido le ha asegurado que solo tiene que preocuparse de acudir a la vista previa cuando el juez lo disponga y que, siendo parte de un caso de índole internacional, no ocurrirá antes de un año. La noticia de la muerte del encargado del Barolo copó los titulares de la prensa y los noticiarios, pero enseguida quedó enterrada en la indignación nacional tras la derrota de la albiceleste contra Uruguay y la vorágine informativa de las elecciones legislativas fechadas para el día 27 del mes presente. Y es que no hay muerte violenta ni accidental por muy misteriosa que resulte que pueda competir en Argentina con el asesinato verbal de un delantero sin olfato de gol ni con el placer de descuartizar oralmente a un político.

Sin remordimientos ni preocupaciones, pero sí hundido por la última revelación de Telmo, Bujalesky se recluyó de nuevo en Villa 31 dispuesto a ser corroído por el imperecedero ácido de la decepción. Lejos de producirse tal efecto, una incógnita sin despejar le sirvió de antídoto: «¿Quién descansa junto al más importante?». Tardó en darse cuenta de que la solución era en sí misma un engaño, ya que partía de una certeza equívoca. Dando por veraces los argumentos de Telmo, el asunto de las cenizas no era más que una burda historia con la que tapar la existencia de El Cartapacio. Siendo así, el más importante para Minos no era el divino poeta, ni mucho menos. El mapa era una suerte de mofa cuyo propósito no era otro que burlarse de Dante y distraer la atención de sus enemigos. Esa fue la forma de demostrar su superioridad frente a la ortodoxia de la Fede Santa y de los dantistas como él. Telmo quiso plagiar la fórmula regodeándose ante su enemigo en persona y regalándole información, pues pensaba que este jamás iba a poder aprovecharla.

A Bujalesky ya no le queda ningún resquicio de duda.

Para Minos el más importante no era otro que José de San Martín, hermano masón y el espejo en el que Bartolomé Mitre siempre quiso mirarse. Junto a él descansaba el que fuera su mano derecha, el primer Damocles, el general Juan Gualberto Gregorio de Las Heras, el vigilante de El Cartapacio y protector del Templo. ¿Quién si no?

Ha llegado el momento de invertir el resultante. No se llevará el primer premio, el que tanto ansiaba conseguir, pero el de consolación servirá para pisotear a la Congregación, para enterrarla definitivamente. Y todo será gracias a él, a Alcides Edgardo Bujalesky, Venerable Maestre de la tan golpeada pero superviviente Fede Santa.

Ya ha decidido que en cuanto lo tenga en su poder se lo va a entregar a Erika, dando por hecho que la doctora y el pelirrojo sabrán qué hacer con esos nombres que ahora, por fin, tiene al alcance de la mano.

Pero no quiere precipitarse. La entrada de la capilla está permanentemente protegida por dos granaderos que, si bien no prestan atención a lo que ocurre dentro, podrían frustrar su plan si se deja llevar por la ansiedad. Hoy, su objetivo no es otro que averiguar dónde encaja la llave que no deja de palpar dentro del bolsillo de su chaqueta. La ha recuperado del interior de la almena abovedada de la terraza del Barolo. Tal y como le había dicho Telmo, el lugar estaba repleto de objetos inservibles que tapaban una oquedad oculta tras una vulnerable reja que solo tuvo que abrir con la llave del purgatorio para extraer la tercera y última caja de terciopelo rojo. Tiene resuelto hacerlo durante el cambio de guardia que se realiza cada dos horas, cuya escenificación dura aproximadamente cuarenta segundos. Ese es el tiempo del que dispone para dar con el artilugio.

Se enjuga las lágrimas con el dorso de la mano y comprueba que, en efecto, se cumple el teorema de Damocles. Los monumentos a los acompañantes de San Martín —Tomás Guido, Las Heras y el soldado desconocido— pasan totalmente desapercibidos para la inmensa mayoría de los turistas. Son muy pocos los que les prestan una mínima atención y menos aún los que leen el nombre que está escrito bajo el busto de un hombre de gesto circunspecto y altivo: Las Heras. En ese momento, solo él está parado frente al cofre funerario que, supuestamente, contiene El Cartapacio. El receptáculo parece ridículo en comparación con el féretro del Libertador, que ocupa el centro de la capilla de Nuestra Señora de la Paz levantada en unos terrenos anexos, pues la Iglesia se opuso a que un masón fuera enterrado en suelo sagrado. ¿Qué mejor sitio para esconder lo que nadie ha de encontrar que en casa del enemigo? Bajo la gran cúpula resalta el conjunto funerario compuesto por un gran sarcófago de mármol negro y lápida roja imperial y cubierto por la bandera de la patria. Tres esculturas de bella factura que representan sus campañas de liberación en Perú, Chile y Argentina lo escoltan a perpetuidad. El del general Las Heras está labrado en bronce por una mano experta y en él se aprecia la calidad del trabajo en el cuidado de los volúmenes y, sobre todo, en la actitud del cóndor que custodia El Cartapacio: desafiante.

El tumulto que proviene del exterior le avisa de que está llegando el reemplazo de los granaderos. Surte el efecto previsto y los visitantes que están en la capilla salen en bandada para asistir al espectáculo a través de las pantallas de sus teléfonos móviles. Con cierto disimulo, comprueba que solo hay una persona que permanece dentro, pero está en el lado opuesto, junto a la urna del general Guido. No se lo piensa dos veces e introduce la mano entre el cofre y el pedestal para dejarse guiar por el tacto. Resulta insultantemente sencillo. La superficie es toda lisa y plana excepto una circunferencia que encuentra en la vertical del cóndor, cuyo diámetro, a falta de una comprobación más empírica, diría que es exactamente igual que el de la llave del paraíso, que sigue palpando en el interior del bolsillo de la chaqueta.

El glorioso hallazgo le produce una sensación muy cercana al orgasmo. Un orgasmo triunfal.

Y de tan intenso que es, apenas nota el pinchazo en la base del cuello. Instintivamente, se gira y agita la mano por detrás de la cabeza con el fin de espantar al insecto responsable de la molestia. En el movimiento se percata de que el turista está a su izquierda, pero no le da ninguna importancia, dado que él ha cumplido con su cometido y ya puede marcharse.

Pero no puede.

La neurotoxina de laboratorio está diseñada para provocar la parálisis nerviosa inmediata como preludio de la apoptosis neuronal. Una muerte cerebral programada en menos de cuatro minutos.

Las piernas no responden y pierde el equilibrio. Solo la intervención del turista evita que dé con sus huesos en el suelo. Delicadamente lo sostiene entre sus brazos y lo acomoda en el suelo con la espalda apoyada en el pedestal que soporta el cofre. Las vías catecolaminérgicas se bloquean, pero Alcides Edgardo Bujalesky todavía es consciente de lo que le está sucediendo y nota que el extraño introduce la mano en el bolsillo de la chaqueta y le arrebata la llave sin que él pueda impedirlo. Quiere protestar, pero el sistema nervioso central, encargado de trasladar esa orden a sus cuerdas vocales, está desactivado.

Confundido, aún logra percatarse de que el turista que le está asistiendo es una estatua de mármol.

Una estatua de mármol viviente.

Una estatua de mármol viviente que lo observa con detenimiento.

En el fondo de sus ojos se dibuja una fina espiral roja que no puede ser sino la representación de los nueve círculos del infierno que describió Dante en *La Divina Comedia*.

Solo entonces comprende que es allí donde se dirige.

EL MAPA

Gran Arquitecto, Creador, hoy muéstranos
signos divinos que nos guiarán.
En esta oscuridad vagamos huérfanos.

Las mil penurias que sean serán
aún más allá del Malebolge eterno
hasta las fauces del mismo Satán.

Necesario es el descenso al infierno.
Cuerpos celestes, el rastro infalible
de la Catedral, puerta del averno.

El conocimiento la hará visible,
ora bien, para el descenso afrontar
deshaceros habréis de lo inservible.

En los círculos debéis demostrar
que la palabra del libro se sabe
para entre pecadores transitar.

Solo los puros hallarán la llave,
indispensable en el peregrinaje,
para ascender al purgatorio es clave.

Continuad, pues, este vuestro viaje
de iniciación, pero proseguid solo
si estáis dispuestos a pagar peaje.

¡Expíanos, Señor, las nuestras penas,
Ser único, la estrella que buscamos.
Hoy escuchamos lo que nos ordenas.

Del terrible infierno ya regresamos,
somos dignos de afrontar el presente
aun dejando atrás todo lo que amamos.

No es tarea fácil ser indulgente,
vosotros, los que nunca lo quisisteis,
afrontaréis la escalada valiente.

El botín que a Lucifer despojasteis
no sirve sin romper con lo ilusorio
para llegar donde nunca llegasteis.

Desde el primer balcón del expiatorio,
invisible al profano, está el cerrojo,
la ascensión siniestra hasta el purgatorio.

De nada os van a servir vuestros ojos,
ceguera que el pecado impedirá
atravesar los muros sin despojos.

El tiempo no existe ni existirá;
si vuestra penitencia fue sincera,
la luz al paraíso os guiará.

¡Sed bienvenidos, los inmaculados!
Como iguales que sois os respetamos,
si ya estáis libres de vuestros pecados.

Sobre vuestras cabezas nos hayamos,
las señales son brillantes deidades,
las guardianas de lo que siempre amamos.

Las mentiras son como las verdades,
no resulta posible distinguir
la luna del sol en las vanidades.

A las nueve esferas debéis subir,
mas angosta y escarpada es la ruta.
Solo la fe mata el miedo a morir.

En el Empíreo, la última disputa.
Cuatro cimas, dos visibles, dos no,
solamente hay una que la disfruta.

Perderéis por completo la razón
si no lográis vencer al vigilante.
El alma prosigue, no el armazón.

Responded ante él, mi semejante,
y os llevará hasta el tesoro que anheláis.
¿Quién descansa junto al más importante?

BANDA SONORA

UNO DE ESOS PIJAMAS DE MÁRMOL

Hasta acá me ha guiado la luna,
acá, donde los vivos deambulan,
donde el viento pregunta y las
respuestas son inscripciones en urnas.

Coronas de flores secas,
nombres, relatos y fechas,
un enjambre de difuntos
en el corazón de la Recoleta.

La fea que busca a Eva Duarte
vendería su alma al instante
solo por sentirse un poco amada,
sueños de un amor ya cadáver.

En otra vida quisiera ser árbol,
morirme nunca y nunca vestir
uno de esos pijamas de mármol.

El gordo frente a frente con Firpo,
en el cuadrilátero perdido,
volverán a partirle la cara,
último *round* con guantes vacíos.

En otra vida quisiera ser árbol,
morirme nunca y nunca vestir
uno de esos pijamas de mármol.

El poeta llora a José Hernández,
tiene más versos que realidades,
un Martín Fierro de papel
que no suma un gaucho en dos mitades.

En otra vida quisiera ser árbol,
morirme nunca y nunca vestir
uno de esos pijamas de mármol.

En este cementerio de ilustres
siguiendo el rastro de las cruces,
las historias de muerte saben
como saben a dulce los dulces.

En otra vida quisiera ser árbol,
morirme nunca y nunca vestir
uno de esos pijamas de mármol.

Uno de esos pijamas de mármol.
Uno de esos pijamas de mármol.
Uno de esos pijamas de mármol.

TAN VIVO, TAN MENTIRA

Tan vivo como un cactus,
tan mentira como fueron tus palabras,
muerto en el momento que soñé que eras mía,
en tu cama verde cubierta de espinas.

Tan vivo como Julio César,
tan mentira como fueron tus miradas,
tuerto al despertar, ciego el resto del día,
dagas son los besos con los que me asesinás.

Te abrí la puerta
con mis mejores deseos y mi peor sonrisa.
Te cerré la puerta
con mis peores deseos y mi mejor sonrisa.

Tan vivo como una bandera,
tan mentira como fueron tus insignias,
puerto seco de antiguos barcos olvidados,
esta guerra no se pierde en Malvinas.

Tan vivo como mis cenizas,
tan mentira como fueron tus caricias,
cierto como el final de los cuentos de enamorados,
me quemo en tus malas artes divinas.

Te abrí la puerta
con mis mejores deseos y mi peor sonrisa.
Te cerré la puerta
con mis peores deseos y mi mejor sonrisa.

Te cerré la puerta
y me hice una sopa con sabor a medicinas.
Te abrí la puerta
y se me escaparon volando todas las gallinas.

Te abrí la puerta
con mis mejores deseos y mi peor sonrisa.
Te cerré la puerta
y me hice una sopa con sabor a medicinas.

Te cerré la puerta
con mis peores deseos y mi mejor sonrisa.
Te abrí la puerta
y se me escaparon volando todas las gallinas.

Te abrí la puerta
y se me escaparon volando todas las gallinas.

PIEDRA Y PELUSA

Encontré la noche perfecta para cobijar defectos.
Me enfrenté a Morfeo, acunándome despierto.
En el pozo del deseo acaricié el encuentro.
Y allí estabas vos, tan selecta,
enamorando ciegos.

Encontré la noche perfecta para sacrificar miedos.
Me vendí a Perseo por un par de besos,
pidiendo ayuda divina al mismo infierno.
Y allí estabas vos, tan correcta,
alimentando fuegos.

Y me sumí en un sueño profundo,
lejos de vos, al lado tuyo,
donde enseñar los dientes al mundo.

Y me sumí en un sueño profundo,
lejos de vos, al lado tuyo,
donde enseñar…

Encontré la noche perfecta para destrozar recuerdos.
Me enamoré de Venus regalando versos,
pisando jardines, blanqueando huesos.

Y allí estabas vos, tan directa,
acribillando egos.

Y me sumí en un sueño profundo,
lejos de vos, al lado tuyo,
donde enseñar los dientes al mundo.

Y me sumí en un sueño profundo,
lejos de vos, al lado tuyo,
donde enseñar…

Me desvelé en el empeño,
empeñado en regresar a ese sueño,
tan lejos de vos, al lado tuyo,
desesperado por no tenerte,
transpirando angustia,
empapado de vos,
seco de amor.

Me miraste como mira Medusa
y me hice piedra.
Me miraste como mira Medusa
y me hice piedra.
Piedra y pelusa.
Piedra y pelusa.
Piedra y pelusa.

FLOR DE PELOTUDO

Prestame otra moneda,
mi copa está vacía
y la botella llena.
Todavía es pronto para volver a casa.
Un trago más a cambio de mi alma.

Me la banqué solito,
chamullero desde bien chico.
Aprendiz de chorro como chabón,
pero nunca engañé a nadie
ni logré robar un trozo de cartón.

Ante vos me desnudo,
nací siendo un flor de pelotudo.
¡Flor de pelotudo!

Decidí hacerme famoso,
el camino más corto.
Arte no tenía para ser artista,
torpes los pies, incapaz con las manos,
descarté hacerme mago o futbolista.

Me señalan a menudo,
nací siendo un flor de pelotudo.
¡Flor de pelotudo!

Cantar era otra opción,
la cagada era mi voz.
Los instrumentos no me daban bola,
las notas eran insectos aplastados,
sonaba francesa mi guitarra española.

Me lo dice hasta el mudo,
nací siendo un flor de pelotudo.
¡Flor de pelotudo!

Así fue como me hice poeta,
colores de naturaleza muerta.
Encadenando palabras de amor,
torturando los versos robados.
Rimando duele todo menos el dolor.

Prestame otra moneda,
mi copa está vacía
y la botella llena.
Todavía es pronto para volver a casa.
Un trago más a cambio de mi alma.

Prestame otra moneda,
mi copa está vacía
y la botella llena.

Todavía es pronto para volver a casa.
Un trago más a cambio de mi alma.

AL FINAL DE LAS GUERRAS PERDIDAS

Una jaula vacía, la piel arrugada,
cicatrices que nunca se curan,
las velas guardadas en cajones
para días sin luz y noches oscuras.

Un jarrón roto, la lágrima derramada,
el dolor de millones de llagas,
las puertas cerradas sin cerraduras
que no se abren en un cuento de hadas.

Una flor marchita, la tierra agrietada,
los pies cansados que ya no caminan,
el olor a difuntos en los jardines
sembrados detrás de las líneas enemigas.

Una carta ilegible, la letra manchada,
las caras de los que ya se fueron,
los recuerdos abandonados
en la memoria de los que jamás volvieron.

Un rastro invisible, la mirada quebrada,
el miedo de los que solo obedecen,
el valor de los que ordenan avanzar
sabiendo que no les espera la muerte.

Un grito ahogado, la sangre malgastada,
el sonido de las balas de plata,
los cuerpos esparcidos sobre el cemento
de madres, hijos y hermanas.

Un final amargo, la voz cansada,
una canción triste de bienvenida,
esa que todos entonan llorando
al final de las guerras perdidas.

La piel arrugada
al final de las guerras perdidas.

La lágrima derramada
al final de las guerras perdidas.

La tierra agrietada
al final de las guerras perdidas.

La letra manchada
al final de las guerras perdidas.

La mirada quebrada
al final de las guerras perdidas.

La sangre malgastada
al final de las guerras perdidas.

La voz cansada
al final de las guerras perdidas.

LO QUE QUEDA EN LA CAMA

No puedo despegar la mirada de la cama,
todavía desecha, esperándote.
Soy un astronauta perdido en el mar de Java,
asfixiado entre tus piernas, asfixiándome.

Aspirando lo poco que queda de tu aroma,
sábanas blancas, arrugadas.
Soy un árbol talado que ya no da sombra,
podrido en tus labios, pudriéndome.

No fue tanto por lo que hicimos,
fue más por lo que dejamos de hacer.
No fue tanto por lo que tuvimos,
fue más por lo que no nos dijimos.
Lo que queda en la cama
son recuerdos que no valen nada.

Destilando gotas de sudor de la almohada,
colchón firme, titubeante.
Soy un capitán con la brújula estropeada,
hundido en tu ombligo, hundiéndome.

Encadenado al catre el resto de mis días,
manta áspera, indiferente.
Soy un equilibrista sin red ni melodía,
enredado en tu pelo, enredándome.

No fue tanto por lo que hicimos,
fue más por lo que dejamos de hacer.
No fue tanto por lo que tuvimos,
fue más por lo que no nos dijimos.
Lo que queda en la cama
son recuerdos que no valen nada.

Lo que queda en la cama
son recuerdos que no valen nada.

Lo que queda en la cama
son recuerdos que no valen nada.

Lo que queda en la cama
son recuerdos que no valen nada.

Recuerdos que no valen nada.

EL FINAL DEL CUENTO

Quienes cuentan el cuento llevan careta.
Barrigas hinchadas, pechos henchidos.
Uñas muy limpias para bajarse la bragueta.
Se escuchan más sus voces que tus ladridos.
Madrigueras de sangre y diamantes.
Como *hobby* asesinan cantantes.

El mundo gira para que todo siga igual.
Los capítulos se repiten.

Quienes viven del cuento llevan corbata.
Sillones de cuero para las reuniones.
Perfume de domingo contra el olor a rata.
Tu barrio vale menos que sus comuniones.
Si van a tocarte, se ponen los guantes.
Dejan el cargo con más plata que antes.

El final del cuento siempre acaba mal.
¡No se me agiten!

El mundo gira para que todo siga igual.
Los capítulos se repiten.
El final del cuento siempre acaba mal.
¡No se me agiten!

El mundo gira para que todo siga igual.
Los capítulos se repiten.
El final del cuento siempre acaba mal.
El cuento siempre acaba mal.
Siempre acaba mal.
Acaba mal.
Mal.
El final del cuento siempre acaba mal.
El cuento siempre acaba mal.
Siempre acaba mal.
Acaba mal.
Mal.

GIGANTE DE TRAPO

Quiero ser uno de tus mapas olvidados
solo para resultar interesante,
para que algún día me encuentres,
para que sigas la ruta hasta mi cama,
para no sentirte tan distante.

Porque no fue hace tanto de aquello,
gigante de trapo,
y yo solo buscaba el momento.

Quiero ser uno de tus libros antiguos
solo por estar cerca de tu estantería,
por alejarme de las sombras,
por tratar de que me leas por las noches,
por saber si realmente me querías.

Porque no fue hace tanto de aquello,
gigante de trapo,
y yo solo buscaba el momento.

Quiero ser uno de tus pergaminos arrugados
solo para llamar tu atención,
para que claves tus ojos en mí,

para que descubras qué guardo dentro
y para decírtelo escribo esta canción.

Porque no fue hace tanto de aquello,
gigante de trapo,
y yo solo buscaba el momento.

Porque no fue hace tanto de aquello,
gigante de trapo,
y yo solo buscaba el momento
de ser eso que buscaba mi viejo,
de ser eso que buscaba mi viejo,
de ser eso que buscaba mi viejo.

GRIS ACERO SOBRE BUENOS AIRES

La vida es una estatua que se estrella contra mí.
Un campo de estrellas que se pelea.
Sos lo que me esperaba vos esperabas algo más.
Y yo en la enredadera que se pelea.

Lo gritó mas fuerte que el que mas fuerte gritó.
Lo gritó más fuerte.
Gris acero en Buenos Aires otra vez.
Soy yo, protégeme de mí.

Podría ser más fácil o podría ser peor.
El paraíso y el infierno que se pelean.
Las luces son demonios que sonríen cuando te ven pasar.
¡Pero qué poco brillan tus sonrisas!

Todos tus secretos nada valen si no estás.
Todas las mentiras todas vienen al final.
Todos tus secretos gris acero en Buenos Aires otra vez.
Soy yo, protégeme de mí.
Soy yo, protégeme de aquel que fui.
Que fui.

Lo gritó tan fuerte que el que más fuerte gritó.
La garganta tiene su límite.

Todas las preguntas, todas aun por contestar.
La cabeza marca su limitación.
Lo gritó tan fuerte que el que mas fuerte gritó.
La garganta tiene su límite.
Todas las preguntas, todas aun por contestar.
La cabeza marca su limitación.

Su limitación.
La cabeza.
Música en el baile.
Buenos Aires.
Paraíso, la cabeza.
Purgatorio, la belleza.
Infierno, la certeza.
Las preguntas en Buenos Aires.
Gris acero.
Buenos Aires da los naipes.
Protégeme de aquel que fui.
Gris acero en Buenos Aires.

Lo gritó tan fuerte.
Lo gritó tan fuerte.
Lo gritó tan fuerte.

Su limitación.
Su limitación.
Su limitación.
La sublimación.

ESA LUZ FRÍA

Algo se ha roto en mi interior.
Tus ojos son de un negro perturbador.
Me repetís que ya no hay nada.
¡Nada!
Todo se esfuma a mi alrededor.

Cada palabra es una espina.
Tu decisión, mi guillotina.
No puedo quitarme de vos.
¡No!
Eres polvo blanco, heroína.

Somos estrellas sin resplandor.
Sigues impresa en mi retina.
Salgamos juntos al exterior.
Esa luz fría nos asesina.

Salgamos juntos al exterior.
Esa luz fría nos asesina.

Algo se ha roto en mi interior.
Soy presa de cualquier cazador.
Me repetís que ya no hay nada.

¡Nada!
En esta paz no hay vencedor.

Cada palabra es una espina.
Quiero morirme en cada esquina.
No puedo quitarme de vos.
¡No!
En blanco mi única rutina.

Somos estrellas sin resplandor.
Sigues impresa en mi retina.
Salgamos juntos al exterior.
Esa luz fría nos asesina.

Salgamos juntos al exterior.
Esa luz fría nos asesina.

Salgamos juntos al exterior.
Esa luz fría nos asesina.

Salgamos juntos al exterior.
Esa luz fría nos asesina.

Nos asesina.

MANIFIESTO ROSACRUCES

La rosa es el alma, la cruz el cuerpo.
No es el rojo ni serán los dorados.
La armonía con las fuerzas cósmicas.

Soy fuego: caliente y seco.
Hueco.

Trascender en el espacio tiempo.
La Antigua y Mística, los nueve grados.
El poder de la energía atómica.

Sos agua: húmeda y fría.
Vacía.

Un secreto que se lo lleva el viento.
El universo de los iniciados.
Alquimia de una vida alegórica.

Queréis tierra: seca y fría.
Sombría.

Permanece escrito en los elementos.
Piedra filosofal de los cruzados.
Solo la tradición pitagórica.

Buscás aire: húmedo y caliente.
Gente.

La rosa es el alma, la cruz el cuerpo.
Trascender en el espacio tiempo.
Un secreto que se lo lleva el viento.
Permanece escrito en los elementos.

No es el rojo ni serán los dorados.
La Antigua y Mística, los nueve grados.
El universo de los iniciados.
Piedra filosofal de los cruzados.

La armonía con las fuerzas cósmicas.
El poder de la energía atómica.
Alquimia de una vida alegórica.
Solo la tradición pitagórica.

EPITAFIO

Confundí el aire con viento.
Confundí la llama con fuego.
Así rezará el epitafio
de quien vivió amando a una mina
y muere hoy muerto de celos.

Agotado el llanto,
no me queda nada,
negrita mía,
es para vos este postrero canto.
Música de difuntos,
compases de un adiós,
¡qué tristes son los recuerdos
de nuestra vida juntos!
Me llevo tu amuleto,
te dejo mi alma rota,
mi corazón vacío
y el cenicero repleto.

En esta amurada soledad
necesito confesarte,
negrita mía,
mucho más que toda la verdad.

Yo quería protegerte
de las miradas de otros,
sucios pensamientos
de los que no podían tenerte.
¡Y aquellos rumores
que infectaban mis oídos...!
Me dejé pudrir por
el maldito mal de amores.

Noches de eterno insomnio,
días de condena,
negrita mía.
Firmé un pacto con el mismo demonio.
Para que pueda regresar
del infierno que merezco,
me deje besarte
y entonces te pueda olvidar.
Decisión moribunda
del que está por estar,
que solo hace falta esta bala
para llevarme a la tumba.

Confundí el aire con viento.
Confundí la llama con fuego.
Así rezará el epitafio
de quien vivió amando a una mina
y muere hoy muerto de celos.

Confundir el aire con viento.
Confundir la llama con fuego.
Así rezará mi epitafio.
Así exhalo mi último aliento.

ODIAR ES MUY SANO SI SE ODIA BIEN

Es un hecho, la multitud me ama,
me aman, sí, y no es por mi corazón,
tampoco es por romperla en la cama.
Un don que aprendí del cristianismo,
una antigua virtud envidiable:
odio al prójimo como a mí mismo.

Soy como Diego, luzco su dorsal
solo porque termina en cero y
cero termina como empieza odiar.
Odio de local y visitante
y en mi escudo leen mis rivales:
«Odiar mucho no es odiar bastante».
Odian los nobles y los burgueses,
la mano de Dios, el gol del siglo,
así cagamos a los ingleses.
Odié hace mil años y odié recién.
Odiar es muy sano si se odia bien.

Odio tanto a esos entrenadores
que no supieron sacar partido
de mi odio hacia otros jugadores.
A Bilardo por causas naturales,

mi gloria me la afanó Caniggia,
lo narró Víctor Hugo Morales.
Pero no le guardo ningún rencor,
que nos sacó campeones del mundo
y todo ese odio se volvió amor.
Odiando me entrego al cien por cien.
Odiar es muy sano si se odia bien.

Yo soy el centro de las miradas,
piso la cancha, los barras me aclaman,
cuando odio mal no quedan entradas.
Provoco más miedo que Batista,
mirada turbia, barba de Tarzán,
cuando odio bien soy un artista.
Soy más fachero que Batistuta,
no me hace falta practicar mucho
para ser un gran hijo de puta.
Odiando no distingo quién es quién.
Odiar es muy sano si se odia bien.

Odio dentro y fuera del área,
habilitado o incluso en órsay,
odio al natural o por cesárea.
Mi desempeño roza la gesta,
los hinchas corean mi nombre y
yo los odio a todos por respuesta.
He alcanzado todas las finales,
chivo por las noches pensando en que
Palermo patea los penales.

Odiando no tomo ningún rehén.
Odiar es muy sano si se odia bien.

Tocándola como el Barcelona,
al pelotazo o a la contra,
odiando como Pelé a Maradona.
Manejo el cuero pegado a los pies
que no me lo roba ni Barijho,
porque no es de oro y pierde interés.
No hay referí que me saque la roja
ni línea que agite su banderín,
temen a este flaco si se enoja.
Algunas veces odio con desdén.
Odiar es muy sano si se odia bien.

Y casi nunca odio de menos,
que siempre es mejor andar holgado,
igual que nos odian los chilenos.
Odiar a muerte tampoco es normal,
aunque hay casos muy excepcionales:
Codesal en la final de un Mundial.
Lo justo es odiar sin restricciones,
porque, puestos a ser generosos,
se debe odiar con y sin razones.
Odiar tranquilo es un acto de fe.
Odiar es muy sano si se odia bien.

Hasta acá llega mi cantinela,
las metáforas futboleras son

solo para que vos lo entendieras.
Porque si hay algo que odio de veras
es que yo te la ponga perfecta
y como un boludo la tires fuera.
Y sí, yo también odio el balompié.
Odiar es muy sano si se odia bien.
Odiar es muy sano si se odia bien.
Odiar es muy sano si se odia bien.

SINGULARIDAD

Los cambios se producen.
Participar es opcional.
El daño ocasionado.
La severidad de la pena
nunca es proporcional.

Todos somos culpables.

El punto de partida.
La línea recta trazada.
Un concepto de justicia.
La equivalencia de las leyes
se mide a mano alzada.

Todos somos culpables.

Compensar el dolor.
El espejo de los demás.
Una libertad limitada.
Los grados de percepción
de los que vienen detrás.

Todos somos culpables.

La angustiosa existencia.
Mil vidas malgastadas.
Una sola condena.
La sombra del fantasma
de las Navidades pasadas.

Todos somos culpables.

Deudas y obligaciones.
El triángulo equilátero.
Un círculo perfecto.
Nadie distingue lo que es
sano de lo correcto.

Todos somos culpables.

La maldita singularidad.
Una mentira torturada
convertida en tu verdad.
Uno alcanza todo
cuando no persigue nada.

Todos somos culpables.

Las manos vacías.
Los bolsillos repletos.
Tus arrugas marcadas.

No hay sinceridad en
unos versos completos.

Todos somos culpables.
Nadie está exento.

CONDENADA TRINIDAD

Tres noches fueron,
fueron tuyas, fueron sueños.
Fueron hielo.
Fueron las que fueron.
Tres pensamientos, tres deseos,
tres miradas en un reflejo.
Tres fueron las carabelas de un
torpe descubrimiento.
Si tengo que dejar de verte,
prefiero ser ciego que tuerto.
Tres noches que casi recuerdo.

Tres, los reyes magos.
Tres regalos que no me trajeron.
Tres, los tristes tigres.
Un trabalenguas que no me aprendo.
Tres mil las veces que te pedí
que me echaras de menos.
Enterrado a tres metros bajo el suelo
no suena el llanto de un muerto.
Tres noches que casi recuerdo.

Tres es dos más uno
y la mitad de seis.
Las vocales de un adiós.
Tres veces la unidad.
Tres es casi perfecto.
Tres infiernos y un solo cielo.
Tres párrafos para decirte
que te quiero mucho más de
lo que te querrán ellos.
Tres noches que casi recuerdo.

Tres noches que casi recuerdo.
Tres noches que casi recuerdo.

VERGÜENZA

Su oscura sonrisa es la muerte de un ruiseñor,
su triste caminar, una marcha fúnebre,
su perfume es un réquiem funesto en si menor.

Su vestido blanco es negro, su aliento amarillo,
el lecho sobre el que descansa es un ataúd,
a su corazón no lo atraviesa un cuchillo.

Y, sin embargo, la quiero tanto que me avergüenzo.
Mis pesadillas a su lado, dulces sueños.
Esta clase de amor no se dibuja en ningún lienzo.

Es una montaña que no se puede escalar,
fortaleza inexpugnable sin puente levadizo,
de sus garras afiladas no puedo escapar.

Su mejor receta es aceite de ricino,
pudin de bellota, sal y mouse de alfileres,
un delantal de seda que huele a tocino.

Y, sin embargo, la quiero tanto que me avergüenzo,
mis pesadillas a su lado son dulces sueños.
Esta clase de amor no se dibuja en ningún lienzo.

No existe prenda interior que la favorezca
ni tacón de hormigón armado que resista,
su desnudo integral hace que me enrojezca.

De entre un millón de gorilas no hay quien la elija.
Sus formas son las de una botella de fanta,
su cabello, estropajo, su piel, una lija.

Y, sin embargo, la quiero tanto que me avergüenzo,
mis pesadillas a su lado son dulces sueños.
Esta clase de amor no se dibuja en ningún lienzo.

Y, sin embargo, la quiero tanto que no comienzo
a respirar hasta que me agarra del brazo
y me arrastra sumiso a su cálido regazo.

ATRAPADO

Atrapado en un poema,
uno que nunca se escuchó,
uno que daba pena.
Apresado en las palabras
que no tenían sentido,
que ninguno recitaba.
Cautivo en una métrica
de amor sin tristeza,
de una muerte tétrica.
Prisionero de unos versos
con sabor a cenicero,
como sabían tus besos.

Atrapado en un poema
que nadie escribirá jamás.
Adán en brazos de Eva.
Apresado en sus palabras
mudas para oídos sordos,
como caricias macabras.
Cautivo en una métrica
a la medida de nada,
pura cirugía estética.

Prisionero de unos versos
con el olor del veneno,
como olían tus besos.

Prisionero de unos versos
con sabor a cenicero,
como sabían tus besos.
Prisionero de unos versos
con el olor del veneno,
como olían tus besos.

LATIDO

Eran dos que eran.
Y fueron.
Eran uno.
Y siguieron.
Eran tanto como quisieron.
Dos en uno.
Uno solo.
Dos corazones ardiendo.
Latido.

Eran relojes sin tiempo.
Agujas.
Dos números en el extremo.
Campanadas sordas,
sostenidos alientos.
Eran dos.
Como doscientos.
Latido.

Eran sin quererlo.
Las llamas frías,
la respiración.
¿Es esto?

Tenía sentido, tenía efecto.
Sonaba bien.
Sonaba hueco.
Latido.

Eran un pestañeo,
intermitentes,
como siempre fueron.
Un paraguas negro.
Los besos saben bien
si solo son besos.
Latido.

Eran menos que ellos,
muchos menos.
Uno más.
Un deseo.
Nadie necesita tras
tu telón de acero.
Abrí los ojos.
Te siento.
Latido.

Eran dos que podían
y pudieron.
La sonrisa perenne,
tu piel ardiendo.
Cerraste los ojos,
me bebí tu cuerpo.

Es solo un gesto.
Latido.

Eran puntos suspensivos,
suspendidos recuerdos.
Santiguarse mirando
al suelo.
¿Qué hora es?
Mirá el reloj.
Ya no recuerdo.
Latido.

Eran canciones o versos,
sonaban como sonaban
tus sueños.
Daba lo mismo
porque eran nuestros.
Llegó la hora,
es el momento.
Latido.

Eran susurros violentos,
¿recordás?
Encogidos de hombros,
aferrados al viento.
Soplaba ligero.
¿Lo escuchás?
Me acaricia tu cuerpo.
Latido.

Eran hasta que se fueron
hasta que desaparecieron.
Siempre estuvieron.
¿Los viste?
Nunca volvieron.
Agarrate fuerte.
¡Mirame!
Latido.

Eran los silencios,
esos que temo.
Esos que retumban
dentro del pecho.
Dejame que te lo diga
de nuevo.
Te quiero.
Latido.

DOS ETERNIDADES

Antes de que la gravedad me arrastre.
Antes.
Prefiero estar maduro y que vos me arranques.
Antes de que me fallen las fuerzas.
Antes.
Prefiero que seas vos quien me retuerzas.

Pasaría dos eternidades
colgado de la misma rama
esperando a que me mordieras.
Me dejaría masticar solo
para poder verte por dentro,
sin que vos me vieras.
sin que vos me vieras.

Después de que la gravedad me arrastre.
Después.
Prefiero estar muerto y que vos me mates.
Después de que me fallen las fuerzas.
Antes.
Prefiero que seas vos quien te retuerzas.

Pasaría dos eternidades
colgado de la misma rama
esperando a que me mordieras.
Me dejaría masticar solo
para poder verte por dentro,
sin que vos me vieras.
sin que vos me vieras.

¡QUÉ TARDE LAS PRISAS!

Regaste las canas con vino agrio,
regalaste las alas no hace tanto.
No era cuestión de elegir.
Así se esfumaron las ganas.

Bebiste del estanque turbio,
me juraste que todo era sucio
y se comieron los peces esas
mechas de mechones rubios.

¡Qué suaves las risas! Querida.
¡Qué tarde las prisas! Mentira.
Qué torcido todo lo que
vos enderezaste.

No había qué pescar, pensaste,
pero pescaste lo tuyo.
No hay redes que atrapen
a otro pésimo amante.

Con la garganta seca y los ojos mojados
me tragué tu orgullo.

No fue tanto por perder
lo mío como por ganar lo tuyo.

¡Qué suaves las risas! Querida.
¡Qué tarde las prisas! Mentira.
Qué torcido todo lo que
vos enderezaste.

Reprochaste el brillo opaco de
aquellos diamantes.
Perderás el destello, confío,
más pronto que tarde.

¡Qué suaves las risas! Querida.
¡Qué tarde las prisas! Mentira.
Qué torcido todo lo que
vos enderezaste.

¡Qué suaves las risas! Querida.
¡Qué tarde las prisas! Mentira.
Qué torcido todo lo que
vos enderezaste.

Es cierto, muy cierto:
antes te amaba
y hoy te detesto.
Así me despido desde el aeropuerto.

Este libro
se terminó de imprimir en España
en el mes de febrero de 2017